曹道衡文集 卷十

南北朝文学编年史

曹道衡 刘跃进 著

中州古籍出版社
·郑州·

本卷说明

　　曹道衡、刘跃进所著《南北朝文学编年史》为南北朝文学文献之基本著作。是书材料丰富、考订精详，为治南北朝文学者之必备工具书。此次编选《曹道衡文集》时，刘跃进对单行本中人物纪年的讹误及引用文献的失当之处进行了订正。同时，在单行本基础上增加了刘跃进撰写的《中古文学领域的开拓者——试述曹道衡先生的学术历程及其成就》及傅刚与蔡丹君撰写的《曹道衡先生文学史研究的成就与启示》，对曹道衡先生的学术成就给予客观深入的分析与评价。另附刘跃进、张剑所编《曹道衡论著目录》，以便读者更好地了解曹先生的学术成果。特此说明。

中州古籍出版社
2017 年 12 月

流水十年间

——《南北朝文学编年史》出版弁言

摆在读者面前的这部《南北朝文学编年史》,分为前编、正编和后编三个部分。前编:南北分裂时期的十六国文学编年(279 年~419 年)。正编:南北朝时期文学编年(420 年~589 年)。后编:南北融合时期的隋代文学编年(590 年~618 年)。

正编为全书骨干,由五卷组成:卷一题为"晋宋文学的转变"。始于刘宋高祖刘裕永初元年(420 年),止于宋文帝元嘉十七年(440 年),考察晋宋之际重要作家的活动情况。卷二题为"从'元嘉体'到'永明体'"。从永明重要作家沈约出生的元嘉十八年(441 年)开始系年,至齐武帝永明十一年,也就是北魏迁都洛阳的 493 年为止。这一时期,文学的重心无疑是在南方,经历了两次文学高潮,特别是永明文学的出现,更是中国诗歌发展史上值得注意的重要现象。卷三题为"南朝文学的分化·北朝文学的复苏"。萧梁建国前后,永明文学潮流逐渐分化:以萧统为中心的文学复古思潮得其"清",而以萧纲、萧绎兄弟为核心的文学集团得其"丽"。但是这一时期,在文坛占据主导地位的还是萧统一派。其重要成果就是编纂了一部影响极为久远的《文选》。而在北方,北魏拓跋氏政权入主中原地区,加速汉化进程,文学方面出现了复苏的迹象。卷四题为"南北文学的分庭抗礼"。在南方,以萧纲、萧绎为代表的"宫体"诗成为文坛的主流,诗的内容无足称道,而在艺术形式方面颇有进展。随着南北文化交流的扩大,北方文学逐渐迎头赶上,与南朝文学已经形成了分庭抗礼的局面。卷五题为"南衰北盛格局的形成",主要考察陈及北齐、北周时期的文学发展情况。随着庾信、王褒、颜之推、徐陵的入北,以及北方重要作家的成熟,不论是文学作品的数量,还是质量,北朝后期的文学创作成就,实际上已经超过南朝。关于这段文学史的具体论述,有兴趣的读者无妨参照曹道衡、沈玉成合著的《南北朝文学史》(人民文学出版社,1991),这里就不再赘述。

从上面的描述中可以看出,本书在编排上,较之以往的文学史试图有所突破,即不以朝代为断限,而是特别注意疏通文学自身发展的内在脉络,努力清晰地勾画出南北朝文学兴衰的轨迹。这是我们在编撰这部编年史时着重考虑的一个比较重要的问题。

为了更有力地展现这个时期南北文学的嬗变轨迹,本书特别安排了前编和后编两个不可分割的重要内容。十六国文学和隋代文学,以往的文学史通常一笔带过,历来较少涉及。曹道衡若干年前著有《十六国文学家考略》、《从〈切韵序〉推论隋代作家的几个问题》等,在此基础上又撰写了《南北朝文学史》中的北朝文学史,可以说对北朝文学用力较勤。凡与编年史有关的研究成果,我们都尽可能地吸收到本书当中。譬如王褒的生卒年、薛道衡重要作品的系年等,就有比较切实的考证。通过这些细致的考证和资料的排比,使人们对于北方文学从十六国荒原起步到隋代文学融合与繁荣的过程就有了比较全面系统而又深刻的了解。为什么会有这样巨大的变化?其转变的契机在哪里?其变化的深层次原因又是什么?通过资料的系统排比和勘对,又向人们提出了许许多多类似的问题,这就促使人们做进一步的思考。一部编年史的作用,在这里可以得到体现。

本课题1991年列为中国社会科学院重点项目。当时申报的题目是《中古文学编年史》,所涵盖的范围是魏晋南北朝文学。课题组由三人组成:沈玉成负责魏晋部分,曹道衡负责南北朝部分,刘跃进协助做资料收集整理工作。全部工作计划在1995年底完成。申报这样一个有相当难度的课题,编著者做了一定的准备工作,有较好的基础。1984年,曹道衡、沈玉成应中华书局之约,编写多卷本《中国文学家大辞典》中的先秦至隋代卷。为此,他们对这一时期的作家做了系统的考察。几经春秋,辞典如期完成并出版。与此同时,四十余万字的《中古文学史料丛考》业已脱稿,交付中华书局付梓。1987年,曹道衡、沈玉成再度合作,完成了十四卷本中国文学史系列中的《南北朝文学史》。以此为基础,《中古文学编年史》的编撰便正式列入议事日程上来。编撰这样一部综合性的文学编年史,必须有深入的专题研究作基础。同时,还必须对于学术界的研究况状有比较充分的了解。1988年,刘跃进完成南朝文学资料系年工作。随后又做了"门阀士族与永明文学"的专题研究。1993年,《中古文学文献学》交由江苏古籍出版社出版。至此,前期的准备工作已基本就绪。当编著者开始对全部资料进行系统编排考订之际,沈玉成先生突然因病去世。而他负责的魏晋文学系年工作也因此而告中断。由于沈先生还没有来得及将有关资料系统整理出来,加之魏晋文学编年研究又有新的进展,山东大学张可礼先生编纂的《东晋文艺系年》已由山东教育出版社出版。有鉴于此,编著者决定将课题压缩在南北朝范围内,并重新做了分工:前编、后编及正编中的北朝文学部分由曹道衡编撰,其余部分由刘跃进负责,并做后期统稿编辑工作。同时,还补充了一些与文学史研究有重要关联的宗教史方面的传记材料。至

1996年初，本课题正式结项。此后，人事纷繁，岁月消磨，转瞬间又是三年过去。此刻，当我们写这篇文字的时候，新世纪的钟声就要敲响。这个世纪都要成为历史。我们想，这部书是该与读者见面了。

这里所以不惮其烦地赘述本书的编撰经过，只想说明，即使编撰这样一部卑之无甚高论的著作，也并非是轻而易举、一蹴而就的。原始资料的匮乏零乱、古今文学观念的巨大差异、自身知识结构的制约，使得这部编撰时间花费得并不算少的著作，依然存在着许许多多的问题。考虑到目前还没有类似的著作，所以我们不揣浅陋，抛砖引玉，希望对魏晋南北朝文学史的深入研究有所助益。

这样一部以文学史资料编年为线索的著作，既没有高谈阔论，也没有探幽入微，而值此世纪之交竟得以出版，这首先应当感谢中国社会科学院学术出版资金的支持，人民文学出版社也给予了积极的帮助。特别是责任编辑刘文忠先生，既是资深的编辑，又是优秀的学者，在审读此稿过程中，倾注了大量的心血，提出了许多宝贵的意见，我们对他表示深深的敬意。

公元1999年岁末
编者识于中国社会科学院文学研究所

凡 例

一、全书分为前编、正编和后编三个部分。前编：南北分裂时期的十六国文学编年（279年~419年）。正编：南北朝时期文学编年（420年~589年）。后编：南北融合时期的隋代文学编年（590年~618年）。

二、全书编录内容：（一）对当时作家发生重要影响的政治事件、哲学思潮、文学活动；（二）作家行迹，包括升迁贬谪、人物交往等；（三）作品系年。

三、条目编排次第：（一）正编中南朝文学（包括释、道）系年置于前面，北朝文学居后。释、道传记资料视其所属地域分别置于南朝文学系年或北朝文学系年之后。（二）每年的编排大体以人物年龄大小为序，年龄不详者置后，或以事件发生先后为序，视不同情况而定。

四、作家收录标准：（一）见于正史《文学传》或《文苑传》者均收录；（二）见于《文心雕龙》《诗品》论及者均收；（三）见于《儒林传》中的人物，与文学创作、文学活动有关的人、事收录；（四）史书记载其有创作才能而今留存作品极少者酌收；（五）史书未记载其有创作才能而今留存重要作品者酌收;(六)《隋书·经籍志》、《高僧传》、《续高僧传》及《云笈七签》中有著作著录或有创作表现者酌收。

五、年代考订:或录成说,或抒己见。所记年月并为阴历。

六、诗文篇名:诗本逯钦立《先秦汉魏晋南北朝诗》,文本严可均《全上古三代秦汉三国六朝文》。偶有不妥,略加校正。

目 录

前 编　南北分裂时期的十六国文学编年
　　　　（279 年~419 年）…………………………………… 1

正 编　南北朝时期文学编年
　　　　（420 年~589 年）…………………………………… 75

卷 一　晋宋文学的转变
　　　　（420 年~440 年）…………………………………… 77

卷 二　从"元嘉体"到"永明体"
　　　　（441 年~493 年）………………………………… 135

卷 三　南朝文学的分化　北朝文学的复兴
　　　　（494 年~531 年）………………………………… 324

卷 四　南北文学的分庭抗礼
　　　　（532 年~556 年）………………………………… 502

卷 五 南衰北盛格局的形成
（557 年～589 年） ················· 582

后 编 南北融合时期的隋代文学编年
（590 年～618 年） ················· 675

参考书目 ························· 709
附 录
　中古文学领域的开拓者
　　——试述曹道衡先生的学术历程及其成就 ······· 713
　曹道衡先生文学史研究的成就与启示 ··········· 726
　曹道衡论著目录 ······················· 751
编后记 ··························· 774

前编

南北分裂时期的十六国文学编年

（279年～419年）

晋武帝司马炎咸宁五年(279)　己亥

匈奴左部帅刘豹卒,子刘渊继立。

刘渊为前赵创建者。祖於扶罗,汉末自立为单于。於扶罗卒,弟呼厨泉立,以於扶罗子豹为左贤王。至是年,刘豹卒,子渊继之,见《晋书·刘元海载记》;《通鉴》卷八十系于是年。《晋书·刘元海载记》云:"(渊)幼好学,师事上党崔游,习《毛诗》、《京氏易》、《马氏尚书》,尤好《春秋左氏传》、孙吴兵法,略皆诵之,《史》、《汉》、诸子,无不综览。"据此则知前赵统治者汉化甚深,具有较高文化修养。

晋武帝太康四年(283)　癸卯

辽东鲜卑慕容涉归卒,子慕容廆立。

慕容廆,《魏书》本传作"慕容若洛廆"。《通鉴考异》引范亨《燕书·武宣纪》云:"(廆)泰始五年(269)生,年十五,父单于涉归卒,太康四年也。"又,《晋书·慕容廆载记》:"廆幼而魁岸,美姿貌,身长八尺,雄杰有大度。安北将军张华雅有知人之鉴,廆童冠时往谒之,华甚叹异,谓曰:'君至长必为命世之器,匡难济时者也。'因以所服簪帻遗廆,结殷勤而别。"按《晋书·武帝纪》,太康二年冬十月,"鲜卑慕容廆寇昌黎"。中华书局标点本《校记》据《通鉴》以为是涉归而非廆。据此则涉归在日,与晋构难,其子廆无缘见张华也。《晋书·慕容廆载记》又云:"涉归死,其弟耐篡位,将谋杀廆,廆亡潜以避祸。后国人杀耐,迎廆立之。"是涉归死后,廆未立即继位,疑中间"亡潜以避祸"时,曾入晋谒张华。《晋书·武帝纪》载,太康三年春正月,"甲午,以尚书张华为都督幽州诸军事"。《张华传》:"乃出华为持节、都督幽州诸军事,领护乌桓校尉、安北将军。"可知慕容廆之见张华,当在太康四年,慕容涉归初卒、慕容耐篡立之际。

晋武帝太康中后期(284~289)　甲辰至己酉

慕容廆作《阿干之歌》。

《晋书·吐谷浑传》:"吐谷浑,慕容廆之庶长兄也,其父涉归分部落一千七百家以隶之。及涉归卒,廆嗣位,而二部马斗,廆怒曰:'先公分建有别,奈何不相远离,而令马斗!'吐谷浑曰:'马为畜耳,斗其常性,何怒于人!乖别甚易,当去汝于万里之外矣。'于是遂行。廆悔之,遣其长史史那楼冯及父时耆旧追还之。吐谷浑曰:'先公称卜筮之言,当有二子克昌,祚流后裔。我卑庶也,理无并大,今因马而别,殆天所启乎!诸君试驱马令东,马若还东,我当相随去矣。'楼冯遣从者二千骑,拥马东出数百步,辄悲鸣西走。如是者十余辈,楼冯跪而言曰:'此非人事也。'遂止。鲜卑谓兄为阿干,廆追思之,作《阿干之歌》,岁暮穷思,常歌之。"《魏书·吐谷浑传》:"(慕容廆)子孙僭号,以此歌为辇后鼓吹大曲。"此歌本鲜卑语,今佚。《通鉴》卷九十记此事于晋元帝建武元年(317),乃追叙前事,歌则当作于慕容廆继位之初也。

晋武帝太康十年(289)　己酉

刘渊为北部都尉。

见《晋书·刘元渊载记》及《资治通鉴》卷八十一。

刘琨十九岁。

据《晋书》本传,刘琨字越石,中山魏昌(今河北定州南)人。于晋建武二年(318)被杀,时年四十八岁。上推生于晋泰始七年(271)。至本年十九岁。

卢谌六岁。

据《晋书》本传,卢谌字子谅,范阳涿(今河北涿州)人。于晋穆帝永和六年(350)遇害,时年六十七岁,上推生于晋武帝太康五年(284),至本年六岁。

晋惠帝司马衷元康元年(291)　辛亥

刘聪见晋怀帝,作《盛德颂》。

刘聪,刘渊第四子,刘渊死后代立,灭西晋。《晋书·刘聪载记》:"幼而聪悟好学,博士朱纪大奇之。年十四,究通经史,兼综百家之言,孙吴兵法靡不诵之。工草隶,善属文,著《述怀》诗百余篇、赋颂五十余篇。"又云:"弱冠游于京师,名士莫不交结,乐广、张华尤异之也。"《晋书·刘聪载记》又记刘聪俘晋怀帝后,"聪假怀帝仪同三司,封会稽郡公,庾珉等以次加秩。聪引帝入宴,谓帝曰:'卿为豫章王时,朕尝与王武子相造,武子示朕于卿,卿言闻其名久矣。以卿所制乐府歌示朕,谓朕曰:"闻君善为辞赋,试为看之。"朕时与武子俱为《盛德颂》,卿称善者久之。'"据《晋书·怀帝纪》,"太熙元年(290),封豫章郡王"。[《武帝纪》以为在太康十年(289)十一月]按:刘聪之见怀帝,与王武子俱往。"武子",王济字。《晋书·王浑附济传》但云王济"年四十六,先浑卒",不记卒年。然本传又云:"孙楚雅敬济,而后来,哭之甚悲,宾客莫不垂涕。哭毕,向灵床曰:'卿常好我作驴鸣,我为卿作之。'体似声真,宾客皆笑。楚顾曰:'诸君不死,而令王济死乎!'"则王济卒于孙楚之前。同书《孙楚传》,谓楚"元康三年(293)卒"。据此济当卒于元康二年前,其与刘聪谒怀帝,作《盛德颂》,当在元康元年或以前。《刘聪载记》又记怀帝谓闻聪名已久,且知其善作辞赋,则聪之属文,当在此以前,或者晋武帝末,已稍为人知。

晋惠帝永宁元年(301)　辛酉

张轨为凉州刺史。

按:张轨为前凉创建者。《晋书·张轨传》:"轨以时方多难,阴图据河西,筮之,遇《泰》之《观》,乃投筴喜曰:'霸者兆也。'于是求为凉州。公卿亦举轨才堪御远。永宁初,出为护羌校尉、凉州刺史。"《通鉴》卷八十四系于是年。

李特杀赵廞,为流民推为镇北大将军。

《晋书·李特载记》：惠帝永康元年（300），晋征益州刺史赵廞，以耿滕代之。赵廞拒命，攻杀耿滕，李特初随廞，后破赵廞归罗尚。会晋廷欲召流民归秦雍，李特遂被推而叛晋，特子雄，后遂建成汉于蜀。

刘琨三十一岁。卢谌十八岁。

晋惠帝太安元年（302）　壬戌

李特自称益州牧、都督梁益二州诸军事、大将军、大都督，改年建初。其年，入成都小城。

见《晋书·李特载记》。

刘琨三十二岁。卢谌十九岁。

晋惠帝太安二年（303）　癸亥

罗尚击杀李特，特余众由李流率领。

见《晋书·李特载记》及《李流载记》。《李流载记》又载流寻病死，遗命立李特子李雄为成都王。

刘琨三十三岁。卢谌二十岁。

晋惠帝永兴元年（304）　甲子

李雄称成都王。

见《晋书·李雄载记》。

刘渊据左国城，称汉王。

见《晋书·刘元海载记》。

刘琨三十四岁。卢谌二十一岁。

晋惠帝永兴二年（305）　乙丑

刘琨三十五岁。卢谌二十二岁。

晋惠帝光熙元年（306）　丙寅

代人卫操为鲜卑拓跋猗㐌立碑于大邗城南，此为北魏拓跋氏有文章之始。

见《魏书·卫操传》。按《魏书》，拓跋猗㐌卒于永兴二年（305）六月二十四日。猗㐌曾助晋败刘渊，并与晋东瀛公司马腾会盟于汾东。

李雄称帝，改元晏平，国号大成。

《晋书·李雄载记》："（范）长生劝雄称尊号，雄于是僭即帝位，赦其境内，改年曰太武。"《通鉴》卷八十六系于是年，但谓改元"晏平"。中华书局标点本《晋书》校记据《通鉴》及《考异》，以为"太武"乃"大成"之误。

刘琨三十六岁。卢谌二十三岁。

晋怀帝司马炽永嘉元年（307） 丁卯

张骏生。

《晋书·张轨附张骏传》载其"在位二十二年卒，时年四十"，据此上推生于本年。详见曹道衡《十六国文学家考略》。

刘琨三十七岁，为并州刺史，作《扶风歌》。

见《晋书》本传。

卢谌二十四岁。

晋怀帝永嘉二年（308） 戊辰

刘渊称帝，改元永凤。

《晋书·刘元海载记》："永嘉二年，元海僭即皇帝位，大赦境内，改元永凤。"《通鉴》卷八十六同。

刘琨三十八岁。卢谌二十五岁。张骏二岁。

晋怀帝永嘉三年（309） 己巳

刘琨三十九岁。卢谌二十六岁。张骏三岁。

晋怀帝永嘉四年（310） 庚午

刘渊卒，子刘和代立。刘和信呼延攸攻刘聪，为刘聪所杀。聪继位。

见《晋书·刘元海载记》、《刘聪载记》及《通鉴》卷八十七。

刘琨四十岁。卢谌二十七岁。张骏四岁。

晋怀帝永嘉五年(311)　辛未

晋东海王司马越卒于项,以王衍代领其众。石勒以轻骑追袭败之,杀王衍诸人。

见《晋书·东海王越传》、《王衍传》、《石勒载记》及《通鉴》卷八十七。

刘聪命刘曜、王弥、石勒攻洛阳,俘晋怀帝,迁于平阳。

见《晋书·怀帝纪》、《刘聪载记》及《通鉴》卷八十七。

慕容廆臣封释卒,临死托其孙封奕于廆。廆以为小都督。

《通鉴》卷八十七系于本年。封奕为前燕著名文人,见《周书·王褒庾信传论》。

刘琨四十一岁。卢谌二十八岁。张骏五岁。

晋怀帝永嘉六年(312)　壬申

刘粲、刘曜攻陷晋阳,刘琨逃奔常山,后拓跋猗卢来救,收复晋阳。

见《晋书·刘琨传》及《通鉴》卷八十七,刘琨时年四十二岁。

卢谌二十九岁,自刘粲处奔刘琨。

《通鉴》卷八十七系于本年。

石勒据襄国,攻邺,得顿丘人徐光。

见《晋书·石勒载记》、《通鉴》卷八十八。按《太平御览》卷三百八十四引崔鸿《十六国春秋·后赵录》曰:"徐光字季武,顿丘人,父聪,以牛医为业。光幼好学,有文才,嘉平中,王阳攻顿丘掠之,令主秣马,光但书柱为诗赋而不亲马事。阳怒挞之,啼呼终夜不止。左右以白阳,阳召光,付纸笔,光立为颂,阳奇之。"王阳乃石勒部将。"嘉平"是刘聪年号,即永嘉四至六年(310~312)。据《通鉴》卷八十八,石勒自葛陂北归,攻邺,在永嘉六年,顿丘在邺东南,当即其时。徐光为后赵著名文人,见《周书·王褒庾信传论》,又为石勒谋士。详见曹道衡《十六国文学家考略》。

晋愍帝司马邺建兴元年(313)　癸酉

刘聪杀晋怀帝,梁芬、麹允、索𬘭等立司马邺于长安,是为愍帝。

见《晋书·怀帝纪》、《愍帝纪》及《通鉴》卷八十八。

鲜卑拓跋猗卢(北魏称"穆帝")筑盛乐为北都,以平城为南都,号"代公"。

见《魏书·序纪》及《通鉴》卷八十八。

刘琨四十三岁。卢谌三十岁。张骏七岁。

晋愍帝建兴二年(314)　甲戌

石勒杀王浚,遂占幽州,以刘翰戍蓟,翰寻归鲜卑人段匹䃅。

见《晋书·石勒载记》、《通鉴》卷八十九。

五月,张轨死,子张寔继位。

见《晋书·张轨传》及《通鉴》卷八十九。

刘曜、赵染犯长安,索𬘭逆战,赵染轻之,长史鲁徽谏,赵染不听;及为索𬘭所败,又诛鲁徽,染寻攻北地,中弩而死。

见《晋书·刘聪载记》及《通鉴》卷八十九。

鲁徽为前赵知名文人,见《周书·王褒庾信传论》。

释道安生。

按释慧皎《高僧传》、僧祐《出三藏记集》并谓道安卒于晋孝武帝太元十年(385),时年七十二岁,上推生于本年。

刘琨四十四岁。卢谌三十一岁。张骏八岁。

晋愍帝建兴三年(315)　乙亥

晋朝进封拓跋猗卢为代王,置官属。猗卢求莫含于刘琨,琨使之往,猗卢甚重之。

见《魏书·序纪》、《莫含传》。《通鉴》卷八十九系于是年。

刘琨四十五岁。卢谌三十二岁。张骏九岁。释道安二岁。

晋愍帝建兴四年(316)　丙子

刘聪将刘曜陷长安外城,晋愍帝出降,被遣送至平阳。

见《晋书·愍帝纪》、《刘聪载记》及《通鉴》卷八十九。

石勒败刘琨将箕澹,克并州,刘琨逃奔段匹磾于蓟城。刘琨作《赠卢谌诗》,卢谌作答诗。刘琨时年四十六岁。

见《晋书·刘琨传》。

卢谌又有《赠魏子悌诗》,当作于此时。卢谌时年三十三岁。

见《晋书·刘琨传》、《石勒载记》及《通鉴》卷八十九。

张骏十岁。释道安三岁。

晋元帝司马睿建武元年(317)　丁丑

刘聪杀晋愍帝于平阳。

见《晋书·愍帝纪》及《通鉴》卷九十。

刘琨四十七岁,作《劝进表》。

见《文选》三十七。李善注谓作于本年。

卢谌三十四岁。张骏十一岁。释道安四岁。

晋元帝大兴元年(318)　戊寅

刘琨四十八岁,被段匹磾杀害。卢谌三十五岁,与崔悦上表理刘琨。

见《晋书·刘琨传》及《通鉴》卷九十。

刘聪卒,子刘粲继位,为靳准所杀。

见《晋书·刘聪载记》、《通鉴》卷九十。

张骏十二岁。释道安五岁。

晋元帝大兴二年(319)　己卯

刘曜封石勒为赵王,石勒遣王脩使于刘曜,曜杀之。石勒怒,遂与刘曜不和。不久，即称帝，都襄国。曜都长安。于是，石勒为"后赵"，刘曜为"前赵"。

见《晋书·石勒载记》及《通鉴》卷九十。

后赵石勒命记室佐明楷、程机撰《上党国记》，中大夫傅彪、贾蒲、江轨撰《大将军起居注》，参军石泰、石同、石谦、孔隆撰《大单于志》。

见《晋书·石勒载记》。中华书局标点本《校记》："《史通·正史篇》叙后赵修史诸人有程阴、徐机。《斠注》：《冉闵载记》有尚书令徐机，疑即修史之人。此作'程机'或因'程阴'而误。按：当是'程'下脱'阴徐'二字。"

卢谌三十六岁，与崔悦同奔辽西，依段末波。

见《晋书》本传。

张骏十三岁。释道安六岁。

晋元帝大兴三年（320） 庚辰

慕容廆从宋该计，遣裴嶷使建康，元帝以慕容廆为监平州诸军事、安北将军、平州刺史，寻加使持节、都督幽州东夷诸军事、车骑将军、平州牧，封辽东郡公。

见《晋书·慕容廆载记》、《通鉴》卷九十一。宋该为前燕知名文人。见《周书·王褒庾信传论》。

卢谌三十七岁。张骏十四岁。释道安七岁。

晋元帝大兴四年（321） 辛巳

前燕慕容廆立学舍。

《晋书·慕容廆载记》云："时二京倾覆，幽冀沦陷，廆刑政修明，虚怀引纳，流亡士庶多襁负归之。廆乃立郡以统流人，冀州人为冀阳郡，豫州人为成周郡，青州人为营丘郡，并州人为唐国郡。于是推举贤才，委以庶政，以河东裴嶷、代郡鲁昌、北平阳耽为谋主，北海逢羡、广平游邃、北平西方虔、渤海封抽、西河宋奭、河东裴开为股肱，渤海封奕、平原宋该、安定皇甫岌、兰陵缪恺以文章才俊任居枢要,会稽朱左车、太山胡毋翼、鲁国孔纂以旧德清重引为宾友,平原刘讚儒学该通,引为东庠祭酒,其世子皝率国胄束脩受业焉。廆览政之暇,亲临听之,于是路有颂声,礼让兴矣。"《通鉴》卷九十一系于是年。其中诸姓后遂为北朝望族。

  卢谌三十八岁。张骏十五岁。释道安八岁。

晋元帝永昌元年(322)　壬午

刘曜伐杨难敌。陈安求见刘曜,曜托辞不见,陈安遂叛曜。

  见《晋书·刘曜载记》。《通鉴》卷九十二系于是年。

  卢谌三十九岁。张骏十六岁。释道安九岁。

晋明帝司马绍太宁元年(323)　癸未

刘曜围陈安于陇城,败之。陈安走陕中,为刘曜将呼延青人所杀,民间为作《壮士之歌》。

  见《晋书·刘曜载记》、《通鉴》卷九十二。所谓《壮士之歌》,见《晋书》及《乐府诗集》卷八十五,题为《陇上歌》。

石勒以樊坦为章武内史,见其衣冠敝坏,问之,答云:"顷遭羯贼。"勒不加责,偿之。

  见《晋书·石勒载记》及《通鉴》卷九十二。此可见石勒虽不知书,而为帝王之后,亦稍任用士人。

  卢谌四十岁。张骏十七岁。释道安十岁。

晋明帝太宁二年(324)　甲申

成汉主李雄立兄李荡子李班为后。

  见《晋书·李雄载记》、《通鉴》卷九十三。

前凉张茂卒,张寔子张骏继位。

  见《晋书·张轨附张茂传》、《通鉴》卷九十三。按:张骏为前凉重要文人,有集八卷(残),见《隋书·经籍志》。

卢谌四十一岁。张骏十八岁。释道安十一岁。

晋明帝太宁三年(325)　乙酉

后赵将石生攻晋,晋司州刺史李矩附前赵,前赵使刘岳与之合力攻石生,刘岳战败,刘曜亲率师救刘岳,军中惊扰,刘曜兵退,岳被擒。

见《晋书·刘曜载记》、《通鉴》卷九十三。

释道安十二岁,出家为僧。

释慧皎《高僧传》卷五《晋长安五级寺释道安传》:"至年十二出家,神智聪敏,而形貌甚陋,不为师之所重。驱役田舍,至于三年,执勤就劳,曾无怨色。"

王猛生。

据《晋书·苻坚载记》,猛卒年五十一。按《通鉴》卷一百三,猛卒于晋孝武帝宁康三年(375),逆推当生于是年。王猛字景略,北海剧(今山东寿光南)人。前秦文人。

卢谌四十二岁。张骏十九岁。

晋成帝司马衍咸和元年(326)　丙戌

石勒以牙门将王波为记室参军,典定九流,始立秀孝试经之制。

见《晋书·石勒载记》,《通鉴》卷九十三系于是年。

卢谌四十三岁。张骏二十岁。释道安十三岁。王猛二岁。

晋成帝咸和二年(327)　丁亥

张骏遣使与成汉李雄通好。

见《晋书·李雄载记》及《通鉴》卷九十三。

张骏遣使攻前赵秦州,不胜,遂失河南地。

见《晋书·张轨附张骏传》及《通鉴》卷九十三。

卢谌四十四岁。张骏二十一岁。释道安十四岁。王猛三岁。

晋成帝咸和三年(328)　戊子

后赵石勒与前赵刘曜战于洛水,曜败,被石勒所俘,寻杀之。

见《晋书·刘曜载记》、《石勒载记》及《通鉴》卷九十三。

卢谌四十五岁。张骏二十二岁。释道安十五岁。王猛四岁。

晋成帝咸和四年(329)　己丑

后赵灭前赵。氐人蒲洪、羌人姚弋仲降后赵。

见《晋书·石勒载记》、《刘曜载记》、《苻洪载记》、《姚弋仲载记》及《通鉴》卷九十三。苻洪是前秦之祖;姚弋仲为后秦之祖,本居关中,曾为后赵迁徙至司、冀二州。

卢谌四十六岁。张骏二十三岁。释道安十六岁。王猛五岁。

晋成帝咸和五年(330)　庚寅

后赵石勒称帝,改元建平。

见《晋书·石勒载记》、《通鉴》卷九十四。

后赵文人傅畅卒。

《晋书·傅玄附傅畅传》:"勒以为大将军右司马。谙识朝仪,恒居机密,勒甚重之。作《晋诸公赞》二十二卷。又为《公卿故事》九卷。"

卢谌四十七岁。张骏二十四岁。释道安十七岁。王猛六岁。

晋成帝咸和六年(331)　辛卯

后赵石勒将营新宫于邺,廷尉上党续咸固谏,勒怒,将杀之,徐光谏阻,遂赦之,并赐咸绢百匹,米百斛。

见《晋书·石勒载记》、《通鉴》卷九十四。续咸亦后赵文士。

慕容廆致书晋太尉陶侃,约共北伐,并求官爵及九锡。陶侃答书称当上奏朝廷。

见《晋书·慕容廆载记》、《通鉴》卷九十四。慕容廆《致陶侃书》原文见《晋书·慕容廆载记》,虽未必廆自作,大致能见前燕文士作书颇有辞采。

卢谌四十八岁。张骏二十五岁。释道安十八岁。王猛七岁。

晋成帝咸和七年(332)　壬辰

　　后赵暴风大雨,雹起西河介山,石勒以问徐光,黄门郎韦谀驳之,勒从谀议。

　　见《晋书·石勒载记》,《晋书·韦谀传》、《通鉴》俱不载。据《石勒载记》,此事在石勒飨高句丽及宇文氏使者以后,《通鉴》卷九十五载飨使者在本年初,而石勒卒于明年,则此事当在本年或明年三月(因议论及寒食事),而据《通鉴》,明年五月,勒已病,则此事当以本年三月为近理。韦谀乃后赵文士,《晋书·韦谀传》:"(谀)著《伏林》三千余言,遂演为《典林》二十三篇。凡所述作及集记世事数十万言,皆深博有才义。"

　　卢谌四十九岁。张骏二十六岁。释道安十九岁。王猛八岁。

晋成帝咸和八年(333)　癸巳

　　前燕慕容廆卒,子慕容皝代立。

　　见《晋书·慕容廆载记》、《通鉴》卷九十五。

　　后赵石勒卒,子石弘代立,石虎总揽朝政,杀程遐、徐光。

　　见《晋书·石勒载记》、《通鉴》卷九十五。又《晋书·石勒载记》误以石弘立为咸和七年,中华书局标点本《校记》已指出。

　　卢谌五十岁。张骏二十七岁。释道安二十岁。王猛九岁。

晋成帝咸和九年(334)　甲午

　　张骏遣张淳假道成汉至建康,李雄初欲害之,为张淳所折服,送之建康。张骏有《薤露》诗作于是年前后。

　　见《晋书·张轨附张骏传》、《通鉴》卷九十五。《李雄载记》仅及张淳假道事,未及欲加害之事。又张骏于此时,虽称臣于晋,而不奉正朔,犹称"建兴二十一年",见《晋书·张轨附张骏传》。本传又云:"时骏尽有陇西之地,士马强盛,虽称臣于晋,而不行中兴正朔。舞六佾,建豹尾,所置官僚府寺拟于王者,而微异其名。又分州西界三郡置沙州,东界六郡置河州。二府官僚莫不称臣。又于姑臧城南筑城,起谦光殿,画以五色,饰以金玉,穷尽珍巧。殿之四面各起一殿,东曰宜阳青殿,以春三月居之,章服器物皆依方色;南曰朱阳赤殿,夏三月居之;西曰政刑白殿,秋三月居之;北曰玄武黑殿,冬三月居之。其傍皆有直省内官寺署,一同方色。及末年,任所游处,不复依四时而居。"《乐府诗集》卷二十九载张骏《薤露》诗,颇以效忠晋室自命,此犹魏武之哀汉室,未必无取而代之之意。至张祚,遂称帝,未始非张骏有以启之也。

成汉主李雄卒,李班继位,李越杀之,众立李期继位。

见《晋书·李班载记》、《李期载记》及《通鉴》卷九十五。

后赵石虎废石弘,自称"居摄赵天王",改元建武。

见《晋书·石勒载记》、《石季龙载记》及《通鉴》卷九十五。

释慧远生。

释慧皎《高僧传》卷六《晋庐山释慧远传》:"释慧远,本姓贾氏,雁门娄烦人也。"其卒于义熙十二年,时年八十三岁,上推生于本年。

卢谌五十一岁。张骏二十八岁。释道安二十一岁。王猛十岁。

晋成帝咸康元年(335)　乙未

石虎迁都于邺。

见《晋书·石季龙载记》。

是时,石虎崇敬佛图澄,颇重佛法。后赵著作郎王度议禁华人出家,石虎不纳。

见《通鉴》卷九十五,《晋书·艺术·佛图澄传》作著作郎,而《广弘明集》卷六《叙历代王臣滞惑解》作"后赵中书太原王度",《高僧传》卷十《佛图澄传》作"中书著作郎",疑是。王度奏文以《高僧传》所录为详。

张骏遣参军麹护上疏请讨石虎、李期。

事见《晋书·张轨附张骏传》,并载上疏原文,《通鉴》卷九十五系此事于是年,而上疏多加删节。

卢谌五十二岁。张骏二十九岁。释道安二十二岁。王猛十一岁。

晋成帝咸康二年(336)　丙申

卢谌五十三岁。张骏三十岁。释道安二十三岁。王猛十二岁。

晋成帝咸康三年(337)　丁酉

石虎称大赵天王。

见《晋书·石季龙载记》及《通鉴》卷九十五。

前燕慕容皝称燕王。

见《晋书·慕容皝记》、《通鉴》卷九十五。

卢谌五十四岁。张骏三十一岁。释道安二十四岁。王猛十三岁。

晋成帝咸康四年(338)　戊戌

后赵石虎败鲜卑段辽。刘群、卢谌、崔悦降于后赵。

见《晋书·石季龙载记》、《通鉴》卷九十六。刘群为刘琨之子。刘、卢、崔皆十六国时文士,温峤上疏晋帝尝言及之。

成汉李寿用巴西处士龚壮计自涪攻成都,废李期,自称帝,召龚壮,壮不往。

见《晋书·李期载记》、《李寿载记》及《通鉴》卷九十六。龚壮为成汉文人,曾作《百一诗》,托名应璩,事见《晋书·李寿载记》。

鲜卑拓跋什翼犍即代王位,改元建国。

见《通鉴》卷九十六。据《通鉴》,代自拓跋猗卢死,国多内乱,部落离散,至此任燕凤、许谦,国势复强。

卢谌五十五岁。张骏三十二岁。释道安二十五岁。王猛十四岁。

晋成帝咸康五年(339)　己亥

龚壮献《百一诗》于成汉主李寿。

见《晋书·李寿载记》,《通鉴》卷九十六系于是年。

卢谌五十六岁。张骏三十三岁。释道安二十六岁。王猛十五岁。

晋成帝咸康六年(340)　庚子

石虎遣使于成汉李寿,约共攻晋,寿欲许之,用龚壮谏而止。龚壮以寿不事晋,遂不仕。

见《晋书·李寿载记》、《通鉴》卷九十六。

卢谌五十七岁。张骏三十四岁。释道安二十七岁。王猛十六岁。

晋成帝咸康七年(341)　辛丑

前燕使刘翔至建康,求封慕容皝为燕王,晋朝许之。

见《晋书·慕容皝载记》、《通鉴》卷九十六。《晋书》载有《上晋帝表》、《与庾冰书》原文,皆有文采,恐亦出文人代笔。然皝亦能文。

卢谌五十八岁。张骏三十五岁。释道安二十八岁。王猛十七岁。

晋成帝咸康八年(342)　壬寅

前燕慕容皝迁都龙城。

见《通鉴》卷九十七。按:《晋书·慕容皝载记》作咸康七年,然《通鉴》记迁都及伐高句丽事,皆有年月,而《晋书》不记月,疑《通鉴》别有所据,当时《十六国春秋》诸书未亡,疑当从之。

后赵石虎好猎,又喜微行,侍中韦謏谏。

见《晋书·石季龙载记》,《通鉴》卷九十七系于是年。韦謏亦一文人,详见曹道衡《十六国文学家考略》。

后赵青州言济南平陵城北石兽(《通鉴》作"虎"),一夜中忽移在

城东南善在沟,石虎群臣为作《皇德颂》者一百七人。

见《晋书·石季龙载记》、《通鉴》卷九十七。据此则后赵人能文者当不在少数。

卢谌五十九岁。张骏三十六岁。释道安二十九岁。王猛十八岁。

晋康帝司马岳建元元年(343)　癸卯

成汉主李寿卒,子李势继位。

见《通鉴》卷九十七。《晋书·李寿载记》作咸康八年,中华书局标点本《校记》据《晋书·康帝纪》、《华阳国志》已指出其误。

卢谌六十岁。张骏三十七岁。释道安三十岁。王猛十九岁。

晋康帝建元二年(344)　甲辰

是时,石虎亦崇尚经学。

《晋书·石季龙载记》云:"季龙虽昏虐无道,而颇慕经学,遣国子博士诣洛阳写石经,校中经于秘书。国子祭酒聂熊注《穀梁春秋》,列于学官。"《通鉴》不载此事,此据《晋书》叙述次第,姑系于此。

鸠摩罗什生于天竺。

《出三藏记集》卷十四《鸠摩罗什传》:"鸠摩罗什,齐言童寿,天竺人也。家世国相。"又释慧皎《高僧传》卷二《晋长安鸠摩罗什传》载:"初,什一名鸠摩罗耆婆。外国制名,多以父母为本。什父鸠摩炎,母字耆婆,故兼取为名。"鸠摩罗什卒年各家记载不同。此据《广弘明集》卷二十三僧肇《鸠摩罗什法师诔序》所云:"癸丑之年,年七十,四月十三日薨乎大寺。"僧肇为鸠摩罗什入室弟子,所论当可信据。又据《出三藏记集》卷十一所载《成实论出论后记》:"大秦弘始十三年,岁次豕韦,九月八日,尚书令姚显请出此论,至来年九月十五日讫。外国法师拘摩罗耆婆手执胡本,口自传译,昙晷笔受。"拘摩罗耆婆即鸠摩罗什初名。既然在十三年九月尚在世,则鸠摩罗什当卒于其后的弘始十五年,其时晋义熙九年。上推七十年则生于本年。

卢谌六十一岁。张骏三十八岁。释道安三十一岁。王猛二十岁。

晋穆帝司马聃永和元年(345)　乙巳

前燕以牧牛给贫家,田于苑中,公收其八,二分入私。有牛而无地者,亦田苑中,公收其七,三分入私。皝记室参军封裕上书谏。

见《晋书·慕容皝载记》、《通鉴》卷九十七。封裕上书可见当时文风。

卢谌六十二岁。张骏三十九岁。释道安三十二岁。王猛二十一岁。

晋穆帝永和二年(346)　丙午

张骏伐焉耆,降之,分设凉州、河州、沙州,自称大都督、大将军,假称凉王。

见《晋书·张轨附张骏传》、《通鉴》卷九十七。

前凉张骏卒,时年四十岁。

见《晋书·张轨附张骏传》、《通鉴》卷九十七。按:张骏卒年四十,当生于永嘉元年。其子张重华继位。

后赵伐前凉,凉州司马张耽举谢艾于张重华,重华用为将,大破后赵军,重华以谢艾为福禄伯。

见《晋书·石季龙载记》、《张轨附张重华传》及《通鉴》卷九十七。按:谢艾为前凉著名文人,《隋书·经籍志》著录有《谢艾集》七卷;《文心雕龙·熔裁》亦曾称其知文章之繁简。

单道开来至南安。

见释慧皎《高僧传》卷九《晋罗浮山单道开传》:"单道开,姓孟,敦煌人。……以石虎建武十二年从西平来,一日行七百里,至南安。"

卢谌六十三岁。释道安三十三岁。王猛二十二岁。

晋穆帝永和三年(347)　丁未

桓温灭成汉,李势降晋。

见《晋书·桓温传》、《李势载记》及《通鉴》卷九十七。

冬,晋使俞归至姑臧,命张重华为侍中、大都督、督陇右关中诸军事、大将军、凉州刺史、西平公。

见《晋书·张轨附张重华传》、《通鉴》卷九十七。

卢谌六十四岁。释道安三十四岁。王猛二十三岁。

晋穆帝永和四年(348)　戊申

前燕主慕容皝卒,子儁继位。

见《晋书·慕容皝载记》、《通鉴》卷九十八。按:慕容皝能文,《晋书·慕容皝载记》云:"皝雅好文籍,勤于讲授,学徒甚盛,至千余人。亲造《太上章》以代《急就》,又著《典诫》十五篇,以教胄子。"

后赵僧佛图澄卒。

见《高僧传》卷十《竺佛图澄传》,《高僧传》谓佛图澄为西域人,"春秋一百一十七"。《晋书·艺术·佛图澄传》谓佛图澄天竺人,不言享年数,然记其行事,大抵本《高僧传》。二书记佛图澄事,多诞妄难信。然佛图澄乃释道安之师,道安又是慧远之师,则其于佛学之传播,实有功绩,未可以怪异人物视之也。

卢谌六十五岁。释道安三十五岁。王猛二十四岁。

晋穆帝永和五年(349)　己酉

后赵石虎称帝,其年卒,子石世立,石遵杀之,自立。石闵谮蒲洪于石遵,蒲洪怒,至枋头,遂遣使降晋。

见《晋书·石季龙载记》、《苻洪载记》及《通鉴》卷九十八。

后赵石鉴、石闵杀遵。石鉴继立,以刘群为尚书左仆射,卢谌为中书监。

见《晋书·石季龙载记》及《通鉴》卷九十八。

卢谌六十六岁。释道安三十六岁。王猛二十五岁。

晋穆帝永和六年(350)　庚戌

前燕慕容儁乘后赵乱,遂出兵攻后赵。卢谌卒于战乱,时年六十七岁。

《晋书·卢钦附卢谌传》云:"属冉闵诛石氏,谌随闵军,于襄国遇害,时年六十七,是岁永和六年也。"同书《石季龙载记》记襄国之战,冉闵尽众出战,"姚襄、悦绾、石琨等三面攻之,(石)祗冲其后,闵师大败。闵潜于襄国行宫,与十余骑奔邺。降胡栗特康等执冉胤及左仆射刘琦等送于祗,尽杀之。司空石璞、尚书令徐机、车骑胡睦、侍中李绤、中书监卢谌、少府王郁、尚书刘钦、刘休等及诸将士死者十余万人,于是人物歼矣"。但不言年月。《通鉴》卷九十九,录《载记》文字,而系于永和七年三月之后,或别有据。然据《三国志·卢毓传》裴注引《卢谌别传》云:"(刘)琨败,谌归段末波。元帝之初,累召为散骑中书侍郎,不得南赴,永和六年卒于胡。胡中子孙过江,妖贼卢循,谌之曾孙。"《卢谌别传》为裴松之所引,裴,宋元嘉间人,则《别传》之作更在其前,当为东晋末人作。《别传》又谓"胡中子孙过江"云云,当不止卢循一人,所记卢谌卒年当不致有误。范阳卢氏在北方尤为大族,当时人最重谱牒,《别传》谓卢谌卒于本年,当有根据。又按:卢谌之卒温峤之后,《隋书·经籍志》所著录《卢谌集》十卷,是本藏北土,或过江子孙携至江南,未必是温峤所携。然《文选》所载诸作,或由温峤携归江南,盖皆早期所作。徐机曾为后赵作史,当亦文士,徐、卢之死,足证中原士人仍心向晋室,其仕于后赵有所不得已,及冉闵诛胡羯,皆愿为之尽力。后文所言韦謏,恐亦如此。

韦謏因谏冉闵以降胡一千配其子冉胤麾下,为冉闵所杀。

按:韦謏亦文士,见《晋书·儒林传》,尝撰《典林》二十三篇。被杀事见《晋书·石季龙载记》,唯不记年月。据《载记》,韦死在卢谌之前,而《通鉴》卷九十九系于永和六年十一月,则其死于是年当无疑问。

释道安三十七岁。王猛二十六岁。

晋穆帝永和七年(351)　辛亥

苻健自称天王。

见《晋书·苻健载记》、《通鉴》卷九十九。

竺僧朗移居泰山,与隐士张忠为林下之契。

释慧皎《高僧传》卷五《晋泰山昆仑岩竺僧朗传》:"竺僧朗,京兆人也。少而游方问道,长还关中,专当讲说。……以伪秦苻健皇始元年移卜泰山,与隐士张忠为林下之契,每共游处。"

释道安三十八岁。王猛二十七岁。

晋穆帝永和八年(352)　壬子

姚弋仲卒,子苌继位,称帝。

见《晋书·姚弋仲载记》。

慕容儁称帝。

见《晋书·慕容儁载记》。

晋张遇以许昌叛,晋使谢尚、姚襄伐之。前秦主苻健命苻雄救张遇,晋军败。

见《晋书·苻健载记》、《通鉴》卷九十九。

释道安三十九岁。王猛二十八岁。

晋穆帝永和九年(353)　癸丑

前凉张重华命将军张弘、宋修会王擢伐前秦,前秦丞相苻雄率兵御之,败凉兵于龙黎。王擢奔凉州,秦州遂入前秦。

见《晋书·苻健载记》、《通鉴》卷九十九。

前凉复遣王擢伐上邽,秦州多应之,张重华遂上表晋帝求伐前秦。

见《晋书·张轨附张重华传》、《通鉴》卷九十九系于本年。张重华上表,略见《晋书》本传,亦有文采。

前凉张重华卒,子曜灵嗣,张祚废之,自称凉州牧。

见《晋书·穆帝纪》、《张轨附张曜灵、张祚传》及《通鉴》卷九十九。

释慧远二十一岁,欲渡江南下。时中原寇乱,慧远遂投释道安门下。

释慧皎《高僧传》卷六《晋庐山释慧远传》:"年二十一岁,欲渡江东,就范宣子共契嘉遁。值石虎已死,中原寇乱,南路阻塞,志不获从。时沙门释道安立寺于太行恒山,弘赞像法,声甚著闻,远遂往归之。"

释道安四十岁。王猛二十九岁。

晋穆帝永和十年(354)　甲寅

前凉张祚自称凉王,马岌谏,张祚不听,又杀同谏者丁祺。

见《晋书·张轨附张祚传》、《通鉴》卷九十九。马岌为前凉名士,有四言诗,见《晋书·隐逸·宋纤传》。

晋桓温出江陵,伐前秦。至于灞上,三辅民皆以牛酒迎之。是年,桓温班师回南。

见《晋书·桓温传》、《通鉴》卷九十九。

北海人王猛见桓温。桓温寻为苻雄败于白鹿原。

见《晋书·桓温传》、《苻健载记》及《通鉴》卷九十九。按:王猛为前秦名臣,《隋书·经籍志》著录有《王猛集》九卷。

释道安四十一岁。王猛三十岁。

晋穆帝永和十一年(355)　乙卯

前秦苻健卒,子苻生继位。

见《晋书·苻健载记》、《通鉴》卷一百。

前凉宋混起兵讨张祚,张琚、张嵩应之,杀张祚,立张玄靓为大将军、凉州牧、西平公。

见《晋书·张轨附张玄靓传》、《通鉴》卷一百。

释道安四十二岁。王猛三十一岁。

晋穆帝永和十二年(356)　丙辰

晋桓温自江陵北伐,入洛阳,败姚襄。姚襄据襄陵。

见《晋书·桓温传》、《姚襄载记》及《通鉴》卷一百。

释慧远二十四岁,在释道安门下讲说。

释慧皎《高僧传》卷六《晋庐山释慧远传》:"年二十四,便就讲说。尝有客听讲,难实相义,往复移时,弥增疑昧。远乃引《庄子》义为连类,于是惑者晓然。是后安公特听慧远不废俗书。"

释道安四十三岁。王猛三十二岁。

晋穆帝升平元年(357)　丁巳

姚襄谋取关中,苻生遣苻黄眉、苻坚等拒之,擒杀姚襄。

见《晋书·苻生载记》、《姚襄载记》及《通鉴》卷一百。

苻坚因吕婆楼荐,得王猛,待为腹心。

见《晋书·苻坚载记》、《通鉴》卷一百。

苻坚杀苻生,自立为大秦天王。

见《晋书·苻坚载记》、《通鉴》卷一百。

苻坚封弟苻融为阳平公,以王猛为中书侍郎。

见《晋书·苻坚载记》、《通鉴》卷一百。苻融为前秦文人,《晋书·苻坚载记附苻融传》曰:"融聪辩明慧,下笔成章,至于谈玄论道,虽道安无以出之。耳闻则诵,过目不忘,时人拟之王粲。尝著《浮图赋》,壮丽清赡,世咸珍之。未有升高不赋,临丧不诔,朱彤、赵整等推其妙速。"今传《梁鼓角横吹曲·企喻歌》第一首,传为融作。

苻坚建学校,兴文教。

见《晋书·苻坚载记》、《通鉴》卷一百。

释道安四十四岁。王猛三十三岁。

晋穆帝升平二年(358)　戊午

晋荀羡攻前燕泰山太守贾坚于山茌,杀之。燕使悦明救之,复陷山茌。

见《晋书·慕容儁载记》、《通鉴》卷一百。

释道安四十五岁,从外地讲学后,重回到冀州,住受都寺。后辗转到牵口山。慕容儁破陆浑,释道安远适襄阳。此后在襄阳定居十五年。

释慧皎《高僧传》卷五《晋长安五级寺释道安传》:"后避难潜于濩泽。太阳竺法济、并州支昙讲《阴持入经》,安后从之受业。顷之,与同学竺法汰俱憩飞龙山,沙门僧先、道护已在彼山,相见欣然,乃共披文属思,妙出神情。安后于太行、恒山创立寺塔,改服从化者中分河北。时武邑太守卢歆,闻安清秀,使沙门敏见苦要之。安辞不获免,乃受请开讲,名实既符,道俗欣慕。至年四十五,复还冀部,住受都寺,徒众数百,常宣法化。时石虎死,彭城王石遵墓袭嗣(金陵刻经处刊本《高僧传》无"石遵墓袭"四字),遣中使竺昌蒲请安入华林园,广修房舍。安以石氏之末,国运将危,乃西适牵口山。迄冉闵之乱,人情萧素,安乃谓其众曰:'今天灾旱蝗,寇贼纵横,聚则不立,散则不可。'遂复率众入王屋、女休山。顷之,复渡河依陆浑,山木食修学。俄而慕容儁逼陆浑,遂南投襄阳。行至新野,谓徒众曰:'今遭凶年,不依国主,则法事难立。又教化之体,宜令广布。'咸曰:'随法师教。'乃令法汰诣扬州,曰:'彼多君子,好尚风流。'法和入蜀,山水可以修闲。安与弟子慧远等四百余人渡河,夜行值雷雨,乘电光而进。"按:释道安在襄阳十一年,至379年为苻坚所俘,则应在365年前后至襄阳,志此待考。又按:释道安说"不依国主,则法事难立。又教化之体,宜令广布"。从这里可以看出,佛教之传布,六朝人非常清楚当依当权者的提倡。故释道安入长安、法和入蜀、法汰入扬州,均与当地显贵(如桓温、晋简文帝及三吴信徒)有密切关系。法和、法汰及慧远有传记。同门师兄四方传法,相互联络,比如法汰病重时,慧远特意前往荆州看望。南北文化之交流,僧侣之作用的确不容忽视。

释慧远随师释道安至襄阳。

见释慧皎《高僧传》卷六《晋长安五级寺释道安传》。

释道安四十五岁。王猛三十四岁。

晋穆帝升平三年(359)　己未

前凉张瓘欲废张玄靓,宋混杀之,玄靓去凉王号,称凉州牧。

见《晋书·张轨附张玄靓传》、《通鉴》卷一百。

王猛三十五岁,为前秦吏部尚书,寻加太子詹事,又加左仆射辅国将军、司隶校尉。王猛辞左仆射,以苻融为之。

见《晋书·苻坚载记》、《通鉴》卷一百。

释道安四十六岁,此后十五年在襄阳译经,并著有《经录》。

释慧皎《高僧传》卷五《晋长安五级寺释道安传》:"既达襄阳,复宣佛法。初经出已久,而旧译时谬。致使深藏隐没未通,每至讲说,唯叙大意转读而已。安穷览经典,钩深致远,其所注《般若道行》、《密迹》、《安般》诸经,并寻文比句,为起尽之义,乃析疑甄解,凡二十二卷。序致渊富,妙尽深旨,条贯既叙,文理会通,经义克明,自安始也。自汉魏迄晋,经来稍多,而传经之人,名字弗说,后人追寻,莫测年代。安乃总集名目,表其时人,诠品新旧,撰为《经录》,众经有据,实由其功。"

单道开渡江至建业。

释慧皎《高僧传》卷九《晋罗浮山单道开传》:"至晋升平三年来之建业,俄而至南海,后入罗浮山。"

晋穆帝升平四年(360)　庚申

前燕慕容儁卒,子慕容㬉继位。

见《晋书·慕容儁载记》、《通鉴》卷一百一。《晋书·慕容儁载记》曰:"儁雅好文籍。自初即位至末年,讲论不倦,览政之暇,唯与侍臣错综义理,凡所著述四十余篇。"

前凉张玄靓以叔张天锡为中领军,与张邕同辅政。

见《晋书·张轨附张玄靓传》、《通鉴》卷一百一。

释道安四十七岁。王猛三十六岁。

晋穆帝升平五年(361)　辛酉

前凉始废建兴四十九年年号,改用升平。

见《晋书·张轨附张玄靓传》、《通鉴》卷一百一。

释道安四十八岁。王猛三十七岁。

晋哀帝司马丕隆和元年(362)　壬戌

前燕将吕护攻洛阳,桓温遣庾希、邓遐救洛阳,遂请晋帝迁都洛阳。

见《晋书·桓温传》、《通鉴》卷一百一。

释道安四十九岁。王猛三十八岁。

晋哀帝兴宁元年(363)　癸亥

前凉张天锡杀张玄靓自立。

《晋书·张轨附张天锡传》、《通鉴》卷一百一。

释道安五十岁。王猛三十九岁。

晋哀帝兴宁二年(364)　甲子

前燕将李洪攻许昌、汝南,败晋军,取之,迁其民于幽、冀。

见《晋书·哀帝纪》、《慕容㬉载记》及《通鉴》卷一百一。

释道安五十一岁。王猛四十岁。

晋哀帝兴宁三年(365) 乙丑

前秦苻坚改元建元。

见《晋书·苻坚载记》、《通鉴》卷一百一。

前燕取洛阳。

见《晋书·海西公纪》、《慕容暐载记》及《通鉴》卷一百一。

释道安五十二岁。王猛四十一岁。

晋海西公司马奕太和元年(366) 丙寅

前秦王猛、杨安、姚苌等攻晋荆州,掠民万余户而归。

见《晋书·苻坚载记》、《通鉴》卷一百一。

释道安五十三岁。王猛四十二岁。

晋海西公太和二年(367) 丁卯

前秦王猛率姚苌等伐敛岐,敛岐之众旧属姚弋仲,闻姚苌来,悉降,前秦遂以苌为陇东太守。

见《通鉴》卷一百一。此足见后秦姚氏日以兴起的原因。

前燕慕容恪卒,前秦始图前燕。

见《晋书·慕容暐载记》、《通鉴》卷一百一。

前秦使郭辩为间于燕,访皇甫真,言及其兄皇甫腆仕前秦。皇甫真识其计,而燕不究。郭辩归,言燕政之乱。

见《晋书·慕容暐载记》、《通鉴》卷一百一。皇甫真为前燕主要文人之一。

释道安五十四岁。王猛四十三岁。

晋海西公太和三年(368) 戊辰

前秦使吕光等讨苻双。

吕光为后凉建立者,事见后。见《晋书·苻坚载记》、《通鉴》卷一百一。

释道安五十五岁。王猛四十四岁。

晋海西公太和四年(369) 己巳

晋桓温率师伐前燕,前燕乞援于前秦,秦师未至,燕慕容垂御晋师,屡败之,桓温遂退,慕容垂大破之于襄邑。

见《晋书·海西公纪》、《桓温传》、《慕容㬀载记》及《通鉴》卷一百二。此为前秦强于前燕之始。

前燕尚书左丞申绍上疏论燕弊政,慕容㬀不纳。

见《晋书·慕容㬀载记》、《通鉴》卷一百二。《晋书》、《通鉴》皆载原文,可以见前燕文风。

释道安五十六岁。王猛四十五岁。

晋海西公太和五年(370) 庚午

前秦王猛率师伐前燕,燕将慕容筑以洛阳降。王猛遂攻壶关,又命杨安攻晋阳。寻灭前燕,俘慕容㬀。

见《晋书·慕容㬀载记》、《苻坚载记》及《通鉴》卷一百二。

崔宏在前燕时已称"冀州神童"。

《魏书·崔玄伯(宏)传》:"祖悦,仕石虎,官至司徒左长史、关内侯。父潜,仕慕容㬀,为黄门侍郎,并有才学之称。玄伯少有俊才,号曰冀州神童。"据《晋书·刘琨传》,温峤成帝咸康二年(336)前上表称崔悦与刘琨子群、卢谌等"皆在(段)末波中,翘首南望",并谓数人"并有文思"。温峤南归,在元帝初镇江东时,应在愍帝建兴中(313~316),时悦已在刘琨幕下,下距本年五十余年,可知其孙号神童时间必在燕亡之前。

释道安五十七岁。王猛四十六岁。

晋简文帝司马昱咸安二年(372) 壬申

前秦复魏晋士籍,使役有常闻,诸非正道,典学一皆禁之。坚临太学,考学生经义,上第擢叙者八十三人。自永嘉之乱,庠序无闻,及坚之僭,颇留心儒学,王猛整齐风俗,政理称举,学校渐兴。关陇清晏,百姓丰乐,自长安至于诸州,皆夹路树槐柳,二十里一亭,四十里一驿,旅行者取给于途,工商贸贩于道。百姓歌之曰:"长安大街,夹树杨槐。下走朱轮,上有鸾栖。英彦云集,诲我萌黎。"……苻坚以王猛为丞相,以苻融为镇东大将军,祖于霸东,奏乐赋诗。

见《晋书·苻坚载记》。据《通鉴》卷一百三,王猛为丞相在本年,则此事必在是年。前秦文学在十六国殊盛,此其详情也。

前秦举清河崔逞。苻融使高泰于长安,高泰为王猛所赏。

见《通鉴》卷一百三。按:崔逞后仕北魏,为魏早期文人。高泰为北魏文人高允之祖。

释道安五十九岁。王猛四十八岁。

晋孝武帝司马曜宁康元年(373)　癸酉

前秦将王统、朱彤取晋蜀地。

见《晋书·孝武帝纪》、《苻坚载记》及《通鉴》卷一百三。

凉州刺史张天锡出《首楞严经》。

《出三藏记集》卷七无名氏《首楞严经后记》:"咸安三年,岁在癸酉,凉州刺史张天锡在州出此《首楞严经》。于时有月支优婆塞支施仑手执胡本。支博综众经,于方等三昧特善,其志业大乘学也。出《首楞严》、《须赖》、《上金光首》、《如幻三昧》,时在凉州,州内正厅堂湛露轩下集。时译者龟兹王世子帛延善晋胡音。延博解群籍,内外兼综。受者常侍西海赵当潇、会水令马亦、内侍来恭政,此三人皆是俊德,有心道德。时在坐沙门释慧常、释进行。凉州自属辞。辞旨如本,不加文饰,饰近俗,质近道,文质兼唯圣有之耳。"

释道安六十岁。王猛四十九岁。

晋孝武帝宁康二年(374)　甲戌

前秦朱彤、赵整请诛鲜卑,苻坚不听。

见《晋书·苻坚载记》、《通鉴》卷一百三。赵整、朱彤皆前秦文士。赵整,略阳清水人,一说济阴人,官著作郎,有诗见《晋书》、《通鉴》、《乐府诗集》等,其事迹详见《高僧传》卷一《昙摩难提传附赵正传》。

释道安六十一岁。王猛五十岁。

晋孝武帝宁康三年(375)　乙亥

前秦丞相王猛卒,时年五十一岁。

见《晋书·苻坚载记》、《通鉴》卷一百三。《隋书·经籍志》著录有"晋苻坚丞相《王猛集》九卷,录一卷",今佚。《全上古三代秦汉三国六朝文》辑录九篇,虽属应用文字,然皆王猛手笔,亦可略见其文风。

释道安六十二岁。

晋孝武帝太元元年(376)　丙子

前秦使闫负、梁殊于前凉,张天锡杀之。苻坚怒,命梁熙、姚苌等伐前凉,灭之。

见《晋书·苻坚载记》、《通鉴》卷一百四。

前秦遣苻洛伐代,代王拓跋什翼犍避居漠北。后遂服于前秦。

见《晋书·苻坚载记》、《通鉴》卷一百四。《魏书·序纪》讳其事,唯言昭成帝(什翼犍)崩。据《晋书·苻坚载记》,什翼犍尝为前秦所俘,至长安。然什翼犍当死于是年。

前秦秦州刺史窦滔妻苏蕙作《织锦回文诗》当在是年之后。

按:《晋书·列女·苏蕙传》、《太平御览》卷一百八十五引王隐《晋书》,皆言窦滔被放流沙,则应在灭前凉以后,苻坚失败以前,姑系于此。至传武则所作《织锦璇玑图》谓窦滔在襄阳诸说,不可信,详见曹道衡《十六国文学家考略》。

释道安六十三岁。

晋孝武帝太元二年(377)　丁丑

前秦自王猛死,法律制度日废。慕容垂始有重兴燕国之心。

见《通鉴》卷一百四。

释道安六十四岁。

晋孝武帝太元三年(378)　戊寅

前秦苻坚饮群臣酒,必使人尽醉,赵整作《酒德之歌》以谏。

见《通鉴》卷一百四。《酒德之歌》今存。

前秦梁熙遣使贡西域汗血马于苻坚,坚命却之,令群臣作《止马诗》,作者四百余人。

见《晋书·苻坚载记》、《通鉴》卷一百四。

释道安六十五岁。

晋孝武帝太元四年(379)　己卯

前秦克襄阳,获朱序。

见《晋书·苻坚载记》、《通鉴》卷一百四。此役,晋失襄阳,习凿齿、道安皆入于前秦。按《高僧传》卷五《晋长安五级寺释道安传》:"时苻坚素闻安名,每云:'襄阳有释道安,是神器,方欲致之,以辅朕躬。'后遣苻丕南攻襄阳,安与朱序俱获于坚,坚谓仆射权翼曰:'朕以十万之师取襄阳,唯得一人半。'翼曰:'谁耶?'坚曰:'安公一人,习凿齿半人也。'"道安遂迁长安,住五重寺。又按《晋书·习凿齿传》,习凿齿至长安,因病回襄阳,后苻坚败,襄阳复归晋,晋召习凿齿修国史,未果,寻卒。

释慧远师从释道安,"安公入关,远乃迁于寻阳,茸宇庐岳"。

见《出三藏记集》卷十五本传。释慧皎《高僧传》卷六《晋庐山释慧远传》:"远于是与弟子数十人,南适荆州,住上明寺。后欲往罗浮山,及届寻阳,见庐峰清静,足以息心,始住龙泉精舍。"

道安弟子释法遇东下,止江陵长沙寺。

释慧皎《高僧传》卷五《晋荆州长沙寺释法遇传》："后襄阳被寇，遇乃避地东下，止江陵长沙寺。讲说众经，受业者四百余人。"

释道安弟子释昙徽东下荆州，止上明寺。

释慧皎《高僧传》卷五《晋荆州上明释昙徽传》："释昙徽，河内人。年十二，投道安出家……后随安在襄阳，苻丕寇境，乃东下荆州，止上明寺。"

十一月十一日，昙摩侍传，佛念执胡本，慧常笔受《比丘尼大戒》。

见《出三藏记集》卷十一载无名氏《关中近出尼二种坛文夏坐杂十二事并杂事共卷前中后三记》。"卷初记云：太岁己卯，鹑尾之岁，十一月十一日，在长安出此《比丘尼大戒》，其月二十六日讫。僧纯于龟兹佛陀舌弥许得戒本，昙摩侍传，佛念执胡本，慧常笔受。""卷后又记云：秦建元十五年十一月五日，岁在鹑尾，比丘僧纯、昙充从丘慈高德沙门佛图舌弥许，得此《授大比丘尼戒仪》及《二岁戒仪》。从《受坐》至《嘱授》诸杂事，令昙摩侍出，佛图卑为译，慧常笔受。"按卷十三《昙摩难提传》云："竺佛念，凉州人也。志行弘美，辞才辩赡，博见多闻，雅识风俗。家世河西，通习方语。故能交译华梵，宣法关渭，苻、姚二代，常参传经，《二含》之具，盖其功也。"又《出三藏记集》卷十五《佛念法师传》："竺佛念，凉州人也。弱年出家，志业坚清。"

释道安六十六岁。

晋孝武帝太元五年（380） 庚辰

前秦苻坚以氐人三千户配苻丕镇邺；命石越镇龙城，韩胤镇平城，梁谠镇蓟城，毛兴镇枹罕，王腾镇晋阳，各配支户三千。赵整歌《阿得脂》以谏。

见《晋书·苻坚载记》、《通鉴》卷一百四。按：《阿得脂》一歌，本琴曲，颇不易解，疑杂氐语。一说赵整是略阳人，本民族杂居之地，赵整亦或氐族也。

释道安六十七岁。

晋孝武帝太元六年(381)　辛巳

崔浩生。

据《魏书·释老志》,崔浩死"时年七十",浩死于太平真君十一年,则当生于是年。按《魏书》本传,崔浩字伯渊,清河东武城人。北魏著名学者、书法家、作家。

僧伽跋澄(众现)来入关中。

释慧皎《高僧传》卷一《晋长安僧伽跋澄传》:"僧伽跋澄,此云众现,罽宾人。……苻坚建元十七年,来入关中。先是大乘之典未广,禅数之学甚盛,既至长安,咸称法匠焉。苻坚秘书郎赵正,崇仰大法,尝闻外国宗习《阿毘昙毘婆沙》,而跋澄讽诵,乃四事礼供,请译梵文,遂共名德法师释道安等,集僧宣译。跋澄口诵经本,外国沙门昙摩难提笔受为梵文,佛图罗刹宣译,秦沙门敏智笔受为晋本,以伪秦建元十九年译出,自孟夏至仲秋方讫。"

夏,鸠摩罗佛提执胡本,竺佛念、佛护为译,僧导、昙究、僧叡笔受《阿毘昙》。

《出三藏记集》卷九无名氏《四阿含暮抄序》:"阿含暮者,秦言趣无也。阿难既出十二部经,又采撮其要迳至道法为《四阿含暮》,与《阿毘昙》及律并为三藏焉。……有外国沙门,字因提丽,先赍诣前部国,秘之佩身,不以示人。其王弥第求得讽之,遂得布此。余以壬午之岁八月,东省先师寺庙于邺寺,令鸠摩罗佛提执胡本,佛念、佛护为译,僧导、昙究、僧叡笔受,至冬十一月乃讫。此岁夏出《阿毘昙》,冬出此经,一年之中具二藏也。深以自幸,但恨八九之年始遇斯经,恐韦编未绝,不终其业耳。若加数年,将无大过也。"

秋八月,鸠摩罗佛提执胡本,竺佛念、佛护为译,僧导、昙究、僧叡笔受《四阿含暮抄》。

《出三藏记集》卷九无名氏《四阿含暮抄序》:"余以壬午之岁八月,东省先师寺庙于邺寺,令鸠摩罗佛提执胡本,佛念、佛护为译,僧导、昙究、僧叡笔受,至冬十一月乃讫。"

释道安六十八岁。崔浩一岁。

晋孝武帝太元七年(382)　壬午

前秦"(苻)坚飨群臣于前殿,乐奏赋诗。秦州别驾天水姜平子诗有'丁'字,直而不曲。坚问其故,平子曰:'臣丁至刚,不可以屈,且曲下者不正之物,未足献也。'坚笑曰:'名不虚行。'因擢上第"。

见《晋书·苻坚载记》。

车师前部王弥寘、鄯善王休密驮朝于前秦,请依汉置都护故事。苻坚遂以吕光为持节,都督西讨诸军事,以兵七万伐西域。

见《晋书·苻坚载记》、《通鉴》卷一百四。《出三藏记集》卷八释道安《摩诃钵罗若波罗蜜经抄序》载此事作"车师前部王名弥第":"昔在汉阴十有五载,讲《放光经》岁常再遍。及至京师,渐四年矣,亦恒岁二,未敢堕息。然每至滞句,首尾隐没,释卷深思,恨不见护公、叉罗等。会建元十八年,正车师前部王名弥第来朝,其国师字鸠摩罗跋提,献胡《大品》一部,四百二牒,言二十千首卢。首卢三十二字,胡人数经法也。即审数之,凡十七千二百六十首卢,残二十七字,都并五十五万二千四百七十五字。天竺沙门昙摩蜱执本,佛护为译,对而检之,慧进笔受。与《放光》、《光赞》同者,无所更出也。其二经译人所漏者,随其失处,称而正焉。其义异不知孰是者,辄并而两存之,往往为训其下,凡四卷。其一纸二纸异者,出别为一卷,合五卷也。"按:在这篇序中,作者谈到了胡汉译文之难有"五失本":"一者胡语尽倒,而使从秦,一失本也。二者胡经尚质,秦人好文,传可众心,非文不合,斯二失本也。三者胡经委悉,至于叹咏,叮咛反覆,或三或四,不嫌其烦,而今裁斥,三失本也。四者胡有义说,正似乱辞,寻说向语,文无以异,或千五百,刈而不存,四失本也。五者事已全成,将更傍及,反腾前辞,已乃后说,而悉除此,五失本也。"

前秦苻坚议伐晋,苻融、释道安等以为不可,苻坚不听。

见《晋书·苻坚载记》、《通鉴》卷一百四。

释道安六十九岁。崔浩二岁。

晋孝武帝太元八年(383)　癸未

四月,佛图罗刹译《杂阿毗昙毗婆沙》十四卷。

见《出三藏记集》卷二。注:"伪秦建元十九年四月出,至八月二十九日出讫。或云《杂阿毗昙心》。""晋孝武帝时,罽宾沙门僧伽跋澄,以苻坚时入长安。跋澄口诵《毗婆沙》,佛图罗刹译出。"该经梁时存。卷十载有释道安《鞞婆沙序》云:"有秘书郎赵政文业者,好古索隐之士也。常闻外国尤重此经,思存想见,然乃在昆岳之右,艽野之西,眇尔绝域,末由也已。会建元十九年,罽宾沙门僧伽跋澄讽诵此经,四十二处,是尸陀槃尼所撰者也。来至长安,赵郎饥虚在往,求令出焉。其国沙门昙无难提笔受为梵文,弗图罗刹译传,敏智笔受为此秦言,赵郎正义起尽。自四月出,至八月二十九日乃讫。胡本一万一千七百五十二首卢,长五字也,凡三十七万六千六十四言也。秦语为十六万五千九百七十五字。经本甚多,其人忘失。唯四十事,是释《阿毗昙》十门之本,而分十五事为小品回著前,以二十五事为大品而著后。"按卷十三《僧伽跋澄传》:"僧伽跋澄,罽宾人也。……苻坚之末,来入关中。先是大乘之典未广,禅数之学甚盛。既至长安,咸称法匠焉。坚秘书郎赵政字文业,博学有才章,即坚之琳、瑀也。崇仰大法,尝闻外国宗习《阿毗昙毗婆沙》,而跋澄讽诵,乃四事礼供,请译梵文。遂共名德法师释道安集僧宣译。跋澄口诵经本,外国沙门昙摩难提笔受为梵文,佛图罗刹宣译,秦沙门敏智笔受为汉文。以伪建元十九年译出,自孟夏至仲秋方讫。"又见释慧皎《高僧传》卷一《晋长安僧伽跋澄传》:"僧伽跋澄,此云众现。罽宾人。……苻坚建元十七年,来入关中。先是大乘之典未广,禅数之学甚盛,既至长安,咸称法匠焉。苻坚秘书郎赵正,崇仰大法,尝闻外国宗习《阿毘昙毘婆沙》,而跋澄讽诵,乃四事礼供,请译梵文,遂共名德法师释道安等,集僧宣译。跋澄口诵经本,外国沙门昙摩难提笔受为梵文,佛图罗刹宣译,秦沙门敏智笔受为晋本,以伪秦建元十九年译出,自孟夏至仲秋方讫。"

僧伽提婆译《阿毘昙八犍度》二十卷。

见《出三藏记集》卷二。注:"一名《迦旃延阿毘昙》。建元十九年出。"该经梁时存。卷十载有《八犍度阿毘昙根犍度后别记》。又,卷十三《僧伽提婆传》:"僧伽提婆,罽宾国人也,姓瞿昙氏。……苻氏建元中,入关宣流法化。初,安公之出《婆须蜜经》也,提婆与僧伽跋澄共执梵文。……顷之,姚兴王秦,法事甚盛。于是法和入关,而提婆度江。"释慧皎《高僧传》卷一《晋庐山僧伽提婆传》:"僧伽提婆,此言众天,或云提和,音讹故也。本姓瞿昙氏,罽宾人。……苻氏建元中,来入长安,宣流法化。"

晋桓冲率兵十万攻前秦,败秦兵,前秦使慕容垂为前锋,至沔水,晋军退。

见《晋书·苻坚载记》、《通鉴》卷一百五。

前秦苻坚大举侵晋,八月,以苻融率张蚝、慕容垂为前锋。晋命谢石、谢玄、谢琰、桓伊等拒之。十月,战于淝水,前秦大败,苻融死。

见《晋书·孝武帝纪》、《苻坚载记》及《通鉴》卷一百五。这就是历史上有名的淝水之战。

慕容垂求巡抚燕岱,并拜前燕墓,苻坚许之。慕容垂叛前秦。

见《晋书·慕容垂载记》、《苻坚载记》及《通鉴》卷一百五。

释道安七十岁。崔浩三岁。

晋孝武帝太元九年(384) 甲申

慕容垂率丁零、乌丸之众以攻苻坚子丕于邺。慕容垂曾上表苻坚,苻坚亦有报书,俱有文采。

见《晋书·慕容垂载记》。

前秦将吕光破龟兹,西域三十余国多降。"光入其城,大飨将士,赋诗言志。见其宫室壮丽,命参军京兆段业著《龟兹宫赋》以讥之。"

见《晋书·吕光载记》。《通鉴》卷一百五不载赋诗作赋事。

吕光于龟兹获名僧鸠摩罗什。

见《晋书·吕光载记》。又《高僧传·鸠摩罗什传》:"什既道流西域,名被东川。时苻坚僭号关中……至苻坚建元十三年(晋太元二年,377),岁次丁丑正月,太史奏云:'有星见于外国分野,当有大德智人,入辅中国。'坚曰:'朕闻西域有鸠摩罗什,襄阳有沙门释道安,将非此耶。'即遣使求之。至十七年(381)二月,鄯善王、前部王等,又说坚请兵西伐。十八年(382)九月,坚遣骁骑将军吕光、陵江将军姜飞,将前部王及车师王等,率兵七万,西伐龟兹及乌耆诸国。临发,坚饯光于建章宫,谓光曰:'夫帝王应天而治,以子爱苍生为本,岂贪其他而伐之乎,正以怀道之人故也。朕闻西国有鸠摩罗什,深解法相,善闲阴阳,为后学之宗,朕甚思之。贤哲者,国之大宝,若剋龟兹,即驰驿送什。'"又《高僧传·释道安传》:"安先闻罗什在西国,思共讲析,每劝坚取之。什亦远闻安风,谓是东方圣人,恒遥而礼之。"足见当时佛教徒,与西域声气互通。

晋谢玄遣淮阴太守高素伐青州,前秦青州刺史苻朗诣谢玄于彭城求降,玄表朗,许之。

见《晋书·苻坚载记附苻朗传》、《通鉴》卷一百五。苻朗,字元达,苻坚从兄子也。《晋书》称:"及为方伯,有若素士,耽玩经籍,手不释卷,每谈虚语玄,不觉日之将夕;登涉山水,不知老之将至。"又云

"著《苻子》数十篇行于世,亦《老》、《庄》之流也"。《隋书·经籍志》著录有《苻子》二十卷,今佚,严可均《全上古三代秦汉三国六朝文》辑有佚文。又《晋书》载有其《临终诗》一首。

苻坚迎陇西处士王嘉于倒虎山,问以吉凶。

见《通鉴》卷一百五。据《高僧传·释道安传》:"及坚将欲南征,遣问休否,嘉无所言,乃乘使者马,佯向东行数百步,因落靴帽,解弃衣服,奔马而还。以示坚寿春之败。"《晋书·艺术·王嘉传》略同。疑苻坚早知嘉名,至败后方迎入长安耳。

释僧肇生。

释慧皎《高僧传》卷六《晋长安释僧肇传》:"释僧肇,京兆人。家贫以佣书为业,遂因缮写,乃历观经史,备尽坟籍。爱好玄微,每以《庄》、《老》为心要。……晋义熙十年卒于长安,春秋三十有一矣。"逆推当生于此年。

昙摩难提来游长安。

《出三藏记集》卷十三《昙摩难提传》:"昙摩难提,兜佉勒国人也。……以苻坚建元二十年至于长安。先是中土群经,未有《四含》。坚侍臣武威太守赵政,志深法藏,乃与安公共请出经。是时慕容冲已叛,起兵击坚,关中骚动。政于长安城内集义学僧写出两经梵本,方始翻译。竺佛念传译,慧嵩笔受。自夏迄春,绵历二年方讫。具《二阿含》,凡一百卷。"又释慧皎《高僧传》卷一《晋长安昙摩难提传》:"昙摩难提,此云法喜,兜佉勒人。……以苻氏建元中至于长安。"

三月十五日,竺佛念译《婆须蜜集》十卷。

见《出三藏记集》卷二。注:"建元二十年三月十五日出,至七月十三日讫。"该书梁时存。卷十无名氏《婆须蜜集序》云:"罽宾沙门僧伽跋澄,以秦建元二十年,持此经一部来诣长安。武威太守赵政文业者,学不厌士也,求令出之。佛念译经,跋澄、难陀、禘婆三人持胡本,慧嵩笔受。以三月五日出,至七月十三日乃讫,胡本十二千首卢也。"卷十三《僧伽跋澄传》:"初,跋澄又赍《婆须蜜》梵本自随,明年,赵政复请出之。跋澄乃与昙摩难提及僧伽提婆三人共执梵本,秦沙门竺佛念宣译,慧嵩笔受,安公、法和对共校定。故二经流布,传学迄今。……佛图罗刹者,不知何国人。德业纯白,该览经典,久游中土,善闲汉言。其宣译梵文,见重苻世焉。"又卷十五《佛念法师传》云:"苻坚伪建元之中,外国沙门僧伽跋澄及昙摩难提入长安,坚秘书郎赵政请跋澄出《婆须蜜经》胡本,当时名德莫能传译,众咸推念。于是澄执梵文,念译汉语,质断疑义,音字方明。昙摩难提又出《王子法益坏目因缘经》,念为宣译,并作经序。"释慧皎《高僧传》卷一《晋长安僧伽跋澄传》:"初,跋澄又赍《婆须蜜》梵本自随,明年赵正复请出之,跋澄乃与昙摩难提及僧伽提婆三人共执梵本,秦沙门佛念宣译,慧嵩笔受,安公、法和对共校定,故二经流布传学迄今。"宋释志磐《佛祖统记》卷三十六《法运通塞志》系此在晋太元二十年(395),疑未确。

夏,竺佛念译《增一阿含经》三十三卷、《中阿含经》五十九卷。

见《出三藏记集》卷二。注:"(《增一阿含经》三十三卷)秦建元二十年夏出,至二十一年春讫。定三十三卷,或分为二十四卷。(《中阿含经》五十九卷)同建元二十年出。右二部,凡九十二卷。晋孝武帝时,兜佉勒国沙门昙摩难提,以苻坚时入长安。难提口诵胡本,竺佛念译出。"该经梁时存。卷九载释道安《增一阿含经序》云:"有外国沙门昙摩难提者,兜佉勒国人也。龆龀出家,孰与广闻,诵《二阿含》,温故日新。周行诸国,无土不涉。以秦建元二十年来诣长安,外国乡人咸皆善之,武威太守赵文业求令出焉。佛念译传,慧嵩笔受。岁在甲申夏出,至来年春乃讫。为四十一卷,分为上下部,上部二十六卷,全无遗忘,下部十五卷,失其录偈也。"这里卷数有所不同。按:

竺佛念在关中译经，梁时尚存者还有《出曜经》十九卷、《菩萨璎珞经》十二卷、《十住断结经》十一卷、《菩萨处胎经》五卷（或名《胎经》四卷）、《中阴经》二卷（阙）、《王子法益坏目因缘经》一卷（或云《阿育王息坏目因缘经》）等。见《出三藏记集》卷二。注："右六部，凡五十卷。晋孝武帝时，凉州沙门竺佛念，以苻坚时于关中译出。"卷十五本传："至建元二十年，政复请昙摩难提出《增一阿含》及《中阿含》，于长安城内集义学沙门，请念为译，敷析研核，二载乃讫。《二含》光显，念之力也。"释慧皎《高僧传》卷一《晋长安竺佛念》略同，称："自世高、支谦以后，莫逾于念。在苻、姚二代为译人之宗，故关中僧众，咸共嘉焉。后续出《菩萨璎珞》、《十住断结经》及《出曜》、《胎经》、《中阴经》等，始就治定，意多未尽，遂尔遘疾，卒于长安。"

十一月三十日，竺佛念译《僧伽罗刹集经》三卷。

见《出三藏记集》卷二。注："秦建元二十年十一月三十日出。右三部，凡二十七卷。晋孝武帝时，罽宾沙门僧伽跋澄，以苻坚入长安。跋澄口诵《毘婆沙》，佛图罗刹译出。又赍《婆须蜜》胡本，竺佛念译出。"该经梁时存。卷十道安法师《僧伽罗刹集经序》云："以建元二十年，罽宾沙门僧跋澄赍此经本来诣长安，武威太守赵文业请令出焉。佛念为译，慧嵩笔受。正值慕容作难于近郊，然译出不衰。余与法和对检定之，十一月三十日乃了也。此年出《中阿含》六十卷，《增一阿含》四十六卷。"又无名氏《僧伽罗刹集经后记》云："大秦建元二十年十一月三十日，罽宾比丘僧伽跋澄于长安石羊寺口诵此经及《毘婆沙》。佛图罗刹翻译，秦言未精，沙门释道安，朝贤赵文业，研核理趣，每存妙尽，遂至留连，至二十一年二月九日方讫。"

僧伽提婆在洛阳译《阿毘昙心》十六卷。

见《出三藏记集》卷二。注："或十三卷。苻坚建元末于洛阳出。"按：同时尚译有《鞞婆沙阿毘昙》十四卷。见《出三藏记集》卷二。注:"一名《广说》,同在洛阳译出。"释慧皎《高僧经》卷一《晋庐山僧伽提婆传》:"僧伽提婆,此言众天,或云提和,音讹故也。本姓瞿昙氏,罽宾人。……苻氏建元中,来入长安,宣流法化。初僧伽跋澄出《婆须蜜》,及昙摩难提所出《二阿含》、《毘昙》、《广说》、《三法度》等,凡百余万言。属慕容之难,戎敌纷扰,兼译人造次,未善详悉,义旨句味,往往不尽。俄而安公弃世,未及改正。后东山清平,提婆乃与冀州沙门法和俱适洛阳。四五年间,研讲前经,居华稍积,博明汉语,方知先所出经,多有乖失。法和慨叹未定,乃更令提婆出《阿毘昙》及广说众经。"

释道安七十一岁。崔浩四岁。

晋孝武帝太元十年(385)　乙酉

晋谢玄遣刘牢之救苻丕,至枋头。闻杨膺、姜让为苻丕所杀,遂徘徊不进。后遂为慕容垂败于荥泽。

见《通鉴》卷一百六。《梁鼓角横吹曲》有《慕容垂歌辞》,或即刘牢之兵到时,氐人讥慕容垂之辞。

西燕主慕容泓攻长安,苻坚屡败,遂出走五将山,后秦主姚苌使将军吴忠围之,遂得坚,囚之新平。姚苌杀苻坚于新平佛寺。

见《晋书·苻坚载记》、《姚苌载记》及《通鉴》卷一百六。

吕光返自西域,知苻坚死。时梁熙为凉州刺史,拒之,光遂攻入凉州,杀梁熙,遂据凉州。是为后凉建立之始。

见《晋书·吕光载记》、《通鉴》卷一百六。

乞伏国仁据秦、河二州,自称大都督、大将军、单于,改元建义。

见《晋书·乞伏国仁载记》、《通鉴》卷一百六。是为西秦。

拓跋氏共立拓跋珪为国主。此为北魏兴盛之始。

见《魏书·道武帝纪》、《通鉴》卷一百六。

昙无谶生于中天竺。

释慧皎《高僧传》卷二《晋河西昙无谶传》:"昙无谶,或云昙摩忏,或云昙无忏,盖取梵音不同也。其本中天竺人……至(沮渠蒙)逊义和三年三月,谶固请西行,更寻《涅槃后分》,逊忿其欲去,乃密图害谶……比发,逊果遣刺客于路害之,春秋四十九,是岁宋元嘉十年也。"据此而推当生于本年。

鸠摩罗什被吕光掠至凉州。

《出三藏记集》卷十四《鸠摩罗什传》:吕光挟鸠摩罗什返回长安时,"至凉州,闻苻氏已灭,遂割据凉土,制命一隅焉"。按:苻坚本年七月死。九月,吕光还至姑臧,自立为凉州刺史。

二月八日,释道安卒,时年七十二岁。

《出三藏记集》卷十五本传:"初,安闻罗什在西域,思共讲析微言,安劝坚取之。什亦远闻其风,谓是东方圣人,恒遥而礼之。……安终后二十余年而什方至。什恨不相见,甚悲怅焉。初,安笃志经典,务在宣法,所请外国沙门僧伽跋澄、昙摩难提及僧伽提婆等,译出众经百余万言。常与沙门法和铨定音字,详核文旨,新出众经,于是获正。孙兴公为《名德沙门论目》云:释道安博物多才,通经明理。其见述于世如此。"释慧皎《高僧传》卷五《晋长安五级寺释道安传》:"后至秦建元二十一年正月二十七日,忽有异僧,形甚庸陋,来寺寄宿。……至其年二月八日,忽告众曰:'吾当去矣。'是日斋毕,无疾而卒,葬城内五级寺中。是岁晋太元十年也,年七十二。""安终后十六年,什公方至,什恨不相见,悲恨无极。"据此则鸠摩罗什在401年方至,与事实相符,《出三藏记集》或有误也。

崔浩五岁。释僧肇二岁。

晋孝武帝太元十一年(386)　丙戌

鲜卑拓跋珪即代王位,改元登国。

见《魏书·道武帝纪》、《通鉴》卷一百六。

后燕慕容垂称帝,定都中山,改元建兴。

见《晋书·慕容垂载记》、《通鉴》卷一百六。

河西人焦松、齐萧、张济等推张天锡子大豫为主,攻吕光于姑臧,为吕光所败。前秦以吕光为车骑大将军、凉州牧。使者为后秦所获,未到凉州。

见《通鉴》卷一百六。

后秦主姚苌称帝于长安,改元建初。

见《晋书·姚苌载记》、《通鉴》卷一百六。

前秦南安王苻登称帝,改元太初。

见《晋书·苻登载记》、《通鉴》卷一百六。

前秦方士王嘉为姚苌所杀。

王嘉为姚苌所害,见《晋书·艺术·王嘉传》及《高僧传·释道安传》。《高僧传》云:"(道安)未终之前,隐士王嘉往候安,安曰:'世事如此,行将及人,相与去乎。'嘉曰:'诚如所言,师并前行,仆有小债未了,不得俱去。'及姚苌之得长安也,嘉时故在城内,苌与苻登相持甚久。苌乃问嘉:'朕当得登不?'答曰:'略得。'苌怒曰:'得当言得,何略之有!'遂斩之。"《晋书》略同。此年姚苌已入长安,道安已死,姑系于此。王嘉撰有《拾遗记》,今本或经梁萧绮润饰,似非王嘉原文。其中所录诗歌如《皇娥歌》、《白帝子歌》等皆七言,较有文采。又记录许多故事,情节曲折,描绘细致。

崔浩六岁。释僧肇三岁。

晋孝武帝太元十二年(387)　丁亥

西秦乞伏国仁败前秦安定都尉没弈干、金熙于渴浑川,三鲜卑部皆归国仁。

见《晋书·乞伏国仁载记》、《通鉴》卷一百六。

崔浩七岁。释僧肇四岁。

晋孝武帝太元十三年(388)　戊子

西秦主乞伏国仁卒。弟乞伏乾归立。

见《晋书·乞伏国仁载记》、《通鉴》卷一百七。

西秦乞伏乾归迁都金城。

见《晋书·乞伏乾归载记》、《通鉴》卷一百七。

崔浩八岁。释僧肇五岁。

晋孝武帝太元十四年(389)　己丑

后凉吕光自称三河王,改元麟嘉。

见《晋书·吕光载记》、《通鉴》卷一百七。

后凉著作郎段业以光未能扬清激浊,使贤愚殊贯,因疗疾于天梯山,作表志诗《九叹》、《七讽》十六篇以讽焉。吕光览而悦之。

见《晋书·吕光载记》。

苻朗为王国宝所谮杀。

《晋书·苻坚载记附苻朗传》:"后数年,王国宝谮而杀之。王忱将为荆州刺史,待杀朗而后发。"未言被杀年月。《孝武帝纪》:"太元十四年六月,使持节、都督荆益宁三州诸军事、荆州刺史桓石虔卒。"又云:太元十七年十月,"辛亥,都督荆益宁三州诸军事、荆州刺史王忱卒"。《王忱传》则唯言忱太元中为荆州刺史。据此王忱为荆州刺史,当在桓石虔卒后。"待杀朗而后发",当在是年六月以后,然荆州似亦不可半年无刺史,故朗之死,必在本年也。苻朗字元达,氏族。今存诗一首,盖临刑时作。又有《苻子》一书,《晋书》本传作"数十篇"。《隋书·经籍志》著录为二十卷,属子部道家。今佚。严可均辑其佚文一卷。其言近于《庄子》,文笔多文学意味。

崔浩九岁。释僧肇六岁。

晋孝武帝太元十五年(390)　庚寅

高允生。

按《魏书·高允传》,高允卒于魏孝文帝太和十一年,年九十八,上推当生于是年。高允字伯恭,渤海蓨(今河北景县)人。北魏著名作家。

僧伽提婆渡江南下。

释慧皎《高僧传》卷一《晋庐山僧伽提婆传》:"姚兴王秦,法事甚盛,于是法和入关,提婆渡江。先是庐山慧远法师翘懃妙典,广集经藏,虚心侧席,延望远宾,闻其至止,即请入庐岳。以晋太元中,请出《阿毘昙心》及《三法度》等。"而据《出三藏记集》卷十《八犍度阿毘昙根犍度后别记》载,僧伽提婆时在太元十五年正月十九日扬州出。则知本年已到江南。

崔浩十岁。释僧肇七岁。高允一岁。

晋孝武帝太元十六年(391)　辛卯

二月十八日至二十五日,竺佛念在安定城译《王子法益坏目因缘经》。

见《出三藏记集》卷七。竺佛念作该经序:"故请天竺沙门昙摩难提出斯缘本。秦建初六年,岁在辛卯,于安定城,二月十八日出,至二十五日乃讫。胡本三百四十三首卢也,传为汉文一万八百八十言。佛念译音,情义实难。或离文而就义,或正滞而傍通,或取解于诵人,或事略而曲备。"

崔浩十一岁。释僧肇八岁。高允二岁。

晋孝武帝太元十七年(392)　壬辰

郝晷、崔逞、崔宏、张卓、夔腾、路纂等,初仕前秦,前秦败,尝欲仕晋,后受翟辽官爵,至是仕于后燕。

见《通鉴》卷一百七。然据《魏书·崔玄伯(宏)传》:"苻融牧冀州,虚心礼敬,拜阳平公侍郎,领冀州从事,管征东记室。出总庶事,入为宾友,众务修理,处断无滞。苻坚闻而奇之,征为太子舍人,辞以母疾不就,左迁著作佐郎。苻丕牧冀州,为征东功曹。太原郝轩,世名知人,称玄伯有王佐之才,近代所未有也。坚亡,避难于齐鲁之间,为丁零翟钊及司马昌明叛将张愿所留絷。郝轩叹曰:'斯人而遇斯时,不因扶摇之势,而与鹦雀飞沉,岂不惜哉!'慕容垂以为吏部郎、尚书左丞、高阳内史。所历著称……"又云:"始玄伯因苻坚乱,欲避地江南,于泰山为张愿所获,本图不遂,乃作诗以自伤,而不行于时,盖惧罪也。及浩诛,中书侍郎高允受敕收浩家,始见此诗。允知其意,允孙绰录于允集。"此说与《通鉴》微异,未知孰是。《魏书》或据崔浩原本,讳言崔宏受东晋官职事。其自伤之诗,当作于是年仕后燕之前。又《崔玄伯传》谓"始玄伯父潜为兄浑诔手笔草本";又言"玄伯弟徽,字玄猷。少有文才,与勃海高演俱知名"。据此则崔宏父及弟皆文士。《魏书·崔玄伯传》又谓:"祖悦仕石虎,官至司徒左长史、关内侯。父潜,仕慕容暐,为黄门侍郎,并有才学之称。"崔悦本刘琨旧部。《晋书·刘琨传》:"琨故从事中郎卢谌、崔悦等上表理琨。"本文见《刘琨传》。又《刘琨附刘群传》载温峤表称:"姨弟刘群,内弟崔悦、卢谌等,皆在末波中,翘首南望。愚谓此等并有文思,于人之中少可愍惜。"崔悦为后赵文人;崔潜当是前燕文人;崔宏可归北魏,诗则作于前秦、后燕间耳。

崔浩十二岁。释僧肇九岁。高允三岁。

晋孝武帝太元十八年(393)　　癸巳
后秦主姚苌卒,子姚兴代立。

见《晋书·孝武帝纪》、《姚苌载记》及《通鉴》卷一百七。《晋书·姚兴载记》云:"苌出征讨,常留统后事。及镇长安,甚有威惠。与其中舍人梁喜、洗马范勖等讲论经籍,不以兵难废业,时人咸化之。"及即位,《载记》又云:"兴留心政事,苞容广纳,一言之善,咸见礼异。京兆杜瑾、冯翊吉默、始平周宝等上陈时事,皆擢处美官。天水姜龛、东平淳于岐、冯翊郭高等皆耆儒硕德，经明行修，各门徒数百，教授长安，诸生自远而至者万数千人。兴每于听政之暇，引龛等于东堂，讲论道艺，错综名理。凉州胡辩，苻坚之末，东徙洛阳，讲授弟子千有余人，关中后进多赴之请业。兴敕关尉曰：'诸生谘访道艺，修己厉身，往来出入，勿拘常限。'于是学者咸劝，儒风盛焉。给事黄门侍郎古成诜、中书侍郎王尚、尚书郎马岱等，以文章雅正，参管机密。诜风韵秀举，确然不群，每以天下是非为己任。时京兆韦高慕阮籍之为人，居母丧，弹琴饮酒。诜闻而泣曰：'吾当私刃斩之，以崇风教。'遂持剑求高。高惧，逃匿，终身不敢见诜。"此足见姚兴时文风颇盛。又据《出三藏记集》卷十四《佛驮跋陀传》记载，姚兴佞佛，供养沙门三千余人。

崔浩十三岁。释僧肇十岁。高允四岁。

晋孝武帝太元十九年（394） 甲午

后秦姚兴为姚苌发丧，称皇初元年。

见《晋书·姚兴载记》、《通鉴》卷一百八。

姚兴败前秦苻登于马毛山南，俘杀苻登。前秦苻崇奔西秦，为所逐，奔陇西杨定，为乾归所灭。陇西遂尽入西秦。

见《晋书·苻坚载记》、《姚兴载记》及《通鉴》卷一百八。

崔浩十四岁。释僧肇十一岁。高允五岁。

晋孝武帝太元二十年（395） 乙未

拓跋珪侵燕边，遂叛后燕。后燕主慕容垂遣子慕容宝伐之，为拓跋珪败于参合陂。慕容宝仅以身免。

见《魏书·太祖纪》、《晋书·慕容垂载记》及《通鉴》卷一百八。

崔浩十五岁。释僧肇十二岁。高允六岁。

晋孝武帝太元二十一年・魏道武帝拓跋珪皇始元年(396)
丙申

后燕主慕容垂以大军伐代,入平城。拓跋珪恐惧,既而慕容垂病,遂归道死。子慕容宝立。

见《晋书・慕容垂载记》、《通鉴》卷一百八。

后凉吕光称天王,国号大凉,改元龙飞。

见《晋书・吕光载记》、《通鉴》卷一百八。

后凉吕光遣使授鲜卑秃发乌孤为征南大将军、益州牧,封左贤王。乌孤留其鼓吹羽仪。乌孤,思复鞬子。

见《晋书・秃发载记》、《通鉴》卷一百八。

崔浩十六岁。释僧肇十三岁。高允七岁。

晋安帝司马德宗隆安元年・魏道武帝皇始二年(397) 丁酉

拓跋珪平后燕信都,军临滹沱水,后燕尚书闵亮、秘书监崔逞等降。拓跋珪围中山,后燕慕容宝弟贺麟走西山,慕容宝遂以数千骑北遁。后燕立慕容普邻为主,普邻困急,奔邺,为慕容德所杀。

见《魏书・太祖纪》。

长水胡人沮渠蒙逊与其从兄男成推后凉建康太守段业为使持节、大都督、龙骧大将军、凉州牧、建康公,改元神玺。段业以蒙逊为张掖太守。

见《晋书・沮渠蒙逊载记》。

秃发乌孤自称大都督、大将军、大单于、西平王,改元太初。后凉使窦苟伐之,后凉军大败。

见《晋书・秃发乌孤载记》、《通鉴》卷一百九。

崔浩十七岁。释僧肇十四岁。高允八岁。

晋安帝隆安二年・魏道武帝天兴元年(398) 戊戌

南燕慕容德称燕王元年。

见《晋书·慕容德载记》、《通鉴》卷一百一十。

后燕龙城内乱,慕容宝遂南奔慕容德,闻慕容德已称帝,又北逃,欲回龙城,慕容盛谏,不听,为兰汗所杀。

见《晋书·慕容宝载记》、《通鉴》卷一百一十。

拓跋珪议国号,群臣以为当称代,崔宏以为当称魏,拓跋珪从崔宏之议。

见《通鉴》卷一百一十。《魏书·太祖纪》唯言诏书当称魏事。《通鉴》盖据《魏书·崔玄伯传》。

慕容盛杀兰汗,改元建平,后又改长乐。

见《晋书·慕容盛载记》、《通鉴》卷一百一十。

是年,慕容盛称帝。

见《晋书·慕容盛载记》、《通鉴》卷一百一十。《晋书·慕容盛载记》又曰:"盛听诗歌及周公之事,顾谓群臣曰:'周公之辅成王,不能以至诚感上下,诛兄弟以杜流言,犹擅美于经传,歌德于管弦。至如我之太宰桓王(当即慕容恪),承百王之季,主在可夺之年,二寇窥窬,难过往日,临朝辅政,群情缉穆,经略外敷,辟境千里,以礼让维宗亲,德刑制群后,敦睦雍熙,时无二论。勋道之茂,岂可与周公同日而言乎!而燕咏阙而不论,盛德掩而不述,非所谓也。'乃命中书更为《燕颂》以述恪之功焉。"《载记》又记盛引中书令常忠、尚书阳璆、秘书监郎敷于东堂,问周公、伊尹之事,"因而谈宴赋诗"。据此则后燕在丧乱之世,仍不废文学。

七月,魏迁都平城,始建宗庙,营宫室。十一月,拓跋珪诏尚书吏部郎中邓渊典官判,立爵品,定律吕,协音乐;仪曹郎中董谧撰郊庙、社稷、朝觐、飨宴之仪;三公郎中王德定律令、申科禁;太史令晁崇造浑仪,考天象;吏部尚书崔玄伯总而裁之。

见《魏书·太祖纪》。

鸠摩罗什东至姑臧。

《出三藏记集》卷十四《鸠摩罗什传》:"(鸠摩罗什)停凉积年,吕光父子既不弘道,故韫其经法,无所宣化。苻坚已亡,竟不相见。姚苌闻其高名,虚心要请,到晋隆安二年,吕隆始听什东。既至姑臧,会苌卒,子兴立,遣使迎什。"按:姚苌死于建初七年癸巳十二月,时在东晋太元十八年。鸠摩罗什知道此讯,当在翌年,也就是后秦皇初元年之后。

释僧肇前往姑臧师从鸠摩罗什。

释慧皎《高僧传》卷六《晋长安释僧肇传》:"释僧肇,京兆人。家贫以佣书为业,遂因缮写,乃历观经史,备尽坟籍。爱好玄微,每以《庄》、《老》为心要。……后罗什至姑臧,肇自远从之,什嗟赏无极。"

崔浩十八岁。释僧肇十五岁。高允九岁。

晋安帝隆安三年·魏道武帝天兴二年(399)　己亥

南凉秃发乌孤迁都乐都。

见《晋书·秃发乌孤载记》、《通鉴》卷一百一十。

段业即北凉王位,改元天玺,以沮渠蒙逊为尚书左丞。

见《晋书·沮渠蒙逊载记》、《通鉴》卷一百一十。

三月,魏设五经博士。

见《魏书·太祖纪》。《魏书·李先传》云:魏"太祖(问)先曰:'天下何书最善,可以益人神智?'先对曰:'唯有经书。三皇五帝治化之典,可以辅王者神智。'又问曰:'天下书籍,凡有几何?朕欲集之,如何可备?'对曰:'伏羲创制,帝王相承,以至于今,世传国记,天文秘纬不可计数。陛下诚欲集之,严制天下诸州郡县搜索备送,主之所好,集亦不难。'太祖于是班制天下,经籍稍集"。

魏杀崔逞,张衮因荐崔逞,贬为尚书令史,遂闭门不出,以校经史为事。

按：崔逞字叔祖，清河东武城（今山东武城西北）人。少好学，有文才。前燕时补著作郎，撰《燕记》。此书已不见《隋书·经籍志》著录，久佚。《魏书》本传唯记其称晋帝曰"贵主"一事，谓郗恢《与常山王元遵书》称道武帝为"贤兄"，道武帝欲贬其主号而逞称"贤主"，故赐之死。见《魏书·张衮传》、《崔逞传》及《通鉴》卷一百一十一。

后燕封懿降魏。

见《通鉴》卷一百一十一。

南凉秃发乌孤卒，弟秃发利鹿孤立。

见《晋书·秃发乌孤载记》、《通鉴》卷一百一十一。

后凉吕光立子绍为天王，光寻卒，吕纂杀之代立。

见《晋书·吕光载记》、《魏书·太祖纪》、《通鉴》卷一百一十一。

释法显从长安出游西域。

《出三藏记集》卷二："晋安帝时，沙门释法显以隆安三年游西域，于中天竺、师子国得胡本，归京师，住道场寺。"据《法显法师传》载："法显昔在长安，慨律藏残缺，于是遂以弘始元年岁在己亥，与慧景、道整、慧应、慧嵬等同契，至天竺寻求戒律。"《出三藏记集》卷十五《法显法师传》："释法显，本姓龚，平阳武阳人也。……以晋隆安三年，与同学慧景、道整、慧应、慧嵬等发自长安，西渡沙河。上无飞鸟，下无走兽，四顾茫茫，莫测所之。唯视日以准东西，人骨以标行路耳。"释慧皎《高僧传》卷三《宋江陵辛寺法显传》与此大同小异耳。

崔浩十九岁。释僧肇十六岁。高允十岁。

晋安帝隆安四年·魏道武帝天兴三年（400）　庚子

段业以陇西人李暠为敦煌太守，李为西凉创建者。

见《晋书·凉武昭王李玄盛传》、《通鉴》卷一百一十一。

博士公孙表献《韩非子》，劝拓跋珪以严刑御下。

见《通鉴》卷一百一十一。

拓跋珪有诏书二篇,稍有文采。

见《魏书·太祖纪》。

慕容德称帝于广固。

见《晋书·慕容德载记》、《通鉴》卷一百一十一。

崔浩二十岁。释僧肇十七岁。高允十一岁。

晋安帝隆安五年·魏道武帝天兴四年(401) 辛丑

南凉秃发利鹿孤自称河西王。

见《晋书·秃发利鹿孤载记》、《通鉴》卷一百一十二。

后燕慕容盛为段玑等所杀,慕容垂少子慕容熙立。

见《晋书·慕容盛载记》、《晋书·慕容熙载记》、《通鉴》卷一百一十二。

南凉秃发傉檀耀兵于后凉都姑臧。

见《通鉴》卷一百一十二。

后凉吕超杀吕纂,立吕隆。

见《晋书·安帝纪》、《通鉴》卷一百一十二。《晋书·吕纂载记》作元兴元年,中华书局标点本《校记》以为非是,当从本纪。

十二月二十日,鸠摩罗什从姑臧至长安,在以后十余年间在长安大寺及逍遥园译经三十五部,凡二百九十四卷。包括著名的《大智度论》百卷。

《出三藏记集》卷十四《鸠摩罗什传》:"(鸠摩罗什)停凉积年,吕光父子既不弘道,故韫其经法,无所宣化。苻坚已亡,竟不相见。姚苌闻其高名,虚心要请,到晋隆安二年,吕隆始听什东。既至姑臧,会苌卒,子兴立,遣使迎什。弘始三年,有树连理生于庙庭,逍遥园葱变为薤。到其年十二月二十日,什至长安,兴待以国师之礼,甚见优宠。自大法东被,始于汉明,历涉魏、晋,经论渐多。而支、竺所出,多滞文格义。兴少崇三宝,锐志讲集。什既至止,仍请入西明阁、逍遥园,译出众经。"又卷注:"右三十五部,凡二百九十四卷。晋安帝时,天竺沙门鸠摩罗什以伪秦姚兴弘始三年至长安,于大寺及逍遥园译出。"故卷十一无名氏《菩萨波罗提木叉后记》云:"弘始三年,秦王道契百王之业,奉心大法。于逍遥观中,三千学士与什参定大小乘经五十余部,唯菩萨十戒四十八轻最后诵出。"又卷八载释僧叡《大品经序》载:"鸠摩罗什法师慧心夙悟,超拔特诣,天魔干而不能回,渊识难而不能屈。扇龙树之遗风,震慧响于此世。秦王感其来仪,时运开其凝滞。以弘始三年,岁次星纪,冬十二月二十日至长安。秦王扣其虚关,匠伯陶其渊致。"又卷九僧叡《关中出禅经序》云:"禅法者,向道之初门,泥洹之津径也。此土先出《修行》、《大小十二门》、《大小安般》,虽是其事,既不根悉,又无受法,学者之戒,盖阙如也。鸠摩罗法师以辛丑之年十二月二十日,自姑臧至长安。予即以其月二十六日从受禅法。"又卷十僧叡《大智释论序》云:"有鸠摩罗耆婆法师者,少播聪慧之闻,长集奇拔之誉,才举则亢标万里,言发则英辩荣枯。常仗兹论为渊镜,凭高致以明宗。以秦弘始三年,岁次星纪,十二月二十日,自姑臧至长安。"又有《大智度论出论后记》云:"鸠摩罗耆婆法师以秦弘始三年,岁在辛丑,十二月二十日至长安。"

释昙霍自河南至西平。

释慧皎《高僧传》卷十《晋西平释昙霍传》:"释昙霍者,未详何许人。……时河西鲜卑秃发利鹿孤怨据西平,自称为王,号年建和。建和二年十一月,霍从河南来,至自西平。"

崔浩二十一岁。释僧肇十八岁。高允十二岁。

晋安帝元兴元年·魏道武帝天兴五年(402)　壬寅

天竺沙门佛多罗尊者至长安,从学数百人。

见元释念常《佛祖历代通载》卷七。

后秦姚兴以子姚泓为太子。

见《晋书·姚兴载记》、《通鉴》卷一百一十二。《晋书·姚泓载记》云:"姚泓字元子,兴之长子也。孝友宽和而无经世之用,又多疾病,兴将以为嗣而疑焉。久之,乃立为太子。兴每征伐巡游,常留总后事。博学善谈论,尤好诗咏。尚书王尚、黄门郎段章、尚书郎富允文以儒术侍讲,胡义周、夏侯稚以文章游集。"据此则姚泓实好文学,后秦一代在十六国中亦文学兴盛之世也。

是年,南凉秃发利鹿孤卒,弟秃发傉檀代立。迁于乐都,改元弘昌。

见《晋书·秃发利鹿孤载记》、《通鉴》卷一百一十二。

崔浩二十二岁。释僧肇十九岁。高允十三岁。

晋安帝元兴二年·魏道武帝天兴六年(403)　癸卯

魏道武帝杀和跋,其弟和毗奔后秦,帝疑邓渊知其谋,责令自杀。

见《魏书·和跋传》、《邓渊传》及《通鉴》卷一百一十三。《魏书·邓渊传》云:"渊性贞素,言行可复,博览经书,长于《易》筮。太祖定中原,擢为著作郎。出为蒲丘令,诛剪奸猾,盗贼肃清。入为尚书吏部郎。渊明解制度,多识旧事,与尚书崔玄伯参定朝仪、律令、音乐及军中文记诏策,多渊所为。从征平阳,以功赐爵汉昌子,改下博子,加中垒将军。太祖诏渊撰《国记》,渊造十余卷,惟次年月起居行事而已,未有体例。"据此,邓渊乃北魏史书创立者,亦早期文人,今存道武帝诏册中,或有其手笔。

后凉吕隆不堪南凉、北凉之攻伐,上书后秦乞迎,姚兴遣齐难、姚洁、乞伏乾归、赵曜率兵迎吕隆至长安,后凉亡。

见《晋书·吕隆载记》、《姚兴载记》及《通鉴》卷一百一十三。

四月二十三日,鸠摩罗什于逍遥园译《新大品经》二十四卷。翌年成。

见《出三藏记集》卷二。注:"伪秦姚兴弘始五年四月二十三日于逍遥园译出,至六年四月二十三日讫。"该经梁时存。卷八僧叡《大品经序》云:"予既知命,遇此真化,敢竭微诚,属当译任。执笔之际,三惟亡师'五失'及'三不易'之诲,则忧惧交怀,惕焉若厉。虽复履薄临深,未足喻也。幸冀宗匠通鉴,文虽左右,而旨不违中,遂谨受案译,敢当此任。以弘始五年,岁在癸卯,四月二十三日,于京城之北逍遥园中出此经。法师手执胡本,口宣秦言,两释异音,交辩文旨。秦王躬览旧经,验其得失,谘其通途,坦其宗致。与诸宿旧义业沙门释慧恭、僧䂮、僧迁、宝度、慧精、法钦、道流、僧叡、道恢、道标、道恒、道惊等五百余人,详其义旨,审其文中,然后书之。以其年十二月十五日出尽。校正检括,明年四月二十三日乃讫。文虽粗定,以《释论》检之,犹多不尽。是以随出其论,随而正之。《释论》既讫,尔乃文定。定之未已,已有写而传者;又有以意增损,弘以《般若波罗蜜》为题者。致使文言舛错,前后不同。"按:鸠摩罗什在该寺还译有《大智度论》百卷。见《出三藏记集》卷二。注:"于逍遥园译出。或分为七十卷。"据《新集条解异出经录第二》载,与《新大品经》相同的共有七人译,不同译名。此书亦本年完成。卷十《大智度论出论后记》:"鸠摩罗耆婆法师以秦弘始三年,岁在辛丑,十二月二十日至长安。四年夏,于逍遥园中西门阁上,为姚天王出《释论》。七年十二月二十七日乃讫。"

崔浩二十三岁。释僧肇二十岁。高允十四岁。

晋安帝元兴三年·魏道武帝天赐元年(404) 甲辰

智猛法师西行求法。

《出三藏记集》卷十五《释智猛法师传》:"释智猛,雍州京兆郡新丰县人也。……遂以伪秦弘始六年,戊辰之岁,招结同志沙门十有五人,发迹长安,渡河顺谷三十六渡,至凉州城,既而西出阳关,入流沙,二千余里。"按:释慧皎《高僧传》卷三《宋京兆释智猛传》作"甲辰之岁"是。

十月十七日,弗若多罗在长安中寺诵出《十诵》梵本,鸠摩罗什译为汉文。

释慧皎《高僧传》卷二《晋长安弗若多罗传》:"弗若多罗,此云功德华,罽宾人也。少出家,以戒节见称,备通三藏,而专精《十诵律》部,为外国师宗,时人咸谓已阶圣果。以伪秦弘始中,振锡入关。秦上姚兴待以上宾之礼。罗什亦挹其戒范,厚相宗敬。先是经法虽传,律藏未阐,闻多罗既善斯部,咸共思慕。以伪秦弘始六年十月十七日集义学僧数百余人,于长安中寺,延请多罗诵出《十诵》梵本,罗什译为晋文,三分获二。"按:《十诵律》未竟,后由昙摩流支补译完成。详见下年。

鸠摩罗什译《百论》二卷。

见《出三藏记集》卷二。注:"弘始六年译出。"该经梁时存。又卷十一释僧叡《百论序》云:"有天竺沙门鸠摩罗什,器量渊弘,俊神超邈,钻仰累年,转不可测,常味咏斯论,以为心要。先虽亲译,而方言未融,致令思寻者踌躇于谬文,标位者乖迕于归致。大秦司隶校尉安城侯姚嵩,风韵清舒,冲心简胜,博涉内外,理思兼通。少好大道,长而弥笃,虽复形羁时务,而法言不辍,每抚兹文,所慨良多。以弘始六年,岁次寿星,集理味沙门,与什考校正本,陶练覆疏,务存论旨。使质而不野,简而必诣,宗致划尔,无间然矣。"

魏秘书丞崔浩为《赋集》八十六卷,时年二十四岁。

见《隋书·经籍志》。检《魏书·崔浩传》,浩于"天兴中,给事秘书,转著作郎";"太宗初,拜博士祭酒"。"天兴"为魏道武帝年号,约当晋隆安二年至元兴三年(398~404)。太宗即明元帝,永兴元年为晋义熙五年(409)。秘书丞稍高于著作郎,则崔浩为《赋集》,当在天兴末至天赐间。即晋安帝元兴至义熙初年(402~408)间也。《魏书·崔浩传》谓浩"不长属文",然观其能纂《赋集》,又尝作《册凉王文》,则疑未必然也。

释僧肇二十一岁。高允十五岁。

晋安帝义熙元年·魏道武帝天赐二年(405)　乙巳

西凉李暠自称大将军、大都督、秦凉二州牧,改元建初,使人上表晋朝。

见《晋书·凉武昭王李玄盛传》《通鉴》卷一百一十四。

慕容德卒,慕容超继位。

见《晋书·慕容德载记》《通鉴》卷一百一十四。按:慕容德时,南燕颇有文学。《载记》有其尚书韩谆上疏,为颇有文采之骈文。德曾"大集诸生,亲临策试"。又有韩范上疏,亦属骈体。

西凉李暠迁都酒泉。

见《晋书·凉武昭王李玄盛传》《通鉴》卷一百一十四。按:李暠读诸葛亮训诫,以戒其子,原文见《晋书》及《通鉴》。

秋,昙摩流支(法乐)入关。此后数年,与鸠摩罗什共同完成《十诵律》的翻译工作。

释慧皎《高僧传》卷二《晋长安昙摩流支传》:"昙摩流支,此云法乐,西域人也。弃家入道,偏以律藏驰名,以弘始七年秋,达自关中。初弗若多罗诵出《十诵》,未竟而亡。庐山释慧远闻支既善毗尼,希得究竟律部,乃遣书通好曰:'佛教之兴……'流支既得远书,及姚兴敦请,乃与什共译《十诵》都毕。研详考核,条制审定,而什犹恨文烦未善。既而什化,不获删治。"

崔浩二十五岁。释僧肇二十二岁。高允十六岁。

晋安帝义熙二年·魏道武帝天赐三年(406)　丙午

卑摩罗叉(汉地称之无垢眼,又称青眼律师)来到长安,鸠摩罗什以师礼敬待。

释慧皎《高僧传》卷二《晋寿春石涧寺卑摩罗叉传》:"卑摩罗叉,

此云无垢眼,罽宾人。……以伪秦弘始八年达自关中,什以师礼敬待。"

夏,鸠摩罗什于长安大寺译《新法华经》七卷。

见《出三藏记集》卷二。注:"弘始八年夏于长安大寺译出。"该经梁时存。据《新集条解异出经录第二》载,《法华经》有三人译。鸠摩罗什译作《新妙法莲华经》。又卷八慧观《法华宗要序》云:"有外国法师鸠摩罗什,超爽俊迈,奇悟天拔,量与海深,辩流玉散。继释踪以嗣轨,秉神火以霜烛,纽颓纲于将绝,拯漂溺于已沦,耀此慧灯,来光斯境。秦弘始八年夏,于长安大寺集四方义学沙门二千余人,更出斯经,与众详究。什自手执胡经,口译秦语,曲从方言,而趣不乖本。即文之益,亦已过半。"又僧叡本年作《法华经后序》亦载本卷。宋释志磐《佛祖统纪》卷三十六《法运通塞志》系此在隆安五年(401):"五年,秦罗什法师于逍遥园译《妙法莲华经》,秦主于草堂寺与三千僧手执旧经重加参定。"

夏,鸠摩罗什又译《新维摩诘经》三卷。

见《出三藏记集》卷二。注:"弘始八年于长安大寺出。"该经梁时存。卷八载僧肇《维摩诘经序》:"以弘始八年,岁次鹑火,命大将军常山公、左将军安城侯,与义学沙门千二百人,于常安大寺请罗什法师重译正本。什以高世之量,冥心真境,既尽环中,又善方言。时手执胡文,口自宣译。道俗虔虔,一言三复,陶冶精求,务存圣意。其文约而诣,其旨婉而彰,微远之言,于兹显然。余以闇短,时豫听次,虽思乏参玄,然粗得文意。辄顺所闻,而为注解,略记成言,述而无作。"

佛驮跋陀(此云觉贤)至长安。鸠摩罗什倒屣迎之,以相得迟暮为恨。

详见元释觉岸《释氏稽古略》卷二引《秀紫芝编年》、《华严感应记》。元释念常《佛祖历代通载》卷八载:"天竺尊者佛驮跋陀,自义熙二年至长安，什公倒屣迎之，以相得迟暮为恨。议论多发药，跋陀曰：公所译未出人意，乃有高名何耶？什曰：吾以年运已往，为学者妄相粉饰，公雷同以为高可乎？从容决未了之义，弥增诚敬。"

南燕主慕容超残虐，封孚、韩諱谏。封孚比超于桀纣，超以其名高，不问。

见《晋书·慕容超载记附封孚传》《通鉴》卷一百一十四。据《晋书》云：封孚"以超三年死于家，时年七十一。文笔多传于世"，则封孚亦南燕文士。当卒于义熙五年（409）。

是年，王尚返长安，宗敞以别驾送尚还长安。

《晋书·秃发傉檀载记》："傉檀曰：'吾得凉州三千余家，情之所寄，唯卿一人，奈何舍我去乎？'敞曰：'今送旧君，所以忠于殿下。'傉檀曰：'吾今新牧贵州，怀远安迩之路，为之若何？'敞曰：'凉土虽弊，形胜之地，道由人弘，实在殿下。段懿、孟祎，武威之宿望；辛晁、彭敏，秦陇之冠冕；裴敏、马辅，中州之令族；张昶，凉国之旧胤；张穆、边宪、文齐、扬班、梁崧、赵昌，武同飞、羽。以大王之神略，抚之以威信，农战并修，文教兼设，可以纵横于天下，河右岂足定乎！'傉檀大悦，赐敞马二十匹。"据《晋书·秃发傉檀载记》，宗"敞父燮，吕光时自湟河太守入为尚书郎"，曾托宗敞兄弟于秃发傉檀。据《魏书·宗钦传》，宗钦"父燮，字文友，吕光太常卿"，则宗钦与宗敞为兄弟，金城人也。

王尚至长安，坐匿吕氏宫人，擅杀逃人薄禾等，禁止南台。凉州别驾宗敞、治中张穆、主簿边宪、胡威等上疏理尚。

见《晋书·姚兴载记上》。文当为宗敞所作，颇有文采。《晋书》云："兴览之大悦，谓其黄门侍郎姚文祖曰：'卿知宗敞乎？'文祖曰：'与臣州里，西方之英俊。'兴曰：'有表理王尚，文义甚佳，当王尚研思耳。'文祖曰：'尚在南台，禁止不与宾客交通。敞寓于杨桓，非尚明矣。'兴曰：'若尔，桓为措思乎？'文祖曰：'西方评敞甚重，优于杨桓。

敞昔与吕超周旋,陛下试可问之。'兴因谓超曰:'宗敞文才何如？可是谁辈？'超曰:'敞在西土,时论甚美,方敞魏之陈、徐,晋之潘、陆。'即以表示超曰:'凉州小地,宁有此才乎？'超曰:'臣以敞余文比之,未足称多。琳琅出于昆岭,明珠生于海滨,若必以地求人,则文命大夏之弃夫,姬昌东夷之摈士。但当问其文彩何如,不可以区宇格物。'兴悦,赦尚之罪,以为尚书。"按《魏书·宗钦传》:"钦在河西,撰《蒙逊记》十卷,无足可称。"又云:"崔浩之诛也,钦亦赐死。"崔浩死于宋元嘉二十七年(450),年约七十,宗钦与崔浩为友,年当相若,宗敞之年当长于宗钦,作表理王尚时,宗钦不过二十余,敞则三十余耳。

南燕慕容超杀左仆射封嵩,西中郎将封融奔北魏。

见《晋书·慕容超载记》、《通鉴》卷一百一十四。

崔浩二十六岁。释僧肇二十三岁。高允十七岁。

晋安帝义熙三年·魏道武帝天赐四年(407) 丁未

北魏贺狄干自长安归魏。

见《魏书·贺狄干传》。按:贺狄干使于姚兴,会后秦与魏战于平阳,遂留于关中。贺狄干遂受《尚书》、《论语》,披服为儒生,回魏后为拓跋珪所忌,遂被杀。然贺狄干之死,未必在是年,《通鉴》卷一百一十四载贺狄干被杀,不过因其返魏而记之。

后燕慕容熙为苻后送葬,冯跋乘机作乱,立慕容云为主。慕容熙被杀,慕容云复姓高。

见《晋书·慕容云载记》、《通鉴》卷一百一十四。

赫连勃勃伐秃发傉檀,大败之。傉檀杀边宪。

见《晋书·赫连勃勃载记》、《通鉴》卷一百一十四。杀边宪,见《晋书·秃发傉檀载记》。

鸠摩罗什译《自在王经》二卷。

见《出三藏记集》卷二。注:"弘始九年出。"该经梁时存。又重校正《禅法要》三卷。见《出三藏记集》卷二。注:"弘始九年闰月五日重校正。"该经梁时存。卷八僧叡法师《自在王经后序》:"秦大将军、尚书令常山公姚显,真怀简到,彻悟转诣。闻其名而悦之,考其旨而虚襟……随请鸠摩罗什法师译而出之,得此二卷,于菩萨希踪卓荦之事,朗然昭列矣。是岁弘始九年,岁次鹑首。"

闰月五日,释僧叡集禅经《关中出禅经》定稿。

《出三藏记集》卷九僧叡《关中出禅经序》云:"禅法者,向道之初门,泥洹之津径也。此土先出《修行》、《大小十二门》、《大小安般》,虽是其事,既不根悉,又无受法,学者之戒,盖阙如也。鸠摩罗法师以辛丑之年十二月二十日,自姑臧至长安。予即以其月二十六日从受禅法。既蒙启授,乃知学有成准,法有成修。《首楞严经》云:'人在山中学道,无师道中不成。'是其事也。寻蒙抄撰众家禅要,得此三卷,初四十三偈,是鸠摩罗陀法师所造,后二十偈,是马鸣菩萨之所造也。其中五门,是《婆须蜜》、《僧伽罗叉》、沤波崛、僧伽斯那、勒比丘、马鸣、罗陀禅要之中,抄集之所出也。六觉中偈,是马鸣菩萨修习之以释六觉也。初观淫、恚、痴相及其三门,皆僧伽罗叉之所撰也。息门六事,诸论师说也。菩萨习禅法中,后更依《持世经》,益《十二因缘》一卷,《要解》二卷,别时撰出。……出此经后,至弘始九年闰月五日,重求检校,惧初受之不审,差之一毫,将有千里之降。"释慧皎《高僧传》卷六《晋长安释僧叡传》云:"什后至关,因请出《禅法要》三卷。始是鸠摩罗陀所制,末是马鸣所说,中间是外国诸圣共造,亦称《菩萨禅》。"

天竺佛驮耶舍(此云觉明)请至长安。

详见元释觉岸《释氏稽古略》卷一。

崔浩二十七岁。释僧肇二十四岁。高允十八岁。

晋安帝义熙四年·魏道武帝天赐五年(408)　戊申

二月，鸠摩罗什译《新小品经》七卷。

见《出三藏记集》卷二。注："弘始十年二月六日译出，至四月二十日讫。"该经梁时存。卷八僧叡《小品经序》云："有秦太子者，寓迹储宫，拟韵区外，玩味斯经，梦想增至。准悟《大品》，深知译者之失。会闻鸠摩罗什法师神授其文，其本犹存，以弘始十年二月六日请令出之，至四月三十日校正都讫。考之旧译，直若荒田之稼，芸过其半，未岂多也。斯经正文凡有四种，是佛异时适化广略之说也。其多者云有十万偈，少者六百偈。此之《大品》也，乃是天竺之中品也。随宜之言，复何必计其多少，议其烦简耶？胡文雅质，案本译之，于丽巧不足，朴质有余矣。"

秃发傉檀自称凉王，是为南凉。

见《晋书·秃发傉檀载记》。

崔浩二十八岁。释僧肇二十五岁。高允十九岁。

晋安帝义熙五年·魏明元帝拓跋嗣永兴元年(409)　己酉

西秦乞伏炽磐围枹罕，乾归遂离后秦，逃归苑川。乾归称凉王，迁都度坚山。

见《通鉴》卷一百一十五。据《晋书·乞伏乾归载记》，乾归逃归在义熙三年，中华标点本《晋书》校记以为"三"为"五"之误。

晋刘裕伐南燕，大破之，遂围广固，慕容超窘急，被俘。南燕亡。

见《宋书·武帝纪》、《晋书·慕容超载记》、《通鉴》卷一百一十五。

魏道武帝拓跋珪服寒食散，性躁扰，忿怒无常，群臣多被杀戮，唯崔宏及子浩独不被谴。

见《魏书·太祖纪》、《崔玄伯传》及《通鉴》卷一百一十五。

西秦乞伏乾归以焦遗为太子太师，谓太子炽磐曰："焦生非特名儒,乃王佐之才也。"

见《通鉴》卷一百一十五。

北燕高云为宠臣离班、桃仁所杀。冯跋即天王位于昌黎。

见《晋书·慕容云载记》、《冯跋载记》及《通鉴》卷一百一十五。

北魏道武帝子拓跋绍杀道武帝,拓跋嗣诛拓跋绍代立。

见《魏书·太祖纪》、《太宗纪》及《通鉴》卷一百一十五。

崔浩二十九岁。释僧肇二十六岁。高允二十岁。

晋安帝义熙六年·魏明元帝永兴二年(410) 庚戌

是年,秃发傉檀为沮渠蒙逊所败,迁都乐都,留大司农成公绪守姑臧,魏安人侯谌作乱,降于蒙逊。

见《晋书·秃发傉檀载记》。

佛陀耶舍译《昙无德律》四十五卷。

《出三藏记集》卷十四《佛陀耶舍传》:"佛陀耶舍,齐言觉明,罽宾人也。婆罗门种,世事外道。"曾师事鸠摩罗什,后鸠摩罗什请姚兴聘入长安。"耶舍先诵《昙无德律》,伪司隶校尉姚爽请令出之。姚兴疑其遗谬,乃试耶舍,令诵民籍、药方各四十余纸。三日乃执文覆之,不误一字。众服其强记。即以弘始十二年译出为四十五卷,并出《长阿含经》,减百万言。"按:释慧皎《高僧传》卷二《晋长安佛陀耶舍传》载"耶舍先诵《昙无德律》,伪司隶校尉姚爽请令出之,兴疑其遗谬,乃请耶舍,令诵羌籍药方可五万言经。二日,乃执文覆之,不误一字,众服其强记。即以弘始十二年译出《四分律》,凡四十四卷,并《长阿含》等。凉州沙门竺佛念译为秦言,道含笔受。至十五年解座"。

崔浩三十岁。释僧肇二十七岁。高允二十一岁。

晋安帝义熙七年·魏明元帝永兴三年(411) 辛亥

后秦主姚兴以子广平公姚弼为尚书令、侍中、大将军。弼于是有夺嫡之谋。

见《晋书·姚兴载记》、《通鉴》卷一百一十五。按:《乐府诗集》卷二十五《梁鼓角横吹曲·琅琊王歌辞》第八:"恰马高缠鬃,遥知身是龙。谁能骑此马,唯有广平公。"当即指此广平公。

九月八日,拘摩罗耆婆(即鸠摩罗什)译《成实论》。

《出三藏记集》卷十一《出论后记》:"大秦弘始十三年,岁次豕韦,九月八日,尚书令姚显请出此论,至来年九月十五日讫。外国法师拘摩罗耆婆手执胡本,口自传译,昙晷笔受。"按:这是有年代可考的鸠摩罗什所出最后一部经典。本书后面又载《论成实论记》(新撰),系永明七年十月竟陵王萧子良请僧柔、慧次等人于普弘寺著。周颙作《抄成实论序》亦载其后。

崔浩三十一岁。释僧肇二十八岁。高允二十二岁。

晋安帝义熙八年·魏明元帝永兴四年(412)　壬子

西秦乞伏乾归徙都谭郊,以炽磐镇苑川。不久,乾归为兄子公府所杀,炽磐又杀公府,代立。

见《通鉴》卷一百一十六、《晋书·乞伏乾归载记》。按:乾归被杀,《晋书·乞伏乾归载记》作义熙六年,误,中华书局标点本《校记》据《晋书·安帝纪》、《魏书·太宗纪》及《通鉴》,以为"六"即"八"之误。

炽磐迁于枹罕,自称大将军、河南王,改元永康。

见《晋书·乞伏乾归载记》、《乞伏炽磐载记》及《通鉴》卷一百一十六。

宗钦为世子洗马,上《东宫侍臣箴》。

见《魏书·宗钦传》。据《晋书·沮渠蒙逊载记》,当为蒙逊前世子政德而作。立政德为世子,在义熙八年,姑系于此。

昙无谶入姑臧。凉王沮渠蒙逊留之。

详见宋释志磐《佛祖统纪》卷三十六《法运通塞志》。又按元释念常《佛祖历代通载》卷八壬子年(412)下载："西域三藏昙无谶由龟兹至姑臧。凉王渠蒙逊素奉大法。谶居久之，遍晓华言，译《大般涅槃》、《大集》等经六十余万言。犹以《涅槃》品数未足，复还西域访求得之，至凉译成四十二卷，凡一万偈。"按：《出三藏记集》卷十四有《昙无谶传》："昙无谶，中天竺人也。……河西王沮渠蒙逊闻谶名，呼与相见，接待甚厚。蒙逊素奉大法，志在弘通，请令出其经本。谶以未参土言，又无传译，恐言舛于理，不许即翻。于是学语三年，翻为汉言，方共译写。是时沙门慧嵩、道朗，独步河西，值其宣出法藏，深相推重，转易梵文，嵩公笔受，道俗数百人疑难纵横，谶临机释滞，未尝留碍。嵩、朗等更请广出余经，次译《大集》、《大云》、《大虚空经》、《海龙王》、《金光明》、《悲华》、《优婆塞戒》、《菩萨地持》，并前所出《菩萨戒经》、《菩萨戒本》垂二十部。谶以《泥槃经》本品数未足，还国寻求。值其母亡，遂留岁余。后于于阗更得经本，复还姑臧译之，续为三十六卷焉。"

沮渠蒙逊迁于姑臧，即西河王位，改元玄始。

见《晋书·沮渠蒙逊载记》、《通鉴》卷一百一十六。

崔浩三十二岁。释僧肇二十九岁。高允二十三岁。

晋安帝义熙九年·魏明元帝永兴五年(413)　癸丑

夏赫连勃勃筑统万城，所制器械无不坚利。其"龙雀大环刀"，铭其背曰："古之利器，吴楚湛卢。大夏龙雀，名冠神都。可以怀远，可以柔逋。如风靡草，威服九区。"

见《晋书·赫连勃勃载记》、《通鉴》卷一百一十六记此事，不载铭文。

鸠摩罗什四月十三日卒于长安。

《出三藏记集》卷十四《鸠摩罗什传》未载其生卒年，仅云："以晋义熙中卒于长安。"又云："初，什一名鸠摩罗耆婆。外国制名，多以父母为本。什父鸠摩炎,母字耆婆,故兼取为名云。"而释慧皎《高僧传》卷二《晋长安鸠摩罗什传》则以为鸠摩罗什"以伪秦弘始十一年八月二十日卒于长安,是岁晋义熙五年也"。但是慧皎仍存疑议:"然什死年月,诸记不同,或云弘始七年,或云八年,或云十一年。寻七与十一,字或讹误,而译经录传中,犹有一年者,恐雷同三家,无以正焉。"而据《广弘明集》卷二十三所载僧肇《鸠摩罗什法师诔序》:"癸丑之年,年七十,四月十三日薨于大寺。"僧肇为鸠摩罗什入室弟子,所论当可信据。又据《出三藏记集》卷十一所载《成实论出论后记》:"大秦弘始十三年,岁次豕韦,九月八日,尚书令姚显请出此论,至来年九月十五日讫。外国法师拘摩罗耆婆手执胡本,口自传译,昙晷笔受。"拘摩罗耆婆即鸠摩罗什初名。既然在十三年九月尚在世,则鸠摩罗什当卒于弘始十四年之后,即晋义熙八年之后。

罽宾三藏法师佛驮耶舍译《长阿含经》二十二卷,竺佛念传译。

见《出三藏记集》卷二。注:"秦弘始十五年出。竺佛念传译。"共四部,凡六十六卷。"晋安帝时,罽宾三藏法师佛驮耶舍,以姚兴弘始中于长安译出。"这四部经梁时存。又卷九载僧肇《长阿含经序》云:"以弘始十二年,岁在上章掩茂,请罽宾三藏佛陀耶舍出律藏《四分》四十卷,十四年讫。十五年岁在昭阳奋若,出此《长阿含》讫。凉州沙门佛念为译,秦国道士道含笔受。……余以嘉运,猥参听次,虽无翼善之功,而预亲承之末,故略记时事,以示来贤焉。"又卷十四《佛陀耶舍传》载:曾师事鸠摩罗什,后鸠摩罗什被姚兴聘入长安。"耶舍先诵《昙无德律》,伪司隶校尉姚爽请令出之。姚兴疑其遗谬,乃试耶舍,令诵民籍、药方各四十余纸。三日乃执文覆之,不误一字。众服其强记。即以弘始十二年译出为四十五卷,并出《长阿含经》,减百万言。凉州沙门竺佛念译为秦言,道含执笔。至十五年解座。兴嚫耶舍布绢万疋,悉皆不受。佛念、道含布绢各千疋,名德沙门五百余人皆重嚫施。耶舍后还外国,至罽宾,寻得《虚空藏经》一卷,寄贾客传与凉州诸僧。后不知所终。"而宋释志磐《佛祖历代统记》卷三十六《法运通塞志》载:(义熙)"八年(412)罽宾佛驮邪舍至庐山预莲花社,先于秦国译《四分律》、《长阿含》。又与罗什对译《十住》、《婆沙论》以髭赤,号为赤髭论主。"

释僧肇作《长阿含经序》、《答江东隐士刘遗民书》、《罗什诔》、《涅槃无名论》等。

略见《出三藏记集》卷三,全文见卷九。略有异同。《答江东隐士刘遗民书》见上书卷三:"又《答江东隐士刘遗民书》,末云:'法师于大寺出新至诸经……'""《罗什诔》见《广弘明集》卷二十三。《涅槃无名论》见释慧皎《高僧传》卷六《晋长安释僧肇传》:"及什之亡后,追悼永往,翘思弥历,乃著《涅槃无名论》。其辞曰……"。

卑摩罗叉离开关中,抵达寿春。

释慧皎《高僧传》卷二《晋寿春石寺卑摩罗叉传》:"及罗什弃世,又乃山游关左,逗于寿春,止石涧寺,律众云聚,盛阐毘尼。罗什所译《十诵》本,五十八卷,最后一诵,谓明受戒法,及诸成善法事,逐其义要,名为《善诵》。叉后赍往石涧,开为六十一卷,最后一诵,改为《毘尼诵》,故犹二名存焉。"

崔浩三十三岁。释僧肇三十岁。高允二十四岁。

晋安帝义熙十年·魏明元帝神瑞元年(414)　甲寅

程骏生。

《魏书·程骏传》,骏卒于太和九年(485),年七十二,当生于是年。程骏字驎驹。原籍广平曲安(今河北任县)。北魏作家。

南凉秃发傉檀伐乙弗,乞伏炽磐乘虚克乐都,傉檀无所归,遂降炽磐,不久为炽磐所鸩,南凉亡。

见《晋书·秃发傉檀载记》、《通鉴》卷一百一十六。

释僧肇卒,时年三十一岁。

见《高僧传·僧肇传》,肇作有《肇论》,又有《答江东隐士刘遗民书》、《上姚兴表》,均有文采。一说为姚兴所杀,不可信。

崔浩三十四岁,时为魏博士祭酒,为魏拓跋嗣讲《易》及《洪范》,嗣因问浩天文、术数,浩占决多验,由是有宠,凡军国密谋皆预之。

见《魏书·崔浩传》、《通鉴》卷一百一十六。

毘婆沙(昙摩耶舍之号)等在长安石羊寺译出《舍利弗阿毘昙》二十二卷。

见《出三藏记集》卷二。注:"右一部,凡二十二卷。晋安帝时,外国沙门毘婆沙为姚兴于长安石羊寺译出。"此经梁时存。

按:卷十释道标《舍利弗阿毘昙序》云:"会天竺沙门昙摩崛多、昙摩耶舍等义学来游,秦王既契宿心,相与辩明经理。起清言于名教之域,散众微于自无之境,超超然诚韵外之致,悕悕然覆美称之实,于是诏令传译。然承华天哲,道嗣圣躬,玄味远流,妙度渊极,特体明旨,遂赞其事。经师本虽阇诵,诚宜谨备,以秦弘始九年,命书梵文。至十年,寻应令出。但以经趣微远,非徒开言所契,苟彼此不相领悟,直委之译人者,恐津梁之要,未尽于善。停至十六年,经师渐闲秦语,令自宣译。皇储亲管理味,言意兼了,复所向尽,然后笔受。即复内呈上,讨其烦重,领其指归。故令文之者修饰,义之者缀润,并校至十七年讫。"释慧皎《高僧传》卷一《晋江陵辛寺昙摩耶舍传》:"昙摩耶舍,此云法明,罽宾人。……以晋隆安中,初达广州,住白沙寺,耶舍善诵《毘婆沙律》,人咸号为大毘婆沙,时年已八十五,徒众八十五人。时有清信女张普明,谘受佛法,耶舍为说《佛生缘起》,并为译出《差摩经》一卷。至义熙中,来入长安。时姚兴僭号,甚崇佛法,耶舍既至,深加礼异。会有天竺沙门昙摹掘多,来入关中,同气相求,宛然若旧。因共耶舍译《舍利弗阿毗昙》，以伪秦弘始九年初书梵文，至十六年翻译方竟。凡二十二卷，伪太子姚泓亲管理味，沙门道标为之作序。"

高允二十五岁。

晋安帝义熙十一年·魏明元帝神瑞二年(415)　乙卯

　　晋刘裕伐司马休之，密以书报其府录事参军韩延之，延之复书斥之，遂奔姚兴，后又归魏。

　　见《魏书·韩延之传》、《通鉴》卷一百一十七。韩延之复刘裕书，颇有文采，而入北后文字无存者，然其仕北朝，于北朝文化，当有影响。

　　魏大饥，论者议迁邺，崔浩以为不可，中原人以魏人畜众多，而实不然，一旦"情见事露"，于势不利。

　　见《魏书·崔浩传》、《通鉴》卷一百一十七。

　　崔浩三十五岁。高允二十六岁。程骏二岁。

晋安帝义熙十二年·魏明元帝泰常元年(416)　丙辰

　　后秦姚兴死，子泓代立，国中内乱，东晋刘裕将伐之。不久，刘裕败后秦，取洛阳。

　　见《晋书·姚兴载记》、《通鉴》卷一百一十七。

　　崔浩三十六岁。高允二十七岁。程骏三岁。

晋安帝义熙十三年·魏明元帝泰常二年(417)　丁巳

　　西凉李暠卒。子歆代立。

　　见《晋书·凉武昭王李玄盛传》、《通鉴》卷一百一十七。按：李暠善文章，作有《靖慕堂铭》、《大酒容赋》、《槐树赋》；《晋书》本传载有其《述志赋》一篇，又有上晋帝表奏，皆有文采。李暠善待文士，亲见修缮书籍，尤敬待刘昞。刘昞名作《酒泉铭》，《周书·王褒庾信传论》称其"清典"，当亦作于李暠时。

晋将王镇恶破长安,姚泓降,后秦亡。

见《晋书·姚兴载记》、《宋书·王镇恶传》、《通鉴》卷一百一十七。

刘裕收长安图籍送于建康,凡四千卷。

见《隋书·牛弘传》。

北凉沮渠蒙逊袭乌啼虏大捷,又击降卑和虏,遂循海而西,至盐池,祀西王母寺。寺中有《玄石神图》,命其中书侍郎张穆赋焉,铭之于寺前,遂如金山而归。

见《晋书·沮渠蒙逊载记》、《通鉴》卷一百一十八。

四月,昙摩谶译《优婆塞戒》七卷。

见《出三藏记集》卷二。注:"玄始六年四月十日出。"该经梁时存。

五月,昙摩谶译《金光明经》四卷。

见《出三藏记集》卷二。注:"玄始六年五月出。"该经梁时存。

九月,昙摩谶译《方等大云经》四卷。

见《出三藏记集》卷二。注:"或云《方等无想大云经》,或为六卷。玄始六年九月出。"该经梁时存。

智严离长安至江南。

释慧皎《高僧传》卷三《宋京师枳园寺释智严传》:"时有佛驮跋陀罗比丘,亦是彼国禅匠,严乃要请东归,欲传法中土,跋陀嘉其恳至,遂共东行。于是逾沙越险,达自关中。常依随跋陀,止长安大寺。顷之,跋陀横为秦僧所摈,严亦分散,憩于山东精舍,坐禅诵经,力精修学。晋义熙十三年,宋武帝西伐长安,克捷旋旆,途出山东。时始兴王公王恢从驾游观山川,至严精舍……恢怀道素笃,礼事甚殷,还都,即住始兴寺。"

鸠摩罗什弟子释道恒卒于长安,时年七十二岁。

见释慧皎《高僧传》卷六《晋长安释道恒传》。

崔浩三十七岁。高允二十八岁。程骏四岁。

晋安帝义熙十四年·魏明元帝泰常三年(418)　戊午

夏赫连勃勃伐长安。晋沈田子杀王镇恶,王修又杀沈田子。傅弘之败赫连璝,夏兵退。

见《晋书·赫连勃勃载记》、《宋书·傅弘之传》等。

魏崔宏卒。

见《魏书·崔宏传》、《通鉴》卷一百一十八。《魏书》本传:"自非朝廷文诰,四方书檄,初不染翰。"又,崔宏避难为张愿所留时,尝作诗自伤,惧罪不行于世。及子崔浩为魏太武帝所诛,高允奉命收浩家,始见此诗。高允、孙绰尝录于《高允集》中,今已亡佚,其文今亦无存。

晋刘义真弃长安而归,关中悉入于夏。

见《宋书·庐陵王义真传》、《通鉴》卷一百一十八。

夏赫连勃勃称帝,改元昌武。

见《晋书·赫连勃勃载记》、《通鉴》卷一百一十八。

正月,昙摩谶译《海龙王经》四卷。

见《出三藏记集》卷二。注:"玄始七年正月出。"该经梁时存。

十月初一,昙摩谶译《菩萨地持经》八卷。

见《出三藏记集》卷二。注:"或云《菩萨戒经》,或云《菩萨地经》。玄始七年十月初一日出。"该经梁时存。

崔浩三十八岁。高允二十九岁。程骏五岁。

晋恭帝司马德文元熙元年·魏明元帝泰常四年(419)　己未

赫连勃勃征隐士京兆韦祖思。既至而恭惧过礼,勃勃怒曰:"吾以国士征汝,奈何以非类处吾!汝昔不拜姚兴,何独拜我?我今未死,汝犹不以我为帝王,吾死之后,汝辈弄笔,当置吾何地!"遂杀之。

见《晋书·赫连勃勃载记》、《通鉴》卷一百一十八。盖苻坚、姚兴辈,汉化既久,汉人视之已无畛域,赫连勃勃起朔漠,汉士大夫视之与苻、姚不同,此亦可知北魏之初,文学不如十六国之原因。韦祖思当亦为文士也。

游明根生。

按《魏书·游明根传》,明根卒于太和二十三年(499),年八十一,当生于本年。游明根字志远,广平任(今河北任县)人。北魏学者、作家。

赫连勃勃命胡义周作《统万城铭》,刻石颂德。

见《晋书·赫连勃勃载记》,《魏书》以为胡方回作。《周书·王褒庾信传论》颇称此文。

西凉李歆用刑严,好治宫室,张显、氾称并上疏谏。

见《晋书·凉武昭王李玄盛传》、《通鉴》卷一百一十八。原文今见《晋书》及《通鉴》,文章亦不亚于晋人。《通鉴》载文详于《晋书》,当据《十六国春秋》诸书也。

十二月,昙摩谶译《悲华经》十卷。

见《出三藏记集》卷二。注:"《别录》云龚上出。玄始八年十二月出。"该经梁时存。

崔浩三十九岁。高允三十岁。程骏六岁。

正编

南北朝时期文学编年

（420年～589年）

卷一 晋宋文学的转变
（420年~440年）

宋武帝刘裕永初元年·魏明元帝泰常五年（420）　庚申

六月，刘裕称皇帝，建元永初，废晋帝为零陵王，晋亡。

范泰六十六岁，拜金紫光禄大夫，加散骑常侍。立祇洹寺。

《宋书》本传载其元嘉五年卒时七十四岁，则本年六十六岁。《高僧传》卷七《宋京师祇洹寺释慧义传》："宋永初元年，车骑范泰立祇洹寺，以义德为物宗，固请经始。义以泰清信之至，因为指授仪则，时人以义方身子，泰比须达，故祇洹之称，厥号存焉。后西域名僧多投止此寺，或传译经典，或训授禅法。"

郑鲜之五十七岁，为奉常，迁太常，都官尚书。作《谏北讨表》。

《宋书》本传："郑鲜之字道子，荥阳开封人也。……宋国初建，转奉常。佛佛虏陷关中，高祖复欲北伐，行意甚盛。鲜之上表谏曰……高祖践阼，迁太常，都官尚书。"郑鲜之元嘉四年卒，时年六十四岁，逆推本年五十七岁。

陶渊明五十六岁，作《拟古诗》等。

《宋书》本传载其元嘉四年卒时六十三岁，逆推本年五十六岁。

其《拟古诗》九首大多作于易代之际,历来无异辞。详见逯钦立辑《陶渊明集》及景蜀慧《陶渊明〈拟古〉九首新解》(《文学遗产》1994年第6期)。关于陶渊明的生年,历来颇多争议。参见许逸民编《陶渊明年谱》,中华书局1986年出版。

何承天五十一岁,为尚书祠部郎,与傅亮共撰朝仪。

见《宋书》本传。承天卒于元嘉二十四年,年七十八,上推生于晋废帝太和五年(370)。

傅亮四十七岁,迁太子詹事,封建城县公,入直中书省,专典诏命。作《与沈林子书》。

《宋书》本传:傅亮字季友,北地灵州人。"永初元年,迁太子詹事,中书令如故。以佐命功,封建城县公,食邑二千户。入直中书省,专典诏命。以亮任总国权,听于省见客。神虎门外,每旦车常数百两。高祖登庸之始,文笔皆是记室参军滕演。北征广固,悉委长史王诞。自此后至于受命,表策文诰,皆亮辞也。"元嘉三年被杀,时年五十三岁,逆推生于晋孝武帝宁康二年甲戌(374)。《与沈林子书》,见《宋书·自序》。

宗炳四十六岁,征为太子舍人,不应。

《宋书》本传:"宗炳字少文,南阳涅阳人也。……妙善琴书,精于言理,每游山水,往辄忘归。征西长史王敬弘每从之,未尝不弥日也。乃下入庐山,就释慧远考寻文义。兄臧为南平太守,逼与俱还,乃于江陵三湖立宅,闲居无事。高祖召为太尉参军,不就。二兄蚤卒,孤累甚多,家贫无以相赡,颇营稼穑。高祖数致饩赉,其后子弟从禄,乃悉不复受。高祖开府辟召,下书曰:'……南阳宗炳、雁门周续之,并植操幽栖,无闷巾褐,可下辟召,以礼居之。'于是并辟太尉掾,皆不起。宋受禅,征为太子舍人。元嘉初又征通直郎;东宫建,征为太子中舍人、庶子,并不应。"其卒于元嘉二十年,时年六十九,逆推本年四十六岁。

王韶之四十一岁,加骁骑将军,本郡中正,复掌宋书。又受诏作《宋四庙乐歌五首》二十章、《宋前后舞歌》二章。

见《宋书》本传及《乐志》。《宋书·王韶之传》:"王韶之,字休泰,琅邪临沂人也。……高祖受禅,加骁骑将军,本郡中正,黄门如故。西省解职,复掌宋书。"《宋书·乐志》:"宋武帝永初元年七月,有司奏:'皇朝肇建,庙祀应设雅乐,太常郑鲜之等八十八人各撰立新歌。黄门侍郎王韶之所撰歌辞七首,并合施用。'诏可。十二月,有司又奏:'依旧正旦设乐,参详属三省改太乐诸歌舞诗。黄门侍郎王韶之立十二章合用,教试日近,宜逆诵习。辄申摄施行。'诏可。又改《正德舞》曰《前舞》,《大豫舞》曰《后舞》。"按:《七庙》七首,益以享神《登歌》一首,共八篇。见《宋书·乐志》卷二。又宋《四厢乐歌》及《前舞》、《后舞》歌共二十二章。其中《肆夏乐歌》四曲、《大会行礼歌》二曲、《王公上寿歌》一曲、《殿前登歌》三曲、《食举歌》十四曲。又《乐府诗集》卷五十二引《宋书·乐志》:"武帝永初元年,改晋《正德舞》曰《前舞》,《大豫舞》曰《后舞》,并蕤宾厢作。"

谢瞻三十八岁,见其弟谢晦权势日重而担忧。

《宋书》本传:"谢瞻字宣远,一名檐字通远,陈郡阳夏人。卫将军晦第三兄也。年六岁能属文,为《紫石英赞》、《果然诗》,当时才士,莫不叹异。……弟晦时为宋台右卫,权遇已重,于彭城还都迎家,宾客辐辏,门巷填咽。时瞻在家,惊骇谓晦曰:'汝名位未多,而人归趣乃尔。吾家以素退为业,不愿干豫时事,交游不过亲朋,而汝遂势倾朝野,此岂门户之福邪?'乃篱隔门庭,曰:'吾不忍见此。'及还彭城,言于高祖曰:'臣本素士,父、祖位不过二千石。弟年始三十,志用凡近,荣冠台府,位任显密,福过灾生,其应无远。特乞降黜,以保衰门。'前后屡陈。高祖以瞻为吴兴郡,又自陈请,乃为豫章太守。晦或以朝廷密事语瞻,瞻辄向亲旧陈说,以为笑戏,以绝其言。晦遂建佐命之功,任寄隆重,瞻愈忧惧。"

颜延之三十七岁,八月,为太子舍人。作《直东宫答郑尚书》诗。

《宋书》本传:"颜延之字延年,琅邪临沂人也。曾祖含,右光禄大夫。祖约,零陵太守。父显,护军司马。"其卒于孝建三年,时年七十三,则生于晋孝武帝太元九年(384),至本年三十七岁。本传又载:"高祖受命,补太子舍人。"又《文选》卷二十六载《直东宫答郑尚书》诗,李善注引《宋书》:"郑鲜之,高祖践阼,迁都官尚书。"并参见缪钺《颜延之年谱》,载《读史存稿》,三联书店1963年版。以下简称《年谱》,不再另注。

谢灵运三十六岁,降公爵为侯,食邑五百户。作《谢封康乐侯表》。

《宋书》本传:"谢灵运,陈郡阳夏人也。祖玄,晋车骑将军。父瑛,生而不慧,为秘书郎,蚤亡。灵运幼便颖悟,玄甚异之,谓亲知曰:'我乃生瑛,瑛那得生灵运!'灵运少好学,博览群书,文章之美,江左莫逮。从叔混特知爱之。袭封康乐公,食邑二千户。……高祖受命,降公爵为侯,食邑五百户。起为散骑常侍,转太子左卫率。灵运为性偏激,多忤礼度,朝廷唯以文义处之,不以应实相许。自谓才能宜参权要,既不见知,常怀愤愤。"又于石壁山建招提寺。详见宋释志磐《佛祖统纪》卷三十六《法运通塞志》。关于谢灵运生平事迹,请参见杨勇《谢灵运年谱》,收在刘跃进、范子烨编《六朝作家年谱辑要》中,黑龙江教育出版社1999年出版。

谢晦三十一岁,为右卫将军、侍中、中领军,封武昌县公。

《宋书》本传:"谢晦字宣明,陈郡阳夏人也。……宋台初建,为右卫将军,寻加侍中。高祖受命,于石头登坛,备法驾入宫。晦领游军为警备。迁中领军,侍中如故。以佐命功,封武昌县公,食邑二千户。"

范晔二十三岁。

《宋书》本传:"范晔字蔚宗,顺阳人。车骑将军泰少子也。母如厕产之,额为砖所伤,故以砖为小字。出继从伯弘之,袭封武兴县五等侯。少好学,博涉经史,善为文章,能隶书,晓音律。年十七,州辟主簿,不就。高祖相国掾,彭城王义康冠军参军,随府转右军参军。"按:范晔元嘉二十二年被杀,时年四十八,逆推本年二十三岁。关于范晔生平事迹,参见宋文民《范晔系年》,附在著者《后汉书考释》后,上海古籍出版社1995年出版。又《宋书·彭城王义康传》:"永初元年封彭城王,食邑三千户,进号右将军。"

刘义庆十八岁,袭封临川王,征为侍中。

《宋书》本传称其卒于元嘉二十一年,时年四十二岁,则生于晋安帝元兴二年(403),至本年十八岁。刘义庆生父为刘道怜(系刘裕之弟)。道怜弟道规无子,以刘义庆过继为刘道规之子。"永初元年袭封临川王,征为侍中。"其生平事迹参见范子烨《临川王刘义庆年谱》,收在著者《世说新语研究》中,黑龙江教育出版社1998年出版。

谢惠连十四岁。

《宋书·谢方明传》附传:"十年卒,时年二十七。"则生于晋安帝义熙三年(407),至本年十四岁。本传又称:"惠连幼而聪敏,年十岁能属文,族兄灵运,深相知赏。"

袁淑十三岁。

《宋书》本传:"袁淑字阳源,陈郡阳夏人,丹阳尹豹少子也。少有风气,年数岁,伯父湛谓家人曰:'此非凡儿。'至十余岁,为姑夫王弘所赏。不为章句之学,而博涉多通,好属文,辞采遒艳,纵横有才辩。"袁淑于元嘉三十年为刘劭所杀,时年四十六岁,逆推本年十三岁。

鲍照七岁。

鲍照字明远,本上党人,迁东海,因为东海人。出身寒素。详虞炎《鲍照集序》。鲍照生年史传失载。钱仲联《鲍参军集注》后附年表考曰:"吴丕绩《鲍照年谱》据陈沆《诗比兴笺》以为照《拟行路难》第二首为伤庐陵王义真之作,其年为元嘉元年,《行路难》末首有'余当二十弱冠辰'之句,则元嘉元年照年应为二十岁,以此上推,定照生年为义熙元年,下推泰始二年在荆州为乱兵所杀,得年六十二岁,而以虞炎序'年五十余'为六十余之误。按:虞炎去照年代不远,其记载当有所据。《行路难》十八首,并非一时之作,第六首自称'弃置罢官去',照在元嘉十六年始出仕临川王国,岂有在前此十六年已有罢官之事?何况《行路难》第八首陈沆以为伤义真之死者,其说穿凿不可通,原不足为根据乎?本集卷六《在江陵叹年伤老》诗振伦注曰:'明远生年无考。临海王子顼系大明五年出镇荆州,此诗以叹年伤老为题,约以五十称老计之,似当生于晋末宋初。'联按《宋书·孝武本纪》,大明六年秋七月庚辰,临海王子顼为荆州刺史(虞序云大明五年,误)。《在江陵叹年伤老》诗中所叙,是春日节物,写作时间不能早于大明七年春。今以大明七年照年为五十计之,则当生于晋安帝义熙十年,下推至宋明帝泰始二年,得年五十二,与虞序所云'年五十余'者相合。至《三续疑年录》为照年四十余者,其误尤不待辩。"丁福林《鲍照年谱简编》(载《六朝作家年谱辑要》)以为鲍照生年在晋义熙十二年。今依钱说,定鲍照生年为义熙十年甲寅(414),至本年七岁。

王微六岁。

《宋书》本传:"王微字景玄,琅邪临沂人,太保弘弟子也。父孺,光禄大夫。"其卒于元嘉三十年,年三十九岁,逆推本年六岁。

蔡兴宗五岁。

《宋书·蔡廓传》附传:"兴宗年十岁失父,哀毁有异凡童。"按:蔡廓卒于元嘉二年,其时蔡兴宗十岁,则生于晋安帝义熙十二年(416),至本年五岁。又《南史》本传:"兴宗字兴宗,幼为父廓所重,谓有己风,与亲故书曰:'小儿四岁,神气似可,不入非类室,不与小人游。'故以兴宗为之名,以兴宗为之字。"

王准之作《奏请三年之丧用郑义》。

《宋书·礼志》:"宋武帝永初元年,黄门侍郎王准之议:'郑玄丧制二十七月而终……'诏可。"按:《宋书·王准之传》详载此议,但作"永初二年奏曰",文字略有异同。

佛驮跋陀在道场寺译《文殊师利发愿经》一卷。

见《出三藏记集》卷二。注:"晋元熙二年,岁在庚申,于道场寺出。"按:本年司马德宗元熙二年,刘裕即位,改元永初。卷九无名氏《文殊师利发愿经记》云:"晋元熙二年,岁在庚申,于扬州道场寺禅师新出。云:'外国四部众礼佛时,多诵此经,以发愿求佛道。'"

天竺沙门僧律初建果实寺。后来梵僧求那跋摩来住此寺。

见释道宣《续高僧传》卷十《隋西京禅定道场释僧朗传》。

西秦王乞伏炽磐立其子暮末为太子,改元建弘。

见《通鉴》卷一百一十九。《晋书·乞伏炽磐载记》作元熙元年,中华书局标点本校记以为"元年"乃"二年"之误,盖刘裕代宋在本年六月,炽磐立太子及改元在其前,当时应是晋元熙二年也。

西凉李歆为北凉沮渠蒙逊所败,战死。蒙逊入酒泉,旋入敦煌。西凉亡。

见《晋书·凉武昭王李玄盛传》、《通鉴》卷一百一十九。

昙摩谶译《方等大集经》二十九卷。

见《出三藏记集》卷二。注:"或云《大集经》。玄始九年译出。或三十卷,或二十四卷。"该经梁时存。

法勇与僧猛、昙朗等二十五人西游求法。

《出三藏记集》卷十五《法勇法师传》:"释法勇者,胡言昙无竭。本姓李,幽州黄龙国人也。……尝闻沙门法显、宝云诸僧躬践佛国,慨然有忘身之誓,遂以宋永初之元,招集同志沙门僧猛、昙朗之徒二十有五人,共赍幡盖供养之具,发迹北土,远适西方。……其所译出《观世音受记经》,今传于京师。"

崔浩四十岁。高允三十一岁。程骏七岁。游明根二岁。

宋武帝永初二年·魏明元帝泰常六年(421) 辛酉

谢瞻卒,时年三十九岁。本年作《与谢晦书》。

《宋书》本传云:"永初二年,在郡遇疾,不肯自治,幸于不永。晦闻疾奔往。瞻见之曰:'汝为国大臣,又总戎重,万里远出,必生疑谤。'时果有诉告晦反者。瞻疾笃还都,高祖以晦禁旅,不得出宿,使瞻居于晋南郡公主婿羊贲故第,在领军府东门。瞻曰:'吾有先人弊庐,何为于此?'临终,遗晦书曰:'吾得启体幸全,归骨山足,亦何所多恨。弟思自勉厉,为国为家。'遂卒。时年三十五。"按《南史》亦云谢晦三十五岁,疑误。逯钦立编《全宋诗》卷有谢瞻小传以为当是三十九岁之误。谢瞻善为文章。有集三卷,久佚。《文选》载有《九日从宋公戏马台送孔令》、《王抚军庾西阳集别作诗》、《张子房诗》、《答灵运》、《于安城答灵运》五首。由此可见他的诗在齐梁诗人心目中的地位。钟嵘《诗品》评价不高,以为:"其源出于张华,才力苦弱,故务其清浅,殊得风流媚趣。"《宋书》本传称:"瞻善于文章,辞采之美,与族叔混、族弟灵运相抗。灵运父瑍,无才能,为秘书郎,早年而亡。灵运好臧否人物,混患之,欲加裁折,未有方也,谓瞻曰:'非汝莫能。'乃与晦、曜、弘微等共游戏,使瞻与灵运共车。灵运登车,便商较人物,瞻谓之曰:'秘书早亡,谈者亦互有同异。'灵运默然,言论自此衰止。"

谢庄生。

《宋书》本传:"谢庄字希逸,陈郡阳夏人,太常弘微子也。"谢庄卒于泰始二年,时年四十六岁,逆推生于本年。

范泰六十七岁,为国子祭酒。作《议建国学表》、《谏改钱法》。

《宋书》本传:"高祖受命,拜金紫光禄大夫,加散骑常侍。明年,议建国学,以泰领国子祭酒。泰上表曰……时学竟不立。时言事者多以钱货减少,国用不足,欲悉市民铜,更造五铢钱。泰又谏曰……"明年,即永初二年(421)。

郑鲜之五十八岁,出为丹阳尹。复入为都官尚书,加散骑常侍。以从征功,封龙阳县五等侯。出为豫章太守,秩中二千石。

见《宋书》本传。

陶渊明五十七岁,作《于抚军坐送客》、《游斜川》等。

考见李公焕笺、陶澍注。

傅亮四十八岁,转尚书仆射、中书令,詹事如故。作《让尚书仆射表》。

见《宋书》本传。

颜延之三十八岁,连挫周续之,不肯称服傅亮。

《宋书》本传:"雁门人周续之隐居庐山,儒学著称。永初中,征诣京师,开馆以居之。高祖亲幸,朝彦毕至,延之官列尤卑,引升上席。上使问续之三义,续之雅仗辞辩,延之每折以简要。既连挫续之,上又使还自敷释,言约理畅,莫不称善。徙尚书仪曹郎,太子中舍人。时尚书令傅亮自以文义之美,一时莫及。延之负其才辞,不为之下,亮甚疾焉。"永初计三年,永初中当为永初二年,故系于此。

谢晦三十二岁,免侍中,寻转领军将军、散骑常侍,入直殿省,总统宿卫。

《宋书》本传:"二年,坐行玺封镇西司马、南郡太守王华大封,而误封北海太守球,版免晦侍中。寻转领军将军、散骑常侍,依晋中军羊祜故事,入直殿省,总统宿卫。"

佛驮跋陀在道场寺译《新无量寿经》二卷。

见《出三藏记集》卷二。注:"永初二年于道场寺出。"该经梁时存。按:佛驮跋陀在晋宋之交至江东,译经"十部,凡六十七卷。晋安帝时,天竺禅师佛驮跋陀(又译作浮陀跋摩)至江东,及宋初于庐山及京都译出"。该经梁时存。

释宝云于六合山寺译《新无量寿经》二卷。

见《出三藏记集》卷二。注:"宋永初二年于道场寺出。一录云,于六合山寺出。"按:此应是在道场寺译。作六合山寺,误。释慧皎《高僧传》卷三《宋六合山释宝云传》:"云译出《新无量寿》,晚出诸经,多云所治定。华戎兼通,音训允正,云之所定,众咸信服。初,关中沙门竺佛念善于宣译,于苻、姚二代,显出众经。江左译梵,莫逾于云,故于晋宋之际,弘通法藏、沙门慧观等,咸友而善之。云性好幽居,以保闲寂,遂适六合山寺,译出《佛本行赞经》。"《佛本行赞》五卷。见《出三藏记集》卷二注:"一名《马鸣菩萨赞》或云《佛本行赞》。六合山寺出。右二部,凡七卷。宋孝武皇帝时,沙门释宝云于六合山寺译出。"该经梁时存。按:据《新集条解异出经录第二》载,《无量寿经》有五人译。

北凉沮渠蒙逊克敦煌。李恂自杀。

见《晋书·凉武昭王李玄盛传》、《通鉴》卷一百一十九。

十月二十三日,天竺昙摩谶译《大般涅槃经》三十六卷。

见《出三藏记集》卷二。注:"伪河西王沮渠蒙逊玄始十年十月二十三日译出。"该经梁时存。又卷八载凉州释道朗所作序:"天竺沙门昙摩谶者,中天竺人,婆罗门种。天怀秀拔,领鉴明邃,机辩清胜,内外兼综。将乘运流化,先至敦煌,停止数载。大沮渠河西王者,至德潜著,建隆王业,虽形处万机,每思弘大道,为法城堑。会开定西夏,斯经与谶自远而至,自非至感先期,孰有若兹之遇哉。谶既达此,以玄始十年,岁次大梁,十月二十三日,河西王劝请令译。谶手执梵文,口宣秦言。其人神情既锐,而为法殷重,临译敬慎,殆无遗隐,搜研本正,务存经旨。"释慧皎《高僧传》卷二《晋河西昙无谶传》:"河西王沮渠蒙逊僭据凉土,自称为王,闻谶名,呼与相见,接待甚厚。蒙逊素奉大法,志在弘通,欲请出经本。谶以未参土言,又无传译,恐言舛于理,不许即翻,于是学语三年,方译写《初分》十卷。时沙门慧嵩、道朗,独步河西,值其宣出经藏,深相推重,转易梵文,嵩公笔受。道俗数百人,疑难纵横,谶临机释滞,清辩若流。兼富于文藻,辞制华密,嵩、朗等更请广出诸经,次译《大集》、《大云》、《悲华》、《地持》、《优婆塞戒》、《金光明》、《海龙王》、《菩萨戒本》等,六十余万言。谶以《涅槃经》本,品数未足,还外国究寻,值其母亡,遂留岁余。后于于阗,更得经本《中分》,复还姑臧译之。后又遣使于阗,寻得《后分》,于是续译为三十三卷。以伪玄始三年初就翻译,至玄始十年十月二十三日三帙方竟,即宋武永初二年也。"

十二月,昙摩谶译《菩萨戒优婆塞戒坛文》一卷。

见《出三藏记集》卷二。注:"玄始十年十二月出。"该经梁时存。按:昙摩谶在玄始年间共译经"十一部,凡一百一十七卷。晋安帝时,天竺沙门昙摩谶至西凉州,为伪河西王大沮渠蒙逊译出(或作昙无谶)"。

何承天五十二岁。宗炳四十七岁。王韶之四十二岁。崔浩四十一岁。谢灵运三十七岁。高允三十二岁。范晔二十四岁。刘义庆十九岁。谢惠连十五岁。袁淑十四岁。程骏八岁。鲍照八岁。王微七岁。蔡兴宗六岁。游明根三岁。

宋武帝永初三年·魏明元帝泰常七年(422)　壬戌

宋武帝刘裕五月病卒,时年六十岁。

见《宋书·武帝纪》。刘裕《戒太子书》称:"檀道济虽有干略,而无远志,非如兄韶有难御之气也。徐羡之、傅亮当无异图。谢晦数从征伐,颇识机变,若有同异,必此人也。小邵,可以会稽江州处之。"又为手诏曰:"朝廷不须复有别府,宰相带扬州,可置甲士千人。若大臣中任要,宜有爪牙以备不祥人者,可以台见队给之。……后世若有幼主,朝事一委宰相,母后不烦临朝。仗既不许入台殿门,要重人可详给班剑。"这些嘱托,宋齐以后已为常规。故南朝母后乱政的事极少。又如控制大臣宜有爪牙,后来既演变为典签制度。同月少帝刘义符即位,徐羡之、傅亮、谢晦辅政。

何承天五十三岁,补南台治书侍御史。作《社颂》。

见《宋书》本传。《社颂序》曰:"余以永初三年八月大社,聊为此文。"

傅亮四十九岁。正月作《立学诏》。五月,为中书监、尚书令。

见《宋书·武帝纪》。《艺文类聚》卷三十八题作傅亮。为中书监、尚书令事见《宋书》本传及《少帝纪》。《宋书》本传:"明年(永初三年),高祖不豫,与徐羡之、谢晦并受顾命,给班剑二十人。少帝即位,进为中书监、尚书令。"

王韶之四十三岁,五月少帝即位后迁侍中、骁骑将军。

见《宋书》本传。

颜延之三十九岁,作《武帝谥议》。五月后为正员郎、兼中书,寻徙员外常侍。因与庐陵王义真亲厚,为徐羡之等疑忌,出为始安太守。赴任途中,与陶渊明留连酣饮。

《宋书》本传:"庐陵王义真颇好辞义,待接甚厚。徐羡之等疑延之为同异,意甚不悦。少帝即位,以为正员郎,兼中书,寻徙员外常侍,出为始安太守。领军将军谢晦谓延之曰:'昔荀勖忌阮咸,斥为始平郡;今卿又为始安,可谓二始。'黄门郎殷景仁亦谓之曰:'所谓俗恶俊异,世疵文雅。'"又《宋书·陶潜传》:"先是颜延之为刘柳后军功曹,在寻阳,与潜情款,后为始安郡,经过,日日造潜,每往必酣饮致醉,临去,留二万钱与潜,潜悉送酒家,稍就取酒。"

谢灵运三十八岁,作《武帝诔》。七月出为永嘉太守。作《永初三年七月十六日之郡初发都诗》、《邻里相送至方山》、《过始宁墅》、《富春渚》、《七里濑》等。

《宋书》本传称:"庐陵王义真少好文籍,与灵运情款异常。少帝即位,权在大臣,灵运构扇异同,非毁执政,司徒徐羡之等患之,出为永嘉太守。郡有名山水,灵运素所爱好,出守既不得志,遂肆意游遨,遍历诸县,动逾旬朔,民间听讼,不复关怀。所至辄为诗咏,以致其意焉。在郡一周,称疾去职,从弟晦、曜、弘微等并与书止之,不从。"谢灵运之出为永嘉太守,又与庐陵王有关。《宋书·庐陵王义真传》:"永初元年封庐陵王,食邑三千户。移镇东城。高祖始践阼,义真意色不悦,侍读博士蔡茂之问其故,义真曰:'安不忘危,休泰何可恃。'明年,迁司徒。高祖不豫,以为使持节、侍中、都督南豫、豫、雍、司、秦、并六州诸军事、车骑将军、开府仪同三司,南豫州刺史,出镇历阳。未之任而高祖崩。义真聪明爱文义,而轻动无德业。与陈郡谢灵运、琅邪颜延之、慧琳道人并周旋异常,云得志之日,以灵运、延之为宰相,慧琳为西豫州都督。徐羡之等嫌义真与灵运、延之昵狎过甚,故使范晏从容戒之,义真曰:'灵运空疏,延之隘薄,魏文帝云鲜能以名节自立者。但性情所得,未能忘言悟赏,故与之游耳。'将之镇,列部伍于东府前。既有国哀,义真所乘舫单素,不及母孙修仪所乘者。义真与灵运、延之、慧琳等共视部伍,因宴舫内,使左右剔母舫函道以施己舫,而取其胜者。及至历阳,多所求索,羡之等每裁量不尽与,深怨执政,表求还都。"

谢晦三十三岁,三月,给班剑二十人。五月,以与徐羡之、傅亮、

檀道济等并侍武帝医药,加中书令。

见《宋书》本传及《少帝纪》。

殷景仁作《让侍中表》。

《宋书》本传:"少帝即位,入补侍中,累表辞让,又固陈,改除黄门侍郎。"

七月,竺道生、释道严请佛驮什于京都龙光寺译《弥沙塞律》三十四卷、《弥沙塞比丘戒本》一卷、《弥沙塞羯磨》一卷。

见《出三藏记集》卷二。三十四卷本注:"即释法显所得胡本,以宋景平元年七月译出。已入律录。"一卷本注:"与律同时出。右三部,凡三十六卷。宋营阳王时,沙门竺道生、释慧严,请罽宾律师佛驮什于京都龙光寺译出。"该经梁时存。又卷三:"法显以晋义熙二年还都,岁在寿星,众经多译,唯《弥沙塞》一部未及译出而亡。到宋景平元年七月,有罽宾律师佛大什来至京都。其年冬十一月,琅邪王练、比丘释慧严、竺道生于龙光寺请外国沙门佛大什出之。时佛大什手执胡本,于阗沙门智胜为译,至明年十二月都讫。"卷十五《道生法师传》:"初,沙门法显于师子国得《弥沙塞律》梵本,未及译出而亡。生以宋景平元年十一月,于龙光寺请罽宾律师佛大什执梵文,于阗沙门智胜为译。此律照明,盖生之功也。关中沙门僧肇始注《维摩》,世咸玩味。及生更发深旨,显畅新异,讲学之匠,咸共宪章。"又释慧皎《高僧传》卷三《宋建康龙光寺佛驮什传》:"佛驮什,此云觉寿,罽宾人。……以宋景平元年七月届于扬州。先沙门法显于师子国得《弥沙塞律》梵本,未被翻译,而法显仙化,京邑诸僧闻什既善此学,于是请令出焉。以其年冬十一月集于龙光寺,译为三十四卷,称为《五分律》。什执梵文,于阗沙门智胜为译,龙光道生、东安慧严共执笔参正,宋侍中琅邪王练为檀越,至明年四月方竟。"

平陆令许桑舍宅建刹,名曰平陆寺。

《出三藏记集》卷十四《僧伽跋摩传》:"初,景平元年,平陆令许桑舍宅建刹,因名平陆寺。后道场慧观以跋摩道行纯备,请住此寺,崇其供养,以表厥德。"按:"僧伽跋摩,齐言僧铠,天竺人也。少而弃俗,清峻有戒德,明解律藏,尤精《杂心》。以宋元嘉十年步自流沙,至于京都。风宇宏肃,道俗敬异,咸宗而事之,号曰三藏法师。"

魏明元帝立子拓跋焘为太子。

见《魏书·太宗纪》、《世祖纪》及《通鉴》卷一百一十九。

魏侵宋,拔滑台诸城。宋诸将多城守。

见《通鉴》卷一百一十九。宋、魏交兵事,散见《宋书》、《魏书》,此战延续二年,宋多败。

范泰六十八岁。郑鲜之五十九岁。陶渊明五十八岁。宗炳四十八岁。崔浩四十二岁。高允三十三岁。范晔二十五岁。刘义庆二十岁。谢惠连十六岁。袁淑十五岁。程骏九岁。鲍照九岁。王微八岁。蔡兴宗七岁。游明根四岁。谢庄二岁。

宋少帝刘义符景平元年·魏明元帝泰常八年(423)　癸亥

周续之卒,时年四十七岁。

《宋书》本传:"高祖践阼,复召之,乃尽室俱下。上为开馆东郭外,招集生徒。乘舆降幸,并见诸生,问续之《礼记》'傲不可长'、'与我九龄'、'射于矍圃'三义,辩析精奥,称为该通。续之素患风痹,不复堪讲,乃移病钟山。景平元年卒。时年四十七岁。通《毛诗》六义及《礼记》、《公羊传》,皆传于世。"按:周续之字道祖,雁门广武人。为范宁学生。本传载:"豫章太守范宁于郡立学,招集生徒,远方至者甚众。续之年十二诣宁受业。居学数年,通五经并《纬》、《候》,名冠同门,号曰颜子。既而闲居读《老》、《易》,入庐山事沙门释慧远。时彭城刘遗民遁迹庐山,陶渊明亦不应征命,谓之寻阳三隐。"

王僧绰生。

《宋书》本传:"王僧绰,琅邪临沂人。左光禄大夫昙首子也。"僧绰于元嘉三十年为刘劭所杀,时年三十一岁,逆推生于本年。

王僧达生。

《宋书》本传:"王僧达,琅邪临沂人,太保弘少子。"僧达于大明二年下狱死,时年三十六岁,上推生于本年。

范泰六十九岁,加位特进。

《宋书》本传:"景平初加位特进。"

傅亮五十岁,作《感物赋》、《演慎》。

《宋书》本传:"初,亮见世路屯险,著论名曰《演慎》,曰……亮布衣儒生,侥幸际会,既居宰府,兼总重权,少帝失德,内怀忧惧,作《感物赋》以寄意焉。其辞曰……"其赋作于暮秋时节。按:少帝上年五月即位,明年七月被废。此文当作于本年秋,与唐代诗人孟郊《寒地百姓吟》情调相近。

王韶之四十四岁,出为吴兴太守。作《赠潘综吴逵举孝廉诗》六章、《临郡察潘综吴逵孝廉教》。

见《宋书》本传。《宋书·孝义传·潘综传》:"潘综,吴兴乌程人也。……太守王韶之临郡,发教曰……及将行,设祖道,赠以四言诗曰……"。

谢灵运三十九岁,移籍会稽,作《山居赋》。

《宋书》本传:"灵运父祖并葬始宁县,并有故宅及墅,遂移籍会稽,修营别业,傍山带江,尽幽居之美。与隐士王弘之、孔淳之等纵放为娱。有终焉之志。每有一诗至都邑,贵贱莫不竞写,宿昔之间,士庶皆遍,远近钦慕,名动京师。作《山居赋》并自注,以言其事。曰……"灵运去年七月为永嘉太守,"在郡一周"(一年),本年去职。

谢惠连十七岁,与谢灵运游。

《宋书·谢灵运传》:"惠连幼有才悟,而轻薄不为父方明所知。灵运去永嘉还始宁,时方明为会稽郡。灵运尝自始宁至会稽造方明,过视惠连,大相知赏。时(何)长瑜教惠连读书,亦在郡内,灵运又以为绝伦,谓方明曰:'阿连才悟如此,而尊作常儿遇之。何长瑜当今仲宣,而贻以下客之食。尊既不能礼贤,宜以长瑜还灵运。'灵运载之而去。"

殷淳撰《四部书目》四十卷。

见《宋书》本传。又见阮孝绪《古今书最》。

魏明元帝卒,子太武帝拓跋焘立。

见《魏书·太宗纪》、《通鉴》卷一百一十九。

魏太武帝左右不好崔浩,使之以公归第。浩不好老庄,尤不信佛。

见《魏书·崔浩传》、《通鉴》卷一百一十九。

郑鲜之六十岁。陶渊明五十九岁。何承天五十四岁。宗炳四十九岁。崔浩四十三岁。颜延之四十岁。谢晦三十四岁。高允三十四岁。范晔二十六岁。刘义庆二十一岁。袁淑十六岁。程骏十岁。鲍照十岁。王微九岁。蔡兴宗八岁。游明根五岁。谢庄三岁。

宋少帝景平二年、宋文帝刘义隆元嘉元年·魏太武帝拓跋焘始光元年(424)　甲子

七月,徐羡之等废宋少帝为营阳王,旋杀之。迎立宜都王刘义隆于江陵,是为太祖文皇帝。八月改元元嘉。

范泰七十岁,作《上封事极谏少帝》。

《宋书》本传:"景平初,加位特进。明年致仕,解国子祭酒。少帝在位,多诸愆失,上封事极谏,曰……少帝虽不能纳,亦不加谴。徐羡之、傅亮等与范泰素不平,及庐陵王义真、少帝见害,泰谓所亲曰:'吾观古今多矣,未有受遗顾托,而嗣君见杀,贤王婴戮者也。'"《资

治通鉴》载:"营阳王居丧无礼,好与左右狎昵游戏无度。特进致仕范泰上封事曰……不听。泰,宁之子也。"

何承天五十五岁,谢晦请为南蛮长史,转谘议参军,领记室。作《尹嘉罪议》。

《宋书》本传:"谢晦镇江陵,请为南蛮长史。时有尹嘉者,家贫,母熊自以身贴钱,为嘉偿责。坐不孝当死。承天议曰……事未判,值赦并免。晦进号卫将军,转谘议参军。"谢晦本年赴江陵。

傅亮五十一岁,领护军将军。八月,文帝即位,加散骑常侍、左光禄大夫、开府仪同三司,进爵始兴公。作《奉迎大驾道路赋诗》。

《宋书》本传:"景平二年,领护军将军。少帝废,亮率行台至江陵奉迎太祖。既至,立行门于江陵城南,题曰'大司马门'。率行台百僚诣门拜表,威仪礼容甚盛。太祖将下,引见亮,哭恸甚,哀动左右。既而问义真及少帝薨废始末,悲号呜咽,侍侧者莫能仰视。亮流汗沾背,不能答。于是布腹心于到彦之、王华等,深自结纳。太祖登阼,加散骑常侍、左光禄大夫、开府仪同三司,本官悉如故。司空府文武即为左光禄府。又进爵始兴郡公,食邑四千户。固让进爵。……初,奉迎大驾,道路赋诗三首。其一篇有悔惧之辞。曰……亮自知倾覆,求退无由,又作《辛有》、《穆生》、《董仲道赞》,称其见微之美。"

颜延之四十一岁,在湘州作《祭屈原文》。同时还有《为张湘州祭虞帝文》。

《宋书》本传:"延之之郡,道经汨潭,为湘州刺史张邵祭屈原文以致其意。"其文又见于《文选》卷六十。其中有"惟有宋五年月日"云云,是作于本年之证。

谢灵运四十岁,在始宁墅,逍遥山水,谈玄说理。作《石壁精舍还湖中作》等诗。又作《庐陵王诔》等文。

按:诔文必庐陵王初死时作,疑文帝即位后,复其封号时作也。

谢晦三十五岁,行都督荆、湘、雍、益、宁、南北秦七州诸军事、抚军将军、领护军南蛮校尉、荆州刺史。

《宋书》本传:"少帝既废,司空徐羡之录诏命,以晦行都督荆、湘、雍、益、宁、南北秦七州诸军事、抚军将军、领护南蛮校尉、荆州刺史,欲令居外为援,虑太祖至或别用人,故遽有此授。精兵旧将,悉以配之,器仗军资甚盛。太祖即位,加使持节,依本位除授。晦虑不得去,甚忧惶,及发新亭,顾望石头城,喜曰:'今得脱矣。'寻进号卫将军,加散骑常侍,进封建平郡公,食邑四千户。固让进封。又给鼓吹一部。初为荆州,甚有自矜之色,将之镇,诣从叔光禄大夫澹别。澹问晦年,晦答曰三十五。澹笑曰:'昔荀中郎年二十七为北府都督,卿比之,已为老矣。'晦有愧色。至江陵,深结侍中王华,冀以免祸。"

刘义庆二十二岁,转散骑常侍、秘书监,徙度支尚书,迁丹阳尹,加辅国将军。

见《宋书》本传及《宋书·文帝纪》。

徐羡之作《奏废庐陵王义真》,张约之又作《奏理庐陵王义真》,极谏徐羡之,结果张约之亦被杀。徐羡之又作《上言追上皇太后尊号》。

见《宋书·庐陵王义真传》。时年刘义真十八岁。徐羡之《上言追上皇太后尊号》见《通典》卷七十二。

昙摩蜜多展转至蜀,后至荆州,于长沙寺造立禅馆。居无顷,又至京师,住祇洹寺,即于祇洹寺译出诸经《禅法要》、《普贤观》、《虚空藏观》凡三部经。

《出三藏记集》卷十四《昙摩蜜多传》:"昙摩蜜多,齐言法秀,罽宾人也。……常以江左王畿,志欲传法。以宋元嘉元年展转至蜀。俄而出峡,停止荆州,于长沙寺造立禅馆。居顷之,沿流东下,至于京师,即住祇洹寺。其道声素著,倾都礼讯,自宋文袁皇后及皇子公主,莫不设斋桂宫,请戒椒掖,参候之使,旬日相属。即于祇洹寺译出诸经《禅法要》、《普贤观》、《虚空藏观》凡三部经,常以禅道教授,或千里谘受,四辈远近,皆号大禅师焉。"昙摩蜜多法师卒于元嘉十九年,享年八十七岁。则本年六十九岁。按释道宣《续高僧传》卷十六《陈钟山开善寺释智远传》:"长沙大寺,圣像所居,天下称最。"

释慧观、慧聪等面启宋文帝求迎罽宾沙门求那跋摩。

释慧皎《高僧传》卷三《宋京师祇洹寺求那跋摩传》:"求那跋摩,此云功德铠。本刹利钟,累世为王,治在罽宾国。……时京师名德沙门慧观、慧聪等,远挹风猷,思欲餐禀,以元嘉元年九月,面启文帝,求迎请跋摩。帝即敕交州刺史,令泛舶延致。观等又遣沙门法长、道冲、道俊等,往彼祈请,并致书于跋摩及阇婆王婆多加等,必希顾临宋境,流行道教。"元释念常《佛祖历代通载》卷九谓求那跋陀落至金陵在己巳年,即元嘉六年(429):"文帝遣使郊迎,跋陀神情爽迈,帝见之大悦,命居祇洹寺。屡延入内供。仆射何尚之、彭城王义康、南谯王义宣并师事之。"

西域沙门畺良耶舍来到京师。

释慧皎《高僧传》卷三《宋京师道林寺畺良耶舍传》:"畺良耶舍,此云时称,西域人。……以元嘉之初远冒沙河,萃于京邑,太祖文皇深加叹异。初止钟山道林精舍,沙门宝志崇其禅法,沙门僧含请译《药王药上观》及《无量寿观》,含即笔受。"

夏赫连勃勃将立少子伦为太子,太子璝杀伦,伦兄昌又杀璝,勃勃立昌为太子。

见《通鉴》卷一百二十。

释智猛始从天竺还回凉州。

《出三藏记集》卷十五《释智猛传》:"以甲子岁发天竺,同行四僧于路无常,唯猛与昙纂俱还于凉州。译出《泥洹》本,得二十卷。"按:

智猛弘始六年(404)发迹长安,至本年已整整二十年。初,北魏道士寇谦之,自言曾遇太上老君,赐以《云中音诵新科之诫》,又遇老君玄孙李谱文,赐以《天中三真太文录》、《录图真经》等,至是献之,朝野"未全信也",崔浩独异其言,因师事之,受其法术。因上疏赞明其事。魏太武帝欣然纳之,于是崇奉天师。遂起天师道场于京城之东南,重坛五层,遵其新经之制。给道士百二十人衣食,齐肃祈请,六时礼拜,月设厨会数千人。

见《魏书·释老志》,亦见宋释志磐《佛祖统纪》卷三十八《法运通塞志》。

北魏诏天下寺改名招提。

见宋释志磐《佛祖统纪》卷三十八《法运通塞志》。

郑鲜之六十一岁。陶渊明六十岁。宗炳五十岁。王韶之四十五岁。崔浩四十四岁。高允三十五岁。范晔二十七岁。谢惠连十八岁。袁淑十七岁。程骏十一岁。鲍照十一岁。王微十岁。蔡兴宗九岁。游明根六岁。谢庄四岁。王僧绰二岁。王僧达二岁。

宋文帝元嘉二年·魏太武帝始光二年(425)　乙丑

孔宁子卒。存诗二首。

卒年见《宋书·王华传》:"元嘉二年,宁子病卒。"有集十五卷,佚。今存诗二首、文四篇。

陆澄生。

《南齐书》本传:"陆澄字彦渊,吴郡吴人也。祖邵,临海太守。父瑗,州从事。"陆澄卒于齐隆昌元年,时年七十,上推生于本年。

范泰七十一岁,作《表贺元正并陈旱灾》、《乞加赠庐陵王义真表》。

《宋书》本传:"元嘉二年,表贺元正,并陈旱灾,曰:'……臣年过七十,未见此旱……'遂轻舟游东阳,任心行上,不关朝廷。有司劾奏

之,太祖不问也。时太祖虽当阳亲览,而羡之等犹秉重权,复上表曰:
'伏承庐陵王已复封爵,犹未加赠。……'泰诸子禁之,表竟不奏。"

傅亮五十二岁,正月,与徐羡之上表归政。徐羡之隐退。作《与谢晦书》。又作《喜雨赋》。

见《宋书·徐羡之传》。傅亮《喜雨赋》称"伊元嘉之初载,肇休明于此年"云云。似是元嘉初年所作。又本年大旱。见范泰《表贺元正并陈旱灾》"臣年过七十,未见此旱"云云。又《宋书·五行志》:"宋文帝元嘉二年夏旱。"傅亮《喜雨赋》当作于大旱初雨之时。

宗炳五十一岁,朝廷征为散骑侍郎,不就。

见《宋书·戴颙传》。

谢灵运四十一岁,作《和范泰祇洹寺象赞》三首。

见《广弘明集》卷十五。又,该书载谢灵运《答范特进书送佛赞》,其中有"山涧幽阻,音尘阔绝,忽见诸赞,叹慰良多。……二月一日,谢灵运白答",可见诸赞作于灵运移居会稽之时。

谢晦三十六岁,遣妻及长子谢世休送二女还京邑。文帝欲诛杀谢晦、傅亮、徐羡之三人。

《宋书》本传:"二女当配彭城王义康、新野侯义宾。元嘉二年,遣妻及长子世休送女还京邑。先是景平中,索虏为寇,没河南。至是上欲诛羡之等,并讨晦。声言北伐,又言拜京陵,治装舟舰。傅亮与晦书曰……"

蔡兴宗十岁,丁父忧。

见《宋书》本传及《建康实录·宋太祖文皇帝纪》。

夏赫连勃勃(即赫连屈丐)卒,子昌立。

见《魏书·铁弗刘虎附赫连屈丐传》、《通鉴》卷一百二十。

陶渊明六十一岁。郑鲜之六十一岁。何承天五十六岁。王韶之四十六岁。崔浩四十五岁。颜延之四十二岁。高允三十六岁。范晔二十八岁。刘义庆二十三岁。谢惠连十九岁。袁淑十八岁。程骏十二岁。鲍照十二岁。王微十一岁。游明根七岁。谢庄五岁。王僧绰三岁。王僧达三岁。

宋文帝元嘉三年·魏太武帝始光三年(426)　丙寅

傅亮正月被杀,时年五十三岁。傅亮为宋初重要文学家。

《宋书》本传称其"博涉经史,尤善文辞"。《宋书·颜延之传》:"傅亮自以文义之美,一时莫及。"有集三十一卷,佚。今《文选》收录其文五篇。钟嵘《诗品》称:"季友之文,余常忽而不察。今沈特进撰诗载其数首。亦复平美。"又有《应验记》一卷,日本藏古抄本存七则。收入孙昌武校点《观世音应验记》(三种)中。又有《续文章志》二卷,佚。《世说新语》注、《文选》注多见征引。

谢晦二月被杀,时年三十七岁。作《悲人道》。

《宋书》本传:"三年正月,晦弟黄门侍郎曒驰使告晦,晦犹谓不然,呼谘议参军何承天,示以亮书,曰:'计幼宗一二日必至,傅公虑我好事,故先遣此书。'承天曰:'外闻所闻,咸谓西讨已定,幼宗岂有上理?'晦尚谓虚妄,使承天豫立答诏启草,言伐虏宜须明年。江夏内使程道惠得寻阳人书,言:'朝廷将有大处分,其事已审。'使其辅国府中兵参军乐冏封以示晦。晦又谓承天曰:'幼宗尚未至,若复二三日无消息,便是不复来邪?'承天答曰:'诏使本无来理,如程所说,其事已判,岂容复疑?'晦欲焚南蛮兵籍,率见力决战。士人多劝发兵,乃立幡戒严。谓司马庾登之曰:'今当自下,欲屈卿以三千人守城,备御刘粹。'……晦死时,年三十七。庾登之、殷道鸾、何承天并皆原免。"

王僧虔生。

《南齐书》本传:"王僧虔,琅邪临沂人也。祖珣,晋司徒。伯父太保弘,宋元嘉世为宰辅。……父昙首,右光禄大夫。"僧虔卒于齐永明三年,时年六十,上推生于本年。

范泰七十二岁,进位侍中、左光禄大夫、国子祭酒,领江夏王师。作《因旱蝗上表》、《旱灾未已加以疾疫又上表》。

《宋书》本传:"三年,羡之等伏诛,进位侍中、左光禄大夫、国子祭酒,领江夏王师,特进如故。……其年秋旱蝗,又上表曰……"

郑鲜之六十三岁,为王弘所荐,任尚书右仆射。

见《宋书》本传。

陶渊明六十二岁。檀道济为江州刺史,前来探望,劝其出仕。诗人作《有令而作》、《乞食》等诗,生活相当困乏。

见袁行霈《陶渊明年谱汇考》,载《六朝作家年谱辑要》中。

何承天五十七岁,作《为谢晦奉表自理》、《为谢晦檄京邑》、《又为谢晦上表》。

文并见《宋书·谢晦传》。《宋书》本传称谢晦"使承天造立表檄","及到彦之,至马头,承天自诣归罪,彦之以其有诚,宥之,使行南蛮府事"。

颜延之四十三岁,三月,征为中书侍郎,寻转太子中庶子,领步兵校尉。作《始安郡还都与张湘州登巴陵城楼》、《答谢监灵运》等。

《宋书》本传:"元嘉三年,羡之等诛,征为中书侍郎,寻转太子中庶子,顷之,领步兵校尉,赏遇甚厚。"后从竺道生问道。见《高僧传·竺道生传》:"宋太祖文皇帝深加叹重,王弘、范泰、颜延之并挹敬风猷,从之问道。"

谢灵运四十二岁,征为秘书监,整理秘书阁图书,使撰《晋书》,未就。寻迁侍中。作《答范光禄书》、《还旧园作见颜范二中书》、《庐陵王墓下作》等。

《宋书》本传:"太祖登阼,诛徐羡之等,征为秘书监,再召不起,上使光禄大夫范泰与灵运书敦奖之,乃出就职。使整理秘阁书,补足遗阙。又以晋氏一代,自始至终竟无一家之史,令灵运撰《晋书》,粗立条流,书竟不就。寻迁侍中,日夕引见,赏遇甚厚。灵运诗书皆兼独绝,每文竟,手自写之,文帝称为二宝。"按:范泰与灵运书不存。灵运答书见载于《广弘明集》。诗存《文选》。

范晔二十九岁,出为刘义康荆州府别驾从事史。

见《宋书》本传。《宋书·彭城王义康传》:"元嘉三年,改授都督荆、湘、雍、梁、益、宁、南北秦八州诸军事,荆州刺史。"

谢惠连二十岁,丁父忧。居丧期间赠杜德灵五言诗十余首。

《宋书·谢方明传》:"元嘉三年卒官,年四十七。"《建康实录·宋太祖文皇帝纪》:三年闰正月"会稽太守谢方明卒"。杜德灵为会稽郡吏,美姿容。《宋书·刘义宗传》:"德灵雅有姿色,为义宗所宠爱,本会稽郡吏。谢方明为郡,方明子惠连爱幸之,为之赋诗十余首。"《宋书·谢方明传》:"惠连先爱幸会稽郡吏杜德灵,及居父忧,赠以五言诗十余首。"

裴松之作《奉使巡行反奏事》。

《宋书》本传:"太祖元嘉三年诛司徒徐羡之等,分遣大使,巡引天下。……班宣诏书曰……松之反使奏曰……松之甚得奉使之义,论者美之。"

徐豁作《表陈损益三事》。

见《宋书·良吏·徐豁传》。此文乃研治此一时期经济史之重要史料。

北方遣使奉表求《周易》、《搜神记》等书,合四百七十五卷。

《宋书·氐胡·蒙逊传》:"三年,改骠骑为车骑。世子兴国遣使奉表,请《周易》及子集诸书,太祖并赐之。合四百七十五卷。蒙逊又就司徒王弘求《搜神记》,弘写与之。"

西域沙门伊叶波罗在彭城译《杂阿毗昙心》十三卷。

见《出三藏记集》卷二。注:"右一部,凡十三卷。宋文帝时,西域沙门伊叶波罗,以元嘉三年为北徐州刺史王仲德于彭城译出,至《择品》未竟。至八年,更请三藏法师于京都校定。"该经梁已阙。卷十载无名氏《杂阿毗昙心序》云:"于宋元嘉三年,徐州刺史太原王仲德请外国沙门伊叶波罗于彭城出之。《择品》之半及《论品》一品,有缘事起,不得出竟。至元嘉八年,复有天竺法师名求那跋摩,得斯陀含道,善练兹经,来游扬都,更从校定,谘详大义。"

释慧基十五岁,出家祇洹寺。

释慧皎《高僧传》卷八《齐山阴法华山释慧基传》:"至年十五,(慧)义嘉其神彩,为启宋文帝求度出家,文帝引见顾问允惬,即敕于祇洹寺为设会出家。舆驾亲幸,公卿必集。基既栖志法门,厉行精苦,学兼昏晓,解洞群经。"

魏太武帝伐夏,袭统万,徙民万余家而还。

见《魏书·世祖纪》、《赫连昌传》及《通鉴》卷一百二十。

魏奚斤克蒲阪,取长安。

见《魏书·世祖纪》、《奚斤传》及《通鉴》卷一百二十。

魏于平城东起太学,祀孔子,以颜渊配。

见《魏书·世祖纪》。

四月二十三日,天竺昙摩谶在河西译《优婆塞戒经》。

见《出三藏记集》卷九。无名氏《优婆塞戒经记》:"太岁在丙寅,夏四月二十三日,河西王世子,抚军将军、录尚书事大沮渠兴国,与诸优婆塞等五百余人,共于都城之内,请天竺法师昙摩谶译此在家菩萨戒,至秋七月二十三日都讫,秦沙门道养笔授。"按:据卷三所载是在玄始十年(421)译,与此有异。而据释慧皎《高僧传》本传,则译此经在玄始十年译《大涅槃经》之前。故译经有三说也。

宗炳五十二岁。王韶之四十七岁。崔浩四十六岁。高允三十七岁。刘义庆二十四岁。袁淑十九岁。程骏十三岁。鲍照十三岁。王微十二岁。蔡兴宗十一岁。游明根八岁。谢庄六岁。王僧绰四岁。王僧达四岁。陆澄二岁。

宋文帝元嘉四年・魏太武帝始光四年(427)　丁卯

郑鲜之卒于三月,时年六十四岁。

《宋书》本传:"(元嘉)四年卒,时年六十四。"《宋书・文帝纪》载其卒于本年三月。有集二十卷,佚。今存诗一首、文九篇。

陶渊明卒于十一月,时年六十三岁。

《宋书》本传:"潜元嘉四年卒,时年六十三。"

颜延之四十四岁,欲为王弘之作诔,未就,作《与王昙生书》。又作《陶征士诔》。

详见《晋书・隐逸・王弘之传》。《陶征士诔》见《文选》。李善注引何法盛《晋中兴书》:"延之为始兴郡,道经寻阳,常饮渊明舍,自晨达昏。及渊明卒,延之为诔,极其思致。"

谢庄七岁,能属文,通《论语》。

见《宋书》本传。

陆子真于十一月荐举雷次宗、陶渊明、刘凝之。

见《建康实录・宋太祖文皇帝纪》。

释宝云、释智严译《广博严净经》四卷。

见《出三藏记集》卷二。注:"或云《广博严净不退转轮经》。"此外还有《普耀经》六卷、《四天王经》一卷。"右三部,凡十一卷。宋文帝时,沙门释智严,以元嘉四年共沙门宝云译出。"该经梁时存。卷十五《智严法师传》:"释智严,不知何许人。……严前还于西域,得胡本众经,未及译写。到宋元嘉四年,乃共沙门宝云译出《普曜》、《广博严净》及《四天王》凡三部经。"同卷《释宝云传》:"释宝云,未详其氏族。传云凉州人也。……遂以晋隆安之初,远适西域。与法显、智严先后相随,涉履流沙。""后还长安,随禅师佛驮跋陀罗受业,修道禅门,孜孜不怠。俄而禅师横为秦僧所摈,徒众悉同其咎,云亦奔散。会庐山释慧远解其摈事,共归扬州,安止道场寺。"释慧皎《高僧传》卷三《宋京师枳园寺释智严传》:"释智严,西凉州人,弱冠出家。"与释宝云在长安同侍奉佛驮跋陀罗,乃同门弟子。晋义熙十三年过江。

魏太武帝克夏统万,夏主赫连昌奔上邦。魏得夏太史令张渊、徐辩、晋故将毛脩之、著作郎赵逸。

见《魏书·世祖纪》、《铁弗刘虎附赫连昌传》及《通鉴》卷一百二十。张渊,《魏书》有传,其《观象赋》附见本传。赵逸,《魏书》有传,魏太武帝见赵逸文,誉夏太过,怒,崔浩曰:"文士褒贬,多过其实,盖非得已,不足罪也。"乃止。后在魏尝作诗,为人所称,见《魏书》本传。

范泰七十三岁。宗炳五十三岁。何承天五十八岁。王韶之四十八岁。崔浩四十七岁。谢灵运四十三岁。范晔三十岁。高允三十八岁。刘义庆二十五岁。谢惠连二十一岁。袁淑二十岁。程骏十四岁。鲍照十四岁。王微十三岁。蔡兴宗十二岁。游明根九岁。王僧绰五岁。王僧达五岁。陆澄三岁。王僧虔二岁。

宋文帝元嘉五年·魏太武帝神䴥元年(428) 戊辰

范泰卒于八月,时年七十四岁。

见《宋书·文帝纪》、《建康实录》等。《宋书》本传:"泰博览篇籍,好为文章,爱奖后生,孜孜无倦。撰《古今善言》二十四篇及文集传于世。暮年事佛甚精,于宅西立祇洹精舍。(元嘉)五年卒,时年七十四。追赠车骑将军、侍中、特进,王师如故。谥曰宣侯。"《建康实录·宋太祖文皇帝纪》载:"初议赠开府,殷景仁曰:'范伯伦素望非重,不可拟议台鼎。'竟不行。既葬,王弘抚棺哭曰:'君平生重殷铁,今以此为报。'"又《南史·王准之传》:"准之尝作五言诗,范泰嘲之:'卿唯解弹事耳。'准之正色答:'犹差卿世载雄狐。'"

颜延之四十五岁，与谢灵运同作《北上篇》。

《南史》本传："延之与陈郡谢灵运俱以辞采齐名，而迟速悬绝。文帝尝各敕拟乐府《北上篇》，延之受诏便成，灵运久之乃就。"缪钺以为灵运元嘉三年征为秘书监，五年十一月免官东归，其后八年曾至京师，旋复出为临川内史。十年被杀。则其与颜延之作诗至晚当是元嘉五年事。见《年谱》。

谢灵运四十四岁，上表陈疾东归，与谢惠连、何长瑜、荀雍、羊璿之共为山泽之游，时谓四友。东归前作《上书劝伐河北》。

《宋书》本传："王昙首、王华、殷景仁等，名位素不逾之，并见任遇，灵运意不平，多称疾不朝直。穿池植援，种竹树堇，驱课公役，无复期度。出郭游行，或一日百六七十里，经旬不归。既无表闻，又不请急。上不欲伤大臣，讽旨令自解。灵运乃上表陈疾，上赐假东归。将行，上书劝伐河北曰：'……久欲上陈，惧在触置，蒙赐恩假，暂违禁省，消渴十年，常虑朝露，抱此愚志，昧死以闻。'灵运以疾东归，而游娱宴集，以夜继昼。复为御史中丞傅隆所奏，坐以免官。是岁，元嘉五年。灵运既东归，与族弟惠连、东海何长瑜、颍川荀雍、泰山羊璿之，以文章赏会，共为山泽之游，时人谓之四友。"

范晔三十一岁，丁父忧。

见《宋书》本传。

魏将安颉攻夏于平凉，擒赫连昌。

见《魏书·世祖纪》、《通鉴》卷一百二十一。

夏赫连定收集残部称帝于平凉，改元胜光。

见《魏书·世祖纪》、《通鉴》卷一百二十一。

西秦乞伏炽磐卒，子暮末即位，改元永弘。

见《通鉴》卷一百二十一。《晋书·乞伏炽磐载记》作"四年"，中华书局标点本校记以为"四"乃"五"之误。

何承天五十九岁。宗炳五十四岁。王韶之四十九岁。崔浩四十八岁。高允三十九岁。刘义庆二十六岁。谢惠连二十二岁。袁淑二十一岁。程骏十五岁。鲍照十五岁。王微十四岁。蔡兴宗十三岁。游明根十岁。谢庄八岁。王僧绰六岁。王僧达六岁。陆澄四岁。王僧虔三岁。

宋文帝元嘉六年·魏太武帝神䴥二年（429） 己巳

颜延之四十六岁，与袁淑不合。

《南史》本传："延之既自以才学见遇，当时多相推服。惟袁淑年倍小延之，不相推重。延之忿于众中折之曰：'昔陈元方与孔元骏齐年文学，元骏拜元方于床下，今君何得不见拜？'淑无以对。"《年谱》以为是本年或稍后事。

刘义庆二十七岁，四月，为尚书左仆射。

见《宋书·文帝纪》。

宋文帝刘义隆作《戒江夏王义恭书》。

见《宋书·江夏王义恭传》。此文对了解元嘉之治的背景颇有参考价值。《资治通鉴》详载此文，胡三省注："详观宋文帝此书，则江左之治称元嘉，良有以也。"

殷景仁作《章太后生母苏氏丧礼议》。

《宋书》本传："太祖所生章太后早亡，上奉太后所生苏氏甚谨。六年，苏氏卒，车驾亲临哭。……景仁议曰……上从之。"

王弘作《与八座丞郎疏》、《刑法议》等。

《南史》本传："六年，弘又上表，陈彭城王宜入辅，并求解州。义康由是代弘为司徒，与之分录。弘又辞分录。弘博练政体，留心庶事，勘耐时宜，每存优允。与八座丞郎疏曰……"

裴松之于七月作《上三国志注表》。

《建康实录·宋太祖文皇帝纪》："（六年七月）庚寅，裴松之上书言曰……帝览之曰:'裴世期为不朽矣。'"《三国志》收录裴氏上表,云"臣前被诏,使采三国异同,以注陈寿《三国志》"等等,由此文得知,注《三国志》是受诏而作。

许黄民部分经书传至马朗手中。

《真诰》卷十九:"元嘉六年,许丞欲移归钱塘,乃封其先真经一厨子,且付马朗净室之中。语朗云:'此经并是先灵之迹,唯须我自来取。纵有书信,慎勿与之。'乃分持经传及杂书十数卷自随,来至杜家。停数月,疾患,虑恐不差,遣人取经。朗既惜书,兼执先旨,近亲受教敕,岂敢轻付,遂不与信。[我](俄)而许便过世,所赍者,因留杜间,即今世上诸经书悉是也。许丞长子荣弟,迎丧还乡。服阕后,上剡就马求经。马善料理,不与其经。许既惭戢,不复苦索,仍停剡住。因又以灵期之经,教授唱言,并写真本,又皆注经后云'某年某月某真人授许远游',人亦初无疑悟者。经涉数年中,唯就马得两三卷真经,颇亦宣泄。"

许黄民卒于钱塘杜道鞠家,时年六十九岁。

《真诰》卷二十《真胄世谱》:"宋元嘉六年亡,年六十九。妻西阳令葛万安女。(注:万安是抱朴子第二兄孙也)黄民长子荣[第](弟),一名预之。宋元嘉十二年亡,不知年几。有女道育,隆安元年丁酉生。宋孝建元年甲午岁,与剡任埭山亡。(注:世谓之许大娘)黄民小子名庆,宋泰始五年己酉岁,亦于剡任埭山亡,不知年几。有女名神儿,一名琼辉,元嘉六年己巳生,齐永明四年丙寅岁亡。(注:世谓许小娘)"《云笈七签》卷五《仙人临沮令许君》:"元嘉六年,欲移居钱塘,乃封其真经一厨,付朗靖中,语:此是仙灵之迹,非我自来,纵有书亦勿与人。及至杜道鞠家,停少时而终,时年六十九。"

崔浩四十九岁,受命与邓渊子邓颖续修邓渊所撰《国纪》,为《国书》三十卷。同年加侍中、特进、抚军大将军,任之甚深。

见《魏书·崔浩传》、《通鉴》卷一百二十一。

魏将伐柔然,张渊以为不可,崔浩驳之。魏伐柔然,大克。

见《魏书·崔浩传》、《通鉴》卷一百二十一。

何承天六十岁。宗炳五十五岁。王韶之五十岁。谢灵运四十五岁。高允四十岁。范晔三十二岁。谢惠连二十三岁。袁淑二十二岁。程骏十六岁。鲍照十六岁。王微十五岁。蔡兴宗十四岁。游明根十一岁。谢庄九岁。王僧绰七岁。王僧达七岁。陆澄五岁。王僧虔四岁。

宋文帝元嘉七年·魏太武帝神䴥三年(430)　庚午

何承天六十一岁,补尚书殿中郎,兼左丞。作《薄道举事议》。

《宋书》本传:"(元嘉)七年,彦之北伐,请为右军录事。及彦之败退,承天以才非军旅,得免刑责。以补尚书殿中郎,兼左丞。吴兴余杭民薄道举为劫。制同籍朞亲补兵。道举从弟代公、道公等并为大功亲,非应在补谪之例,法以代公等母存为朞亲,则子宜随母补兵。承天议曰……"

谢灵运四十六岁,与会稽太守孟𫖮深构仇隙,𫖮告灵运谋反。灵运作《诣阙自理表》、《酬从弟惠连诗》等。

《建康实录·宋太祖文皇帝纪》载,本年正月谢灵运诣阙自理,迁为临川内史。

范晔三十三岁,为征南大将军檀道济司马,领新蔡太守。道济北征,晔惮行,辞以脚疾,上不许,使由水道统载器仗部伍。军还,为司徒从事中郎。顷之,迁尚书吏部郎。

见《宋书》本传。

谢惠连二十四岁,为司徒彭城王义康辟为法曹参军。作《祭古冢文》、《雪赋》、《西陵遇风献康乐》。

《宋书·谢方明传》附传载:"尚书仆射殷景仁爱其才,因言次白太祖曰:'臣小儿时,便见世中有此文,而论者云是谢惠连,其实非也。'太祖曰:'若如此,便应通之。'元嘉七年,方为司徒彭城王义康法曹参军。是时义康治东府城,城堑中得古冢,为之改葬,使惠连为祭文,留信待成,其文甚美。又为《雪赋》,亦以高丽见奇。"《祭古冢文》有"元嘉七年九月十四日"云云,知作于本年。《西陵遇风献康乐》作于本年春,诗云"我行指孟春,春仲尚未发"。其时,谢灵运因与会稽太守孟𫖮结仇,被告谋反,于是本年春诣阙自理,遂为临川内史。两人之别,盖在是时。谢灵运有答诗,云:"暮春虽未交,仲春善游遨。"

王微十六岁,好学深思,颇获时誉。辟州秀才,不就。

《宋书》本传:"微少好学,无不通览。善属文,能书画,兼解音律、医方、阴阳术数。年十六,州举秀才、衡阳王义季右军参军,并不就。"

宋文帝刘义隆三月作《北伐诏》。

见《宋书·索虏传》。

竺道生投迹庐山。

《出三藏记集》卷十五《道生法师传》:"以元嘉七年投迹庐岳,销影岩阿,怡然自得。"

新兴太守陶仲祖立灵味寺,请释僧含为住持。

释慧皎《高僧传》卷七《宋京师释僧含传》:"释僧含,不知何许人。……元嘉七年,新兴太守陶仲祖立灵味寺,钦含风轨,请以居之。"

宋文帝遣使于魏,言欲收复河南等地。太武帝怒,谓我生发未燥,已闻河南是我地。魏诸将欲侵宋,崔浩以为不可,太武帝乃止。

见《魏书·崔浩传》、《通鉴》卷一百二十一。

北燕主冯跋卒,弟冯弘率兵入宫自立。

见《通鉴》卷一百二十一。

夏赫连定与宋约和,欲共攻魏。魏太武帝以问崔浩,浩以为当先攻夏。魏太武帝至平凉,夏赫连定御之。魏遂击安定、平凉,定大败,魏遂取安定。

见《魏书·世祖纪》、《铁弗刘虎附赫连定传》、《崔浩传》及《通鉴》卷一百二十一。

魏取宋洛阳、虎牢。

见《宋书·文帝纪》、《通鉴》卷一百二十一。

宗炳五十六岁。王韶之五十一岁。崔浩五十岁。颜延之四十七岁。高允四十一岁。刘义庆二十八岁。袁淑二十三岁。鲍照十七岁。程骏十七岁。蔡兴宗十五岁。游明根十二岁。谢庄十岁。王僧绰八岁。王僧达八岁。陆澄六岁。王僧虔五岁。

宋文帝元嘉八年·魏太武帝神䴥四年(431) 辛未

刘义庆二十九岁,八月解尚书仆射,加中书令,进号前将军,乞外镇。

见《宋书》本传。

宋文帝刘义隆作《元嘉七年以滑台战守弥时遂至陷没乃作诗》。

按:本年二月滑台为魏所陷。见《宋书·文帝纪》。

刘道产为襄阳太守,当地百姓为《襄阳乐歌》美之。

《宋书》本传:"(元嘉)七年征为后军将军,明年,迁竟陵王义宣左将军谘议参军,仍为持节、督雍梁南秦三州荆州之南阳竟陵顺阳襄阳新野随六郡诸军事、宁远将军、宁蛮校尉、雍州刺史、襄阳太守。善于临民,在雍部政绩尤著,蛮夷前后叛戾不受化者,并皆顺服,悉出缘沔为居。百姓乐业,民户丰赡,由此有《襄阳乐歌》,自道产始也。"

正月,求那跋摩至京都,于祇洹寺译出众经《菩萨地》、《昙无德羯磨》、《优婆塞五戒略论》、《三归》及《优婆塞二十二戒》等。又受徐

州刺史王仲德请译出《杂心》未竟之《择品》。九月卒。时年六十五岁。

《出三藏记集》卷十四本传:"求那跋摩,齐言功德铠,罽宾王之支胤也。……宋文帝远闻其风,敕交州刺史称旨迎致,京邑名僧慧严、慧观等附信修虔,并与王书,屈请弘法。阇婆崇为国师,久之不遣。跋摩志游江东,终不肯留,以元嘉八年正月至都,即住祇洹寺,文帝引见劳问,屡设供施。顷之,于祇洹寺译出众经《菩萨地》、《昙无德羯磨》、《优婆塞五戒略论》、《三归》及《优婆塞二十二戒》。初,元嘉三年,徐州刺史王仲德于彭城请外国沙门伊叶波罗译出《杂心》,至《择品》未竟,而掾碍遂辍。至是乃更请跋摩于寺中重更校定,正其文旨。……其年九月二十八日中食毕,未唱《随意》,先起还阁,其弟子后至,奄然已终,春秋六十有五。"又见释慧皎《高僧传》卷三《宋京师祇洹寺求那跋摩传》载文帝元嘉元年下诏求其入境,后停留在始兴。"后文帝重敕观等复更敦请,乃泛舟下都,以元嘉八年正月达于建邺。"

夏赫连定攻南安,乞伏暮末穷蹙出降,西秦亡。

见《魏书·太武帝纪》、《通鉴》卷一百二十二。

夏赫连定北袭沮渠蒙逊,为吐谷浑慕瓌所执,慕瓌奉表送于魏,夏亡。

见《魏书·太武帝纪》、《通鉴》卷一百二十二。

沮渠蒙逊遣子安周入侍于魏,魏诏兼太常李顺持节拜河西王沮渠蒙逊为假节,加侍中,都督凉州及西域羌戎诸军事。行征西大将军、太傅、凉州牧、凉王。册文乃崔浩所为。

见《魏书·太武帝纪》、《沮渠蒙逊传》及《通鉴》卷一百二十二。册文见《魏书·沮渠蒙逊传》,观此文知刘申叔《南北学派不同论》(见《刘师培全集》,中共中央党校出版社,1997)谓崔浩、高允之文

"咸垅埆自雄"亦不尽然也。

魏太武帝下诏,举范阳卢玄、博陵崔绰、赵郡李灵、河间邢颖、渤海高允、广平游雅、太原张伟。诏多用典,则时北魏朝臣,已多能文。

见《魏书·太武帝纪》、《通鉴》卷一百二十一。

魏太武帝令崔浩更定律令,时年五十一岁。

见《魏书·太武帝纪》、《通鉴》卷一百二十一。

何承天六十二岁。宗炳五十七岁。王韶之五十二岁。颜延之四十八岁。谢灵运四十七岁。高允四十二岁。范晔三十四岁。谢惠连二十五岁。袁淑二十四岁。程骏十八岁。鲍照十八岁。王微十七岁。蔡兴宗十六岁。游明根十三岁。谢庄十一岁。王僧绰九岁。王僧达九岁。陆澄七岁。王僧虔六岁。

宋文帝元嘉九年·魏太武帝延和元年(432)　壬申

范晔三十五岁,迁宣城太守,始撰《后汉书》。

《宋书》本传:"元嘉九年冬,彭城太妃薨,待葬,祖夕,僚故并集东府。晔弟广渊,时为司徒祭酒,其日在直。晔与司徒左西属王深宿广渊许,夜中酣饮,开北牖听挽歌为乐。义康大怒,左迁晔宣城太守。不得志,乃删众家《后汉书》为一家之作。在郡数年,迁长沙王义欣镇军长史,加宁朔将军。"

刘义庆三十岁,为平西将军、荆州刺史。

《宋书》本传:"在京尹九年,出为使持节、都督荆雍益宁梁南北秦七州诸军事、平西将军、荆州刺史。荆州居上流之重,地广兵强,资实兵甲,居朝廷之半,故高祖使诸子居之。义庆以宗室令美,故特有此授。"按:刘义庆为"京尹"始于元嘉元年,至本年正九年。又下文有"在州八年","十六年改授散骑常侍",上推八年也在本年。据《宋书·文帝纪》,时在本年六月。在荆州八年中撰《徐州先贤传》十卷,又拟班固《典引》为《典叙》。并见《宋书》本传。

太乐令钟宗之更调金石。

见《宋书·乐志》。

江夏王刘义恭作《举才表》。

见《宋书》本传。时为南兖州刺史,镇广陵。此表荐举了宗炳、徐森之、王天宝数人。

长沙王刘义欣《上言申季历治绩》。

见《宋书·孝义传》。

魏攻北燕,屡败之。燕主冯弘遣朱脩之浮海求救于宋。脩之本宋将,长安之陷没于夏,夏亡于魏。此役奔燕。遂南归。

见《通鉴》卷一百二十一。

魏李顺至凉,凉沮渠蒙逊不为礼,顺斥之。魏征沙门昙无谶,沮渠蒙逊不遣,魏始怒凉。

见《通鉴》卷一百二十一。按《魏书·沮渠蒙逊传》、《北史》谓"昙无谶自方能使鬼疗病,令妇人多子",然《高僧传·昙无谶传》云:"蒙逊素奉大法,志在弘通,欲请出经本。谶以未参土言,又无传译,恐言舛于理,不许即翻。于是学语三年,方译写《初分》十卷。……"

何承天六十三岁。宗炳五十八岁。王韶之五十三岁。崔浩五十二岁。颜延之四十九岁。谢灵运四十八岁。高允四十三岁。谢惠连二十六岁。袁淑二十五岁。鲍照十九岁。程骏十九岁。王微十八岁。蔡兴宗十七岁。游明根十四岁。谢庄十二岁。王僧绰十岁。王僧达十岁。陆澄八岁。王僧虔七岁。

宋文帝元嘉十年·魏太武帝延和二年(433)　癸酉

谢灵运在广州被杀,时年四十九岁。作《临刑诗》。

《宋书》本传:"在郡游放,不异永嘉,为有司所纠。司徒遣使随州从事郑望生收灵运,灵运执录望生,兴兵叛逸,遂有逆志,为诗曰:'韩亡子房奋,帝秦鲁连耻。本自江海人,忠义感君子。'追讨擒之,送廷尉治罪。廷尉奏灵运率部众反叛，论正斩刑，上爱其才，欲免官而已。彭城王义康坚执谓不宜恕。……"《宋书》本传称谢灵运："文章之美，与颜延之为江左第一。纵横俊发过于延之，深密则不如也。"谢灵运著作甚富，多达二十几种。有集二十卷，佚。此外，尚有《诗集》五十卷、《诗集抄》十卷、《诗英》十卷、《赋集》九十二卷等，皆见《隋书·经籍志》总集类著录。又有《四部目录》、《晋书》三十六卷及佛教论述多种。谢灵运亦善书法。虞龢《上明帝论书表》称："谢灵运母刘氏，子敬之甥，故灵运能书，而特多王法。"王僧虔《论书》曰："谢灵运书乃不伦，遇其合时，亦得入能流。昔子敬上表，多在中书杂事中，皆自书，窃易真本，相与不疑。元嘉初方就索还。《上谢太傅殊礼表》亦是其例，亲闻文皇说此。"庾肩吾《书品》列为下上品。

谢惠连卒，时年二十七岁。

《宋书》本传："（元嘉）十年，卒，时年二十七。既早亡，且轻薄多尤累，故官位无显。"有集六卷，佚。《文选》收诗七篇。钟嵘《诗品》称："小谢才思富捷，恨其兰玉凋，故长辔未骋。《秋怀》、《捣衣》之作，虽复灵运锐思，亦何以加焉。又工为绮丽歌谣，风人第一。"

王韶之五十四岁，征为祠部尚书，加给事中。后免官。

见《宋书》本传。

颜延之五十岁，作《应诏观北湖田收诗》。

作年见《文选》李善注引《丹阳郡图经》曰："乐游苑，晋时药园，元嘉中筑堤壅水，名为之七湖。"又引"集"曰："元嘉十年也。"

谢庄十三岁，其父谢弘微卒。时年四十二岁。

见《宋书》本传。

释僧密生。

见释道宣《续高僧传》卷六《梁杨都庄严寺释僧密传》："释僧密，未详氏族，乐安人。"其卒于梁天监四年，七十三岁，逆推生于本年。

天竺三藏法师僧伽跋摩步自流沙,至京都,居于平陆寺。九月,在长干寺译《杂阿毗昙心》十四卷,释宝云传译。

见《出三藏记集》卷二。注:"宋元嘉十年于长干出。宝云传译。其年九月讫。"按:据《新集条解异出经录第二》载,《阿毗昙》共有九人译。又卷十四《僧伽跋摩传》:"僧伽跋摩,齐言僧铠,天竺人也。少而弃俗,清峻有戒德,明解律藏,尤精《杂心》。以宋元嘉十年步自流沙,至于京都。风宇宏肃,道俗敬异,咸宗而事之,号曰三藏法师。初,景平元年,平陆令许桑舍宅建刹,因名平陆寺。后道场慧观以跋摩道行纯备,请住此寺,崇其供养,以表厥德。"

僧伽罗多(众济)在钟山之阳建造宋熙寺。

释慧皎《高僧传》卷三《宋京师道林寺畺良耶舍传》:"时又有天竺沙门僧伽达多、僧伽罗多等并禅学深明,来游宋境。……僧伽罗多,此云众济,以宋景平之末来至京师。乞食人间,宴坐林下,养素幽闲,不涉当世。以元嘉十年卜居钟阜之阳,剪棘开榛,造立精舍,即宋熙寺是也。"

释慧基从僧伽跋摩问学。

释慧皎《高僧传》卷八《齐山阴法华山释慧基传》:"后有西域法师僧伽跋摩弘赞禅律,来游宋境,义乃令基入室供事。年满二十,度蔡州受戒。跋摩谓基曰:'汝当道王江东,不须久留京邑。'于是四五年中,游历讲肆,备访众师。善《小品》、《法华》、《思益》、《维摩》、《金刚波若》、《胜鬘》等经。"

北凉沮渠蒙逊卒,子沮渠牧犍代立,改元永和。

见《魏书·太祖纪》、《沮渠蒙逊传》及《通鉴》卷一百二十二。《魏书》不言牧犍之长。《通鉴》称"牧犍聪颖好学,和雅有度量"。今观《宋书·氏胡·大沮渠蒙逊传》,茂虔(牧犍)上表宋文帝,全用骈体,文采优于北魏,殆河西文学传统也。

昙无谶被沮渠蒙逊杀害,时年四十九岁。

释慧皎《高僧传》卷二《晋河西昙无谶传》:"昙无谶,或云昙摩忏,或云昙无忏,盖取梵音不同也。其本中天竺人……至逊义和三年三月,谶固请西行,更寻《涅槃后分》,逊忿其欲去,乃密图害谶……比发,逊果遣刺客于路害之,春秋四十九,是岁宋元嘉十年也。"《魏书·沮渠蒙逊传》云:"昙无谶以男女交接之术教授妇人,蒙逊诸女、子妇皆往受法。世祖闻诸行人言昙无谶之法,乃召昙无谶。蒙逊不遣,遂发露其事,拷讯杀之。"与《高僧传》记载有异。疑《高僧传》讳言其秽行。

何承天六十四岁。宗炳五十九岁。崔浩五十三岁。高允四十四岁。范晔三十六岁。刘义庆三十一岁。袁淑二十六岁。程骏二十岁。鲍照二十岁。王微十九岁。蔡兴宗十八岁。游明根十五岁。王僧绰十一岁。王僧达十一岁。陆澄九岁。王僧虔八岁。

宋文帝元嘉十一年·魏太武帝延和三年(434)　甲戌

何承天六十五岁,任衡阳内史,作《达性论》。

按:何尚之下年作《答宋文帝赞扬佛教事》载元嘉十二年萧摹之上书,谈到慧琳著《白黑论》,何承天与之比狎,雅相激扬,作《达性论》。本年,颜延之忤怒刘湛,出为永嘉太守,作《拜永嘉太守辞东宫表》。又作《五君咏》以抒其忿。刘湛及刘义康大怒。时颜延之已拜,免官,以车仲远代之。延之自此屏居里巷,不豫人间者七载。王球常赡其馨匮。

颜延之五十一岁,作《应诏宴曲水诗序》、《三月三日曲水诗序》。

《文选》卷二十收此应诏诗,李善注引裴子野《宋略》云:"文帝元嘉十一年三月丙申,禊饮于乐游苑,且祖道江夏王义恭、衡阳王义季。有诏会者咸赋诗。"此序颇为有名。《南齐书·王融传》载:永明"十一年,使兼主客,接虏使房景高、宋弁。弁……因问:'在朝闻主客作

《曲水诗序》。'景高又云:'在北闻主客此制,胜于颜延年,实愿一见。'"可见此诗序流播北方。参加此诗会者当不在少数。据《高僧传》卷七《宋京师道场寺释慧观传》载:"元嘉初三月上巳车驾临曲水宴会,命观与朝士赋诗。观即坐先献,文旨清婉,事适当时。琅邪王僧达、庐江何尚之并以清言致欸,结赏尘外。"颜延之忤怒刘湛事见《宋书》本传。按:下文又称:"刘湛诛,起延之为始兴王濬后军谘议参军,御史中丞。"刘湛被杀时在元嘉十七年,延之不豫人间者七载。则颜延之被黜当在本年三月之后。

王微二十岁,方就观小说,不喜章句之学。

见《宋书》本传引其《报何偃书》:"吾真庸性人耳。自然志操不倍王、乐。小儿时尤粗笨无好,常从博士读小小章句,竟无可得。口吃不能剧读,遂绝意于寻求。至二十左右,方复就观小说,往来者见床头有数帙书,便言学问,试就检,当有何哉。乃身持此拟议人邪?尚独愧笑杨子云褒赡,犹耻辞赋为君子。"

释慧次生。

释慧皎《高僧传》卷八《齐京师谢寺释慧次传》:"释慧次,姓尹,冀州人。"其卒于齐永明八年,五十七岁,上推生于本年。

释慧球生。

释慧皎《高僧传》卷八《梁荆州释慧球传》:"释慧球,本姓马氏,世为冠族。"其卒于天监三年,七十一岁,上推生于本年。

九月,三藏法师僧伽跋摩在长干寺补译《杂心》。

《出三藏记集》卷十焦镜法师《后出杂心序》:"于宋元嘉十一年甲戌之岁,有外国沙门名三藏,观化游此。其人先于大国综习斯经,于是众僧请令出之。即以其年九月,于宋都长干寺集诸学士,法师云公译语,法师观公笔受。考校治定,周年乃讫。"又卷十四《僧伽跋摩传》载,上年至京都居于平陆寺,"顷之,名德大僧慧观等以跋摩妙解

《杂心》,讽诵通达,即以其年九月,乃于长干寺招集学士,更请出焉。宝云译语,观公笔受,研校精悉,周年方讫"。

冬十月,竺道生卒于庐山。

《出三藏记集》卷十五《道生法师传》:"以宋元嘉十一年冬十月庚子,于庐山精舍升于法座……隐几而卒。""初,生与叡公及严、观同学齐名,故时人评曰:'生、叡发天真,严、观窟流得。慧义彭亨进,寇渊于默塞。'生及叡公独标天真之目,固已秀出群士矣。"释慧皎《高僧传》卷七《宋京师龙光寺竺道生传》:"初,关中僧肇始注《维摩》,世咸玩味。生乃更发深旨,显畅新异,及诸经义疏,世皆宝焉。王微以生比郭林宗,乃为之立传,旌其遗德。时人以生推阐提得佛,此语有据。顿悟不受报等,时亦为宪章。宋太祖尝述生顿悟义,沙门僧弼等皆设巨难,帝曰:'若使逝者可兴,岂为诸君所屈。'后龙光又有沙门宝林,初经长安受学,后祖述生公诸义,时人号曰游玄生。著《涅槃记》及注《异宗论》、《檄魔文》等。林弟子法宝,亦兼学内外,著《金刚后心论》等,亦祖述生义焉。"按:元释念常《佛祖历代通载》卷九谓其元嘉十年正月卒。详见元嘉九年征引。

释慧琳作《竺道生诔》,又作《武丘法纲师诔》。

见《广弘明集》卷二十三。

求那跋摩于南林寺立戒坛,为僧尼受戒,为震旦戒坛之始。

详见宋释志磐《佛祖统纪》卷三十六《法运通塞志》。

何道敬就马朗处摩写真书。

《真诰》卷十九:"马朗、马罕敬事经宝,有过君父。恒使有心奴子二人,常侍直香火,洒扫拂拭。每有神光灵氛,见于室宇,朗妻颇能通见,云:'数有青衣玉女,空中去来,状如飞鸟。'马家遂致富盛,资产巨万,年老命终。朗子洪、洪弟真、罕子智等,犹共遵向。末年事佛,乃弛废之尔。山阴何道敬,志向专素,颇工书画。少游剡山,为马家所供侍,经书法事,皆以委之。见此符迹炳焕,异于世文,以元嘉十一年稍就摹写。马罕既在别宅,兼令何为起数篇,所以二录合本仍留罕间。何后多换取真书,出还剡东墅青坛山住,乃记说真经之事,可有两三纸。但何性鄙滞,不能精修高业。后多致散失,犹余数卷,今在其女弟子始丰后堂山张玉景间。"

魏太武帝下诏言得祥瑞,行文质朴;其年十二月又下诏言平赋定法及九品事,文亦古朴。

见《魏书·世祖纪》。

北燕上表称藩于魏。

见《魏书·世祖纪》、《通鉴》卷一百二十二。

宗炳六十岁。王韶之五十五岁。崔浩五十四岁。高允四十五岁。范晔三十七岁。刘义庆三十二岁。袁淑二十七岁。程骏二十一岁。鲍照二十一岁。蔡兴宗十九岁。游明根十六岁。谢庄十四岁。王僧绰十二岁。王僧达十二岁。陆澄十岁。王僧虔九岁。

宋文帝元嘉十二年·魏太武帝太延元年(435) 乙亥

王韶之出任吴兴太守,卒,时年五十六岁。

见《宋书》本传。有集十九卷,佚。今存宋初庙堂乐府十五首,均见《乐府诗集》,又有赠潘综诗(四言)六章,见《宋书·潘综传》。著作除《晋安帝阳秋》外,尚有《晋宋杂诏》、《神境记》等。

颜延之五十二岁,与何承天论难。

见《弘明集》卷十一所载何尚之著《答宋文帝赞佛教事》:"元嘉十二年五月乙酉,有司奏丹阳尹萧摹之上言称:'佛化被于中国,已历四代,塔寺形像,所在千计……不为之防,流遁未已。请自今已后,有欲铸铜像者,悉诣台自闻,兴造塔寺精舍,皆先诣所在二千石,通发本末,依事例言本州。必须报许,然后就功。其有辄铸铜制,辄造寺舍者,皆以不承用诏书律论,铜宅材瓦,悉没入官。'奏可。"此文又见载于《宋书·夷蛮传》和《高僧传》卷七，文字略有异同。后来沙门慧琳著《白黑论》以毁其法，何承天著《达性论》以攻慧琳，诋诃释教。颜延之、宗炳信法不疑，各著万余言。文帝深以为然。据《高僧传》卷七《宋京师东安寺释慧严传》："帝自是信心乃立，始致意佛经。"《弘明集》载颜、何论难之文有六篇：何《达性论》，颜《释达性论》；何《答颜永嘉》，颜《重释何衡阳》；何《重答颜永嘉》，颜《又释何衡阳》。《高僧传·慧严传》又载："时延之著《离时观》及《论检》，帝命严辩其同异，往复终日。帝笑曰：'公等今日，无愧支、许。'"又《高僧传》卷三《宋京师中兴寺求那跋陀罗传》："求那跋陀罗，此云功德贤，中天竺人……既有缘东方，乃随舶泛海……元嘉十二年至广州。刺史车朗表闻。宋太祖遣信迎接。既至京都，敕名僧慧严、慧观于新亭郊劳……初住祇洹寺。俄而太祖延请，深加崇敬，琅邪颜延之通才硕学，束带造门，于是京师远近，冠盖相望。"

刘义庆三十三岁，在荆州作《荐庾寔等表》。

见《宋书》本传。此表荐举庾寔、龚祈、师觉三人，称："臣往年辟为州祭酒，未汙其虑。若朝命远暨，玉帛遐臻，异人间出，何远之有？"

王僧绰十三岁，为文帝引见，袭封豫宁县侯，尚文帝长女东阳县公主。

《宋书》本传："幼有大成之度，弱年众以国器许之。好学有理思，练悉朝典。年十三，太祖引见。"

王敬弘作《辞太子少傅表》。

《宋书》本传："十二年征为太子少傅。敬则诣京师上表曰……"

雷次宗作《与子侄书》。

见《宋书》本传。文称："日月不处，忽复十年，犬马之齿，已逾知命。"按：雷次宗卒于元嘉二十五年，时年六十三岁。是本年五十岁。《宋书》本传又称："少入庐山，事沙门释慧远，笃志好学，尤明《三礼》、《毛诗》,隐退不交世务。"

裴松之受诏作《元嘉起居注》。

裴子野《宋略总论》:"子野曾祖宋中大夫西乡侯以文帝之十二年受诏撰《元嘉起居注》。"按:《建康实录》系在下年。

正月,天竺沙门僧伽跋摩于秣陵平乐寺译《摩得勒报略》十卷,至九月二十二日译讫。

见《出三藏记集》卷二。注:"宋元嘉十二年乙亥正月于秣陵平乐寺译出,至九月二十二日讫。"卷十一载有出经后记《摩得勒伽后记》:"宋元嘉十二年,岁在乙亥,扬州聚落丹阳郡秣陵县平乐寺三藏与弟子共出此律,从正月起至九月二十二日草成,二十五日写毕。白衣优婆塞张道、孙敬信执写。"按:除《杂阿毗昙心》、《摩得勒报略》外,僧伽跋摩还译有《分别业报略》一卷(大勇菩萨撰)、《劝发诸王要偈》一卷(龙树菩萨撰)等,梁时尚存。而《请圣僧浴文》一卷,梁时已阙。注:"右五部,凡二十七卷。宋文帝时,天竺三藏法师僧伽跋摩于京都译出。"《出三藏记集》卷十四《僧伽跋摩传》载其译完《杂心》之后,"续出《摩得勒伽》、《分别业报略》、《劝发诸王偈》及《请圣僧浴文》凡四部。跋摩游化为志,不滞一方,既传经事毕,将还本国,众咸祈止,莫之能留。以元嘉中随西域贾人舶还外国,莫详其终"。释慧皎《高僧传》作元嘉十九年。

天竺沙门求那跋陀罗(齐言功德贤)至京都,开始组织义学诸僧翻译《胜鬘经》。

《出三藏记集》卷九慈法师《胜鬘经序》:"功由人弘,故得以元嘉十二年,岁在乙亥,有天竺沙门名功德贤,业素敦尚,贯综大乘,远载梵本,来游上京,庇迹祇洹,招学钻访。才虽不精绝,义粗辉扬,遂播斯旨,乃上简帝王。于时有优婆塞何尚之,居丹阳尹,为佛法檀越。登集京辇敏德名望,便于郡内请出此经。"又卷十四《求那跋陀罗传》:"求那跋陀罗,齐言功德贤,中天竺人也。以大乘学,故世号摩诃衍。……元嘉十二年至广州。时刺史车朗表闻,宋文帝遣使迎接。既至京都,敕名僧慧严、慧观于新亭郊劳。见其神情朗彻,莫不虔敬,虽因译交言,而欣若倾盖。初住祇洹寺,俄而文帝延请,深加崇敬。琅邪颜延之通才硕学,束带造门。于是京师远近,冠盖相望,宋彭城王义康、谯王义宣并师事焉。顷之,众僧共请出经,于祇洹寺集义学诸僧译出《杂阿含经》,东安寺出《法鼓经》。后于丹阳郡译出《胜鬘》、《楞伽经》。徒众七百余人,宝云传译,慧观执笔。"按:求那跋陀罗卒于泰始四年,时年七十五岁,则本年四十二岁。其所译《胜鬘经》始于本年,终于下年八月。详见释道观《胜鬘经序》,载《出三藏记集》卷九。

昙摩蜜多建立定林上寺。

释慧皎《高僧传》卷三《宋上定林寺昙摩蜜多传》:"会稽太守平昌孟顗,深信正法,以三宝为己任,素好禅味,敬心殷重,及临浙右,请与同游,乃于鄮县之山,建立塔寺。……元嘉十年还都,止钟山定林下寺。……以元嘉十二年斩石刊木,营建上寺。"

北燕为魏所攻,遣使称藩于宋。

见《通鉴》卷一百二十二。

龟兹、疏勒、乌孙、悦般、渴槃陁、鄯善、焉耆、车师、粟特九国入贡于魏。

见《通鉴》卷一百二十二,《魏书·世祖纪》唯言粟特入贡,不言九国入贡在太延三年,疑《通鉴》有误,盖《魏书·西域传》有:"太延中,魏德益以远闻,西域龟兹、疏勒、乌孙、悦般、渴槃陁、鄯善、焉耆、车师、粟特诸国王始遣使来献。"言"太延中",似非元年也。

宗炳六十一岁。何承天六十六岁。崔浩五十五岁。高允四十六岁。范晔三十八岁。袁淑二十八岁。程骏二十二岁。鲍照二十二岁。王微二十一岁。蔡兴宗二十岁。游明根十七岁。谢庄十五岁。王僧达十三岁。陆澄十一岁。王僧虔十岁。

宋文帝元嘉十三年·魏太武帝太延二年(436)　丙子

  颜延之五十三岁,仍废黜在家,颇有骨气。

  《宋书》本传载:"晋恭思皇后葬,应须百官。湛之取义熙元年除身,以延之兼侍中,邑吏送札,延之醉,投札于地曰:'颜延之未能事生,焉能事死?'"按:晋恭思褚皇后卒于元嘉十三年,见《建康实录》。

  何尚之为丹阳尹,置玄学,聚生徒,谓之南学。

  《宋书》本传:"十三年,彭城王义康欲以司徒左长史刘斌为丹阳尹,上不许。乃以尚之为尹,立宅南郭外,置玄学,聚生徒。东海徐秀、庐山何昙、颍川荀子华、太原孙宗昌、王延秀、鲁郡孔惠宣,并慕道来游,谓之南学。"又《南史》本传称:"王球常云:'尚之西河之风不坠。'尚之亦云:'球正始之风尚在。'"

  沈演之作《巡行上表言刘道真等政绩》。

  《宋书·刘道真传》:"元嘉十三年,东土饥,上遣扬州治中从事史沈演之巡行在所,演之上表曰……"

  北燕冯弘为魏所攻,奔高丽,魏征之,高丽不送,言欲与"文通(弘)俱奉王化"。

  见《魏书·世祖纪》、《通鉴》卷一百二十三。

  魏遣散骑侍郎、广平子游雅等使于宋。

  见《魏书·世祖纪》。

  魏乐平王丕讨杨难当,以中书侍郎高允参丕军事,高允谏以勿掠。高允时年四十七岁。

  见《魏书·高允传》、《通鉴》卷一百二十三。

  何承天六十七岁。宗炳六十二岁。崔浩五十六岁。范晔三十九岁。刘义庆三十四岁。袁淑二十九岁。程骏二十三岁。鲍照二十三岁。王微二十二岁。蔡兴宗二十一岁。游明根十八岁。谢庄十六岁。王僧绰十四岁。王僧达十四岁。陆澄十二岁。王僧虔十一岁。

宋文帝永嘉十四年·魏太武帝太延三年(437)　丁丑

河西王茂虔封表献方物,并献图书二十种一百五十四卷。这二十种图书是:《周生子》十三卷,《时物论》十二卷,《三国总略》二十卷,《俗问》十一卷,《十三州志》十卷,《文检》六卷,《四科传》四卷,《敦煌实录》十卷,《凉书》十卷,《汉皇德传》二十五卷,《亡典》七卷,《魏驳》九卷,《谢艾集》八卷,《古今字》二卷,《乘丘先生》三卷,《周髀》一卷,《皇帝王历三合纪》一卷,《赵歊传》并《甲寅元历》一卷,《孔子赞》一卷。"茂虔又求晋、赵《起居注》诸杂书数十件,太祖赐之。"

见《宋书·大沮渠蒙逊传》。

傅隆作《论新历表》。

《宋书》本传:"元嘉十四年,太祖以新撰礼论付隆使下意,隆上表……"

释智猛游西域还,携胡本《般泥洹经》二十卷、《摩诃僧祇律》一部。后在凉州译《般泥洹经》。本年还京都。

见《出三藏记集》卷二。注:"右二部,定出一部。宋文帝时,沙门释智猛游西域还,以元嘉中于西凉州译出《泥洹经》一部,至十四年赍还京都。"该经梁时阙。按:据《新集条解异出经录第二》载,《般泥洹经》一经有七人译。《出三藏记集》卷十五《释智猛传》:"以甲子岁发天竺,同行四僧于路无常,唯猛与昙纂俱还于凉州,译出《泥洹》本。得二十卷,以元嘉十四年入蜀,十六年七月七日于钟山定林寺造传。"释慧皎《高僧传》卷三《宋京兆释智猛传》与此略有不同:"以甲子岁发天竺,同行三伴于路无常,唯猛与昙纂俱还。于凉州出《泥洹》本,得二十卷。以元嘉十四年入蜀,十六年七月造传,记所游历,元嘉末卒于成都。"依此,则智猛似一直在蜀。而依《出三藏记集》则本年即从蜀入京师。

陆修静作《灵宝经目序》。

《云笈七签》卷四:"元嘉十四年某月某日三洞弟子陆修静……"

魏遣使使鄯善等九国,其后扩展至十六国。

《魏书·西域传》:魏"又遣散骑侍郎董琬、高明等多赍锦帛,出鄯善,招抚九国,厚赐之。初,琬等受诏,便道之国可往赴之。琬过九国,北行至乌孙国,其王得朝廷所赐,拜受甚悦,谓琬曰:'传闻破洛那、者舌皆思魏德,欲称臣致贡,但患其路无由耳。今使君等既到此,可往二国,副其慕仰之诚。'琬于是自向破洛那,遣明使者舌。乌孙王为发导译达二国,琬等宣诏慰赐之。已而琬、明东还,乌孙、破洛那之属遣使与琬俱来贡献者十有六国。自后相继而来,不间于岁,国使亦数十辈矣"。

四月,凉州沙门释道泰及西域沙门浮陀跋摩共译《阿毗昙毗婆沙》百卷,至己卯岁(439)始完成。佚四十卷,梁时仅存六十卷。

见《出三藏记集》卷二。注:"丁丑岁四月出,至己卯岁七月讫。右一部,凡六十卷。晋安帝时,凉州沙门释道泰,共西域沙门浮陀跋摩,于凉州城内苑闲豫宫寺译出。初出一百卷,寻值凉王大沮渠国乱亡,散失经文四十卷。所余六十卷,传至京师。"按:卷十释道梴《毗婆沙经序》与此记载有异:"时有天竺沙门浮陀跋摩,周流敷化,会至凉境。其人开悟渊博,神怀深邃,研味钻仰,逾不可测。遂以乙丑(425)之岁四月中旬,于凉城内苑闲豫宫寺,请令传译。理味沙门智嵩、道朗等三百余人,考文详义,务存本旨,除烦即实,质而不野。王亲屡回御驾,陶其幽趣,使文当理诣,片言有寄。至丁卯(427)岁七月上旬都讫,通一百卷。会凉城覆没,沦湮遐境,所出经本,零落殆尽。"释慧皎《高僧传》卷三《宋河西浮陀跋摩传》:"浮陀跋摩,此云觉铠,西域人。……宋元嘉之中达于西凉。先有沙门道泰,志用强果,少游葱右,遍历诸国,得《毘婆沙》梵本十有万偈,还至姑臧,侧席虚衿,企待明匠,闻跋摩游心此论,请为翻译,时蒙逊已死,子茂虔袭位,以虔承和五年(《高僧传》作"承和",但史家称"永和",即437)岁次丁丑四月八日,即宋元嘉十四年于凉州城内闲豫宫中,请跋摩译焉。泰即笔受,沙门慧嵩、道朗与义学僧三百余人,考正文义,再周方讫。凡一百卷。沙门道梴为之作序。有顷,魏房拓跋焘西伐姑臧,凉土崩乱,经书什物,皆被焚荡,遂失四十卷,今唯有六十存焉。"

何承天六十八岁。宗炳六十三岁。崔浩五十七岁。颜延之五十四岁。高允四十八岁。范晔四十岁。刘义庆三十五岁。袁淑三十岁。程骏二十四岁。鲍照二十四岁。王微二十三岁。蔡兴宗二十二岁。游明根十九岁。谢庄十七岁。王僧绰十五岁。王僧达十五岁。陆澄十三岁。王僧虔十二岁。

宋文帝元嘉十五年·魏太武帝太延四年(438)　戊寅

宗炳六十四岁,八月为太子中庶子。

见《建康实录》。

本年开设玄、儒、史、文四馆。

《宋书·雷次宗传》:"元嘉十五年,征次宗至京师,开馆于鸡笼山,聚徒教授,置生百余人。会稽朱膺之、颖川庾蔚之并以儒学监总诸生。时国子学未立,上留心艺术,使丹阳尹何尚之立玄学,太子率更令何承天立史学,司徒参军谢元立文学,凡四学并建。车驾数幸次宗学馆,资给甚厚。"疑是。何承天为太子率更令亦在下年。据《南史·宋文帝纪》所载,本年仅立儒学馆,其他三馆乃下年所立。《建康实录》也载:本年"冬十月壬子,流星出太白,入紫微,有声如雷。是月,立儒学于北郊,延雷次宗居之,辞入宫掖,乃自华林东阁入讲于延贤堂。明年,丹阳尹何尚之立玄学,著作郎何承天立史学,司徒参军谢元立文学,各集门徒,多就业者。时上好儒雅,朝臣家俭素之风,乡间耻轻薄之行,江左风俗,于斯为美。帝躬亲检行,宽恕被物,庶政弘而不弛,禁纲理而不峻,邦甸穆然。言理政者,以元嘉为称首焉"。但是司马光对此甚不以为然。他在《资治通鉴》按语中说:"史者儒之端,文者儒之余事;至于老庄虚无,固非所以为教也。夫学者所以求道,天下无二道,安有四学哉?!"

释法瑗从北方来到梁州。

释慧皎《高僧传》卷八《齐京师灵根寺释法瑗传》:"经涉燕赵,去来邺洛,值胡寇纵横,关陇鼎沸,瑗冒险履危,学业无殆。元嘉十五年还梁州,因进成都,后东适建邺,依道场寺慧观为师。"

释僧瑜召集昙温、慧光等于庐山建造招隐寺。

释慧皎《高僧传》卷十二《宋庐山招隐寺释僧瑜传》:"释僧瑜,姓周,吴兴余杭人。弱冠出家,业素纯粹。元嘉十五年与同学昙温、慧光等于庐山南岭共建精舍,名曰招隐。"

高丽杀北燕主冯弘。

见《魏书·世祖纪》、《通鉴》卷一百二十三。

何承天六十九岁。崔浩五十八岁。颜延之五十五岁。高允四十九岁。范晔四十一岁。刘义庆三十六岁。袁淑三十一岁。程骏二十五岁。鲍照二十五岁。王微二十四岁。蔡兴宗二十三岁。游明根二十岁。谢庄十八岁。王僧绰十六岁。王僧达十六岁。陆澄十四岁。王僧虔十三岁。

宋文帝永嘉十六年·魏太武帝太延五年(439)　己卯

何承天七十岁,除著作佐郎,撰国史。寻转太子率更令。

见《宋书》本传。

范晔四十二岁,携妓奔母丧,为御史中丞刘损所奏弹。文帝爱其才,未追究罪责。

见《宋书》本传。

刘义庆三十七岁,由荆州刺史任改授散骑常侍、都督江州、豫州之西阳晋熙新蔡三郡诸军事、卫将军、江州刺史,持节如故。与鲍照、袁淑、陆展、何长瑜等斟酌文意。

《宋书》本传:"十六年,改授散骑常侍。……为性简素,寡嗜欲,爱好文义,才词虽不多,然足为宗室之表。受任历藩,无浮淫之过。唯晚节奉养沙门,颇致费损。……招聚文学之士,近远必至。太尉袁淑,文冠当时,义庆在江州,请为卫军谘议参军。其余吴郡陆展、东海何长瑜、鲍照等,并为辞章之美,引为佐史国臣。"按:《宋书·谢灵运传》载何长瑜《寄宗人何勖书以韵语序义庆州府僚佐》约作于是年前后。

鲍照二十六岁,始出仕。作《解褐谢侍郎表》、《游思赋》、《登大雷岸与妹书》、《凌烟楼铭》、《佛影颂》、《野鹅赋》、《登庐山》、《登庐山望石门》、《从登香庐峰》、《望孤石》等。

考见钱仲联《鲍参军集注》。

王敬弘作《辞左光禄大夫开府仪同三司表》。

见《宋书》本传。

释法护生。

见释道宣《续高僧传》卷五《梁杨都建元寺沙门释法护传》:"释法护,姓张,东平人。"卒于天监六年,六十九岁,上推生于本年。

七月,释智猛在京城定林寺作游记。

《出三藏记集》卷十五《释智猛传》:"以甲子岁发天竺,同行四僧于路无常,唯猛与昙纂俱还于凉州,译出《泥洹》本。得二十卷,以元嘉十四年入蜀,十六年七月七日于钟山定林寺造传。"释慧皎《高僧传》卷三《宋京兆释智猛传》与此略有不同:"以甲子岁发天竺,同行三伴于路无常,唯猛与昙纂俱还。于凉州出《泥洹》本,得二十卷。以元嘉十四年入蜀,十六年七月造传,记所游历,元嘉末卒于成都。"

释法献至京师,止定林上寺。

释慧皎《高僧传》卷十三《齐上定林寺释法献传》:"释法献,姓徐。西海延水人。先随舅至梁州,乃出家。至元嘉十六年方下京师,止定林上寺,博通经律,志业强捍。"

九月,魏太武帝伐北凉,沮渠牧犍降。魏收其城内户口二十余万,仓库珍宝不可称计。牧犍弟沮渠无讳奔酒泉,魏平酒泉,无讳复奔晋昌。魏太武帝东还,徙凉州民三万余家于平城。凉州号称多士,其文学之盛,冠绝一时。北魏文化之得力于河西者至巨。

见《魏书·世祖纪》、《通鉴》卷一百二十三。据《通鉴考异》:"《十六国春秋钞》云'十万户',今从《后魏书》。"《通鉴》又云:"凉州自张氏以来,号为多士。沮渠牧犍尤喜文学,以阚骃为姑臧太守,张湛为兵部尚书,刘昞、索敞、阴兴为国师助教,金城宋钦为世子洗马(按:"宋"当为"宗"之误。《魏书·宗钦传》载钦"仕沮渠蒙逊,为中书郎、世子洗马),赵柔为金部郎,广平程骏、骏从弟弘为世子侍讲。魏土克凉州,皆礼而用之,以阚骃、刘昞为乐平王(拓跋)丕从事中郎。安定胡叟,少有俊才。往从牧犍,牧犍不甚重之,叟谓程弘曰:'贵主居僻陋之国而淫名僭礼,以小事大而心不纯壹,外慕仁义而实无道德,其亡可翘足待也。吾将择木,先集于魏;与子暂违,非久阔也。'遂适魏。岁余而牧犍败。魏主以叟为先识,拜虎威将军,赐爵始复男。河内常爽,世寓凉州,不受礼命,魏主以为宣威将军。河西右相宋繇从魏主至平城而卒。魏主以索敞为中书博士。时魏朝方尚武功,贵游子弟不以讲学为意。敞为博士十余年,勤于诱导,肃而有礼,贵游皆严惮之,多所成立,前后显达至尚书,牧守者数十人。常爽置馆于温水之右,教授七百余人;爽立赏罚之科,弟子事之如严君。由是魏之儒风始振。高允每称爽训厉有方,曰:'文翁柔胜,先生刚克,立教虽殊，成人一也。'陈留江强，寓居凉州，献经、史、诸子千余卷及书法，亦拜中书博士。魏主命崔浩监秘书事，综理史职；以中书侍郎高允、散骑侍郎张伟参典著作。浩启称：'阴仲达、段承根，凉土美才，请同修国史。'皆除著作郎。仲达，武威人；承根，晖之子也（段晖事乞伏炽磐、暮末父子）。"按：此段文字，实综合《魏书》诸传而成，其中记胡叟告程弘语，与《魏书·胡叟传》微异。《通鉴》当别有所据。魏之文化得力于河西者至巨，《通鉴》此文最足为证。又宗钦、段承根诸人，后皆与崔浩同诛，疑崔浩之好用河西人，正为欲加速北魏之汉化，故浩被杀而宗、段辈亦受株连也。

崔浩五十九岁，集诸历家，考校汉元以来日月薄食、五星行度，并讥前史之失，别为《魏历》，以示高允。

《通鉴》卷一百二十三："允曰：'汉元年，十月，五星聚东井，此乃历术之浅事；今讥汉史而不觉此谬，恐后人之讥今犹今之讥古也。'浩曰：'所谬云何？'允曰：'按《星传》："太白辰星，常附日而行。"十月日在尾、箕，昏没于申南，而东井方出于寅北，二星何得背日而行？是史官欲神其事，不复推之于理也。'浩曰：'天文欲为变者，何所不可邪？'允曰：'此不可以空言争，宜更审之。'坐者咸怪允之言，唯东宫少傅游雅曰：'高君精于历数，当不虚也。'后岁余，浩谓允曰：'先所论者，本不经心，及更考究，果如君言。五星乃以前三月聚东井，非十月也。'众乃叹服。允虽明历，初不推步及为人论说，唯游雅知之。雅数以灾异问允，允曰：'阴阳灾异，知之甚难；既已知之，复恐漏泄，不如不知也。天下妙理至多，何以问此！'雅乃止。魏主问允：'为政何先？'时魏多封禁良田，允曰：'臣少贱，唯知农事；若国家广田积谷，公私有备，则饥馑不足忧矣。'帝乃命悉除田禁以赋百姓。"按：此文多取诸《魏书·高允传》。

宗炳六十五岁。颜延之五十六岁。高允五十岁。袁淑三十二岁。程骏二十六岁。王微二十五岁。蔡兴宗二十四岁。游明根二十一岁。谢庄十九岁。王僧绰十七岁。王僧达十七岁。陆澄十五岁。王僧虔十四岁。

宋文帝元嘉十七年·魏太武帝太平真君元年(440) 庚辰

范岫生。

《宋书》本传:"范岫字懋宾,济阳考城人也。高祖宣,晋征士。父羲,宋兖州别驾。"范岫卒于梁天监十三年,时年七十五岁,逆推生于本年。《南史》本传:"父羲,宋尚书殿中郎,本州别驾。竟陵王诞反,羲在城中,事平遇诛。岫幼而好学,早孤,事母以孝闻。外祖颜延之早相题目,以为中外之宝。"知其为颜延之外孙。

颜延之五十七岁,作《袁皇后哀册文》。

见《宋书·后妃传》。其序曰:"惟元嘉十七年七月二十六日,大行皇后崩于显阳殿。粤九月二十六日,将迁座于长宁陵。皇帝乃命史臣,累德述怀。"按:袁皇后乃太子刘劭之母。十月以后为始兴王濬后军谘议参军。见《宋书》本传:"刘湛诛,起延之为始兴王,后军参军,御史中丞。在任纵容,无所举奏。"

范晔四十三岁,为始兴王濬长史,领南下邳太守。

见《宋书》本传。又《宋书·自序》及《南史·沈约传》载沈约之父沈璞亦在始兴王幕下:"元嘉十七年,始兴王濬为扬州刺史。宠爱殊异,以为主簿。时顺阳范晔为长史,行州事。晔性颇疏,文帝谓璞曰:'范晔性疏,必多不同,卿腹心所寄,当密以在意。彼行事,其实卿也。'"又《资治通鉴》载:"晔有隽才,而薄情浅行,数犯名教,为士流所鄙。性躁竞,自谓才用不尽,常怏怏不得志。吏部尚书何尚之言于帝曰:'范晔志趣异常,请出为广州刺史;若在内衅成,不得不加铁钺,铁钺亟行,非国家之美也。'帝曰:'始诛刘湛,复迁范晔,人将谓卿等不能容才。朕信受谗言,但共知其如此,无能为害也。'"

刘义庆三十八岁,冬十月为南兖州刺史。相传作《乌夜啼》。

见《乐府诗集》卷四十七引《旧唐书·音乐志》:"《乌夜啼》,宋临川王义庆所作也。元嘉十七年,徙彭城王义康于豫章。义庆时为江州,至镇,相见而哭。文帝闻而怪之,征还,庆大惧。伎妾夜闻乌夜啼声,扣斋阁云:'明日应有赦。'其年更为南兖州刺史。因此作歌。故其和云:'夜夜望郎来,笼窗窗不开。'今所传歌辞似非义庆本旨。"又引《教坊记》曰:"《乌夜啼》者,元嘉二十八年彭城王义康有罪放逐,行次浔阳,江州刺史衡阳王义季留连饮宴,历旬不去。帝闻而怒,皆囚之。会稽公主,姊也,尝与帝宴洽,中席起拜。帝未达其旨,躬止之。主流涕曰:'车子岁暮,恐不为陛下所容。'车子,义康小字也。帝指蒋山曰:'必无此,不尔,必负初宁陵。'武帝葬于蒋山,故指先帝陵为誓。因封余酒寄义康,且曰:'昨与会稽姊饮,乐,忆弟,故附所饮酒往。'遂宥之。使未达浔阳,衡阳家人扣二王所囚院曰:'昨夜乌夜啼,官当有赦。'少顷,使至。二王得释。故有此曲。"按:《乐府诗集》所收八首均为民间情歌。

鲍照二十七岁,作《还都道中三首》、《还都口号》、《行京口至竹里》、《发后渚》、《浔阳还都道中》、《还都至三山望石头城》等。

考见钱仲联《鲍参军集注》。

相传民间为彭城王刘义康作《读曲歌》。

《宋书·乐志》:"《读曲歌》者,民间为彭城王义康所作也。其歌云'死罪刘领军,误杀刘第四'是也。"又《乐府诗集》卷四十六引《古今乐录》:"'《读曲歌》者,元嘉十七年,袁后崩,百官不敢作声歌,或因酒宴,止窃声读曲细吟而已,以此为名。'按:义康被徙亦是十七年。"此刘领军系刘湛。又,《乐府诗集》卷四十七所收八十九首均为民间情歌,与刘义康无涉。而此引这两句系倚声拟作。

刘义康作《上表逊位》,扶令育作《诣阙上表理彭城王义康》。

《宋书·彭城王义康传》:"十七年十月,乃收刘湛付廷尉,伏诛。……其日刺义康入宿留止中书省,其夕分收湛等,青州刺史杜骥勒兵殿内,以备非常。遣人宣旨告以湛等罪釁,义康上表逊位曰……"

魏永昌王拓跋健破秃发保周,保周遁,又自杀,沮渠无讳降。

见《魏书·世祖纪》、《通鉴》卷一百二十三。

魏以伊馛为尚书,辞,以"中、秘二省多诸文士,若恩矜不已,请参其次",太武帝以为中护军将军、秘书监。

见《魏书·伊馛传》、《通鉴》卷一百二十三。伊馛本代人,此时亦欲与文士为伍,足见魏之日益汉化。

魏太武帝作《命崔浩综理史务诏》,颇富文采。

《魏书·崔浩传》:"乃诏浩曰:'昔皇祚之兴,世隆北土,积德累仁,多历年载,泽流苍生,义闻四海。我太祖道武皇帝,协顺天人,以征不服,应期拨乱,奄有区夏。太宗承统,光隆前绪,厘正刑典,大业惟新。然荒域之外,犹未宾服。此祖宗之遗志,而贻功于后也。朕以眇身,获奉宗庙,战战兢兢,如临渊海,惧不能负荷至重,继名丕烈。故即位之初,不遑宁处,扬威朔裔,扫定赫连。逮于神䴥,始命史职注集前功,以成一代之典。自尔以来,戎旗仍举,秦陇克定,徐兖无尘,平逋寇于龙川,讨孽竖于凉城。岂朕一人获济于此,赖宗庙之灵,群公卿士宣力之效也。而史阙其职,篇籍不著,每惧斯事之坠焉。公德冠朝列,言为世范,小大之任,望君存之。命公留台,综理史务,述成此书,务从实录。'浩于是监秘书事,以中书侍郎高允、散骑侍郎张伟参著作,续成前纪。至于损益褒贬,折中润色,浩所总焉。"按:此文作于平北凉后,则当在太平真君初年。已富有文采。

崔浩六十岁,作《易》注当在此时。

《魏书·张湛传》载,浩注《易》,为叙曰:"国家西平河右,敦煌张湛、金城宗钦、武威段承根三人,皆儒者,并有俊才,见称于西州。每与余论《易》,余以《左氏传》卦解之,遂相劝为之注,故因退朝余暇,而为之解焉。"据此,崔浩作《易》注当在灭凉后年余。

刘昞卒。

《魏书·刘昞传》:"世祖平凉州,士民东迁,凤闻其名,拜乐平王从事中郎。世祖诏诸年七十以上听留本乡,一子扶养。昞时老矣,在姑臧,岁余,思乡而返,至凉州西四百里韭谷窟,遇疾而卒。"当在是年。昞以三史文繁,"著《略记》百三十篇八十四卷,《凉书》十卷,《敦煌实录》二十卷,《方言》三卷,《靖恭堂铭》一卷,注《周易》、《韩子》、《人物志》、《黄石公三略》,并行于世"。

何承天七十一岁。宗炳六十六岁。高允五十一岁。袁淑三十三岁。程骏二十七岁。王微二十六岁。蔡兴宗二十五岁。游明根二十二岁。谢庄二十岁。王僧绰十八岁。王僧达十八岁。陆澄十六岁。王僧虔十五岁。

卷二 从"元嘉体"到"永明体"
（441年~493年）

宋文帝元嘉十八年·魏太武帝太平真君二年(441) 辛巳

沈约生。

《梁书》本传："沈约字休文，吴兴武康人也。祖林子，宋征虏将军。父璞，淮南太守。"沈约卒于梁天监十二年，时年七十三岁，上推生于本年。又《宋书·自序》："史臣十三而孤。"按：沈约父沈璞于元嘉三十年(453)以"奉迎之晚"而被宋孝武帝刘骏所杀。沈约时年十三，上推生年，与《梁书》本传合。其父沈璞，本年二十六岁。又按：据史料记载，沈氏祖上并非南方土著，而且沈氏亦非其本姓。沈约《宋书·自序》以为沈氏为少皞金天氏之后；王符《潜夫论·志氏姓》以为沈氏为楚国的后裔；《新唐书·宰相世系》及郑元庆《湖录金石考》所收沈驎士《沈氏述祖德碑》以为沈氏为周文王子聃季之后。以上三说，均不可信。《新唐书》及所谓沈驎士的记载尤其不可信。详见天监二年沈驎士条考辨。关于沈氏家世，可详刘跃进著《门阀士族与永明文学》附录《吴兴沈氏考略》，此不赘述。

谢朏生。

按《梁书》本传,谢朓字敬冲,梁天监五年卒,六十六岁,上推生于本年。谢朓为谢庄之子。其父谢庄本年二十一岁。

何承天七十二岁,作《白鸠颂》。

《宋书·符瑞下》:"宋文帝元嘉十八年八月庚午,会稽山阴商世宝获白鸠,眼足并赤,扬州刺史始兴王濬以献。太子率更令何承天上表曰……其《白鸠颂》曰……"又《宋书·五行志五》:"宋文帝元嘉十八年秋七月,天有黄光,洞照于地。太子率更令何承天谓之荣光,太平之祥,上表称庆。"

颜延之五十八岁,作《赭白马赋》、《王球石志》。

《赭白马赋》收在《文选》卷十四。尤刻《文选》载其序云:"惟宋二十有二载。"李善注:"宋文帝十七年。"而陈八郎刻五臣注本载其序作"惟宋十有四载"。韩国奎章阁藏五臣李善注本载其序亦然。小注:"善本作二十有二载。"倘序作"十有四载",则是宋文帝元嘉十年。缪钺《颜延之年谱》以为李注误,实应十八年。今暂从缪说。又《南齐书·礼志》载:"宋元嘉中,颜延之作《王球石志》,素族无碑策,故以记德。"《宋书·王球传》载:"十八年卒,时年四十九。"

刘义庆三十九岁,为南兖州刺史,加开府仪同三司。

《宋书》本传载,刘义庆元嘉十七年为南兖州刺史,至本年加开府仪同三司。义庆喜招才学之士,远近必至。阳夏袁淑,吴郡陆展,东海何长瑜、鲍照等并有辞章之美,引为佐吏。

王僧达十九岁,娶刘义庆女为妻,任始兴王刘濬后军参军。

《宋书》本传云:"太祖闻僧达蚤慧,召见于德阳殿,问其书学及家事,应对闲敏,上甚知之,妻以临川王义庆女。少好学,善属文。年未二十,以为始兴王濬后军参军。"按:刘义庆卒于元嘉二十一年,刘濬为后军将军在元嘉十六年,则王僧达娶刘义庆女,入濬府当在本年前后。姑系于此。

朝廷始议宗庙乐舞事,录尚书江夏刘义恭等十二人参议。未及列奏,值军兴事寝。

见《宋书·乐志》及《文献通考》卷一四五。至元嘉二十年,复议此事,朝廷诏颜延之造《宋南郊登歌》三首。详说见元嘉二十年颜延之条。

昙摩蜜多于祇洹寺译《禅秘要》三卷。

见《出三藏记集》卷二。注:"元嘉十八年译出。或云《禅法要》。或五卷。"按:同时译出还有《观音贤菩萨行法经》一卷、《虚空藏观经》一卷、《五门禅经要用法》一卷。注:"右四部,凡六卷。宋文帝时,罽宾禅师昙摩蜜多于祇洹寺译出。"按:据《新集条解异出经录第二》载,《禅经》共有五人译。

释僧业卒于吴中,时年七十五岁。

释慧皎《高僧传》卷十一《宋吴闲居寺释僧业传》:"释僧业,姓王,河内人。幼而聪悟,博涉众典。后游长安,从什公受业。见新出《十诵》,遂专功此部……值关中多难,避地京师。吴国张邵挹其贞素,乃请还姑苏,为造闲居寺。……昔什公在关,未出《十诵》,乃先译戒本。及流支入秦,方传大部。故戒心之与大本,今之传诵。二本并行。"

是年,魏寇谦之言于魏太武帝曰:"今陛下以真君御世,建静轮天宫之法,开古以来,未之有也。应登受符书以彰圣德。"太武帝从之。

见《魏书·释老志》、《通鉴》卷一百二十三。

宗炳六十七岁。崔浩六十一岁。高允五十二岁。范晔四十四岁。袁淑三十四岁。程骏二十八岁。鲍照二十八岁。王微二十七岁。游明根二十三岁。谢庄二十一岁。王僧绰十九岁。陆澄十七岁。王僧虔十六岁。

宋文帝元嘉十九年・魏太武帝太平真君三年（442） 壬午

羊欣卒于春正月乙未，时年七十三岁。

见《建康实录》卷十二。《宋书》本传："羊欣字敬元，泰山南城人。""泛览经籍，尤长隶书。不疑（羊欣父）初为乌程令，欣时年十二。时王献之为吴兴太守，甚知爱之。献之尝夏月入县，欣著新绢裙昼寝，献之书裙数幅而去。欣本工书，因此弥善。"《隋书·经籍志》著录别集九卷。今仅存书信一篇。又著《古来能书人名》一卷，王僧虔采录呈上，题《条疏古来能书人名启》。王僧虔《论书》评曰："羊欣、邱道护并亲授于子敬。欣书见重一时，行草尤善，正乃不称。"庾肩吾《书品》将其列为中上品，并说："羊欣早随子敬，最得王体。"

何承天七十三岁，领国子博士。

《宋书》本传："十九年，立国子学，以本官领国子博士。"建立国子学，当时称为大事。《宋书·文帝纪》："十九年正月乙巳，诏曰：'……今方隅乂宁，戎夏慕响，广训胄子，实维时务，便可式遵成规，阐扬景业。'"《建康实录》亦载：十九年四月，"大赦天下，以何尚之领国子祭酒、中散大夫裴松之、太子率更令何承天领国子博士。于时朝廷硕学推裴、荀、何、傅。傅隆长于为政，承天病于疏旷，伯子通脱率易，不能镇重自居，裴西乡清简恬素，最以不竞为法，位不逾于三子，名则差焉。颜延之亦号博闻，而刚愎潜忌，时人恶之，名颜虎。"

范晔四十五岁，此前曾从羊欣学书法。

王僧虔《论书》称："范晔、萧思话同师羊欣。范后背叛，皆失故步，名亦稍退。萧思话全法羊欣，风流趣好，殆当不减，而笔力恨弱。"

刘义庆四十岁，仍任南兖州刺史。其时，南兖州、豫州大旱。

见《宋书·符瑞志》及《五行志》。

王僧绰二十岁，尚太祖长女东阳献公主。

见《宋书》本传。

刘义季作《伤刘道产》。民间有《襄阳乐》歌。

《宋书·刘道产传》:"十九年卒。追赠征虏将军,谥曰襄侯。道产惠泽被于西土,及丧还,诸蛮皆备衰绖,号哭追送,至于沔口。荆州刺史衡阳王义季启太祖曰……"又《通典》卷一四五载:"《襄阳乐》者,刘道产为襄阳太守,有善政,百姓乐业,人户丰赡,蛮夷顺服,缘沔而居,由此有《襄阳乐》歌也。"又《资治通鉴》卷一二四载:"雍州刺史晋安襄侯刘道产卒。道产善为政,民安其业,小大丰赡,由是民间有《襄阳乐》歌。山蛮前后不可制者皆出,缘沔为村落,户口殷盛。及卒,蛮追送至沔口。未几,群蛮大动,征西司马朱修之讨之,不利,诏建威将军沈庆之代之,杀虏万余人。"

魏太武帝至道坛,亲受符箓,备法驾,旗帜皆青。魏太子晃谏,而崔浩力劝太武帝为之。

见《魏书·世祖纪》、《释老志》及《通鉴》卷一百二十四。据牟润孙《崔浩与其政敌》(载《注史斋丛稿》,中华书局,1987)说,太子晃与崔浩为政敌。此与汉化、反汉化之争有关。

沮渠无讳走渡流沙,据鄯善。李暠孙宝据敦煌,遣使附于魏。

见《魏书·世祖纪》。李宝后为魏名族。

沮渠无讳克高昌,上表宋文帝使常侍汜隽奉表建康,宋以无讳为凉州刺史、河西王。

见《魏书·沮渠蒙逊传》、《通鉴》卷一百二十四。

魏太武帝至恒山之阳,诏有司刊石勒铭。

见《魏书·世祖纪》。

宗炳六十八岁。崔浩六十二岁。颜延之五十九岁。高允五十三岁。袁淑三十五岁。程骏二十九岁。鲍照二十九岁。王微二十八岁。游明根二十四岁。谢庄二十二岁。王僧达二十岁。陆澄十八岁。王僧虔十七岁。沈约二岁。谢朓二岁。

宋文帝元嘉二十年·魏太武帝太平真君四年(443)　癸未

明山宾生。

《梁书》本传:"明山宾字孝若,平原鬲人也。父僧绍,隐居不仕,宋末征国子博士,不就。"按:明山宾为齐梁间著名学者,与竟陵八友多所共事。入梁后深为梁武帝萧衍、昭明太子萧统所接赏。其卒于梁武帝大通元年,八十五岁,上推生于本年。

宗炳卒,年六十九岁。

《宋书》本传:"好山水,爱远游,西陟荆、巫,南登衡岳,因而结宇衡山,欲怀尚平之志。有疾还江陵,叹曰:'……抚琴动操,欲令众山皆响。'古有《金石弄》,为诸桓所重,桓氏亡,其声遂绝。唯炳传焉。太祖遣乐师杨观就炳受之。炳外弟师觉授亦有素业,以琴书自娱。临川王义庆辟为祭酒,主簿,并不就。乃表荐之,会病卒。元嘉二十年炳卒,时年六十九。"宗炳为当时著名书画家。庾肩吾《书品》将其列入下上品。《隋书·经籍志》著录别集十六卷。《全宋文》收其作品有:《评何承天通裴难句大功嫁女议》、《答何衡阳书》、《又答何衡阳书》、《寄雷次宗书》、《师子击象图序》、《画山水序》、《明佛论》。按:《明佛论》专论形神关系,颇长。何衡阳指何承天。何有《与宗居士书论释慧琳白黑论》、《答宗居士书》二篇。宗炳宣扬神不灭与报应论,何承天作书论难,又特作《达性论》阐发神灭论思想。

何长瑜卒。

《宋书·谢灵运传》:"灵运既东还,与族弟惠连、东海何长瑜、颍川荀雍、泰山羊璿之,以文章赏会,共为山泽之游,时人谓之四友。"《南史·谢灵运传》:"庐陵王绍镇寻阳,以长瑜为南中郎行参军,掌书记之任。行至板桥,遇暴风溺死。"《宋书·文帝纪》:二十年二月"庚申以庐陵王绍江州刺史"。《隋书·经籍志》著录何长瑜集八卷,今存诗仅二首:《嘲府僚诗》、《离合诗》。

何承天七十四岁,撰定仪礼。作《上元嘉历表》、《奏改漏刻简》等。

《宋书·礼志》:"元嘉二十年,太祖将亲耕,以其久废,使何承天撰定仪注。"《上元嘉历表》、《奏改漏刻简》,见《宋书·律历志》:"宋太祖颇好历数,太子率更令何承天私撰新法,元嘉二十年上表曰……"钱乐之、严粲作《奏详何承天元嘉历》。皮延宗作《难何承天新历》。并见《宋书·律历志》。按:何承天上表奏事,《建康实录》、《资治通鉴》系在二十一年。今从《宋书》。

颜延之六十岁,为御史中丞。作《宋南郊登歌》三首。

《南齐书·刘休传》:"建元初为御史中丞。顷之,休启曰:'臣窃寻宋世,载祀六十,历斯职者,五十有三,校其年月,不过盈岁。'"据此而知,颜延之为此职时间很短。元嘉十九年始兴王濬后将军府罢,延之为御史中丞。《宋书》本传:"御史中丞,在任纵容,无所举奏。"又《通典》卷一四一载:"二十年南郊始设登歌,诏颜延之造歌诗,庙舞犹阙。"同书卷一四七载:"宋武帝永初始调金石。文帝元嘉十八年有司奏二郊宜奏登歌,后诏颜延之造歌诗。"按:《宋书·乐志》系此在二十二年,《新唐书·音乐志》系在二十四年。考《宋书·乐志》明载颜延之造歌诗时为御史中丞,当是本年作诗,因二十二年已为国子祭酒。

刘义庆四十一岁,仍为南兖州刺史。时南兖州仍大旱。

见《宋书·符瑞志》。又,本年,义庆自京城回广陵。见《高僧传·释道同传》。

释慧严卒于京师东安寺,时年八十一岁。

释慧皎《高僧传》卷七《京师东安寺释慧严传》:"严以宋元嘉二十年卒于东安寺,春秋八十有一矣。"按:慧严与京师诸名士及皇室多有交往。传载:"《大涅槃经》初至宋土,文言致善,而品数疏简,初学难以措怀。严乃与慧观、谢灵运等依《涅洹》本加之品目,文有过质,颇亦治改,始有数本流行。"

魏太武帝有诏二篇,一言"勤恤民隐"、"劝课农桑",一言使皇太子副理万机,总统百揆。文风典雅,可见汉化之迹。

见《魏书·世祖纪》。据《南齐书·魏虏传》,魏太武帝曾梦其祖先责以不信太子晃事,虽涉诞妄,亦可见太武帝之信崔浩,行汉化,于内心不无矛盾。《高僧传》卷十二《玄高传》记太子晃事,与《南齐书》相近;并载有太武帝诏书,与《魏书·本纪》略同而有出入,后半文字颇有详略。《高僧传》成书早于《魏书》,想此诏久传南方,魏收、慧皎行文各有删节也。据此则不特文章,即当时南北公文之来往交流亦殊易也。

乌洛侯国朝于魏,称其国西北有魏之先祖旧墟,"石室南北九十步,东西四十步,高七十尺,室有神灵,民多祈请。世祖遣中书侍郎李敞告祭焉,刊祝文于室之壁而还"。

见《魏书·世祖纪》、《乌洛侯传》、《礼志》及《通鉴》卷一百二十四。刻石文今在内蒙古自治区呼伦贝尔市鄂伦春自治旗嘎仙洞内。原文如下:

〔维太平真君四年癸未岁七月廿五日〕
天子〔臣〕焘〔使谒者仆射库六官〕
(谨遣)〔中书侍郎李〕敞(等)傅安甗用骏足一元大武
〔柔毛之牲〕敢昭告於
皇天之〔神〕(灵)。(自)启辟之初,佑我皇祖,于彼土田。历载亿年,聿来南迁。〔应来受福〕,〔光宅中原。惟祖惟父〕(惟祖惟父,光宅中原)。(克翦凶丑),拓定四边。〔庆流后胤,延及冲人,阐扬玄风,增构崇堂,剋翦凶丑,威暨四荒。幽人忘遐,稽首来王。](冲人纂业,德声弗彰。岂谓幽遐,稽首来王。)〔始闻归墟,爰在彼方,悠悠之怀,希仰余光〕。(具知旧庙,弗毁弗亡。悠悠之怀,希仰余光)。王业之兴,起自皇祖。绵绵瓜瓞,时惟多祐。〔归以谢施,推以配天。](敢以丕功,配飨于天)。子子孙孙,福禄永延。〔荐於〕

〔皇皇帝天〕

〔皇皇后土 以〕

〔皇祖先可寒配〕

〔皇妣先可敦配〕

〔尚飨〕

〔东作帅使念凿〕

全文录自米文平《嘎仙洞北魏石刻祝文考释》,《魏晋南北朝史研究》,四川人民出版社1986年版,第353页。〔 〕内的文字石刻有,《魏书》无。( )内的文字《魏书》有,石刻无。

崔浩六十三岁。高允五十四岁。范晔四十六岁。袁淑三十六岁。程骏三十岁。鲍照三十岁。王微二十九岁。游明根二十五岁。谢庄二十三岁。王僧绰二十一岁。王僧达二十一岁。陆澄十九岁。王僧虔十八岁。沈约三岁。谢朓三岁。

宋文帝元嘉二十一年・魏太武帝太平真君五年(444)　甲申

江淹生。

《梁书》本传:"江淹字文通,济阳考城人也。"《南史》本传:"父康之,南沙令,雅有才思。"江淹卒于梁天监四年,年六十二,上推生于本年。关于江淹生平事迹,参见俞绍初《江淹年谱》,载《六朝作家年谱辑要》中。

张融生。

《南齐书》本传:"张融字思光,吴郡吴人也。祖袆,晋琅邪王国郎中令。父畅,宋会稽太守。"张融卒于齐建武四年,年五十四,上推生于本年。

刘义庆卒,时年四十二岁。

《宋书》本传:"义庆在广陵有疾,而白虹贯城,黑麋入府,心甚恶之,固陈求还。太祖许解州,以本号还朝。二十一年薨于京邑,时年四十二。"《隋书·经籍志》著录别集八卷。今存诗二首:《乌夜啼》、《游鼍湖诗》。存文八篇:《筌蓧赋》、《鹤赋》、《山鸡赋》、《荐庾寔等表》、《启事》、《黄初妻赵罪议》。此外,又有《江左名士传》、《宣验记》十二卷、《幽明录》二十卷、《徐州先贤传》一卷、《世说新语》八卷、《小说》十卷、《集林》二百卷等,并见《隋书·经籍志》、新旧《唐志》著录。《宣验记》、《幽明录》,后人并有辑本。《世说新语》刻本殊多。参见王能宪、范子烨各自著《世说新语研究》等书。

何承天七十五岁,纠劾谢元。后亦坐白衣领职。

《宋书》本传:"承天与尚书左丞谢元素不相善,二人竟伺二台之违,累相纠奏。太尉江夏王义恭岁给资费钱三千万,布五万匹,米七万斛。义恭素奢侈,用常不充。二十一年,逆就尚书换明年资费。而旧制出钱二十万,布五百匹以上,并应奏闻,元輒命议以钱二百万给太尉。事发觉,元乃使令史取仆射孟顗命。元时新除太尉谘议参军,未拜,为承天所纠。上大怒,遣元长归田里,禁锢终身。元时又举承天卖荄四百七十束与官属,求贵价,承天坐白衣领职。"

范晔四十七岁,二月任太子詹事。

见《资治通鉴·宋纪·元嘉二十一年》。

鲍照三十一岁,作《通世子自解启》、《临川王服竟还田里诗》、《重与世子启》等。

考见《鲍参军集注》。

徐耕作《诣县陈辞》,记述了晋陵一带百姓困苦的生活,语气沉痛感人。

《宋书·孝义传》:"徐耕,晋陵延陵人也。自令史除平原令。元嘉二十一年,大旱民饥,耕诣县陈辞曰……"

释宝亮生。

释慧皎《高僧传》卷八《梁京师灵味寺释宝亮传》:"释宝亮,本姓徐氏,其先东莞胄族,晋乱,避地于东莱掖县。"

祇洹寺释慧义卒。

释慧皎《高僧传》卷七《宋京师祇洹寺释慧义传》:"宋元嘉二十一年终于乌衣寺,春秋七十三矣。(范)晏后少时而卒。晏弟晔后染孔熙先谋逆,厥宗同溃。"按:祇洹寺乃范泰永初元年所立。

魏太子拓跋晃始总百揆。侍中、中书监、宜都王穆寿,司徒、东郡公崔浩,侍中、广平公张黎,侍中、建兴公古弼,辅太子以决庶政。

见《魏书·世祖纪》、《通鉴》卷一百二十四。

魏太武帝下诏,禁"私养师巫,挟藏谶记、阴阳、图纬、方伎之书"。又下诏令王公以下至于卿士,其子皆入太学,不得私立学校。

见《魏书·世祖纪》、《通鉴》卷一百二十四。

李彪生。

按《魏书》本传,李彪卒于景明二年(501),五十八岁,上推生于本年。李彪字道固,顿丘卫国(今河南清丰)人,北魏史学家、作家。

魏乐平王丕梦登白台,四望无人,使术士董道秀占之,云大吉。高允以为不劝以忠孝,著《筮论》,及乐平王卒,董道秀被诛,此见魏人信占卜。

见《魏书·乐平王丕传》、《通鉴》卷一百二十四。此为高允著文之最早记载;《魏书》节引其文,可见高允颇精《易》学。时年五十五岁。

崔浩六十四岁,是年议魏祭祀之制,废胡神之庙,唯留合于祀典者五十七所。

见《通鉴》卷一百二十四。

平城释玄高被杀。

释慧皎《高僧传》卷十一《宋伪魏平城释玄高传》:"释玄高,姓魏,本名灵育,冯翊万年人也。……时崔皓、寇天师先得宠于焘,恐晃(魏太子)纂承之日,夺其威柄,乃谮云……焘遂纳之,勃然大怒,即敕收高。……至伪太平五年九月,高与崇公俱被幽絷,其月十五日就祸。卒于平城之东隅,春秋四十有三。是岁宋元嘉二十一年也。"

颜延之六十一岁。袁淑三十七岁。程骏三十一岁。王微三十岁。游明根二十六岁。谢庄二十四岁。王僧绰二十二岁。王僧达二十二岁。陆澄二十岁。王僧虔十九岁。沈约四岁。谢朓四岁。

宋文帝元嘉二十二年·魏太武帝太平真君六年(445) 乙酉

范缜生。

考见李曰华《范缜》(湖北人民出版社1956年版)。按:胡适据缜从弟范云卒于天监二年(503),时年五十三,因而得出结论:范云出生前一年即元嘉二十七年为范缜生年。(文载天津《大公报·文史周刊》1947年8月8日)此仅为假设孤证。李文以为,范缜传中有"在瓛门下积年"一句值得注意,三两年当不得称为积年,至少要在四五年以上。"因此范缜年未弱冠始就学于刘瓛门下的年度,计算应在孝武帝大明六年(462)或七年以前。再据刘瓛在沛郡的相县讲学,可能是开始于大明四年(460)'举秀才'、'除奉朝请不就'以后。范缜家居舞阳,距相县远在三百公里左右。刘瓛很穷,兄弟三人共处蓬室三间,为风所吹倒也无力修葺。以这样一个穷书生讲起学来,要使在三百公里外的范缜所闻,当非经过两三年以上的时间不可。从大明四年起算,两三年后,推测范缜始往求学的年度,至快亦应该在大明五年或六年以后。根据以上两方计算,当可得出结论:范缜约在大明六年(462)年未弱冠,即十八岁,那么,他的生年就应该约莫在宋文帝元嘉二十二年了。"胡适之说自乏确证,李曰华的推断尤其是第二条去事实更远。刘瓛虽沛国相人,祖上已迁建康(见《南齐书》本传),少年时已在建康。范缜乃范汪六世孙。舞阳是祖籍。范氏自汪以后,范宁、范泰、范晔均已迁建康。因此不存在"范缜家居舞阳,距相县远在三百公里左右"这样的事。唯史料缺乏,范缜生年难以确考。曹道衡、沈玉成编《中国文学家大辞典》(先秦汉魏晋南北朝卷)认为范缜生于450年左右。今姑系于本年。

范晔被杀,时年四十八岁。作《彭城王义康与徐湛之书宣示同党》、《狱中与诸甥侄书》、《临终诗》等。

见《宋书》本传。所谓"同党",据孔休先《谕众檄文》所载,系指徐湛之、范晔、萧思话、臧质、孔熙先、孔休先等。后徐湛之告发其事。见下条。又《宋书·沈演之传》:"景仁寻卒,乃以后军长史范晔为左卫将军,与演之对掌禁旅,同参机密。""晔怀逆谋,演之觉其有异,言之太祖,晔寻事发伏诛。"《隋书·经籍志》著录别集十五卷。今存诗二首:《临终诗》、《乐游苑应诏诗》。存文五篇,除上文提及的两篇外,还有:《探时旨上言》、《双鹤诗序》、《和香方序》。《后汉书》为其代表作。范晔颇以其赞论自负,时人亦以为佳。《文选》收录《后汉书论》五篇,便是一证。钟嵘《诗品》称其五言诗"乃不称其才,亦为鲜举矣"。庾肩吾《书品》将其列入下上品,说明其书法亦可列入名家之流。

徐湛之始与范氏同谋,后作《上范晔等反谋表》告发其事。朝廷遣令还郡,湛之又作《还郡自陈表》。

见《宋书·范晔传》。《宋书·徐湛之传》:"二十二年,范晔等谋逆,湛之始与之同,后发其事,所陈多不尽,为晔等款辞所连,乃诣廷尉归罪,上慰遣令还郡。湛之上表曰……"

范广渊被杀。

按:广渊为范晔弟,坐范晔事被诛。有集一卷。今存诗一首:《征虏亭饯王少傅》,见《初学记》卷十八。

孔熙先被杀。作《狱中上书》。

见《宋书·范晔传》。

孔休先被杀。作《谕众檄文》。

见《宋书·范晔传》。

何承天七十六岁,与颜延之同为皇太子执经。同年正月,改用何承天《元嘉新历》。

见《宋书》本传及《宋书·文帝纪》。

颜延之六十二岁,为国子祭酒。作《皇太子释奠会诗》。又作《为皇太子侍饯衡阳南平二王应诏诗》。

《宋书·礼志》两次记载皇太子本年四月讲《孝经》,释奠于国子学。《建康实录》同。《文选》李善注引裴子野《宋略》作二十年,恐未确。诗有"妄先国胄,侧闻邦教",则为国子祭酒之证。又《南齐书·陆澄传》载陆澄《与王俭书》称:"元嘉建学之始,玄、弼两立。逮颜延之为祭酒,黜郑置王,意在贵玄,事成败儒。"说明在元嘉后期,玄学复有抬头之势。至刘宋大明泰始之际,玄学尤盛,引导了宋末诗风从元嘉体向永明体的完成。而梁代后期,玄学又起,抑儒弘玄,导致梁陈轻艳诗风的形成。据《宋书·衡阳王义季传》、《南平王铄传》,本年刘义季迁任徐州刺史,刘铄迁住南豫州刺史。故《应诏诗》当作于本年。

鲍照三十二岁,应刘义季之征辟,之梁郡,旋从之徐州。作《见卖玉器者》、《从过旧宫》。

见《鲍参军集注》。不过此说尚可进一步推敲。《见卖玉器者》

和《从过旧宫》二诗只讲到几个长安、洛阳地名,而六朝人常以长安、洛阳比喻建康,其例很多,因此不能据此断为作诗的确切系年根据,此处只能存疑。

谢庄二十五岁,声名已著,为范晔称许。

范晔《狱中与诸甥侄书》:"(声律之说)年少中唯谢庄识之耳。"范、谢二人在元嘉十七八年间同在始兴王刘濬府中供职,有所过从。

王僧虔二十岁,除秘书郎、太子舍人,与袁淑、谢庄友善。又转为义阳王文学、太子洗马。

见《南齐书》本传。《宋书·文帝纪》:二十二年二月"第九皇子昶为义阳王"。又《南史·王僧虔传》:"(袁)淑每叹之曰:'卿文情鸿丽,学解深拔,而韬光潜实,物莫之窥,虽魏阳元之射、王汝南之骑,无以加焉。'"

申恬作《上换郡事宜表》。

《宋书》本传:"二十一年,冀州移镇历下,以恬督冀州青州之济南乐安太原三郡诸军事、扬烈将军、冀州刺史。明年,加济南太守。时又迁换诸郡守,恬上表曰……"

文帝刘义隆告诫子弟以节俭为上。

《资治通鉴》卷一二四:"九月癸酉,上饯衡阳王义季于武帐冈,上将行,敕诸子且勿食,至会所设馔,日旰,不至,有饥色。上乃谓曰:'汝曹少长丰佚,不见百姓艰难。今使汝曹识有饥苦,知以节俭御物耳。'"

沈亮为南阳太守,崇建儒学,开置庠序,训授生徒。

见《宋书·自序》。

释僧祐生。

释慧皎《高僧传》卷十一《齐京师建初寺释僧祐传》:"释僧祐,本姓俞氏,其先彭城下邳人,父世居于建康。祐年数岁,入建初寺礼拜,因踊跃乐道,不肯还家。父母怜其志,且许入道,师事僧范道人。"其卒于天监十七年,时年七十四岁,上推生于本年。

梁钟山宋熙寺沙门释智欣生。

释道宣《续高僧传》卷五《梁钟山宋熙寺沙门释智欣传》:"释智欣,姓潘,丹阳建康人也。"其卒于天监五年,六十二岁,上推生于本年。

凉州沙门释昙学、威德在高昌郡译《贤愚经》十三卷。

见《出三藏记集》卷二。注:"宋元嘉二十二年出。右一部,凡十三卷。宋文帝时,凉州沙门释昙学、威德于于阗国得此胡本,于高昌郡译出。(天安寺释弘宗传)"该经梁时存。卷九僧祐《贤愚经记》云:"元嘉二十二年,岁在乙酉,始集此经。京师天安寺沙门释弘宗者,戒力坚净,志业纯白。此经初至,随师河西,时为沙弥,年始十四,亲预斯集,躬睹其事。洎梁天监四年,春秋八十有四,凡六十四腊,京师之第一上座也。经至中国,则七十年矣。"

八月,释玄畅自河北来到江南。

释慧皎《高僧传》卷八《齐蜀齐后山释玄畅传》:"释玄畅,姓赵,河西金城人。……以元嘉二十二年闰五月十七日发自平城,路由岱郡上谷,东跨太行,路经幽冀南转,将至孟津。唯手把一束杨枝,一扼葱叶。虏骑追逐,将欲及之,乃以杨枝击沙,沙起天暗,人马不能得前。有顷沙息,骑已复至,于是投身河中,唯以葱叶内鼻孔中通气度水,以八月一日达于扬州。"从此来看,南北通行并不十分容易。

魏卢水胡人盖吴起兵杏城以叛魏,河东蜀薛永宗应之。

见《魏书·世祖纪》、《通鉴》卷一百二十四。此为灭佛及宋魏交兵之端。

崔浩六十五岁。高允五十六岁。袁淑三十八岁。程骏三十二岁。王微三十一岁。游明根二十七岁。王僧绰二十三岁。王僧达二十三岁。陆澄二十一岁。沈约五岁。谢朓五岁。李彪二岁。江淹二岁。张融二岁。

宋文帝元嘉二十三年·魏太武帝太平真君七年(446)　丙戌

何承天七十七岁,作《奏劾博士顾雅等》。又作《安边论》。

见《宋书·礼志》。《宋书》本传:"时索虏侵边,太祖访群臣威戎御远之略,承天上表……"《资治通鉴》系此事于本年,是。详参宋文帝条。

鲍照三十三岁,作《代苦热行》。

见《鲍参军集注》。

宋文帝作《诏群臣》、《北伐诗》。

《宋书·索虏传》:"(二十三年)太祖思弘经略,诏群臣曰:'吾少览篇籍,颇爱文义,游玄玩采,未能息卷。自缨绋世务,情兼家国,徒存日昃,终有惭德。而区宇未一,师馑代有,永言斯瘼,弥干其虑。加疲疾稍增,志随时往,属思之功,与事而废。残虐游魂,齐民涂炭,乃眷北顾,无忘弘拯。思总群谋,扫清逋逆,感激之来,遂成短韵。卿等体国情深,亦当义笃其怀也。'诗曰:季父鉴祸先,辛生识机始。……"这篇文章及诗有两点值得注意:其一,文帝元嘉末玄风复振,与文帝本人"游玄玩采"的倡导有必然联系。而且,这里将"玄"与"采"并称,两者间亦有某种关联。宋末文风之变,当始于这时。其二,文帝元嘉末年政坛亦有较大变化。上年我们曾引用文帝自己的话用以说明其早年颇以节俭为尚,因此而有所谓元嘉之治。但这时也许承平日久,渐渐好大喜功。如本年修筑华林园,开挖玄武湖,"役重人怨"(《南史·文帝纪》)。何尚之劝谏,他竟回答说:"小人常自暴背,此不足为劳。"(《宋书·何尚之传》)内兴土木,外动干戈,元嘉之世,由此开始走下坡路。至元嘉二十七年北伐失利,元气大伤。推终原始,元嘉之衰,当始于是年前后。

何尚之作《表谏行幸侵夜》。

《宋书》本传:"时上行幸,还多侵夕,尚之又表谏曰……"何尚之元嘉二十二年迁尚书右仆射,二十四年录尚书江夏王义恭建议。其"表谏"一事放在这两年之间叙述,姑系于此。

王敬弘作《又辞左光禄大夫开府仪同三司表》。

见《宋书》本传。其十六年已辞此封,故此云"又辞"。

盖吴作《上表归顺》、《又上表》。

见《宋书·索虏传》。按:盖吴上年九月举兵叛魏,自称天台王,本年上表归顺。

求那跋陀罗随谯王刘义宣赴荆州,一居十年。

释慧皎《高僧传》卷三《京师中兴寺求那跋陀罗传》:"后谯王镇荆州,请与俱行,安止辛寺,更创房殿。即于辛寺出《无忧王》、《过去现在因果》及一卷《无量寿》、一卷《泥洹》、《央掘魔罗》、《相续解脱波罗蜜了义》、《现在佛名经》三卷、《第一义五相略》、《八吉祥》等诸经,并前所出,凡百余卷,常令弟子法勇传译度语。"按:《名僧传钞》作"元嘉二十三年谯王镇荆州"。

魏太武帝亲率军攻薛永宗,用崔浩计,大败之,永宗族人薛安都奔宋。魏太武帝破盖吴,拔杏城。是年,魏太武帝下诏诸州坑沙门,毁诸佛系,徙长安城工巧二千家于平城。

见《魏书·世祖纪》。据《通鉴》卷一百二十四,太武帝与崔浩尊寇谦之,信道教。崔浩屡言禁佛,及伐盖吴,从官自佛寺僧房中藏有兵刃,遂下令禁佛。太子晃素好佛,谏,不听。据《魏书·释老志》,力主杀僧灭佛者为崔浩,"始(寇)谦之与浩同从车驾,苦与浩诤,浩不肯,谓浩曰:'卿今促年受戮,灭门户矣!'"则灭佛之议,虽道教亦不力主,盖谦之深察情势,知太子晃辈甚不欲也。按:又见慧皎《高僧传》卷十《宋伪魏长安释昙始传》:"释昙始,关中人。自出家以后,多有异迹。晋孝武太元之末,赍经律数十部,往辽东宣化,显授三乘,立以归戒,盖高句骊闻道之始也。义熙初,复还关中,开导三辅。……后拓跋焘复剋长安,擅威关洛。时有博陵崔浩,少习左道,猜嫉释教。既位居伪辅,焘所仗信,乃与天师寇氏说焘以佛教无益,有伤民利,劝令废之。焘既惑其言,以伪太平七年遂毁灭佛法,分遣军兵,烧掠寺舍,统内僧尼,悉令罢道。其有窜逸者,皆遣人追捕,得必枭斩。一境之内,无复沙门。"

崔浩六十六岁。颜延之六十三岁。高允五十七岁。袁淑三十九岁。程骏三十三岁。王微三十二岁。游明根二十八岁。谢庄二十六岁。王僧绰二十四岁。王僧达二十四岁。陆澄二十二岁。王僧虔二十一岁。沈约六岁。谢朓六岁。李彪三岁。江淹三岁。张融三岁。

宋文帝元嘉二十四年·魏太武帝太平真君八年(447)　丁亥

孔稚珪生。

《南齐书》本传:"孔稚珪字德璋,会稽山阴人也。祖道隆,位侍中。父灵产。"稚珪卒于南齐永元三年,五十五岁,上推生于本年。

何承天卒,时年七十八岁。

《宋书》本传:"(元嘉)二十四年,承天迁廷尉,未拜,上欲以为吏部,已受密旨,承天宣漏之,坐免官,卒于家,年七十八。"《建康实录》载承天卒于本年八月。《隋书·经籍志》著录别集二十二卷,《礼论》三百卷,《注孝经》一卷,《春秋前传》十卷,《春秋前传杂语》九卷,《合皇览》一百二十三卷,《宋元嘉历》二卷,《历术》一卷,《验日食法》三卷,《漏刻经》一卷,《陆机连珠注》一卷。今存文三十六篇(《全宋文》卷四十二),诗十六首。

鲍照三十四岁,始兴王刘濬引为国侍郎。作《拜侍郎上疏》、《和王丞》、《河清颂》。

见《鲍参军集注》。按:王丞指王僧绰。本年二月戊戌,"河、济俱清"(《宋书·符瑞志》)。而《南史·宋文帝纪》载:"夏四月,河、济俱清。"知《河清颂》作于是时。张畅亦有同题之作。

沈约七岁。其父沈璞辞扬州刺史始兴王主簿,转为始兴国大农、秣陵令,仍为刘濬幕僚。

按:沈璞于元嘉十七年任始兴王主簿,"在职八年",本年辞主簿也。见《宋书·自序》。

太尉江夏王刘义恭作《嘉禾甘露颂》。时在本年七月。又作《奏徙彭城王义康》。

见《宋书·符瑞志》。《奏徙彭城王义康》,见《宋书·彭城王义康传》:"(元嘉)二十四年,豫章胡诞世、前吴平令袁恽等谋反,袭杀豫章太守桓隆、南昌令诸葛智之,聚众据郡,复欲奉戴义康。太尉录尚书江夏王义恭等奏曰……"

沈演之作《嘉禾颂》、《白鸠颂》。时在本年九月。

并见《宋书·符瑞志》。

建元寺沙门释僧韶生。

释道宣《续高僧传》卷五《梁杨都建元寺沙门释僧韶传》:"释僧韶,姓王,齐国高安人。"卒于梁天监三年,五十八岁,上推生于本年。

魏河西王沮渠牧犍谋叛魏,事发,被杀。

见《魏书·世祖纪》、《沮渠蒙逊传》及《通鉴》卷一百二十五。唯《魏书》本传云:"人又告牧犍犹与故臣民交通谋反,诏司徒崔浩就公主第赐牧犍死。"《通鉴》又言有藏珍宝事,当别有据。

崔浩六十七岁,作《易》传成。

按《魏书·崔浩传》,闵湛、郄标请立石勒崔浩所注五经,在太武帝蒐于河西之前。今据《世祖纪》,蒐于河西在太平真君十年三月。可证崔浩《易》传当在太平真君十年前,则书成当在八年左右。《隋书·经籍志》著录:"《周易》十卷,后魏司徒崔浩注。"此书至隋犹存。

颜延之六十四岁。高允五十八岁。袁淑四十岁。程骏三十四岁。王微三十三岁。游明根二十九岁。谢庄二十七岁。王僧绰二十五岁。王僧达二十五岁。陆澄二十三岁。王僧虔二十二岁。李彪四岁。谢朓七岁。江淹四岁。张融四岁。

宋文帝元嘉二十五年·魏太武帝太平真君九年(448)　戊子

雷次宗筑室于钟山,谓之招隐馆,为皇太子诸王讲《丧服》经。本年卒,年六十三岁。

见《宋书·隐逸传》。《隋书·经籍志》著录别集十六卷。本年,宋文帝作《下雷次宗诏》。刘义恭作《答诏愍雷次宗》。并见《宋书·隐逸·雷次宗传》:"二十五年,诏曰……后又征诣京邑,为筑室于钟山西岩下,谓之招隐馆,使为皇太子诸王讲《丧服》经。次宗不入公门,乃使自华林东门入延贤堂就业。二十五年卒于钟山,时年六十三。太祖与江夏王义恭书道次宗亡,义恭答曰:'雷次宗,不救所疾,甚可痛念……'"

南平王刘铄十八岁,任豫州刺史。作《拟古诗》三十首,《答移魏若库辰树兰》。

《南史》本传载,刘铄少好学有文才,未弱冠,作《拟古诗》三十首,时人以为亚迹于陆机。今存五首。估计这三十首诗非一时所作,但均作于未弱冠前,史有明文,始系本年。又《宋书·索虏传》载后魏若库辰树兰作《移书豫州》文,"左将军、豫州刺史南平王铄答移曰……"此文《全宋文》题作《答移魏若库辰树兰》。

沈约八岁,其祖父沈林子被追赠征虏将军,至本年追谥曰怀。

见《南史·沈约传》。

宣武场建成,宋文帝作《厉兵诏》,并讲武习兵于宣武场,为元嘉二十七年大举北伐做准备。

见《宋书·文帝纪》及《礼志》。

何尚之作《密奏庾炳之得失》、《又陈庾炳之愆过》、《又答问庾炳之事》等。

《资治通鉴》卷一百二十五载:"刘湛既诛,庾炳之遂见宠任,累迁吏部尚书,势倾朝野。炳之无文学,性强急轻浅。既居选部,好诟詈宾客,且多纳货赂;士大夫皆恶之。炳之留令史二人宿于私宅,为有司所纠。上薄其过,欲不问。仆射何尚之因极陈炳之之短曰……"

陆徽作《荐龚颖表》。

见《宋书·龚颖传》。

释慧次十五岁,随法迁还彭城。

释慧皎《高僧传》卷八《齐京师谢寺释慧次传》:"初出家为志钦弟子,后遇徐州释法迁,解贯当世,钦乃以次付嘱。仍随迁南至京口,至竹林寺。至年十五,随迁还彭城。"

魏著作令史太原闵湛、赵郡郄标素谄事(崔)浩,乃请立石铭,刊载《国书》,并勒所注五经。浩赞成之。恭宗(太子晃)善焉,遂营于天郊东三里,方百三十步,用功三百万乃讫。

见《魏书·崔浩传》。此事在蒐于河西之前,当在太平真君九年。此乃崔浩得罪之始。拓跋晃之赞成其事,正以《国书》记魏初事,激怒鲜卑贵族。

崔浩六十八岁。颜延之六十五岁。高允五十九岁。袁淑四十一岁。程骏三十五岁。鲍照三十五岁。王微三十四岁。游明根三十岁。谢庄二十八岁。王僧绰二十六岁。王僧达二十六岁。陆澄二十四岁。王僧虔二十三岁。谢朓八岁。李彪五岁。江淹五岁。张融五岁。孔稚珪二岁。

宋文帝元嘉二十六年·魏太武帝太平真君十年(449) 己丑

颜延之六十六岁,作《车驾幸京口侍游蒜山作诗》、《车驾幸京口三月三日侍游曲阿后湖作诗》。

《资治通鉴》卷一百二十五载,本年二月己亥,"上如丹徒,谒京陵。三月丁巳大赦。募诸州乐移者数千家以实京口"。

袁淑四十二岁,迁尚书吏部郎。

见《宋书》本传。

鲍照三十六岁,随始兴王刘濬经京口,作《奉始兴王白纻舞曲》、《蒜山被始兴王命作》、《征北世子诞育上表》。

考见《鲍参军集注》。

谢庄二十九岁,为随王刘诞谘议参军,与沈怀文共掌辞令,同僚还有江智渊等。《自浔阳至都集道里名为诗》约作于是时。随从刘诞赴雍州,又作《怀园引》。

《宋书·沈怀文传》:"随王诞镇襄阳,出为后军主簿,与谘议参军谢庄共掌辞令。"《宋书·江智渊传》:"及为随王诞佐,在襄阳,诞待之甚厚。时谘议参军谢庄、府主簿沈怀文并与智渊友善。"《宋书·竟陵王诞传》:"二十六年出为都督雍梁南北秦四州、荆州之竟陵、随二郡诸军事、后将军、雍州刺史。以广陵凋弊,改封随郡王。上欲大举北伐,以襄阳外接关、河,欲广其资力,乃罢江州军府,文武悉配雍州,湘州入台税租杂物,悉给襄阳。"据《宋书·文帝纪》,二十六年七月"广陵王诞为雍州刺史"。又《宋书·谢庄传》:"转随王诞后军谘议,并领记室。分左氏《经传》,随国立篇,制木方丈,图山川土地,各有分理,离之则州别郡殊,合之则宇内为一。"谢庄在从随王诞之前,曾随庐陵王在江州,本年七月还京。

王僧绰二十七岁,徙尚书吏部郎,参掌大选。究识流品,谙悉人物,拔才举能,咸得其分。

《宋书》本传:"初为江夏王义恭司徒参军,转始兴王文学、秘书丞、司徒左长史、太子中庶子。元嘉二十六年,徙尚书吏部郎,参掌大选。究识流品,谙悉人物,拔才举能,咸得其分。"

沈约九岁,随父至京口。其父沈璞为南徐州、南兖州刺史始兴王刘濬正佐,移镇京口。其伯父沈邵卒,年四十三。

并见《宋书·自序》。

江淹六岁,能作诗,常慕司马相如、梁鸿的为人,不事章句之学,留情于文章,早为高平檀超所知,优加以礼。

见《南史》本传及江淹《自序》。

裴松之重受诏续成何承天《宋书》,未遑述作,"其年终于位"。见裴子野《宋略总论》。

按:《宋书·裴松之传》以为"续何承天国史,未及撰述,二十八年卒,时年八十",此说恐未确。何承天卒于二十四年,而后有裴松之受诏续成《宋书》事,不应距何承天之死相去太远。沈约、裴子野都载裴松之"未及撰述"、"未遑述作"而卒,大约其受诏不久即卒,不大可能迟至二十八年也。

随王刘诞作《襄阳乐》。

见《乐府诗集》所引《古今乐录》:"《襄阳乐》者,宋随王诞之所作也。诞始为襄阳郡,元嘉二十六年仍为雍州刺史,夜闻诸女歌谣,因而作之,所以歌和中有'襄阳来夜乐'之语也。"按:元嘉十九年刘道产卒,襄阳人为歌颂道产而作《襄阳乐》。《古今乐录》以为"非此也"。刘诞之作今存九首。

二月,文帝东巡京口,作《谒京陵诏》、《徙民实京口诏》已明显带有巡视边境、为"经略中原"(《资治通鉴》)作准备之意。三月,以军兴减百官俸禄,罢国子学。

见《宋书·文帝纪》、《礼志》。文帝欲北伐,群臣争先献策以邀宠信,以王玄谟、袁淑为甚。文帝曾对殷景仁说:"闻王玄谟陈说,使人有封狼居胥意。"

释宝云卒于六合山寺。

《出三藏记集》卷十五《宝云法师传》:"云性好幽居,以保闲寂,遂适六合山寺,译出《佛所行赞经》。""顷之,道场慧观临卒,请云还都,总理寺任。云不得已而还。居岁余,复还六合。以元嘉二十六年卒,春秋七十余。其所造外国,别有记传。征士豫章雷次宗为其传序。"而释慧皎《高僧传》卷三《宋六合山释宝云》作"春秋七十四"。据此而推,宝云当生于晋孝武帝司马曜太元元年(376)。而据汤用彤注引《名僧传钞》则享年与此有异。

释道猛东游京师,止东安寺。

释慧皎《高僧传》卷七《宋京师兴皇寺释道猛传》:"释道猛,本西凉州人,少而游历燕赵,备瞩风化。后停止寿春,力精勤学。三藏九部,大小数论,皆思入渊微,无不镜彻。而《成实》一部,最为独步。于是大化江西,学人成列。至元嘉二十六年,东游京师,止于东安寺,复续开讲席。"

释慧球十六岁,出家住荆州竹林寺,事道馨为师。

见释慧皎《高僧传》卷八《梁荆州释慧球传》。

魏太武帝在漠南,大飨百僚。三月,大蒐于河西。

见《魏书·世祖纪》。《魏书·崔浩传》云:"世祖蒐于河西,诏浩诣行在所议军事。浩表曰:'昔汉武帝患匈奴强盛,故开凉州五郡,通西域,劝农积谷,为灭贼之资。东西迭击。故汉未疲,而匈奴已弊,后遂入朝。昔平凉州,臣愚以为北贼未平,征役不息,可不徙其民,案前世故事,计之长者。若迁民人,则土地空虚,虽有镇戍,适可御边而已,至于大举,军资必乏。陛下以此事阔远,竟不施用。如臣愚意,犹如前议,募徙豪强大家,充实凉土,军举之士,东西齐势,此计之得者。'"文虽未见精彩,以此见崔浩政见,太武帝亦不尽采用,亦见二人矛盾久存,故有明年之诛也。

崔浩六十九岁,是年上《五寅元历》,会浩诛,未及施行。

《魏书·律历志》言事在"真君中"。既云"未及施行,浩诛,遂寝",而据《世祖纪》、《崔浩传》,"浩诛"在太平真君十一年,则上《五寅元历》当在崔浩被诛前不久。又据《崔浩传》,事在太武帝大蒐河西之后,则此事亦当在太平真君十年,因浩被杀在十一年六月,而十一年,太武帝以正月至洛阳,二月征悬瓠,未必有暇于历法。《魏书·崔浩传》载崔浩表云:"太宗即位元年,敕臣解《急就章》、《孝经》、《论语》、《诗》、《尚书》、《春秋》、《礼记》、《周易》。三年成讫。复诏臣学天文、星历、《易》式、九宫,无不尽看。至今三十九年,昼夜无废。……"据此,崔浩治《易》,早在太宗(明元帝)时代,至于所谓《易》传,当是平河西后作,前已论之。此时太武帝与崔浩已有嫌隙,浩表乃云:"非但时人,天地鬼神知臣得正,可以益国家万世之名,过于三皇、五帝矣。"此更可以促其死也。

高允六十岁。程骏三十六岁。王微三十五岁。游明根三十一岁。王僧达二十七岁。陆澄二十五岁。王僧虔二十四岁。谢朓九岁。李彪六岁。张融六岁。孔稚珪三岁。

宋文帝元嘉二十七年·魏太武帝太平真君十一年(450)　庚寅

秋七月,宋文帝下令北伐,以王玄谟为宁朔将军,前锋入河。

当时有很多人不同意率然动兵,像皇太子刘劭、太子步兵校尉沈庆之、左军将军刘康祖等都曾明确表态反对挥师北上。但宋文帝不听劝谏,仓促动武,结果惨败。年底,后魏太武帝拓跋焘打到瓜步,"杀略不可称计"(《宋书·索虏传》)。这场战争给刘宋统治集团及广大人民带来深重灾难。《宋书·良吏传叙》载:"自兹至于孝建,兵连不息,以区区之江东,地方不至数千里,户不盈百万,荐之以师旅,因之以凶荒,宋氏之盛,自此衰矣。"三年以后,皇太子刘劭所以敢于叛逆弑父,与宋文帝末年政治昏乱不无关系。

袁淑四十三岁,以夸诞主战而被命为始兴王刘濬征北长史、南东

海太守。年底，北伐军败，后魏追至瓜步，宋文帝召集百官共议防御之术，袁淑作《防御索虏议》。因"喜为夸诞，每为时人所嘲"。淑又作《与始兴王濬书》。

《宋书》本传载，"其秋，大举北伐，淑侍坐从容曰：'今当鸣銮中岳，席卷赵、魏，检玉岱宗，今其时也。臣逢千载之会，愿上《封禅书》一篇。'太祖笑曰：'盛德之事，我何足以当之。'出为始兴王征北长史、南东海太守。淑始到府，濬引见，谓曰：'不意舅遂垂屈佐。'淑答曰：'朝廷遣下官，本以光公府望。'还为御史中丞。"

鲍照三十七岁，作《送别王宣城》。

按：王宣城，即王僧达也。考见《鲍参军集注》。

谢庄三十岁，名声流播北中国。

《宋书》本传："元嘉二十七年，索虏寇彭城，虏遣尚书李孝伯来使，与镇军长史张畅共语，孝伯访问庄及王微，其声名远布如此。"

王僧达二十八岁，春天任宣城太守。其冬求解职，作《求解职表》。

《求解职表》云："赐莅宣城，仲春移任，方冬便值虏南侵。"是元嘉二十七年任宣城太守职之证。

沈约十岁，随父至盱眙。其父沈璞迁宣威将军、盱眙太守。其伯父沈亮卒，年四十七。

见《宋书·自序》。

谢朓十岁，能属文。

《梁书》本传："庄游土山赋诗，使朓命篇，朓揽笔便就。琅邪王景文谓庄曰：'贤子足称神童，复为后来特进。'庄笑，因抚朓背曰：'真吾家千金。'"

周朗作《报羊希书》。

《宋书》本传："元嘉二十七年春，朝议当遣义恭出镇彭城，为北讨大统。朗闻之解职。及义恭出镇,府主簿羊希从行,与朗书戏之,劝令献奇进策,朗报书曰……"此文辞意倜傥,颇可诵读。

江南始以七条征发,致使伪造谱籍之风日盛。

《南史·王僧孺传》载沈约《上言宜校勘谱籍》云:"宋元嘉二十七年,始以七条征发。既立此科,苟有回避,人奸互起,伪状巧籍,岁月兹广,以至于齐,患其不实。"

僧伽罗多卒,时年五十九岁。

《名僧传钞》:"春秋五十有九,元嘉二十七年卒。"

释僧翼卒于会稽法华精舍。

释慧皎《高僧传》卷十三《宋山阴法华寺释僧翼传》:"以宋元嘉二十七年卒,春秋七十。"按:僧翼曾从慧远、鸠摩罗什问学求道。

魏太武帝围攻宋悬瓠,宋将陈宪坚守,杀魏卒万计。围攻四十二日,不克,魏军退。是年,魏太武帝致书宋文帝,责宋之图魏,又言宋曾助盖吴,文殊拙陋,如末段乃云:"知彼公时旧臣,都已杀尽,彼臣若在,年几虽老,犹有智策。今已杀尽,岂不天资我也。取彼亦不须我兵刃,此有能祝婆罗门,使鬼缚彼送来也……"

见《宋书·索虏传》、《通鉴》卷一百二十五。此文颇可注意,北魏公文,至太武帝时,已颇有文采,与此文迥异。《宋书·索虏传》载元嘉二十五年魏豫州刺史北井侯若库辰树兰移书宋豫州,已颇文雅,区区一刺史幕中尚有能文之士,何况帝王?且太武帝书乃言有"婆罗门",此与灭佛宗旨颇不同。盖此时宋魏交兵,崔浩汉化之主张已不为太武帝所重视,以此可见崔浩虽非助宋(如吕思勉即有此主张),而宋魏交兵之际,崔浩之汉化必受挫。浩死于是年,亦与此气氛或有关联。

崔浩被杀,时年七十岁。

见《魏书·世祖纪》、《崔浩传》及《通鉴》卷一百二十五。《魏书·崔浩传》云:"真君十一年六月诛浩,清河崔氏无远近,范阳卢氏、太原郭氏、河东柳氏,皆浩之姻亲,尽夷其族。初,郄标等立石铭刊《国记》,浩尽述国事,备而不典。而石铭显在衢路,往来行者咸以为言,事遂闻发。有司按验浩,取秘书郎吏及长生历生数百人意状。浩伏受赇,其秘书郎吏已下尽死。"《魏书·高允传》记郄标辈求为崔浩《国记》勒石事,"允闻之,谓著作郎宗钦曰:'闳湛所营,分寸之间,恐为崔门万世之祸。吾徒无类矣。'未几而祸作"。"宗钦临刑,叹曰:'高允其殆圣乎!'"

宗钦以崔浩故,被杀。

《魏书·宗钦传》云:"崔浩之诛也,钦亦赐死。钦在河西,撰《蒙逊记》十卷,无足可称。"钦有《东宫侍臣箴》、《与高允书》(附诗四言十二章),高允有答书(亦附诗)。并见《魏书》本传。

段承根以崔浩故,被杀。

《魏书·段承根传》云:"浩诛,承根与宗钦等俱死。"段承根有《赠李宝诗》四言七章,见《魏书》本传。

张湛悉焚与崔浩赠答诗。

见《魏书·张湛传》。

高允对太武帝言崔浩事。高允时年六十一岁。

《魏书·高允传》曰:"初,浩之被收也,允直中书省。恭宗使东宫侍郎吴延召允,仍留宿宫内。翌日,恭宗入奏世祖,命允骖乘。至宫门,谓曰:'入当见至尊,吾自导卿。脱至尊有问,但依吾语。'允请曰:'为何等事也?'恭宗曰:'入自知之。'既入见帝。恭宗曰:'中书侍郎高允自在臣宫,同处累年,小心密慎,臣所委悉。虽与浩同事,然允微贱,制由于浩。请赦其命。'世祖召允,谓曰:'(国书)皆崔浩作不?'允对曰:'《太祖记》,前著作郎邓渊所撰。《先帝记》及《今记》,臣与浩同作。然浩综务处多,总裁而已。至于注疏,臣多于浩。'世祖大怒曰：'此甚于浩，安有生路！'恭宗曰：'天威严重，允是小臣，迷乱失次耳。臣向备问，皆云浩作。'世祖问：'如东宫言不？'允曰：'臣以下才，谬参著作，犯逆天威，罪应灭族，今已分死，不敢虚妄。殿下以臣侍讲日久，哀臣乞命耳。实不问臣，臣无此言。臣以实对，不敢迷乱。'世祖谓恭宗曰：'直哉！此亦人情所难，而能临死不移，不亦难乎！且对君以实，贞臣也。如此言，宁失一有罪，宜宥之。'允竟得免。于是召浩前，使人诘浩。浩惶惑不能对。允事事申明，皆有条理。时世祖怒甚，敕允为诏，自浩已下、僮吏已上百二十八人皆夷五族。允持疑不为，频诏催切。允乞更一见，然后为诏。诏引前，允曰：'浩之所坐，若更有余衅，非臣敢知。直以犯触，罪不至死。'世祖怒，命介士执允。恭宗拜请。世祖曰：'无此人忿朕，当有数千口死矣。'浩竟族灭，余皆身死。"又，《魏书·崔玄伯传》："及浩诛，中书侍郎高允受敕收浩家"，始见崔宏在苻坚乱后，于泰山为张愿所获时所为诗，此诗今佚。

颜延之六十七岁。程骏三十七岁。王微三十六岁。游明根三十二岁。王僧绰二十八岁。陆澄二十六岁。王僧虔二十五岁。李彪七岁。江淹七岁。张融七岁。孔稚珪四岁。

宋文帝元嘉二十八年·魏太武帝正平元年(451)　辛卯

范云生。

《梁书》本传："范云字彦龙，南乡舞阴人。晋平北将军汪六世孙也。"范云卒于梁天监二年，五十三岁，上推生于本年。

鲍照三十八岁，随始兴王往江北，侍郎报满辞任，未即南返。作《侍郎报满辞阁疏》、《与王宣城诗》。

考见《鲍参军集注》。

王僧达二十九岁，任宣城太守，顷之，徙任义兴太守。

《宋书》本传："元嘉二十八年春，索虏寇逼，都邑危惧，僧达求人卫京师，见许。贼退，又除宣城太守。顷之，徙任义兴。"

王僧绰二十九岁,迁侍中,任以机密。

见《宋书》本传。《资治通鉴》卷一百二十六载:僧绰为侍中"年二十九,沉深有局度,不以才能高人,帝颇以后事为念,以其年少,欲大相付托,朝政大小,皆与参焉。帝之始亲政事也,委任王华、王昙首、殷景仁、谢弘微、刘湛,次则范晔、沈演之、庾炳之,最后江湛、徐湛之、何瑀之(胡注:恐当作'何尚之')及僧绰,凡十二人。"

沈约十一岁,仍随其父在盱眙。

《资治通鉴》卷一百二十六载,本年五月,江夏王刘义恭领南兖州刺史,徙镇盱眙,增督十二州诸军事。其父沈璞时任盱眙太守。正月,魏兵围攻盱眙城,步骑号称数十万。沈璞与臧质共守三旬。二月,魏兵自盱眙退走。王僧达、始兴王刘濬分别作《与沈璞书》、宋文帝作《别诏沈璞》以褒其功。见《宋书·文帝纪》、《自序》等。

臧质作《报魏太武书》。

见《南史》本传。

江夏王义恭奏徙刘义康迁广州,太子劭、武陵王骏、尚书左仆射何尚之奏应处置义康。宋文帝虑天下有变,拥立义康,遂赐义康死。本年,王玄谟为魏兵追击,流矢中臂,义恭作《与王玄谟书》。

见《宋书·彭城王义康传》及《宋书·王玄谟传》。

鲁爽作《与弟秀南归奉辞于南平王铄》。

见《宋书》本传。

释道慧生。

释慧皎《高僧传》卷八《齐京师庄严寺释道慧传》:"释道慧,姓王,余姚人,寓居建邺。……以齐建元三年卒,春秋三十有一。"上推当生于本年。

释僧若生。

释道宣《续高僧传》卷五《梁吴郡虎丘山沙门释僧若传》:"释僧

若,庄严寺僧璩之兄子也。"其卒于普通元年,七十岁,逆推生于本年。

释法宠生。

释道宣《续高僧传》卷五《梁杨都宣武寺沙门释法宠传》:"释法宠,姓冯氏,南阳冠军人。后遭世难,寓居海盐。"其卒于梁普通五年,时年七十四岁,逆推生于本年。

释法护十三岁,善草隶,深得道邕器重。

释道宣《续高僧传》卷五《梁杨都建元寺沙门释法护传》:"年始十三而善于草隶,其师道邕亦有清风,抚其首曰:观汝意气,必能振发遗法。"

释慧次十八岁,名满徐土。

释慧皎《高僧传》卷八《齐京师谢寺释慧次传》:"至年十八,解通经论,名贯徐土。迄禀具戒,业操弥深,频讲《成实》及《三论》。"

魏太武帝于瓜步大会群臣,三月,归平城。是年,魏太武帝迫迁宋民五万户于平城近畿。

见《魏书·世祖纪》、《通鉴》卷一百二十六。

魏太子晃(恭宗)卒。

《魏书·世祖纪》唯言"皇太子薨"。《通鉴》卷一百二十六以为太子晃宠臣仇尼道盛、任平城与中常侍宗爱有隙,为宗爱所谮,诛。太子忧愤而卒。《宋书·索虏传》、《南齐书·魏虏传》皆谓太子晃谋弑太武帝被诛,不可信。

魏太武帝巡阴山,或言李孝伯卒,太武帝云:"李宣城可惜。"又曰:"朕向失言。崔司徒可惜,李宣城可哀。"则太武帝于诛崔浩事颇有悔意。

见《魏书·世祖纪》。巡阴山时间,据《通鉴》卷一百二十六在本年。

崔光生。

据《魏书·崔光传》，光卒于正光四年，年七十三，则当生于是年。崔光本名孝伯，字长仁。魏孝文帝改名光。东清河鄃人。北魏作家。

颜延之六十八岁。高允六十二岁。袁淑四十四岁。程骏三十八岁。王微三十七岁。游明根三十三岁。谢庄三十一岁。陆澄二十七岁。王僧虔二十六岁。谢朏十一岁。李彪八岁。江淹八岁。张融八岁。孔稚珪五岁。

宋文帝元嘉二十九年·魏文成帝拓跋濬兴安元年(452)　壬辰

王俭生。

《南齐书》本传："王俭字仲宝，琅邪临沂人。祖昙首，宋右光禄。父僧绰，金紫光禄大夫。"王俭卒于南齐永明七年，三十八岁，上推生于本年。

颜延之六十九岁，上表乞解职，不许。

见《宋书》本传。

袁淑四十五岁，作《与何尚之书》、《真隐传》。

《宋书·何尚之传》："二十九年，致仕，于方山著《退居赋》以明所守，而议者咸谓尚之不能固志。太子左卫率袁淑与尚之书……"尚之果然未能守志。文帝作《与江夏王义恭》，刘义恭作《答诏问何尚之致仕事》，并敦谕尚之出仕，后"尚之复摄职"。据《南史·何尚之传》载："尚之既任事，上待之愈隆，于是袁淑乃录古来隐士有迹无名者为《真隐传》以嗤焉。"何尚之《退居赋》不存，而袁淑《真隐传》尚存，主人公曰鬼谷先生。

鲍照三十九岁，自南兖州返建康。作《瓜步山楬文》、《学陶彭泽体》、《和王义兴七夕》。

考见《鲍参军集注》。又，曹道衡《鲍照几篇诗文的写作时间》谓鲍照在元嘉二十九年至三十年曾为永安令。

谢庄三十二岁,除太子中庶子。南平王刘铄献赤鹦鹉,群臣为赋,谢庄《赤鹦鹉赋应诏》深为袁淑激赏,称"江东无我,卿当独秀;我若无卿,亦一时之杰也"。遂隐去同题赋不传。

见《宋书·谢庄传》。谢庄赋存。

王僧达三十岁,作《七夕诗》,时为义兴太守。鲍照有和。

考见《鲍参军集注》。

宋文帝又欲北伐。何偃作《北伐议》,刘兴祖作《建议伐河北》。沈庆之固谏不从。再次由王玄谟率兵攻碻磝,不克而还。

见《宋书·何偃传》、《沈庆之传》及《索虏传》。按:二十七年北伐失利,宋文帝似有悔意。《南史·宋文帝纪》载,二十七年十二月,"魏太武帝率大众至瓜步,声欲渡江,都下震惧,咸荷担而立"。"帝登烽火楼极望,不悦,谓江湛曰:'北伐之计,同议者少,今日士庶劳怨,不得无惭。贻大夫之忧,在予过矣。'"又《南史·张永传》:"文帝以屡征无功,诸将不可任,诏责永等与(萧)思话。又与江夏王义恭书曰:'早知诸将辈如此,恨不以白刃驱之,今者悔何所及。'"文帝所以在本年又北伐,一个重要原因在于,北魏太武帝拓跋焘在本年二月被谋杀,文帝欲趁机收回河南。详《资治通鉴》卷一百二十六。

释慧约生。

释道宣《续高僧传》卷六《梁国师草堂寺智者释慧约传》:"释慧约,字德素,姓娄,东阳乌场人也,祖世蝉联东南冠族。有占其茔墓者云,后世当有苦行得道者,为帝王师焉。"其卒于梁大同元年,八十四岁,逆推生于本年。其初名灵粲。

正月,天竺沙门求那跋陀罗在荆州辛寺译《八吉祥经》一卷。沙门释宝云及弟子菩提法勇传诵。

见《出三藏记集》卷二。注:"元嘉二十九年正月十三日于荆州译出。"按:天竺沙门求那跋陀罗在元嘉中在丹阳郡、荆州及京都之东安寺、道场寺等地译经"十四部,凡七十六卷。宋文帝时,天竺摩诃法师求那跋陀罗以元嘉中及孝武时宣出诸经,沙门释宝云及弟子菩提法勇传译"。卷九无名氏《八吉祥经后记》云:"《八吉祥经》,宋元嘉二十九年,太岁壬辰,正月三日,天竺国大乘比丘释求那跋陀罗于荆州城内译出此经,至其月六日竟。使持节、侍中、都督荆湘雍益梁宁南北秦八州诸军事、司空、荆州刺史、领南蛮校尉南谯王优婆塞刘义宣为檀越。"卷十四《求那跋陀罗传》:"后谯王镇荆州,请与俱行,安止辛寺,更创殿房。即于辛寺出《无忧王》、《过去现在因果》及一卷《无量寿》、一卷《泥洹》、《央掘魔》、《相续解脱波罗蜜了义》、《第一义五相略》、《八吉祥》等诸经,凡一百余卷。谯王欲请讲《华严》等经,而跋陀自忖未善宋语,愧叹积旬,即旦夕礼忏,请乞冥应。……且起言义,皆备领宋语,于是就讲。弟子法勇传译,僧念为都讲。虽因译人,而玄解往复。"本年五十九岁。

释僧彻卒,时年七十。

释慧皎《高僧传》卷七《宋江陵琵琶寺释僧彻传》:"宋元嘉二十九年卒,春秋七十。刺史南谯王刘义宣为造坟圹。"

释智欣八岁,笃好博古,多集近事。

释道宣《续高僧传》卷五《梁钟山宋熙寺沙门释智欣传》:"年七八岁,世间近事,经耳不忘。"所以史载其"笃好博古,多集近事"。

魏太武帝自太子晃死后,悼念不已。中常侍宗爱尝谮太子晃,因此惧而刺杀太武帝,立南安王余。余谋夺宗爱权,又为宗爱所杀。魏刘尼、陆丽、源贺等迎立太子晃之子濬,斩宗爱,改元兴安,是为文成帝。

见《魏书·世祖纪》、《陆丽传》、《源贺传》,又见《北史》纪传、《通鉴》卷一百二十六。

魏太宰元寿乐与尚书令长孙渴侯争权,并赐自杀。太尉张黎、司

徒古弼以议不合旨,黜为外都大官。

见《魏书·高宗纪》,《通鉴》卷一百二十六又言二人出怨言被杀,此见《魏书》本传。盖当时魏朝廷中争权不断,而被诛者多为鲜卑贵族。盖崔浩被杀,鲜卑贵族得势,而争权又趋激烈。

魏初复佛法。魏文成帝为僧师贤等五人剃度。

见《魏书·高宗纪》、《魏书·释老志》、《通鉴》卷一百二十六。《释老志》载文成帝诏曰:"夫为帝王者,必祗奉明灵,显彰仁道,其能惠著生民,济益群品者,虽在古昔,犹序其风烈。是以《春秋》嘉崇明之礼,祭典载功施之族。况释迦如来功济大千,惠流尘境,等生死者叹其达观,览文义者,贵其妙明,助王政之禁律,益仁智之善性,排斥群邪,开演正觉。故前代已来,莫不崇尚,亦我国家常所尊事也。世祖太武皇帝,开广边荒,德泽遐及。沙门道士善行纯诚。惠始之伦,无远不至,风义相感,往往如林。夫山海之深,怪物多有,奸淫之徒,得容假托,讲寺之中,致有凶党。是以先朝因其瑕衅,戮其有罪。有司失旨,一切禁断。景穆皇帝每为慨然,值军国多事,未遑修复。朕承洪绪,君临万邦,思述先志,以隆斯道。今制诸州郡县,于众居之所,各听建佛图一区,任其财用,不制会限。其好乐道法,欲为沙门,不问长幼,出于良家,性行素笃,无诸嫌秽,乡里所明者,听其出家。率大州五十,小州四十人,其郡遥远台者十人。各当局分,皆足以化恶就善,播扬道教也。"自此"天下承风,朝不及夕,往时所毁图寺,仍还修矣。佛像经论,皆复得显"。

魏始用北凉赵㪍历。

《魏书·律历志》云:"世祖平凉土,得赵㪍所修《玄始历》,后谓为密,以代《景初》(三国魏杨伟作《景初历》)。"《通鉴》谓此年始用《玄始历》,似与《律历志》微异。

游肇生。

按《魏书》本传,游肇卒于正光元年(520)八月,年六十九岁。上推生于本年。游肇字伯始,北魏作家,游明根子。

高允六十三岁。程骏三十九岁。王微三十八岁。游明根三十四岁。王僧绰三十岁。陆澄二十八岁。王僧虔二十七岁。沈约十二岁。谢朓十二岁。李彪九岁。江淹九岁。张融九岁。孔稚珪六岁。范云二岁。崔光二岁。

宋文帝元嘉三十年·魏文成帝兴安二年(453)　癸巳

二月,宋皇太子刘劭弑父,自立为帝,改元太初。宋文帝第三子刘骏起兵讨伐。四月至建康新亭,即皇帝位,是为世祖孝武皇帝。五月,骏入建康,杀刘劭。

见《宋书·孝武帝纪》。

袁淑被刘劭所杀,时年四十六岁。

《宋书》本传:"元凶将为弑逆,其夜淑在直……见杀于奉化门外,时年四十六。"有集十一卷,佚。今存文十五篇,诗有七首。《诗品》评曰:"其源出于张华,才力苦弱,故务其清浅,殊得风流媚趣。"

王微作《以书告弟僧谦灵》。四旬后卒。年三十九岁。《遗令》云:"以尝所弹琴置床上,何长史来以琴与之。"

《宋书》本传:"弟僧谦,亦有才誉,为太子舍人。遇疾,微躬自处治,而僧谦服药失度,遂卒。微深自咎恨,发病不复自治,哀痛僧谦不能已,以书告灵曰……元嘉三十年卒,时年三十九。僧谦卒后四旬而微终。"按:何长史,何偃也。王微有《报何偃书》,称何偃"少陶玄风,淹雅修畅,自是正始中人"。其《以书告弟僧谦灵》感情真挚动人,使人想起韩愈名篇《祭十二郎文》。王微散文,不尚骈俪,散体单行,除上面提及的两篇外,其他如《与从弟王僧绰书》、《与江湛书》等,无不素朴可诵,可谓当时文坛别一流派。沈约称之曰"为文古甚,颇抑扬,袁淑见之,谓为诉屈"。所见极是。他自称"少学作文","文好古,贵能连类可悲,一往视之,如似多意。当见居非求志,清论所排,便是通辞诉屈邪?尔者真可谓真素寡矣"。(《与从弟王僧绰书》)《隋书·经籍志》著录别集十卷。佚。其诗,《诗品》谓出张华,才力苦弱。

王僧绰受诏撰汉魏以来废诸王故事,劝宋文帝决断废立太子事。二月,刘劭弑立,任僧绰为吏部尚书。三月,刘劭发现王僧绰以先预见废立,遂杀王僧绰,时年三十一岁。

《宋书》本传:"劭既立,转为吏部尚书,委以事任。……顷之,劭料检太祖巾箱及江湛家书疏,得僧绰所启饷士并废诸王事,乃收害焉,时年三十一。因此陷北第诸王侯,以为与僧绰有异志,并杀僧绰门客太学博士贾匦之、奉朝请司马文颖、建平国常侍司马仲秀等。"按:宋文帝欲废刘劭,另立太子,然久虑不决,所以令王僧绰撰史以鉴今。撰毕,送与江湛、徐湛之。徐湛之欲立随王刘诞,因诞妃即湛之女。江湛则欲立南平王刘铄,因铄妃即江湛妹。宋文帝则欲立建平王刘宏。当断不断,致使事态发生逆转。《隋书·经籍志》著录《王僧绰集》一卷。

南平王刘铄为征虏将军、开府仪同三司,本年为孝武帝刘骏所杀。存诗十首。

见《宋书》本传。

颜延之七十岁,致仕。五月为光禄大夫。孝武帝即位,以为金紫光禄大夫,领湘东王师。作《赠谥袁淑诏》、《赐恤袁淑遗孤诏》、《谢子竣封建城侯表》等。

考见缪钺编《年谱》。

鲍照四十岁,其秋作《侍宴覆舟山二首》、《谢永安令解禁止启》及《和王护军秋夕诗》。

考见《鲍参军集注》及曹道衡《鲍照几篇诗文的写作时间》。曹文见《中古文学史论文集》,中华书局1986年版。

谢庄三十三岁,初为刘劭辟为司徒左长史。孝武帝即位,除侍中,作《密诣世祖启》、《索虏互市议》、《申言节俭诏书事》。

《宋书》本传:"元凶弑立,转司徒左长史。世祖入讨,密送檄书与庄,令加改治宣布。庄遣腹心门生具庆奉启事密诣世祖曰:'贼劭自绝于天……'世祖践阼,除侍中。时索虏求通互布,上诏群臣博议。庄议曰……时骠骑将军竟陵王诞当为荆州,征丞相,荆州刺史南郡王义宣入辅,义宣固辞不入,而诞便克日下船。庄以'丞相既无入志,骠骑发便有期,如似欲相逼切,于事不便',世祖乃申诞发日。义宣竟亦不下。上始践阼,欲宣弘风则,下节俭诏书。事在《孝武本纪》。庄虑制不行,又言曰……"又《宋书·索虏传》:"世祖即位,索虏求互市,江夏王义恭、竟陵王诞、建平王宏、何尚之、何偃以为宜许;柳元景、王玄谟、颜竣、谢庄、檀和之、褚湛之以为不宜许。时遂通之。"又,《建康实录·世祖孝武帝纪》还载谢庄上疏,纵论苍民宜遵六年之限事。这篇上疏,《全宋文》失载。

王僧达三十一岁,初为宣城太守、义兴太守。刘劭弑立,僧达南奔,逢孝武帝于鹊头,被任命为长史,加征虏将军。孝武即位,为尚书右仆射,寻出为使持节、南蛮校尉。八月,为护军将军、征虏将军、吴郡太守。封宁道侯。作《求徐州启》。

见《宋书》本传。

王僧虔二十八岁,收养亡兄王僧绰遗孤王俭。转武陵太守。还为中书郎,转黄门郎、太子中庶子。

《南齐书》本传:"兄僧绰为太初所害,亲宾咸劝僧虔逃。僧虔涕泣曰:'吾兄奉国以忠贞,抚我以慈爱,今日之事,苦不见及耳。若同归九泉,犹羽化也。'孝武初,出为武陵太守。兄子俭于中途得病,僧虔为废寝食。……还为中书郎,转黄门郎。"

沈约十三岁而孤。其父沈璞以"奉迎之晚"为孝武帝所杀,时年

三十八岁。沈璞之死,实颜竣所谮陷。后来沈约撰《宋书》,于颜竣颇多微辞。沈璞死后,沈约四处逃匿,备尝艰辛。其后"笃志好学,昼夜不倦"。

见《宋书·自序》及《梁书·沈约传》。

谢朓十三岁,五月,随其父谢庄从驾姑熟,作《洞井赞》,深得孝武帝称赏。

《梁书》本传:"孝武帝游姑熟,敕庄携朓从驾,诏使为《洞井赞》,于座奏之。帝笑曰:'虽小,奇童也。'"检《南史·宋孝武帝纪》、《通鉴》卷一百二十七皆谓元嘉三十年五月孝武帝谒初宁陵。

王俭二岁,其父王僧绰被杀,为叔父王僧虔抚养成人。

《南齐书》本传:"俭生而僧绰遇害,为叔父僧虔所养。"

颜竣作《为世祖檄京邑》。

见《宋书·元凶劭传》。又《宋书·颜延之传》:"劭召延之,示以檄文,问曰:'此笔谁所造?'延之曰:'竣之笔也。'又问何以知之?延之曰:'竣笔体,臣不容不识。'"按:《资治通鉴》卷一百二十七载,刘劭曾密令沈庆之杀刘骏,沈庆之持手书见刘骏,刘骏惊惧万分。沈庆之劝刘骏起兵。颜竣则持异议。沈庆之厉声曰:"今举大事,而黄头小儿皆得参预,何得不败!宜斩以徇!"刘骏令颜竣拜谢庆之。庆之曰:"君但当知笔札事耳!"

张畅作《与张永书》,劝张永与萧思话抛弃前嫌,共赴国难。

《宋书·张茂度附张永传》:"三十年,元凶弑立,起永督青州徐州之东安东莞二郡诸军事、辅国将军、青州刺史。司空南谯王义宣起义,又板永为督冀州青州之济南乐安太原三郡诸军事、辅国将军、冀州刺史。永遣司马崔勋之、中兵参军刘则二军驰赴国难。时萧思话在彭城,义宣虑二人不相谐辑,与思话书,劝与永坦怀。又使永从兄、长史张畅与永书曰……"

柳元景作《与朝士书》。

《宋书》本传:"世祖入讨元凶,以为谘议参军,领中兵,加冠军将军,太守如故。配万人为前锋,宗悫、薛安都等十三军皆隶焉。元景与朝士书曰……"

周朗作《上书献谠言》,纵论天下时事,颇忤孝武帝,遂自解去职。

《宋书》本传:"世祖即位,除建平王宏中军录事参军。时普责百官谠言,朗上书曰……书奏忤旨,自解去职。"沈约论曰:"周朗辩博之言,多切治要,而意在摛词,文实忤主。文词之为累,一至此乎!"

萧思话作《奉世祖笺》。

《宋书》本传载,刘劭弑立后,以思话为徐、兖二州刺史,思话即率部曲还彭城起义,以应世祖,遣使奉笺。此文颇为通俗素朴,近于王微风格,值得注意。

江夏王义恭作《上世祖劝进表》。

见《宋书》本传。

刘义隆元嘉之世,号称升平。

《宋书·沈昙庆传论》:"自义熙十一年司马休之外奔,至于元嘉末,三十年有九载,兵车勿用,民不外劳,役宽务简,氓庶繁息,至余粮栖亩,户不夜扃,盖东西之极盛也。"刘义隆本人又好文章,善书法,且奖励提倡,对当时及后世产生很大影响。《宋书·文帝纪》:"文帝博涉经史,善隶书。"《南史》本纪:"文帝好儒雅。"《宋书·临川王道规传》:"文帝每与临川王义庆书,常加意斟酌。"庾肩吾《书品》把刘义隆书法列入中下品。

刘芳生。

按《魏书·刘芳传》,芳卒于延昌二年(513),年六十一。当生于是年。刘芳字伯文,彭城(今江苏徐州)人。北魏学者、作家。

魏文成帝于苑内获玉印,下诏大酺,文甚典雅。

见《魏书·高宗纪》。魏文成帝之立,据《魏书·高允传》,允亦有功,而始终不言者,当时鲜卑贵胄正相争权,允不欲预其事也。高允本曾为僧,于崔浩及太子晃本无偏袒,故得免于难。然其著《征士颂》,乃言二十年不为文,则当时处境亦颇危殆。然汉化自是不可改变之潮流,故文成帝之诏,亦颇典雅,盖魏帝既以"天子"自居,终不能常以若太武帝《与宋文帝书》之文体布告境内也。

高允六十四岁。程骏四十岁。游明根三十五岁。陆澄二十九岁。李彪十岁。江淹十岁。张融十岁。孔稚珪七岁。范云三岁。崔光三岁。游肇二岁。

宋孝武帝刘骏孝建元年·魏文成帝兴光元年(454)　甲午

正月,改元孝建,大赦天下,立皇太子子业。二月,江州刺史臧质拥戴南郡王刘义宣起兵反叛。六月皆败死。

见《宋书·孝武帝纪》、《南郡王义宣传》及《臧质传》。

颜延之七十一岁。正月,孝武帝亲祠南郊,延之侍从。其子颜竣显贵,延之不受其资供。

《宋书》本传:"孝武登阼,以为金紫光禄大夫,领湘东王师。尝与何偃同从上南郊,偃于路中遥呼延之曰'颜公',延之以其轻脱,怪之,答曰:'身非三公之公,又非田舍之公,又非君家阿公,何以见呼为公?'偃羞而退。……子竣既贵重,权倾一朝,凡所资供,延之一无所受,器服不改,宅宇如旧。"

鲍照四十一岁,除海虞令。

见虞炎《鲍照集序》。

谢庄三十四岁。时为左卫将军、吏部尚书。上表解职,不许。作《上搜才表》、《与江夏王义恭笺》。又作《宋明堂歌九首》。

《宋书》本传:"孝建元年,迁左卫将军。""于时搜才路隘,乃上表曰……有诏庄表如此,可付外详议,事不行。其年,拜吏部尚书。庄素多疾,不愿居选部,与大司马江夏王义恭笺自陈曰……"文称自己多病,"常恐淹忽。""今之所希,唯在小闲。"又称:"家世无年,亡高祖四十,曾祖三十二,亡祖四十七,下官新岁便三十五,加以疾患如此,当复几时见圣世。"按:谢庄乃接颜竣为吏部尚书。《宋书·颜竣传》:"孝建元年,转吏部尚书,领骁骑将军。留心选举,自强不息,任遇既隆,奏无不可。其后谢庄代竣领选,意多不行。竣容貌严毅,庄风姿甚美,宾客喧诉,常欢笑答之。时人为之语曰:颜竣嗔而与人官,谢庄笑而不与人官。"其上表求解职时在十月。《宋书·天文志》:"孝建元年十月乙丑,荧惑犯进贤星。吏部尚书谢庄表解职,不许。"作《宋明堂歌九首》,见《通典》卷一四一。按:《通典》作"孝武建元元年"云云,误。当据《南齐书·乐志》作孝武帝孝建元年。又《南史》本传:"庄有口辩。孝武尝问颜延之曰:'谢希逸《月赋》何如?'答曰:美则美矣,但庄始知'隔千里兮共明月'。帝诏庄,以延之答语语之。庄应声曰:延之作《秋胡诗》,始知'生为久离别,没为长不归'。帝抚掌竟日。"又载:"王玄谟问庄何者为双声,何者为叠韵。答曰:'玄护为双声,碻磝为叠韵。'其捷速若此。"

王僧达三十二岁,因多役公力加盖私宅以及同性恋行为,于春天被免官。又因上表陈谢有"不能因依左右,倾意权贵"之句,使孝武帝大怒,但还未下决心处置。

见《宋书·王僧达传》。

陆澄三十岁,时为太学博士,作《皇弟休倩殇服议》两篇。

见《宋书·礼志》。

王僧虔二十九岁,阻止王僧达坑杀族子王确。

《宋书·王僧达传》:"僧达族子确年少,美姿容,僧达与之私款。确叔父休为永嘉太守,当将确之郡,僧达欲逼留之,确知其意,避不复往。僧达大怒,潜于所住屋后作大坑,欲诱确来别,因杀而埋之,从弟僧虔知其谋,禁呵乃止。"

臧质作《举兵上表》。

见《宋书》本传。

刘义宣作《奉表自陈》。

见《宋书》本传。

柳元景作《讨臧质等檄》。

见《宋书·臧质传》。此文写得很有气势,疑为倩人代作。

江夏王刘义恭作《奏斩臧质事》、《与南郡王义宣书》、《省录尚书表》、《奏请严章服》等。

见《宋书·礼志》、《刘义宣传》等。《宋书》本传:"孝建元年,南郡王义宣、臧质、鲁爽等反,加黄钺,白直百人入六门。事平,以臧质七百里马赐义恭,又增封二千户。世祖以义宣乱逆,由于强盛,至是欲削弱王侯。义恭希旨,乃上表省录尚书曰……"

谢超宗、何法盛校书东宫。

见《宋书·自序》。

魏文成帝至道坛,登受图箓。

见《魏书·高宗纪》、《通鉴》卷一百二十七。据此则魏自诛崔浩,仍不废道教。故寇氏之族,未与于祸,则崔浩之死,与宗教无涉也。

九月,魏闭都城门,大索三日,获奸人亡命数百人。

见《魏书·高宗纪》。疑此时魏经太武之死,政局尚未稳定。

高允六十五岁。程骏四十一岁。游明根三十六岁。沈约十四岁。谢朓十四岁。李彪十一岁。江淹十一岁。张融十一岁。孔稚珪八岁。范云四岁。崔光四岁。游肇三岁。王俭三岁。刘芳二岁。

宋孝武帝孝建二年·魏文成帝太安元年(455)　乙未

谢庄三十五岁,时为尚书,作奏表以闻降甘露。

见《宋书·符瑞志》。

王玄谟作《请用杨头为西秦州假节表》。

见《宋书·氐胡传》。

颜竣作《让中书令表》、《郊庙乐议》。

见《宋书·乐志》等。按：参议庙乐的有荀万秋、建平王刘宏、竟陵王刘诞等。

释慧韶生。

释道宣《续高僧传》卷六《梁蜀郡龙渊寺释慧韶传》："释慧韶，姓陈氏，本颍川太丘之后，避乱居于丹阳之田里焉。"其卒于天监七年，五十四岁，逆推生于本年。

九月八日，河西王从弟沮渠安阳侯在京都竹园寺译《禅要秘密治病经》二卷。

见《出三藏记集》卷二。注："宋孝建二年于竹园寺译出。"又卷九《禅要秘密治病经记》："河西王从弟大沮渠安阳侯于于阗国衢摩帝大寺，从天竺比丘大乘沙门佛陀斯那。其人天才特拔，诸国独步。诵半亿偈，兼明禅法，内外综博，无籍不练，故世人咸曰人中师子。沮渠亲面禀受，忆诵无滞。以宋孝建二年九月八日，于竹园精舍书出此经，至其月二十五日讫。尼慧濬檀越。"卷十四《沮渠安阳侯传》云："沮渠安阳侯者，其先天水临成县胡人，河西王蒙逊之从弟也。初，蒙逊灭吕氏，窃号凉州，称河西王焉。安阳为人强志疏通……到于阗国，于瞿摩帝大寺遇天竺法师佛陀斯那，谘问道义。斯那本学大乘，天才秀出，诵半亿偈，明了禅法，故西方诸国号为人中师子。安阳从受《禅要秘密治病经》，因其胡本口诵通利，既而东归，于高昌郡求得《观世音》、《弥勒》二《观经》各一卷。及还河西，即译出《禅要》，转为汉文。居数年，魏虏拓跋焘伐凉州，安阳宗国殄灭，遂南奔于宋。晦志卑身，不交世务，常游止塔寺，以居士自毕。初出《弥勒》、《观世音》二《观经》,丹阳尹孟颛见而善之,请与相见。一面之后,雅相崇爱,亟设供馔,厚相优赡。至孝建二年,竹园寺比丘尼慧濬闻其讽诵《禅经》,请令传写。安阳通习积久,临笔无滞,旬有七日,出为五卷。其年仍于钟山定林上寺续出《佛母泥洹经》一卷。"此经又名《佛母般泥洹经》,见《出三藏记集》卷二注:"孝建二年于钟山定林上寺译出。一名《大爱道般泥洹经》。右四部,凡五卷。宋孝武帝时,伪河西王从弟沮渠安阳于京都译出。前二观先在高昌郡久已译出,于彼赍来京都。"按:此云"前二观"指《观弥勒菩萨上生兜率天经》一卷、《观世音观经》一卷。并见著录。梁时尚存。据《新集条解异出经录第二》载,《禅经》共有四人译。

释宝亮十二岁,出家为僧,师事青州道明法师。

见释慧皎《高僧传》卷九《梁京师灵味寺释宝亮传》。

释法护十七岁,来到杨都住止建元寺。

释道宣《续高僧传》卷五《梁杨都建元寺沙门释法护传》:"宋孝建中,来都游观住建元寺。雅好博古,多讲经论。"

释道猷受敕为新安寺法主。

《高僧传》卷九《宋京师新安寺释道猷传》:"宋文问慧观:'顿悟之义,谁复习之?'答云:'生公弟子道猷。'即敕临川郡发遣出京。既至,即延入宫内,大集义僧,令猷申述顿悟。时竞辩之徒,关责互起。猷既积思参玄,又宗源有本,乘机挫锐,往必摧锋,帝乃抚机称快。及孝武升位,尤相叹重,乃敕往新安,为镇寺法主。"元释念常《佛祖通载》卷九系于本年。

魏文成帝遣穆伏真等三十人巡行州郡,观察风俗,诏书有"入其境,田亩多荒,则徭役不时,废于力也"诸语,据此,北魏此时颇重农业。

见《魏书·高宗纪》。

波斯国遣使于魏。

见《魏书·高宗纪》。

颜延之七十二岁。高允六十六岁。程骏四十二岁。鲍照四十二岁。游明根三十七岁。王僧达三十三岁。陆澄三十一岁。王僧虔三十岁。沈约十五岁。谢朓十五岁。李彪十二岁。江淹十二岁。张融十二岁。孔稚珪九岁。范云五岁。崔光五岁。游肇四岁。王俭四岁。刘芳三岁。

宋孝武帝孝建三年·魏文成帝太安二年(456) 丙申

陶弘景生。

《梁书》本传:"弘景字通明,丹阳秣陵人也。"萧纶《隐居贞白先生陶君碑》云:"本冀州平阳人也。……后至汉末南渡,始居丹阳。""父贞宝,司徒建安王国侍郎。"《梁书》本传,记其大同二年卒时八十五岁。按:《南史》本传载弘景生于宋孝建三年,则至大同二年死时为八十一岁,非八十五。萧纲《华阳陶先生墓志铭》及萧纶所作碑并谓弘景死时八十一岁。据此上推其生年与《南史》记载同,当在本年。陶翊《华阳隐居先生本起录》(《云笈七签》卷一百七"传录"部收录该文,撰者题曰"从子翊字木羽"。以下简称《本起录》)曰:"从叔隐居先生讳弘景,字通明,丹阳人也。"谢瀹《陶先生小传》(《云笈七签》卷一百七):"先生讳弘景,丹阳人也。"《梁书》本传同。《云笈七签》卷五及卷一百七并收录有唐李渤《梁茅山贞白先生》:"吴荆州牧陶濬七代孙名弘景,字通明,丹阳秣陵人也。"《本起录》:"先是,贞宝携家随萧之郢州。孝建二年,萧亡。其年九月,母觉有娠,仍梦见一小青龙忽从身中出,且东向而升天,遂视之不见尾。既觉,密诏比丘尼云:'弟子必当生男儿,应出非凡人而恐无后。尼问其故,以所梦答。尼云:将出家。又答:审尔,亦是所愿。时年二十五。其冬,仍随萧部伍还都,住东府射堂前,参佐廨中。以孝建三年太岁丙申四月三十日甲戌夜半先生诞焉。是年乃闰三月,明日朔旦便是夏至。母即沐浴而起,了无余患。"又载:"宅在白杨巷南冈之东。宋初土断,仍割秣陵县两乡之桐下里,至今居之。"是陶弘景所居乃在桐下里也。关于陶弘景生平事迹、学术思想等,参见罗国威《华阳隐居陶弘景年谱》,载《六朝作家年谱辑要》中。

八月,颜延之卒,时年七十三岁。年初,作《赠王太常诗》。

见《宋书》本传。按:王太常,王僧达也。本年除太常。延之有四子:竣、测、㚟、跃。一女,适范羲。宋文帝尝问延之:"卿诸子谁有卿风?"延之回答说:"竣得臣笔,测得臣文,㚟得臣义,跃得臣酒。"延之著作主要有:《逆降义》三卷、《论语颜氏注》、《诂幼》二卷、《纂要》一卷、《颜延之集》二十五卷、《元嘉西池宴会诗集》三卷、《阮籍咏怀诗注》、《通佛影迹》、《通佛顶齿瓜》、《通佛衣钵》、《通佛二叠不燃》、《妄书禅慧寺宣诸弘信》、《与何彦德论感果生灭》、《与何承天辨达性论》、《广何彦德断家养论》、《与何书》、《离识观》、《论检》、《庭诰》等。其文今存三十八篇,其诗今存二十八首及残句若干。《南史》本传载:"文章冠绝当时。""与谢灵运俱以词采齐名,而迟速悬绝。延之尝问鲍照己与灵运优劣。照曰:'谢五言如初发芙蓉,自然可爱。君诗若铺锦列绣,亦雕绘满眼。'……是时议者以延之、灵运自潘岳、陆机之后,文士莫及。江右称潘陆,江左称颜谢焉。"《诗品》称"其原出于陆机,尚巧似,体裁绮密,情喻渊深,动无虚散,一句一字,皆致意焉。又喜用古事,弥见拘束;虽乖秀逸,是经纶雅才"。《史通·浮词》称颜延之《秋胡诗》"语多本传,而事无异说"。由此看来,颜延之的创作比较典型地反映了元嘉时代"文多经史"的风尚,所以有颜、谢并称之号。而鲍照则与之不同,他能更多地从民间文学中汲取养分,秀逸艳丽,遂开大明、泰始诗风。从这个意义上说,颜延之的死,标志着一个时代文风的结束。此后,鲍照实为诗坛冠冕。

鲍照四十三岁,迁太学博士,兼中书舍人,出为秣陵令。作《月下

登楼连句》、《玩月城西门廨中》、《代放歌行》、《为柳令让谢骠骑表》、《谢秣陵令表》等。

考见《鲍参军集注》。

谢庄三十六岁，坐辞疾多，免官。

见《宋书》本传。

王僧达三十四岁，除太常，上表解职，免官。复为临淮太守。作《答颜延年诗》、《祭颜光禄文》、《上表解职》等。

见《宋书》本传。祭文为《文选》所录，作于本年九月。序曰："维宋孝建三年九月癸丑朔，十九日辛未，王君以山羞野酌敬祭颜君之灵。"《上表解职》见《宋书》本传："孝建三年，除太常，意尤不悦。顷之，上表解职曰……僧达文旨抑扬，诏付门下。侍中何偃以其词不逊，启付南台，又坐免官。顷之，除江夏王义恭太傅长史，临淮太守。又徙太宰长史，太守如故。大明元年……"据此而知上述诸事均在本年。《答颜延年诗》必成于本年为太常之后、八月颜延年死之前。

江淹十三岁，其父江康之卒。

《自序》："十一而孤，邈过庭之训。"《南史》本传："初，淹年十三时，孤贫，常采薪以养母，曾于樵所，得貂蝉一具，将鬻以供养，其母曰：'此故汝之休征也，汝才学若此，岂长贫贱也，可留待得侍中著之。'"齐明帝即位，江淹果为侍中。按：由此可见江淹幼年很贫困，但自强不息，欲以出人头地。后来志得意满，不思进取，遂有江郎才尽之称。幼年的经历对诗人确有极重要之影响。

范云六岁，随从其姑夫袁叔明读《毛诗》，昼夜不息。叔明抚其背曰："卿精神秀朗，而勤于学，卿相才也。"

见《梁书》、《南史》本传。按：《梁书》作"袁照"。

颜竣复代谢庄为吏部尚书，未拜，丁父忧。作《奏荐孔觊王彧为散骑常侍》。又作《铸四铢钱议》。

见《宋书·孔觊传》及《宋书》本传。同议者有徐爰、刘义恭、沈庆之等。

是年,丁零数千家匿井陉山中为盗,魏选部尚书陆真与州郡合兵讨灭之。

见《魏书·陆真传》、《通鉴》卷一百二十八。《魏书·陆真传》云:"高宗即位,拜冠军将军,进爵都昌侯。迁都骑常侍、选部尚书。时丁零数千家寇窃并、定,真与并州刺史乞伏成龙自乐平东入,与定州刺史许崇之并力讨灭。从驾巡东海,以真为宁西将军。寻迁安西将军、长安镇将,假建平公。"和平三年(462)胡贼帅贺略孙聚众千余人叛于石楼,真击破之,杀五百余人。是时,初置长蛇镇,真率众筑城,未讫,而氐豪仇傉檀等反叛,氐民咸应,其众甚盛。真击平之,杀四千余人,卒城长蛇而还。据《通鉴》卷一百二十八,魏太武帝于元嘉二十八年攻盱眙,遗臧质书云:"吾今所遣斗兵,尽非我国人,城东北是丁零与胡,南是氐、羌。设使丁零死,正可减常山、赵郡贼;胡死,减并州贼;氐、羌死,减关中贼。"大抵北魏初年,中原各族杂处,不尽心服于拓跋氏,虽亦服其兵役,有时不免作乱。故当时北人,留居坞壁自保者当亦不少。此时汉族,当亦聚族自保。《魏书·李安世传》所载广平人李波"宗族强盛,残掠生民"之事,盖聚族而居,本为自保,然势力既强,亦时为掠夺之事。北人之好居乡里,实由当时道路颇不安定故也。参见曹道衡《南朝文学与北朝文学研究》,江苏古籍出版社1998年出版。

高允六十七岁。程骏四十三岁。游明根三十八岁。陆澄三十二岁。王僧虔三十一岁。沈约十六岁。谢朓十六岁。李彪十三岁。张融十三岁。孔稚珪十岁。崔光六岁。王俭五岁。游肇五岁。刘芳四岁。

宋孝武帝大明元年·魏文成帝太安三年(457) 丁酉

正月,宋孝武帝改元大明。

谢庄三十七岁,起为都官尚书。作《奏改定刑狱》。又作《瑞雪咏》及《为八座太宰江夏王表请封禅》等。

见《宋书》本传。《宋书·礼志》载本年十一月江夏王刘义恭上《请封禅表》。此表似为谢庄所作,但《初学记》卷十三所收谢庄《为八座太宰江夏王表请封禅》四句不见刘义恭《请封禅表》中。或是脱落,也未可知。

王僧达三十五岁,迁左卫将军、领太子中庶子,以归顺功,封宁陵县五等侯。

见《宋书》本传。

王俭六岁,袭封豫宁侯。

见任昉《王文宪集序》。

颜竣为东扬州刺史。

《资治通鉴》卷一百二十八载:"上自即吉之后(胡注:三年之丧既除而即吉),奢淫自恣,多所兴造。丹阳尹颜竣以藩朝旧臣,数恳切谏争,无所回避,上浸不悦。竣自谓才足干时,恩旧莫比,当居中永执朝政,而所陈多不纳,疑卜欲疏之,乃求外出以占上意。夏六月丁亥,诏以竣为东扬州刺史,竣始大惧。"

裴景仁撰《秦记》十卷。

《南史·沈昙庆传》:"大明元年,为徐州刺史。时殿中员外将军裴景仁助戍彭城。景仁本北人,多悉关中事。昙庆使撰《秦记》十卷,叙苻氏事。其书传于世。"

释慧简在秣陵鹿野寺抄《灌顶经》一卷。

见《出三藏记集》卷五。注:"一名《药师琉璃光经》,或名《灌顶拔除过罪生死得度经》。右一部,宋孝武帝大明元年,秣陵鹿野寺比丘慧简依经抄撰。此经后有《续命法》,所以遍行于世。"

释慧次二十四岁,止谢寺。

释慧皎《高僧传》卷八《齐京师谢寺释慧次传》:"大明中出都,止于谢寺。"

魏攻宋兖州,败宋东平太守刘胡。是年,宋濮阳太守姜龙驹、新平太守杨伯伦降魏。

见《魏书·高宗纪》、《通鉴》卷一百二十八。

高允六十八岁。程骏四十四岁。鲍照四十四岁。游明根三十九岁。陆澄三十三岁。王僧虔三十二岁。沈约十七岁。谢朓十七岁。李彪十四岁。江淹十四岁。张融十四岁。孔稚珪十一岁。范云七岁。崔光七岁。游肇六岁。刘芳五岁。陶弘景二岁。

宋孝武帝大明二年·魏文成帝太安四年(458)　戊戌

齐文惠太子萧长懋生。

《南齐书》本传:"文惠太子长懋字云乔,小字白泽,世祖长子也。"其卒于齐永明十一年,三十六岁,上推生于本年。

刘绘生。

《南齐书》本传:"刘绘字士章,彭城人,太常悛弟也。父勔,宋末权贵。"刘绘卒于齐中兴二年,四十五岁,上推生于本年。

八月,王僧达下狱死,时年三十六岁。

《宋书》本传:"大明二年,迁中书令。先是,南彭城蕃县民高阇、沙门释昙标、道方等共相诳惑,自言有鬼神龙凤之瑞,帝闻箫鼓音,与秣陵民蓝宏期等谋为乱。又要殿中将军苗允、员外散骑侍郎严欣之、司空参军阚千纂、太宰府将程农、王恬等,谋剋二年八月一日夜起兵,攻宫门,晨掩太宰江夏王义恭,分兵袭杀诸大臣,以阇为天子。事发觉,凡党与死者数十人。僧达屡经狂逆,上以其终无悛心,因高阇事陷之。下诏曰……于狱赐死,时年三十六。"《资治通鉴》卷一百二十八亦载:"中书令王僧达,幼聪警能文,而跌荡不拘,帝初践阼,擢为仆射,居颜(竣)刘(延孙)之右,自负才地,谓当时莫及,一二年间,即望宰相,既而迁护军,怏怏不得志,累启求出。上不悦,由是稍稍下迁,五岁七徙,再被弹削。僧达既耻且怨,所上表奏,辞旨抑扬,又好非议朝政,上已积愤怒。路太后兄子尝诣僧达,趋升其榻,僧达令昇弃之,太后大怒,固邀上令必杀僧达。会高阇反,上因诬僧达与阇通谋,八月丙戌,收付廷尉赐死。"按:路太后兄子诣僧达事,《宋书·路太后传》作路太后弟路琼之,非兄子。又,上年刘瑀曾有《奏弹王僧达》称:"荫藉高华,人品冗末。"其文今存七篇,诗存五首。

何偃卒,时年四十六岁。

见《宋书》本传。王微曾誉之为"正始中人"。今存诗一首,文六篇,其中以《月赋》出名。

鲍照四十五岁,为永嘉令。

考见《鲍参军集注》。

谢庄三十八岁,为吏部尚书,迁右卫将军。作《舞马赋应诏》及《舞马歌》。

《宋书》本传:"时河南献舞马,诏群臣为赋,庄所上其词曰:'天子驭三光……'又使庄作《舞马歌》,令乐府歌之。"河南王派使方物,在本年八月,详《宋书·孝武帝纪》。而《宋书·鲜卑吐谷浑传》载:"世祖大明五年,拾寅遣使献善舞马,四角羊。皇太子、王公以下上《舞马歌》者二十七首。"据此,李福庚《南北朝作家编年初稿》(部分刊于《重庆师范学院学报》1985年第2期)将谢庄《舞马赋应诏》系在大明五年,不确。河南王,乃宋文帝元嘉十六年赐慕延之封号。《谢庄传》、《宋孝武帝纪》所载之河南王是慕延的接替者拾寅。其献方物在大明二年,有《谢庄传》和《宋孝武帝纪》为证。《鲜卑吐谷浑传》中"大明五年"的"大明"二字疑衍。应作"世祖五年",因孝建三年,加大明二年,正五年。这是指世祖即位之五年。这样的例子很多。参见大明三年"徐爰领著作郎"条。按:颜竣、谢庄这几年先后为吏部尚书,掌大权。孝武帝惧权移臣下,欲削弱吏部尚书权限,于是本年六月下诏增置吏部尚书一人,省五兵尚书。与谢庄同为吏部尚书的是顾凯之。

王僧虔三十三岁,出为西阳王刘子尚抚军长史,迁散骑常侍。

按:《南齐书》本传作"出为豫章王子尚抚军长史"。疑豫章王误,当作西阳王。考《宋书·孝武帝纪》,刘子尚为西阳王在孝建三年。本年十一月加抚军将军。子尚为豫章王是在大明五年四月。

范云八岁,有识具,善属文,便尺牍,下笔辄成,未尝定稿,时人每疑其宿构,为豫州刺史殷琰所赏识。

见《梁书》本传。

庾徽之作《奏弹颜竣》。

《宋书·颜竣传》:"及王僧达被诛,谓为竣所谮构,临死陈竣前后忿怼,每恨言不见从。僧达所言,颇有相符据。上乃使御史中丞庾徽之奏之曰……上未欲便加大戮,且止免官。"

孝武帝作《沙汰沙门诏》。

《宋书·夷蛮传》载:"世祖大明二年,有昙标道人与羌人高阇谋反,上因是下诏曰:'佛法讹替,沙门混杂,未足扶济鸿教,而专成逋薮。加奸心频发,凶状屡闻,败乱风俗,人神交怨。可付所在,精加沙汰,后有违犯,严加诛坐。'于是设诸条禁,自非戒行精苦,并使还俗。而诸寺尼出入宫掖,交关妃后,此制竟不能行。"

释智藏生。

释道宣《续高僧传》卷五《梁钟山上开善寺沙门释智藏传》:"释智藏,姓顾氏,本名净藏。吴郡吴人也。吴少傅曜之八世也。高祖彭年司农卿,曾祖淳钱唐令,祖瑶之员外郎。"其卒于梁普通三年,六十五岁,逆推生于本年。

释慧约七岁,诵《孝经》、《论语》乃至史传,披文见意。

见释道宣《续高僧传》卷六《梁国师草堂寺智者释慧约传》。

释弘充在法言精舍为太宰江夏王注释鸠摩罗什《首楞严经》。

《出三藏记集》卷七释弘充《新出首楞严经序》:"罗什法师弱龄言道,思通法门。昔纡步关右,译出此经。自云布已来,竞辰而衍。中兴启运,世道载昌,宣传之盛,日月弥懋。太宰江夏王该综群籍,讨论渊敏,每览兹卷,特深远情。充以管昧,尝厕玄肆,预遭先匠,启训音轨,参听儒纬,仿佛文意。以皇宋大明二年,岁次奄茂,于法言精舍略为注解,庶勉不习之传,敢慕我闻之义。如必纰谬,以俟君子。"释慧皎《高僧传》卷八《齐京师湘宫寺释弘充传》:"释弘充,凉州人,少有志力,通《庄》《老》,解经律。大明末过江,初止多宝寺。……每讲《法华》《十地》,听者盈堂,宋太宰江夏王义恭雅重之。明帝践阼,起湘宫寺,请充为纲领,于是移居焉。"

释慧询卒于京师长乐寺,时年八十四岁。

释慧皎《高僧传》卷十一《宋京师长乐寺释慧询传》:"释慧询,姓赵,赵郡人。少而疏食苦行,经游长安,受学什公。研精经论,尤善《十诵》《僧祇》,乃更制条章,义贯终古。宋永初中,还止广陵,大开律席。元嘉中至京止道场寺。寺僧慧观,亦精于《十诵》,以询德为物范,乃令更振他寺,于是移止长乐寺。大明二年卒于所住,春秋八十有四矣。"

释僧祐十四岁,入定林寺,投法达法师。

释慧皎《高僧传》卷十一《梁京师建初寺释僧祐传》:"年十四,家人密为访婚,祐知而避至定林,投法达法师。"

释僧饶卒于白马寺,时年八十六岁。

释慧皎《高僧传》卷十三《宋京师白马寺释僧饶传》:"释僧饶,建康人。出家止白马寺。善尺牍及杂技,而偏以音声著称,擅名于宋武、文之世,响调优游,和雅哀亮,与道综齐肩。……宋大明二年卒,年八十六。"

安乐寺释道慧卒,时年五十一岁,亦善声沙门。

释慧皎《高僧传》卷十三《宋安乐寺释道慧传》:"释道慧,寻阳柴桑人。年二十四出家,止庐山寺。……特禀自然之声,故偏好转读,发响含奇,制无定准,条章折句,绮丽分明。……宋大明二年卒,年五十一。"

魏文成帝至辽西黄山宫,登碣石山,大飨群臣,筑坛记行于海滨。

见《魏书·高宗纪》、《通鉴》卷一百二十八。

魏因士民以酒致斗,故禁之;增置内外候官,求百官过失;又增律七十九章。

见《魏书·刑罚志》、《通鉴》卷一百二十八。

三月,魏起太华宫,九月,太华殿成。

见《魏书·高宗纪》、《通鉴》卷一百二十八。《魏书·高允传》曰:"给事中郭善明,性多机巧,欲逞其能,劝高宗大起宫室。允谏曰:'臣闻太祖道武皇帝既定天下,始建都邑。其所营立,非因农隙,不有所兴。今建国已久,宫室已备,永安前殿足以朝会万国,西堂温室足以安御圣躬,紫楼临望可以观望远近。若广修壮丽为异观者,宜渐致之,不可仓卒。计斫材运土及诸杂役须二万人,丁夫充作,老小供饷,合四万人,半年可讫。古人有言,一夫不耕,或受其饥;一妇不织,或受其寒。况数万之众,其所损废,亦以多矣。推之于古,验之于今,必然之效也。诚圣之所宜思量。'高宗纳之。"《通鉴》卷一百二十八系于是年。严可均《全后魏文》题作《谏文成帝起宫室》。

高允六十九岁,除上引文外,又作《谏文成帝不厘改风俗》、《代都赋》等,论当时婚娶丧葬,不依古式,欲厘正风俗,文甚质朴,然屡引经义。高允好论时政得失,多屏人言于文成帝,不上表显谏。帝拜允中书令。时魏百官无禄,允家贫,常使诸子樵采自给。

见《魏书·高允传》,《通鉴》卷一百二十八系于是年。又按《魏书·高允传》:"允上《代都赋》,因以规讽,亦《二京》之流也。"此事在高允拜中书令,转太常卿后,作《名字论》前,当亦在此时。所言"规讽",疑即讽文成帝之多建宫室也。

索敞作《丧服要记》、《名字论》。高允著《名字论》以释其惑。

《魏书·索敞传》:"凉州平,入国,以儒学见拔,为中书博士。……敞遂讲授十余年,敞以丧服散在众篇,遂撰比为《丧服要记》。其《名字论》文多不载。"凉州平,在太延五年(439),至是年凡十九年。《高允传》:"时中书博士索敞与侍郎傅默、梁祚论名字贵贱,著议纷纭。允遂著《名字论》以释其惑,甚有典证。"此事在上疏文成帝论风俗得失之后,与《索敞传》合观,则《名字论》之作,当在是年左右,其文虽不存,足证此时北朝已有论难之文。

魏文成帝大举伐柔然,柔然处罗可汗远遁,魏帝刻石纪功而还。

见《魏书·高宗纪》、《通鉴》卷一百二十八。

程骏四十五岁。游明根四十岁。陆澄三十四岁。沈约十八岁。谢朓十八岁。李彪十五岁。江淹十五岁。张融十五岁。孔稚珪十二岁。崔光八岁。游肇七岁。王俭七岁。刘芳六岁。陶弘景三岁。

宋孝武帝大明三年·魏文成帝太安五年(459)　己亥

四月,司空、南兖州刺史竟陵王刘诞在广陵城反叛。七月,刘诞被杀,王师悉诛城男丁,以女口为军赏。

见《宋书·孝武帝纪》。

鲍照四十六岁,客居江北。作《日落望江赠荀丞》及《芜城赋》。

考见《鲍参军集注》。按:曹道衡《鲍照几篇诗文的写作时间》认为《芜城赋》作于元嘉末年。

谢庄三十九岁,作《刘琨之诔》。又作《江都平解严诗》。

《宋书·刘遵考传》:"澄之弟琨之,为竟陵王诞司空主簿,诞作乱,以为中兵参军,不就,絷系数十日,终不受,乃杀之。追赠黄门侍郎。诏吏部尚书谢庄为之诔。"按:《艺文类聚》卷四十八收录此文。广陵又名江都,故《江都平解严诗》为平竟陵王诞事而作,时在本年七八月间。

陆澄三十五岁,时为太常丞,作《庙祠有故迁日议》。

见《宋书·礼志》。参与讨论者还有徐爰、司马兴之、傅郁等。

颜竣下狱死。

《宋书》本传:"及竟陵王诞为逆,因此陷之,召御史中丞庾徽之于前为奏,奏成,诏曰:'竣孤负恩养,乃至于此,于狱赐死。'"据《建康实录》,时在夏五月。按:庾徽之奏文作于上年,但当时孝武帝已杀王僧达,对颜竣还未"加大戮,且止免官"而已。至本年又以杀王僧达同样方式对颜竣处以极刑。据《资治通鉴》卷一百二十八载:"免竣官,竣愈惧,上启陈谢,且请生命;上益怒,诏答曰:'卿讪讦怨愤,正孤本望,乃复过烦思虑,惧不自全,岂为下事上诚节之至邪?'及竟陵王诞反,上遂诬竣与诞通谋,五月,收竣付廷尉,先折其足,然后赐死。"其文今存九篇,诗四首。

徐爰领著作郎,续撰《宋书》。作《议国史限断表》。

《宋书》本传:"先是元嘉中,使著作郎何承天草创国史,世祖初,又使奉朝请山谦之、南台御史苏宝生踵成之。六年,又以爰领著作郎,使终其业。爰虽因前作,而专为一家之书。上表曰……于是内外博议,太宰江夏王义恭等三十五人同爰议,宜以义熙元年为断;散骑常侍巴陵王休若,尚书金部郎虞龢谓宜以开国为宋公元年。诏曰:'项籍、圣公,编录二《汉》,前史已有成例。桓玄传宜在宋典,余如爰议。'"刘汝霖《东晋南北朝学术编年》系此于大明六年,误。《宋书》本传:"六年,又以爰领著作郎。"《南史》本传径作"孝建六年"。按:孝建共三年,《南史》显误自不必说,刘汝霖以为"此事当在大明六年无疑"亦非是。《宋书》所说六年,是指孝武帝即位后第六年。其例史书多有。《梁书·谢朓传》载其卒年仅云"后五年",这是指梁武帝即位后第五年,即天监五年。据《宋书·自序》,何承天发凡起例,始撰《宋书》,徐爰乃接替苏宝生续作。《宋书·苏宝生传》载,苏宝生因高阇谋反叛乱而不启闻,结果被杀,时在大明二年。徐爰本年继之而撰《宋书》。

顾琛作《纳款世祖表》。

《宋书》本传载,大明三年竟陵王诞反,世祖以琛素结事刘诞,或有异志,遣使就吴郡太守王昙生诛琛父子,会诞使者陆廷稔先至,琛执而斩之,遣二子送廷稔首,作此表云云,因而获免。

刘成作《诣阙上书告竟陵王诞谋反》,陈文绍作《上书诉父冤》,陈谈之作《上书诉弟咏之枉状》。

并见《宋书·竟陵王诞传》。

九月,孝武帝在玄武湖北立上林苑,移南郊坛于牛头山。

见《南史》本纪。又,是时,舞乐宴歌亦很盛行。《乐府诗集》卷三十引《古今乐录》曰:"王僧虔《大明三年宴乐技录》,平调有七曲:一曰长歌行,二曰短歌行,三曰猛虎行,四曰君子行,五曰燕歌行,六曰从军行,七曰鞠歌行。"

魏将皮豹子破宋殷孝祖,略地至高平。

见《魏书·高宗纪》、《通鉴》卷一百二十九。

魏文成帝下诏论刑赏及薄赋敛。

见《魏书·高宗纪》。

高允七十岁。程骏四十六岁。游明根四十一岁。王僧虔三十四岁。沈约十九岁。谢朓十九岁。李彪十六岁。江淹十六岁。张融十六岁。孔稚珪十三岁。范云九岁。崔光九岁。游肇八岁。王俭八岁。刘芳七岁。陶弘景四岁。萧长懋二岁。刘绘二岁。

宋孝武帝大明四年·魏文成帝和平元年(460)　庚子

萧子良生。

《南齐书》本传:"竟陵文宣王子良,字云英,世祖第二子也。"卒于齐隆昌元年,三十五岁,上推生于本年。

任昉生。

《梁书》本传:"任昉字彦昇,乐安博昌人。汉御史大夫敖之后也。父遥,齐中散大夫。"任昉小名阿堆。见《南史》本传。卒于梁天监七年,四十九岁,上推生于本年。关于任昉生平事迹,参见罗国威《沈约任昉年谱》,载《六朝作家年谱辑要》中。

何尚之卒,时年七十九岁。

《宋书》本传:"(大明)四年疾笃,诏遣侍中沈怀文、黄门侍郎王钊问疾。薨于位,时年七十九。追赠司空、侍中、中书令如故。谥曰简穆公。"按:元嘉十五年开设玄学、文学等四馆,何尚之主持玄学馆。其文存十四篇。

谢庄四十岁,作《司空何尚之墓志》等。又作《侍东耕诗》。

见《艺文类聚》卷四十七。按《宋书·孝武帝纪》:其年正月乙亥,"车驾躬耕藉田"。又元嘉二十一年亦有东耕藉田之礼仪,而谢庄时在江州,不能侍从。故知《侍东耕诗》当作于本年。

陆澄三十六岁,仍官太常。

见《宋书·礼志》。

沈约二十岁,以为晋氏一代,竟无全史,始有撰述之志。

见《宋书·自序》。

陶弘景五岁,画灰学书,时人以为美谈。

见《南史》本传。

谢超宗以选补新安王国常侍。

见《南齐书》本传。按:史传未具体叙述确切时间,但明言在殷淑仪卒前任职。殷淑仪卒于七年。姑系于本年。

刘瓛举秀才。

《南齐书》本传:"宋大明四年,举秀才,兄璲亦有名,先应州举,至是别驾东海王元僧与瓛父书曰:'此岁贤子充秀,州间可谓得人。'"

魏复置史官。

见《魏书·高宗纪》、《通鉴》卷一百二十九。

柔然攻高昌,杀沮渠安周,灭沮渠氏,以阚伯周为高昌王。高昌称王自此始。

见《通鉴》卷一百二十九。

释昙曜始建石窟于平城西武州塞,即今大同云冈石窟。

见《魏书·释老志》。昙曜当为河西人,由北凉入魏,见《高僧传》卷十二《玄高传》。

高允七十一岁。程骏四十七岁。鲍照四十七岁。游明根四十二岁。王僧虔三十五岁。谢朏二十岁。李彪十七岁。江淹十七岁。张融十七岁。孔稚珪十四岁。范云十岁。崔光十岁。游肇九岁。王俭九岁。刘芳八岁。萧长懋三岁。刘绘三岁。

宋孝武帝大明五年·魏文成帝和平二年(461)　辛丑

谢庄四十一岁,初为右卫将军,迁侍中,领前军将军。改领游击将军,又领本州大中正、晋安王子勋征虏长史、广陵太守,加冠军将军。改为江夏王义恭太宰长史,将军如故。正月,作《和元日花雪应诏诗》。九月,作《皇太子妃哀册文》。

《宋书·符瑞志》:"大明五年正月戊午元日,花雪降殿庭。时右卫将军谢庄下殿,雪集衣。还白,上以为瑞,于是公卿并作花雪诗。史臣按《诗》云:'先集为霰。'《韩诗》曰:'霰,英也。'花叶谓之英。《离骚》云:'秋菊之落英。'左思云:'落英飘飖'是也,然则霰为花雪矣。草木花多五出,花雪独六出。"据此,则诗题当作《和元日花雪应诏诗》。逯钦立先生《先秦汉魏晋南北朝诗》作"雪花"误。《宋书》本传又云:"五年,又为侍中,领前军将军。于时世祖出行,夜还,敕开门。庄居守,以棨信或虚,执不奉旨,须墨诏乃开。上后因酒宴从容曰:'卿欲效郗君章邪?'对曰:'臣闻搜巡有度,郊祀有节,盘于游田,著之前诫。陛下今蒙犯尘露,晨往宵归,容恐不逞之徒,妄生矫诈,臣是以伏须神笔,乃敢开门耳。'……六年……"由此看来,谢庄虽处处谨慎,但还不是全然曲意奉迎,而江夏王义恭则不然。大明三年四月竟陵王刘诞反叛,孝武帝拟亲自征讨,刘义恭作《谏亲征竟陵王诞表》。本年正月有朝贺,"雪落太宰义恭衣,有六出,义恭奏以为瑞,大悦。义恭以上猜暴,惧不自容,每卑辞逊色,曲意祗奉,由是终上之世,得免于祸"。见《资治通鉴》卷一百二十九。作《皇太子妃哀册文》当在本年九月,因据《宋书·孝武帝纪》,皇太子妃死于本年九月。

王僧虔三十六岁,为新安王刘子鸾北中郎将长史、南东海太守,行南徐州事。

见《宋书》本传。按《宋书·孝武帝纪》,大明四年正月庚寅,第八皇子子鸾为襄阳王。同年九月丁亥,改封襄阳王子鸾为新安王。知王僧虔入刘子鸾府,至少在大明四年九月以后。大明五年,子鸾为北中郎将。冬十月,为南徐州刺史。由此知王僧虔是在十月以后行南徐州事。《南齐书》本传又载:"寻迁豫章内史,入为侍中,迁御史中丞,领骁骑将军。王氏以分枝居乌衣者,位官微减,僧虔为此官,乃曰:'此是乌衣诸郎坐处,我亦可试为耳。'"王僧虔入侍中等职,确切时日不可详考,但据文意,其行南徐州事不久,"寻迁"云云,当是在本年末或下年初。

沈约二十一岁,起家奉朝请。

见《梁书》本传。具体年月不详,但据《资治通鉴》卷一百二十五胡三省注"奉朝请者,奉朝会请召而已",似是释褐起家之官。又据《梁书·朱异传》:"旧制,年二十五方得释褐。时异适二十一,特敕擢为扬州议曹从事史。"如果说沈约依"旧制"而在二十五岁起家似过晚,因为《文选》收录其《游钟山诗应西阳王教》,李善注以为是应西阳王刘子尚教。按:子尚在孝建三年至大明五年间为西阳王。本年四月改封豫章王。铃木虎雄《沈约年谱》系《游钟山诗应西阳王教》于本年,近是。由此大致推断,沈约起家奉朝请当在本年前后。

张融十八岁,解褐为新安王北中郎参军。

《南齐书》本传:"宋孝武闻融有早誉,解褐为新安王北中郎参军。"据《宋书·刘子鸾传》,子鸾为北中郎将、南徐州刺史时在本年。

陶弘景六岁,能解书。

见萧纶《隐居贞白先生陶君碑》。

丘巨源协助徐爰撰《宋书》。

《南齐书》本传:"丘巨源,兰陵兰陵人也。……少举丹阳郡孝廉,为宋孝武帝所知,大明五年,敕助徐爰撰国史。"此亦证明徐爰撰《宋书》至少在大明五年之前。刘汝霖系在六年,显误。

江夏王刘义恭作《条制诸王府镇表》。

见《宋书》本传。按:此文作于本年四月海陵王刘休茂在襄阳作乱之后。

二月,始复百官俸禄。

见《资治通鉴》卷一百二十九。胡三省注曰:"文帝元嘉二十七年以军兴减内外百官俸三分之一。继而国内有难,日不暇给,今始复百官禄。"

魏文成帝在灵丘南,使群臣仰射山峰,无能逾者,帝自射,出山三十余丈,遂刊石勒铭。

见《魏书·高宗纪》,此可见魏帝尚武,又好勒石纪功,故魏之碑志,远多于南朝。

高允七十二岁,作《南巡颂》并序。

见《文馆词林》卷三百四十六:"和平二年春二月辛卯,皇帝巡狩……"

魏使游明根聘于宋,时年四十三岁。

见《魏书·高宗纪》、《通鉴》卷一百二十九。据《魏书·游明根传》,明根以儒学名,则魏之遣使,多以儒雅者充之。明年,又遣游明根使宋,盖以其能与宋人交谈也。

魏秘书监游雅卒。游雅在太武帝世,尝使于宋。又曾奉命作《太华殿赋》。

见《魏书·游雅传》。

高允七十二岁。程骏四十八岁。鲍照四十八岁。陆澄三十七岁。谢朓二十一岁。李彪十八岁。江淹十八岁。孔稚珪十五岁。范云十一岁。崔光十一岁。王俭十岁。游肇十岁。刘芳九岁。萧长懋四岁。刘绘四岁。萧子良二岁。任昉二岁。

宋孝武帝大明六年·魏文成帝和平三年(462) 壬寅

刘峻生。

《梁书》本传:"刘峻字孝标,平原平原人。父珽,宋始兴内史。"孝标卒于梁普通二年,时年六十岁,上推生于本年。

四月,殷淑仪卒。宋孝武帝作《拟汉武李夫人赋》。

见《宋书·刘子鸾传》。按:殷淑仪本为刘义宣女。义宣败后,孝武帝密娶入宫,假姓殷氏,左右宣泄者多死,故当时莫知所出。义宣为宋文帝亲弟,亦即孝武帝亲叔。刘骏竟娶叔女为宠妃,其纵情败礼如此!十月,又别为立庙名新安寺。殷淑仪子刘子鸾,亦爱冠诸子,孝武割吴郡属之。《通鉴》胡注:"吴郡自晋氏渡江以来属扬州,最为近畿大郡。"孝武帝甚至欲立刘子鸾为皇太子。难怪前废帝上台伊始即杀刘子鸾,掘殷妃墓,良有以也。

鲍照四十九岁,为临海王前行军参军,掌知内命,寻迁前军刑狱参军事。作《登黄鹄矶》、《登翻车岘》、《岐阳守风》、《从临海王上荆初发新渚》等。

考见《鲍参军集注》。

谢庄四十二岁,为吏部尚书,领国子博士。作《让吏部尚书表》、《殷贵妃哀策文》。

《南史·后妃传》:"谢庄作哀策文奏之,帝卧览读,起坐流涕曰:'不谓当今复有此才。'都下传写,纸墨为之贵。"此文收在《文选》中,题名《宋孝武宣贵妃诔》。序曰:"惟大明三年夏四月壬子,宣贵妃薨。"又《初学记》、《艺文类聚》收有谢庄《殷贵妃谥策文》,称:"今遣某官某册告谥曰宣。"

丘灵鞠作《挽歌诗》三首,除新安王北中郎参军,出为剡乌程令。

《南齐书》本传:"丘灵鞠,吴兴乌程人","少好学,善属文"。"宋孝武殷贵妃亡,灵鞠献《挽歌诗》三首,'云横广阶闇,霜深高殿寒'帝摘句嗟赏。"此两句诗《先秦汉魏晋南北朝诗》失收。

谢超宗作《殷淑仪诔》,帝大嗟赏。

《南史》本传:"选补新安王子鸾国常侍。王母殷淑仪卒,超宗作诔奏之,帝大嗟赏,谓谢庄曰:'超宗殊有凤毛,灵运复出。'"谢超宗为谢灵运之孙。其父谢凤"坐灵运徙岭南,早卒"。

殷琰作《宣贵妃诔》。

见《太平御览》卷三五八。

江智渊作《宣贵妃挽歌》。

见《初学记》卷十四。

陶弘景七岁,读《孝经》、《毛诗》、《论语》数万言。

见萧纶《隐居贞白先生陶君碑》。

西域沙门功德直在荆州译《念佛三昧经》六卷、《破魔陀罗尼经》一卷。

见《出三藏记集》卷二。注:前者"宋大明六年译出。或云《菩萨念佛三昧经》。"后者"或云《无量门破魔陀罗尼经》。大明六年译出。右二部,凡七卷。宋孝武帝时,西域沙门功德直至荆州,沙门释玄畅请于禅房译出"。该经梁时存。卷十四《沮渠安阳侯传》:"时有外国沙门功德直者,不知何国人。以宋大明中游方至荆州,寓禅房寺。沙门玄畅请其译出《念佛三昧经》六卷,及《破魔陀罗尼经》。停荆历年,后不知所终。"释慧皎《高僧传》卷八《齐蜀齐后山释玄畅传》:"自尔迁憩荆州,止长沙寺。时沙门功德直出《念佛三昧经》等,畅刊正文字,辞旨婉切。"

释法瑶从武康小山寺来到京师新安寺,与道猷讲诵顿渐二悟义。

释慧皎《高僧传》卷七《宋吴兴小山寺释法瑶传》:"释法瑶,姓杨,河东人。……元嘉中过江,吴兴沈演之特深器重,请还吴兴武康小山寺,首尾十有九年。自非祈请法事,未尝出门。居于武康,每岁开讲,三吴学者负笈盈衢。乃著《涅槃》、《法华》、《大品》、《胜鬘》等义疏。大明六年敕吴兴郡致礼上京,与道猷同止新安寺。使顿渐二悟,义各有宗,至便就讲。"

魏文成帝下诏略云:"今选举之官,多不以次,令班白处后,晚进居先,岂所谓彝伦攸叙者也?诸曹选补,宜各先尽劳旧才能。"此时魏之进退,已颇论年资。

见《魏书·高宗纪》。

高允七十三岁。程骏四十九岁。游明根四十四岁。陆澄三十八岁。王僧虔三十七岁。沈约二十二岁。谢朓二十二岁。李彪十九岁。江淹十九岁。张融十九岁。孔稚珪十六岁。范云十二岁。崔光十二岁。王俭十一岁。游肇十一岁。刘芳十岁。萧长懋五岁。刘绘五岁。萧子良三岁。任昉三岁。

宋孝武帝大明七年·魏文成帝和平四年(463)　癸卯

　　江智渊卒,时年四十六岁。

　　《宋书》本传说是忧惧而卒,《宋略》以为自杀。其前因后果,《资治通鉴》卷一百二十九有详载,此不赘引。

　　鲍照五十岁,时在荆州。作《石帆铭》、《代阳春登荆山行》、《在江陵叹年伤老》、《与伍侍郎别》、《在荆州与张使君李居士联句》。

　　考见《鲍参军集注》。

　　谢庄四十三岁,仍为吏部尚书,后坐公车令张奇免官。后新安王刘子鸾招引才俊,谢庄为长史。九月,作《为北中郎谢兼司徒表》。十月,作《庆皇太子元服上至尊表》、《皇太子元服上皇太子表》、《为东海王让司空表》等。

　　见《宋书》本传。按《宋书·颜师伯传》:"七年,补尚书右仆射。时分置二选,陈郡谢庄、琅邪王昙生并为吏部尚书。师伯子举周旋寒人张奇为公车令。上以奇资品不当,使兼市买丞,以蔡道惠代之。令史潘道栖、褚道惠、颜讳之、元从夫、任澹之、石道儿、黄难、周公选等抑道惠敕,使奇先到公车,不施行奇兼市买丞事。师伯坐以子领职。庄、昙生免官,道栖、道惠弃市,讳之等六人鞭杖一百。"按:刘子鸾九月兼司徒,故知《为北中郎谢兼司徒表》作于本年九月。十月,作《庆皇太子元服上至尊表》、《皇太子元服上皇太子表》。按:本年十月皇太子冠。又东海王刘祎于本年十月进为司空,谢庄代作《为东海王让司空表》。

　　江淹二十岁,以五经授始安王刘子真,并为南徐州新安王从事。作《侍始安王石头》、《奏记诣南徐州新安王》等。

　　详考见曹道衡《江淹作品写作年代考》,载山西人民出版社编《艺文志》第三辑。以下引此文简称《年代考》,不另注明。

张融二十岁,得陆修静赠白鹭羽麈尾扇,出为封溪令,作《海赋》。

《南齐书》本传:"孝武起新安寺,僚佐多儭钱帛,融独儭百钱。帝曰:'融殊贫,当序以佳禄。'出为封溪令。从叔永出后渚送之,曰:'似闻朝旨,汝寻当还!'融曰:'不患不还,政恐还而复去。'广越嶂岭,獠贼执融,将杀食之,融神色不动,方作洛生咏,贼异之而不害也。浮海至交州,于海中作《海赋》。"按:新安寺上年十月立,融出为封溪令当在十月后。《海赋》之作当更后,姑系于本年。

任昉四岁,诵诗数十篇。

见《南史》本传。

扬州刺史豫章王刘子尚表立左学,召生徒,置儒林祭酒一人。

见《宋书》本传。

祖冲之作《上新历表》,又作《辩戴法兴难新历》。

按:《宋书·律历志》以为作于六年,不确。此表后列"历法"有"上元甲子至宋大明七年癸卯"云云,是作于本年之证。又《南齐书·文学传》本传:"事奏,孝武令朝士善历者难之,不能屈。会帝崩,不施行。"按:孝武帝下年五月卒,则此表必作于是时之前。驳难之文,有戴法兴《议祖冲之新历》,因法兴为孝武宠幸,天下畏其权,皆附会之。唯巢尚之支持祖冲之。冲之《辩戴法兴难新历》见《宋书·律历志》载:"上爱奇慕古,欲用冲之新法。时大明八年也。故须明年改元,因此改历。未及施用,而宫车晏驾也。"据此,其驳难往返之文作于本年末下年初。

释慧约十二岁,游历剡县,遍礼塔庙,肆意山川,远会素心。

见释道宣《续高僧传》卷六《梁国师草堂寺智者释慧约传》。

释僧璩撰《十诵羯磨》一部,《十诵比丘尼戒》一卷。

见释慧皎《高僧传》卷十一《宋京师庄严寺释僧璩传》。

释法朗、法亮兄弟出家住药王寺。

释道宣《续高僧传》卷五《梁杨都建元寺沙门释僧韶传》附:"时建元又有法朗,兼以慧学知名。本姓沈氏,吴兴武康人。家遭世祸,因住建业。大明七年,与兄法亮被敕绍继慧益出家,初住药王寺。"

三吴饥馑,惠明来剡。

《真诰》卷十九:"大明七年三吴饥馑,剡县得熟娄居士惠明者,先以在剡,乃复携女师、盐官钟义山,眷属数人,就食此境。楼既善于章符五行宿命,亦皆开解。马洪又复宗事,出入堂静,备睹经厨。先已见何所记,意甚贪乐,而有铜严固,观览无方。"《云笈七签》卷四:"安康有道士娄化者,常憩马氏舍,究悉经源,苦求开看。马氏固执,竟不从命,结屈无方。是时宋明皇帝崇敬大法,召集道士供养后堂。娄化乃因后堂道士殳季真密启之。"按《宋书·五行志》:"孝武帝大明七年八年,东诸郡大旱,民饥死者十六七。"

因为饥馑,葛永真有杨书《王君传》一卷、严虬将掾书《飞步经》一卷售以王文清。

《真诰》卷二十:"杨书《王君传》一卷,本在句容葛永真间。又在王文清家。后属茅山道士葛景仙。掾书《飞步经》一卷,本在句容严虬家。大明七年饥荒少粮,其里王文清以钱食与严求得之,因在王家。"

阳固生。

按《魏书·阳固传》,阳固卒于正光四年(523),年六十一岁,当生于是年。阳固字敬安。北平无终(今天津蓟县)人。北魏作家。

**三月,魏文成帝下诏欲"务省徭役,使兵民优逸,家给人赡","今内外诸司,州镇守宰,侵使兵民,劳役非一"。八月,魏文成帝畋于河西,下诏不听滥杀。又下诏:"前以民遭饥寒,不自存济,有卖鬻男女者,尽仰还其家。"魏文成帝下诏定丧葬嫁娶之制,又下诏区别婚姻门第,"皇族、师傅、王公侯伯及士民之家,不得与百工、伎巧、卑姓为婚,犯者加罪"。

见《魏书·高宗纪》,此时魏之政治,已渐受儒家影响。

游明根四十五岁,使于宋,"奉使三返",宋孝武帝"以其长者,礼之有加"。

见《魏书·游明根传》、《通鉴》卷一百二十九。此亦可见北魏之日渐汉化,故所用多汉族士大夫。汉人门阀观念也逐渐影响北魏。

高允七十四岁。程骏五十岁。陆澄三十九岁。王僧虔三十八岁。沈约二十三岁。谢朓二十三岁。李彪二十岁。孔稚珪十七岁。范云十三岁。崔光十三岁。游肇十二岁。王俭十二岁。刘芳十一岁。陶弘景八岁。萧长懋六岁。刘绘六岁。萧子良四岁。刘峻二岁。

宋孝武帝大明八年·魏文成帝和平五年(464)　甲辰

五月,孝武帝刘骏卒,时年三十岁。皇太子刘子业即位,是为前废帝。

见《宋书·孝武纪》、《通鉴》卷一百二十九。刘骏原有集三十一卷,佚。今存文二卷,除诏、表等实用文体外,还有赋、颂、赞、铭等抒情文字。另存诗二十余首。

萧衍生。

《梁书》本纪:"高祖以宋孝武大明八年甲辰岁生于秣陵县同夏里三桥宅。"字叔达,小字练儿,南兰陵中都里人。关于萧衍及其子萧统、萧纲、萧绎的生平事迹,参见胡德怀《四萧年谱》,收在《六朝作家年谱辑要》中。

谢朓生。

《南齐书》本传:"谢朓字玄晖,陈郡阳夏人也。祖述,吴兴太守。父纬,散骑常侍。"谢朓在齐永元元年被杀,时年三十六岁,上推生于本年。关于谢朓生平事迹,参见曹融南《谢朓事迹诗文系年》,收在

《六朝作家年谱辑要》中。

丘迟生。

《梁书》本传:"丘迟字希范,吴兴乌程人也。父灵鞠,有才名,仕齐官至太中大夫。"丘迟卒于梁天监七年,时年四十五岁,上推生于本年。

谢庄四十四岁。正月,作《为北中郎新安王拜司徒章》。五月,作《孝武帝哀策文》。又作《豫章长公主墓志铭》。

按:刘子鸾上年九月兼司徒,本年正月领司徒。前废帝即位,因怨谢庄为殷贵妃作诔,欲诛之。后听孙奉伯言,系庄于上方。见《宋书》、《南史》本传。本年又作《豫章长公主墓志铭》。按:豫章长公主名刘欣男,先嫁徐乔,后嫁何瑀,本年卒。

谢超宗为新安王抚军行参军。

见《南齐书》本传。按:新安王刘子鸾本年正月为抚军将军。

周颙随萧惠开入蜀,为厉锋将军,带肥乡、成都二县令,转惠开辅国府参军,仍为府主簿。

见《南齐书》本传。据《宋书·前废帝纪》,萧惠开于本年八月任益州刺史。

丘巨源为江夏王刘义恭掌书记。

《南齐书》本传:"帝崩,江夏王义恭取为掌书记。"孝武帝卒于本年五月,遗诏:"义恭解尚书令,加中书监。"

刘义恭作《劾蔡兴宗等表》。柳元景作《奏劾蔡兴宗》。

《宋书·蔡兴宗传》:"大明末,前废帝即位,兴宗告太宰江夏王义恭,应须策文,义恭曰:'建立储副,本为今日,复安用此。'兴宗曰:'累朝故事,莫不皆然。近永初之末,营阳王即位,亦有文策,今在尚书,可检视也。'不从。兴宗时亲奉玺绶,嗣主容色自若,了无哀貌。……时义恭录尚书事,受遗辅政,阿衡幼主,而引身避事,政归近习。越骑校尉戴法兴、中书舍人巢尚之专制朝政,威行近远。兴宗职管九流,铨衡所寄……又箴规得失,博论朝政。……由是大忤义恭及法兴等。出兴宗吴郡太守。固辞郡。……义恭于是大怒,上表曰……诏曰……义恭因使尚书令柳元景奏曰……"按:《全宋文》无"等"字,而此表实奏劾多人,应补此字。

释宝亮二十一岁,至京师居中兴寺。袁粲一见而异之,作《与明法师书》称之。

见释慧皎《高僧传》卷八《梁京师灵味寺释宝亮传》。

释僧祐二十岁,受具足戒之后,受业于法颖律师。法颖精言戒律,博涉经论,宋孝武帝时敕任都邑僧正。齐高帝时又敕为僧主。撰有《十诵戒本》并《羯磨》等,为两代名僧。

见《续高僧传》本传。

王肃生。

按《魏书·王肃传》,王肃卒于景明二年(501),年三十八。上推生于本年。王肃字恭懿,祖籍琅邪临沂(今属山东)。北魏作家。

高允七十五岁。程骏五十一岁。鲍照五十一岁。游明根四十六岁。陆澄四十岁。王僧虔三十九岁。沈约二十四岁。谢朏二十四岁。李彪二十一岁。江淹二十一岁。张融二十一岁。孔稚珪十八岁。范云十四岁。崔光十四岁。游肇十三岁。王俭十三岁。刘芳十二岁。陶弘景九岁。萧长懋七岁。刘绘七岁。萧子良五岁。任昉五岁。刘峻三岁。阳固二岁。

宋明帝刘彧泰始元年·魏文成帝和平六年(465)　乙巳

正月,改元永光。八月,尚书令柳元景谋立江夏王刘义恭,事泄,皆死。改元景和。十一月,湘东王刘彧谋杀前废帝。十二月,刘彧即皇帝位,改元泰始。是为太宗明皇帝。

见《宋书·孝武帝纪》、《明帝纪》。

王僧孺生。

《梁书》本传:"王僧孺字僧孺,东海郯人。魏卫将军肃八世孙。曾祖雅,晋左光禄大夫,仪同三司。祖准,宋司徒左长史。"又《南史》本传:"父延年,员外常侍,未拜卒。"王僧孺卒年,《梁书》、《南史》记载不同。《南史》作普通二年卒,而《梁书》谓王僧孺卒于梁普通三年,五十八岁。今据《梁书》上推生于本年。

柳恽生。

《梁书》本传:"柳恽字文畅,河东解人也。"其卒于梁天监十六年,五十三岁,上推生于本年。

颜师伯被前废帝所杀,四十七岁。存诗一首。

见《宋书》本传。《资治通鉴》卷一百三十载:"初,世祖多猜忌,王公大臣,重足屏息,莫敢妄相过从。世祖殂,太宰义恭等皆相贺曰:'今日始免横死矣。'甫过山陵,义恭与柳元景、颜师伯等声乐酣饮,不舍昼夜。帝内不能平。既杀戴法兴,诸大臣无不震慑,各不自安;于是元景、师伯密谋废帝,立义恭,日夜聚谋,而持疑不能决。元景以其谋告沈庆之,庆之与义恭素不厚,又师伯常专断朝事,不与庆之参怀,谓令史曰:'沈公,爪牙耳,安得预政事?'庆之恨之,乃发其事。"

刘义恭被杀,存诗七首及若干残句,存文三十四篇。

《全宋文》卷四十何勖《与江夏王义恭笺》下注引谢绰《宋拾遗录》云:"义恭性爱古物,尝遍就朝士求之。"其诗文亦有特点。《隋书·经籍志》著录别集十一卷。

鲍照五十二岁,作《代挽歌行》、《代蒿里行》、《代门有车马客行》等作品。

详见《鲍参军集注》考证。

**谢庄四十五岁。明帝刘彧即位后被释放,任散骑常侍、光禄大夫,加金章紫绶,领寻阳王师,顷之,转中书令、常侍。寻加金紫光禄大夫,给亲信二十人。作《泰始元年大赦诏》、《让中书令表》、《宋世祖庙歌二首》。

《宋书》本传:"太宗定乱,得出。及即位,以庄为散骑常侍、光禄大夫,加金章紫绶……"按:二首庙歌指世祖孝武皇帝歌和宣太后歌。宣太后,即宋文帝沈婕妤容姬,明帝母,卒于元嘉三十年。孝武即位,追赠湘东国太妃。明帝即位,谥曰宣太后。

陆澄四十一岁,为尚书殿中郎,后免官。

《南齐书》本传:"宋太始初,为尚书殿中郎,议皇后讳及下外,皆依旧称姓。左丞徐爰案司马孚议皇后不称姓,《春秋》逆王后于齐,澄不引典据明,而以意立议,坐免官,白衣领职。郎官旧有坐杖,有名无实,澄在官积前后罚,一日并受千杖。"

江淹二十二岁。秋,从始安王去南兖州,作《始安王拜征虏将军南兖州刺史章》及《从征虏始安王道中》等。

详《年代考》。

陶弘景十岁,读葛洪《神仙传》,始有养生之志。

详《梁书》本传。

丘灵鞠坐东贼党锢数年。

见《南齐书》本传。按:后来褚渊为吴兴太守,对人说:"此郡才士,唯有丘灵鞠及沈勃耳。"乃延誉引荐,明帝使著《大驾南讨纪论》。

丘巨源参制明帝诏诰。

见《南齐书》本传。

贾渊辟丹阳郡主簿、奉朝请、太学博士。

见《南齐书》本传。

袁粲为司徒左长史、冠军将军、南东海太守。尝著《妙德先生传》以自况,并续嵇康《高士传》。

《宋书》本传:"袁粲字景倩,陈郡阳夏人,太尉淑兄子也。父濯,扬州秀才,早卒。祖母哀其幼孤,名之曰愍孙。""太宗泰始元年,转司徒左长史、冠军将军、南东海太守。愍孙情整有风操,自遇甚厚,尝著《妙德先生传》以续嵇康《高士传》以自况,曰……愍孙幼慕荀奉倩之为人,白世祖,求改名为粲,不许。至是言于太宗,乃改为粲,字景倩焉。"

周颙作《三宗论》,智林作《与周颙书》以表赞同。

《高僧传》卷八《齐高昌郡释智林传》:"至宋明之初,敕在所资给,发遣下京,止灵基寺,讲说相续,禀服成群,申明二谛义,有三宗不同。时汝南周颙又作《三宗论》,既与林意相符,深所欣慰。乃致书于颙……"《南齐书·周颙传》载三宗论:一、不空假名;二、空假名;三、假名空。汤用彤先生《中国佛史零篇·周颙三宗论》有详考(载《燕京学报》第二十二期。后收入北京大学出版社1991年出版的汤用彤论文集《理学·佛学·玄学》一书中)。

释僧迁生。

释道宣《续高僧传》卷五《梁杨都灵根寺沙门释僧迁传》:"释僧迁,姓乐氏,襄阳杜人。"其卒于梁普通四年,五十九岁,逆推生于本年。

释道汪卒于蜀。

释慧皎《高僧传》卷七《宋蜀武担寺释道汪传》:"释道汪,姓潘,长乐人。幼随叔在京,年十三投庐山远公出家。""以宋泰始元年卒于所住。"

释僧密三十三岁,渡江止杨都,住庄严寺。

释道宣《续高僧传》卷六《梁杨都庄严寺释僧密传》:"泰始之初,济江住庄严寺,器望凝练,风仪峻雅。五众宗推,七贵敬异。"

释法申三十七岁,渡江住安乐寺。

释道宣《续高僧传》卷五《梁杨都安乐寺沙门释法申传》:"宋太

始之初,庄严寺法集,敕请渡江住安乐寺。累当师匠,道俗钦赏。"按:法申世居青州也。

释慧球三十二岁,从京师返回荆州。

释慧皎《高僧传》卷八《梁荆州释慧球传》:"后入湘州麓山寺,专业禅道。顷之,与同学慧度俱适京师,谘访经典。后又之彭城,从僧渊受《成实论》。至年三十二,方还荆土,专当法匠。讲集相继,学侣成群,荆楚之间,终古称最。使西夏义僧,得与京邑抗衡者,球之力也。中兴元年敕为荆土僧主。"

魏文成帝卒。

见《魏书·高宗纪》、《通鉴》卷一百三十。

宋征北大将军义阳王刘昶自彭城降魏。

见《魏书·显祖纪》、《通鉴》卷一百三十。刘昶能诗,其降魏时有诗曰:"白云满鄣来,黄尘暗天起。关山四面绝,故乡几千里。"(见《南史·刘昶传》)《通鉴》卷一百三十云:"昶颇涉学,能属文,魏人重之,使尚公主,拜侍中、征南将军、驸马都尉,赐爵丹阳王。"

高允七十六岁。程骏五十二岁。游明根四十七岁。王僧虔四十岁。沈约二十五岁。谢朏二十五岁。李彪二十二岁。张融二十二岁。孔稚珪十九岁。范云十五岁。崔光十五岁。游肇十四岁。王俭十四岁。刘芳十三岁。萧长懋八岁。刘绘八岁。萧子良六岁。任昉六岁。刘峻四岁。阳固三岁。王肃二岁。萧衍二岁。谢朓二岁。丘迟二岁。

宋明帝泰始二年·魏献文帝拓跋弘天安元年(466)　丙午

正月,晋安王刘子勋在寻阳自立为帝,改元义嘉。八月,沈攸之等军入寻阳,斩子勋。宋司州刺史常珍奇、徐州刺史薛安都、兖州刺史毕众敬等降魏。

见《宋书》本传、《魏书·显宗纪》等。此役,宋遂失淮北诸郡也。

徐勉生。

《梁书》本传:"徐勉字脩仁,东海郯人也。祖长宗,宋高祖霸府行参军。父融,南昌相。"勉卒于梁大同元年,时年七十,上推生于本年。

鲍照在荆州被杀,时年五十三岁。本年作有《代东门行》诗。

考见《鲍参军集注》。《南史》本传:"明远文辞赡逸,尝为古乐府,文甚遒丽。"钟嵘《诗品》称:"其源出于二张。善制形状写物之词,得景阳之淑诡,含茂先之靡嫚,骨节强于谢混,驱迈疾于颜延。总四家而擅美,跨两代而孤出。嗟其才秀人微,故取湮当代。然贵尚巧似,不避危仄,颇伤清雅之调,故言险俗者,多以附照。"《南齐书·文学传》论及元嘉诗风影响于后世者有三派:一是谢灵运之典丽诗派;二是颜延年之功利诗派;三是鲍照之险俗诗派。就影响而言,鲍照可谓直接开启永明诗风。

鲍照谢世时,永明重要作家大多来到人世,他们生长在"鲍照之遗烈"中,跳出传统诗学的窠臼,把目光更多地转向江南民歌创作上,汲取养分。

谢庄卒,时年四十六岁。本年作《为朝臣与雍州刺史袁顗书》。

按:刘子勋在寻阳自立,任命袁顗为安北将军。《宋书·袁顗传》载:"太宗使朝士与顗书。"此书收在《艺文类聚》卷二十五中,题谢庄撰。谢庄卒后,追赠右光禄大夫。见《宋书》本传:"泰始二年卒,时年四十六。追赠右光禄大夫,常侍如故,谥曰宪子。所著文章四百余首,行于世。"《隋书·经籍志》著录别集十九卷。今存文三十六篇,诗十七首。《诗品》称:"希逸诗气候清雅,不逮于范、袁。然兴属闲长,良无鄙促也。"谢庄有五子,名为:飑、朏、颢、岳、瀹。世谓谢庄名儿为风、月、景、山、水。见《南齐书·谢瀹传》。

王僧虔四十一岁,作《诫子书》。

见《南齐书》本传。按：此文具体描述了当时士人以玄学为"言家口实"之风，极为重要。刘汝霖《东晋南北朝学术编年》以为"此书之作当于（袁）粲为中书令之后，（谢）庄卒之前"，故系于本年。

谢朓二十六岁，时为太子舍人，以父忧去职。

见《梁书》本传。

江淹二十三岁，随建平王刘景素在南兖州，受猜忌，系狱，作《诣建平王上书》。

详《年代考》。

王俭十五岁，时宋明帝欲毁俭父母坟，王俭苦谏。

见任昉《王文宪集序》。按：宋明帝居藩王时，素与王俭母武康公主不和，故即位后有掘坟之举。

谢超宗为建安王刘休仁司徒参军事、尚书殿中郎。

见《南齐书》本传。按：刘休仁上年十二月迁为司徒、尚书令，按阳历已在本年初。

邓琬为晋安王刘子勋作《传檄京师》文。

《宋书》本传："会太宗定乱，进子勋号车骑将军、开府仪同三司。令书至，诸佐吏并喜，造琬曰：'暴乱既除，殿下又开黄阁，实为公私大庆。'琬以子勋次第居三，又以寻阳起事，有符世祖，理必万克。乃取令书投地曰：'殿下当开端门，黄阁是吾徒事耳。'众并骇愕。琬与陶亮等缮治器甲，征兵四方。……传檄京师曰……"又《晋安王子勋传》："太宗定乱，进子勋号车骑将军、开府仪同三司。琬等不受命，传檄京邑。泰始二年正月七日，奉子勋为帝，即伪位于寻阳城，年号义嘉元年，备置百官，四方并响应，威震天下。"按：《全宋文》将此文收录在刘子勋名下，并案云："荀道林为子勋记室参军，此檄当是道林所作。"

刘休若为宋明帝作《移檄东土讨孔颛》等文。

见《宋书·孔觊传》。

刘休祐作《与殷琰书》，刘勔作《与殷琰书》、《又与殷琰书》。

见《宋书·殷琰传》。

释法云生。

释道宣《续高僧传》卷五《梁杨都光宅寺沙门释法云传》："释法云，姓周氏，宜兴阳羡人。晋平西将军处之七世也。"其卒于梁大通三年，六十四岁，逆推生于本年。

高允七十七岁。程骏五十三岁。游明根四十八岁。陆澄四十二岁。沈约二十六岁。李彪二十三岁。张融二十三岁。孔稚珪二十岁。范云十六岁。崔光十六岁。游肇十五岁。刘芳十四岁。陶弘景十一岁。萧长懋九岁。刘绘九岁。萧子良七岁。任昉七岁。刘峻五岁。阳固四岁。王肃三岁。萧衍三岁。谢朓三岁。丘迟三岁。王僧孺二岁。柳恽二岁。

宋明帝泰始三年·魏献文帝皇兴元年（467） 丁未

王融生。

《南齐书》本传："王融字元长，琅邪临沂人。祖僧达，中书令，曾高并台辅……父道琰，庐陵内史。母临川太守谢惠宣女，悍敏妇人也，教融书学。"王融于齐永明十一年被杀，时年二十七岁，上推生于本年。关于王融生平事迹，参见陈庆元《王融年谱》，收在《六朝作家年谱辑要》中。

刘勰生。

《梁书》本传："刘勰字彦和，东莞莒人。祖灵真，宋司空秀之弟也。父尚，越骑校尉。"关于刘勰生年，持说不一，今本牟世金《刘勰年谱汇考》（以下简称《汇考》，收在《六朝作家年谱辑要》中）。

沈约二十七岁。任郢州刺史蔡兴宗安西外兵参军，兼记室。蔡兴宗盛称沈约为"人伦师表"。

见《梁书》本传。按:蔡兴宗出仕郢州刺史在本年三月。其时,范岫二十八岁,亦为蔡兴宗安西将军主簿,亦在郢州。沈、范二人相知很深。

江淹二十四岁,为巴陵王左常侍,赴襄阳,作《望荆山》、《哀千里赋》、《秋至怀归》以及《到主簿日诣右军建平王》等。

详见《年代考》。

张融二十四岁,与顾凯之友善。顾本年卒,张自负坟土。

见《南齐书》本传。按《宋书·顾凯之传》,凯之卒于本年,时七十六岁。

范云十七岁,其父范抗为郢州刺史蔡兴宗参军,范云随父在府,与沈约、庾杲之等过从甚密。

见《梁书》本传。

任昉八岁,能属文,作《月仪》,深为褚渊赏识,由是闻声藉甚。

见《南齐书》本传。

谢超宗议秀才考格。

《南齐书》本传:"三年,都令史骆宰议秀才考格,五问并得为上,四、三为中,二为下,一不合与第。超宗议以为……"此议《全齐文》题作《策秀才议》。

李珪之为蔡兴宗安西主簿。

见《南齐书》本传。

帝闻庐山陆修静有道,筑崇虚馆以礼敬之,顺风问道,朝野归心。

详见宋释志磐《佛祖统纪》卷三十六《法运通塞志》。

释僧旻生。

释道宣《续高僧传》卷五《梁杨都庄严寺沙门释僧旻传》:"释僧旻,姓孙氏。家于吴郡之富春,有吴开国大皇帝,其先也。"大正藏作大通八年卒,时年六十一,有阮孝绪作文。而梁无大通八年,且阮氏早已卒。按金陵刻经处所刻为大通元年卒。逆推生于本年。又释道宣《续高僧传》卷五《梁杨都光宅寺沙门释法云传》载"与同寺僧曼等年腊,齐名誉",法云上年生。

释慧澄生。

释道宣《续高僧传》卷五《梁南海随喜寺沙门释慧澄传》:"释慧澄,姓兰氏。番禺高要人。"卒于大通元年,六十一岁,逆推生于本年。

魏大破宋将张永、沈攸之。宋青州刺史沈文秀、冀州刺史崔道固降魏。魏使慕容白曜取宋之齐地。于是,遂有"平齐民"之称,即此时由宋入魏之人。

见《魏书·显祖纪》、《通鉴》卷一百三十一。

魏孝文帝生。

见《魏书·显祖纪》。参见刘精诚著《魏孝文帝传》,天津人民出版社1993年版。

高允七十八岁,作《征士颂》,感怀卢玄、崔绰等三十五人,自称"不为文二十年矣",盖自崔浩之死,文网甚密,故不作文,自太平真君十一年(450),至此凡二十年。《高允传》记此在"皇兴中"以前,当在此际,实十八年。又作《告老诗》,佚。

见《魏书·高允传》。

程骏五十四岁。游明根四十九岁。陆澄四十三岁。王僧虔四十二岁。谢朏二十七岁。李彪二十四岁。孔稚珪二十一岁。崔光十七岁。游肇十六岁。王俭十六岁。刘芳十五岁。陶弘景十二岁。萧长懋十岁。刘绘十岁。萧子良八岁。刘峻六岁。阳固五岁。王肃四岁。萧衍四岁。谢朓四岁。丘迟四岁。王僧孺三岁。柳恽三岁。徐勉二岁。

宋明帝泰始四年·魏献文帝皇兴二年(468)　戊申

王僧虔四十三岁,妻卒。

《梁书·王志传》载,王志九岁丁母忧。按:王志为王僧虔子,天监十二年卒,时年五十四。本年九岁。王志字次道,善草隶,当时以为楷法。齐游击将军徐希秀亦号能书,常谓志为"书圣"。

谢朓二十八岁,服阕,复为太子舍人。

见《梁书》本传。

江淹二十五岁,作《就谢主簿宿》、《应谢主簿骚体》、《报袁淑明书》。谢主簿,即谢超宗。

详《年代考》。

陶弘景十三岁,随尚书刘秉之淮南郡。

见《本起录》。

刘勔作《条对贾元友北攻悬瓠书》。

见《宋书》本传。

周颙随萧惠开离蜀还京。

见《南齐书》本传。按《宋书·萧惠开传》:"泰始四年,还至京师。"

孙琼作《重奏江夏王女服》。

见《南齐书·江谧传》。

正月,中天竺沙门求那跋陀罗卒,时年七十五岁。

《出三藏记集》卷十四《求那跋陀罗传》:"到泰始四年正月,觉体不平,便预与明帝公卿告辞。临终之日,延伫而望,云见天华圣像。禺中遂卒,春秋七十有五。"

释法宠出家止光兴寺,其后出住兴皇寺。从道猛、昙济学习《成实论》,得到二位法师及张融、周颙等人的赏识。张融作《与周颙书》推崇备至。

释道宣《续高僧传》卷五《梁杨都宣武寺沙门释法宠传》:"十八纳妻,经始半年,舍家服道,住光兴寺,成办法式,习学威仪。其后出都住兴皇寺。又从道猛、昙济学《成实论》,二公雅相叹赏。日夜辛勤,不以寒暑动意。吴郡张融《与周颙书》曰……"

释慧约十七岁,于上虞东山寺辞亲薙落。师事南林寺沙门慧静。静为宋代僧望之首,特为颜延之、何尚之所重。

见释道宣《续高僧传》卷六《梁国师草堂寺智者释慧约传》。

孔璪卒。其与杜京产、顾欢、戚景玄、朱僧摽等互相研讨道经。

《真诰》卷二十:"孔璪贱时,杜居士京产将诸经书往剡南野大墟住,始与顾欢、戚景玄、朱僧摽等数人共相料视。顾先已写在楼间经,粗识真书,于是分别选出,凡有经传四五卷真受七八篇,今犹在杜家。泰始四年终于剡。"注:"宋大明末,有戴法兴兄延兴作剡县,亦好道。……"

沈文秀、崔道固等闻刘子勋已败,欲复归宋。魏出兵攻之。刘芳、刘峻皆因此入魏。芳遂为北魏名儒,峻后归南,为文学名人。时刘芳年十六。按《梁书·刘峻传》:"峻生朞月,母携还乡里。宋泰始初,青州陷魏,峻年八岁,为人所略至中山,中山富人刘实愍峻,以束帛赎之,教以书学。魏人闻其江南有戚属,更徙之桑乾。峻好学,家贫,寄人庑下,自课读书,常燃麻炬,从夕达旦。"

依其卒年而推,刘峻本年七岁。

事略见《魏书·显祖纪》、《梁书·刘峻传》及《通鉴》卷一百三十二。

高允七十九岁。程骏五十五岁。游明根五十岁。陆澄四十四岁。沈约二十八岁。李彪二十五岁。张融二十五岁。孔稚珪二十二岁。范云十八岁。崔光十八岁。游肇十七岁。王俭十七岁。刘芳十六岁。陶弘景十三岁。萧长懋十一岁。刘绘十一岁。萧子良九岁。任昉九岁。刘峻七岁。阳固六岁。王肃五岁。萧衍五岁。谢朓五岁。丘迟五岁。王僧孺四岁。柳恽四岁。徐勉三岁。王融二岁。刘勰二岁。

宋明帝泰始五年・魏献文帝皇兴三年(469)　己酉

吴均生。

《梁书》本传:"吴均字叔庠,吴兴故鄣人也。家世寒贱。"其卒于梁普通元年,五十二岁,据此上推生于本年。

裴子野生。

《梁书》本传:"裴子野字几原,河东闻喜人。晋太子左率康八世孙。兄黎、弟楷、绰,并有盛名。所谓'四裴'也。曾祖松之,宋太中大夫。祖驷,南中郎外兵参军。父昭明,通直散骑常侍。子野生而偏孤,为祖母所养。"其卒于梁中大通二年,时年六十二岁,上推生于本年。《刘勰年谱汇考》系于泰始三年,实误。又,本年裴子野父裴昭明作《议皇太子纳征礼》。虞龢亦有同议。见《宋书・礼志》。

沈约二十九岁,随蔡兴宗从郢州至会稽。沈约在本年开始修撰《晋书》。

沈约《与徐勉书》云:"望得小禄,傍此东归。岁逾十稔,方忝襄阳县。"沈约为襄阳令,时在479年,上溯十年为本年。时仍在蔡兴宗府中供职。本年六月,蔡兴宗为镇东将军、会稽太守,离开郢州刺史职位。又,《宋书・自序》称:"泰始初,征西将军蔡兴宗为启明帝,有敕赐许,自此迄今,年逾二十。"按:文中所云"今"是指齐永明七年,上溯二十年为本年。

江淹二十六岁,作《贻袁常侍》、《建平王谢赐石砚等启》、《从冠军建平王登庐山香炉峰》等。

袁常侍,即袁炳。详《年代考》。

王俭十八岁,解褐秘书郎、太子舍人。选尚阳羡公主,拜驸马都尉。

见《南史》本传。秘书郎为甲族起家之官。见《梁书・张缵传》。王俭为驸马都尉,是袁粲所荐举,袁粲本年为丹阳尹。

王僧孺五岁,读《孝经》有得。

见《梁书》本传。

刘祥为巴陵王刘休若征西行参军,历骠骑中军二府。

见《南齐书》本传。按:刘休若为征西将军,时在本年闰十一月。

刘瓛为丹阳尹袁粲荐为秘书郎,不见录用。

《南齐书》本传:"少笃学,博通五经。聚徒教授常有数十人。丹阳尹袁粲于后堂夜集,瓛在座,粲指庭中树谓瓛曰:'人谓此是刘尹时树,每想高风,今复见卿清德,可谓不衰矣。'荐为秘书郎,不见用。"

魏攻历城,崔道固降,刘休宾亦降。

见《魏书·显祖纪》、《通鉴》卷一百三十二。

高允八十岁。程骏五十六岁。游明根五十一岁。陆澄四十五岁。王僧虔四十四岁。谢朏二十九岁。李彪二十六岁。张融二十六岁。孔稚珪二十三岁。范云十九岁。崔光十九岁。游肇十八岁。刘芳十七岁。陶弘景十四岁。萧长懋十二岁。刘绘十二岁。萧子良十岁。任昉十岁。阳固七岁。王肃六岁。萧衍六岁。谢朓六岁。丘迟六岁。柳恽五岁。徐勉四岁。王融三岁。刘勰三岁。

宋明帝泰始六年·魏献文帝皇兴四年(470) 庚戌

九月,立总明观,置东观祭酒、访举各一人。举士二十人,分为儒、道、文、史、阴阳五部学。言阴阳者遂无其人。

见《南史·宋明帝纪》。按《南齐书·百官志》云:"泰始六年,以国学废,初置总明观,玄、儒、文、史四科置学士各十人,正令史一人、书令史二人、干一人、门吏一人、典观吏二人。"

陆倕生。

《梁书》本传:"陆倕字佐公,吴郡吴人也。晋太尉玩六世孙。祖子真,宋东阳太守,父慧晓,齐太常卿。"陆倕卒于梁普通七年,时年五十七岁,据此上推生于本年。

陆澄四十六岁,作《皇太子冕服议》,寻转著作正员郎,除安成太守,转刘韫抚军长史,加绥远将军、襄阳太守,并不拜。仍转刘秉后军长史,东海太守。

见《南齐书》本传。按:刘韫于本年六月任抚军将军、雍州刺史。刘秉七月为南徐州刺史。见《宋书·明帝纪》及《刘秉传》。

王僧孺六岁,能属文。

见《梁书》本传。

谢超宗迁司徒主簿、丹阳丞。复为司徒记室、正员郎,兼尚书左丞中郎。以直言忤仆射刘秉,左迁通直常侍。

见《南齐书》本传。按:建安王休仁本年二月为太尉,领司徒。又,刘秉,《南齐书·谢超宗传》作"康",系形近而误。

虞龢作《上明帝论书表》。

年月见文末记载。此表评价历代书法名家,极有参考价值。

袁粲执《周易》,明帝讲经于华林园。

见《宋书》本传。按:王僧虔《诫子书》盛称袁粲通《周易》,良有以也。

王景文作《与王道隆书》。

《宋书》本传:"顷之,征为尚书左仆射,领吏部、扬州刺史,加太子詹事,常侍如故。不愿还朝,求为湘州刺史,不许。时又谓景文在江州,不能洁己,景文与上幸臣王道隆书曰……"按《宋书·明帝纪》,王景文于泰始二年出为江州刺史,本年六月为"尚书左仆射、扬州刺史"。

瓦官寺释慧果卒,时年七十六岁。

释慧皎《高僧传》卷十四《宋京师瓦官寺释慧果传》:"释慧果,豫州人。少以蔬食自业。宋初游京师,止瓦官寺。……果以宋太始六年卒,春秋七十有六。"

佼长生舍宅为寺,名曰正胜寺,请释法愿居之。

释慧皎《高僧传》卷十三《齐正胜寺释法愿传》:"释法愿,本姓钟,名武厉。先颍川长社人。祖世避难,移居吴兴长城。……太始六年,佼长生舍宅为寺,名曰正胜,请愿居之。"

魏俘宋将沈文秀,宋青、冀二州地尽入于魏。

见《魏书·显祖纪》、《通鉴》卷一百三十二。

魏遣高允至兖州祭孔子。

见《魏书·高允传》。

魏徙青、齐民于平城,立平齐郡以居之。

见《通鉴》卷一百三十二。

魏沙门统昙曜奏:"平齐户及诸民有能岁输谷六十斛入僧曹者,即为僧祇粟,粟为僧祇粟,遇凶岁,赈给饥民。"又请"民犯重罪及官奴,以为佛图户,以供诸寺洒扫"。

见《通鉴》卷一百三十二。

高允八十一岁。程骏五十七岁。游明根五十二岁。王僧虔四十五岁。沈约三十岁。谢朓三十岁。李彪二十七岁。江淹二十七岁。张融二十七岁。崔光二十岁。范云二十岁。王俭十九岁。游肇十九岁。刘芳十八岁。陶弘景十五岁。萧长懋十三岁。刘绘十三岁。萧子良十一岁。任昉十一岁。刘峻九岁。阳固八岁。王肃七岁。萧衍七岁。谢朓七岁。丘迟七岁。柳恽六岁。徐勉五岁。王融四岁。刘瓛四岁。吴均二岁。裴子野二岁。

宋明帝泰始七年·魏献文帝皇兴五年·孝文帝元宏延兴元年(471) 辛亥

殷芸生。

《梁书》本传:"殷芸字灌蔬,陈郡长平人也。"卒于梁大通三年,五十九岁,上推生于本年。

徐摛生。

《梁书》本传:"徐摛字士秀,东海郯人也。祖凭道,宋海陵太守。父超之,天监初仕至员外散骑常侍。"按:《梁书》本传称其大宝二年卒时七十八岁,恐误。萧绎在中大通六年(534)作《法宝联璧序》,文末称徐摛六十四岁,上推生于本年,下推至大宝二年,为八十一岁。

周捨生。

《梁书》本传:"周捨字昇逸,汝南安成人。晋左光禄大夫颢之八世孙也。父颙,齐中书侍郎,有名于时。"按:史传未明确记载周捨卒年,仅云:"迁右骁骑将军、知太子詹事。以其年卒,时年五十六。"这里所说的"其年"是哪年呢?铃木虎雄《沈约年谱》、逯钦立《先秦汉魏晋南北朝诗·周捨小传》、洪顺隆《六朝诗论·谢朓作品系年》并据上文定其卒于普通五年,实误。据《梁书·司马筠传》、《裴子野传》,普通七年,周捨仍在世,为太子詹事。依《梁书》本传,周捨卒年与其任太子詹事同年,则其当卒于普通七年。上推生于本年,而不是像洪顺隆所说生于泰始五年。

王素卒,时年五十四岁。

见《宋书》本传。有集十六卷,佚。《玉台新咏》收其《学阮步兵体》一首。

王僧虔四十六岁,五月,以白衣兼侍中,监吴郡太守,迁使持节、都督湘州诸军事、建武将军、行湘州事,仍为辅国将军、湘州刺史。

见《南齐书》本传。《宋书·明帝纪》:本年五月辛未,"监吴郡王僧虔行湘州刺史。"

江淹二十八岁,随刘景素之荆州。作《渡西塞望江上诸山》、《从建平王游纪南城》、《建平王散五刑教》、《建平王聘隐逸教》、《建平王让右卫将军荆州刺史表》、《建平王拜右卫将军荆州刺史章》、《建平王庆安成王拜封表》等。

详《年代考》。

张融二十八岁,为安成王抚军仓曹参军。

见《南齐书》本传。按《宋书·明帝纪》:泰始七年七月"以第三皇子准为抚军将军",八月"立第三皇子准为安成王"。《宋书·顺帝纪》:"七年封安成王,食邑三千户。仍拜抚军将军,置佐吏。"

任昉十二岁,为从叔任晷激赏,称其小名曰:"阿堆,吾家千里驹也。"昉孝友纯至,每侍亲疾,衣不解带,言与泪并,汤药饮食必先经口。

见《南史》本传。

丘迟八岁,能属文。其父丘灵鞠曰:"气骨似我。"谢超宗、何点见而异之。

见《梁书》本传。

徐勉六岁,率尔为文,见称耆宿。

见《梁书》本传。

周颙为安成王抚军行参军,与张融为同僚。

见《南齐书》本传。

贾渊为安成王抚军行参军。

见《南齐书》本传。

王景文作《自陈求解扬州》。

《宋书》本传:"时太子及诸皇子并小,上稍为身后之计,诸将帅吴喜、寿寂之之徒,虑其不能奉幼主,并杀之,而景文外戚贵盛,张永累经军旅,又疑其将来难信,乃自为谣言曰:'一士不可亲,弓长射杀人。'一士,王字;弓长,张字也。景文弥惧,乃自陈求解扬州曰……"文中有"自窃州任,倐已七月"。景文上年六月任扬州刺史,至本年初满七月。按:明帝担心自己死后,皇后临朝,则王景文自然成宰相,门族强盛,借元舅之重,恐为生患,于是下年初即赐王景文死。时年六十。

陆修静上《三洞道经目录》。

考见刘汝霖《东晋南北朝学术编年》。

魏献文帝册立元宏为皇帝,自称太上皇帝。

见《魏书·显祖纪》、《高祖纪》及《通鉴》卷一百三十三。《通鉴》云:"魏显祖聪睿夙成,刚毅有断;而好黄老、浮屠之学,每引朝士与沙门共谈玄理,雅薄富贵,常有遗世之心。"

高允八十二岁,作《鹿苑赋》。

见《广弘明集》卷二十九。此文作于献文帝称太上皇帝之后,时昙曜五窟早已完成。去年冬,献文帝已幸鹿野苑、石窟寺也。

高闾上表颂献文帝传位,自称《至德颂》。

见《魏书·高闾传》,载其全文。献文帝命作《鹿苑颂》、《北伐碑》,颇受称赏。

程骏五十八岁。游明根五十三岁。陆澄四十七岁。沈约三十一岁。谢朓三十一岁。李彪二十八岁。孔稚珪二十五岁。范云二十一岁。王俭二十岁。崔光二十一岁。游肇二十岁。刘芳十九岁。陶弘景十六岁。萧长懋十四岁。刘绘十四岁。萧子良十二岁。刘峻十岁。阳固九岁。王肃八岁。萧衍八岁。谢朓八岁。丘迟八岁。王僧孺七岁。柳恽七岁。王融五岁。刘勰五岁。吴均三岁。裴子野三岁。陆倕二岁。

宋明帝泰豫元年·魏孝文帝延兴二年(472)　壬子

正月,改元泰豫。四月,明帝刘彧死。太子刘昱即位,是为后废帝。

见《宋书·明帝纪》、《后废帝纪》。

陆厥生。

《南齐书》本传:"陆厥字韩卿,吴郡吴人。扬州别驾闲子也。"陆厥卒于齐永元元年,时年二十八岁,上推生于本年。

沈约三十二岁,为征西将军蔡兴宗记室参军,带厥西令。

见《梁书》本传。按:蔡兴宗于本年四月任荆州刺史,未之任,八月即卒。沈约亦未赴任。详《宋书·沈攸之传》。

江淹二十九岁,为刘景素镇军参军事,领南东海郡丞。作讽诗十五首。两人关系开始疏远。本年作《建平王庆明帝疾和礼上表》、《建平王谢玉环刀等启》、《建平王庆改号启》、《建平王太妃周氏行状》、《建平王庆少帝登祚表》、《建平王让镇南徐州刺史启》、《建平王之南徐州刺史辞阙表》、《江上之山赋》、《金灯草赋》等。

详《年代考》。

范云二十二岁,蔡兴宗死后,仍留沈攸之荆州刺史府内。作《送沈记室夜别》。沈记室,沈约也。

见《梁书》本传。

陶弘景十七岁,随刘秉之丹阳郡,与其子刘俣相处日洽。

《本起录》:"十七乃冠,常随刘秉尹之丹阳郡,得给帐下食,出入乘厩马。秉第二男俣少知名,时为司徒祭酒。俣雅好文籍,与先生日夜搜寻,未尝不共味而食,同车而游。"

周颙入侍帷幄,颇见重用。

见《高僧传·释僧瑾传》。

谢超宗与萧道成共属文。

《南齐书》本传:"太祖为领军,数与超宗共属文,爱其才翰。"按《南齐书·高帝纪》:"明帝崩,遗诏为右卫将军、领卫尉,加兵五百人。……又别领东北选事。寻解卫尉,加侍中,领石头戍军事。"

王智深作《和建平王观法篇》,被刘景素辟为西曹书佐。

《南齐书·文学传》本传:"王智深字云才,琅邪临沂人也。少从陈郡谢超宗学属文。好饮酒,拙涩乏风仪。宋建平王景素为南徐州,作《观法篇》,智深和之,见赏,辟为西曹书佐。"按《宋书·后废帝纪》,刘景素本年七月"为镇军将军、南徐州刺史"。

李珪之为镇西将军沈攸之中郎谘议。

见《南齐书》本传。

宋孝武帝、明帝之大明、泰始中,文风大变,是元嘉文风向永明文风转变的重要过渡阶段。宋孝武帝、宋明帝并好辞赋。

《建康实录》载,大明六年八月建置清台令官,用以考其清浊。又云:"武帝自永初迄于元嘉,多为经史之学,自大明之代,好作词赋。"《宋书·临川王道规传》附《鲍照传》称:"孝武好为文章,自谓物莫能及。"其诗今存二十七首,居刘宋帝王之首。《诗品》评:"孝武诗,雕文织采,过为积密。"《宋书·明帝纪》:"好读书,爱文义。在藩时撰《江左以来文章志》,又续卫瓘所注《论语》二卷,及即大位,才学之士,多蒙引进,参侍文籍,应对左右。"裴子野《雕虫论序》亦称:"宋明帝博好文章,才思朗捷,常读书奏,号称七行俱下,每有祯祥,及幸宴集,辄陈诗展义,且以命朝臣,其戎士武夫,则托请不暇,困于课限,或买以应诏焉。于是天下向风,人自藻饰,雕虫之艺,盛于时矣。"故裴子野说:"宋初迄于元嘉,多为经史。大明之代,实好斯文,高才逸韵,颇谢前哲,波流相尚,滋有笃焉。自是闾阎年少,贵游总角,罔不摈落六艺,吟咏情性。学者以博依为急务,谓章句为专鲁。淫文破典,斐尔为功。无被于管弦,非止乎礼义。深心主卉木,远致极风云。其兴浮,其志弱,巧而不要,隐而不深,讨其宗途,亦有宋之遗风也。"《诗品序》也称:"观古今胜语,多非补假,皆由直寻。颜延、谢庄尤为繁密,于时化之。故大明、泰始中,文章殆同书钞。"钟嵘谈的是使事用典,但元嘉与大明、泰始又有所不同。元嘉诗风尚经史,而大明、泰始则以玄学为主。

释法云七岁,出家为僧,更名法云,住庄严寺,为僧成、玄趣、宝亮

弟子。

见释道宣《续高僧传》卷五《梁杨都光宅寺沙门释法云传》。

魏下诏更定孔子庙祠典。

《魏书·高祖纪》："顷者淮徐未宾,致令祠典寝顿,礼章殄灭,遂使女巫妖觋,淫进非礼,杀生鼓舞,倡优媟狎,岂所以高明神敬圣道者也。"据此北朝祠孔较之南朝更合古制,盖北人重礼,而南朝自清谈盛行,礼教多缺。

魏下诏论州郡选举。

《魏书·高祖纪》载诏书曰："自今所遣,皆门尽州郡之高,才极乡闾之选。"此见魏之选举,已重门第。

高允上《北伐颂》,时年八十三岁。

见《魏书·高允传》,颂为四言体,文甚典雅。

程骏五十九岁。游明根五十四岁。陆澄四十八岁。王僧虔四十七岁。谢朏三十二岁。李彪二十九岁。张融二十九岁。孔稚珪二十六岁。崔光二十二岁。游肇二十一岁。王俭二十一岁。刘芳二十岁。陶弘景十七岁。萧长懋十五岁。刘绘十五岁。萧子良十三岁。任昉十三岁。刘峻十一岁。阳固十岁。王肃九岁。萧衍九岁。谢朓九岁。丘迟九岁。王僧孺八岁。柳恽八岁。徐勉七岁。王融六岁。刘勰六岁。吴均四岁。裴子野四岁。陆倕三岁。徐摛二岁。殷芸二岁。周捨二岁。

宋后废帝刘昱元徽元年·魏孝文帝延兴三年(473)　癸丑

正月,改元元徽。

江淹三十岁,仍在刘景素幕下,作《灯赋》、《遂古篇》、《扇上彩画赋》、《伤友人赋》、《袁友人传》、《伤爱子赋》、《悼室人十首》、《伤内弟刘常侍》、《陆东海谯山集》、《灯夜和殷长史》、《赠炼丹法和殷长史》等。

详《年代考》。

张融三十岁,议家人家长罪所不及事。

见《南齐书》本传。按:泰始四年,宋明帝取荆郢湘雍四州射手,叛者斩亡身及家长者,家口没奚官。元徽初,郢州射手有叛者,张融议其家人家长罪所不及。

王俭二十二岁,八月,表上《七志》三十卷(《南齐书》本传作四十卷)。

见《宋书·后废帝纪》。《南齐书》本传:"解褐秘书郎,太子舍人,超迁秘书丞。上表求校坟籍,依《七略》撰《七志》四十卷,上表献之,表辞甚典。"任昉《王文宪集序》称:"元徽初,迁秘书丞,于是采公曾(荀勖)之《中经》,刊弘度(李充)之《四部》,依刘歆《七略》,更撰《七志》。盖尝赋诗云:'稷契匡虞夏,伊吕翼商周。'自是始有应务之迹,生民属心矣。时司徒袁粲,有高世之度,脱落尘俗,见公弱龄,便望风推服,叹曰:'衣冠礼乐在是矣。'时粲位亚台司,公年始弱冠,年势不侔,公与之抗礼,因赠粲诗,要以岁暮之期,申以止足之诫。粲答诗曰:'老夫亦何寄,之子照清襟。'"按:王俭《赠袁粲诗》失传。袁粲这两句诗为《先秦汉魏晋南北朝诗》所失收。阮孝绪《七录序》载:"宋秘书殷淳撰《大四部目》,俭又依别录之体,撰为《七志》。"其编排体例依《七志》为:"改六艺为经典,次诸子,次诗赋为文翰,次兵书为军书,次数术为阴阳,次方伎为术艺。以向、歆虽云《七略》,实有六条,故别立图谱一志,以全七限。其外又条《七略》及二汉《艺文志》(按:指班固、袁山松所撰书)、《中经簿》所阙之书,并方外之经,佛经道经,各为一录。"因献此书目,朝廷又命王俭等编《元徽元年秘阁四部书目录》,收书二千二十帙,一万五千七十四卷。见《广弘明集》卷三收《七录序》及《隋书·经籍志》。

周颙出为剡令,有恩惠,百姓思之。

见《南齐书》本传。

丘巨源为桂阳王刘休范所征,未就任,留京都。

《南齐书》本传:"元徽初,桂阳王休范在寻阳,以巨源有笔翰,遣船迎之,饷以钱物。巨源因太祖自启,敕板起巨源使留京都。"

顾长康、何翌之表上所撰《谏林》十二卷,上至虞舜,下及晋武。

见《宋书·后废帝纪》。

释僧韶二十七岁,始来京邑,住建元寺。

见释道宣《续高僧传》卷五《梁杨都建元寺沙门释僧韶传》。

九月一日,邵硕卒于岷山通云寺。

释慧皎《高僧传》卷十《宋岷山通云寺邵硕传》:"邵硕者,本姓邵名硕,始康人。……以宋元徽元年九月一日卒岷山通云寺。"

魏孝文帝下诏牧守令长,使之勤率百姓,无令失时。同部之内,贫富相通,家有兼牛,通借无者,若不从诏,一门之内终身不仕。守宰不督察,免所居官。

见《魏书·高祖纪》、《通鉴》卷一百三十三。

魏太上皇帝(献文帝)屡引程骏与论《易》、《老》之义。

《魏书·程骏传》:太上皇帝顾谓群臣曰:"朕与此人言,意甚开畅。"又问骏曰:"卿年几何?"对曰:"臣六十有一。"显祖曰:"昔太公既老而遭文王。卿今遇朕,岂非早也?"骏曰:"臣虽才谢吕望,而陛下尊过西伯。觊天假余年,竭《六韬》之效。"据本传,程骏卒于太和九年(485),年七十二,则与魏献文帝论《老》、《易》,当在是年。《魏书》本传又载,骏尝谓其师刘昞曰:"今世名教之儒,咸谓老庄其言虚诞,不切实要,弗可以经世,骏意以为不然。夫老子著抱一之言,庄生申性本之旨,若斯者,可谓至顺矣。人若乖一则烦伪生,若爽性则冲真丧。"程骏自六世祖坐事流凉州,世居河西,足见北魏老庄之学,至此渐兴起。而凉州文人亦颇有作用。

魏以孔子二十八世孙乘为崇圣大夫,给十户以供洒扫。

见《魏书·高祖纪》、《通鉴》卷一百三十三。

西域三藏吉迦夜及释昙曜在平城译《杂宝藏经》十三卷、《付法藏因缘经》六卷、《方便心论》二卷。刘孝标笔受。此三经未传至江南。

见《出三藏记集》卷二。注:"右三部,凡二十一卷。宋明帝时,西域三藏吉迦夜于北国,以伪延兴三年,共僧正释昙曜译出,刘孝标笔受。此三经并未至京都。"陈垣《云岗石窟寺之译经与刘孝标》(载《燕京学报》第六期,1929年12月)引《开元释教录》称吉迦夜"以北魏孝帝延兴二年为昭玄统沙门昙曜译《大方广十地》等经五部,刘孝标笔受",这里所说凡五部,除上述四部外,尚有《佛说称扬诸佛功德经》三卷。陈先生论曰:"诸经今皆流传,惟《杂宝藏经》亦题吉迦夜共昙曜译;其余三种均只称吉迦夜译。"按《梁书·刘孝标传》:"宋泰始初,青州陷魏,峻年八岁,为人所略至中山。"据《魏书·献文帝纪》,皇兴三年(469)五月,徙青州民于京师。时年孝标八岁。至延兴三年,十二岁也。史载刘孝标在永明四年(486)二十五岁时始逃到江南,则其在江北滞留十八年。这些佛经未必在同一年译出。今暂系此。

高允八十四岁。程骏六十岁。游明根五十五岁。陆澄四十九岁。王僧虔四十八岁。沈约三十三岁。谢朏三十三岁。李彪三十岁。孔稚珪二十七岁。范云二十二岁。崔光二十三岁。游肇二十二岁。刘芳二十一岁。陶弘景十八岁。萧长懋十六岁。刘绘十六岁。萧子良十四岁。任昉十四岁。刘峻十二岁。阳固十一岁。王肃十岁。萧衍十岁。谢朓十岁。丘迟十岁。王僧孺九岁。柳恽九岁。徐勉八岁。王融七岁。刘勰七岁。吴均五岁。裴子野五岁。陆倕四岁。徐摛三岁。殷芸三岁。周捨三岁。陆厥二岁。

宋后废帝元徽二年·魏孝文帝延兴四年(474) 甲寅

五月,桂阳王刘休范在浔阳反叛,逼入建康朱雀门。右军将军王道隆、领军将军刘勔等战死。越骑校尉张敬儿诈降,杀刘休范。

见《宋书·后废帝纪》。

吴迈远坐桂阳王之乱被杀,作《临终诗》。

见《南史》本传。按:吴作诗每得称意语,辄掷地大呼:"曹子建何足数哉!"有集八卷,佚。今存诗共十一首。

王僧虔四十九岁,七月进封平南将军,以其攻讨桂阳王有功故也。作《报檀珪书》。

见《宋书·后废帝纪》、《南史·檀珪传》。

沈约三十四岁,为郢州刺史晋熙王燮法曹参军,转外兵参军,兼记室。

按:《梁书》本传作晋安王法曹参军。日本学者铃木虎雄以为"晋安之安,疑熙之误"。

谢朏三十四岁,为卫将军袁粲长史。

按:袁粲于元年被任为卫将军,以丁母忧不受。二年桂阳王举兵反,袁粲扶曳入殿,府置佐吏。

江淹三十一岁,被贬建安吴兴令。作《敕为朝贤答刘休范书》、《刘仆射东山集》、《刘仆射东山集学骚》、《无锡县历山集》、《无锡舅相送衔涕别》、《被黜为吴兴令辞笺诣建平王》、《与交友论隐书》、《赤亭渚》、《去故乡赋》、《渡泉峤出诸山之顶》、《迁阳亭》、《游黄檗山》等。

详见《年代考》。

张融三十一岁,作《与从叔张永书》、《与王僧虔书》。

《南史》本传:"融家贫愿禄,初与从叔征北将军永书曰……又与吏部尚书王僧虔书曰……"按:张永时为征北将军、南兖州刺史,王僧虔掌吏部。张融作书,用以求禄。时议以张融非治民才,竟不用。

孔稚珪二十八岁,解褐安成王车骑法曹行参军。

见《南齐书》本传。按《宋书·顺帝纪》:安成王刘准于"元徽二年,进号车骑将军,都督扬南豫二州诸军事"。

刘瓛八岁,其父刘尚卒。

见《汇考》。

周颙为邵陵王刘友南中郎三府参军。

见《南齐书》本传。按《宋书·邵陵殇王传》,刘友本年为南中郎将、江州刺史,封邵陵王。

丘巨源在中书省撰符檄,征讨桂阳王刘休范。其符檄似已不存。事平,巨源望有封赏,既而不获,于是作《与尚书令袁粲书》以诉怨言。

见《南齐书》本传。

刘休范举兵反叛后作《与袁粲褚渊刘秉书》。

见《宋书》本传。

萧道成作《与褚渊袁粲书》。

见《南齐书·褚渊传》。按:萧道成在平定桂阳王反叛后,迁中领军,领南兖州,增户邑,重权在掌,为平息众疑,固让不受,遂作此书。褚渊有《答萧领军书》。

王珪之开始纂集古设官历代分职,后成《齐职仪》五十卷。

见《南齐书·王珪之传》。

魏下诏废除火门、火房之刑罚。

见《魏书·高祖纪》。按《通鉴》卷一百三十三云:"魏显祖勤于为治,赏罚严明,慎择牧守,进廉退贪。诸曹疑事,旧多奏决,又口传诏敕,或致矫擅。上皇命事无大小,皆据律正名,不得为疑奏;合则制可,违则弹诘,尽用墨诏,由是事皆精审。尤重刑罚,大刑多令覆鞫,或囚系积年。群臣颇以为言,上皇曰:'滞狱诚非善治,不犹愈于仓猝而滥乎！夫人幽苦则思善，故智者以囹圄为福堂，朕特苦之，欲其改悔而加矜恕尔。'由是囚系虽滞，而所刑多得其宜。又以赦令长奸，故自延兴以后，不复有赦。"此文取自《魏书·刑罚志》，文字略异。

高允八十五岁，久典史事，然而不能专勤属述，时与校书郎刘模有所缉缀，考校续崔浩故事，准《春秋》之体，而时有刊正。自高宗迄于显祖，军国书檄，多允文也。末年乃荐高闾以自代。

见《魏书·高允传》。

刘芳二十二岁，为诸僧佣写经论自给，著《穷通论》以自慰。

见《魏书·刘芳传》。《穷通论》全文已佚，未知写作时间，其被荐引在太和二年，姑系于此，待考。

程骏六十一岁。游明根五十六岁。陆澄五十岁。李彪三十一岁。范云二十四岁。崔光二十四岁。游肇二十三岁。王俭二十三岁。陶弘景十九岁。萧长懋十七岁。刘绘十七岁。萧子良十五岁。任昉十五岁。刘峻十三岁。阳固十二岁。王肃十一岁。萧衍十一岁。谢朓十一岁。丘迟十一岁。王僧孺十岁。柳恽十岁。徐勉九岁。王融八岁。吴均六岁。裴子野六岁。陆倕五岁。徐摛四岁。殷芸四岁。周捨四岁。陆厥三岁。

宋后废帝元徽三年·魏孝文帝延兴五年(475) 乙卯

张率生。

《梁书》本传："张率字士简，吴郡吴人。祖永，宋右光禄大夫。父瓌，齐世显贵，归老乡邑。天监初授右光禄，加给事中。"张率卒于梁大通元年，五十三岁，上推生于本年。

徐爰卒，时年八十二岁。

《宋书》本传："元徽三年卒，时年八十二。"沈约对他颇多微词，列之于《宋书·恩幸传》，以其"巧于将迎"、"长于附会，又饰以典文"故也。徐爰著述甚多，除《宋书》六十五卷外，有《周易系辞注》、《礼记音》,辑《杂逸书》等。又注潘岳《射雉赋》。原有集十卷。今存诗二首,文二十四篇。

沈约三十五岁,客居鄞州,作《栖禅精舍铭并序》。

见《广弘明集》卷十六。

江淹三十二岁,仍在吴兴。作《草木颂》、《采石上菖蒲》、《待罪江南思北归赋》、《泣赋》、《赤虹赋》、《四时赋》、《山中楚辞》等。

详《年代考》。

张融三十二岁,奔叔父张永丧。以故免官,寻复位,摄祠、仓部二曹。

见《南齐书》本传。按《宋书·张永传》:"(元徽)三年卒,时年六十六。"张永亦善诗文,钟嵘《诗品》列于下品。他的代表作是《元嘉技录》。陈代释智匠《古今乐录》、宋代郭茂倩《乐府诗集》多所引用。

任昉十六岁,为丹阳尹刘秉辟为主簿。

《梁书》本传:"幼而好学,早知名。宋丹阳尹刘秉辟为主簿。时昉年十六,以气忤秉子。"按《宋书·刘秉传》:元徽二年"加散骑常侍、丹阳尹,解吏部。封当阳县侯,食邑千户。与齐王、袁粲、褚渊分日入直决机事。"

释慧超生。

释道宣《续高僧传》卷六《梁杨都灵根寺释慧超传》:"释慧超,姓王,太原人。永嘉之乱寓居襄阳。"其卒于梁普通七年,五十二岁,逆推生于本年。按:目录作"慧超",而正文则作"惠超"。本卷另有"慧超",赵郡阳平人。也是普通七年卒。

释道猛卒于京师东安寺,时年六十五岁。

见释慧皎《高僧传》卷七《宋京师兴皇寺释道猛传》。

释法献发迹金陵,至于阗国求法,著有《别记》。

释慧皎《高僧传》卷十三《齐上定林寺释法献传》:"先闻猛公西

游,备瞩灵异,乃誓欲忘身,往观圣迹。以宋元徽三年发踵金陵,西游巴蜀,路出河南,道经芮芮。既到于阗,欲度葱岭,值栈道断绝,遂于于阗而反。获佛牙一枚,舍利十五身。并《观世音灭罪咒》及《调达品》,又得龟兹国金锤鍱像,于是而还。其经途危阻,见其《别记》。"

魏禁畜鹰鹞,又禁杀牛马。

见《魏书·高祖纪》、《通鉴》卷一百三十三。此时已改畜牧民族习气。

高允八十六岁。程骏六十二岁。游明根五十七岁。陆澄五十一岁。王僧虔五十岁。谢朏三十五岁。李彪三十二岁。孔稚珪二十九岁。范云二十五岁。崔光二十五岁。游肇二十四岁。王俭二十四岁。刘芳二十三岁。陶弘景二十岁。萧长懋十八岁。刘绘十八岁。萧子良十六岁。刘峻十四岁。阳固十三岁。王肃十二岁。萧衍十二岁。谢朓十二岁。丘迟十二岁。王僧孺十一岁。柳恽十一岁。徐勉十岁。王融九岁。刘瓛九岁。吴均七岁。裴子野七岁。陆倕六岁。徐摛五岁。殷芸五岁。周捨五岁。陆厥四岁。

宋后废帝元徽四年·魏孝文帝承明元年(476) 丙辰

七月,建平王刘景素举兵反叛,旋即被杀。

见《宋书》本传。

王僧虔五十一岁。十月,以吏部尚书迁至散骑常侍、尚书右仆射。

见《南齐书》本传及《宋书·后废帝纪》。

江淹三十三岁,仍为建安吴兴令。作《杂三言》、《石劫赋》、《翡翠赋》、《青苔赋》、《恨赋》、《别赋》、《倡妇自悲赋》等。刘景素败后回到京城。

详《年代考》。

张融三十三岁,为南阳王刘翙友。

见《南齐书》本传。按《宋书·南阳王传》:"元徽四年,年六岁,封南阳王,食邑二千户。"

王俭二十五岁,时为司徒右长史,作《公府长史朝服议》等。

见《宋书·礼志》。

萧长懋十九岁,随其父萧赜居郢州。萧赜时为晋熙王镇西长史、江夏内史,行郢州事。

《南齐书·武帝纪》:"元徽四年,以上为晋熙王镇西长史、江夏内史,行郢州事。"按:《宋书·后废帝纪》本年九月己丑"安西将军、郢州刺史、晋熙王燮进号镇西将军"。

王智深被建平王刘景素辟为西曹书佐,未到职而景素败,后解褐徐州祭酒。

见《南齐书》本传。

虞玩之在本年五月上《陈时事表》,指摘时弊,颇中肯綮。

详《宋书》本传及《后废帝纪》。

魏献文帝为文明太后冯氏所鸩,卒。孝文帝改元承明。魏文明太皇太后冯氏复临朝听政。

《魏书·皇后·文成文明皇后冯氏传》:"太后性聪达,自入宫掖,粗学书计。及登尊位,省决万机。""自太后临朝专政,高祖雅性孝谨,不欲参决,事无巨细,一禀于太后。太后多智略,猜忍,能行大事,生杀赏罚,决之俄顷,多有不奏高祖者。是以威福兼作,震动内外。"亦见《通鉴》卷一百二十四,文字略有出入。是时,魏文明太皇太后"以高祖富于春秋,乃作《劝戒歌》三百余章,又作《皇诰》十八篇","立文宣王庙于长安。又立思燕佛图于龙城,皆刊石立碑"。并见《魏书·皇后·文成文明皇后冯氏传》。中华书局标点本《校记》:"钱氏(大昕)《考异》卷三八云:'按:《外戚传》(《北史》卷八〇、《魏书》卷八三上),冯朗追赠燕宣王,立庙长安,"文"当为"燕"

之讹。'按:冯太后为父燕宣王立庙长安,屡见纪载,钱说是。"冯朗即北燕主冯弘之子,冯太后乃汉人,故孝文帝之汉化,实深受冯太后影响。

袁翻生。

按《魏书》本传,袁翻卒于孝庄帝永安元年,年五十三,逆推当生于是年。袁翻字景翔,陈郡项(今河南项城)人,北魏作家。

程骏六十三岁,上书谏太庙执事之官皆得封爵。

按:本年迁献文帝神主于太庙。旧制:庙中执事之官皆得赐爵,程骏上表以为不可,文明太后称之。见《魏书·程骏传》,表文疑有删节。

释昙鸾生。

释道宣《续高僧传》卷六《魏西河石壁谷玄中寺释昙鸾传》:"释昙鸾,或为峦,未详其氏,雁门人。"其卒于东魏兴和四年,六十七岁,逆推生于本年。

释僧范生。

释道宣《续高僧传》卷八《齐邺东大觉寺释僧范传》:"释僧范,姓李氏,平乡人也。"其卒于天保六年,时年八十,逆推生于本年。

高允八十七岁。游明根五十八岁。陆澄五十二岁。沈约三十六岁。谢朏三十六岁。李彪三十三岁。孔稚珪三十岁。范云二十六岁。崔光二十六岁。游肇二十五岁。刘芳二十四岁。陶弘景二十一岁。刘绘十九岁。萧子良十七岁。任昉十七岁。刘峻十五岁。阳固十四岁。王肃十三岁。萧衍十三岁。谢朓十三岁。丘迟十三岁。王僧孺十二岁。柳恽十二岁。徐勉十一岁。王融十岁。刘勰十岁。吴均八岁。裴子野八岁。陆倕七岁。徐摛六岁。殷芸六岁。周捨六岁。陆厥五岁。张率二岁。

宋后废帝元徽五年·宋顺帝刘准昇明元年·魏孝文帝太和元年(477) 丁巳

七月，萧道成使人杀宋后废帝刘昱，立安成王刘准，是为宋顺帝，改元昇明。十二月，荆州刺史沈攸之起兵反萧道成。司徒袁粲等据石头城反萧道成，未几败死。

见《宋书·后废帝纪》、《南齐书·高帝纪》。

到沆生。

《梁氏》本传："到沆字茂瀣，彭城武原人也。曾祖彦之，宋将军。父伪，齐五兵尚书。"到沆卒于梁天监五年，时年三十岁，上推生于本年。

到洽生。

《梁书》本传："到洽字茂㳒，彭城武原人也。宋骠骑将军彦之曾孙。祖仲度，骠骑江夏王从事中郎。父坦，齐中书郎。"到洽卒于梁大通元年，时年五十一岁，上推生于本年。

陆修静卒，时年七十二岁。

《云笈七签》卷五《宋庐山简寂陆先生》："迨元徽五年春正月，谓门人曰：'吾得还山，可整装。'众咸讶，诏旨未从，而有斯说。至三月二日，乃偃卧解带……春秋七十二。"其门徒有孙游岳、李果之。孔稚珪作《与果之书》盛赞陆修静。

王僧虔五十二岁，七月任尚书仆射。十二月为中书令、尚书左仆射。

见《南齐书》本传及《宋书·顺帝纪》。

沈约三十七岁，仍居郢州，得以与萧赜、萧长懋父子相过从。

见《梁书》本传。

谢朓三十七岁，与褚炫、刘俣、江斅等入殿侍文义，号曰"四友"。

见《南齐书·褚炫传》。

江淹三十四岁,时居京城,为萧道成骠骑参军事、尚书驾部郎。作《还故园》、《到功曹参军笺诣骠骑竟陵王》、《萧领军拜侍中刺史章》、《萧领军让司空并敦劝表》、《萧骠骑让油幢表》、《萧骠骑录尚书事到省表》、《拜正员郎表》、《萧骠骑让封第二表》、《萧骑录让封第三表》、《萧骠骑让豫司二州表》、《知己赋》、《尚书符》、《萧骠骑发徐州寺三五教》等。

详《年代考》。

张融三十四岁,以父敌王玄谟之子王瞻同为南阳王掾属,请求去官,不许。

见《南齐书》本传。按:张融父张畅先为丞相长史,义宣事难,张畅为王玄谟所录,将杀之。本年,刘翙进号前将军,王瞻为前军长史,张融亦同僚,故有此请。

孔稚珪三十一岁,为萧道成记室参军,与江淹对掌辞笔,以文翰见赏。迁正员郎、中书郎、尚书令丞。

见《南齐书》本传。

范云二十七岁。其父范抗仍在郢州任职,府主为武陵王刘赞。范云为西曹书佐、法曹行参军。

《梁书》本传:"起家郢州西曹书佐,转法曹行参军。俄而沈攸之举兵围郢城,(范)抗时为府长流,入城固守。留家属居外。云为军人所得,攸之召与语,声色甚厉,云容貌不变,徐自陈说。攸之乃笑曰:'卿定可儿,且出就舍。'明旦,又召令送书入城。城内或欲诛之。云曰:'老母弱弟,悬命沈氏,若违其命,祸必及亲,今日就戮,甘心如荠。'长史柳世隆素与云善,乃免之。"

陶弘景二十二岁,随刘秉入石头城,随袁粲事败而逃,刘俣被杀,陶弘景欲纂集其遗文而未得。遂寻山而隐。其父陶贞宝通过纪僧真的关系投奔萧道成。

《本起录》:"俣与江斅、褚炫等俱为顺帝四友,故最以才学得名。俣作《宋德颂》、《连珠》、《七警》,当世称绝。俣既亡后,文章皆零落,先生欲为纂集,竟不能得。是岁昇明元年冬,先生年二十二,随刘丹阳入石头城,就袁粲建事,先生与韩贲、糜淡同掌文檄,及事败城溃,即得奔出。俣及第佽为沙门以逃,为人所获,建康狱死,人莫敢视。先生躬自收殡瘗葬,查硎旧墓,营理都毕,自此弃世,寻山而止。值宋齐之际,物情未安,既结刘宗,常怀忧惕。父乃因纪僧真求事高帝于新亭,即蒙帐内驱使。"按:《梁书》本传称"未弱冠,齐高帝作相,引为诸王侍读"。萧道成作相是在本年七月,陶弘景二十二岁,已逾弱冠之后。因此,"未弱冠"三字疑误。

萧长懋二十岁,授辅国将军,迁晋熙王抚军主簿。

见《南齐书》本传。按《宋书·顺帝纪》,刘燮本年七月为抚军将军、扬州刺史。

萧子良十八岁,随其父兄萧赜、萧长懋同守盆城,被任为宁朔将军,又为邵陵王刘友左军行参军。

见《南齐书》本传。

裴子野九岁,祖母亡,泣血哀恸。

见《梁书》本传。

谢超宗本年末为义兴太守。

《南齐书》本传:"粲既诛,太祖以超宗为义兴太守。"按《宋书·顺帝纪》,袁粲于本年十二月被杀。

卞彬作童谣记述时事。

《南齐书》本传云:"宋元徽末,四贵辅政。彬谓太祖曰:'外间有童谣云:可怜可念尸著服,孝子不在日代哭,列管暨鸣死灭族。公颇闻不?'时王蕴居父忧,与袁粲同死,故云尸著服也。服者衣也,褚字边衣也。孝除子,以日代者,谓褚渊也。列管,萧也。彬退,太祖笑曰：'彬自作此。'"据《南齐书·高帝纪》，"四贵"指萧道成、袁粲、褚渊、刘秉。又据《南史·袁粲传》，袁粲举兵反萧道成，褚渊发其谋，粲兵败遇害，而褚渊独辅政。"于时百姓语曰：'可怜石头城，宁为袁粲死，不作褚渊生。'"

丘巨源作《为尚书符荆州》、《驰檄数沈攸之罪恶》。

《南齐书》本传："沈攸之事，太祖使巨源为尚书符荆州。巨源以此又望赏异，自此意常不满。"按：前文见《南齐书·柳世隆传》，后文见《宋书·沈攸之传》。

沈攸之作《西乌夜飞》五曲、《遗萧道成书》。

见《乐府诗集》卷四十九及《南齐书·张敬儿传》。《乐府诗集》引《古今乐录》曰："《西乌夜飞》者，宋元徽五年荆州刺史沈攸之所作也。攸之举兵发荆州，东下，未败之前，思归京师，所以歌。"按：此诗书颇可诵读。

周颙为萧道成作《报沈攸之书》。

见《南齐书》本传及《张敬儿传》。

其时，声乐特盛，太乐雅郑，共有千余人。后堂杂伎，不在其数。

见《太平御览》卷五六九所引《宋书》。《南齐书·崔祖思传》也称，宋后废帝时，"户口不能百万，而太乐雅郑，元徽时校试，千有余人。后堂杂伎，不在其数"。《通典》卷一四一引裴子野《宋略》论及宋末歌舞之盛："王侯将相，歌伎填室；鸿商富贾，舞女成群，竞相夸大，互有争夺，如恐不及，莫为楚令。"裴氏称之"伤风败俗，莫不在此"。因此之故，王僧虔特于下年上表要求统一整理。

程骏六十四岁，见宋后废帝为萧道成所杀，上表欲致讨。不从。

见《魏书·程骏传》，表文疑有删节。

魏诏群臣定律令于太华殿。本年，魏孝文帝正音乐。

《魏书·乐志》："太和初，高祖垂心雅古，务心音声。时司乐上书,典章有阙,求集中秘群官议定其事,并访吏民,有能体解古乐者,与之修广器数,甄立名品,以谐八音。诏'可'。虽经众议,于时卒无洞晓声律者,乐部不能立,其事弥缺。然方乐之制及四夷歌舞,稍增列于太乐。金石羽旄之饰,为壮丽于往时矣。"

高允八十八岁。游明根五十九岁。陆澄五十三岁。李彪三十四岁。崔光二十七岁。游肇二十六岁。王俭二十六岁。刘芳二十五岁。刘绘二十岁。任昉十八岁。刘峻十六岁。阳固十五岁。王肃十四岁。萧衍十四岁。谢朓十四岁。丘迟十四岁。王僧孺十三岁。柳恽十三岁。徐勉十二岁。王融十一岁。刘瓛十一岁。吴均九岁。陆倕八岁。徐摛七岁。殷芸七岁。周捨七岁。陆厥六岁。张率三岁。袁翻二岁。

宋顺帝昇明二年·魏孝文帝太和二年(478)　戊午

正月,沈攸之败归自缢。二月,加萧道成太尉、都督南徐等十六州军事。九月,进萧道成假黄钺、大都督中外军事、太傅、领扬州牧。

见《南齐书·高帝纪》。

萧子恪生。

《梁书》本传:"萧子恪字景冲,兰陵人,齐豫章文献王嶷第二子也。"子恪卒于梁大通三年,五十二岁,上推生于本年。

王僧虔五十三岁,任尚书令,以飞白书题尚书省壁自警曰:"圆行方止,物之定质,修之不已则溢,高之不已则慄,驰之不已则踬,引之不已则迭,是故去之宜疾。"作《乐表》,详细描述当时"家竞新哇,人尚淫俗"的社会风尚。

见《南史》本传。按《南齐书·王延之传》载:萧道成辅政,"朝野之情,人怀彼此。延之与尚书令王僧虔中立无所去就。时人语曰:二王居平,不送不迎。"作《乐表》,见《宋书·乐志》及《南齐书·王僧虔传》。

谢朓三十八岁,为萧道成骠骑长史、太尉长史、带南东海太守。

《梁书》本传:"齐高帝为骠骑将军辅政,选朏为长史,敕与河南褚炫、济阳江斅、彭城刘俣俱入侍宋帝,时号为天子四友。并掌中书、散骑二省诏册。高帝进太尉,又以朏为长史,带南东海太守。"又《宋书·符瑞志》亦载本年谢朏任职于南东海。按:本年十月,萧道成立皇后谢氏,即谢庄之孙女,亦即谢朏侄女。谢朏于宋齐之交日益显贵,多赖这种皇亲国戚的关系。

江淹三十五岁,作《萧骠骑祭石头战亡文》、《萧骠骑筑新亭垒埋枯骨表》、《萧骠骑上顿表》、《萧骠骑庆平贼表》、《慰劳雍州诏》、《萧骠骑解严输黄钺表》、《卧疾怨别刘长史》、《惜春晚应刘秘书》、《宋故安成王右常侍刘乔墓志铭》、《萧骠骑谢甲仗入殿表》、《萧太尉上便宜表》、《萧骠骑让太尉增封第二表》、《萧骠骑让太尉增封第三表》、《让太傅扬州牧表》、《萧重让扬州牧表》、《后让太傅扬州牧表》、《萧拜太尉扬州牧表》、《萧太傅谢追赠父祖表》、《萧太尉子侄为领军江州兖州豫州淮南黄门谢启》、《萧上铜钟芝草众瑞表》、《萧让剑履殊礼表》、《萧被侍中敦劝表》、《萧被尚书敦劝重让表》等。

详见《年代考》。

张融三十五岁,为萧道成召为太傅掾。

见《南齐书》本传。

范云二十八岁。上年末被沈攸之俘获,被迫送书入郢,有人要求杀之,赖柳世隆求免。除员外散骑郎。

见《南史》本传。

王俭二十七岁,迁长兼侍中,又为太尉右长史、左长史,颇得萧道成器重。建议加萧道成太傅、假黄钺,并让中书舍人虞整作诏。

见《南齐书》本传及《资治通鉴》卷一百三十四。《南齐书》本传曰:"昇明二年,迁长兼侍中,以父终此职,固让。俭察太祖雄异,先于领府衣裾,太祖为太尉,引为右长史,恩礼隆密,专见任用。转左长史,及太傅之授,俭所倡也。少有宰相之志,物议咸相推许。时大典将行,俭为佐命,礼仪诏策,皆出于俭,褚渊唯为禅诏文,使俭治之。"按《宋书·顺帝纪》,萧道成本年二月为太尉。

陶弘景二十三岁,为萧道成弟子侍读。

《本起录》:"二年正月,沈攸之平,从还东府,公仍遣使侍第五息晔、第六息暠侍读,兼助公间管记事。先生时年二十三,除巴陵王侍郎。"《云笈七签》卷五《梁茅山贞白陶先生》:"仕齐历数王侍读,皆总记室。笺疏精丽,为时所重师法……"

萧长懋二十一岁,随父还都。

《南齐书》本传:"事宁,世祖遣太子还都。太祖方创霸业,心存嫡嗣,谓太子曰:'汝还,吾事办矣。'处之府东斋,令通文武宾客。敕荀伯玉曰:'我出行日,城中军悉受长懋节度。我虽不行,内外直防及诸门甲兵,悉令长懋时时履行。'转秘书丞,以与宣帝讳同,不就,改除中书郎,迁黄门侍郎,未拜。"此处"事宁"二字指平定沈攸之反叛。

刘绘二十一岁,解褐著作郎,为萧道成太尉行参军,八月,又为豫章王萧嶷左军主簿,随镇江陵。

《南齐书》本传:"解褐著作郎,太祖太尉行参军。""豫章王嶷为江州,以绘为左军主簿,随镇江陵。"按《宋书·顺帝纪》,萧道成二月为太尉,萧嶷八月任江州刺史。

萧子良十九岁,为邵陵王刘友主簿、安南记室参军、安南长史。

见《南齐书》本传。

谢超宗罢义兴太守,为萧道成辟为骠骑主簿。

见《南齐书》本传。

刘祥为萧道成东阁祭酒、骠骑主簿。

见《南齐书》本传。

丘灵鞠为正员郎,领本郡中正,为萧道成掌诏策。

见《南齐书》本传。

贾渊为萧道成骠骑将军、武陵王国郎中令。未行,仍为义兴郡丞。

见《南齐书》本传。

何昌㝢作《与萧骠骑启理建平王景素》。

见《南齐书》本传。

释道营卒于闲心寺,时年八十三岁。

释慧皎《高僧传》卷十一《宋京师闲心寺释道营传》:"释道营,未详何人。始住灵曜寺习禅。晚依观、询二律师谘受毘尼,偏善《僧祇》一部,诵《法华》、《金光明》,蔬素守节。庄严道慧、治城智秀,皆师其戒范。张永请还吴郡,蔡兴宗复要住上虞。永后于京师娄胡苑立闲心寺,复请还居。……昇明二年卒,春秋八十有三矣。"

释法云十三岁,受业大昌僧宗、庄严僧达,深得宝亮赏识。

见释道宣《续高僧传》卷五《梁杨都光宅寺沙门释法云传》。

魏孝文帝下诏禁"婚娉过礼"、"厚葬送终"。

《魏书·高祖纪》又云:"皇族贵戚及士民之家,不惟氏族,下与非类婚偶。先帝亲发明诏,为之科禁,而百姓习常,仍不肃改。朕今祗案先制,著之律令,永为定准。犯者以违制论。"可见魏渐重门阀。

魏诏员外散骑常侍郑羲使于宋。

见《魏书·高祖纪》,郑羲事,见《魏书》本传及魏《郑羲碑》,羲亦博学者。

高允八十九岁,"又以老乞还乡里,十余章,上(孝文帝)卒不听许,遂以疾告归。其年,诏以安车征允,敕州郡发遣。至都,拜镇军大将军,领中书监。固辞不许。又扶引就内,改定《皇诰》。允上《酒训》"。

见《魏书·高允传》,而《通鉴》卷一百三十四记之甚略。《酒训》

原文具见《魏书》。

刘芳二十六岁,以沙门惠度事被鞭责,中官李丰言其学行于文明太后,太后微愧于心。

见《魏书·刘芳传》。

程骏六十五岁。游明根六十岁。陆澄五十四岁。沈约三十八岁。李彪三十五岁。孔稚珪三十二岁。崔光二十八岁。游肇二十七岁。陶弘景二十三岁。任昉十九岁。刘峻十七岁。阳固十六岁。王肃十五岁。萧衍十五岁。谢朓十五岁。丘迟十五岁。王僧孺十四岁。柳恽十四岁。徐勉十三岁。王融十二岁。刘勰十二岁。吴均十岁。裴子野十岁。陆倕九岁。徐摛八岁。殷芸八岁。周捨八岁。陆厥七岁。张率四岁。袁翻三岁。到沆二岁。到洽二岁。

宋顺帝昇明三年·齐高帝建元元年·魏孝文帝太和三年(479) 己未

三月,宋以萧道成为相国,总百揆,封齐公,加九锡。四月,进爵为齐王,继而即皇帝位,是为齐太祖高皇帝。以宋帝为汝阴王。旋杀之,追谥宋顺帝。宋亡。六月,立皇太子萧赜。

见《南宋书·高帝纪》。

刘杳生。

《梁书》本传:"刘杳字士深,平原平原人也。祖乘民,宋冀州刺史。父闻慰,齐东阳太守,有清绩。"又载:刘杳"大同二年卒官,时年五十"。据此上推,其生于齐永明五年(187)。但此说恐未确。《梁书》、《南史》本传并称其"十三丁父忧",考《南齐书·刘怀慰传》(怀慰本名闻慰。齐武帝即位,以与舅氏名同,敕改之),刘怀慰卒于齐永明九年,年四十五。其时刘杳十三岁,上推生于本年。

阮孝绪生。

《梁书》本传:"阮孝绪字士宗,陈留尉氏人也。父彦之,宋太尉从事中郎。"孝绪卒于大同二年,五十八岁,上推生于本年。所著《七录》闻名于世。

陆澄五十五岁,以故被任遐、褚渊弹劾。作《上表自理》。萧道成下诏:"澄表据多谬,不足深劾,可白衣领职。"

见《南齐书》本传。

王僧虔五十四岁,转侍中、抚军将军、丹阳尹。

见《南齐书》本传。按《南齐书·文惠太子传》:"时襄阳有盗发古塚者,相传云是楚王塚,大获宝物玉屐、玉屏风、竹简书、青丝编。简广数分,长二尺,皮节如新。盗以把火自照,后人有得十余简,以示抚军王僧虔,僧虔云是科斗书《考工记》《周官》所阙文也。是时州遣按验,颇得遗物,故有同异之论。"

沈约三十九岁,为征虏将军萧长懋记室,带襄阳令。作《为柳世隆让封公表》。

《梁书》本传:"齐初为征虏将军,带襄阳令,所奉之王,齐文惠太子也。"按《南齐书·文惠太子传》:"昇明三年,太祖将受禅,世祖已还京师,以襄阳兵马重镇,不欲处他族,出太子为持节、都督雍梁二州、郢州之竟陵、司州之随郡军事、左中郎将、宁蛮校尉、雍州刺史。建元元年,封南郡王……"又据《宋书·顺帝纪》,萧长懋本年正月为雍州刺史。《为柳世隆让封公表》,见《艺文类聚》卷五十一。按《南齐书·柳世隆传》:柳世隆本年四月"进爵为公"。

谢朏三十九岁。正月,为侍中,领秘书监。以家贫乞郡,辞旨抑扬,诏免官禁锢五年。

《梁书》本传:"高帝方图禅代,思佐命之臣,以朏有重名,深所钦属。……更引王俭为左长史,以朏侍中,领秘书监。及齐受禅,朏当日在直,百僚陪位,侍中当解玺,朏伴不知。……是日遂以王俭为侍中解玺。既而武帝言于高帝,请诛朏,帝曰:'杀之则遂成其名。正应容之度外耳。'遂废于家。"

江淹三十六岁。三月,补记室参军。六月,为骠骑豫章王记室,带东武令。寻迁中书侍郎。参掌诏册,并典国史。作《萧让前部羽葆鼓吹表》、《谢开府辟召表》、《萧让太傅相国齐公十郡九锡表》、《第二表》、《萧太傅辞舆驾亲幸表》、《被百僚敦劝受表》、《萧拜相国齐公十郡九锡章》、《萧太傅东耕咒文》、《萧相国让进爵为王第二表》、《萧相国拜齐王表》、《齐王谢冕旒诸法物表》、《断募士诏》、《赐赦交州诏》、《封江冠军等诏》、《遣大使巡诏》等。

详《梁书》本传及《年代考》。

张融三十六岁,为长沙王萧晃镇军。是年前后编《玉海》。别集而有专名,始自此书。

《南齐书》本传:"融自名集为《玉海》,司徒褚渊问《玉海》名,融答:'玉以比德,海崇上善。'"按:褚渊本年受司徒。建元四年卒。

孔稚珪三十三岁,为散骑侍郎,与何点、谢瀹为莫逆之交。又为褚伯玉立碑。

见《梁书·何点传》。立碑事见《南齐书·褚伯玉传》。

范云二十九岁,随闻喜公萧子良在会稽,宠冠府朝。

《梁书》本传:"齐建元初,竟陵王子良为会稽太守,云始随王,王未之知也。会游秦望,使人视刻石文,时莫能识,云独诵之,王悦,自是宠冠府朝。"此事《南史》本传有详载,文长不录。

陶弘景二十四岁,除太府豫章王侍郎,不拜。

《本起录》:"明年侍从高祖登极远台,住殿内。除太尉豫章王侍郎。先生云:革运之际,颇有微勤,何处不容三两阶级?遂不拜。"

王俭二十八岁,迁尚书右仆射,领吏部,封南昌县公。作《策齐公九锡文》、《策命齐王》、《再命玺书》、《与豫章王疑笺》、《郊殷议》、《朝堂讳训议》等。

《南齐书》本传:"时大典将行,俭为佐命,礼仪诏策,皆出于俭。褚渊唯为禅诏文,使俭参治之。齐台建,迁右仆射,领吏部。时年二十八。……建元元年,改封南昌郡公。"《礼志》、《豫章王传》及任昉《王文宪集序》等并有或详或略的记载。又《通鉴》卷一百三十五载,五月,萧道成赏佐命之功,"褚渊、王俭等进爵,增户各有差。处士何点谓人曰:'我作《齐书》已竟,赞云:渊既世族,俭亦国华;不赖舅氏,遑恤国家!'点,尚之孙也。渊母宋始安公主,继母吴郡公主;又尚巴西公主。俭母武康公主;又尚阳羡公主。故点云然。"

萧长懋二十二岁,六月,被封为南郡王。江左未有嫡皇孙封王,其例始自此也。

见《南齐书》本传。

刘绘二十二岁。正月,为豫章王嶷镇西外兵曹参军。六月,为骠骑主簿。

见《南齐书》本传。按《宋书·顺帝纪》,本年春正月,萧嶷为镇西将军、荆州刺史。六月迁侍中、尚书令、骠骑大将军、扬州刺史。

萧子良二十岁,为使持节、都督会稽、东阳、临海、永嘉、新安五郡、辅国将军、会稽太守,又封闻喜县公。作《请停台使检课表》、《上说言表》等。

见《南齐书》本传。按:萧道成即位后,命萧映、萧晃分镇兖、豫,命萧嶷镇扬州。胡三省注《通鉴》云:"江左之势,莫重于上流,莫富于东土,故又分布子孙以居之。"又载:"帝命群臣各言得失……会稽太守闻喜公子良上表……"

谢超宗作《明堂夕牲辞》、《庙乐歌诗》等。

见《南齐书》本传及《乐志》。诗载《乐府诗集》卷二。本传称:"有司奏撰立郊庙歌,敕司徒褚渊、侍中谢朏、散骑侍郎孔稚珪、太学博士王咺之、总明学士刘融、何法冏(《南史》作"图")、何曇秀十人并作,超宗辞独见用。"其时,超宗为黄门郎,为人仗才使酒,多所陵忽,以失仪出为南郡王中军司马。超宗怨望,谓人曰:"我今日政应为司驴。"为省司所奏,以怨望免官,禁锢十年。见《南齐书》本传。

王逡之时为著作郎,兼尚书左丞,参定仪礼。作《锡铬议》、《难王俭〈古今丧服集记〉》,更撰《世行》五卷。

见《南齐书》本传。

崔祖思作《陈政事启》八章,时为给事黄门侍郎。

见《南齐书》本传。

刘善明作《上表陈事》、《贤圣杂语》,时为淮南、宣城太守,提出"宜时择才辩,北使匈奴"。

见《南齐书》本传。

裴叔业《上书献谠言》。

见《南齐书》本传。

刘思效《上齐高帝表陈谠言》。

见《南齐书·顾欢传》。

李安民作《断募部曲表》。

见《资治通鉴》卷一百三十五。

刘祥为武陵王冠军征虏功曹,除正员外。

见《南齐书》本传。按《南齐书·高帝纪》,萧晔本年为武陵王、冠军将军、征虏将军。

周颙初为齐台殿中郎,后为长沙王萧晃参军、后军参军、山阴令。作《言滂民于闻喜公子良》,极言滂民的困苦。

见《南齐书》本传。按:萧晃在本年六月为长沙王。

丘灵鞠转中书郎、中正如故,敕知东宫手笔,寻又掌知国史。

《南齐书》本传:"建元元年,转中书郎,中正如故……"

丘巨源为尚书主客郎,领军司马、越骑校尉。除武昌太守,拜竟,不乐江外行,复为余杭令。

《南齐书》本传:"建元元年,为尚书主客郎,领军司马、越骑校尉……"

伏曼容为辅国长史、南海太守,至玉门而作《贪泉铭》,佚。

见《南史》本传。

卞彬咏诗忤怒萧道成,摈废数年不得进。又拟赵壹《穷鸟》为《枯鱼赋》以喻意。

《南史》本传:"后常于东府谒高帝,高帝时为齐王。彬曰:'殿下即东宫为府,则以青溪为鸿沟,鸿沟以东为齐,以西为宋。'仍咏《诗》云:'谁谓宋远,跂予望之。'遂大忤旨。因此摈废数年,不得仕进。乃拟赵壹《穷鸟》为《枯鱼赋》以喻意。"

褚渊作《为宋顺帝禅位齐王诏》。

见《南齐书·高帝纪》。

袁彖作《赠庾易诗》。

《南史·庾易传》:"(庾易)新野人,居江陵,志性恬静,不交外物。齐临川王映临州,表荐之。饷麦百斛,易辞不受,以文义自乐。安西长史袁彖钦其风,赠诗一首。"按《南齐书·临川献王映传》:"齐台建……以映为使持节都督荆湘雍益梁宁南北秦八州诸军事、平西将军、荆州刺史。"袁彖时为萧映平西将军府长史。

萧道成倡导儒学,崇尚文学,世风随之而变。

按:元嘉十六年立儒学馆,萧道成曾就学于雷次宗。上台伊始,他向当时名儒刘瓛问为政之道,以为"儒者之言可宝万世"。他又启用王俭为辅佐,重要原因在于王俭长于礼经。所有这些,对世风颇有影响,"是以儒学大振(赵翼《廿二史劄记》)。这便与大明、泰始中之玄风特盛颇有不同。萧道成本人又爱好文艺,曾与书法大家王僧虔试比高低(见《南齐书·王僧虔传》)。又诏东观学士撰《史林》三十篇,亚迹于《皇览》(《南史》本纪)。其诗亦"词藻意深,无所云少"(钟嵘《诗品》)。

释玄畅西游岷山郡。四月二十三日建刹立寺,名齐兴寺。作《与傅琰书》。

释慧皎《高僧传》卷八《齐蜀齐后山释玄畅传》:"至昇明三年,又游西界,观瞩岷岭,乃于岷山郡北部广阳县界,见齐后山,遂有终焉之志。……以齐建元元年四月二十三日建刹立寺,名曰齐兴。……时傅琰西镇成都,钦畅风轨,待以师敬。畅立寺之后,乃致书于琰曰……"

释普恒卒于蜀安乐寺。

释慧皎《高僧传》卷十一《宋蜀安乐寺释普恒传》:"释普恒姓郭,蜀郡成都人也。……宋昇明三年卒,春秋七十有八。"

释僧旻十三岁,回都白马寺,寺僧以转读唱导为业。

见释道宣《续高僧传》卷五《梁杨都庄严寺沙门释僧旻传》。

萧子良出守会稽,钦重慧约。时周颙在雷次宗旧馆建草堂寺。

释道宣《续高僧传》卷六《梁国师草堂寺智者释慧约传》:"齐竟陵王作镇禹穴,闻约风德,雅相叹属。时有释智秀、昙纤、慧次等,并名重当锋,同集王坐。约既后至,年夏未隆。王便敛躬尽敬。众咸怀不悦之色。王曰:'此上人方为释门领袖,岂今日而相待耶?'故其少为贵胜所崇也如此。齐中书郎汝南周颙为剡令,钦服道素,侧席加礼,于钟山雷次宗旧馆造草堂寺,亦号山茨。屈知寺任。"

高允九十岁,受诏议定律令。允虽笃老,而志识不衰。诏以允家贫养薄,令乐部丝竹十人五日一诣允以娱其志,朝晡给膳,朔望致牛酒,月给衣服绵绢;入见则备几杖,问以政治。

见《通鉴》卷一百三十五,此乃取《魏书·高允传》,文字略有出入。

魏进假梁郡公元嘉爵为假王,督二将出淮阴;陇西公元琛三将出

广陵;河东公薛虎子三将出寿春,奉丹阳王刘昶伐宋。程骏上表谏,不从。**程骏时年六十六岁**。

见《魏书·高祖纪》、《通鉴》卷一百三十五。程骏表略见《魏书·程骏传》。

游明根六十一岁。李彪三十六岁。崔光二十九岁。游肇二十八岁。刘芳二十七岁。陶弘景二十四岁。任昉二十岁。刘峻十八岁。阳固十七岁。王肃十六岁。萧衍十六岁。谢朓十六岁。丘迟十六岁。王僧孺十五岁。柳恽十五岁。徐勉十四岁。王融十三岁。刘勰十三岁。吴均十一岁。裴子野十一岁。陆倕十岁。徐摛九岁。殷芸九岁。周捨九岁。陆厥八岁。张率五岁。袁翻四岁。到沆三岁。到洽三岁。萧子恪二岁。

齐高帝建元二年·魏孝文帝太和四年(480)　庚申

王籍生。

《梁书》本传:"王籍字文海,琅邪临沂人。祖远,宋光禄勋。父僧祐,齐骁骑将军。"王籍卒年,史传未载。萧绎中大通六年(534)作《法宝联璧序》称王籍时年五十五岁,上推生于本年。

陆澄五十六岁,转给事中、秘书监,迁吏部。

见《南齐书》本传。

王僧虔五十五岁,进号左卫将军,固让不拜。**改授左光禄大夫**。**作《请禁上汤杀囚疏》**。

见《南齐书》本传。《资治通鉴》系于本年十一月。按:上汤杀囚是指用毒药鸩杀囚犯。

沈约四十岁,作《为南郡王让中军表》、《为南郡王舍身疏》、《和王卫军解讲》等。

按:南郡王,即萧长懋,本年为中军将军。又《舍身疏》中有"储妃阐膺祥之符"一语,储妃裴氏,南郡王萧长懋之母,本年七月卒。铃木虎雄《沈约年谱》以为此文本年作。王卫军,即王僧虔,本年进号左卫将军。考见郝立权《沈休文诗注》。

江淹三十七岁,作《大赦诏》、《何詹事为吏部尚书诏》、《北伐诏》、《曲赦丹阳等四郡诏》、《王仆射为左仆射诏》、《王抚军为安东吴兴诏》、《王侍中为南蛮校尉诏》、《萧冠军进号征虏诏》、《王光禄为征南湘州诏》、《步桐台》、《王仆射为太子詹事诏》、《王仆射加兵诏》等。

见《年代考》。

范云三十岁,为闻喜公萧子良丹阳尹主簿,极得亲任。

见《梁书》本传。

王俭二十九岁,为尚书左仆射、侍中、太子詹事。作《让左仆射表》等文多篇。

《南史》本传:"明年(指建元二年)转右仆射,领选如故。""寻以本官领太子詹事,加兵三百人。"任昉《王文宪集序》:"寻表解选,诏为侍中,对受太子詹事。"据《通鉴》,时在本年十月。《南史》又载:"帝幸乐游宴集,谓俭曰:'卿好音乐,孰与朕同?'俭曰:'沐浴唐风,事兼比屋,亦既在齐,不知肉味。'帝称善。后幸华林宴集,使各效伎艺。褚彦回弹琵琶,王僧虔、柳世隆弹琴,沈文季歌《子夜来》,张敬儿舞。俭曰:'臣无所解,唯知诵书!'因跪上前诵相如《封禅书》。上笑曰:'此盛德之事,吾何以堪之?'"按《南齐书·高帝纪》,本年三月"乙亥,车驾幸乐游苑宴会,王公以下赋诗"。又,《太子迎车驾临丧议》、《宫臣为太子妃服议》、《太子妃铭旌议》、《太子妃甍建旐议》、《太子妃灵还在道不设祭议》、《国臣为太子妃服议》等,为本年七月皇太子萧赜裴氏卒后所作。见《南齐书·礼志》、《文惠太子传》等。又作《谏省南豫州启》。见《南齐书·州郡志》。又与褚渊、王僧虔连名上《谏起宣阳门表》。见《南齐书》本传。又,江东多不闲隶书,不识秦汉文字,王俭识之。见《南齐书·五行志》:"建元二年夏,庐陵石阳县长溪水冲激山麓崩,长六七丈,下得柱千余口,皆十围,长者一丈,短者八九尺,头题有古文字,不可识。江淹以问王俭,俭云:'江东不闲隶书,此秦汉时柱也。'"按:其时,襄阳有盗发楚王塚,有十余枚竹简。王僧虔以为是科斗书《考工记》,为《周官》所缺之文。见上年王僧虔条引《南齐书·文惠太子传》。看来,王僧虔、王俭叔侄确为博学之士。所以任昉《王文宪集序》载:"自朝章国纪,典彝备物,奏议符策,文辞表记,素意所不蓄,前古所未行"等皆取定于王俭。

萧长懋二十三岁,为侍中、中军将军,置府镇石头。七月,母卒,解侍中,移镇西州。

见《南齐书》本传。

刘绘二十三岁,为豫章王萧嶷司空记室录事,随之还京。

见《南齐书》本传。按:《南齐书·豫章文献王传》载,建元二年"入为都督扬、南徐二州诸军事、中书监、司空、扬州刺史"。

萧子良二十一岁,仍为征虏将军、丹阳尹。

见《南齐书》本传。

刘善明作《与崔祖思书》、《上表陈事》。

见《南齐书》本传。按:祖思本年为青、冀二州刺史,刘善明遗书叙旧,情理兼善,写得极为出色,不可多得。《上表陈事》谏起宣阳门。见《南史》本传。

周颙时为萧长懋中军录事参军。

见《南齐书》本传。

萧嶷在南蛮园开馆立学,置生四十人(《南史》作三十人),又有儒林参军一人,文学祭酒一人,劝学从事二人,行释菜礼。

见《南齐书》本传。

丘灵鞠为镇南长史、寻阳相。

见《南齐书》本传。

檀超与江淹掌史职,作《上表立国史条例》。袁彖有《驳檀超国史条例议》,王俭有《国史条例议》等。

见《南齐书·檀超传》及《袁彖传》。

王逡之上表立学。

见《南齐书》本传。

虞玩之作《黄籍革弊表》、《上表告退》等。

按:文中有"今建元元年书籍,宜更立明科"云云,《通鉴》卷一百三十五系于本年。《上表告退》中有"臣生于晋,长于宋,老于齐,世历三代,朝市再易。臣以元嘉二十八年为王府行佐,于兹三十年矣。……年过六十,为不夭矣",从元嘉二十八年至本年整三十年。又史传载其永明八年致仕,古人七十而致仕。时年虞玩之正七十岁,则《上表告退》作于本年无疑。虞氏又有《陈时事表》,与前两篇一样,均有重要的历史文献价值。并见《南齐书》本传。

魏兵攻齐,众号二十万,互有胜负。

见《通鉴》卷一百三十五。

高允九十一岁。程骏六十七岁。游明根六十二岁。谢朏四十岁。张融三十七岁。李彪三十七岁。孔稚珪三十四岁。崔光三十岁。游肇二十九岁。刘芳二十八岁。陶弘景二十五岁。任昉二十一岁。刘峻十九岁。阳固十八岁。王肃十七岁。萧衍十七岁。谢朓十七岁。丘迟十七岁。王僧孺十六岁。柳恽十六岁。徐勉十五岁。王融十四岁。刘勰十四岁。吴均十二岁。裴子野十二岁。陆倕十一岁。徐摛十岁。殷芸十岁。周捨十岁。陆厥九岁。张率六岁。袁翻五岁。到沆四岁。到洽四岁。萧子恪三岁。刘杳二岁。

齐高帝建元三年·魏孝文帝太和五年(481)　辛酉

刘孝绰生。

《梁书》本传:"刘孝绰字孝绰,彭城人,本名冉。祖勔,宋司空忠昭公。父绘,齐大司马霸府从事中郎。"孝绰卒于梁大同五年,五十九岁,上推生于本年。

王筠生。

《梁书》本传:"王筠字元礼,一字德柔,琅邪临沂人。祖僧虔,齐司空简穆公。父楫,太中大夫。"筠卒于梁太清三年,六十九岁,上推生于本年。

沈约四十一岁,作《为柳兖州世隆上旧宫表》。

见《艺文类聚》卷六十二。按:《南齐书·高帝纪》载柳世隆本年正月为南兖州刺史。

江淹三十八岁,作《柳仆射为南兖州诏》。

按:柳仆射,即柳世隆,本年为兖州刺史。

王俭三十岁,为散骑常侍。作《请解领选表》、《太子妃丧遇闰议》、《答褚渊难丧遇闰议书》(褚渊有《难王俭丧遇闰议》)、《答王逡书》、《穆太妃小祥南郡王应不相待议》等。

见《南齐书》本传、《礼志》、《萧子良传》等。

萧子良二十二岁,作《修治塘遏表》。始制东宫官僚以下官敬子良。

见《南齐书》本传。

到沆五岁,能讽诵古诗。

见《梁书》本传。

刘瓛为会稽郡丞,为武陵王、会稽太守萧晔讲五经。学徒从之转众。

见《南齐书》本传。

刘祥为武陵王冠军征虏功曹,除正员外。

见《南齐书》本传。

褚渊上臧荣绪所撰《晋书》。

《南齐书·臧荣绪传》云:"纯笃好学;括东西晋为一书,纪、录、志、传百一十卷。……建元中,(褚渊)启太祖曰:'荣绪,朱方隐者。……'"刘汝霖《东晋南北朝学术编年》系于本年。

释道慧卒,时年三十一岁。

见释慧皎《高僧传》卷八《齐京师庄严寺释道慧传》。谢超宗作碑文。

释慧超七岁,出家住檀溪寺,师事惠景。

见释道宣《续高僧传》卷六《梁杨都灵根寺释慧超传》。

魏沙门法秀谋反,伏诛。程骏上表贺,并上《庆国颂》十六章,又奏《得一颂》,文明太后下令褒扬。程骏时年六十八岁。

见《魏书·程骏传》。法秀谋反事见《高祖纪》。《庆国颂》全文见《程骏传》。《得一颂》,据本传云:"始于固业,终于无为,十篇。"文明太后令曰:"省表并颂十篇,闻之,鉴戒既备,良用钦玩。养老乞言,其斯之谓。"

魏与齐战于淮阳。

《魏书·高祖纪》:"南征诸将击破萧道成游击将军桓康于淮阳。道成豫州刺史垣崇祖寇下蔡,昌黎王冯熙击破之。假梁郡王嘉大破道成将,俘获三万余口送京师。"然据《南齐书·李安民传》、《周盘龙传》,此战实互有胜败,非魏方取胜。

魏孝文帝至方山,建永固石室于山上,立碑于石室之庭,又铭太皇太后终制于金册,又起鉴玄殿。

见《魏书·高祖纪》、《通鉴》卷一百三十五。

齐使车僧朗以班在宋使殷灵诞之后,不就坐,宋降人解奉君杀车僧朗,魏诛解奉君。

见《魏书·高祖纪》。

薛虎子克五国,魏以虎子为徐州刺史,镇彭城,虎子上表论取

江东。

见《通鉴》卷一百三十五。

魏中书令高闾等更定新律成。

《魏书·刑罚志》:"先是以律令不具,奸吏用法,致有轻重。诏书令高闾集中秘官等修改旧文,随例增减。又敕群官,参议厥衷,经御刊定。(太和)五年冬讫,凡八百三十二章,门房之诛十有六,大辟之罪二百三十五,刑三百七十七;除群仍剽劫首谋门诛,律重者止枭首。"《魏书·高祖纪》、《高闾传》俱不载此事。

文明太后、高祖(孝文帝)并为歌章,戒劝上下,皆宣之管弦。

见《魏书·乐志》。

高允九十二岁。程骏六十八岁。游明根六十三岁。陆澄五十七岁。王僧虔五十六岁。谢朏四十一岁。张融三十八岁。李彪三十八岁。孔稚珪三十五岁。范云三十一岁。崔光三十一岁。游肇三十岁。刘芳二十九岁。陶弘景二十六岁。萧长懋二十四岁。刘绘二十四岁。任昉二十二岁。刘峻二十岁。阳固十九岁。王肃十八岁。萧衍十八岁。谢朓十八岁。丘迟十八岁。王僧孺十七岁。柳恽十七岁。徐勉十六岁。王融十五岁。刘勰十五岁。吴均十三岁。裴子野十三岁。陆倕十二岁。徐摛十一岁。殷芸十一岁。周捨十一岁。陆厥十岁。张率七岁。袁翻六岁。到洽五岁。萧子恪四岁。刘杳三岁。王籍二岁。

齐高帝建元四年·魏孝文帝太和六年(482)　壬戌

正月,立国学。三月,齐高帝萧道成死。皇太子萧赜嗣之,是为世祖武皇帝。六月,立皇太子萧长懋,封萧子良为竟陵王。

见《南齐书·高帝纪》、《武帝纪》。

刘苞生。

《梁书》本传:"刘苞字孝尝,彭城人也。祖勔,宋司空。父悛,齐太子中庶子。"苞卒于梁天监十年,三十岁,上推生于本年。

陆澄五十八岁,复为秘书监,领国子博士。

见《南齐书》本传。

王僧虔五十七岁。九月,为左光禄大夫、开府仪同三司。固辞,又为侍中、特进、左光禄大夫。

见《南齐书·武帝纪》。又《南齐书》本传云:"世祖即位,僧虔以风疾欲陈解,会迁侍中、左光禄大夫、开府仪同三司……乃固辞不拜,上优而许之,改授侍中、特进、左光禄大夫。"

沈约四十二岁,为步兵校尉,管书记,直永寿省,校四部图书,复为太子家令,始撰《齐史》。又作《竟陵王造释迦像记》、《为文惠太子解讲疏》。

见《梁书》本传及《宋书·自序》。作《竟陵王造释迦像记》,见《广弘明集》卷十六。作《为文惠太子解讲疏》,见《广弘明集》卷十九。年月见文中记载。

江淹三十九岁,作《立学诏》、《王镇军为中书令右光禄诏》、《张令为太常领国子祭酒诏》、《应刘豫章别》、《齐太祖高皇帝诔》等。

详《年代考》。

孔稚珪三十六岁,作《褚先生伯玉碑》。年末丁父忧去职。

见《南齐书》本传。按:孔灵产卒年史无明载,但史传记载是在王敬则为会稽太守期间。王敬则本年出为会稽太守。褚渊卒于八月,孔稚珪为作碑义,则其父丧至少在本年八月以后。碑文见《艺文类聚》卷三十七。

范云三十二岁,为文惠太子刑狱参军事,领主簿,迁尚书殿中郎。

见《梁书》本传。

王俭三十一岁,为侍中、尚书令、镇军将军。齐武帝即位,给班剑二十人。《南齐书》本传:"上崩,遗诏以俭为侍中、尚书令、镇军将军。世祖即位,给班剑二十人。"作《嗣位郊祀议》、《谅闇议》、《昭皇后迁袝仪议》、《迁袝设虞议》、《单拜录尚书优策议》、《司空未拜而薨掾属为吏敬议》、《高帝哀策文》、《太宰褚彦回碑文》等。又广集才学之士,总校虚实,类物隶之,谓之隶事,自此始也。

见《南齐书》本传、《礼志》及《文选》。又见《南史·王谌传》、《孔遏传》、《何宪传》等。时人呼孔遏、何宪为王俭三公。

陶弘景二十七岁,为宜都王侍读,总知管记。

见萧纶《隐居贞白先生陶君碑》。按《本起录》:"世祖即位,以振武将军起侍宜都王侍读。齐世侍读任皆总知记室,手笔事选须有文才者。先生于吉凶内外仪礼表章,爰及笺疏启牒,莫不绝众,数王书佐典书皆承授以为准格。诸侍读多有惭惮,颇致谗嫉,先生亦任之,不以介意。"

萧长懋二十五岁,初为征北将军、南徐州刺史。武帝即位,被立为太子。

见《南齐书》本传。

刘绘二十五岁,为太子洗马、大司马谘议。因文惠太子萧长懋与豫章文献王萧嶷素不和,刘绘处于夹缝中,故苦求外任,复加南康相。

见《南齐书》本传。

萧子良二十三岁,被封竟陵郡王,任镇北将军、南徐州刺史。

见《南齐书》本传。

萧衍十九岁。其父萧顺之颇受齐武帝忌惮,未能高居台辅。故萧衍在永明时代政治上抑郁不得志。

见《南史·梁本纪》。

谢朓十九岁,解褐豫章王萧嶷太尉行参军。

见《南齐书》本传。按《南齐书·武帝纪》:萧嶷本年三月为太尉。

谢超宗掌国史，除竟陵王征北谘议参军，领记室。

《南齐书》本传："世祖即位，使掌国史，除竟陵王征北谘议参军，领记室。愈不得志。超宗娶张敬儿女为子妇，上甚疑之。"

周颙为萧长懋征北府掾，随入东宫。

见《南齐书》本传。

丘灵鞠转通直常侍，领东观祭酒。自称："久居官不愿数迁，使我终身为祭酒，不恨也。"

见《南齐书》本传。

傅映泛览记闻，有文才而不以篇什自命，与刘绘、萧琛等友善。刘绘为南康相，傅映为府丞，文教多令具草。

见《梁书》本传。

范岫亦为东宫学士，为沈约、范云所钦服。

《梁书》本传称："岫文虽不逮约，而名行为时辈所与，博涉多通，尤悉魏晋以来吉凶故事，约常称曰：'范公好事该博，胡广无以加。'南乡范云谓人曰：'诸君进止威仪，当问范长头。'以岫多识前代旧事也。"

释法颖卒于多宝寺，时年六十七岁。

释慧皎《高僧传》卷十一《齐京师多宝寺释法颖传》："释法颖，姓索，敦煌人。十三出家，为法香弟子，住凉州公府寺。与同学法力，俱以律藏知名。……齐建元四年卒，春秋六十有七，撰《十诵戒本》并《羯磨》等。"

释昙迁卒，时年九十九，亦善声沙门。

释慧皎《高僧传》卷十三《齐乌衣寺释昙迁传》："释昙迁，姓支，本月支人。寓居建康。……巧于转读，有无穷声韵，梵制新奇，特拔终古。彭城王义康、范晔、王昙首并皆游狎。迁初止祇洹寺，后移乌衣寺。及范晔被诛,门有十二丧,无敢近者。迁抽货衣物,悉营葬送。孝武闻而叹赏,谓徐爰曰:卿著《宋书》,勿遗此士。王僧虔为湘州及三吴,并携共同游。齐建元四年卒,年九十九。时有道场寺释法畅、瓦官寺释道琰并富声哀婉,虽不竞迁等,抑亦次之。"按:从这些记载来看,善声沙门自东晋以来已有不少,宋代尤多,何以多未提出所谓四声之说?

释僧若三十二岁,隐居虎丘,栖身幽室。琅邪王斌出守吴郡,每延法集。

见释道宣《续高僧传》卷五《梁吴郡虎丘山沙门释僧若传》。

释僧旻十六岁,移住庄严寺,师事昙景。

释道宣《续高僧传》卷五《梁杨都庄严寺沙门释僧旻传》:"年十六而僧回亡,哀容俯仰,率由自至。哀礼毕,移住庄严寺,师仰昙景。"

释宝志为齐帝所恶。

详见宋释志磐《佛祖统纪》卷三十六《法运通塞志》:"四年诏沙门法颖为京邑僧主。诏迎皖山志公入京。公务其面为十二面观音,帝以其惑众恶之。"

魏孝文帝将亲祀七庙,诏有司依礼具仪。

《魏书·礼志》载,本年,群官议曰:"昔有虞亲虔,祖考来格;殷宗躬谒,尔福迺降。大魏七庙之祭,依先朝旧事,多不亲谒。今陛下孝诚发中,思亲祀事,稽合古王礼之常典。臣等谨案旧章,并采汉魏故事,撰祭服冠屦牲牢之具,罍洗簠簋俎豆之器,百官助祭位次,乐官节奏之引,升降进退之法,别集为亲拜之仪。"制可。于是上乃亲祭。其后四时常祀,皆亲之。亦略《通鉴》卷一百三十五。可见北魏日益采用汉族礼制。

高允九十三岁。程骏六十九岁。游明根六十四岁。谢朓四十二岁。张融三十九岁。李彪三十九岁。崔光三十二岁。游肇三十一岁。刘芳三十岁。任昉二十三岁。刘峻二十一岁。阳固二十岁。王肃十九岁。丘迟十九岁。王僧孺十八岁。柳恽十八岁。徐勉十七岁。王融十六岁。刘勰十六岁。吴均十四岁。裴子野十四岁。陆倕十三岁。徐摛十二岁。殷芸十二岁。周捨十二岁。陆厥十一岁。张率八岁。袁翻七岁。到沆六岁。到洽六岁。萧子恪五岁。刘杳四岁。王籍三岁。刘孝绰二岁。王筠二岁。

齐武帝萧赜永明元年·魏孝文帝太和七年(483) 癸亥

正月,改元永明。

见《南齐书·武帝纪》。

谢超宗被杀。

见《南齐书》本传。按:本年张敬儿被杀后,谢超宗说:"往年杀韩信,今年杀彭越。"武帝怀疑超宗轻慢,遂使御史中丞袁彖作《奏劾谢超宗》。王逡之又作《奏劾谢超宗、袁彖》。史载:"世祖虽可其奏,以彖言辞依违,大怒,使左丞王逡之奏曰:'今月九日,治书侍御史臣司马侃启弹征北谘议参军事谢超宗,称……处劾虽重,文辞简略,事入主书,被却还外,其晚兼御史中丞臣袁彖改奏白简,始粗详备。厥初隐卫,实彖之由。'"超宗被流放越州,路上被赐死。子谢几卿,《梁书·文学传》有传。

陆澄五十九岁,转度支尚书,寻领国子博士。作《与王俭书》,谓国学不应置《孝经》。

见《南齐书》本传。按:其时国学置郑、王《易》,杜、服《春秋》,何氏《公羊》,麋氏《穀梁》,郑玄《孝经》。王俭自以博闻多识,读书过澄,素来不把陆澄放在眼里。《南齐书·王俭传》载,建元初,"上曲宴群臣数人,各使效伎艺,褚渊弹琵琶,王僧虔弹琴,沈文季歌《子夜》,张敬儿舞,王敬则拍张。俭曰:'臣无所解,唯知诵书。'因跪上前诵相如《封禅书》。上笑曰:'此盛德之事,吾何以堪之。'后上使陆澄诵《孝经》,自'仲尼居'而起。俭曰:'澄所谓博而寡要,臣请诵之。'"又《南齐书·陆澄传》载:"澄当世称为硕学,读《易》三年不解文义,欲撰《宋书》竟不成,王俭戏之曰:'陆公,书厨也。'"

沈约四十三岁,作《为齐竟陵王发讲疏》、《为褚炫让吏部尚书表》、《为长城公主谢表》等。

见《广弘明集》卷十九。年月日见载于文中。《为褚炫让吏部尚书表》,见《艺文类聚》卷四十八。按《南齐书·褚炫传》,褚炫本年为吏部尚书。《为长城公主谢表》,见《艺文类聚》卷五十一。长城公主为齐武帝女。

谢朓四十三岁,起家拜通直散骑常侍,参与编修《永明元年秘阁四部目录》。

见《梁书》本传及阮孝绪《七录序》。按:谢朓在建元元年得罪齐高帝萧道成,武帝当年曾奏表要求处死,后仅免官禁锢五年。"永明元年,起家拜通直散骑常侍,累迁侍中,领国子博士。"

江淹四十岁,迁骁骑将军,仍掌国史。后出为建武将军、庐陵内史。作《褚侍中为征北长史诏》、《感春冰遥和谢中书》等。

见《梁书》本传。按:本传称其"视事三年,还为骁骑将军,兼尚书左丞"。检《南史》本传:"永明三年兼尚书左丞。"知本年外任。褚侍中,褚炫,时诏为竟陵王征北长史。谢中书,谢瀹。详《年代考》。

张融四十岁,为竟陵王征北谘议参军。

见《南齐书》本传。

范云三十三岁,随竟陵王镇南兖州,每陈朝政得失。

见《南史》本传。

王俭三十二岁,进号卫将军,参掌选事。作《立春在郊无烦迁日启》、《日蚀废社议》等。

见《南齐书》本传及《礼志》。

陶弘景二十八岁,服阕,召拜左卫殿中将军。

《本起录》:"年二十八服阕,召拜左卫殿中将军,颇郁时望。先生惊,亦不解所以,即告庾道敏论诸屈滞,庾为面启武帝。帝云:'先帝昔亲命此官,卿不知耶?其何辞之!'庾告先生,先生喟然叹曰:'昔不受豫章王侍郎,于今五年,翻为此职,驿马非骥骤。'犹欲固辞。庾切言之云:'太元已来,此官皆用名家,裴松之从此转员外郎。但问人才,若官何所枉君?恐为尔误我事。'庾于时正被委任总知诸王府事,先生不获已而拜矣。"按:其父陶贞宝卒于建元三年(481)夏。见《本起录》详载。

萧子良二十四岁,为侍中,都督南兖、兖、徐、青、冀五州、征北将军、南兖州刺史。

见《南齐书》本传。

萧衍二十岁,为王俭东阁祭酒。

见《梁书》本传。

谢朓二十岁,作《为王敬则谢会稽太守启》。

见《艺文类聚》卷六。按:文称"陛下继历胜统,日月重光",知为武帝即位初所作。《南齐书·王敬则传》:"太祖遗诏敬则以本官领丹阳尹,寻迁为使持节、散骑常侍,都督会稽东阳新安临海永嘉五郡军事、镇东将军、会稽太守。永明二年给鼓吹一部。"

柳恽十九岁,为竟陵王征北府法曹行参军。

《梁书》本传:"少有志行,好学,善尺牍,与陈郡谢瀹邻居,瀹深所友爱。初宋世有嵇元荣、羊盖并善弹琴,云传戴安道之法。恽幼从之学,特穷其妙。齐竟陵王闻而引之,以为法曹行参军,雅被赏狎。"按:萧子良本年表置友、学官。据《南齐书·百官志》,四征将军和四镇将军置佐,本年为征北将军,柳恽为其法曹行参军当在本年。

徐勉十八岁,被召为国子生。

《南史》本传:"及长好学,宗人孝嗣见之叹曰:'此所谓人中之骐骥,必能致千里。'又尝谓诸子曰:'此人师也,尔等则而行之。'年十八,召为国子生,便下帷专学,精力无怠。"

柳世隆作《奏省流寓民户帖》。

见《南齐书·州郡志》。

周颙作《驳伏曼容车旂尚色议》。

见《南齐书·舆服志》。按:伏曼容有《车旂议》,见《通典》卷六十四。

张充作《与王俭书》,辞旨激扬,为到㧑所纠,免官禁锢。

《南齐书·张绪传》:"永明元年,为武陵王友,坐书与尚书令王俭,辞旨激扬,为御史中丞到㧑所奏,免官禁锢。论者以为有恨于俭也。"《与王俭书》载于《梁书·张充传》。

刘祥迁长沙王晃镇军谘议参军,撰《宋书》指斥禅代,王俭密以启闻。武帝暂未追究。

见《南齐书》本传。按:刘祥好文学、性刚疏。建元初,褚渊位高权重,入朝以腰扇障目,刘祥讥讽道:"作如此举止,羞面见人,扇障何益?"褚渊怒斥道:"寒士不逊!"刘祥不甘示弱:"不能杀袁刘,安得免寒士。"袁指袁粲,刘指刘秉。此二人与褚渊、萧道成在宋末被称为"四贵"。后褚渊协助萧道成杀此二人,故刘祥讥讽之。

刘瓛被萧子良召为征北司徒记室,不就,作《与张融王思远书》。

《南齐书》本传:"永明初,竟陵王子良请为征北司徒记室。瓛与张融、王思远书曰……"

何昌㝢为竟陵王文学。

《南齐书》本传:"永明元年,竟陵王子良表置友、学官,以昌㝢为竟陵王文学,以清言相得,意好甚厚。"

王思远补竟陵王征北记室参军。

见《南齐书》本传。

贾渊为尚书外兵郎。

《南齐书》本传云:"永明初,转尚书外兵郎。"姑系于永明元年。

顾欢被征为太学博士,不就,与孔稚珪等又论《四本》,作《三名论》。尚书刘澄、临川王常侍朱广之,并与之往返论难。

《南史》本传:"永明元年,诏征为太学博士,同郡顾黯为散骑侍郎。……会稽孔稚珪尝登岭寻欢共谈《四本》。欢曰……于是著《三名论》以正之。尚书刘澄、临川王常侍朱广之,并立论难,而广之才理尤精诣也。"

蔡约为竟陵王征北谘议。

见《南齐书》本传。按:蔡约为蔡兴宗之子。竟陵王萧子良本年为征北将军。

齐武帝作《估客乐》,使释宝月为配曲。宝月也有《估客乐》四曲。

见《乐府诗集》卷四十八。按:《通典》卷一四五载:"《估客乐》者,齐武帝之所制也。布衣时尝游樊邓,登祚已后,追忆往事而作歌。""使太乐令刘瑶教习百日,无成。或启释宝月善音律,帝使宝月奏之,便就。敕歌者常重为感忆之声。梁改其名为《商旅行》。"

释僧询生。

释道宣《续高僧传》卷六《梁杨都治城寺释僧询传》:"释僧询,姓明,太子中庶山宾兄子也。年始入礼,尝听山宾共客谈论,追领往复,了无漏失。"其卒于天监十六年,三十五岁,逆推生于本年。

西天竺沙门达磨提来译《提婆达多品》。

详见宋释志磐《佛祖统纪》卷三十六《法运通塞志》。

孝文帝及文明太后幸神渊池。

见《魏书·高祖纪》。《皇后传》云:"(文明)太后曾与高祖幸灵泉池,燕群臣及藩国使人、诸方渠帅,各令为其方舞。高祖帅群臣上寿,太后忻然作歌,帝亦和歌,遂命群臣各言其志,于是和歌者九十人。"当即此事,此可见孝文帝即位后,文学日益兴盛。

魏孝文帝下诏禁同姓为婚。

见《魏书·高祖纪》,此亦汉化之一步骤。

是年秋,中书监高允奏乐府歌词,陈国家王业符瑞及祖宗德美,又随时歌谣,不准古旧,辩雅郑也。高允时年已九十四岁。

见《魏书·乐志》。

程骏七十岁。游明根六十五岁。王僧虔五十八岁。李彪四十岁。孔稚珪三十七岁。崔光三十三岁。游肇三十二岁。刘芳三十一岁。陶弘景二十八岁。萧长懋二十六岁。刘绘二十六岁。任昉二十四岁。刘峻二十二岁。阳固二十一岁。王肃二十岁。丘迟二十岁。王僧孺十九岁。王融十七岁。刘勰十七岁。吴均十五岁。裴子野十五岁。陆倕十四岁。徐摛十三岁。殷芸十三岁。周捨十三岁。陆厥十二岁。张率九岁。袁翻八岁。到沆七岁。到洽七岁。萧子恪六岁。刘杳五岁。王籍四岁。刘孝绰三岁。王筠三岁。刘苞二岁。

齐武帝永明二年·魏孝文帝太和八年(484)　甲子

伏挺生。

《梁书》本传:"伏挺字士标。父暅,为豫章内史。"齐末,萧衍率兵逼近建康,伏挺迎谒,时年十八,上推生于本年。

丘巨源被杀。

《南齐书》本传:"高宗为吴兴,巨源作《秋胡诗》,有讥刺语,以事见杀。"按《南齐书·明帝纪》:永明二年"出为征虏将军,吴兴太守"。丘巨源诗今存《咏七宝扇诗》、《听邻妓诗》等。

陆澄六十岁,作《南郊明堂异日议》。

见《南齐书·礼志》。按：同时参议者还有江淹、王俭、王祐、刘蔓、蔡仲熊、顾宪之等。

沈约四十四岁，兼著作郎，撰起居注。又迁中书郎、司徒右长史、黄门侍郎。作《到著作省表》、《和竟陵王游仙诗》等。

见《宋书·自序》及《梁书》本传。

张融四十一岁，为竟陵王司徒从事中郎、司徒左西掾。作《与豫章王笺请宥朱谦之》。又，张融本年酒后出言不逊，为御史中丞到㧑所奏弹，免官。不久即复官。

见《南齐书》本传。按：《南齐书·孝义·朱谦之传》载："朱谦之字处光，吴郡钱塘人。……谦之年数岁，所生母亡，昭之（朱谦之父）假葬田侧，为族人朱幼方燎火所焚。……永明中，手刃杀幼方，诣狱自系。……别驾孔稚珪，兼记室刘琎、司徒左西掾张融笺与刺史豫章王……"孔稚珪本年为别驾。《朱谦之传》又载："豫章王言之世祖，时吴郡太守王慈、太常张绪、尚书陆澄，并表论其事。"检《南齐书·张绪传》，其为太常在永明元年、二年两年间。而张融为司徒左西掾必在二年以后，因萧子良本年正月位兼司徒。陆澄为度支尚书亦在永明元年、二年间。则知此文必作于本年。又《南齐书》本传载："永明二年，总明观讲，敕朝臣集听，融扶入就榻，私索酒饮之，难问既毕，乃长叹曰：'呜呼！仲尼独何人哉！'为御史中丞到㧑所奏，免官，寻复。"

孔稚珪三十八岁，服阕，为司徒从事中郎、州台中、别驾、从事史。

见《南齐书》本传。

范云三十四岁，为竟陵王记室参军事。寻授通直散骑侍郎，领本州大中正。

见《梁书》本传。

王俭三十三岁，领国子祭酒、丹阳尹，作《高德宣烈之乐歌辞》、《穆德凯容之乐歌辞》等。又总监修订五礼。

见《南齐书》本传及《礼志》。又,伏曼容本年上表,制定礼乐,武帝命王俭总其事,立治礼乐学士及职局,置旧学四人、新学六人、正书令史各一人、干一人、秘书省差能书弟子二人,因集前代,撰治五礼,吉、凶、宾、军、嘉也。此五礼至梁天监十一年始修成,前后历二十余年,详《南齐书·乐志》、《礼志》及《梁书·徐勉传》载徐勉《上修五礼表》。

陶弘景二十九岁,献《清溪宫颂》。丁母忧。

《本起录》:"年二十九,清溪宫新成,帝宴乐之,先生拜表献颂,又有伏曼容亦上赋。于是敕遣中书省舍人刘系宣旨褒赞,并敕豫旧宫金石会。于时上意欲刻此颂于石碑,王俭沮议而止。时献赋者五人,惟以先生为最。将欲迁擢,会母忧去职。"

萧子良二十五岁,为护军将军,兼司徒,领兵置佐,镇西州。作《陈时政密诏》、《与沙门法献书》。

见《南齐书》本传及《高僧传·僧远传》。按:《南齐书·王敬则传》:"太祖遗诏敬则以本官领丹阳尹。寻迁为使持节、散骑常侍、都督会稽东阳新安临海永嘉五郡军事、镇东将军、会稽太守。永明二年,给鼓吹一部。会土边带湖海,民丁无士庶皆保塘役,敬则以功力有余,悉许敛为钱,送台库以为便宜,上许之。竟陵王子良启曰……"

任昉二十五岁,为王俭主簿。

《梁书》本传:"永明初,卫将军王俭领丹阳尹,复引为主簿。俭雅钦重昉,以为当时无辈。"姑系本年。

萧衍二十一岁,为司徒竟陵王西阁祭酒。

见《南齐书·礼志》。

徐勉十九岁,受知于王俭,每称勉有宰辅之量。

《梁书》本传:"太尉文宪公王俭时为祭酒,每称勉有宰辅之量。射策举高第,补西阳王国侍郎。"

王融十八岁,为竟陵王法曹行参军,迁文惠太子舍人。作《求自试启》、《为王俭让国子祭酒表》等。

见《南齐书》本传。

萧琛为丹阳尹王俭主簿。

见《梁书》本传。按:本传称其梁中大通三年卒时五十二岁,依此推其生年,当在齐高帝萧道成建元二年。但这显然不可能。萧琛为竟陵八友之一,据考证,八友的结交时间大致在永明二年至五年前后,永明八年开始分散(详见刘跃进《门阀士族与永明文学》上编第一章《从隔阂走向融合》)。永明二年,依《梁书》记载而推,萧琛不过五岁,永明八年才十一岁。竟陵八友中的其他人,即以永明八年为例:沈约五十、范云四十、任昉三十一、萧衍二十七、谢朓二十七、王融二十四、陆倕二十一。很难想象,年仅十一岁的萧琛居然能和这些著名文人交游。是为一。又《弘明集》收有萧琛所撰《难范缜〈神灭论〉》,当作于永明年间。其时,萧琛不过十岁上下,似亦不可能。是为二。又《梁书》本传载,永明九年,萧琛衔命北使桑乾。这年萧琛才十二岁,居然能担起使臣重任,也令人难以置信。总之,《梁书》所谓萧琛享年五十二岁的记载靠不住。胡适先生1947年8月8日在天津《大公报·文史周刊》上发表文章,以为五十二是七十二之误。李曰华《范缜》一书(湖北人民出版社1956年版)以为五十二当是九十二之误,因为"七误作五是不容易的"。就是说萧琛死时既非五十二,亦非七十二,而是九十二。但这些只是推测,难以信据。曹道衡、沈玉成《中古文学丛考》有专文考证,认为永明初年,萧琛二十多岁,推断较合理。

刘祥为鄱阳王萧锵征虏府幕僚。

见《南齐书》本传。按《南齐书·鄱阳王锵传》:萧锵本年进号征虏将军。

周颙为始兴王萧鉴前军谘议,又为释玄畅制碑文。

见《南齐书》本传。按《南齐书·始兴简王鉴传》,萧鉴本年进号前将军。周颙为释玄畅制碑文,详见释玄畅条引《高僧传》卷八《齐蜀齐后山释玄畅传》。

王思远为竟陵王录事参军。

《南齐书》本传:"府迁司徒,仍为录事参军。迁太子中舍人。"文惠太子与竟陵王子良素好士,开蒙赏接。

丘灵鞠为骁骑将军,不乐武位,改正员常侍。

《南齐书》本传:"永明二年,领骁骑将军。灵鞠不乐武位,谓人曰:'我应还东掘顾荣塚。江南地方数千里,士子风流,皆出此中。顾荣忽引诸伧渡,妨我辈途辙,死有余罪。'改正员常侍。"

贾渊为竟陵王参军,撰《见客谱》。

见《南齐书》本传。

王亮、宗夬亦随萧子良游。

各见《梁书》本传。

蔡约为竟陵王记室、中书郎、司徒右长史、黄门郎。

见《南齐书》本传。

陆慧晓先为始兴王前将军安西谘议,领冠军录事参军,后转为竟陵王司徒从事中郎。

见《南齐书》本传。

范岫亦为竟陵王记室参军。

见《梁书》本传。

纪德真作《造释迦石像记》。

见《古刻丛钞》。年月见文中记载。

敕沙门法献、玄畅为天下僧主。

释慧皎《高僧传》卷十三《齐上定林寺释法献、玄畅传》:"献以永明之中,被敕与长干玄畅同为僧主,分任南北两岸。"元释念常《佛祖通载》卷九系于本年。

释玄畅自成都至京师,十一月十六日卒于京师,时年六十九岁。周颙制碑文。

按释慧皎《高僧传》卷八《齐蜀齐后山释玄畅传》:"至齐武升位,司徒文宣王启自江陵,旋于京师。文惠太子又遣征迎,既敕令重叠,辞不获免。于是泛舟东下,中途动疾,带患至京,倾众阻望,止住灵根,少时而卒,春秋六十有九。是岁,齐永明二年十一月十六日,即窆于钟山独龙山前。临川献王立碑,汝南周颙制文。"

释僧远卒于定林上寺。齐武帝作《致沙门法献书》、萧子良作《致沙门法献书》(《全齐文》作法献)以示哀悼。

释慧皎《高僧传》卷八《齐上定林寺释僧远传》:"释僧远,姓皇,渤海重合人。其先北地皇甫氏,避难海隅,故去'甫'存'皇'焉。……宋大明中渡江,住彭城寺,昇明中于小丹阳牛落山立精舍,名曰龙渊。……以齐永明二年正月卒于定林上寺,春秋七十有一。帝以致书于沙门法献曰……竟陵文宣王又书曰……即为营坟于山南,立碑颂德,太尉琅邪王俭制文。"

释志道卒于灵曜寺,时年七十三岁。

释慧皎《高僧传》卷十一《齐钟山灵曜寺释志道传》:"释志道,姓任,河内人。性温谨。十七出家。止灵曜寺。……学通三藏,尤长律品。何尚之钦德致礼,请居所造法轮寺。……后还京邑,王奂出镇湘州,携与同游。以永明二年卒于湘土,春秋七十有三。"

释僧侯卒于京师后冈禅室,时年八十九岁。

释慧皎《高僧传》卷十二《齐京师后冈释僧侯传》:"释僧侯,姓龚,西凉州人。"

孙游岳为兴世馆主。

《云笈七签》卷五《齐兴世馆主孙先生》:"齐永明二年,诏以代师,并任主兴世馆。于是搜奇之士,知袭教有宗,若凤萃于桐,万禽争赴矣。孔德璋、刘孝标等争结尘外之好。"

魏遣李彪使齐,时年四十一岁。

见《魏书·高祖纪》。

魏孝文帝下诏定置官班禄之制。

见《魏书·高祖纪》、《通鉴》卷一百三十六。又《魏书·高闾传》云:"迁尚书、中书监。淮南王他奏求依旧断禄,文明太后令召群臣议之。高闾上表,以为'若不班禄,则贪者肆其奸情,清者不能自保'。诏从高闾议。"高闾表全文见《魏书》本传。《魏书·高祖纪》载孝文帝下诏:"户增调三匹,谷二斛九斗,以为官司之禄。均预调为二匹之赋,即兼商用。虽有一时之烦,终克永益之逸。禄行之后,赃满一匹者死。"《通鉴》云:"旧律,枉法十匹,义赃二十匹,罪死;至是,义赃一匹,枉法无多少,皆死。"此取于《魏书·刑罚志》,然"二十匹",《刑罚志》作"二百匹"。

是年,高闾又上表论制柔然之策。

按:表见《魏书·高闾传》,不著年代,《通鉴》卷一百三十六系于是年,亦节录其文字。

高允九十五岁。程骏七十一岁。游明根六十六岁。王僧虔五十九岁。谢朏四十四岁。江淹四十一岁。崔光三十四岁。游肇三十三岁。刘芳三十二岁。陶弘景二十九岁。萧长懋二十七岁。刘绘二十七岁。刘峻二十三岁。阳固二十二岁。王肃二十一岁。谢朓二十一岁。丘迟二十一岁。王僧孺二十岁。柳恽二十岁。刘勰十八岁。吴均十六岁。裴子野十六岁。陆倕十五岁。徐摛十四岁。殷芸十四岁。周捨十四岁。陆厥十三岁。张率十岁。袁翻九岁。到沆八岁。到洽八岁。萧子恪七岁。刘杳六岁。王籍五岁。刘孝绰四岁。王筠四岁。刘苞三岁。

齐武帝永明三年·魏孝文帝太和九年(485) 乙丑

正月,齐复立国学。五月,省总明观。十月,皇太子讲《孝经》,释奠。

见《南齐书·武帝纪》。

王僧虔卒,时年六十岁。

见《南齐书》本传。有《论书》、《书赋》、《诫子书》等文。其书法"雄发于齐代",被庾肩吾《书品》评列为中上品。其书法以草书驰名。庾元威《论书》:"所学草书,宜以张融、王僧虔为则,体用得法,意气有余。"

沈约四十五岁,仍从游西邸。作《为南郡王侍皇太子释奠宴诗》二首。

按:南郡王,皇孙萧昭业。同赋释奠诗者今存有王俭、萧子良、任昉、何胤、陆琏等人之作。

谢朓四十五岁,为司徒萧子良左长史。右长史为陆慧晓。

《南齐书·陆慧晓传》:"迁右长史。时陈郡谢朓为左长史,府公竟陵王谓王融曰:'我府二上佐,求之前世,谁可为比?'融曰:'两贤同时,便是未有前例。'"

江淹四十二岁,从庐陵内史任上还京,任骁骑将军,兼尚书左丞。

见《南史》本传。

王俭三十四岁,仍领国子祭酒,以叔父王僧虔亡,上表请求解职,不许。又领太子少傅,解丹阳尹。王俭宅开学士馆,以四部书充之。作《释奠释菜议》等。

见《南齐书》本传。

陶弘景三十岁,曾在此前后三年间从兴世馆主孙游岳谘禀道家符图经法。

《本起录》:"先生以甲子、乙丑、丙寅三年之中,就兴世馆主东阳孙游岳谘禀道家符图经法,虽相承皆是真本,而经历模写,意所未惬者,于是更博访远近以正之。"按:孙游岳系陆修静入室弟子。《云笈七签》卷五《经教相承部·宋庐山简寂陆先生》:"门徒得道者,孙游岳、李果之最称著首。"同卷《齐兴世馆主孙先生》:"有吴裔子孙名游岳自字颖达,东阳人也。……宋太初中,简寂先生至自庐岳,云游帝宅。先生乃抠衣而趋,嗣承奥旨,授三洞并所秘。……齐永明二年,诏以代师,并任主兴世馆。于是搜奇之士,知袭教有宗,若凤萃于桐,万禽争赴矣。孔德璋、刘孝标等争结尘外之好。……永明七年五月,内以挥神托化,沐浴称疾,怡然而终。门徒弟子数百人,唯陶弘景入室焉。自恭事六载,义贯千祀,唯贵知真,故特蒙赏识。经法诰诀,悉相传授。方欲共营转炼,已集药石,将就冶合,事故不遂。"《云笈七签》卷五《梁茅山贞白陶先生》云:"年二十余服道,后就兴世馆孙先生谘禀经法,精行道要,通幽洞微。"

刘绘二十八岁,时仍在豫章王萧嶷幕下,颇受器重。

《南史·张稷传》:"永明中为豫章王嶷主簿,与彭城刘绘俱见礼接,未尝被呼名,每呼为刘四、张五。以贫求为剡令,略不视事,多为小山游。会山贼唐寓之作乱,稷率厉部人保全县境。"唐寓之等因不满黄籍检定被发配远戍,遂于本年举兵反,众至三万人,三吴却籍者无不响应。刘绘时从豫章王游,豫章王有《唐寓之贼起启》。

王融十九岁,作《为竟陵王与隐士刘虬书》。

《南齐书·刘虬传》:"永明三年,刺史庐陵王子卿表虬及同郡宗测、宗尚之、庾易、刘昭五人,请加蒲车束帛之命。诏征为通直郎,不就。竟陵王子良致书通意。"按:刘虬有答书。庾杲之亦有《为竟陵王致书刘隐士》,任昉有《为庾杲之与刘居士虬书》及《答刘居士诗》,大约都作于同时。

周颙为太子仆,为《孝经》作义疏。

《南史·文惠太子传》:"永明三年于崇正殿讲《孝经》,少傅王俭令太子仆周颙撰为义疏。"

谢几卿服阕,补国子生。

《梁书》本传:"服阕,召补国子生。齐文惠太子自临策试,谓祭酒王俭曰:'几卿本长于玄理,今可以经义访之。'俭承旨发问,几卿随事辩对,辞无滞者,文惠大称赏焉。俭谓人曰:'谢超宗为不死矣。'"按:谢几卿父谢超宗卒于永明元年六月,其服阕当在本年七月(依王肃说),或在九月(依郑玄说)。

钟嵘通《周易》,为王俭接赏。

《梁书》本传:"嵘,齐永明中为国子生,明《周易》,卫军王俭领祭酒,颇赏接之。"按《南齐书·礼志》:"三年正月辛卯,诏立学,创立堂宇,召公卿子弟,下及员外郎之胤,凡置生二百人。"本年文惠太子讲《孝经》,国学多讲《周易》,《隋书·经籍志》载有《齐永明国学周易讲疏》三十卷,《齐永明三年东宫讲孝经义疏》一卷,便是证明。姚振宗考证曰:本年正月下诏,其秋悉集。王俭、张绪并预其中。张绪长于《易》,建元四年初,立国学,即领国子祭酒。本年王俭代之,俭长于礼学。七年王俭卒,复以张绪代祭酒。国子生当以《易》、《礼》为主要学习科目。钟嵘、谢几卿等并通《周易》,故为王俭所重。

刘虬作《无量义经序》。

见《出三藏记集》卷九。序云:"忽有武当山比丘慧表,生自羌胄,伪帝姚略从子。国破之日,为晋军何澹之所得。数岁聪黠,澹之字曰螟蛉,养为假子。俄放出家,便勤苦求道,南北游寻,不择夷险。以齐建元三年,复访奇搜秘,远至岭南。于广州朝亭寺遇中天竺沙门昙摩伽陀耶舍,手能隶书,口解齐言,欲传此经,未知所授。表便殷勤致请,心形俱至,淹历旬朔,仅得一本,仍还峤北,赍入武当。以今永明三年九月十八日顶戴出山,见校弘通。奉观真文,欣敬兼诚,咏歌不足,手舞莫宣。辄虔访宿解,抽刷庸思,谨立序注云。"

魏孝文帝下诏禁止图谶。

《魏书·高祖纪》载其诏曰:"图谶之兴,起于三季,既非经国之典,徒为妖邪所凭。自今图谶、秘纬及名为《孔子闭房记》者,一皆焚之。留者以大辟论,又诸巫觋假称神鬼,妄说吉凶,及委巷诸卜非坟典所载者,严加禁断。"

魏孝文帝大飨群臣于太华殿,班赐《皇诰》。

据《皇后传》,《皇诰》乃文明太后冯氏所作,经高允修改,至此班赐群臣。见《魏书·高祖纪》、《通鉴》卷一百三十六。

程骏卒,时年七十二岁。

《魏书·程骏传》:"太和九年正月,病笃,乃遗令曰……遂卒,年七十二。"本传又称"所著文章,自有集录"。今佚,唯本传所录章表及《庆国颂》尚存。

李彪聘齐,时年四十二岁。

见《魏书·高祖纪》。

李安世上言,民多荫附,荫附者皆无官役,而豪强征敛倍于公赋。于是始下诏均田。

见《魏书·食货志》,又略见《通鉴》卷一百三十六。

高允九十六岁。游明根六十七岁。陆澄六十一岁。张融四十二岁。孔稚珪三十九岁。范云三十五岁。崔光三十五岁。游肇三十四岁。刘芳三十三岁。陶弘景三十岁。萧长懋二十八岁。萧子良二十六岁。任昉二十六岁。刘峻二十四岁。阳固二十三岁。王肃二十二岁。萧衍二十二岁。谢朓二十二岁。丘迟二十二岁。王僧孺二十一岁。柳恽二十一岁。徐勉二十岁。刘勰十九岁。吴均十七岁。裴子野十七岁。陆倕十六岁。徐摛十五岁。殷芸十五岁。周捨十五岁。

陆厥十四岁。张率十一岁。袁翻十岁。到沆九岁。到洽九岁。萧子恪八岁。刘杳七岁。王籍六岁。刘孝绰五岁。王筠五岁。刘苞四岁。伏挺二岁。

齐武帝永明四年·魏孝文帝太和十年(486)　丙寅

刘孝仪生。

《梁书》本传:"刘潜字孝仪,秘书监孝绰弟也。幼孤,与兄弟相励勤学,并工属文。孝绰常曰:三笔六诗。三即孝仪,六孝威也。""大宝元年病卒,时年六十七。"依此而推,孝仪生于永明二年。但萧绎《法宝联璧序》记载刘孝仪年龄,525年时是四十岁,上推生于本年。今从萧绎记载。又载:"刘孝仪字孝仪。"

沈约四十六岁,为车骑将军、竟陵王长史。作《绣像赞并序》。

见《梁书》本传。序文载《广弘明集》卷十六。年月日见文中记载。

江淹四十三岁,时为骁骑将军,作《藉田歌》。今存《迎送神升歌》、《飨神歌》。

《南齐书·乐志》:"永明四年藉田,诏骁骑将军江淹造《藉田歌》。淹制二章,不依胡、傅,世祖口敕付太乐歌之。"又与琅邪王智深等以文章相会,同从衡阳王萧钧游。见《南史·萧钧传》。

王俭三十五岁,以本官领吏部。王俭长于礼学,谙究朝仪。于是衣冠翕然,并尚经学,儒学由此大兴。

《南齐书》本传:"四年,以本官领吏部。俭长礼学,谙究朝仪,每博议,证引先儒,罕有其例。八坐丞郎,无能异者。……俭常谓人曰:'江左风流宰相,唯有谢安。'盖自比也。世祖深委仗之,士流选用,奏无不可。"

萧子良二十七岁,进号车骑将军,作《陈时政密启》两篇。

《南齐书》本传:"四年,进号车骑将军。子良少有清尚,礼才好士,居不疑之地,倾意宾客,天下才学皆游集焉。善立胜事,夏月客至,为设瓜饮及甘果,著之文教。士子文章及朝贵辞翰皆发教撰录。是时,上新亲政,水旱不时。子良密启曰……"

刘峻二十五岁,自魏逃回京师,闻竟陵王萧子良博招学士,因人求职,未进。

《文选·重答刘秣陵沼书》李善注引刘峻《自序》:"齐永明四年二月逃还京师,后为崔豫州刑狱参军。"

谢朓二十三岁,度随王萧子隆东中郎府。

见《南齐书》本传。按《南齐书·随郡王子隆传》:萧子隆在唐寓之反叛被平定后被封为东中郎将、会稽太守。

王融二十岁,拜秘书丞。作《拜秘书丞谢表》。

见《南齐书》本传。《拜秘书丞谢表》,见《初学记》卷十二。

刘勰二十岁,母没。

见《汇考》。

陆倕十七岁,举本州秀才,造竟陵王府。

见《梁书》本传。

张率十二岁,常日限为诗一篇。

见《梁书》本传。

王籍七岁,能属文。

见《梁书》本传。

释僧慧卒于荆州竹林寺,时年七十九岁。

释慧皎《高僧传》卷八《齐荆州竹林寺释僧慧传》:"释僧慧,姓皇甫,本安定朝那人。高士谧之苗裔。先人避难寓居襄阳,世为冠族。慧少出家,止荆州竹林寺,事昙顺为师。顺庐山慧远弟子,素有高誉,慧伏膺以后,专心义学。至年二十五,能讲《涅槃》、《法华》、《十住》、《净名》、《杂心》等。性强记,不烦都讲,而文句辩折,宣畅如流。又善《庄》、《老》,为西学所师,与高士南阳宗炳、刘虬等并皆友善。"

释弘明卒于柏林寺,时年八十四岁。

释慧皎《高僧传》卷十二《齐永兴柏林寺释弘明传》:"释弘明,本姓嬴。会稽山阴人。……大明末,陶里董氏又为明于村立柏林寺,要明还止。……以齐永明四年卒于柏林寺,春秋八十有四。"

释慧超十二岁,师事同寺僧受。

见释道宣《续高僧传》卷六《梁杨都灵根寺释慧超传》。

魏孝文帝朝会,始服衮冕。

见《魏书·高祖纪》、《通鉴》卷一百三十六。《通鉴注》曰:"史言魏孝文用夏变夷。"

魏给事中李冲上言建立基层行政机构。

《魏书·食货志》载李冲上言曰:"宜准古,五家立一邻长,五邻立一里长,五里立一党长,长取乡人强谨者。邻长复一夫,里长二,党长三。所复复征戍。余若民。三载亡愆则陟用,陟之一等。其民调,一夫一妇帛一匹,粟二石。民年十五以上未娶者,四人出一夫一妇之调;奴任耕,婢任绩者,八口当未娶者四;耕牛二十头当奴婢八。其麻布之乡,一夫一妇布一匹,下至牛,以此为降。大率十匹为公调,二匹为调外费,三匹为内外百官俸,此外杂调。民年八十已上,听一子不从役。孤独癃老笃疾贫穷不能自存者,三长内迭养食之。"孝文帝从之。《魏书》又云:"初,百姓咸以为不若循常,豪富并兼者尤弗愿也。事施行后,计省昔十有余倍。于是海内安之。"

魏始制五等公服,初以法服、御辇祀南郊。(《魏书·礼志》"南"作"西")魏给尚书五等爵已上朱衣、玉佩、大小组绶。

见《魏书·高祖纪》、《通鉴》卷一百三十六。

魏起明堂、辟雍。改中书学曰国子学。

见《魏书·高祖纪》、《魏书·儒林传》、《通鉴》卷一百三十六。

魏孝文帝善文章,"自太和十年已后诏册,皆帝之文也"。

见《魏书·高祖纪》。

高允九十七岁。游明根六十八岁。陆澄六十二岁。谢朓四十六岁。李彪四十三岁。张融四十三岁。孔稚珪四十岁。范云三十六岁。崔光三十六岁。游肇三十五岁。刘芳三十四岁。陶弘景三十一岁。萧长懋二十九岁。刘绘二十九岁。任昉二十七岁。阳固二十四岁。王肃二十三岁。萧衍二十三岁。丘迟二十三岁。王僧孺二十二岁。柳恽二十二岁。徐勉二十一岁。吴均十八岁。裴子野十八岁。徐摛十六岁。殷芸十六岁。周捨十六岁。陆厥十五岁。袁翻十一岁。到沆十岁。到洽十岁。萧子恪九岁。刘杳八岁。刘孝绰六岁。王筠六岁。刘苞五岁。伏挺三岁。

齐武帝永明五年·魏孝文帝太和十一年(487)　丁卯

庾肩吾生。

《梁书》本传:"肩吾字子慎。"未言卒年。萧绎《法宝联璧序》载,534年庾肩吾四十八岁,上推生于本年。

萧子显生。

《梁书》本传:"子显字景阳,子恪第八弟也。"大同三年出为吴兴太守,至郡未几,卒。时年四十九岁。据此,铃木虎雄《沈约年谱》定子显生于永明七年,实误。《法宝联璧序》载,534年萧子显四十八岁,上推生于本年,下至大同三年,应是五十一岁。但这里也有问题。《梁书·萧子云传》载:"年十二,齐建武四年也。"依此而推,萧子云生于永明四年。问题是,萧子云是萧子恪第九弟,就是说,萧子云是萧子显的弟弟,但是若依《萧子云传》说,子云反比子显还大一岁。其中必有误。限于材料,无从细考。今暂依萧绎记载,确定萧子显生年。至于萧子云生年,姑存疑。

沈约四十七岁。 春,被敕撰《宋书》。作《谢齐竟陵王示永明乐歌启》、《永明乐》、《和竟陵王抄书》、《奉和竟陵王药名》等诗以及《为晋安王谢南兖州章》(晋安王萧子懋本年正月为南兖州刺史)、《又为安陆王谢荆州章》(安陆王萧子敬正月为荆州刺史)。又,《形神论》、《神不灭论》、《难范缜神灭论》等文约亦作于本年前后。

《宋书·自序》:"五年春,又被敕撰《宋书》。"按《南齐书·王智深传》:"世祖使太子家令沈约撰《宋书》,拟立《袁粲传》,以审世祖。世祖曰:'袁粲自是宋家忠臣。'约又多载孝武、明帝诸鄙渎事,上遣左右谓约曰:'孝武事迹不容顿尔。我昔经事宋明帝,卿可思讳恶之义。'于是多所省除。"刘知几《史通》指斥说:"《宋书》多妄。"未尝没有根据。难范缜文等见《广弘明集》卷二十二。这些文章主要是针对范缜《神灭论》而发的。参见范缜条。

谢朓四十七岁,出为冠军将军、义兴太守。

《梁书》本传:"五年,出为冠军将军、义兴太守,加秩中二千石。在郡不省杂事,悉付纲纪,曰:'吾不能作主者吏,但能作太守耳。'"按《南史·谢瀹传》载:"齐武帝问王俭:当今谁能为五言?俭曰:朓得父豪脾,江淹有意。"可见其五言诗在当时颇有影响,与江淹并称,可惜今不存一诗。

范云三十七岁。萧子良为之启为郡,齐武帝以为其"常相卖弄"。子良奏以范云谏书,辞皆切直。本年范云作《奉和齐竟陵王郡县名诗》。

见《梁书》本传及《资治通鉴》卷一百三十六。

王俭三十六岁,即本号开府仪同三司,固让。作《皇孙南郡王冠议》、《南郡王冠醮酒辞》等。

见《南齐书》本传及《礼志》。

萧长懋三十岁,其冬临国学。

《南齐书》本传:"五年冬,太子临国学。"

刘绘三十岁，显贵于当时。

见《梁书·刘苞传》。

萧子良二十八岁，正位司徒，移居鸡笼山邸，集学士抄五经、百家，依《皇览》例为《四部要略》千卷。又作《谏射雉启》两篇。

《南齐书》本传："五年，正位司徒，给班剑二十人，侍中如故。移居鸡笼山，集学士抄五经、百家，依《皇览》例为《四部要略》千卷。招致名僧，讲语佛法，造经呗新声。道俗之盛，江左未有也。"王俭有《竟陵王山居赞》盛称曰："升堂践室，金晖玉朗。矍矍大韶，遥遥闲赏。道以德弘，声由业广。义重实归，情深虚往。濠梁在兹，安事遐想。"又著《净住子》二十卷及《三宝记》。详见宋释志磐《佛祖统纪》卷三十六《法运通塞志》。

任昉二十八岁，为竟陵王记室参军。王融自谓无对当时，见任昉之文，恍然自失。

见《南史·任昉传》。

谢朓二十四岁，为太子舍人。作《永明乐》十首。

考见陈庆元《谢朓诗歌系年》（以下简称《系年》。文载中华书局编《文史》第21辑。又收入作者著《中古文学论稿》，天津人民出版社，1992）。

王僧孺二十三岁，亦从子良游鸡笼山邸，作《谢齐竟陵王使撰众书启》。

《梁书》本传："司徒竟陵王子良开西邸，招文学，僧孺亦游焉。文惠太子闻其名，召入东宫，直崇明殿。"按《南史》本传载："司徒竟陵王子良开西邸，招文学，僧孺与太学生虞羲、丘国宾、萧文琰、丘令楷、江洪、刘孝孙并以善辞藻游焉。而僧孺与高平徐夤俱为学林。"

王融二十一岁，为丹阳丞、中书郎，作《赠族叔卫军俭诗》、《上疏请给虏书》。

见《文馆词林》卷一百五十二。按《南齐书》本传:"从叔俭,初有仪同之授,融赠诗及书,俭甚奇惮之。笑谓人曰:'穰侯印讵便可解?'寻迁丹阳丞、中书郎。虏使遣求书,朝议欲不与。融上疏曰……世祖答曰:'吾意不异卿,今所启,比相见更委悉。'事竟不行。"按:王俭本年被封以仪同三司。又,《奉和竟陵王郡县名诗》、《移席琴室应司徒教》、《抄众书应司徒教》、《永明乐》、《齐明王歌辞》等约作于本年前后。又按《隋书·牛弘传》亦言及魏借书于齐事,其事当不诬。

刘孝绰七岁,能属文,号曰神童。舅父王融常说:"天下文章,若无我,当归阿士。"阿士,孝绰小字。父党沈约、任昉、范云等闻其名,并命驾造访。

见《梁书》本传。

王筠七岁,亦以警寤著称。

见《梁书》本传。

范缜亦从游萧子良鸡笼山邸,却盛称无佛。当时,沈约、王融、萧琛等人在萧子良的率领下,围攻辩难。范缜退而著《神灭论》,舆论大哗。

见《梁书》本传。关于《神灭论》的成书及发表年代,可参见邱明洲《范缜〈神灭论〉发表的年代》(载《四川大学学报》1980 年 1 期)。

刘祥为豫章王谘议参军,又转为临川王从事中郎。

见《南齐书》本传。按:豫章王萧嶷本年进位大司马。临川王萧映本年为开府仪同三司,七年卒。刘祥之从游二王,当在这两年间。

谢璟亦入竟陵王府。

《梁书》本传:"齐竟陵王子良开西邸,招文学,璟亦豫焉。"

释智林卒,时年七十九岁。

释慧皎《高僧传》卷八《齐高昌郡释智林传》:"释智林,高昌人,初出家为亮公弟子。……齐永明五年卒,春秋七十有九。著《二谛论》及《毘昙杂心论》并注《十二门论》、《中论》等。"按：智林与周颙论三宗论,约在宋明帝之初。

释昙智卒,时年七十九岁,亦善声之沙门。

释慧皎《高僧传》卷十三《齐东安寺释昙智传》："释昙智,姓王,建康人。出家止东安寺。性风流,善举止,能谈《庄》、《老》,经论书史,多所综涉。既有高亮之声,雅好转读。虽依拟前宗,而独拔新异,高调清澈,写送有余。宋孝武、萧思话、王僧虔等,并深加识重。僧虔临湘州,携与同行。萧守吴,复招同入。齐永明五年卒于吴国,年七十九。时有道朗、法忍、智欣、慧光,并无余解,薄能转读。道朗捉调小缓,法忍好存击切,智欣善能侧调,慧光喜飞声。"据此来看,东晋以来特别盛行的民歌及文人拟乐府民歌中的"送"似与佛经转读有关系。而记录东晋民歌之王僧虔与善声沙门多有交往,似可注意。又有所谓"小缓、击切、侧调、飞声"之说,也特别值得注意。同卷末附有善声沙门名单："释法邻,平调牒句,殊有宫商。释昙辩,一往无奇,弥久弥胜。释慧念,少气调,殊有细美。释昙干,爽快碎磕,传写有法。释昙进,亦入能流,编善还国品。释慧超,善于三契,后不能称。释道首,怯于一往,长道可观。释昙调,写送清雅,恨功夫未足。凡此诸人,并齐代知名。其浙左、江西、荆陕、庸蜀亦颇有转读,然止是当时咏歌,乃无高誉,故不足而传也。"特别值得注意的是后面的"经师论"。

释慧重卒于京师瓦官寺,时年七十三。

释慧皎《高僧传》卷十三《齐瓦官寺释慧重传》："释慧重,姓闵,鲁国人,侨居金陵。……大明六年敕为新安寺出家,于是专当唱说。……后移瓦官禅房。永明五年卒,年七十三。"

释昙准渡江从萧子良游。

释道宣《续高僧传》卷六《梁杨都湘宫寺释昙准传》："释昙准,姓弘,魏郡汤阴人。住昌乐王寺。出家从智筵法师。……承齐竟陵王广延胜道,盛兴讲说,遂南度止湘宫寺。""齐临川王萧映、长沙王萧晃,厚相钦礼,庐江何点、彭城刘绘,并到房接足伸其戒诰。"其卒于天监十四年,七十七岁,则本年四十九岁。

魏孝文帝诏定乐章,非雅者除之。又,魏孝文帝下诏,诸州,行乡饮酒之礼。

见《魏书·高祖纪》、《通鉴》卷一百三十六。《魏书·乐志》曰:"十一年春,文明太后令曰:'先王作乐,所以和风改俗,非雅曲正声不宜庭奏。可集新旧乐章,参探音律,除去新声不典之曲,禆增钟悬铿锵之韵。'"

高允卒,时年九十八。

《魏书·高允传》:"允所制诗赋诔颂箴论表赞,《左氏》、《公羊释》、《毛诗拾遗》、《论杂解》、《议何郑膏肓事》,凡百余篇,别有集仍于世。允明算法,为算术三卷。"据《隋书·经籍志》,《高允集》二十一卷,今佚,存诗四首。

魏孝文帝诏秘书丞李彪、著作郎崔光改析国记,依纪传之体。李彪时年四十四岁,崔光三十七岁。

见《魏书·高祖纪》、《通鉴》卷一百三十六。《魏书·李彪传》曰:"自成帝以来至于太和,崔浩、高允著述《国书》,编年序录,为《春秋》之体,遗落时事,三无一存。彪与秘书令高祐始奏从迁、固之体,创为纪传表志之目焉。"李彪又上表论政事,凡七事,原义俱见本传,孝文帝"览而善之,寻皆施行"。又《崔光传》云:"初,光与李彪共撰国书,太和之末,彪解著作,专以史事任光。"崔光亦北魏著名文人,尝为"陕西大使,巡方省察,所经述叙古事,因而赋诗三十八篇"。高祐论史体表奏,见《魏书·高祐传》。

北魏京都大饥,韩麒麟上表论时务。

见《魏书·韩麒麟传》,亦略见《通鉴》卷一百三十六。

孝文帝问高祐以止灾之方,祐又上疏论选举。出为西兖州刺史,以郡国虽有太学,县党宜有黉序,乃县立讲学,党立小学。

见《魏书·高祐传》。

游明根六十九岁。陆澄六十三岁。江淹四十四岁。张融四十四岁。孔稚珪四十一岁。游肇三十六岁。刘芳三十五岁。陶弘景三十二岁。刘峻二十六岁。阳固二十五岁。王肃二十四岁。萧衍二十四岁。丘迟二十四岁。柳恽二十三岁。徐勉二十二岁。刘勰二十一岁。吴均十九岁。裴子野十九岁。陆倕十八岁。徐摛十七岁。殷芸十七岁。周捨十七岁。陆厥十六岁。张率十三岁。袁翻十二岁。到沆十一岁。到洽十一岁。萧子恪十岁。刘杳九岁。王籍八岁。刘苞六岁。伏挺四岁。刘孝仪二岁。

齐武帝永明六年·魏孝文帝太和十二年(488)　戊辰

臧荣绪卒,时年七十四岁。

《南史》本传:"永明六年卒。"《隋书·经籍志》著录文集一百一十卷,佚。又有《续洞记》,亦佚。

沈约四十八岁。二月,作《上宋书表》。六月,作《湘州枳园寺刹下石记》。九月,作《从齐武帝琅邪城讲武应诏》。又作《荐沈驎士表》等。

见《艺文类聚》卷五十五。按:《宋书》仅用一年即完成,是因为在前人已有成果基础上增补而成。其详细经过见《宋书·自序》:"五年春又被敕撰《宋书》,六年二月毕功,表上之。"《湘州枳园寺刹下石记》,见《广弘明集》卷十六。年月见文中记载。《荐沈驎士表》,见《南齐书·沈驎士传》。按:此表《全齐文》收在沈渊名下。张溥以为是沈约所作。是。沈驎士有《与沈约书辞表荐》,沈约特作《答沈驎士书》,期冀"幽期可托,克全素履,与尊贤弋钓泉皋,以慰闲暮"。见

《南史·沈驎士传》及《艺文类聚》卷三十七所载。

范云三十八岁,作《古意赠王中书》。

《文选》李注:"集曰《览古赠王中书融》。"又,王融有《杂体报范通直云》约作于本年前后。范云时为通直散骑侍郎。

王俭三十七岁,重申前命,被封为开府仪同三司。

《南齐书》本传:"五年,即本号开府仪同三司,固让。六年,重申前命。先是诏俭三日一还朝,尚书令史出外谘事,上以往来烦数,复诏俭还尚书下省,月听十日出外。俭启求解选,不许。"

任昉二十九岁,作《为褚谘议蓁让兄袭封表》、《又表》。

前表见《文选》,后表见《艺文类聚》。按《南齐书·褚渊传》载,渊长子为褚贲,永明六年上表称疾,让封与弟褚蓁,褚蓁袭封南康郡公。《又表》是为褚贲所作。此后,以父丧去官。齐武帝曾对任昉伯任遐称赞任昉"哀瘠过礼"的孝心。见《南齐书》本传。

王僧孺二十四岁,为丹阳尹王晏辟为郡功曹,撰《东宫新记》。

《梁书》本传:"仕齐,起家王国左常侍、太学博士。尚书仆射王晏深相赏好。晏为丹阳尹,召补郡功曹,使僧孺撰《东宫新记》。"按《南齐书·王晏传》:王晏"六年,转丹阳尹,常侍如故"。

王融二十二岁,作《古意》二首、《从齐武帝琅邪城讲武应诏诗》。

根据郝立权《沈休文诗注》,沈氏《从齐武帝琅邪城讲武应诏诗》作于本年,王融之同题作品亦成于是时。与范云唱和见范云条。

裴子野二十岁,欲绍成祖业,为《宋略》。后来,见沈约《宋书》出,始删繁撮要,成《宋略》二十卷。

见《宋略总论》及《梁书》本传。按:裴子野不满意沈约《宋书》似有三点:一是浮浅,二是繁冗,三是臧否有私。从现存《宋略》传论来看,裴子野重视才能,而沈约则更重门第。

刘祥作《连珠》十五首。

见《南齐书》本传。按：史载王奂为仆射，刘祥与王奂子王融同载至中堂，见路人驱驴，刘祥说："驴，汝好为之，如汝人才，皆已令仆。"又著《连珠》十五首以寄怀。考《南齐书·武帝纪》及《王奂传》，王奂任尚书仆射是在永明四年后至六年十月前。故这组诗当作于本年十月前。

魏孝文帝亲筑圆丘于南郊。又筑城于醴阳，齐陈显达攻拔之。陈显达又攻沘阳。魏韦珍凭城拒战，显达还。

见《魏书·礼志》及《通鉴》卷一百三十六。《魏书·高祖纪》言："左仆射、长平王穆亮率骑一万讨之。"

游明根七十岁。陆澄六十四岁。谢朏四十八岁。江淹四十五岁。张融四十五岁。李虎四十五岁。孔稚珪四十二岁。崔光三十八岁。游肇三十七岁。刘芳三十六岁。陶弘景三十三岁。萧长懋三十一岁。刘绘三十一岁。萧子良二十九岁。刘峻二十七岁。阳固二十六岁。王肃二十五岁。萧衍二十五岁。谢朓二十五岁。丘迟二十五岁。柳恽二十四岁。徐勉二十三岁。刘勰二十二岁。吴均二十岁。陆倕十九岁。徐摛十八岁。殷芸十八岁。周捨十八岁。陆厥十七岁。张率十四岁。袁翻十三岁。到沆十二岁。到洽十二岁。萧子恪十一岁。刘杳十岁。王籍九岁。刘孝绰八岁。王筠八岁。刘苞七岁。伏挺五岁。刘孝仪三岁。庾肩吾二岁。萧子显二岁。

齐武帝永明七年·魏孝文帝太和十三年（489）　己巳

王俭五月卒，三十八岁。本年作《求解选表》，见许，改领中书监，参掌选事。寻卒，追赠太尉。

《南齐书》本传："七年，乃上表曰：'臣比年辞选……'见许，改领中书监，参掌选事。其年疾，上亲临视，薨，年三十八。"按《南齐书·王晏传》："俭卒，礼官谥议，上欲依王导谥为文献。晏启上曰：'导乃得此谥，但宋以来，不加素族。'"又《南齐书》本传载："少撰《古今丧服集记》并文集,并行于世。今上(梁武帝)受禅,下诏为俭立碑,降爵为侯。"《隋书·经籍志》载其文集有六十卷。又有《百家集谱》十卷、《吊答仪》十卷、《吉书仪》十卷等。

刘瓛卒,时年五十六岁。

《南齐书》本传:"瓛姿状纤小,儒学冠于当时。京师士子贵游莫不下席受业。性谦率通美,不以高名自居,游诣故人,唯一门生持胡床随后,主人未通,便坐问答。住在檀桥,瓦屋数间,上皆穿漏。学徒敬慕,不敢指斥,呼为青溪焉。竟陵王子良亲往修谒。七年,表世祖为瓛立馆,以扬烈桥故主第给之,生徒皆贺。瓛曰:'室美为人灾,此华宇岂吾宅邪?幸可诏作讲堂,犹恐见害也。'未及徙居,遇疾。子良遣从瓛学者彭城刘绘、从阳范缜将厨于瓛宅营斋。及卒,门人受学者并吊服临送。时年五十六。"《隋书·经籍志》著录别集三十卷,另有数种有关经学的著作。可参见姚振宗《隋书经籍志考证》。按:刘瓛及其弟刘琎在齐梁士人心目中地位极高。刘峻《辩命论》云:"瓛则关西孔子,通涉六经,循循善诱,服膺儒行;琎则志烈秋霜,心贞昆玉,亭亭高竦,不杂风尘。皆毓德于衡门,并驰声于天地。"任昉《求为刘瓛立馆启》称:"刘瓛澡身浴德,修行明经。"《颜氏家训·兄弟》载刘瓛、刘琎兄弟二人相敬以礼事,颇为传神。刘瓛以儒学垂名,卒无嗣。齐武帝诏刘显为后。刘显,本名颋,字嗣芳,刘瓛族子。幼年聪敏,深得王思远、张融、沈约等人赏识。入梁后,与裴子野、殷芸等人过从甚密,在梁代中期文学复古思潮形成过程中曾起到一定作用。生平见《南史》本传。

刘祥卒,时年三十九岁。

见《南齐书》本传。按:上年作《连珠》,有人启闻。御史中丞任遐作《奏劾刘祥》,武帝下《敕徙刘祥》云:"卿素无行检,朝野所悉。轻弃骨肉,侮蔑兄嫂,此是卿家行不足,乃无关他人。卿才识所知,盖何足论！位涉清途，于分非屈，何意轻肆口哕，诋目朝术，造席立言，必以贬裁为口实。冀卿年齿已大，能自感厉，日望悛革。如此所闻，转更增甚，喧议朝廷，不避尊贱，肆口极辞，彰暴物听。近见卿影《连珠》，寄意悖慢，弥不可长。卿不见谢超宗，其才地二三，故在卿前，事殆是百分不一。我当原卿性命，令卿万里思愆。卿若能改革，当令卿得还。"发配广州，终日病酒，少时病卒。刘祥被流放的直接原因不仅仅是因作《连珠》，关键是撰《宋书》直书禅代事，为齐帝所不容，故置于死地。《隋书·经籍志》著录别集十卷。钟嵘《诗品》认为，刘祥同谢超宗、丘灵鞠、檀超、钟宪、颜则、顾则心等人"并祖袭颜延，欣欣不倦，得士大夫之雅致乎？余从祖正员常云：大明、泰始中，鲍休美文，殊已动俗，惟此诸人，传颜、陆体"。

孙游岳卒。

《云笈七签》卷五《齐兴世馆主孙先生》："至永明七年五月，内以挥神托化，沐浴称疾，怡然而终。门徒弟子数百人，唯陶弘景入室焉。"

沈约四十九岁，作《瑞石像铭》。又作《齐临川王行状》、《齐太尉文宪公墓志铭》及《高松赋》等。

见《广弘明集》卷十六。年月见文中记载。《齐临川王行状》，见《艺文类聚》卷四十五。按：临川王萧映本年正月卒。《齐太尉文宪公墓志铭》，见《艺文类聚》卷四十六。《高松赋》作年参见下文萧子恪条。

谢朓四十九岁，以义兴太守职还都，迁为都官尚书、中书令。

见《梁书》本传。

孔稚珪四十三岁，为骁骑将军，复领左丞，迁黄门郎。

《南齐书》本传："永明七年，转骁骑将军，复领左丞。迁黄门郎，左丞如故。"

范云三十九岁,作《为柳司空让尚书令初表》、《第二表》。

见《艺文类聚》卷四十八。按:柳世隆本年五月为尚书令,见《南齐书·武帝纪》。

刘绘三十二岁,征为安陆王萧子敬护军司马,转中书郎,掌诏诰。

见《南齐书》本传。按:萧子敬本年为侍中、护军将军。刘绘随之征还京师。本年,豫章王萧嶷亦启求还第。

萧子良三十岁,代王俭领国子祭酒,因武帝又属意于擅长《易》学的张绪,遂不拜,以绪领国子祭酒。

见《南齐书·张绪传》。又,本年由任昉代笔,作《求为刘瓛立馆启》。见《艺文类聚》卷三十八。值得特书的是萧子良在本年二月和十月两次大集善声沙门及京师硕学于鸡笼山邸,造经呗新声。四声之发现,与此有较为直接的关系。二月的集会,陈寅恪《四声三问》及《魏晋南北朝史讲演录》征引甚详。十月的集会,陈先生未曾论及。释僧祐《略成实论记》有详细记载。此次集会持续到下年初。王融、张融、周颙、张肃、王肃等都躬逢盛会,活跃一时。《高僧传》、《续高僧传》多有记述。

萧子良抄经三十六部。

见《出三藏记集》卷五。注:"从《华严经》至《贫女为国王夫人》凡三十六部,并齐竟陵文宣王所抄。凡抄字在经题上者,皆文宣所抄也。"又《抄成实论》九卷条下注:"齐武帝永明七年十二月,竟陵文宣王请定林上寺释僧柔、小庄严寺释慧次等于普弘寺共抄出。"

二月十九日,萧子良招善声沙门普智、道兴、慧忍、超胜、僧辩等,集第作声。

释慧皎《高僧传》卷十三《齐安乐寺释僧辩传》:"释僧辩,姓吴,建康人。出家止安乐寺。少好读经,受业于迁畅二师。初虽祖述其风,晚更措意斟酌,哀婉折衷,独步齐初。尝在新亭刘绍宅斋,辩初夜读经,始得一契,忽有群鹤下集阶前,及辩度卷,一时飞去。由是声振天下,远近知名。后来学者,莫不宗事。永明七年二月十九日,司徒竟陵文宣王梦于佛前咏《维摩》一契,同声发而觉,即起至佛堂中,还如梦中法,更咏古《维摩》一契,便觉韵声流好,著工恒日。明旦即集京师善声沙门龙光普智、新安道兴、多宝慧忍、天保超胜及僧辩等,集第作声。辩传古《维摩》一契、《瑞应》七言偈一契,最是命家之作。后人时有传者,并讹漏失其大体。"

王僧孺二十五岁,为大司马豫章王萧嶷行参军,又兼太学博士。

见《梁书》本传。按:王僧孺上年为丹阳尹功曹。本年王晏转为江州刺史,固辞不愿出外,留为吏部尚书。疑王晏被任命为江州刺史时,王僧孺转入萧嶷幕下。

王融二十三岁,作《栖玄寺听讲毕游西邸园七韵应司徒诗》。

见《广弘明集》卷三十。又,《诃诘四大门诗》、《在家男女恶门诗》、《大惭愧门诗》、《努力门诗》、《春游回文诗》等大约亦作于这个时期。据《高僧传·释法献传》载,王融本年与沙门多所过从,"崇其诫训"。

萧子恪十二岁。五月王俭卒前,和从兄司徒萧子良《高松赋》。

据《梁书》本传载:"卫军王俭见而奇之。"俭卒于本年五月,知此赋必作于五月前。沈约、谢朓、王俭等《和竟陵王子良高松赋》并存。子良赋佚。

萧子隆娶王俭女为妃。齐武帝以子隆能属文,谓王俭曰:"我家东阿也。"王俭说:"东阿重出,实为皇家蕃屏。"本年三月,迁中护军,转侍中、左卫将军。时年十六岁。

见《南齐书》本传及《武帝纪》。

王植《奏上撰定律章表》。

《南齐书·孔稚珪传》:"先是,七年,尚书删定郎王植撰定律章表奏之,曰……"

徐孝嗣继任王俭未竟之业,主持修撰江左以来仪典。

《南齐书》本传:"世祖问俭曰:'谁可继卿者?'俭曰:'臣东都之日,其在徐孝嗣乎?'……会王俭亡,上征孝嗣为五兵尚书。其年,上敕仪曹令史陈淑、王景之、朱玄真、陈义民撰江左以来仪典,令谘受孝嗣。"

武帝怒大士宝志惑众,收逮建康。后在文惠太子及竟陵王的劝谏下,释放诏至禁中,馆于华林园。

详见宋释志磐《佛祖统纪》卷三十六《法运通塞志》及元释念常《佛祖通志》卷九。

僧伽跋陀罗在广州竹林寺译《普见毘婆沙律》十八卷。

见《出三藏记集》卷二。注:"或云《毘婆沙律》。齐永明七年出。右一部,凡十八卷。齐武帝时,沙门释僧敬于广州竹林寺,请外国法师僧伽跋陀罗译出。"宋释志磐《佛祖统纪》卷三十六《法运通塞志》以为永明六年译,姑从之。今从《出三藏记集》。

释僧钟卒,年六十。

释慧皎《高僧传》卷八《齐京师中兴寺释僧钟传》:"释僧钟,姓孙,鲁郡人。……齐文惠太子、竟陵文宣王数请南面,齐永明七年卒,春秋六十。时与钟齐名比德者,昙纤、昙迁、僧表、僧最、敏达、僧宝等,并各善经论,悉为文宣所敬,选兴讲席矣。"

释法瑗卒于京师灵根寺,时年八十一岁。

释慧皎《高僧传》卷八《齐京师灵根寺释法瑗传》:"释法瑗,姓辛,陇西人,辛毗之后。……以齐永明七年卒,春秋八十一矣。"按:释法瑗承竺道生大力提倡顿悟义,深为宋文帝、何尚之、王俭等人器重。

释慧豫卒于灵根寺。

释慧皎《高僧传》卷十二《齐京师灵根寺释慧豫传》:"释慧豫,黄龙人。来游京师,止灵根寺。"

魏孝文帝有事于圆丘。于是初备大驾。又幸灵泉池,与群臣御龙舟,同诗而罢。又立孔子庙于平城。

见《魏书·高祖纪》。

北魏遣邢产、侯灵绍使于齐。

见《魏书·高祖纪》、《通鉴》卷一百三十六。

魏孝文帝临皇信堂引见群臣,论禘、祫之义。

《魏书·礼志》记载,尚书游明根、左丞郭祚、中书侍郎封琳、著作郎崔光等以郑玄说对;中书监高闾、仪曹令李韶、中书侍郎高遵等对以禘祭圆丘之禘与郑义同,其宗庙禘祫之祭与王(肃)义同。

游明根七十一岁。陆澄六十五岁。江淹四十六岁。张融四十六岁。李彪四十六岁。崔光三十九岁。游肇三十八岁。刘芳三十七岁。陶弘景三十四岁。萧长懋三十二岁。任昉三十岁。刘峻二十八岁。阳固二十七岁。王肃二十六岁。萧衍二十六岁。谢朓二十六岁。丘迟二十六岁。柳恽二十五岁。徐勉二十四岁。吴均二十一岁。裴子野二十一岁。陆倕二十岁。徐摛十九岁。殷芸十九岁。周捨十九岁。陆厥十八岁。张率十五岁。袁翻十四岁。到沆十三岁。到洽十三岁。刘杳十一岁。王籍十岁。刘孝绰九岁。王筠九岁。刘苞八岁。伏挺六岁。刘孝仪四岁。庾肩吾三岁。萧子显三岁。

齐武帝永明八年·魏孝文帝太和十四年(490) 庚午

沈约五十岁。春,仍为太子右卫率。秋,兼尚书左丞、御史中丞。作《奉和竟陵王经刘瓛墓诗》、《正阳堂宴劳凯旋》、《和刘中书仙诗》二首、《阻雪连句遥赠和》、《芳树》、《临高台》、《有所思》、《与范述曾论竟陵王赋书》、《奏弹王源》、《奏弹孔稚珪违制启假事》等。

参见本年萧子良条。《正阳堂宴劳凯旋》,郝立权以为"所宴劳者似当为萧顺之"。本年八月,萧子响不堪典签驾御,举兵反抗。武帝遣萧顺之率兵征讨。下年五月,正阳堂火灾被毁。所以此诗必作于正阳堂被毁之前。作《和刘中书仙诗》二首,刘绘其时为中书郎。王融有《游仙诗》五首,陆慧晓一首,大约亦作于此时。又与江秀才华、王丞融、王兰陵僧孺、谢洗马昊、刘中书绘及谢朓作《阻雪连句遥赠和》。作《芳树》、《临高台》、《有所思》等,刘绘有《同沈右率诸公赋鼓吹曲》,即《巫山高》、《有所思》。虞羲亦有《巫山高》。谢朓《同沈右率诸公赋鼓吹曲名二首》,即《芳树》、《临高台》。这些作品约作于本年,乃奉和沈约之作。《与范述曾论竟陵王赋书》,见《艺文类聚》卷五十八、《初学记》卷二十一。按《梁书·范述曾传》称沈约时为左卫率,恐"左"是"右"字之误,因沈约在本年至十年为右卫率,未见左卫率之记载。《奏弹王源》,收进《文选》。李善注:"吴均《齐春秋》曰:永明八年,沈约为中丞。"知奏文作于本年或稍后。表现出强烈的门第观念。王源嫁女与商人满氏,沈约以为"玷辱流辈,莫斯为甚",以为"此风弗剪,其源遂开"。沈约靠黄籍考察出满璋之身份,发现其身世皆"虚托",故入梁后特作《上言宜校勘谱籍》,用以厘析士庶。《奏弹孔稚珪违制启假事》,见《初学记》卷二十。文中称孔稚珪为"廷尉"。按:孔稚珪本年为廷尉,下年末已为御史中丞。见《南齐书·孔稚珪传》。

张融四十七岁,迁司徒右长史。《门律自序》约作于本年前后。

《南齐书》本传:"八年,朝臣贺众瑞公事,融扶入拜起,复为有司所奏,见原,迁司徒右长史。"《门律自序》是文学批评的重要文献,收在《南齐书》本传。另有《以门律致书周颙等诸游生》等,周颙卒于本年后,详周颙条。

范云四十岁,作《巫山高》、《赠沈左卫》、《数名诗》等。

见《先秦汉魏晋南北朝诗》。

陶弘景三十五岁,启假东行浙越,处处寻求灵异,至会稽大洪山

谒居士娄慧明，又到余姚太平山谒居士杜京产，又到始宁山谒法师钟义山、始丰天台山谒诸僧标及诸处宿旧道士，并得真人遗迹十余卷，游历山水二百余日乃还。爰及东阳长山，吴兴天目山，於潜、临海、安固诸名山，无不毕践。身本轻捷，登陟无艰。赡恤寒凄，拯救危急，救疗疾恙，朝夕无倦。

见《本起录》。

刘绘三十三岁，辅佐何胤撰治礼义。八月，作《为豫章王嶷乞收葬萧子响表》。

见《南齐书》本传。按徐勉《上修五礼表》，何胤永明七年接替张绪领国子祭酒，至建武四年退还东山，经涉九载。其间，有学士二十人辅佐修撰。刘绘即其中之一。《为豫章王嶷乞收葬萧子响表》，见《南齐书·萧子响传》。按：萧子响为武帝第四子。萧嶷无后，武帝过继之为嗣。后萧嶷有子，仍表留为嫡。本年八月，萧子响与典签发生矛盾，盛怒之下杀典签。武帝以为子响谋反，遂派萧顺之讨伐。子响伏诛。《南齐书·刘绘传》载："鱼复侯子响诛后，豫章王嶷欲求葬之，召绘言其事，使为表。绘求纸笔，须臾便成。"刘绘为永明重要作家，是年前后，颇为活跃。《南齐书》本传："永明末，京邑人士盛为文章谈议，皆凑竟陵王西邸。绘为后进领袖，机悟多能。时张融、周颙并有言工，融音旨缓韵，颙辞致绮捷，绘之言吐，又顿挫有风气。时人为之语曰：'刘绘贴宅，别开一门。'言在二家之中也。"其《和池上梨花诗》等，约作于本年。

萧子良三十一岁，被赐三望车。春，作《登山望雷居士精舍同沈右卫过刘先生墓下作》。

序曰："益深宿草之叹。"知刘瓛卒已逾年。同和者除上文提及的沈约外，还有谢朓、虞炎、萧子隆、柳恽等。

任昉三十一岁，父丧服阕。作《为齐竟陵王世子临会稽郡教》等。

见《艺文类聚》卷五十。按《南齐书·萧昭胄传》："永明八年,自竟陵王世子为宁朔将军、会稽太守。"又,《王文宪集序》当亦作于本年前后。文中称齐高帝"圣武定业,肇于王命"云云,是作于齐武帝时之证。

萧衍二十七岁,为随王萧子隆镇西谘议参军。

见《梁书》本纪。按:萧子隆本年八月为镇西将军、荆州刺史。虞羲有四言《敬赠萧谘议诗》十章。

谢朓二十七岁,为随王萧子隆镇西功曹,转文学。作《同咏坐上所见一物·席》等。

见《南齐书》本传。柳恽咏《席》,王融咏《幔》,虞炎咏《帘》。又应《沈右率座赋三物为咏》而咏《幔》,王融咏《琵琶》,沈约咏《篪》。又与沈约同作《咏竹火笼》、《咏邯郸故才人嫁为厮养卒妇》及《杂咏》三首(《咏镜台》、《咏灯》、《咏烛》)。又,《同咏坐上玩器·乌皮隐几》及沈约《咏竹槟榔盘》、《咏檐前竹诗》、《咏桃诗》、《咏青苔诗》等大约亦作于是时。详考见陈庆元《谢朓诗歌系年》。

王融二十四岁,时为司徒法曹。作《金天颂》。

《南史·王摛传》:"永明八年,天忽黄色照地,众莫能解。司徒法曹王融上《金天颂》。摛曰:'是非金天,所谓荣光。'武帝大悦,用为永阳郡。"又,《药名诗》、《星名诗》、《奉和月下诗》、《咏池上梨花诗》、《咏梧桐诗》、《咏女萝诗》、《咏火》等亦约作于是年。

刘勰二十四岁,离京口至建康,依僧祐入定林寺。

详《汇考》。

张率十六岁,作诗二千许首。虞讷见而诋之。率乃焚毁,更为诗示焉,托名沈约,讷便句句嗟称,无字不善。

见《梁书》、《南史》本传。

伏挺七岁,通《孝经》、《论语》,为五言诗学谢灵运体,深为任昉

激赏。

《梁书》本传:"挺幼敏悟,七岁通《孝经》、《论语》。及长,有才思,好属文,为五言诗,善效谢康乐体。父友人乐安任昉深相叹异,常曰:'此子日下无双。'"

正月,萧子良命周颙作《抄成实论序》。

见《出三藏记集》卷十一。又释僧祐《略成实论记》云:"《成实论》十六卷,罗什法师于长安出之,昙晷笔受,昙影正写。影欲使文玄,后自转为五翻,余悉依旧本。齐永明八年十月,文宣王招集京师硕学名僧五百余人,请定林僧柔法师、谢寺慧次法师于普弘寺迭讲,欲使研核幽微,学通疑执。即座仍请祐及安乐智称法师,更集尼众二部名德七百余人,续讲《十诵律》,志令四众净业还白。公每以大乘经渊深,漏道之津涯,正法之枢纽。而近世陵废,莫或敦修,弃本逐末,丧功繁论。故即于律座,令柔次等诸论师抄比《成实》,简繁存要,略为九卷,使辞约理举,易以研寻。八年正月二十三日解座,设三业三品,别施奖有功劝不及,上者得三十余件,中者得二十许种,下者得数物而已。即写《略论》百部流通,教使周颙作论序。今录之于后。"按:释僧祐《略成实论记》明载本年正月周颙作序,说明周颙本年初仍在世。《南齐书》本传:"颙卒官时,会王俭讲《孝经》未毕。"据此,陈寅恪先生认为,周颙卒年当在"永明七年五月王俭薨逝之前,永明三年王俭领国子祭酒及太子少傅之后"。铃木虎雄据沈约《与约法师书》中"去冬今岁,人鬼见分"推定周颙卒于永明六年冬。均误。由《略成实论记》及《抄成实论序》推知,周颙卒年至少在本年冬季以后。沈约《与约法师》是指慧约。据《高僧传·慧约传》载,慧约与周颙关系极洽,与京城其他要人亦多所交往。永明末离京城居丧。隆昌元年时又在京城。沈约任东阳太守时,慧约同行。以后,两人就没有再离开过。因此,《与约法师书》很可能作于慧约在家乡守丧期间,至迟不会晚于永明十一年。这也就是周颙卒年的下限。详见刘跃进著《门阀士族与永明文学》附录《周颙卒年新探》。

晋安王萧子懋作《春秋例苑》三十卷奏之。

《南史》本传:"八年,撰《春秋例苑》三十卷奏之,武帝敕付秘阁。"按《隋书·经籍志》著录萧子懋别集四卷。

十二月十五日,僧祐之师献正与法意在京都瓦官禅房共译《观世音忏悔除罪咒经》一卷、《妙法莲华经提婆达多品第十二》一卷。

见《出三藏记集》卷二。注:"永明八年十二月十五日译出。右二部,凡二卷。齐武皇帝时,先师献正游西域,于于阗国得《观世音忏悔咒》胡本。还京都,请瓦官禅房三藏法师法意共译出。自流沙以西,《妙法莲华经》并有《提婆达多品》,而中夏所传阙此一品。先师至高昌郡,于彼获本,仍写还京都。今别为一卷。"该经梁时存。

释慧次法师卒于谢寺,时年五十七岁。

释慧皎《高僧传》卷八《齐京师谢寺释慧次传》:"释慧次,姓尹,冀州人。初出家为志钦弟子,后遇徐州释法迁,解贯当世,钦乃以次付嘱。……永明八年讲《百论》至《破尘品》,忽然从化,春秋五十七矣。"

释慧隆卒于京师何园寺,时年六十二岁。

释慧皎《高僧传》卷八《齐京师何园寺释慧隆传》:"释慧隆,姓成,阳平人。……以永明八年卒,春秋六十有二。"

释僧审卒于灵鹫寺,时年七十五岁。

《高僧传》卷十《齐京师灵鹫寺释僧审传》:"释僧审,姓王,太原祁人。晋骠骑沈之后也,祖世寓居谯郡。……永明八年卒,春秋七十有五。"

释道儒卒于京师齐福寺,时年八十一岁。

释慧皎《高僧传》卷十三《齐齐福寺释道儒传》:"释道儒,姓石,渤海人。寓居广陵。……以齐永明八年卒,年八十一。"

魏初诏定起居注制。

见《魏书·高祖纪》。

魏文明太后卒,孝文帝引见群臣,欲行三年之丧,安定王休等以为三年之丧不可行:"良以世代不同,古今异致故也。"孝文帝不听,表数上,帝又问游明根、高闾等。李彪亦有奏请,孝文帝终不许。

见《魏书·礼志》,此可见孝文帝一心汉化。

游明根七十二岁。陆澄六十六岁。谢朓五十岁。江淹四十七岁。李彪四十七岁。孔稚珪四十四岁。崔光四十岁。游肇三十九岁。刘芳三十八岁。陶弘景三十五岁。萧长懋三十三岁。刘峻二十九岁。阳固二十八岁。王肃二十七岁。丘迟二十七岁。王僧孺二十六岁。柳恽二十六岁。徐勉二十五岁。吴均二十二岁。裴子野二十二岁。陆倕二十一岁。徐摛二十岁。殷芸二十岁。周捨二十岁。陆厥十九岁。袁翻十五岁。到沆十四岁。到洽十四岁。萧子恪十三岁。刘杳十二岁。王籍十一岁。刘孝绰十岁。王筠十岁。刘苞九岁。伏挺七岁。刘孝仪五岁。庾肩吾四岁。萧子显四岁。

齐武帝永明九年·魏孝文帝太和十五年(491)　辛未

庾杲之卒,时年五十一岁。有《临终上表》。

《南齐书》本传:"杲之历在上府,以文学见遇,上造崇虚馆,使为碑文。卒时年五十一,上甚惜之,谥曰贞子。"按:庾杲之为竟陵王西邸重要文士,又与江淹颇接近。《南史》本传:"时诸王年少,不得妄称接人。敕杲之及济阳江淹五日一诣诸王,使申游好。"

沈约五十一岁,仍为御史中丞。作《伤庾杲之》、《伤王谌》、《齐司空柳世隆行状》、《三日侍林光殿曲水宴应制诗》、《钱谢文学》、《奏弹太子舍人王僧祐》、《奏弹秘书郎萧遥昌》、《奏弹奉朝请王希聃违假》、《奏弹御史孔矡题省壁悖慢事》、《修竹弹甘蕉文》、《别范安

成》等。

按:王谌亦卒于本年。《齐司空柳世隆行状》,见《艺文类聚》卷四十七。据《建康实录》,柳世隆卒于本年。作《三日侍林光殿曲水宴应制诗》,按:林光殿,王融、谢朓同题诗作华光殿。说见王融条。《饯谢文学》,考见谢朓条。作《奏弹太子舍人王僧祐》,按:王僧祐为王籍父,时为太子舍人。见《梁书·王秀之传》附传。作《奏弹秘书郎萧遥昌》,按:萧遥昌与其兄萧遥欣均于永明中起家秘书郎。萧遥昌于永明十一年迁太孙舍人。则此奏表必作于永明八年至本年底沈约任御史中丞期间。又,《奏弹奉朝请王希聃违假》、《奏弹御史孔橐题省壁悖慢事》、《修竹弹甘蕉文》等亦作于八至九年间。作《别范安成》,按《梁书·范岫传》:"出为建威将军、安成内史。入为给事黄门侍郎,迁御史中丞。"其为御史中丞是在永元元年,则其为安成内史必在此前;所奉之主由此可以推定是齐安成王萧暠。据《南齐书·安成王暠传》,萧暠卒于本年夏。则此诗又必作于本年夏之前。此外,《为柳世隆谢赐乐游胡桃启》亦作于柳世隆卒前无疑。

张融四十八岁,迁司徒右长史。

《南齐书》本传:"八年,朝臣贺众瑞公事,融扶入拜起,复为有司所奏,见原,迁司徒右长史。"按《南齐书·天文志》、《祥瑞志》等载,所谓"祥瑞"多发生在上年末叶,由此推测张融为人所奏弹、见原、升职,约在上年末本年初。

孔稚珪四十五岁,作《上新定律注表》,因此而被擢为御史中丞。作《答竟陵王启》等。

见《南齐书》本传。按:王植在七年奏上《撰定律章表》,公卿八座参议。至本年,孔稚珪上表。时为太子中庶子、廷尉。年末为御史中丞。见《答竟陵王启》三篇。其三曰:"十一月二十九日州民御史中丞孔稚珪启。"知是年底所作。萧子良有《与孔中丞稚珪书》、《答孔中丞书》。前书有"君非不睹经律所辩,何为偏志一方,埋没道理"云云,似为讨论《晋律》问题,知必作于本年孔稚珪上表前后。《孔稚珪传》载,王植上表后,群臣参议,"有轻重处,竟陵王子良下意,多使从轻。其中朝议不能断者,制旨平决。"知修订《晋律》,子良始终参与其中。

陶弘景三十六岁,还都,除奉朝请,郁郁不得志,作《与从兄书》。

《本起录》:"三年还都,方除奉朝请,拜竟怏怏,与从兄书云:'昔仕宦应以体中打断,必期四十左右作尚书郎,出为浙东一好名县,粗得山水,便投簪高迈。宿昔之志,谓言指掌,今年三十六矣,方作奉朝请,此头颅可知矣!不如早去,无自劳辱。'"按:张溥《汉魏六朝百三家集》收录此文颇多阙漏,萧纶《隐居贞白先生陶君碑》亦载:"先生本不希荣,常欲辞退,乃与亲友书曰:'畴昔之意,不愿处人间。年登四十,毕志山薮。今三十六矣。时不我借,知几其神乎?无为自苦也。'"

刘绘三十四岁,作《饯谢文学离夜诗》。

按:王季之、王常侍(失名)并有《离夜诗》,均言春景,如王季之诗"离歌上春日"等是其证,约作于同时。

萧子良三十二岁,开仓济贫。作《与孔中丞稚珪书》、《答孔中丞书》等。

《南齐书》本传:"九年,京邑大水,吴兴偏剧,子良开仓赈救,贫病不能立者于第北立廨收养,给衣及药。"作书与孔稚珪讨论《晋律》事,参见孔稚珪条。

任昉三十二岁,时为尚书殿中郎。见刘之遴而异之,荐为宁朔主簿。作《别萧谘议衍诗》等。

见《梁书·刘之遴传》。《别萧谘议衍诗》,详萧衍条。

萧衍二十八岁,仍为随王萧子隆镇西谘议参军,本年春赴荆州。

作《答任殿中宗记室王中书别诗》。

按:任昉、宗夬、王融《萧谘议西上夜集》别诗并存。宗夬为西邸重要学士。《梁书》本传载:"齐司徒竟陵王集学士于西邸,并见图画,夬亦预焉。"王融亦敬异萧衍,以为"宰制天下,必在此人"!

谢朓二十八岁,随萧子隆赴荆州,时为镇西功曹,转文学。萧子隆在荆州,好辞赋,数集僚友,朓以文才,尤被赏爱,流连晤对,不舍日夕。本年作《同咏乐器·琴》、《侍宴华光殿曲水奉敕为皇太子作》、《三日侍华光殿曲水宴代人应诏》、《三日侍宴曲水代人应诏》、《随王鼓吹曲》(《乐府诗集》卷二十《鼓吹曲辞·齐随王鼓吹曲》题解作永明八年)、《和江丞北戍琅邪城》、《离夜》、《将发石头上烽火楼》、《夏始和刘孱陵》、《奉和随王殿下》以及《和沈右率诸君饯谢文学》诗。

见《南齐书》本传。按:"诸君"诗存者有右率沈约、别驾虞炎、通直郎范云、中书郎王融、记室萧琛、中书郎刘绘。详陈庆元《谢朓作品系年》。

柳恽二十七岁,丁父忧,作《述先颂》,申其罔极之心,文甚哀丽。

见《梁书》本传。按《南齐书·柳世隆传》,柳世隆卒于本年。

王融二十五岁,作《三月三日曲水诗序》。又有《饯谢文学离夜》、《萧谘议西上夜集》、《永明九年策秀才文》等。

《南齐书》本传:"九年,上幸芳林园禊宴朝臣,使融为《曲水诗序》。"《文选》收录此序云:"有诏曰:今日嘉会,咸可赋诗。凡四十有五人,其辞云尔。"

陆厥二十岁,为州举秀才、王宴少傅主簿。

《南齐书》本传:"永明九年,诏百官举士,同郡司徒左西掾顾暠之表荐焉,州举秀才。"

刘杳十三岁,丁父忧。

见《梁书》本传。按《南齐书·刘怀慰传》:"永明九年卒官。"

王颢上其父王珪之所撰《齐职仪》五十卷,诏付秘阁。

《梁书》本传:"(王)珪之有史学,撰《齐职仪》。永明九年,其子中军参军颢上启曰……"

庾於陵随萧子隆赴荆州,为主簿。

《梁书·文学传》本传:"庾於陵字子介,散骑常侍黔娄之弟也。七岁能言玄理。既长,清警博学有才思。齐随王子隆为荆州,召为主簿,使与谢朓、宗夬抄撰群书。"

萧琛作《饯谢文学》、《别萧谘议前夜以醉乖例今昼由醒敬教诗》。本年八月,萧琛以司徒参军身份聘于魏。

《梁书》本传:"高祖(萧衍)在西邸早与琛狎,每朝宴,接以旧恩,呼为宗老。"聘魏事见《南史·武帝纪》。

魏孝文帝始听政于皇信东室,初分置左右史官。

见《魏书·高祖纪》、《通鉴》卷一百三十七。

齐使裴昭明等吊魏文明太后之丧,魏使成淹应对,不许齐人以朱衣入凶庭,孝文帝喜成淹之敏。

见《魏书·成淹传》、《通鉴》卷一百三十七。

魏作明堂,改营太庙。魏孝文帝议改律令,于东明观折疑狱。

见《魏书·高祖纪》、《礼志》及《通鉴》卷一百三十七。《礼志》载,高闾议魏为土德,穆亮、陆叡等议同。又按《通鉴》卷一百三十七:"魏主更定律令于东明观,亲决疑狱;命李冲议定轻重,润色辞旨,帝亲笔书之。李冲忠勤明断,加以慎密,为帝所委,情义无间,群臣旧戚,莫不心服,中外推之。"《魏书·李冲传》:"文明太后崩后,高祖居丧,引见待接有加。及议礼仪律令,润饰辞旨,刊定轻重,高祖虽自下笔,无不访决焉。冲竭忠奉上,知无不尽,出入忧勤,形于颜色,虽旧臣戚辅,莫能逮之,无不服其明断慎密而归心焉。于是天下翕然,及殊方听望,咸宗奇之。高祖亦深相杖信,亲敬弥甚,君臣之间,情义莫二,及改置百司,开建五等,以冲参定典式……"按:李冲为陇西公李宝之子,可见魏之重汉族高门。

魏遣李彪、蒋少游使于南齐。李彪时年四十八岁。

见《魏书·高祖纪》。据《高祖纪》,李彪于是年凡二次使南齐,一在四月,一在十一月。《通鉴》以为乃四月使齐时事。据《李彪传》,其接对者为刘绘,齐设宴乐,李彪以魏丧故,辞乐。彪与刘绘议礼,颇有往复。"彪将还,赜(齐武帝)亲谓曰:'卿前使还日,赋阮诗云:"但愿长闲暇,后岁复来游。"果如今日。卿此还也,复有来理否?'彪答言:'使臣请重赋阮诗曰:"宴衍清都中,一去永矣哉。"'赜悯然曰:'清都可尔,一去何事?观卿此言,似成长阔,朕当以殊礼相送。'赜遂亲至琅邪城,登山临水,命群臣赋诗以送别,其见重如此。彪前后六度衔命,南人奇其謇谔。"据《魏书·李彪传》,则北人文化,已颇受南朝重视。又阮籍诗似有佚文,李彪所引"宴衍"二句不在今存八十二首中。

魏议养老,又议肆类上帝、禋于六宗之礼,帝亲临决。又"亲定禘祫之礼","议律令事,仍省杂祀"。又,魏孝文帝诏简选乐官。

见《魏书·高祖纪》、《通鉴》卷一百三十七。按:此可见孝文帝汉化之步骤。又按《魏书·乐志》:"十五年冬,高祖诏曰:'乐者所以动天地,感神祇,调阴阳,通人鬼。故能关山川之风,以播德于无外。由此言之,治用大矣。逮乎末俗陵迟,正声顿废,多好郑卫之音以悦耳目,故使乐章散缺,伶官失守。今方厘革时弊,稽古复礼,庶令乐正雅颂,各得其宜。今置乐官,实须任职,不得仍令滥吹也。'遂简置焉。"《通鉴》卷一百三十七云:"初,魏世祖克统万及姑臧,获雅乐器服工人,并存之。其后累朝无留意者,乐工浸尽,音制多亡。高祖始命有司访民间晓音律者议定雅乐,当时无能知者。然金、石、羽旄之饰,稍壮丽于往时矣。辛亥,诏简置乐官,使修其职;又命中书监高闾参定。"

杜弼生。

按《北齐书·杜弼传》,杜弼卒于北齐显祖(文宣帝)十年,即天保十年(559),年六十九,则当生于是年。杜弼字辅玄,中山曲阳(今属河北)人。北齐作家。

游明根七十三岁。陆澄六十七岁。谢朓五十一岁。江淹四十八岁。范云四十一岁。崔光四十一岁。游肇四十岁。刘芳三十九岁。萧长懋三十四岁。刘峻三十岁。阳固二十九岁。王肃二十八岁。王僧孺二十七岁。徐勉二十六岁。刘瓛二十五岁。吴均二十三岁。裴子野二十三岁。陆倕二十二岁。徐摛二十一岁。殷芸二十一岁。周捨二十一岁。张率十七岁。袁翻十六岁。到沆十五岁。到洽十五岁。萧子恪十四岁。王籍十二岁。刘孝绰十一岁。王筠十一岁。刘苞十岁。伏挺八岁。刘孝仪六岁。庾肩吾五岁。萧子显五岁。

齐武帝永明十年·魏孝文帝太和十六年(492)　壬申

四月,豫章王萧嶷卒。作《疾笃启》、《诫诸子》、《遗令诸子书》等。

见《南齐书》本传。

陆澄六十八岁,时为光禄大夫,与孔稚珪、虞悰、沈约、张融等表荐杜京产。

《南齐书·杜京产传》:"永明十年,稚珪及光禄大夫陆澄、祠部尚书虞悰、太子右率沈约、司徒右长史张融表荐京产曰……"按:此文题《荐杜京产表》,《全齐文》收在孔稚珪名下。

沈约五十二岁,作《答乐蔼书》、《冬节后至丞相第诣世子车中作》等。

见《南齐书·豫章文献王嶷传》。按《南史·豫章王嶷传》载:"群吏中南阳乐蔼、彭城刘绘、吴郡张稷,最被亲礼。蔼与竟陵王子良笺,欲率荆江湘三州僚吏建碑,托中书侍郎刘绘营办。蔼又与右率沈约书,请为文。约答曰……"乐蔼书,《全梁文》题《与右率沈约书请撰豫章文献王碑文》。沈约竟予拒绝。王鸣盛《十七史商榷》卷六十二云:"约谦避作碑,当亦知齐武帝之子文惠太子与豫章王有嫌故耳。"此嫌隙,《南齐书》有意隐而不书,因为史书作者萧子显是萧嶷之子。王鸣盛说:"自作史而为父立传,千古只此一人,故传中极尽推崇。"《南史》则力揭萧嶷之短,如后房千余人,又如与齐武帝父子的矛盾等。今传沈约《齐丞相豫章文宪王碑》(《见《艺文类聚》卷四十五)是齐建武年间应萧嶷第二子萧子恪之请托而作。其时,萧赜、萧长懋父子已死,无所谓违碍之情。铃木虎雄将沈约此碑文系于本年,大误。《冬节后至丞相第诣世子车中作》,据《文选》李善注,世子是指萧嶷长子萧子廉。此诗感叹人死势去,贵贱不同,于世态炎凉,多所讥讽。

范云四十二岁,仍为司徒参军。本年十二月与萧琛出使北魏。

见《南齐书·魏虏传》及《建康实录》卷十六《魏虏传》。

陶弘景三十七岁,作《解职表》,脱朝服挂神虎门,辞官隐居于句容之句曲山,自号华阳隐居。临发,公卿祖之于征虏亭,供帐甚盛,车马填咽,咸云宋齐以来未有斯事,朝野荣之。

见《梁书》本传。按《本起录》:"明年五月,遂拜表解职,求托岩林,青云之志……是岁永明十一年壬申岁也。先生初隐,不欲辞省出,仍脱朝服挂神虎门,鹿巾径出东亭,已约语左右曰:'勿令人知尔。'乃往与王晏别,晏云:'主上性至严治,不许人作高奇事,脱致忤旨,坐贻罪咎,便恐违卿此志,讵可作?'先生嘿思良久,答云:'余本徇志,非为名,若有此虑,奚为所宜?'于是即不诣省,直上表陈诚。诏赐帛十四,烛二十铤,又别敕月给上茯苓五斤,白蜜二斗,以供服饵。先生既遂命,理舳东下,众宾并饯于征虏亭,举酒挥袂,皆云:'江东比来未有此事,乃见今日尔!'于是止于句容之句曲山。先生云:'此山是金坛洞宫,周回百五十里,名曰华阳之天,有三茅司命府,故名曰茅山。'所以自称华阳隐居,亦犹士安之玄晏,稚川之抱朴,凡人间书疏,皆以此号代名。"按:此云十一年误,当是"十年"。《云笈七签》卷五《梁茅山贞白陶先生》:"遂入茅山,又得杨许真书。遂登岩告静,自称华阳隐居,书疏亦如此代名。"由此来看,《真诰》大约作于此后。

谢瀹本年作《陶先生小传》。

见《云笈七签》卷一百七。题下注:"吴兴谢瀹,永明十年作。"《本起录》云:"永明十年,太岁己卯,谢詹事瀹先从吴兴还,闻先生已辞世入山,甚怀嗟赏,于路中仍为前传,虽未能究洽,而粗举大纲,有似王右军作《许先生传》。"

刘绘三十五岁,以善言词,使接北使。张融亦名扬江北,朝廷敕以接使。

各见《南史》本传。刘绘时为中书侍郎,见乐蔼《与右率沈约书》。

萧子良三十三岁。正月,领尚书令。五月,为扬州刺史。作《请加豫章王嶷启》。

见《南齐书·武帝纪》。作启事见《南齐书·豫章文献王传》。又请释僧祐三吴讲律。见《续高僧传·释明彻传》。

任昉三十三岁,作《为王金紫谢齐武帝示皇太子律序启》。

见《艺文类聚》卷九十四。按:王晏本年被授予金紫光禄大夫。文惠太子下年正月卒,知此文当作于本年。

谢朓二十九岁,作《江上曲》、《同羁夜集》、《望三湖》、《答张齐兴》、《和伏武昌登孙权故城》、《冬绪羁怀示萧谘议虞田曹刘江二常侍》以及《和王长史卧疾》。

见陈庆元《谢朓作品系年》。按:王秀之有《卧病叙意》。考《南齐书·谢朓传》:"长史王秀之以朓年少相动,密以启闻。世祖敕曰:'侍读虞云自宜恒应侍接,朓可还都。'朓道中为诗寄西府曰:常恐鹰隼击,秋菊委严霜。寄言尉罹者,寥廓已高翔。"知谢朓在荆州之被谤,乃王秀之所为。

王僧孺二十八岁,为文惠太子所赏,召入东宫。

见《梁书》本传。

王融二十六岁,作《豫章文献王墓志铭》。

《南史·豫章王嶷传》:"(萧嶷卒,)武帝哀痛特至,蔬食积旬。太官朝夕送祭奠,敕王融为铭云……"故知此铭为武帝所敕撰。

刘勰二十六岁,本年为上定林寺释超辩制碑文。

见《高僧传·释超辩传》。

谢举十四岁,赠沈约五言诗,为沈约激赏。

《南史》本传称:"弱冠丁父忧。"按:其父谢瀹卒于永泰元年(498),时谢举二十岁,上溯知谢举本年十四岁。

五月,禅林寺比丘尼净秀从僧伽跋陀罗法师写《善见律毗婆沙》十八卷。

《出三藏记集》卷十一《善见律毗婆沙记》:"齐永明十年,岁次实沉,三月十日,禅林比丘尼净秀,闻僧伽跋陀罗法师于广州共僧祎法师译出胡本《善见毗婆沙律》一部十八卷。京师未有,渴仰欲见。僧伽跋陀罗其年五月还南,凭上写来。以十一年,岁次大梁,四月十日得律还都,顶礼执读,敬写流布。"

九月十日,天竺沙门求那毗地在京都译《百句譬喻经》十卷。

见《出三藏记集》卷二。注:"齐永明十年九月十日译出。或五卷。右一部,凡十卷。齐武帝时,天竺沙门求那毗地于京都译出。"该经梁时存。按:据《新集条解异出经录第二》载,《譬喻经》共有五人译。卷九《百句譬喻经前记》云:"永明十年九月十日,中天竺法师求那毗地出。修多罗藏十二部经中抄出譬喻聚为一部,凡一百事,天竺僧伽斯法师集行大乘,为新学者撰说此经。"卷十四《求那毗地传》:"求那毗地,中天竺人也。弱龄从道,师事天竺大乘法师僧伽斯。……建元初来至京师,止毗耶离寺,执锡从徒,威仪端肃,王公贵胜,迭相供请焉。初,僧伽斯于天竺国抄集修多罗藏十二部经中要切譬喻,撰为一部,凡有百事,以教授新学。毗地悉皆通诵,兼明义旨。以永明十年秋译出为齐文,凡十卷,即《百句譬喻经》也。复出《十二因缘》及《须达长者经》各一卷。自大明以后,译经殆绝,及其宣流法宝,世咸美之。"《百喻经》中一些故事与中土流传的寓言"刻舟寻剑"、"水火不容"、"纸上谈兵"等颇多相近。

释宝意卒于永明末。

见释慧皎《高僧传》卷三《宋京师中兴寺求那跋陀罗传》:"时又有沙门宝意,梵言阿那摩低,本姓康,康居人,世居天竺,以宋孝建中来止京师瓦官禅房。恒于寺中树下坐禅,又晓经律,时人亦号三藏。……齐文惠、文宣及梁太祖并敬以师礼焉。永明末年,终于所住。"

释昙超卒于灵隐山,时年七十四岁。

释慧皎《高僧传》卷十一《齐钱塘灵隐山释昙超传》:"释昙超,姓张,清河人。"

释超辩卒于定林上寺,时年七十三岁,刘勰制碑文。

释慧皎《高僧传》卷十二《齐上定林寺释超辩传》:"释超辩,姓张,敦煌人。"

释僧旻二十六岁,于兴福寺讲《成实论》。

释道宣《续高僧传》卷五《梁杨都庄严寺沙门释僧旻传》:"晋安太守彭城刘业尝谓旻曰:法师经论通博,何以立义多儒?答曰:宋世贵竺道生,开顿悟以通经。齐世重僧柔,影毗昙以讲论。贫道谨依经文,文玄则玄,文儒则儒耳。"僧旻七岁从僧回学习五经,故其重经术,这也许是齐梁佛道儒演变之重要现象。

释僧祐至三吴讲律。释明彻从受《十诵》,住建初寺。

释道宣《续高僧传》卷六《梁杨都建初寺释明彻传》:"释明彻,姓夏,吴郡钱唐人。六岁丧父,仍愿出家,住上虞王园寺。学无师友,从心自断。……永明十年,竟陵王请沙门僧祐三吴讲律,中途相遇,虽则年齿悬殊,情同莫逆,彻因从祐受学《十诵》,随出杨都,住建初寺。"

魏孝文帝飨群臣于太华殿,悬而不乐。宗祀显祖(献文帝)于明堂以配上帝,遂登灵台以观云物,降居青阳左个,布政事。自是每朔依以为常。又以太祖道武帝配南郊。

见《魏书·高祖纪》、《通鉴》卷一百三十七。

议魏行次,高闾以为当是土德,李彪、崔光以为当是水德。李彪四十九岁。崔光四十二岁。

见《魏书·礼志》、《通鉴》卷一百三十七。按:此可见孝文帝一味学古。

春,魏孝文帝下诏令高闾定乐。

《魏书·乐志》载诏云:"礼乐之道,自古所先,故圣王作乐以和中,制礼以防外。然音声之用,其致远矣,所以通感人神,移风易俗。至风《箫韶》九奏,凤皇来仪;击石拊石,百兽率舞。有周之季,斯道崩缺,故夫子忘味于闻《韶》,正乐于返鲁。逮汉魏之间,乐章复阙,然博采音韵,粗有篇条。自魏室之兴,太祖之世尊崇古式,旧典无坠。但干戈仍用,文教未淳,故令司乐失治定之雅音,习不典之繁曲。比太乐奏其职司,求与中书参议。览其所请,愧感兼怀。然心丧在躬,未忍闻此。但礼乐事大,乃为化之本,自非通博之才,莫能措意。中书监高闾器识详富,志量明允,每闾陈奏乐典,颇体音律,可令与太乐详采古今，以备乐典。其内外有堪此用者，任其参议也。"又《礼志》云："间历年考度，粗以成立，遇迁洛不及精尽，未得施行。寻属高祖崩，未几，间卒。"

魏孝文帝幸皇宗学，亲问博士经义。又诏群臣于皇信堂更定律条，流徒限制，帝亲临决之。

见《魏书·高祖纪》。

魏遣宋弁、房亮使于齐。

见《魏书·高祖纪》、《通鉴》卷一百三十七。据《魏书·高祖纪》，遣使在是年七月。《南齐书·王融传》云："上（齐武帝）以融才辩，十一年，使兼主客，接虏使房景高、宋弁。弁见融年少，问主客年几？融曰：'五十之年，久逾其半。'因问：'在朝闻主客作《曲水诗序》。'景高又云：'在北闻主客此制，胜于颜延年，实愿一见。'融乃视之。后日，宋弁于瑶池堂谓融曰：'昔观相如《封禅》，以知汉武之德，今览王生《诗序》，用见齐王之盛。'融曰：'皇家盛明，岂直比踪汉武；更惭鄙制，无以远匹相如。'"据此则当时南北文学，颇多交流。然《南齐书》谓王融见房、宋在永明十一年，恐非。自平城至建康，路虽远，亦不得七月奉命，明年始至也。《通鉴》卷一百三十七云："魏遣兼员外散骑常侍广平宋弁来聘。及还，魏主问弁：'江南如何？'弁曰：'萧氏父子无大功于天下，既以逆取，不能顺守；政令苛碎，赋役繁重；朝无股肱之臣，野有愁怨之民；其得没身幸矣，非贻厥孙谋之道也。'"亦系于十年。

司徒尉元以老逊位。以尉元为三老，游明根为五更。又养国老庶老。将行大射之礼，雨，不克成。游明根时年七十四岁。

见《魏书·高祖纪》，又详见《魏书·尉元传》、《游明根传》及《通鉴》卷一百三十七。孝文帝乃"再拜三老，亲袒割牲，执爵而馈；肃拜五更，且乞言焉"。"礼毕，各赐元、明根以步挽车及衣服，禄三老以上公,五更以元卿。"按:此是古礼,孝文帝锐意行之。虽足见其汉化之决心,也可见鲜卑汉化后,对汉族制度,一味仿效,正以此见其以中原正统自居也。

齐使司徒参军萧琛、范云聘于魏。魏孝文帝甚重齐人,亲与谈论。顾谓群臣曰:"江南多好臣。"侍臣李元凯对曰:"江南多好臣,岁一易主;江北无好臣,百年一易主。"孝文帝甚惭。

《南齐书·魏虏传》、《通鉴》卷一百三十七系于本年。按:此可见孝文帝之仰慕南朝。

魏郑羲卒,郑羲与李冲婚姻,冲引为中书令,出为西兖州刺史,在州贪鄙。文明太后为魏孝文帝纳其女为嫔,征为秘书监。及卒,尚书奏谥曰宣,诏以为羲虽有文业,而治阙廉清,谥曰"文灵"。

见《通鉴》卷一百三十七,事详《魏书·郑羲传》。世传《郑文公碑》,乃其子道昭书,多溢美之词。

谢朓五十二岁。江淹四十九岁。张融四十九岁。孔稚珪四十六岁。游肇四十一岁。刘芳四十岁。萧长懋三十五岁。刘峻三十一岁。阳固三十岁。王肃二十九岁。萧衍二十九岁。丘迟二十九岁。柳恽二十八岁。徐勉二十七岁。吴均二十四岁。裴子野二十四岁。陆倕二十三岁。徐摛二十二岁。殷芸二十二岁。周捨二十二岁。陆厥二十一岁。张率十八岁。袁翻十七岁。到沆十六岁。到洽十六岁。萧子恪十五岁。刘杳十四岁。王籍十三岁。刘孝绰十二岁。王筠十二岁。刘苞十一岁。伏挺九岁。刘孝仪七岁。庾肩吾六岁。萧子显六岁。杜弼二岁。

齐武帝永明十一年·魏孝文帝太和十七年(493)　癸酉

正月,文惠太子萧长懋卒,时年三十六岁。七月,齐武帝萧赜卒。太孙萧昭业嗣立(后贬号郁林王)。

见《南齐书·武帝纪》。

王融被杀,时年二十七岁。年初兼主客,复为宁朔将军竟陵王萧子良军主。作《永明十一年策秀才文》。七月,以谋立竟陵王萧子良,不果,下狱。作《上疏乞自劾》、《下狱答辞》,赐死。

见《南齐书》本传。按《南史·萧衍纪》:"及齐武帝不豫,竟陵王子良以帝(指萧衍)及兄懿、王融、刘绘、王思远、顾暠之、范云等为帐内军主。融欲因帝晏驾立子良。帝曰:'夫立非常之事,必待非常之人。融才非负图,视其败也。'范云曰:'忧国家者,唯有王中书。'帝曰:'忧国欲为周、召?欲为竖、刁邪?'懿曰:'直哉史鱼,何其木强也。'"本年,王融作《皇太子哀策文》、《永明十一年策秀才文》、《别王丞僧孺》。《隋书·经籍志》著录别集十卷。今存诗文多篇。《诗品》评其五言诗"词美英净,至于五言之作,几乎尺有所短"。又善长书画。庾元威《论书》曰:"齐末王融图古今杂体,有六十四书,少年崇效,家藏纸贵。""宗炳又造画瑞应图,千古卓绝,王元长颇加增定。"

沈约五十三岁,任东阳太守,次年春启程。作《齐武帝谥议》(《艺文类聚》卷十四)、《伤胡谐之》、《为文惠太子礼佛愿疏》(《广弘明集》卷二十八)等。

见《梁书》本传。按:沈约《与徐勉书》有"永明末,出守东阳,意在止足"数句,据此,铃木虎雄以为沈约本年春出守东阳。但从现存诗文及有关史料来看,沈约本年并未赴任。第一,沈约赴任路上所写《早发定山》等诗描写的是暮春景致,说明沈约是春天赴任。而本年七月,沈约并未在东阳,而在京城作《齐武帝谥议》。第二,沈约次年仍在京城,为齐明帝萧鸾作书。第三,齐明帝建武三年,沈约还京入为尚书,临发作《去东阳与吏民别诗》,其中有"霜载凋秋草,风三动春旗"之句,说明是建武元年赴任。第四,《续高僧传·释慧约传》载:"少傅沈约,隆昌中赴任,携与同行。"是沈约次年赴东阳太守职的直接证据。终永明之世,沈约虽有重名,但在齐武帝心目中仍不过文士而已,未予重用。《南史·刘系宗传》:"武帝常云:'学士辈不堪经国,唯大读书耳。经国,一刘系宗足矣。沈约、王融数百人,于事何用!'其重吏事如此。"在永明年间,沈约还作有《谢齐竟陵王教撰高士传启》、《谢竟陵王示华严璎珞启》、《谢齐竟陵王赉母赫氏国云气黄绫裙襦启》、《为东宫谢赐孟尝君剑启》、《为皇太子谢赐御所射雉启》、《谢司徒赐北苏启》等文(并见《艺文类聚》)及为数颇多的咏物诗、酬答诗等。

江淹五十岁,岁末任御史中丞。奏劾刘峻、阴智伯。

见《资治通鉴》永明十一年。按:刘峻,刘绘兄也。刘绘曾请求代兄受戮,详见下年刘绘条。江淹为御史中丞,似接替孔稚珪。本年七月,孔稚珪尚为御史中丞也。详下条。入齐以后,特别是永明年间,江淹的创作日益见少,遂有"江郎才尽"之讥。其原因,曹道衡《江淹及其作品》、《论江淹诗歌的几个问题》等文做了深入的探讨,可以参看。永明年间,江淹作品可考者有《郊外望秋答殷博士》、《自序传》、《祀先农迎神升歌》、《铜剑赞》等。详《年代考》。

孔稚珪四十七岁,年中仍为御史中丞。作《奏劾王奂》、《奏劾王融》、《为王敬则让司空表》。

《南齐书·王奂传》:"十一年,奂辄杀宁蛮长史刘兴祖,上大怒,使御史中丞孔稚珪奏其事曰……"作《奏劾王融》,见《南齐书·王融传》。按:王奂子亦名王融,本年与王奂同时被杀。孔稚珪所奏劾之王融非王奂子,而是竟陵八友之一的王融。作《为王敬则让司空表》,见《艺文类聚》卷四十。按《南齐书·王敬则传》,王敬则本年迁司空。

**范云四十三岁。上年十二月使魏,还居东郊,与萧懿、萧衍兄弟过从甚密。其秋,迁零陵内史,作《之零陵郡次新亭诗》,诗云:"江干远树浮,天末孤烟起。江天自如合,烟树还相似。"江天寥廓,当在秋季。又作《渡黄河诗》。七月,齐武帝病危,萧子良委派范云与萧懿、王融、刘绘、王思远、顾暠之等为帐内军士。

见《南史》本传。按《南史》本传:"使还,再迁零陵内史。"其时,谢朓被敕还都,适云外谪,故作《新亭渚别范零陵云》诗。

萧子良三十四岁。正月,文惠太子死,齐武帝检行东宫,见太子服御羽仪多过制度,以子良不加启闻,颇为嫌责。七月,武帝病危,遗诏使子良辅政。郁林王即位,进位太傅,增班剑为三十人。

见《南齐书》本传。

任昉三十四岁,作《为王思远让侍中表》。

见《艺文类聚》卷四十八。按:王晏被杀,王思远为侍中,掌优策及起居注。见《南齐书·王思远传》:"上既诛晏,迁为侍中,掌优策及起居注。"

萧衍三十岁,在本年争夺帝位的极严酷斗争中站在萧鸾一边,使王融谋立萧子良未能得逞。萧衍所以如此,一方面看出萧子良、王融辈"才非负图",不足以成事;另一方面也对齐武帝父子颇多不满。其父萧顺之带兵平萧子响,武帝又后悔。因此,萧顺之实以忧卒。萧衍投靠明帝似与此有关。

《南史·梁本纪》:"初,皇考之薨,不得志。事见《齐鱼复侯传》。至是,郁林失德,齐明帝作辅,将为废立计,帝欲助齐明,倾齐武之嗣,以雪心耻。齐明亦知之,每与帝谋。"看来,在这次宫廷政变中,萧衍的向背起了比较关键的作用。

谢朓三十岁,为新安王中军记室,兼尚书殿中郎,作《拜中军记室辞随王笺》、《和何仪曹郊游》、《落日同仪曹熙》、《和宗记室省中》、《暂使下都夜发新林至京邑赠西府同僚》等。

见《南齐书》本传。按《南齐书·海陵王纪》:"十一年,时号冠军将军。文惠太子薨,还都。郁林王即位,为中军将军,领兵置佐。封新安王。"本年,谢朓创作详陈庆元《谢朓作品系年》。

王僧孺二十九岁,补晋安郡丞,除侯官令。

见《梁书》本传。按:文惠太子本欲命王僧孺为宫僚,后卒,不果。时王晏子王德元出为晋安郡,以王僧孺补郡丞。

徐勉二十八岁,王融求与相识,不见。俄而王融及祸,时人叹其机鉴。

《梁书》本传:"琅邪王元长才名盛甚,尝欲与勉相识,每托人召之。勉谓人曰:'王郎名高望促,难可轻蘩衣裾。'俄而元长及祸,时人莫不服其机鉴。"

刘勰二十七岁,仍佐僧祐于定林寺。

见《汇考》。

萧子显七岁,封宁都县侯。

见《梁书》本传。

庾於陵为随王萧子隆送故主簿。

见《梁书》本传。按:本年晋安王萧子懋为雍州刺史,萧子隆解督代还。

王寂作《第五兄揖到太傅竟陵王属奉诗》五章。

见《文馆词林》卷一百五十二。按:王寂为王僧虔之子。又,王揖有《在齐答弟寂》诗五章,均四言。

魏孝文帝行推藉田之礼于平城南。

见《魏书·高祖纪》、《通鉴》卷一百三十八。此亦汉化之表现。

魏孝文帝宴四庙子孙于宣文堂,帝亲与之齿,行家人之礼。

见《魏书·高祖纪》。《魏书·任城王澄传》:"时诏延四庙之子,下逮玄孙之胄,申宗宴于皇信堂,不以爵秩为列,悉序昭穆为次,用家人之礼。高祖曰:'行礼已毕,欲令宗室各言其志,可率赋诗。'特令澄为七言连韵,与高祖往复赌赛,遂至极欢,际夜乃罢。"

魏孝文帝至洛阳,周巡故宫基趾,顾谓侍臣曰:"晋德不修,早倾宗祀,荒毁至此,用伤朕怀。"遂咏《黍离》之诗,为之流涕。观洛桥,幸太学,观石经。孝文帝戎服执鞭,御马而出,群臣稽颡于前,请停南伐,帝乃止,仍定迁都之计。

见《魏书·高祖纪》。孝文帝此次南伐,实为作迁都之计,事详《魏书·任城王澄传》,《通鉴》卷一百三十八云:"魏主以平城地寒,六月雨雪,风沙常起,将迁都洛阳,恐群臣不从,乃议大举伐齐,欲以胁众。"实则迁都非为地寒,欲迁至中原汉族地区耳。

齐武帝诛王奂,奂子王肃奔魏,时年三十岁。

见《魏书·王肃传》。王肃于魏之汉化,实有重大影响。《魏书·王肃传》云:"高祖幸邺,闻肃至,虚襟待之,引见问故。肃辞义敏切,辩而有礼,高祖甚哀恻之。遂语及为国之道,肃陈说治乱,音韵雅畅,深会帝旨。高祖嗟纳之,促席移景,不觉坐之疲淹也。"可见君臣相得之状。王肃入魏,有《悲平城》之诗云:"悲平城,驱马入云中。阴中常晦雪,荒松无罢风。"(见《魏书·祖莹传》)

彭城王元勰,仿王肃《悲平城》作《问松林》;祖莹仿王肃作《悲彭城》。

《魏书·彭城王勰传》:"后幸代都,次于上党之铜鞮山。路旁有大松树十数根。时高祖进伞,遂行而赋诗,令人示勰曰:'吾始作此诗,虽不七步,亦不言远。汝可作之,比至吾所,令就之也。'时勰去帝十余步,遂且行且作,未至帝所而就。诗曰:'问松林,松林经几冬?山川何如昔,风云与古同。'高祖大笑曰:'汝此诗亦调责吾耳。'"又《魏书·祖莹传》:"尚书令王肃曾于省中咏《悲平城》诗……彭城王勰甚嗟其美,欲使肃更咏,乃失语云:'王公吟咏情性,声律殊佳,可更为诵《悲彭城》诗。'肃因戏勰云:'何意《悲平城》为《悲彭城》也?'勰有惭色。莹在座即云:'所有《悲彭城》,王公自未见耳。'肃云:'可为诵之。'莹应声云:'悲彭城,楚歌四面起。尸积石梁亭,血流睢水里。'肃甚嗟赏之。勰亦大悦,退谓莹曰:'卿定是神口,今日若不得卿,几为吴子所屈。'"

王肃尚魏公主,及肃前妻谢氏至魏,赠以诗,公主为作答。

《洛阳伽蓝记》卷三云:"肃在江南日,聘谢氏女为妻,及至京师,复尚公主。谢作五言诗以赠之。其诗曰:'本为箔上蚕,今作机上丝,得路逐胜去,颇忆缠绵时。'公主代肃答谢云:'针是贯线物,目中恒任丝,得帛缝新去,何能纳故时。'肃甚有愧谢之色。"按周祖谟先生《校释》,肃尚公主在宣武帝时,姑附于此。可见王肃入魏后对北魏诗歌之影响。

魏孝文帝与任城王澄论迁都于洛阳。

《魏书·任城王澄传》曰:"(魏孝文帝)乃独谓澄曰:'今日之行,诚知不易。但国家兴自北土,徙居平城,虽富有四海,文轨未一,此间用武之地,非可文治,移风易俗,信为甚难。崤函帝宅,河洛王里,因兹大举,光宅中原,任城意以为何如?'澄曰:'伊洛中区,均天下所据,陛下制御华夏,辑平九服,苍生闻此,应当大庆。'高祖曰:'北人恋本,忽闻将移,不能不惊扰也。'澄曰:'此既非常之事,当非常人所知,唯须决之圣怀,此辈何能为也。'高祖曰:'任城便是我之子房。'"又《魏书·李冲传》:孝文帝声言南伐,冲等谏。"高祖乃谕群臣曰:'今者兴动不小,动而无成,何以示后?苟欲班师,无以垂之千载,朕仰惟远祖,世居幽漠,违众南迁,以享无穷之美,岂其无心,轻遗陵壤。今之君子,宁独有怀?当由天工人代、王业须成故也。若不南銮,即当移都于此,光宅土中,机亦时矣,王公等以为何如?议之所决,不得旋踵,欲迁者左,不欲者右。'安定王休等相率如右。前南安王桢进曰:'夫愚者闇于成事,智者见于未萌。行至德者不议于俗,成大功者不谋于众,非常之人乃能建非常之事。廓神都以延王业,度土中以制帝京,周公启之于前,陛下行之于后,故其宜也。且天下至重,莫若皇居,人之所贵,宁如遗体?请上安圣躬，下慰民望，光宅中原，辍彼南伐。此臣等愿言，苍生幸甚。'"据此则孝文帝之迁洛，持异议者甚多也。

孝文帝诏征司空穆亮与尚书李冲、将作大臣董爵经始洛京。

见《魏书·高祖纪》。按《魏书·李冲传》云："冲言于高祖曰：'陛下方修周公之制，定鼎成周。然营建六寝，不可游驾待就；兴筑城郭，难以马上营讫。愿暂还北都，令臣下经造，功成事讫，然后备文物之章，和玉銮之响，巡时南徙，轨仪土中。'高祖曰：'朕将巡省方岳，至邺小停，春始便还，未宜遂不归北。'寻以冲为镇南将军，侍中、少傅如故，委以营构之任。"

游明根七十五岁。陆澄六十九岁。谢朓五十三岁。张融五十岁。李彪五十岁。崔光四十三岁。游肇四十二岁。刘芳四十一岁。陶弘景三十八岁。刘绘三十六岁。刘峻三十二岁。阳固三十一岁。丘迟三十岁。吴均二十五岁。裴子野二十五岁。陆倕二十四岁。徐摛二十三岁。殷芸二十三岁。周捨二十三岁。陆厥二十二岁。张率十九岁。袁翻十八岁。到沆十七岁。到洽十七岁。萧子恪十六岁。刘杳十五岁。王籍十四岁。刘孝绰十三岁。王筠十三岁。刘苞十二岁。伏挺十岁。刘孝仪八岁。庾肩吾七岁。杜弼三岁。

卷 三　南朝文学的分化
　　　北朝文学的复兴
（494年~531年）

齐郁林王萧昭业隆昌元年·齐海陵王萧昭文延兴元年·齐明帝萧鸾建武元年·魏孝文帝太和十八年(494)　甲戌

正月,改元隆昌。七月,西昌侯萧鸾杀齐帝萧昭业,迎立新安王萧昭文,改元延兴。十月,萧鸾为太傅,加殊礼,进爵为王,废帝为海陵王,即帝位,改元建武,是为高宗明皇帝。

见《南齐书·明帝纪》。

陆澄卒,时年七十岁。

章宗源《隋书经籍志考证》著录其专著五种。《南齐书》本传称:"隆昌元年,以老疾,转光禄大夫,加散骑常侍,未拜,卒。年七十。谥靖子。"其著作除《隋志》著录外,《出三藏记集》卷十二著录"宋明帝敕中书侍郎陆澄撰法轮目录"凡十六帙。

萧子良卒,时年三十五岁。本年初加殊礼,剑履上殿,入朝不趋,赞拜不名。进督南徐州。四月卒。所著内外文笔数十卷,虽无文采,多是劝戒。

《南齐书》本传:"隆昌元年,加殊礼,剑履上殿,入朝不趋,赞拜不名。进督南徐州。其年疾笃……寻薨,时年三十五。"又有《止足传》十卷、《净住子》二十卷、《义记》二十卷、文集四十卷。见《隋书·经籍志》等著录。《出三藏记集》卷十二载"齐太宰竟陵文宣王法集录"凡十六帙,自书经录十七种。

九月,萧子隆被杀,时年二十一岁。

见《南齐书·海陵王纪》。文存《山居序》,诗存《过刘瓛墓下作诗》。按:萧子隆被杀实萧衍出的主意。此时的谢朓亦为萧鸾奔走前后。萧、谢二人彻底背叛了旧主。

沈约五十四岁,正月至七月,除吏部郎,出为宁朔将军、东阳太守。作《早发定山诗》以及《循役朱方道路》、《登玄畅楼》、《新安江水至清浅深见底贻京邑游好》、《赠留真人祖父教》、《赠沈录事江水曹二大使》、《赠刘南郡季连》等诗。十月,进号辅国将军,征为五兵尚书,迁国子祭酒。作《让五兵尚书表》、《贺齐明帝登祚启》、《齐故安陆昭王碑》(萧缅本年被追赠为安陆王)、《应王中丞思远咏月》、《直学省愁卧》等。

《梁书》本传:"隆昌元年,除吏部郎,出为宁朔将军、东阳太守。""明帝即位,进号辅国将军,征为五兵尚书,迁国子祭酒。"上述作品作于明帝即位后。详见郝立权《沈休文诗注》等。

谢朓五十四岁,为江淹所奏劾,固求外任,为征虏将军、吴兴太守。时局多变,朓作《遗弟瀹书》,劝其"勿豫人事"。又与周兴嗣纵谈文史。

《梁书》本传:"隆昌元年,复为侍中,领新安王师,未拜,固求外出。仍为征虏将军、吴兴太守,受诏便述职。时明帝谋入嗣位,朝之旧臣皆引参谋策,朓内图止足,且实避事。弟瀹,时为吏部尚书。朓至郡,致瀹数斛酒。"《周兴嗣传》:"齐隆昌中,侍中谢朓为吴兴太守,唯与兴嗣谈文史而已。"司马光论曰:"二谢兄弟,比肩近贵,安享荣禄,危不预知,为臣如此,可谓忠乎?"

江淹五十一岁,仍为御史中丞。弹劾数人,号称"严明"。十月,为车骑临海王长史。

《梁书》本传:"少帝初,以本官兼御史中丞。时明帝作相。""于是弹中书令谢朏、司徒左长史王缋、护军长史庾弘远,并以久疾不预山陵公事;又奏前益州刺史刘悛、梁州刺史阴智伯,并赃货巨万,辄收付廷尉治罪。临海太守沈昭略、永嘉太守庾昙隆及诸郡二千石并大县官长,多被劾治,内外肃然。明帝谓淹曰:'宋世以来,不复有严明中丞,君今日可谓近世独步。'明帝即位,为车骑临海王长史。"按《南齐书·巴陵王昭秀传》:"郁林即位,封临海郡王,二千户。隆昌元年,为使持节,都督荆雍益宁梁南北秦七州军事、西中郎将、荆州刺史。延兴元年,征为车骑将军,卫京师。"

孔稚珪四十八岁,迁冠军将军、平西长史。

见《南齐书》本传。

陶弘景三十九岁,作《梦记》。

《梁书》本传载,宜都王萧铿被杀,弘景因著书记梦。按:本传称此文作于"建武中",而萧铿本年九月被杀,明帝十月即位。此文当作于萧铿被杀不久,故系于本年。又,明帝欲往迎陶弘景,不就。见《云笈七签》卷之一百七《梁茅山贞白先生传》:"至明帝时欲迎往蒋山,恳辞得止,然敕命饷赉,恒为烦剧。乃造三层楼,先生居其上,弟子居中,接宾于其下,令一小竖传度而已。"

刘绘三十七岁。其兄为江淹所弹劾,将见杀,刘绘求代兄死。明帝辅政解之,引为镇军长史,转黄门郎。复为辅国将军,领录事,典笔翰。十月,迁太子中庶子,出为宁朔将军、抚军长史。安陆王萧宝晊为湘州刺史,又转为长沙内史,行湘州事。

《南齐书》本传:"事兄悛恭谨,与人语,呼为使君。隆昌中,悛坐罪将见诛,绘伏阁请代兄死。高宗辅政,救解之。引为镇军长史,转黄门郎。高宗为骠骑,以绘为辅国将军,谘议,领录事,典笔翰。高宗即位,迁太子中庶子,出为宁朔将军、抚军长史。安陆王宝晊为湘州,以绘为冠军长史、长沙内史,行湘州事,将军如故。宝晊妃,悛女也。"按《南齐书·明帝纪》,萧宝晊为湘州刺史在本年十月。

任昉三十五岁,作《为齐明帝让宣城郡公第一表》,明帝恶其辞斥,甚愠。因此终建武中,任昉位不过列校。又作《为萧侍中拜袭封表》、《齐竟陵王行状》等。

见《梁书》本传。《为萧侍中拜袭封表》,见《艺文类聚》卷五十。按:萧侍中指萧子良子萧昭胄。郁林王初为右卫将军,迁侍中,领右军将军。《齐竟陵王行状》,见《文选》。按:文称郁林王为"圣主",知作于本年萧子良死后、萧鸾上台前。又《文选》载任昉《上萧太傅固辞夺礼启》,李善注引刘璠《梁典》曰:"昉为尚书殿中郎,父忧去职,居丧不知盐味,冬月单衫,庐于墓侧,齐明作相,乃起为建武将军骠骑记室,再三固辞。帝见其辞切,亦不能夺。"按:依此注文,似本年任昉仍居丧。但是自永明八年至本年,任昉年年都有文章传世,似不像居丧。又,《梁书》本传载其为齐明帝作表,为明帝所恶,其时在本年七月。而任昉此文题"上萧太傅"云云,萧鸾为太傅在宣城郡公之后。既然萧鸾颇恶任昉之文,何以又起之为建武将军骠骑记室呢?我们以为,任昉丁父忧,当在永明六年或稍后,因六年至八年,任昉没有文章传世。这只是推测性意见。《文选》所收这篇启,亦当再深入研究。

刘峻三十三岁,为萧遥欣豫州府刑狱。

《梁书》本传:"至明帝时,萧遥欣为豫州,为府刑狱,礼遇甚厚。"按《南齐书·萧遥欣传》,萧遥欣本年为豫州刺史。

萧衍三十一岁,拜中书侍郎,迁黄门侍郎,协助萧鸾篡立。又为宁朔将军,镇寿春。

见《梁书》本纪。按:萧鸾借典签之手,滥杀高帝、武帝之子,萧衍多所预谋。

谢朓三十一岁,为骠骑谘议,领记室,掌霸府文笔。又掌中书诏诰。除秘书丞,未拜,仍转中书郎。所奉之主为萧鸾。作《为录公拜扬州恩教》、《为宣城公拜章》、《为明帝拜录尚书表》、《为齐明帝让封宣城公表》、《为百官劝进齐明帝表》等文,以及《始出尚书省》、《同谢谘议(谢璟)咏铜雀台》、《酬王晋安(王德元)》、《和王丞(王思远)闻琴》、《观朝雨》等诗。

《南齐书》本传:"隆昌初,敕朓接北使,朓自以口讷,启让不当,不见许。高宗辅政,以朓为骠骑谘议,领记室,掌霸府文笔。又掌中书诏诰。除秘书丞,未拜,仍转中书郎。"按《南齐书·明帝纪》,本年七月海陵王立,萧鸾受封骠骑大将军号,扬州刺史。上述作品的写作年代,详陈庆元《谢朓作品系年》。

刘勰二十八岁,为僧柔制碑文。

《高僧传》卷八《齐上定林寺释僧柔传》:"释僧柔,姓陶,丹阳人。……(卒于)延兴元年,春秋六十有四,即葬于山南。沙门释僧祐与柔少长山栖,同止岁久,亟挹道心,预闻法味,为立碑墓所,东莞刘勰制文。"

陆厥二十三岁,为王晏少傅主簿,迁后军行参军。本年,陆厥作《与沈约书》商讨声律问题。

见《南齐书》本传。按:王晏初为后将军,本年十一月领太子少傅。《与沈约书》中称沈约为尚书,沈约本年十月为五兵尚书。沈约有《答陆厥书》。

张率二十岁。时萧遥光为扬州刺史,召张率为主簿,不就。起家著作佐郎。

《梁书》本传:"齐始安王萧遥光为扬州,召迎主簿,不就。起家著作佐郎。"按《南齐书·萧遥光传》,萧遥光本年十一月为扬州刺史。

到洽十八岁,为南徐州西曹行事,与谢朓情好欢甚。

《梁书》本传:"洽年十八为南徐州西曹行事。洽少知名,清警有才学士行。谢朓文章,盛于一时,见洽深相赏好,日引与谈论,每谓洽曰:'君非直名人,乃亦兼资文武。'"

刘孝绰十四岁,为沈约、任昉、范云所激赏。

《梁书》本传:"父绘,齐时掌诏诰,孝绰时年十四,绘常使代之。父党沈约、任昉、范云等闻其名,命驾造焉。昉尤相赏好。范云年长绘十余岁,其子孝才与孝绰并十四五,及云遇孝绰,便申伯季,乃命孝才拜之。兼善草隶,自以书似父,乃变为别体。"

贾渊为长水校尉。王泰宝买袭《琅邪谱》,贾渊坐罪被收。

《南齐书》本传:"建武初,渊迁长水校尉。荒伧人王泰宝,买袭《琅邪谱》,尚书令王晏以启高宗,渊坐被收。当极法,子栖长谢罪,稽额流血,朝廷哀之,免渊罪。"

庾於陵与宗夬为萧子隆料理丧事。其他幕僚,莫有至者。

《梁书》本传:"子隆寻为明帝所害,僚吏畏避,莫有至者,唯於陵与宗夬独留,经理丧事。"

谢璟为齐明帝骠骑谘议参军,领记室。

见《梁书》本传。

江夏王萧锋作《修柏赋》,不久为明帝所杀。

《南史》本传:"隆昌元年为侍中,领骁骑将军,寻加秘书监。及明帝知权,蕃邸危惧。……常忽忽不乐,著《修柏赋》以见志。……其年见害。"

王巾作《头陀寺碑》。

见《文选》。

韩兰英作《为颜氏赋诗》。

见《金楼子·箴戒》。按《南齐书·武穆后传》:"吴郡韩兰英,妇人有文辞。武帝以为博士,教六宫书学,以其年老多识,呼为韩公。"

释慧忍卒于北多宝寺,亦善声沙门。

释慧皎《高僧传》卷十三《齐北多宝寺释慧忍传》:"释慧忍,姓蕢,建康人。少出家,住北多宝寺,无余行解,止是爱好音声。初受业于安乐辩公,备得其法,而哀婉细妙,特欲过之。齐文宣感梦之后,集诸经师。乃共忍斟酌旧声,诠品新异。制《瑞应》四十二契,忍所得最长妙。于是令慧满、僧业、僧尚、超朗、僧期、超猷、慧旭、法律、昙慧、僧胤、慧象、法慈等四十余人,皆就忍受学,遂传法于今。忍以隆昌元年卒,年四十余。"

沈约外任东阳,释慧约与行。

释道宣《续高僧传》卷六《梁国师草堂寺智者释慧约传》:"少傅沈约,隆昌中外任,携与同行。"

释宝渊出蜀至京师住龙光寺,从僧旻法师。

释道宣《续高僧传》卷六《梁益州罗天宫寺释宝渊传》:"释宝渊,姓陈,巴西阆中人也。年二十三于成都出家,居罗天宫寺。欲学《成实论》,为弘通之主。州乡术浅不惬凭怀,齐建武元年下都住龙光寺,从僧旻法师禀受《五聚》,经涉数载。"

释僧询十二岁,出家住奉诚寺,师事僧辩。

释道宣《续高僧传》卷六《梁杨都治城寺释僧询传》:"父奉伯笃信大法,知其聪俊可期……年十二敕令出家,为奉诚寺僧辩律师弟子。"

元顺生。

按《魏书》本传,元顺卒于魏孝庄帝永安元年(528),时年三十五岁,上推生于本年。元顺字子和,鲜卑族。北魏宗室大臣、文人。

魏孝文帝以正月朔,朝群臣于邺宫澄鸾殿。

见《魏书·高祖纪》、《通鉴》卷一百三十九。

正月,魏孝文帝经殷比干之墓,祭以太牢。

见《魏书·高祖纪》。按《通鉴》卷一百三十九云:"过比干墓,祭以太牢,魏主自为祝文曰:'乌呼介士,胡不我臣。'"此文古朴典雅,全文见清严可均《全上古三代秦汉三国六朝文·全后魏文》。考见钱大昕《潜研堂金石文跋尾》卷二。碑阴题名凡八十二人。

孝文帝至洛阳西宫。曾至北邙,遂幸洪池,命任城王澄侍升龙舟,因赋诗以序怀。

见《魏书·高祖纪》。"幸洪池",见《魏书·任城王澄传》。

魏孝文帝遣人吊祭嵇绍。

《魏书·任城王澄传》云:"高祖曰:'朕昨夜梦见一老公,头鬓皓白,正理冠服,拜立路左。朕怪而问之,自云晋侍中嵇绍,故此奉迎。神爽卑惧,似有求焉。'澄对曰:'晋世之乱,嵇绍以身卫主,殒命御侧,亦是晋之忠臣,比干遭纣凶虐,忠谏剖心,可谓殷之良士。二人俱死于王事,坟茔并在于道周。然陛下徙御瀍洛,经殷墟而吊比干,至洛阳而遗嵇绍,当是希恩而感梦。'高祖曰:'朕何德,能幽感达士也。然实思追礼先贤,标扬忠懿,比干、嵇绍皆是古之诚烈,而朕务浓于比干,礼略于嵇绍,情有愧然。既有此梦,或如任城所言。'于是求其兆域,遣使吊祭焉。"此虽诞妄,可见孝文帝爱引古人以自重。

魏孝文帝作《祭嵩岳文》、《祭恒岳文》。

按:二文均见《初学记》,严可均辑入《全上古三代秦汉三国六朝文》,皆称"太和十八年"。

魏孝文帝至平城,告在代群臣以迁移之略。

见《魏书·高祖纪》。

是年冬,魏迁太庙神主于洛。

见《魏书·高祖纪》。

魏孝文帝至悬瓠。

见《魏书·高祖纪》,又《任城王澄传》:"后从征至悬瓠,以笃疾还京。驾饯之汝濆,赋诗而别。"

刘昶为使持节、都督吴越楚彭城诸军事、大将军。及发,孝文帝亲饯之,命百僚赋诗赠昶,又以其《文集》一部赐昶。高祖因以所制文笔示之,谓昶曰:"时契胜残,事钟文业,虽则不学,欲罢不能。朕思一见,故以相示。虽无足味,聊复为笑耳。"

见《魏书·刘昶传》。据此,魏孝文帝有集。《隋书·经籍志》,有《后魏孝文帝集》三十九卷,今佚。

李彪五十一岁,为御史中尉,引郦道元为治书侍御史。

见《魏书·酷吏·郦道元传》,又《李彪传》:李冲于太和二十二年劾李彪时,已使郦道元在"尚书都座"。

游明根七十六岁。张融五十一岁。范云四十四岁。崔光四十四岁。游肇四十三岁。刘芳四十二岁。阳固三十二岁。王肃三十一岁。丘迟三十一岁。王僧孺三十岁。柳恽三十岁。徐勉二十九岁。吴均二十六岁。裴子野二十六岁。陆倕二十五岁。徐摛二十四岁。殷芸二十四岁。周捨二十四岁。袁翻十九岁。到沆十八岁。萧子恪十七岁。刘杳十六岁。王籍十五岁。王筠十四岁。刘苞十三岁。伏挺十一岁。刘孝仪九岁。庾肩吾八岁。萧子显八岁。杜弼四岁。

齐明帝建武二年·魏孝文帝太和十九年(495)　乙亥

王逡之卒。

《南齐书·文学传》:"建武二年,卒。"王逡之善治礼,常预议礼之事。著《丧服世行要记》十卷等,见《隋书·经籍志》著录。

江淹五十二岁,其亲家萧诞为萧衍所杀。

《南史·齐宗室·衡阳公谌传》:"谌兄诞,字彦伟。永明中为建康令。""延兴元年历徐司二州刺史。明帝立,封安复侯。征为左卫将军。上欲杀谌,以诞在边境拒魏,故未及行。魏军退六旬,谌诛,遣梁武帝为司州别驾,使诛诞。诞子稜妻,江淹女,字才君,闻诞死,曰:'萧氏皆尽,妾何用生。'恸哭而绝。"

刘绘三十八岁,仍为安陆王萧宝晊冠军长史、长沙内史,行湘州事,西溯赴湘,作《入琵琶峡望织女矶呈玄晖》诗。

按:谢朓有《和刘中书》。刘绘弟刘瑱有《上湘度琵琶矶诗》,虞羲有《送友人上湘诗》等,大约亦作于此时。本年又作《难何佟之南北郊牲色议》。见《南齐书·礼志》。

谢朓三十二岁,作《齐雩祭明堂辞》八首等,后出为宣城太守。又作《和王主簿季哲怨情》、《赠王主簿》、《同王主簿有所思》(王季哲为王敬则之子)、《和徐都曹出新亭渚》(徐都曹即徐勉)。暮春,出为宣城太守。作《晚登三山还望京邑》、《京路夜发》、《之宣城郡出新林浦向板桥》、《始之宣城郡》、《游敬亭山》、《宣城郡内登望》、《冬日晚郡事隙》等多首。

详陈庆元《谢朓作品系年》。按《南齐书》本传:"出为宣城太守。"《酬德赋》序称:"建武二年,予将南牧。"

裴子野二十七岁,作《刘虬碑》。

见《艺文类聚》卷三十七。按:刘虬卒于本年冬。见《南齐书·高逸·刘虬传》:"建武二年诏征国子博士,不就。其冬虬病……其日卒,年五十八。"

王筠十五岁,少好抄书。

《自序》:"余少好书,老而弥笃,虽遇见瞥观,皆即疏记。后重省览,欢兴弥深。习与性成,不觉笔倦。自年十三四,齐建武二年乙亥,至梁大同六年,四十六载矣。幼年读五经,皆七八十遍。爱《左氏春秋》,吟讽常为口实。广略去取,凡三过五抄。余经及《周官》、《仪礼》、《国语》、《尔雅》、《山海经》、《本草》,并再抄,子史诸集皆一遍。未尝倩人假手,并躬自抄录,大小百余卷,不足传之好事,盖以备遗忘而已。"

庾於陵为萧遥光抚军行参军,兼记室。

《梁书》本传:"始安王遥光为抚军,引为行参军。"按《南齐书·萧遥光传》:萧遥光本年即号抚国将军。

释慧皎生。

据释慧皎《高僧传》卷十四后附慧果跋语,谓慧皎卒于承圣三年,时年六十,上推生于本年。唐释道宣《续高僧传》卷六:"释慧皎,未详氏族,会稽上虞人。学通内外,博训经律。住嘉祥寺,春夏弘法,秋冬著述,撰《涅槃义疏》十卷及《梵网经疏》行世。又经唱公所撰《名僧》,颇多浮沉,因遂开例成广,著《高僧传》一十四卷。"智昇《开元释教录》与此大体相近。

无名氏译《十二因缘经》一卷、《须达长者经》一卷。

并见《出三藏记集》卷二著录。该经梁时存。据《新集条解异出经录第二》载,《十二因缘经》有安世高、竺法护二人译。

释法琳卒于蜀郡灵建寺。

释慧皎《高僧传》卷十一《齐蜀灵建寺释法琳传》:"释法琳姓乐,晋原临邛人。少出家,止蜀郡裴寺。专好戒品,研心《十诵》。"卒于建武二年。

释法慧卒于天柱山寺,时年八十五岁。

释慧皎《高僧传》卷十二《齐山阴天柱山释法慧传》:"释法慧,本姓夏侯氏。"

正月朔,魏孝文帝朝享群臣于悬瓠。

见《魏书·高祖纪》。按《魏书·郑羲附郑道昭传》:"从征沔汉,高祖飨侍臣于悬瓠方丈竹堂,道昭与兄懿俱侍坐焉。乐作酒酣,高祖乃歌曰:'白日光天(兮)无不曜,江左一隅独未照。'彭城王勰续歌曰:'愿从圣明兮登衡会,万国驰诚混江外。'郑懿歌曰:'云雷大振兮天门闢,率土来宾一正历。'邢峦歌曰:'舜舞干戚兮天下归,文德远被莫不思。'道昭歌曰:'皇风一鼓兮九地匝,戴日依天清六合。'高祖又歌曰:'尊彼汝坟兮昔化贞,未若今日道风明。'宋弁歌曰:'文王政教兮晖江沼,宁如大化光四表。'高祖谓道昭曰:'自比迁务虽猥,与诸才俊不废咏缀,遂命邢峦总集叙记。当尔之年,卿频丁艰祸,每眷文席,常用慨然。'"

魏孝文帝行幸瑕丘,遣使以太牢祠岱岳。

见《魏书·高祖纪》,祭文见《全后魏文》卷七。

魏孝文帝至鲁城,亲祠孔子庙。诏拜孔氏四人、颜氏二人为官。诏选诸孔宗子一人,封崇圣侯,邑一百户,以奉孔子之祀。

见《魏书·高祖纪》。

魏孝文帝诏不得以北俗之语言于朝廷,若有违者,免所居官。

见《魏书·高祖纪》。《魏书·咸阳王禧传》曰:"高祖引见朝臣,诏之曰:'卿等欲令魏朝齐美于殷周,为令汉晋独擅于上代?'禧曰:'陛下圣明御运,实愿迈迹前王。'高祖曰:'若然,将以何事致之?为欲修身改俗,为欲仍染前事?'禧曰:'宜应改旧,以成日新之美。'高祖曰:'为欲止在一身,为欲传之子孙?'禧对曰:'既卜世灵长,愿欲传之来叶。'高祖曰:'若然,必须改作,卿等当各从之,不得违也。'禧对曰:'上命下从,如风靡草。'高祖曰:'自上古以来及诸经籍,焉有不先正名,而得行礼乎?今欲断诸北语,一从正音。年三十以上,习性已久,容或不可卒革;三十以下,见在朝廷之人,语音不听仍旧。若有故为,当降爵黜官。各宜深戒。如此渐习,风化可新。若仍旧俗,恐数世之后,伊洛之下复成被发之人。王公卿士,咸以然不?'禧对曰:'实如圣旨,宜应改易。'高祖曰:'朕尝与李冲论此,冲言:"四方之语,竟知谁是?帝者言之,即为正矣,何必改旧从新。"冲之此言,应合死罪。'乃谓冲曰:'卿实负社稷,合令御史牵下。'冲免冠陈谢。又引见王公卿士,责留京之官曰:'昨望见妇女之服,仍为夹领小袖。我徂东山,虽不三年,既离寒暑,卿等何为而违前诏?'禧对曰:'陛下圣过尧舜,光化中原,臣虽仰禀明规,每事乖互,将何以宣布皇经,敷赞帝则。舛违之罪,实合刑宪。'高祖曰:'若朕言非,卿等当须庭论,如何入则顺旨,退有不从。昔舜语禹,汝无面从,退有后言,其卿等之谓乎?'"此可见孝文帝之锐意汉化。

魏孝文帝诏:"迁洛之民,死葬河南,不得还北。"于是代人南迁者,悉为河南洛阳人。又,六宫及文武尽迁洛阳。又诏改长尺大斗,依《周礼》制度,班之天下。

见《魏书·高祖纪》。又《魏书·官氏志》载魏孝文帝诏曰:"代人诸胄,先无姓族,虽功贤之胤,混然未分。故官达者位极公卿,其功衰之亲,仍居猥任。比欲制定姓族,事多未就,且宜甄擢,随时渐铨。其穆、陆、贺、刘、楼、于、嵇、尉八姓,皆太祖已降,勋著当世,位尽王公;灼然可知者,且下司州、吏部勿充猥官,一同四姓……""四姓"者,《通鉴》卷一百四十云:"魏主雅重门族,以范阳卢敏、清河崔宗伯、荥阳郑羲、太原王琼四姓,衣冠所推,咸纳其女以充后宫。陇西李冲以才识见任,当朝贵重,所结姻亲,莫非清望;帝亦以其女为夫人。诏黄门郎、司徒左长史宋弁定诸州士族,多所升降。"按:《通鉴》系于太和二十年,与《魏书·官氏志》异。

魏孝文帝诏求遗书,秘阁所无,有益时用者,加以优赏。

见《通鉴》卷一百四十。

魏孝文帝伐齐,至寿阳,众号三十万,登八公山,赋诗。战,未得利,兵退。

见《通鉴》卷一百四十。

常景为律博士。

见《洛阳伽蓝记》卷十。常景为北魏著名文人,生年不详。

魏孝文帝游华林园,观故景阳山,黄门侍郎郭祚曰:"山水者,仁智之所乐,宜复修之。"帝曰:"魏明帝以奢失之于前,朕岂可袭之于后乎?"帝好读书,手不释卷,在舆、据鞍,不忘讲道。善属文,多于马上口占,既成,不更一字;自太和十年以后,诏策皆自为之。好贤乐善,情如饥渴,所与游接,常寄以布素之意,如李冲、李彪、高闾、王肃、郭祚、宋弁、刘芳、崔光、邢峦之徒,皆以文雅见亲,贵显用事;制礼作乐,郁然可观,有太平之风焉。

见《通鉴》卷一百四十。此文盖综合《魏书·高祖纪》等篇为之。《魏书·高祖纪》云:孝文帝"雅好读书,手不释卷。五经之义,览之便讲,学不师受,探其奥义。史传百家,无不该涉。善谈庄老,尤精释义。才藻富赡,好为文章,诗赋铭颂,任兴而作"。按:此数语《通鉴》不采,然于文学则关系甚大。

韩显宗上书论政,凡四事:一为谏巡三齐、幸中山;二为以俭约为美;三为从者仅数千骑;四为省心(谏"文章之业,日成篇卷")。又上言政事六项。孝文帝善之。

《魏书》本传曰:"后乃启乞宋王刘昶府谘议参军事,欲立效南境,高祖不许。高祖曾谓显宗及程灵虬曰:'著作之任,国书是习。卿等之文,朕自委悉,中省之品,卿等所闻。若欲取况古人,班马之德,固自辽阔。若求之当世,文学之能,卿等应推崔孝伯。'又谓显宗曰:'见卿所采《燕志》及在齐诗咏,大胜比来之文。然著述之功,我所不见,当更访之监令。校卿才能,可居中第。'又谓程灵虬曰:'卿比显宗,复有差降,可居下上。'显宗对曰:'臣才第短浅,猥闻上天,至乃比于崔光,实为隆渥。然臣窃谓陛下贵古而贱今,臣学微才短,诚不敢仰希古人。然遭圣明之世,睹惟新之礼,染翰勒素,实录时事,亦未惭于后人。昔扬雄著《太玄经》,当时不免覆瓿之谈,二百年外,则越诸子。今臣之所撰,虽未足光述帝载,稗晖日月,然万祀之后,仰可观祖宗巍巍之功,上睹陛下明明之德,亦何谢钦明于《唐典》,慎徽于《虞书》?'高祖曰:'假使朕无愧于虞舜,卿复何如于尧臣?'显宗曰:'臣闻君不可以独治,故设百官以赞务。陛下齐踪尧舜,公卿宁非二八之俦?'高祖曰:'卿为著作,仅积名奉,未是良史也。'显宗曰:'臣仰遭明时,直笔而无惧,又不受金,安眠美食,此臣优于迁固也。'高祖哂之。"

温子昇生。

见《魏书·文苑·温子昇传》。温子昇以熙平初(516)射策为御史,时年二十二,当生于是年。温子昇字鹏举,自称太原人。晋温峤之后。北魏作家。

释法上生。

释道宣《续高僧传》卷八《齐大统合水寺释法上传》:"释法上,姓刘氏,朝歌人也。"其卒于周大象二年,八十六岁,逆推生于本年。

孝文帝幸徐州白塔寺,令道登法师讲《成实论》,谓左右曰:朕每览此论,可以释人深情。

详见宋释志磐《佛祖统纪》卷三十八《法运通塞志》。

游明根七十七岁。沈约五十五岁。谢朓五十五岁。张融五十二岁。李彪五十二岁。孔稚珪四十九岁。范云四十五岁。崔光四十五岁。游肇四十四岁。刘芳四十三岁。陶弘景四十岁。任昉三十六岁。刘峻三十四岁。阳固三十三岁。王肃三十二岁。萧衍三十二岁。丘迟三十二岁。王僧孺三十一岁。柳恽三十一岁。徐勉三十岁。刘勰二十九岁。吴均二十七岁。陆倕二十六岁。徐摛二十五岁。殷芸二十五岁。周捨二十五岁。陆厥二十四岁。张率二十一岁。袁翻二十岁。到沆十九岁。到洽十九岁。萧子恪十八岁。刘杳十七岁。王籍十六岁。刘孝绰十五岁。刘苞十四岁。伏挺十二岁。刘孝仪十岁。庾肩吾九岁。萧子显九岁。杜弼五岁。元顺二岁。

齐明帝建武三年·魏孝文帝太和二十年（496）　丙子

周弘正生。

《陈书》本传："周弘正字思行，汝南安成人也。晋光禄大夫颙之九世孙也。祖颢，齐中书侍郎，领著作。父宝始，梁司徒祭酒。"弘正卒于陈太建六年，时年七十九岁，上推生于本年。

沈约五十六岁，年初在东阳太守职，有《大鸟集东阳奏表》，后入为尚书。作《去东阳与吏民别诗》、《酬谢宣城朓卧疾》。

见《南齐书·五行志》。后入为尚书，离东阳前作《去东阳与吏民别诗》。沈约在东阳三年，本年还都。谢朓《在郡卧病呈沈尚书》有"为邦岁已期"之句。朓于上年出守宣城，一年后正是本年。从诗意看，沈约本年确已还京为尚书。此前，曾有《八咏诗》、《游金华山》等诗。又作《酬谢宣城朓卧疾》。

范云四十六岁，为始兴内史。作《除始兴郡表》、《酌修仁水赋诗》。

见《梁书》本传。按：上年范云仍在京城，与刘绘、刘孝绰父子过从甚多。永元元年六月自始兴内史迁广州刺史。由此知其出仕始兴，在本年后。《除始兴郡表》，见《艺文类聚》卷五十。《酌修仁水赋诗》，见《韶州图经》（《全梁文》卷四十五引）："曲江县修仁水北，有三枫亭五渡水。齐范云为始兴，至修仁水，酌而饮之，赋诗曰……"

刘绘三十九岁，守母丧。

《南齐书》本传："遭母丧去官。有至性，持丧墓下三年，食粗粝。"刘绘永泰元年服阕，出为晋安王萧宝义征北长史。上推知本年守母丧。

任昉三十七岁，作《为范始兴作求立太宰碑表》。

见《文选》。按《南齐书·萧子良传》:"建武中,故吏范云上表为子良立碑,事不行。"其时,任昉郁郁不得志,但文章为时人推崇。"当世王公表奏,莫不请焉。"任、范同为萧子良西邸旧僚,任撰此文,亦在情理之中。

谢朓三十三岁,仍在宣城,作《在郡卧病呈沈尚书》等诗。

方回评曰:"约之为吏部出东阳,亦恐与朓同时,而约先入也。"朓为此诗,"意欲约引己入朝也"。又作《高斋视事》、《祀敬亭山春雨》、《纪功曹中园》、《送江兵曹檀主簿朱孝廉还上国》、《与江水曹干边戏》、《送江水曹还远馆》、《和刘西曹望海台》、《移病还园示亲属》、《和萧中庶直石头》等诗。见陈庆元《谢朓作品系年》。

张率二十二岁,举秀才,为太子舍人。与同郡陆倕、陆厥等相友狎,为沈约所赏识。

见《梁书》、《南史》本传。

王筠十六岁,作《芍药赋》。

见《梁书》本传:"年十六为《芍药赋》,甚美。"

钟嵘为南康王侍郎,作《上齐明帝书谏亲细务》。

见《南史》本传。按:《资治通鉴》卷一百四十系于本年。《南史》本传载:"建武初,为南康王侍郎。时齐明帝躬亲细务,纲目亦密,于是郡县及六署九府常行职事,莫不争自启闻,取决诏敕。文武勋旧皆不归选部,于是凭势互相通进,人君之务,粗为繁密。嵘乃上书言……书奏,上不怿,谓太中大夫顾暠曰:'钟嵘何人,欲断朕机务,卿识之不?'答曰:'嵘虽位末名卑,而所言或有可采。且繁碎职事,各有司存,今人主总而亲之,是人主愈劳而人臣愈逸,所谓代庖人宰而为大匠斫也。'上不顾而言他。"

王仲雄吟诵《懊侬曲歌》。

《南齐书·王敬则传》:"帝既多杀害,敬则自以高武旧臣,心忧恐……(建武)三年,遣萧坦之将赍仗五百人,行武进陵。敬则诸子在都,忧怖无计。上知之,遣敬则世子仲雄入东安慰之。仲雄善弹琴,当时新绝。江左有蔡邕焦尾琴,在主衣库,上敕五日一给仲雄。仲雄于御座前鼓琴,作《懊侬曲歌》:'常叹负情侬,郎今果行许。'帝愈猜愧。"

魏孝文帝下诏,改拓跋氏为元氏。

见《魏书·高祖纪》。《通鉴》卷一百四十曰:"魏主下诏,以为'北人谓土为拓,后为跋。魏之先出于黄帝,以土德王,故为拓跋氏。夫土者,黄中之色,万物之元也;宜改姓元氏。诸功臣旧族自代来者,姓或重复,皆改之'。于是始改拔拔氏为长孙氏,达奚氏为奚氏,乙旃氏为叔孙氏,丘穆陵氏为穆氏,步六孤氏为陆氏,贺赖氏为贺氏,独孤氏为刘氏,贺楼氏为楼氏,勿忸于氏为于氏,尉迟氏为尉氏;其余所改,不可胜纪。"

魏孝文帝下诏确定通婚原则,深受汉人门阀观念的影响。

见《魏书·咸阳王禧传》。王国舍人应取八族及清修之门,咸阳王禧取任城王隶户为之,深为孝文帝所责。帝下诏为六弟娉室:"长弟咸阳王禧可娉故颍川太守陇西李辅女,次弟河南王幹可娉故中散代郡穆明乐女,次弟广陵王羽可娉骠骑谘议参军荥阳郑平城女,次弟颍川王雍可娉故中书博士范阳卢神宝女,次弟始平王勰可娉廷尉陇西李冲女,季弟北海王详可娉吏部郎中荥阳郑懿女。"此可见魏之汉化,亦可见汉人门阀观念影响鲜卑。

孝文帝与群臣论选调。

《通鉴》卷一百四十载孝文帝论曰:"近世高卑出身,各有常分,此果如何?"李冲对曰:"未审上古以来,张官列位,为膏粱子弟乎?为致治乎?"帝曰:"欲为治耳。"冲曰:"然则陛下何为专取门品,不拔才能乎?"帝曰:"苟有过人之才,不患不知。然君子之门,借使无当世之用,要自德行纯笃,朕故用之。"冲曰:"傅说、吕望,岂可以门第得之!"帝曰:"非常之人,旷世乃有一二耳。"秘书令李彪曰:"陛下若专取门第,不审鲁之三卿,孰若四科?"著作佐郎韩显宗曰:"陛下岂可以贵袭贵,以贱袭贱?"帝曰:"必有高明卓然、出类拔萃者,朕亦不拘此例。"顷之,刘昶入朝。帝谓昶曰:"或言唯能是寄,不必拘门;朕以为不尔。何者?清浊同流,混齐一等,君子小人,名器无别,此殊为不可。我今八族以上士人,品第有九;九品之外,小人之官复有七等。若有其人,可起家为三公。正恐贤才难得,不可止为一人浑我典制也。"此节李冲、李彪、韩显宗与孝文帝论难见《魏书·韩麒麟附显宗传》;帝谓刘昶语,见《刘昶传》。

魏废太子恂为庶人。

见《魏书·高祖纪》、《通鉴》卷一百四十。据《魏书·孝文五王·废太子恂传》曰:"恂不好书学,体貌肥大,深忌河洛暑热,意每追乐北方。中庶子高道悦数苦言致谏,恂甚衔之。高祖幸嵩岳,恂留守金墉,于西掖门内与左右谋,欲召牧马轻骑奔代,手刃道悦于禁中。领军元俨勒门防遏,夜得宁静。厥明,尚书陆琇驰启高祖于南,高祖闻之骇惋,外寝其事,仍至汴口而还。引恂数罪,与咸阳王禧等亲杖恂,又令禧等更代,百余下,扶曳出外,不起者月余。拘于城西别馆。"按:废太子盖反对汉化者,而孝文帝则致力汉化,故《魏书·废太子恂传》记孝文帝有"脱待我无后,恐有永嘉之乱"语。

魏恒州刺史穆泰等在州谋反,遣行吏部尚书任城王澄案治之。乐陵王思誉坐知泰阴谋不告,削爵为庶人。说明汉化的过程充满阻力。

见《魏书·高祖纪》。《魏书·穆崇附穆泰传》曰:"初,文明太后幽高祖于别室,将谋黜废,泰切谏乃止。高祖德之,锡以山河,宠待隆至。泰自陈病久,乞为恒州,遂转陆叡为定州,以泰代焉。泰不愿迁都,叡未及发而泰已至,遂潜相扇诱,图为叛。乃与叡及安乐侯元隆,抚冥镇将、鲁郡侯元业,骁骑将军元超,阳平侯贺头,射声校尉元乐平,前彭城镇将元拔,代郡太守元珍,镇北将军、乐陵王思誉等谋推朔州刺史阳平王颐为主。颐不从,伪许以安之,密奏其事。高祖乃遣任城王澄率并肆兵以讨之。澄先遣治书侍御史李焕单车入代,出其不意,泰等惊骇,计无所出。焕晓谕逆徒,示以祸福。于是凶党离心,莫为之用。泰自度必败,乃率麾下数百人攻焕郭门,冀以一捷。不克,单马走出城西,为人擒送。澄亦寻到,穷治党与。高祖幸代,亲见罪人,问其反状,泰等伏诛。"又《陆俟附陆叡传》等,皆有记载。《通鉴》卷一百四十皆取自《魏书》诸传。盖当时鲜卑贵族不欲迁洛者人数不少。又《魏书·神元平文诸帝子孙列传·元丕传》:"丕雅爱本风,不达新式,至于变俗迁洛,改官制服,禁绝旧言,皆所不愿。高祖知其如此,亦不逼之,但诱示大理,令其不生同异。至于衣冕已行,朱服列位,而丕犹常服列在坐隅。晚乃稍加弁带,而不能修饰容仪。高祖以丕年衰体重,亦不强责。……丕父子大意不乐迁洛。高祖之发平城,太子恂留于旧京,及将还洛,隆与超等密谋留恂,因举兵断关,规据陉北。时丕以老居并州,虽不预其始计,而隆、超咸以告丕。丕外虑不成,口虽致难,心颇然之。……有司奏处孥戮,诏以丕应连坐,但以先许不死之诏,躬非染逆之身,听免死,仍为太原百姓,其后妻二子听随。"可见鲜卑贵族中不愿迁洛及汉化者,实大有人在。

是年,以代迁之士皆为羽林虎贲;司州之民,十二夫调一吏,为四年更卒,岁开番假,以供公私力役。魏孝文帝以有罪徙边者多逋亡,乃制一人逋亡,阖门充役。光州刺史崔挺上书谏,遂除其制。

见《魏书·崔挺传》。《通鉴》卷一百四十系于是年。

李谐生。

按《魏书》本传,李谐卒于东魏武定二年(544),时年四十九岁,上推生于本年。李谐字虔和,祖籍梁国蒙县。北朝作家。

邢劭生。

《北齐书·魏收传》:"收少子才(邢劭)十岁。"收在魏节闵帝立时(531)年二十六,当生于正始三年(506)。据此知邢劭当生于是年。邢劭字子才,小字吉。河间鄚人。北齐作家。

游明根七十八岁。谢朓五十六岁。江淹五十三岁。张融五十三岁。李彪五十三岁。孔稚珪五十岁。崔光四十六岁。游肇四十五岁。刘芳四十四岁。陶弘景四十一岁。刘峻三十五岁。阳固三十四岁。王肃三十三岁。萧衍三十三岁。丘迟三十三岁。王僧孺三十二岁。柳恽三十二岁。徐勉三十一岁。刘勰三十岁。吴均二十八岁。裴子野二十八岁。陆倕二十七岁。徐摛二十六岁。殷芸二十六岁。周捨二十六岁。陆厥二十五岁。袁翻二十一岁。到沆二十岁。到洽二十岁。萧子恪十九岁。刘杳十八岁。王籍十七岁。刘孝绰十六岁。刘苞十五岁。伏挺十三岁。刘孝仪十一岁。庾肩吾十岁。萧子显十岁。杜弼六岁。元顺三岁。温子昇二岁。

齐明帝建武四年·魏孝文帝太和二十一年(497)　丁丑

张融卒,时年五十四岁。

见《南齐书》本传。其遗令曰:"吾生平所善,自当凌云一笑。三千买棺,无制新衾。左手执《孝经》、《老子》,右手执《小品法华经》。"儒释道,三教并重,可见士风之一斑。《隋书·经籍志》著录别集有:《玉海集》十卷、《大泽集》十卷、《金波集》六十卷。又有《少子》五卷。孔稚珪《答竟陵王启》称:"融乃著通源之论,其名《少子》。"今存文十三篇,诗五首。《南齐书》本传载:"融玄义无师法,而神解过人。白黑谈论,鲜能抗拒。永明中,遇疾,为《门律自序》曰:'吾文章之体,多为世人所惊。汝可师耳以心,不可使耳为心师也,夫文岂有常体,但以有体为常,政当使常有其体。丈夫当删《诗》、《书》,制礼乐,何至因循寄人篱下。且中代之文,道体阙变,尺寸相资,弥缝旧物。吾之文章,体亦何异,何尝颠温凉而错寒暑,综哀乐而横歌哭哉？政以属辞多出,比事不羁,不阡不陌,非途非路耳。然其传音振逸,鸣节竦韵,或当未极,亦已极其所矣。汝若复别得体者,吾不拘也。吾义亦如文,造次乘我,颠沛非物。吾无师无友,不文不句,颇有孤神独逸耳。义之为用,将使性入清波,尘洗犹沐。无得钓声同利,举价如高,俾是道场,险成军路。吾昔嗜僧言,多肆法辩,此尽游乎言笑,而汝等无幸。'"临卒作《诫子书》云:"吾文体英绝,变而屡奇,既不能远至汉魏,故无取嗟晋宋。"孔稚珪《祭外兄张长史文》云:"惟君之德,高明秀挺,浩汗深度,昂藏风领。学不师古,因心则睿。"又善草书隶书,自号其能。萧道成曾叹曰:"此人不可无一,不可有二。"(见《南齐书》本传)又说:"卿书殊有骨力,但恨无二王法。"张融答曰:"非恨臣无二王法,亦恨二王无臣法。"见《南史》本传。庾肩吾《书品》将其列入下中品。

沈约五十七岁,作《授王缋蔡约王师制》。

见《文苑英华》卷四五〇。文中载:冠军将军司徒左长史始平县五等男王缋为随郡王师,加散骑常侍。都官尚书蔡约为零陵王师,加给事中。按《南齐书·王缋传》及《蔡约传》载,王缋为冠军将军,蔡约为都官尚书均在建武二年以后。随郡王为萧宝融,建武元年封,三年为冠军将军,领石头戍军事。又,零陵王,《南齐书·蔡约传》作邵陵王。据《南齐书·明帝纪》载:建武二年九月,"改封南平王宝攸为邵陵王"。蔡约为邵陵王师至少在二年九月之后。《蔡约传》又说:其后为"江夏王车骑长史"。《南齐书·江夏王宝玄传》载,萧宝玄"永元元年又进车骑将军"。则蔡约为邵陵王师又必在永元元年前。沈约建武二年始回京师,据此而推,此制作于本年的可能性较大。

谢朓五十七岁,征为侍中、中书令,不应,仍居吴兴郡,只遣诸子

还都。明帝诏加优礼,旌其素概,赐床帐褥席,奉以卿禄。

《南史》本传:"建武四年征为侍中、中书令,不应。遣诸子还都,独与母留,筑室郡之西。明帝诏加优礼,旌其素概,赐床帐褥席,奉以卿禄。时国子祭酒庐江何胤亦抗表还会稽。"他们大约都已意识到了时局隐伏着危机。

江淹五十四岁,出为宣城太守。

见《梁书》本传。按:本年夏,谢朓被召还京师,曾任中书郎。江淹代之为宣城太守也。

孔稚珪五十一岁,作《祭外兄张长史文》等文。

见《艺文类聚》卷三十八。按《南齐书》本传:"稚珪风韵清疏,好文咏,饮酒七八斗。与外兄张融情趣相得,又与琅邪王思远、庐江何点、点弟胤并款交。"又作《上和房表》,主张南北通和。文称:"建元之初,胡尘犯塞;永明之始,复结通和,十余年间,边候且息。陛下张天造历,驾日登皇,声雷寓宇,势压河岳,而封豖残魂,未屠剑首;长蛇余喘,偷窥外甸。烽亭不静,五载于斯。"

任昉三十八岁,作《为萧扬州荐士表》。

见《文选》。按:此表为萧遥光荐举王暕和王僧孺而作。文曰:"前侯官令东海王僧孺,年三十五。""秘书丞琅邪王暕,年二十一,七叶重光。"按《梁书·王僧孺传》记载而推,王僧孺三十五岁为齐东昏侯永元元年。但此表不可能作于永元元年,因萧遥光在永元元年八月举兵反,旋即被杀。也不可能作于永元元年萧遥光举兵反叛之前半年,因为《梁书·王僧孺传》及《王暕传》并载,建武时,"明帝诏求异士",此荐是为应明帝诏求异士而作,必作于建武五年七月明帝死之前。从王暕行年来看,此表作于本年的可能性最大。王暕卒于梁普通四年冬,时年四十七岁。这在《梁书》本传中有明确记载。其二十一岁时为本年。但这时,王僧孺三十三岁,非三十五岁。或任昉误记,或《梁书·王僧孺传》误载,不可详也。本年,任昉又作《赠王僧孺诗》。见《梁书·王僧孺传》。

萧衍三十四岁,受节度,赴雍州解魏兵围。十月至襄阳。

见《梁书》本纪。当时,襄阳流传有童谣:"襄阳白铜蹄,反缚扬州儿。"后来,萧衍即帝位,特作《襄阳蹋铜蹄》三首,沈约有奉和。见《乐府诗集》卷四十八。题解引《隋书·乐志》曰:"梁武帝之在雍镇,有童谣云:'襄阳白铜蹄,反缚扬州儿。'识者言:'白铜蹄,谓金蹄,为马也。白,金色也。'及义师之兴,实以铁骑。扬州之士皆面缚,果如谣言。故即位之后,更造新声,帝自为之词三曲。又令沈约为三曲,以被管弦。"又引《古今乐录》曰:"襄阳蹋铜蹄者,梁武西下所制也。沈约又作,其和云:'襄阳白铜蹄,圣德应乾来。'天监初,舞十六人,后八人。"

谢朓三十四岁,出为晋安王镇北谘议、南东海太守,行南徐州事。

《南齐书》本传:"建武四年,出为晋安王镇北谘议、南东海太守,行南徐州事。"按:谢朓《酬德赋》云:"四年,予忝役朱方。""其夏还京师,且事宴言,未遑篇章之思。"按《南齐书·巴陵隐王宝义传》,晋安王为萧宝义。二年为镇北将军、南徐州刺史。

王僧孺三十三岁,为萧遥光所荐,任尚书仪曹郎,迁治书侍御史,出为钱塘令。

见《梁书》本传及本年任昉条。

刘苞十六岁,移葬父母及两兄,为刘绘所叹服。

见《梁书》本传。

萧子云封新浦县侯,自制拜章,颇有文采。

《梁书》本传:"年十二,齐建武四年,封新浦县侯,自制拜章,便有文采。"

释慧琳作《新安寺释玄运法师诔》。

见《广弘明集》卷二十三。按：玄运卒于本年五月八日。生平见《高僧传》卷七《宋京师灵根寺释僧瑾传》附："同寺又有释玄运者，亦精通大小乘，张永、张融并升堂问道。"

傅大士生。

见元释觉岸《释氏稽古略》卷二："齐明帝建武四年五月八日生婺州义乌县双林乡傅宣慈家。名翕，字玄。"

释法云在妙音寺开《法华》、《净名》二经。序正条源，群分名类。学徒还凑，四众盈堂。

见释道宣《续高僧传》卷五《梁杨都庄严寺沙门释僧旻传》。

魏孝文帝立皇子恪为太子。至平城，遂至长安。

见《魏书·高祖纪》。上年，有太子恂及穆泰、陆叡事，则孝文帝北至平城，实为镇鲜卑贵族之气，使之不敢作乱。

游明根七十九岁。李彪五十四岁。崔光四十七岁。范云四十七岁。游肇四十六岁。刘芳四十五岁。陶弘景四十二岁。刘绘四十岁。阳固三十五岁。王肃三十四岁。丘迟三十四岁。柳恽三十三岁。徐勉三十二岁。刘缌三十一岁。吴均二十九岁。裴子野二十九岁。陆倕二十八岁。徐摛二十七岁。殷芸二十七岁。周捨二十七岁。陆厥二十六岁。张率二十三岁。袁翻二十二岁。到沆二十一岁。到洽二十一岁。萧子恪二十岁。刘杳十九岁。王籍十八岁。刘孝绰十七岁。王筠十七岁。伏挺十四岁。刘孝仪十二岁。庾肩吾十一岁。萧子显十一岁。杜弼七岁。元顺四岁。温子昇三岁。邢劭二岁。李谐二岁。周弘正二岁。

齐明帝建武五年·永泰元年·魏孝文帝太和二十二年（498）戊寅

四月，改元永泰。大司马王敬则举兵反于会稽，五月被杀。七月，明帝病卒。皇太子萧宝卷继位，后被废称东昏侯。

颜协生。

《梁书》本传:"颜协字子和,琅邪临沂人也。七代祖含,晋侍中、国子祭酒、西平靖侯。父见远,博学有志行。"颜协卒于梁大同五年,时年四十一岁,上推生于本年。

沈约五十八岁,为尚书、国子祭酒。迁左卫将军,寻加通直散骑常侍。作诗文多篇,活跃一时。

见《南齐书·河东王铉传》。五月,作《封左兴盛等制》。按:文中有"逆竖王敬则纵兵内侮,陵斥畿甸,辅国将军参军将军左兴盛、直阁将军刘山阳,受律前驱"等句,知是王敬则被杀不久所作。七月,尚书令徐孝嗣使撰《齐明帝遗诏》。又作《齐明帝谥议》、《齐明帝哀策文》等。迁左卫将军,寻加通直散骑常侍。见《梁书》本传:"明帝崩,政归冢宰,尚书令徐孝嗣使约撰定遗诏。迁左卫将军,寻加通直散骑常侍。"又作《封申希祖诏》。文曰:"爱及中兴,忠款弥著。"知是东昏侯即位后所作。八月,又作《劝农访民所疾苦诏》。张溥谓此文乃约为齐帝作。《南齐书·东昏侯纪》载本年八月下诏"访搜贫屈"。本年又为国子祭酒,作《行园》诗。其秋,谢朓有《和沈祭酒行园》。东昏即位前后,由于徐孝嗣的举荐,沈约活跃一时。但政局动荡,他又深感忧虑,谋求退隐。《与徐勉书》云:"建武肇运,人世胶加,一去不返,行之未易。及昏猜之始,王政多门,因此谋退。"

谢朓五十八岁,仍任吴兴太守。

《梁书》本传:"建武四年,诏征为侍中、中书令,遂抗表不应召。遣诸子还京师,独与母留,筑室郡之西郭。"

江淹五十五岁,仍任宣城太守。

《梁书》本传:"在郡四年。"知时仍为宣城太守。

刘绘四十一岁,为宁朔将军、晋安王征北长史、南东海太守、行南徐州事。

见《南齐书》本传。按《南齐书·巴陵隐王宝义传》:晋安王萧宝义本年八月进号征北大将军、开府仪同三司。

任昉三十九岁。东昏即位,迁中书侍郎。作《齐明帝谥议》。

见《梁书》本传。《齐明帝谥议》,见《艺文类聚》卷十四。

萧衍三十五岁,行雍州府事。三月,与崔慧景御魏,大败于邓城。七月,仍受持节、都督雍梁南北秦四州、司州之随郡诸军事、辅国将军、雍州刺史。

见《梁书》本纪。按:雍州为军事重镇,直接控制京城,故历来皆皇子为之牧。东昏即位,政出多门,萧衍密为舟装之备,准备夺权。

谢朓三十五岁。年初告岳丈王敬则反。五月为尚书吏部郎。作《敬皇后哀策文》、《齐明帝谥册文》、《和沈祭酒行园》、《酬德赋》等。

见《南齐书》本传。按《南史》本传又载:"初,朓告王敬则反,敬则女为朓妻,常怀刀欲报朓,朓不敢相见。及当拜吏部,谦抑尤甚。尚书郎范缜嘲之曰:'卿人无惭小选,但恨不可刑于寡妻。'朓有愧色。"王敬则之反叛,实在建武初年即有所准备。《南齐书·王敬则传》载:"帝既多杀害,敬则自以高武旧臣,心怀忧恐。……三年,遣萧坦之将赍仗五百人,行武进陵。敬则诸子在都,忧怖无计。上知之,遣敬则世子仲雄入东安慰之。仲雄善弹琴,当时新绝。江左有蔡邕焦尾琴,在主衣库,上敕五日一给仲雄。仲雄于御前鼓琴,作《懊侬曲歌》:'常叹负情侬,郎今果行许。'帝愈猜愧。"齐明帝死前,杀尽高、武子孙,以及高、武重要谋臣,敬则只是其中之一而已。详《资治通鉴》齐明帝永泰元年所载。本年,谢朓作为吏部郎,推举到洽,洽拒之。《敬皇后哀策文》,见《文选》。《南齐书》本传以为此文"齐世莫有及者"。按:敬皇后名刘惠端,彭城人,永明七年卒。延兴元年赠宣城王妃。明帝即位追赠为敬皇后。见《南齐书·皇后传》。《齐明帝谥册文》,见《艺文类聚》卷十四。秋,作《和沈祭酒行园》。冬,作《酬德赋》致沈约。

刘勰三十二岁,因感梦而"搦笔和墨,乃始论文",作《文心雕龙》,约始于本年。又,本年前,作《灭惑论》。

详《汇考》。

陆倕二十九岁,张率二十四岁,为沈约所赏识。

《梁书·张率传》载:"与同郡陆倕幼相友狎,尝同载诣左卫将军沈约,适值任昉在焉。约乃谓昉曰:'此二子后进才秀,皆南金也。卿可与定交。'由此与昉友善。"按:沈约本年七月后为左卫将军。

到洽二十二岁,为谢朓所荐。洽睹世局方乱,深相拒绝。除晋安王国左常侍,不就。遂筑室岩阿,幽居积岁。任昉有知人之鉴,与到洽、到沼、到溉并善,称到洽"此子日下无双"。遂申拜亲之礼。

见《梁书》本传。

萧子恪二十一岁。四月,为太子中庶子。七月,为秘书监,领右军将军、侍中。

《南齐书》本传载:"大司马王敬则于会稽举兵反,以奉子恪为名。明帝悉召子恪兄弟亲从七十余人入西省,至夜当害之。会子恪弃郡奔归,是日亦至,明帝乃止。以子恪为太子中庶子。东昏即位,迁秘书监,领右军将军,俄为侍中。"

萧琛为左丞,作《嗣君庙见议》。

见《南齐书·礼志》。

曹思文作《国讳不宜废学表》。

见《南齐书·礼志》。

释法安卒于京师中寺,时年四十五岁。

释慧皎《高僧传》卷八《齐京师中寺释法安传》:"释法安,姓毕,东平人。魏司隶校尉轨之后也。七岁出家,事白马寺慧光为师。……永泰元年卒于中寺,春秋四十有五。著《净名》、《十地义疏》并《僧传》五卷。"

苏绰生。

按《周书》本传,苏绰卒于大统十二年(546),年四十九岁,上推生于本年。苏绰字令绰,武功(今属陕西)人,北周文人。

韩显宗失官,作五言诗赠御史中尉李彪。

见《魏书·韩麒麟附显宗传》。五言诗全文见本传。据本传,显宗失官以上表"颇自矜伐,诉前征勋"。其所谓"征勋"乃二十一年秋赭阳之役,事在"新野平"之后。据《高祖纪》,"拔新野"在二十二年正月。是其失官应在本年正月以后。其作诗自当稍后。然李彪为御史中尉在洛阳,在二十二年"车驾南伐"时,李冲表劾李彪时,孝文帝在悬瓠,检《高祖纪》,时在二十二年三月。据此则韩显宗之诗,当作于太和二十二年二三月间,时显宗已失官,而李彪尚未被劾。

魏孝文帝至悬瓠,李冲劾李彪专恣,免彪所居官。李冲劾李彪时,引治书侍御史郦道元于尚书都座,以李彪所犯罪状告彪,讯其虚实。

见《魏书·李彪传》、《李冲传》。此为郦道元事迹始见史传之事。据《魏书·酷吏·郦道元传》:"太和中,为尚书主客郎。御史中尉李彪以道元秉法清勤,引为治书侍御史。"《李彪传》:"后车驾南征,假彪将军将军、东道副将,寻假征虏将军。车驾还京,迁御史中尉。"检《高祖纪》,"车驾南征"当指太和十八年"车驾南伐"事。"还京"在十九年五月。据此道元之为治书侍御史当在十九年五月之后、二十二年李彪被劾之前。

魏孝文帝病甚,自悬瓠北返。疾有间,如邺。会高车降,遂班师还洛。

见《魏书·高祖纪》、《通鉴》卷一百四十一。

释僧范二十三岁,备通流略。

释道宣《续高僧传》卷八《齐邺东大觉寺释僧范传》:"幼游学群

书,年二十三,备通流略,至于七曜九章,天竺咒术,谘无再悟,徒侣方千,指掌解颐,夸矜折角。时人语曰:相州李洪范,解彻深义;邺下张宾生,领悟无遗。"

游明根八十岁。李彪五十五岁。孔稚珪五十二岁。范云四十八岁。崔光四十八岁。游肇四十七岁。刘芳四十六岁。陶弘景四十三岁。阳固三十六岁。王肃三十五岁。丘迟三十五岁。王僧孺三十四岁。柳恽三十四岁。徐勉三十三岁。吴均三十岁。裴子野三十岁。徐摛二十八岁。殷芸二十八岁。周捨二十八岁。陆厥二十七岁。陆倕二十九岁。袁翻二十三岁。到沆二十二岁。刘杳二十岁。王籍十九岁。刘孝绰十八岁。王筠十八岁。刘苞十七岁。伏挺十五岁。刘孝仪十三岁。庾肩吾十二岁。萧子显十二岁。杜弼八岁。元顺五岁。温子昇四岁。李谐三岁。邢劭三岁。周弘正三岁。

齐东昏侯萧宝卷永元元年·魏孝文帝太和二十三年(499)
己卯

正月,改元永元。八月,始安王萧遥光举兵反,寻败死。十一月,太尉陈显达于寻阳举兵反,十二月败死。

张缵生。

《梁书》本传:"(张)缵字伯绪,缅第三弟也。出后从伯弘籍。弘籍,高祖舅也,梁初赠廷尉卿。"缵卒于太清三年,年五十一,上推生于本年。

谢朓卒,时年三十六岁。

见《南齐书》本传。按:江祏等欲拥立萧遥光,遥光又派刘渢密致意于谢朓,欲引以为心腹。谢朓将江祏等谋告左兴盛。萧遥光大怒,与徐孝嗣、江祏等连名上《诛谢朓启》。朓临终,谓门客曰:"寄语沈公(约),君方为三代史,亦不得见没。"《隋书·经籍志》著录别集十二卷,逸集一卷。《文选》收其诗文二十四篇。钟嵘《诗品》评其五言诗:"出于谢混,微伤细密,颇在不伦。一章之中自有玉石,然奇章秀句,往往警遒。足使叔源失步,明远变色。善自发诗端,而末篇多踬,此意锐而才弱也。"沈约常言:"二百年来无此诗也。"《颜氏家训·文章》云:"刘孝绰当时既有重名,无所与让,唯服谢朓,常以谢诗置几案间,动静辄讽味。"谢朓又善草隶,《书品》将其列入中下品。

陆厥卒,时年二十八岁。

《南齐书》本传:"永元元年,始安王遥光反,厥父闲被诛,厥坐系尚方,寻有赦令。厥恨父不及,感动而卒,年二十八。"又本传称其"五言诗体甚新奇"。《诗品》云:"观厥文纬,具识文之情状。自制未优,非言之失也。"《隋书·经籍志》著录别集八卷。今存文一篇,诗十一首。

徐孝嗣被东昏侯所杀,所修五礼,多所散失。后收敛所余,由蔡仲然、何佟之共掌其事。

见徐勉《上修五礼表》。孝嗣存诗二首。

沈约五十九岁。四月,作《立太子诏》。九月,作《赦诏》。十月,作《封徐世标诏》。

按:东昏侯本年四月立皇太子萧诵,九月以频诛大臣,大赦天下。十月杀徐孝嗣后,封徐世标为临汝县子。见《南齐书·东昏侯纪》。上述诏书并见《文苑英华》。又,下列诏书亦作于本年:《沈文季加侍中诏》、《崔慧景加侍中诏》。二人为侍中,均在本年。各见《南齐书》本传及《授王亮左仆射诏》、《临川王子晋南康侯子恪迁授诏》、《刘暄封侯诏》、《常僧景等封侯诏》、《封三舍人诏》等。按:萧子恪本年迁为侍中。刘暄为敬皇后弟,即东昏侯舅,萧遥光平后,迁领军将军,封平都县侯,其年又见杀。常僧景为庐陵王萧宝源中兵参军事,薛元嗣为江夏王萧宝玄车骑参军事,均封侯。《封三舍人诏》是指沈徽孚、王咺之、裴长穆三人被封为伯。又,《伤谢朓》,作于本年之后。

孔稚珪五十三岁,为都官尚书,迁太子詹事,加散骑常待。作《让詹事表》。

见《南齐书》本传:"永元元年,为都官尚书,迁太子詹事,加散骑常侍。"《让詹事表》,见《艺文类聚》卷四十九。

范云四十九岁,六月,由始兴内史迁为广州刺史。作《答何秀才诗》。

见《南齐书·东昏侯纪》。《答何秀才诗》,按:何秀才指何逊,何时举为秀才,史无明文。李伯齐先生认为何逊永明四年举秀才(见《何逊集校注》)。曹道衡以为何逊举秀才在建武四年至永元元年间(见《何逊生卒年问题试考》、《何逊三题》,并载《中古文学史论文集》),并认为,早在永明中,范、何二人即有交往,范云有《贻何秀才诗》,何逊有《酬范记室云》约作于彼时(范云诗题当系后人追改)。本年前后举秀才,其对策深得范云称赞,因结忘年交好。"自是一文一咏,云辄嗟赏。谓所亲曰:顷观文人,质则过儒,丽则伤俗,其能含清浊,中今古,见之何生矣。"见《梁书·何逊传》。本年范云为广州刺史后,何逊有《落日前墟望赠范广州》、《范广州联句》等。

任昉四十岁,作《齐司空曲江公行状》。

见《艺文类聚》卷四十七。按:萧遥欣于建武元年封闻喜县公,后改为曲江公。本年卒,赠侍中、司空,谥康公。见《南齐书·萧遥欣传》。

张率二十五岁,迁尚书殿中郎,出为西中郎南康王功曹史,以疾不就。

见《梁书》本传。按《南齐书·和帝纪》:齐和帝萧宝融本年封南康王,为持节、都督荆雍益宁梁南北秦七州军事、西中郎将、荆州刺史。

颜协二岁,其父颜见远为萧宝融录事参军,随赴荆州。

《梁书·颜协传》:"初,齐和帝之镇荆州,以见远为录事参军。"

何思澄起家为南康王侍郎。

《梁书》本传云:"何思澄字元静,东海郯人。父敬叔,齐征东录事参军、余杭令。思澄少勤学,工文辞,起家为南康王侍郎。"此南康王指萧宝融,非梁初南康王萧绩,因萧绩天监八年始封南康王,而何思澄在天监元年已成为安成王萧秀左常侍,六年又随赴江州。详后考。

庾弘远作《为陈显达与朝贵书》。

见《南齐书·陈显达传》。按:文中有"沈左卫各负良家,共伤时崄"之句,似指沈约。

僧印法师卒于京师中兴寺。

释慧皎《高僧传》卷八《齐京师中兴寺释僧印》:"释僧印,姓朱,寿春人。少而神思沈审,安若务学。初游彭城,从昙度受《三论》……虽学涉众典,而偏以《法华》著名,讲《法华》凡二百五十二遍。以齐永元元年卒,春秋六十五矣。"

释僧旻三十三岁,被敕入华林园,不就。

释道宣《续高僧传》卷五《梁杨都庄严寺沙门释僧旻传》:"永元元年,敕僧局请三十僧入华林园夏讲。僧正拟旻为法主。旻止之。或问何故。答曰:此乃内润法师,不能外益学士,非谓讲者。由是誉传遐迩,名动京师。"齐末乃"避地徐部"。

齐陈显达攻魏马圈戍,魏孝文帝南伐,至马圈,又病。时魏军破陈显达。孝文帝还至谷塘厚,卒。子宣武帝元恪立。魏孝文帝临终,手诏宣武帝"听(彭城王元)勰辞蝉拾冕,遂其冲挹之性"。孝文帝存诗二首。

见《魏书·高祖纪》、《彭城王勰传》。元勰在孝文时,有大功,或疑其有夺嫡之谋。观此诏,孝文帝或已知之。后勰终为宣武所杀。

是年,以元飏为使持节、侍中、都督冀定出瀛营安平七州诸军事、骠骑大将军、开府、定州刺史。

韩显宗卒。

《魏书·韩麒麟附显宗传》:"(太和)二十三年卒。显宗撰冯氏《燕志》、《孝友传》各十卷,所作文章,颇传于世。"

王肃被诬告潜通南齐,图为叛逆。任城王澄乃表肃将叛,辄下禁止。咸阳王禧奏澄擅禁宰辅,免官归第。

见《魏书·任城王澄传》。《通鉴》卷一百四十二谓"魏任城王澄以王肃羁旅,位加己上,意颇不平。会齐人降者严叔懋告肃谋逃还江南"云云,疑当时鲜卑与汉人矛盾尚未完全消除。

王肃为魏制官品百司,皆如江南之制,凡九品,品各有二。侍中郭祚兼吏部尚书。祚清谨,重惜官位,每有铨授,虽得其人,必徘徊久之,然后下笔,曰:"此人便已贵矣。"人以是多怨之,然所用者无不称职。王肃时年三十六岁。

见《通鉴》卷一百四十二。按:郭祚事,见《魏书·郭祚传》。此可见魏之汉化,大抵仿南朝制度。

游明根卒,时年八十一岁。

见《魏书·游明根传》:"太和二十三年卒于家,年八十一。"

谢朓五十九岁。江淹五十六岁。李彪五十六岁。崔光四十九岁。游肇四十八岁。刘芳四十七岁。刘绘四十二岁。刘峻三十八岁。阳固三十七岁。萧衍三十六岁。丘迟三十六岁。王僧孺三十五岁。柳恽三十五岁。徐勉三十四岁。刘飏三十三岁。吴均三十一岁。裴子野三十一岁。陆倕三十岁。徐摛二十九岁。殷芸二十九岁。周捨二十九岁。袁翻二十四岁。到沆二十三岁。到洽二十三岁。萧子恪二十二岁。刘杳二十一岁。王籍二十岁。刘孝绰十九岁。王筠十九岁。刘苞十八岁。伏挺十六岁。刘孝仪十四岁。庾肩吾十三岁。萧子显十三岁。杜弼九岁。元顺六岁。温子昇五岁。邢劭四岁。李谐四岁。周弘正四岁。苏绰二岁。

齐东昏侯永元二年·魏宣武帝元恪景明元年(500)　庚辰

三月,平西将军崔慧景起兵围建康,寻败死。十一月,雍州刺史萧衍起兵襄阳。十二月,西中郎长史萧颖胄起兵江陵,奉南康王萧宝融为主。

谢徵生。

《梁书》本传:"谢徵字玄度,陈郡阳夏人。高祖景仁,宋尚书左仆射。祖稚,宋司徒主簿。父璟,少与从叔朓俱知名。"谢徵卒于梁大同二年,时年三十七岁,上推生于本年。

王思远卒,时年四十九岁。

见《南齐书》本传。今存诗一首。

祖冲之卒,时年七十二岁。

《南齐书·文学传》:"永元二年,冲之卒。年七十二。"有著述多种。包括《易》、《老》、《庄》的《义释》、《论语》、《孝经》注、《九章算经注》、《缀术》、《述异记》等,详《隋书经籍志考证》。

陆慧晓卒,时年六十二岁。

见《南齐书》本传。有《游山诗》一首,见《艺文类聚》卷七十八。

沈约六十岁,以母老表求解职,改授冠军将军、司徒左长史、征虏将军、南清河太守。作《大赦诏》、《授李居士等诏》、《王亮王莹加授诏》、《王亮等封侯诏》、《和刘雍州绘博山香炉峰》。

见《梁书》本传。《大赦诏》,见《文苑英华》卷四三一。崔慧景举兵反被杀,因有是诏。《授李居士等诏》,见《文苑英华》卷四一六。文中所称李居士,永元二、三年为太子左卫率;胡松,本年为太子右卫率。文中称胡松为新除太子右卫率,故知作于本年。《王亮王莹加授诏》、《王亮等封侯诏》等,均作于崔慧景被平后。《和刘雍州绘博山香炉峰》,参见刘绘条。

谢朓六十岁,诏征为散骑常侍、中书监,不就。

《梁书》本传:"永元二年,诏征朓为散骑常侍……"按:何胤亦被诏为太常,亦不就。

江淹五十七岁,罢宣城太守,还京,为黄门侍郎,领步兵校尉。

见《梁书》本传。按:江淹在建武四年出为宣城太守,"在郡四年"。《南史》本传又称:"淹少以文章显,晚节才思微退。云为宣城太守时,罢归,始泊禅灵寺渚,夜梦一人,自称张景阳,谓曰:'前以一匹锦相寄,今可见还。'淹探怀中得数尺与之。此人大恚曰:'那得割截都尽。'顾见丘迟谓曰:'余此数尺无所用,以遗君。'自尔淹文章踬矣。又尝宿于冶亭,梦一丈夫自称郭璞,谓淹曰:'吾有笔在卿处多年,可以见还。'淹乃探怀中得五色笔一以授之。尔后为诗绝无美句,时人谓之才尽。"钟嵘《诗品》、《建康实录》等亦有类似记载,似江淹才尽于齐末。但据曹道衡考证,江淹大多数重要作品完成于宋末,入齐已逐渐才尽矣。

陶弘景四十五岁,作《肘后百一方序》。

见《艺文类聚》卷七十五。文称:"余宅身幽岭,迄将十载。"陶弘景永明十年隐居,迄本年为九载。又,文前有"太岁庚辰",是作于本年之证。

刘绘四十三岁,为冠军长史。十二月,被任为雍州刺史以替代已经举兵反叛的萧衍。刘绘固辞不受。作《咏博山香炉诗》。

《南齐书》本传:"及梁王义师起,朝廷以绘为持节、督雍梁南北秦四州、郢州之竟陵,司州之随郡诸军事、辅国将军、领宁蛮校尉、雍州刺史,固让不就。""众以朝廷昏乱,为之寒心,绘终不受。"又作《咏博山香炉诗》。

任昉四十一岁,因建武朝很不得志,是时乃纡意于幸臣梅虫儿,

为中书郎,谢尚书令王亮。王亮讥讽说:"卿宜谢梅,那忽谢我。"

《南史》本传:"永元中,纡意于梅虫儿,东昏中旨用为中书郎。"永元凡三年,姑系此。

萧衍三十七岁,冬,其兄萧懿被杀。于是密召长史王茂、中兵吕僧珍、别驾柳庆远、功曹史吉士瞻等谋划。十一月起兵于雍州。

见《梁书》本纪。

丘迟三十七岁,作《侍宴乐游苑送张徐州应诏》诗。

见《文选》。李善注引刘璠《梁典》以为张徐州即张稷(或作"谡"),本年七月为北徐州刺史。十一月为南兖州刺史。诗作于此四个月期间。《梁书·丘迟传》载:"服阕,除西中郎参军。"西中郎将为萧宝融,永元元年封。按:沈约《侍宴乐游苑饯徐州刺史应诏》当与丘迟同赋。范云时为国子祭酒,亦有《赠张徐州稷》诗。

萧颖胄作《移檄京邑》。

见《南齐书》本传。按:此文写得极有气势。

谢举为江淹所激赏。

《南史》本传载:"弱冠丁父忧,几致毁灭。服阕,为太常博士,与兄览俱豫元会。江淹一见并相钦挹,曰:'所谓驭二龙于长涂者也。'"按:谢举为谢庄之孙。其父谢瀹卒于永泰元年(498),至本年,谢举服阕。

释法度卒,时年六十四岁。

释慧皎《高僧传》卷八《齐琅邪嶊山释法度传》:"释法度,黄龙人,少出家,游学北土。……时有沙门法绍,业行清苦,誉齐于度,而学解优之,故时人号曰'北山二圣'。绍本巴西人,汝南周颙去成都,招共同下,止于山茨精舍。度与绍并为齐竟陵王子良、始安王遥光恭以师礼,资给四事。度常愿生安养,故偏讲《无量寿经》,积有遍数。齐永元二年卒于山中,春秋六十有四矣。"

释智称法师卒于安乐寺,时年七十二岁。

释慧皎《高僧传》卷十一《齐京师安乐寺释智称传》:"释智称,姓裴,本河东闻喜人,魏冀州刺史徽之后也。祖世避难,寓居京口,称幼而慷慨,颇好弓马,年十七,随王玄谟、申坦北讨獫狁……齐永元二年卒,春秋七十有二。著《十诵义记》八卷,盛行于世。"

释法愿卒于正胜寺,时年八十七岁。

见释慧皎《高僧传》卷十三《齐正胜寺释法愿传》。

释法镜卒于齐隆寺,时年六十四岁。

见释慧皎《高僧传》卷十三《齐齐隆寺释法镜传》。齐隆寺,入梁改名宣武寺。

释智藏重游禹穴,居法华山,结众弘业。

见释道宣《续高僧传》卷五《梁钟山上定林寺沙门释智藏传》。

释法上六岁,礼佛诵经,颇得时誉。

释道宣《续高僧传》卷八《齐大统合水寺释法上传》:"五岁入学,七日通章,六岁随叔寺中观戏,情无鼓舞,但礼佛读经,而声气爽拔。"

李彪五十七岁。孔稚珪五十四岁。范云五十岁。崔光五十岁。游肇四十九岁。刘芳四十八岁。刘峻三十九岁。阳固三十八岁。王肃三十七岁。柳恽三十六岁。王僧孺三十六岁。徐勉三十五岁。刘勰三十四岁。吴均三十二岁。裴子野三十二岁。陆倕三十一岁。徐摛三十岁。殷芸三十岁。周捨三十岁。张率二十六岁。袁翻二十五岁。到沆二十四岁。到洽二十四岁。萧子恪二十三岁。刘杳二十二岁。王籍二十一岁。刘孝绰二十岁。王筠二十岁。刘苞十九岁。伏挺十七岁。刘孝仪十五岁。庾肩吾十四岁。萧子显十四岁。杜弼十岁。元顺七岁。温子昇六岁。邢劭五岁。李谐五岁。周弘正五岁。颜协三岁。苏绰三岁。张缵二岁。

齐东昏侯永元三年·齐和帝萧宝融中兴元年·魏宣武帝景明二年(501) 辛巳

正月,南康王萧宝融称相国,三月,即位于江陵,是为齐和帝,改元中兴。九月,萧衍军逼建康。十二月,雍州刺史王珍国杀东昏侯,迎萧衍。以宣德太后令,萧衍为中书监、大司监、录尚书事、骠骑大将军、扬州刺史,封建安郡公。

萧统生。

《梁书》本传:"昭明太子统字德施,高祖长子也。母曰丁贵嫔。""太子以齐中兴元年九月生于襄阳。"

孔稚珪卒,时年五十五岁。

见《南齐书》本传:"三年,稚珪疾,东昏屏除,以床舁走,因此疾甚,遂卒,年五十五。赠金紫光禄大夫。"《隋书·经籍志》著录别集十卷。今存文十三篇,诗五首。《诗品》称:"德璋生于封谿,而文为雕饰,青出于蓝矣。"按:封谿指张融,曾为封谿令。稚珪从之学诗,故得其衣钵。钟嵘评张融诗:"纤缓诞放,纵有乖文体,然亦捷疾丰饶,差不局促。"

贾渊卒,时年六十二岁。

《南齐书》本传载:"中兴元年卒,年六十二。撰《氏族要状》及《人名书》并行于世。""先是谱学未有名家,渊祖弼之广集百氏谱记,专心治业。晋太元中,朝廷给弼之令史书吏,撰定缮写,藏秘阁及左民曹。渊父及渊三世传学,凡十八州士族谱,合百帙七百余卷,该究精悉,当世莫比。永明中,卫军王俭抄次《百家谱》,与渊参怀撰定。"

沈约六十一岁,正月作《南郊赦诏》。后为萧衍骠骑司马,掌文书。

《南郊赦诏》见《初学记》卷二十。按:所写内容多涉及战事,疑是本年作。《南齐书·东昏侯纪》:正月辛亥,"车驾祠南郊,诏大赦天下"。十月,萧衍攻建康,后引沈约为骠骑司马,掌文书。见《梁书》本传。

谢朓六十一岁。本年,东昏侯、萧衍先后征朓请入京,均不至。何胤亦然。

各见《梁书》本传。

江淹五十八岁,以秘书监兼卫尉,又副领军王莹。固辞不获免,遂叹曰:"此非吾任,路人所知,正取吾空名耳。"迁吏部尚书。萧衍逼建康,江淹出奔,为冠军将军,兼司徒左长史。

见《梁书》本传。

范云五十一岁,先为国子博士。东昏侯被杀后,侍中张稷派范云衔命出城。萧衍任命他为黄门侍郎,俄迁大司马谘议参军,领录事。

《梁书》本传:"初,云与高祖遇于齐竟陵王子良邸,又尝接里闬,高祖深器之。及义兵至京邑,云时在城内。东昏既诛,侍中张稷使云衔命出城,高祖因留之,使参帷幄,仍拜黄门侍郎,与沈约同心翊赞。俄迁大司马谘议参军,领录事。"

陶弘景四十六岁,使弟子向萧衍献图谶。

《梁书》本传。按:陶弘景在齐初和梁初特别热衷政治。其永明末归隐,实在官位卑微故,未尝忘却现实也。

刘绘四十四岁。正月,为建安王萧宝寅车骑长史,行府国事。萧衍围建康,张稷与刘绘等谋划废立。东昏被杀,城内派刘绘、范云送首诣萧衍,转大司马萧衍从事中郎。

见《南齐书》本传。

任昉四十二岁,为司徒右长史。后为萧衍骠骑记室参军,奉笺于萧衍,即《文选》收录的《到大司马记室笺》。

《梁书》本传:"永元末,为司徒右长史。高祖克京邑,霸府初开,以昉为骠骑记室参军。始高祖与昉遇竟陵王西邸,从容谓昉曰:

'我登三府,当以卿为记室。'昉亦戏高祖曰:'我若登三事,当以卿为骑兵。'谓高祖善骑也。至是,故引昉符昔言焉。昉奉笺曰……"又作《与江革书》。见《南史·江革传》。按:本年三月,萧衍弟萧伟为雍州刺史,以江革为记室参军。任昉此书作于江革任记室参军后不久。

丘迟三十八岁,为萧衍骠骁主簿,甚被礼遇,时劝进梁王及殊礼,皆迟文。

见《梁书》本传。

柳恽三十七岁,为萧衍冠军将军、征东府司马,又任给事黄门侍郎,领步兵校尉。

见《梁书》本传。

徐勉三十六岁,为萧衍管记室,与江革同掌书记。

《梁书》本传:"初与长沙宣武王游,高祖深器赏之。及义兵至京邑,勉于新林谒见,高祖甚加恩礼,使管书记。"

刘勰三十五岁,继续撰《文心雕龙》,兼佐僧祐整理定林寺佛典。

见《汇考》。

裴子野三十三岁,作《齐安乐寺律师智称法师碑》。

见《广弘明集》卷二十三。

王籍二十二岁,尝于沈约座赋得《咏烛》,甚为约赏,加冠军行参军,累迁外兵、记室。

见《梁书》本传。

伏挺十八岁,州举秀才,对策为当时第一,被萧衍引为征东行参军。

《梁书》本传:"齐末,州举秀才,对策为当时第一。高祖义师至,挺迎谒于新林,高祖见之甚悦,谓曰颜子,引为征东行参军,时年十八。"

颜协四岁,其父颜见远为治书侍御史、中丞。

见《梁书》本传。

二月,程茂作《责萧衍犯顺书》。

见明代朱泰阳编《新安先贤文征》(文学研究所藏旧抄本)。作者小传云:"齐程茂,休宁篁墩人。宋永元中为郢州长史。会萧衍起兵襄阳,分兵围郢城,与守将张冲协力拒守,移书责衍反正。诏以茂都督郢司二州军事、辅国将军、郢州刺史。会援绝城降,义不受梁官。"据《梁书·武帝纪》,本年二月"逼郢城,其刺史张冲置阵据石桥浦,义军与战不利"。三月,张冲死。又据《南齐书·东昏侯纪》,七月,程茂为郢州刺史。故知此文作于张冲死前。此文,严可均《全齐文》未辑录,特录之于下:"假中郎将、征房长史、程茂顿首顿首、死罪死罪。将军学擅文武,权兼中外,国家之寄,悬于将军。主上春秋方富,令德未震。茂愚懵,意谓将军当外护戎垒,乃心本朝,旁招俊义,在帝左右。不识高明,过计误听。反斾内向,甘为戎首。若事之济否,虽在彼苍,脱或不自蒒识,当如之何?茂实不爱死,敢献腹心,惟将军图之。南郢城小而坚,张将军忠贯金石,将士虽不武,然众寡力倍,愿节下勿以为念。风马相异,契阔死生,将军永终令闻,当以伊霍为误之监,不具。茂死罪。"

九月,江革作《为萧仆射与袁昂书》。

见《梁书·袁昂传》。按《梁书·江革传》:"中兴元年,高祖入石头,时吴兴太守袁昂据郡拒义师。乃使革制书与昂,于坐立成。"

萧琛为萧衍骠骑谘议,领录事,迁给事黄门侍郎。

见《梁书》本传。

袁峻随鄱阳王萧恢赴破冈,知管记事。

《梁书》本传云:"袁峻字孝高,陈郡阳夏人,魏郎中令涣之八世孙也。峻早孤,笃志好学,家贫无书,每从人假借,必皆抄写,自课日五十纸,纸数不登,则不休息。讷言语,工文辞。义师克京邑,鄱阳王恢东镇破冈,峻随王知管记事。"

庾於陵作东阳遂安令,为吏民所称。

见《梁书》本传。

钟嵘除司徒行参军。

见《梁书》本传。

谢璟为萧衍谘议。

见《梁书》本传。

崔偃《上书理父冤》、《又上书》。

见《南齐书·崔慧景传》附传。

乐蔼作《奏定朝直》。

见《南齐书·萧颖胄传》。

陆杲作《系观世音应验记》。

序称:"今以齐中兴元年敬撰此卷六十九条,以系傅(亮)、张(演)之作。"中华书局1994年孙昌武校点本。

北魏孝文帝死后,统治集团内部斗争殊为激烈。宫人作歌哀叹元禧之死。此歌传至江南。

《通鉴》卷一百四十四记载:"于烈使子忠言于宣武帝曰:'诸王专恣,意不可测,宜早罢之,自揽权纲。'北海王详亦以咸阳王禧过恶白帝,且言彭城王勰大得人情,不宜久辅政。帝然之。……帝夜使于忠语于烈曰:'明旦入见,当有处分。'质明,烈至,帝命烈将直阁六十余人,宣旨召禧、勰、详,卫送至帝所……入见于光极殿。"诏勰以王归第,以禧为太保,详为大将军、录尚书事。尚书清河张彝、邢峦闻处分非常,亡走,出洛阳城,为御史中尉中山甄琛所弹,诏书切责之。《通鉴》盖杂取《魏书·世宗纪》、《于栗䃇附于烈传》及《献文六王传》。可见魏朝内部斗争殊为激烈。本年,魏太保咸阳王元禧谋反,赐死。《魏书·咸阳王禧传》云:"世宗既览政,禧意不安。而其国斋帅刘小苟,每称左右言欲诛禧。禧闻而叹曰:'我不负心,天家岂应如此!'由是常怀忧惧。加以赵脩专宠,王公罕得进见。禧遂与其妃兄兼给事黄门侍郎李伯尚谋反。……"禧死后,"其宫人歌曰:'可怜咸阳王,奈何作事误。金床玉几不能眠,夜蹋霜与露。洛水湛湛弥岸长,行人那得渡。'其歌遂流至江表,北人在南者,虽富贵,弦管奏之,莫不洒泣"。此为北朝歌流传南方最早之作。

王肃卒,时年三十八岁。

《魏书·王肃传》:"景明二年,薨于寿春,年三十八。"

北海王详为司徒,详以郑道昭与琅邪王秉为谘议参军。秉,王肃弟。学涉有文才,神气清俊,风流甚美。

见《魏书·世宗纪》《郑羲附道昭传》《王肃附秉传》。

李彪卒,时年五十八岁。

见《魏书·李彪传》。据本传,孝文帝卒后,李彪自托于王肃,又与邢峦诗书往来,迭相称颂,求复旧职。肃等许为之左右。彪乃上表论史事,北海王详及王肃使以白衣修史事。景明二年秋,卒于洛阳,年五十八。《魏书》本传云:"(彪)述《春秋》三传,合成十卷。其所著诗赋诔章奏杂笔百余篇,别有集。"

崔光五十一岁。游肇五十岁。刘芳四十九岁。刘峻四十岁。阳固三十九岁。萧衍三十八岁。王僧孺三十七岁。吴均三十三岁。陆倕三十二岁。徐摛三十一岁。殷芸三十一岁。周捨三十一岁。张率二十七岁。袁翻二十六岁。到沆二十五岁。到洽二十五岁。萧子恪二十四岁。刘杳二十三岁。刘孝绰二十一岁。王筠二十一岁。刘苞二十岁。刘孝仪十六岁。庾肩吾十五岁。萧子显十五岁。杜弼十一岁。元顺八岁。温子昇七岁。邢劭六岁。李谐六岁。周弘正六岁。苏绰四岁。张缵三岁。谢徵二岁。

齐和帝中兴二年·梁武帝萧衍天监·魏宣武帝景明三年(502) 壬午

正月,齐大司马萧衍都督中外诸军事,加殊礼,旋为相国,封梁公,加九锡。二月,进爵梁王,大杀齐明帝子弟,迎和帝于江陵。四月,萧衍称帝,改元天监,是为梁高祖武皇帝。十一月,立萧统为皇太子。

刘绘卒,时年四十五岁。绘撰《能书人名》,自云善飞白,言论之际,颇好矜知。弟刘瑱,字士温,亦好文章,并善绘画。荥阳毛惠远善画马,瑱善画妇人,世并为第一。刘绘子刘孝绰,亦长于诗文,善长书法,名著梁朝。

《南齐书·刘绘传》:"中兴二年,卒,年四十五。"

沈约六十二岁,萧衍称帝前,与范云等数劝进。三月,为散骑常侍、吏部尚书,兼右仆射。四月,为尚书仆射,封建昌县侯,邑千户。又拜约母为建昌国太夫人。奉策之日,范云等二十余人咸来致拜,朝野以为荣。又参与修订礼乐,并作文章多篇。

见《梁书》本传、《柳恽传》、《徐勉传》等。又进策杀死齐和帝。齐宗室对沈约多致忿恨。《南史·萧颖达传》载,颖达出为豫章内史,意甚愤愤,大骂沈约:"我今日形容,正是汝老鼠所为,何忽复劝我酒。"萧衍劝道:"汝是我家阿五,沈公宿望,何意轻脱。若以法绳汝,汝复何理。"颖达无言,萧衍也有愧。后来,沈约梦齐和帝剑断其舌,知沈约也一直为此事不安。死前又用道家上章首过之法为自己开脱罪责。本年,作《齐太尉徐公墓志》。见《艺文类聚》卷四十六。按《南史·徐孝嗣传》,徐孝嗣在永元元年被杀,中兴元年和帝赠徐孝嗣太尉,中兴二年改葬,谥文忠。又作《让仆射表》、《谢封建昌侯表》、《谢母封建昌国太夫人表》、《立太子诏》、《为太子谢初表》。并见《艺文类聚》。又作《梁武帝郗后谥议》。见《梁书·郗皇后传》。按:郗后死于永元元年,本年追封为皇后。又作《封授临川等五王诏》。见《文苑英华》卷四百四十四。五王,即临川王萧宏、安成王萧秀、建安王萧伟、鄱阳王萧恢、始兴王萧憺。又作《齐太尉王俭碑》。见《南齐书·王俭传》记载。萧衍即位后下诏为俭立碑。又作《丞相长沙宣武王墓志铭》。见《艺文类聚》卷四十五。按:萧懿在东昏侯时被杀,本年追赠长沙王。又作《资给何点诏》、《搜访隐逸诏》、《酬荆雍义士献物者诏》、《立左降诏》、《梁武帝践祚后与诸州郡敕》、《降死罪诏》、《为武帝与谢朓敕》、《又与何胤敕》。并见《艺文类聚》、《初学记》等书。又作《答诏访古乐》。见《隋书·音乐志》。梁初郊庙乐辞多为沈约所作。至大同二年,萧子云上书不满沈约之辞,始有改换。见《梁书·萧子云传》。沈约所作郊庙乐辞有:梁雅歌十一首、梁南郊登歌二首、梁北郊登歌二首、梁明堂登歌五首、梁宗庙登歌七首、梁小庙乐歌二首、梁三庙雅乐歌十九首、梁鼓吹曲十二首(《隋书·音乐志》作萧衍撰)。所撰歌曲有:相和五引、西曲、襄阳蹋蹄三首、在舞曲上梁大壮大观舞歌二首、梁鞞舞歌七首、在杂舞上四时白纻歌五首等。本年又参定新律,定为二十篇。详见《梁书·柳恽传》以及《隋书·刑法志》。又参议继续修撰五礼。见《梁书·徐勉传》。

谢朓六十二岁,被征为侍中、左光禄大夫、开府仪同三司,不就。

《梁书》本传:"高祖践阼,征朓为侍中,左光禄大夫,开府仪同三司,胤散骑常侍,特进,右光禄大夫,又并不屈。"

江淹五十九岁,为相国右长史、散骑常侍、左卫将军,封临沮县开国伯,食邑四百户。江淹曾对子弟说:"吾本素宦,不求富贵,今之忝窃,遂至于此。平生言止足之事,亦以备矣。人生行乐耳,须富贵何时。吾功名既立,正欲归身草莱耳。"本年又以疾迁金紫光禄大夫,改封醴陵侯(中华书局校点本《校记》以为"侯"当作"伯")。

《梁书》本传:"(中兴)二年,转相国右长史,冠军将军如故。天监元年,为散骑常侍、左卫将军……"

范云五十二岁,二月,迁侍中。四月,领吏部。十一月,以本官领太子中庶子。又以佐命功,封霄城县侯。

见《梁书》本传。萧衍曾对萧宏、萧恢说:"我与范尚书少亲善,申四海之敬。今为天下主,此礼既革,汝宜代我呼范为兄。"二王下席敬拜,与范云"同车还尚书下省。时人荣之"。见《南史》本传。又荐举许懋参详五礼,许懋作《封禅议》。见《梁书·许懋传》。

陶弘景四十七岁,频以书启致萧衍,恩礼愈笃。其《与梁武帝启》详论王羲之等书法家字迹真伪等问题,颇有参考价值。

《梁书》本传:"义师平建康,闻议禅代,弘景援引图谶,数处皆成'梁'字,令弟子进之。高祖既早与之游,及即位后,恩礼逾笃,书问不绝,冠盖相望。"

任昉四十三岁,为黄门侍郎、吏部郎中,又本官掌著作。作《封梁公诏》、《进梁公爵为王诏》、《策梁公九锡文》、《为齐宣德皇后令》、《齐宣德皇后答梁王令》、《宣德皇后敦劝梁王令》、《又重敦劝梁王令》、《为梁公请刊改律令表》、《为府僚劝进梁公笺》、《又笺》(《文选》题作《百辟劝进今上笺》)、《禅位梁公策》、《禅位梁王玺书》、《禅位诏》、《梁武帝初封诸功臣诏》、《武帝追封永阳王诏》(萧敷,萧衍次兄,齐建武四年卒。本年,萧衍追封为永阳郡王)、《追封丞相长沙王诏》、《丞相长沙宣武王碑》(萧懿,萧衍长兄,本年被追封为长沙郡王)、《追封衡阳王桂阳王诏》(萧畅,萧衍弟,本年被追封为衡阳郡王)、《抚军桂阳王墓志铭》(萧融,萧衍弟,本年被追封为桂阳王)。又作《求荐士诏》、《为梁武帝集坟籍令》、《为梁武帝断华侈令》。

《梁书·任昉传》:"梁台建,禅让文诰,多昉所具。高祖践阼,拜黄门侍郎,迁吏部郎中,寻以本官掌著作。"又作《为范尚书让吏部封侯第一表》、《奉答敕七夕诗启》、《答刘孝绰诗》等。按《梁书》本传,明年任昉出为义兴太守,则其奉答梁武帝启应作于本年为是。又,《答刘孝绰诗》,《梁书·刘孝绰传》说作于"天监初",姑系此,因为本年刘孝绰在建康也。

刘峻四十一岁,召入西省,与贺踪典校秘书。坐私载禁物,被奏免官。

《梁书》本传:"天监初,召入西省,与学士贺踪典校秘书。峻兄孝庆,时为青州刺史,峻请假省之,坐私载禁物,为有司所奏,免官。"

萧衍三十九岁,登基为帝,代齐建梁。作《赐谢览王暕诗》。

《南史·谢览传》:"天监元年,为中书侍郎,掌吏部事,顷之即真。尝侍坐,受敕与侍中王暕为诗答赠,其文甚工,乃使重作,复合旨。帝赐诗曰……"按:谢览为谢庄孙,王暕为王俭子。本年,萧衍又下诏为刘瓛立碑,谥曰贞简先生。见《南齐书·刘瓛传》。

丘迟三十九岁,拜散骑侍郎。作《为范尚书拜表》、《为范卫军让梁台侍中表》、《为范云谢示毛龟启》。

见《梁书》本传。诸文见《艺文类聚》。

王僧孺三十八岁,除临川王后军记室参军,待诏文德省。

见《梁书》本传。按:萧宏本年被封临川王、后军将军、扬州刺史。

柳恽三十八岁,除长兼侍中,与沈约等共定新律。少工篇什,始为诗曰:"亭皋木叶下,陇首秋云飞。"王融见而嗟赏,因书斋壁。入梁,常与宴赋诗,奉和萧衍《登景阳楼》:"太液沧波起,长杨高树秋。翠华承汉远,雕辇逐风游。"为当时传诵。

见《梁书》本传。

徐勉三十七岁,拜中书侍郎,进领中书通事舍人,直内省。迁临川王后军谘议、尚书左丞。自掌枢宪,多所纠举,时论以为称职。本年作《临海太守伏曼容墓志铭》。

《梁书》:"高祖践阼,拜中书侍郎,迁建威将军、后军谘议参军、本邑中正、尚书左丞。……"按：伏曼容卒于本年。

刘勰三十六岁，撰成《文心雕龙》，并取定于沈约。

见《汇考》。按：《文心雕龙》成书年代，历来争论不一。清人刘毓崧《书〈文心雕龙〉后》举三证以为作为齐末，杨明照以为此说"翔实确切"（见《梁书刘勰传笺注》，载《中华文史论丛》1979年第一辑）。此说确已为大多数学者所接受。近些年异议又起：施助、广信《关于〈文心雕龙〉著述和成书年代的探讨》（载《文学评论丛刊》第三辑），叶晨晖《〈文心雕龙·时序〉"海岳降神"句试释》、《〈时序篇〉末段齐帝庙号蠡测》（见《古代文学理论研究》第五和第七辑），夏志厚《〈文心雕龙〉成书年代与刘勰思想渊源新考》（载《古代文学理论研究》第十一辑）等均以为《文心雕龙》成书于梁代。参见刘跃进《中古文学文献学》下编有关章节。

裴子野三十四岁，丁父忧。

按：其父为裴昭明，本年卒。见《南史·裴昭明传》："中兴二年卒。"

陆倕三十三岁，为右军安成王萧秀外兵参军，转主簿。作《感知己赋》赠任昉，任昉有《报陆倕感知己赋》。

《梁书》本传："天监初，为右军安成王外兵参军，转主簿。……"

殷芸三十二岁，为西中郎主簿、后军临川王记室。

见《梁书》本传。

周捨三十二岁，为范云所荐，拜尚书祠部郎。礼仪损益，多自捨出。

《梁书》本传："梁台建，为奉常丞。高祖即位，博求异能之士，吏部尚书范云与捨素善，重捨才器，言之于高祖。召拜尚书祠部郎。时天下草创，礼仪损益，多自捨出。"

张率二十八岁，初为相国主簿，天监初为鄱阳王友。

见《梁书》本传。

到沆二十六岁,迁征虏主簿,后为太子洗马。

见《梁书》本传。按《梁书·庾於陵传》载,东宫官属,均为清选,"洗马掌文翰,尤其清者,近世用人,皆取甲族有才望。时於陵与周捨并擢充职。高祖曰:'官以人而清,岂限以甲族。'时论以为美"。

到洽二十六岁,为太子舍人。萧衍曾问丘迟:"到洽何如沆、溉?"迟对曰:"正清过于沆,文章不减溉;加以清言,殆将难及。"即召为太子舍人。

《梁书》本传:"天监初,沼、溉具蒙擢用,洽尤见知赏,从弟沆亦相与齐名。"

萧子恪二十五岁,迁辅国谘议参军。四月,降爵为子,除散骑常侍,领步兵校尉,以疾不拜,徙为光禄大夫,俄为司徒左长史。

见《梁书》本传。按:萧衍注意汲取齐亡教训,虽诛杀齐明帝子弟,而对其他齐宗室则多所笼络,起用萧子恪兄弟,即其一例。

王籍二十三岁,为安成王萧秀主簿。

见《梁书》本传。

刘孝绰二十二岁,起家著作佐郎,作《归沐呈任中丞昉诗》,任昉作《答刘孝绰诗》。刘孝绰又作《送瑞鼎诣相国梁公启》。

见《梁书》本传。按:任昉诗又见《梁书·谢举传》。《送瑞鼎诣相国梁公启》,见《艺文类聚》卷九十九。

刘苞二十一岁,以临川王妃弟故,自征虏主簿迁王中军功曹。

见《梁书》本传。

伏挺十九岁,迁中军参军事。

《梁书》本传:"天监初,除中军参军事。宅居在朝沟,于宅讲《论语》,听者倾朝。"

颜协五岁,丁父忧。

《梁书》本传:"高祖受禅,见远乃不食,发愤数日而卒。"

萧琛由御史中丞迁庶子。

《梁书》本传:"梁台建,为御史中丞。天监元年,迁庶子。"

萧统二岁,十一月被立为太子。

见《梁书》本传。

刘之遴、孔休源同为太学博士,为沈约、范云赏识。

《梁书·孔休源传》:"梁台建,与南阳刘之遴同为太学博士,当时以为美选。""休源初到京,寓于宗人少府卿孔登宅,曾以祠事入庙,侍中范云一与相遇,深加褒赏。……尚书令沈约当朝贵显,轩盖盈门,休源或时后来,必虚襟引接,处之坐右,商略文义。其为通人所推如此。"

刘显举秀才,解褐中军临川王行参军,俄署法曹。显好学,博涉多通,任昉尝得一篇缺简书,文字零落,历示诸人,莫能识者,显云是《古文尚书》所删逸篇,昉检《周书》,果如其说,昉因大相赏异。

见《梁书》本传。

袁峻为鄱阳王侍郎,从镇京口。

见《梁书》本传。按:萧恢本年封鄱阳王,领石头戍军事。

刘昭起家奉朝请。

《梁书》本传:"刘昭字宣卿,平原高唐人……七岁通老庄义,既长,勤学善属文,外兄江淹早相称赏。天监初起家奉朝请。"

钟嵘作《上言军官》。

《梁书》本传:"天监初,制度虽革,而日不暇给,嵘乃言曰……"

周兴嗣作《休平赋》,其文甚美,梁武帝嘉之。

《梁书》本传:"高祖革命,兴嗣奏《休平赋》,其文甚美,高祖嘉之。"

何思澄为安成王秀左常侍。

见《梁书》本传。

臧严为安成王秀侍郎,转常侍。

见《梁书》本传。按:臧严,字彦威,东莞莒人。曾祖焘,宋左光禄。祖凝,齐尚书左丞。父稜,后军参军。严幼有孝性,居父忧以毁闻。孤贫勤学,行止书卷不离于手。

萧衍旧友,特别是西邸宾僚多得提挈,当时有"草泽底下,悉化成贵人"的说法。

见《梁书·陈伯之传》。

梁初文学颇为盛行。

《梁书·文学传叙》称:"高祖聪明文思,光宅区宇,旁求儒雅,诏采异人,文章之盛,焕乎俱集。每所御幸,辄命群臣赋诗,其文善者,赐以金帛,诣阙庭而献赋颂者,或引见焉。其在位者,则沈约、江淹、任昉,并以文采,绝妙当时。至右彭城到沆、吴兴丘迟、东海王僧孺、吴郡张率等,或入直文德,通宴寿光,皆后来之选也。"

梁武帝自制四通七十二篇,著《钟律纬》六卷、《乐义》十一卷。

详见《玉海》卷七引《隋书·律历志》。

冬,求那毗地卒于建康正观寺。

《出三藏记集》卷十四本传:"于建业淮侧造正观寺,重阁层门,殿房整饰,养徒施化,德业甚著。以中兴二年冬卒。"按慧皎《高僧传》卷三《齐建康正观寺求那毗地传》载大略相近。其后又附有僧伽婆罗传:"梁初有僧伽婆罗者,亦外国学僧……至京师,亦止正观寺,今上甚加礼遇。敕于正观寺及寿光殿占云馆中译出《大育王经》、《解脱道论》等,释宝唱、袁昙允等笔受。"

沈约启武帝携释慧约入台省住。

释道宣《续高僧传》卷六《梁国师草堂寺智者释慧约传》:"及沈侯罢郡,相携出都,还住本寺。恭事勤肃,礼敬弥隆。文章往复,相继昬漏。以沈词藻之盛,秀出当时,临馆莅职,必同居府舍,率意往来,未尝以朱门蓬户为隔。齐建武中,谓沈曰:贫道昔为王(俭)、褚(渊)二公供养,遂居令仆之省,檀越为之当复入地矣。天监元年,沈为尚书仆射,启敕请入省住。"

梁武帝下诏请宝志任便宣化,并下令画工张僧繇写宝志像。

详见宋释志磐《佛祖统纪》卷三十七《法运通塞志》。又见元释念常《佛祖历代通载》卷十。

梁武帝派郝骞往西域求释迦檀像。

详见宋释志磐《佛祖统纪》卷三十七《法运通塞志》。

齐萧宝寅、梁江州刺史陈伯之先后降魏。

见《魏书·世宗纪》。

魏陈留公主寡居,仆射高肇、秦州刺史张彝皆欲尚之,公主许彝而不许肇。肇怒,谮彝于宣武帝,坐沈废累年。

见《魏书·张彝传》、《通鉴》卷一百四十五。陈留公主即王肃妻,初嫁刘昶子,后嫁王肃,即作诗代肃答谢氏者。高肇本高丽人,宣武帝之舅。宣武帝以咸阳王构逆,遂委任高肇,肇颇结朋党,构杀北海王详,又说宣武帝防卫诸王,殆同囚禁。事见《魏书·外戚·高肇传》。此可见魏政之衰。

郭祚为镇东将军、青州刺史。

见《魏书·郭祚传》。《水经注·淄水》云:"余生长东齐,极游其下,于中阔绝,乃积绵载。后因王事复出海岱,郭金紫惠同石井赋诗言意。""郭金紫"即郭祚,此事当在此时,知郭祚、郦道元并能为诗。

宣武帝亲射,远及一里五十步,群臣勒铭于射所。

见《魏书·世宗纪》。

释法上八岁,略览经诰,薄尽其理。

见释道宣《续高僧传》卷八《齐大统合水寺释法上传》。

江淹五十九岁。崔光五十二岁。游肇五十一岁。刘芳五十岁。陶弘景四十七岁。刘峻四十一岁。阳固四十岁。萧衍三十九岁。吴均三十四岁。陆倕三十三岁。徐摛三十二岁。殷芸三十二岁。周捨三十二岁。袁翻二十七岁。刘杳二十四岁。王筠二十二岁。刘孝仪十七岁。庾肩吾十六岁。萧子显十六岁。杜弼十二岁。元顺九岁。温子昇八岁。李谐七岁。邢劭七岁。周弘正七岁。颜协五岁。苏绰五岁。张缵四岁。谢徵三岁。

梁武帝天监二年·魏宣武帝景明四年(503)　癸未

萧纲生。

《梁书·简文帝纪》：萧纲字世缵，小字六通，梁武帝萧衍第三子，昭明太子母弟。天监二年十月丁未生于显阳殿。

范云正月为尚书右仆射，犹领吏部。五月卒。时年五十三岁。

见《梁书·武帝纪》。《梁书》本传载其有集三十卷。《隋书·经籍志》著录为十一卷。钟嵘《诗品》评曰："范诗清便宛转，如流风回雪。"范云之人品亦为当时称道。《南史·徐勉传》："勉虽骨鲠不及范云，亦不阿意苟合，后知政事者莫及。梁世之言相者称范、徐云。"

沈驎士卒，时年八十五岁。临终作《遗令》。

见《南齐书》本传。按：《全梁文》收录有沈驎士《沈氏述祖德碑》，题作本年，但疑窦颇多。如称沈氏祖上沈戎，屡用"戎祖"，不辞，岂有子孙直呼祖名之理。又称尹射隐华山，而华山属秦，楚人隐此，不可信。又称沈犹行受业于曾子之门。据上文，犹行为沈子嘉六世孙。沈子嘉在鲁定公时，其时孔子已招收门徒，说明沈子嘉与孔子生活时代相去不远，其六代孙怎么可能是曾子门人呢？再说，沈犹行，非姓沈氏。沈犹，似为复姓，与沈氏无关。又称沈郢在秦并天下后封丞相。据上文，郢父为沈同，沈同又见于《孟子》，两人同时代。沈郢若为沈同子，相距在九十年以上，实在叫人难以置信。又称沈戎

"舍故宅为佛寺",但汉光武帝时,佛教尚未盛行于中国。总之,碑文所记,大抵后人附会。沈驎士为饱学之士,不应出现这些疵谬。故此碑文恐后人伪造,托名沈驎士,如同今存周处碑,托名陆机一样不可信。

沈约六十三岁,正月,迁尚书左仆射,寻兼领军,加侍中。十一月,以母忧去职。本年,其子沈众出生。沈众卒于陈永定二年,时年五十六岁,上推生于本年。沈约在本年作《尚书右仆射范云墓志铭》、《佛记序》、《应诏进佛记序启》、《授蔡法度廷尉制》、《侍宴谢朏宅饯东归》、《法王寺碑》、《连珠》、《注制旨连珠表》等。

按:萧衍有《敕沈约撰佛记序》和《敕答沈约》。《授蔡法度廷尉制》,见《文苑英华》卷三九七。按:天监元年,蔡法度受命定令为九品(至七年,徐勉为吏部,改为十八班),本年四月,蔡法度上《梁律》二十卷、《令》三十卷、《科》四十卷。帝以法度为廷尉卿。见《梁书·武帝纪》、《隋书·百官志》及《刑法志》等。《侍宴谢朏宅饯东归》,引证详谢朏条。作《连珠》、《注制旨连珠表》,引证详丘迟条。《法王寺碑》,见《建康实录·梁武帝纪》。范云卒后,众谓沈约宜当枢管,萧衍以沈约轻易而不与,乃以徐勉及右卫将军周捨参知国政。据此而知,沈约位虽在范云之右,而亲任不及范云远矣。

谢朏六十三岁。六月,轻舟诣阙,自陈己志。诏为侍中、司徒、尚书令。朏辞以脚疾,不许,又请自还东迎母。临发,舆驾临幸,赋诗饯行。王公送迎,相望于道。

见《梁书》本传。按《南史·阮孝绪传》载:"初,谢朏及伏暅应征,天子以为隐者苟立虚名,以要显誉。"而天子萧衍所以屈身就士,又何尝不是"以要显誉"?

任昉四十四岁,出为义兴太守。作《出郡传舍哭范仆射诗》。

见《梁书》本传:"天监二年,出为义兴太守。在任清洁,儿妾食麦而已。友人彭城到溉，溉弟洽，从昉共为山泽游。"《出郡传舍哭范仆射诗》诗云："结欢三十载，生死一交情。""与子别几辰，终途不盈旬。"说明任昉出任义兴太守是在本年五月范云卒前"不盈旬"，路上听到噩耗而作此诗。又作《与沈约书》痛悼范云。见《艺文类聚》卷三十四。本年作《述异记》。见《玉海》卷五七"艺文"载："梁《述异记》，《书目》，昉二卷，梁天监二年撰。昉家书三万卷，多异闻，又采于秘书，撰此记。《唐志》小说家祖冲之《述异记》十卷。"

丘迟四十岁，待诏文德殿，迁中书侍郎，领吴兴邑中正。萧衍作《连珠》，诏群臣继作者数十人，迟文最美。

见《梁书》本传。又，《题琴朴奉柳吴兴诗》亦作于本年或稍后。柳吴兴，即柳恽，本年出任吴兴太守。

王僧孺三十九岁，出为南海太守。作《至南海郡教》。

《梁书》本传作"视事期月"。《南史》作"视事二岁"。

柳恽三十九岁，出为吴兴太守。作《赠吴均诗》五首。

见《梁书》本传："二年，出为吴兴太守。"

徐勉三十八岁，除给事黄门侍郎、尚书吏部郎，参掌大选。

见《梁书》本传。按：《南史》本传作天监三年。

刘勰三十七岁，起家奉朝请，仍居定林寺内，佐僧祐译经。

见《汇考》。

吴均三十五岁，为吴兴太守柳恽主簿。吴均文体清拔有古气，自成吴均体。本年作《连珠》。

见《梁书》本传。又，《送柳吴兴竹亭集诗》、《同柳吴兴乌亭集送柳令人诗》、《同柳吴兴何山集送刘余杭诗》等作于本年或稍后。

裴子野三十五岁，为吴平侯萧景冠军录事。

《梁书》本传："二年，吴平侯萧景为南兖州刺史，引为冠军录事，府迁解职。"

张率二十九岁，为司徒谢朏主簿，直文德待诏省，使抄乙部书，又使撰妇人事，二十余条，勒成百卷，使工书人琅邪王深、吴郡范怀约、褚洵等缮写，以给后宫。后请假东归，论者谓为傲世，率惧，乃作《待诏赋》奏之，为梁武帝萧衍赏识，说："省赋殊佳。相如工而不敏，枚皋速而不工。卿可谓兼二子于金马矣。"又侍宴赋诗，萧衍赐张率诗曰："东南有才子，故能服官政。余虽惭古昔，得人今为盛。"彼此往还赋诗数首。又迁秘书丞。萧衍说："卿东南物望，朕宿昔所闻。卿言宰相是何人，不从天下，不由地出。卿名家奇才，若复以礼律为意，便是其人。秘书丞天下清官，东南胄望未有为之者，今以相处，足为卿誉。"

见《梁书》本传、《南史》本传。

到沆二十七岁，时文德殿置学士省，召高才硕学者待诏其中，使校定典籍，诏到沆通籍焉。

《梁书》本传："时文德殿置学士省，召高才硕学待诏其中，使校定坟史，诏沆通籍焉。时高祖宴华光殿，命群臣赋诗，独诏沆为二百字，三刻使成。沆于坐立奏，其文甚美。俄以洗马管东宫书记、散骑省优策文。"

到洽二十七岁，迁司徒谢朏主簿，直待诏省，使抄甲部书。

见《梁书》本传。按《梁书·殷钧传》："天监初，拜驸马都尉，起家秘书郎、太子舍人、司徒主簿、秘书丞。钧在职，启校定秘阁四部书，更为目录。又受诏料检西省法书古迹，别为品目。"此事，《到洽传》明确记载是从天监二年开始做起。

萧统三岁，受《孝经》、《论语》。

见《梁书》本传。

庾於陵为建康狱平，迁尚书功论郎，待诏文德殿。

见《梁书》本传。

周兴嗣拜安成王国侍郎,直华林省。

见《梁书》本传。

任孝恭入西省撰史。

见《梁书》本传。

谢几卿为鄱阳王萧恢记室。

见《梁书》本传。按:《梁书·鄱阳忠烈王恢传》,萧恢本年出为使持节、都督南徐州诸军、征虏将军、南徐州刺史。

袁昂作《谢后军临川王参军启》。

见《南史》本传。

何佟之卒,伏暅继之主持修撰五礼。

徐勉《上修五礼表》:"佟之之后,以镇北谘议参军伏暅代之。"按:《梁书·儒林·何佟之传》:"天监二年卒官,年五十五。"

四月八日梁武帝于重云殿亲制文,率群臣士庶二万人法菩提心,永弃道教。十一月敕公卿百僚侯王宗族并弃道教,舍邪归正。

详见宋释志磐《佛祖统纪》卷三十七《法运通塞志》。而张溥编《梁武帝集》作天监三年。

比丘释道欢撰《众经要揽法偈》二十一首。

见《出三藏记集》卷五。注:"右一部,梁天监二年,比丘释道欢撰。"

释法云受敕出入诸殿,与诸名德撰《成实义疏》。

释道宣《续高僧传》卷五《梁杨都光宅寺沙门释法云传》:"天监二年,敕使长召出入诸殿,影响弘通之端,赞扬利益之渐。皇高亟延义集,未曾不敕令云先入后下,诏令时诸名德各撰《成实义疏》,云乃经论合撰。有四十科为四十二卷,俄寻究了。又敕于寺三遍敷讲,广请义学,充诸堂宇。"

魏宣武帝行耕藉田之礼。其皇后亦蚕于北郊。

见《魏书·世宗纪》。此可见宣武帝仍执行汉化政策。

宣武帝诏尚书左仆射源怀抚劳代都,北镇,随方拯恤。

见《魏书·世宗纪》。《通鉴》卷一百四十五云:"魏既迁洛阳,北边荒远,因以饥馑,百姓困弊。魏主加尚书左仆射源怀侍中、行台,使持节巡行北边六镇、恒燕朔三州,赈给贫乏,考论殿最,事之得失皆先决后闻。怀通济有无,饥民赖之。沃野镇将于祚,皇后之世父,与怀通婚。时于劲方用事,势倾朝野,祚颇有受纳。怀将入镇,祚郊迎道左,怀不与语,即劲奏免官。怀朔镇将元尼须与怀旧交,贪秽狼藉,置酒请怀,谓怀曰:'命之长短,系卿之口,岂可不相宽贷?'怀曰:'今日源怀与故人饮酒之坐,非鞫狱之所也。明日,公庭始为使者检镇将罪状之处耳。'尼须挥泪无以对,竟按劲抵罪。怀又奏:'边镇事少而置官猥多,沃野一镇自将以下八百余人,请一切五分损二。'魏主从之。"此据《魏书·源贺附怀传》。本传载怀所奏又云:"景明以来,北蕃连年灾旱,高原陆野,不任营殖,唯有水田,少可菑亩。然主将参僚,专擅腴美,瘠土荒畴给百姓,因此困弊,日月滋甚。诸镇水田,请依地令分给细民,先贫后富,若分付不平,令一人怨讼者,镇将已下连署之官,各夺一时之禄,四人已上夺禄一周……"此可见当时六镇居民之困苦,已伏下六镇起义之根源。

甄琛被免官。

按《魏书·恩幸·赵脩传》,散骑常侍赵脩恃宠骄恣,高肇发其恶,遂鞭一百,戍敦煌,行八十里卒。时甄琛本附赵脩。惧相连及,助肇攻之。明日,甄琛以脩党免官。甄琛字思伯,中山无极人,《魏书》本传称其"颇学经史,称有刀笔","所著文章,鄙碎无大体,时有理诣,《磔四声》《姓族废兴》《会通缁素三论》,及《家诲》二十篇、《笃学文》一卷,颇行于世"。《文镜秘府论》谓甄琛驳沈约"四声说",沈曾答之,则其文尝流传至江南。

释昙衍生。

释道宣《续高僧传》卷八《齐洛州沙门释昙衍传》:"释昙衍,姓夏侯氏。南兖州人。"其卒于开皇元年,七十九岁,逆推生于本年。

释法上九岁,初读《涅槃经》,遂生厌世之心。

见释道宣《续高僧传》卷八《齐大统合水寺释法上传》。

江淹六十岁。崔光五十三岁。游肇五十二岁。刘芳五十一岁。陶弘景四十八岁。刘峻四十二岁。阳固四十一岁。萧衍四十岁。陆倕三十四岁。徐摛三十三岁。殷芸三十三岁。周捨三十二岁。袁翻二十八岁。萧子恪二十六岁。刘杳二十五岁。王籍二十四岁。刘孝绰二十三岁。王筠二十三岁。刘苞二十二岁。伏挺二十岁。刘孝仪十八岁。庾肩吾十七岁。萧子显十七岁。杜弼十三岁。元顺十岁。温子昇九岁。邢劭八岁。李谐八岁。周弘正八岁。颜协六岁。苏绰六岁。张缵五岁。谢徵四岁。

梁武帝天监三年·魏宣武帝正始元年(504) 甲申

沈约六十四岁,为镇军将军、丹阳尹,参与修定五礼。

见《梁书》本传。伏暅继何佟之修礼,后迁官,由缪昭掌知。后以礼仪深广,记载残缺,宜须博论,共尽其致,于是诏沈约、张充、徐勉三人共主其事,又诏周捨、庾於陵参加。见徐勉《上修五礼表》。又,《还园宅奉酬华阳先生诗》约作于本年。《均圣论》亦作于本年前后。详见陶弘景条。本年又为释法献造碑文。见《高僧传·法献传》。

谢朏六十四岁,诏乘小舆升殿,恩遇异常。

《梁书》本传:"三年元会,诏朏乘小舆升殿。其年,遭母忧,寻有诏摄职如故。"

陶弘景四十九岁,作《难镇军沈约〈均圣论〉》。沈约有《答陶隐居〈难均圣论〉》。

按:沈约本年正月为镇军将军,知此文作本年前后。刘宋时慧琳作有《均善论》，沈约之作，当与此有关。又，陈宣懋本年作《陶隐居井栏记》。见《景定建康志》引。但据方若《增补校碑随笔》所考，《石井栏记》，清乾隆五十年孙星衍曾访得石碑，云天监十五年作。钱大昕《潜研堂金石文跋尾》卷二："右《井栏文》，凡七行。其文云：'梁天监十五年，太岁丙申，皇帝愍商□之渴乏，乃诏茅山道士□□永若作亭及井十五口。'在句容县。"

任昉四十五岁，罢义兴太守职，还为御史中丞。作《天监三年策秀才文》。谭献以为"开阖动容，工力岂逊元长，且有主文谲谏之意"（评点《文选》语）。又作《奏弹曹景宗》、《奏弹刘整》等。

按：《梁书·曹景宗传》载：上年十月，魏寇司州，包围刺史蔡道恭。景宗望门不出，但耀军游猎而已。至本年八月，城内粮尽而陷。"及司州城陷，为御史中丞任昉所奏。高祖以功臣寝而不治。"知《天监三年策秀才文》作于本年八月后。文章写得极有气势，为任昉代表作之一。谭献以为"笔挟风霜"、"骏迈曲折，气举其辞"。《奏弹刘整》，见《文选》。按：文中有"当伯天监二年六月从广州还至，整复夺取"云云，知作于本年任御史中丞后。刘整，非指南齐刘祥兄，而是刘寅之弟。此文极为古朴，近似白话。参见周勋初《〈文选〉所载〈奏弹刘整〉一文诸注本之分析》（见著者《魏晋南北朝文学论丛》。江苏古籍出版社1999年版）。任昉还京任御史中丞后，殷芸、到溉、刘苞、刘孺、刘显、刘孝仪、陆倕、到洽、张率等车轨日至，号曰"龙门之游"。又叫"兰台聚"。见《梁书·陆倕传》、《南史·到溉传》。

丘迟四十一岁，出永嘉太守。作《永嘉郡教》。在郡不称职，为有司所纠。

见《梁书》本传："天监三年，出为永嘉太守……"

刘勰三十八岁，为临川王萧宏记室。

详见《汇考》。

裴子野三十六岁,为右军安成王参军,俄迁廷尉正。当时三官通署狱牒,子野尝不在,同僚辄署其名,奏有不允,子野从坐免职。或劝言诸有司,可得无咎。子野笑答曰:"虽惭柳季之道,岂因讼以受服。"自此免黜久之。

见《梁书》本传。按《梁书·安成康王秀传》:安成王萧秀本年进号右将军。

陆倕三十五岁,作《赠任昉诗》。

见《南史·到溉传》。

到沆二十八岁。当时,诏尚书郎在职清能或人才高妙者为侍郎,以到沆为殿中曹侍郎。沆从父兄溉、洽并有才名,时皆相代为殿中,当世荣之。

见《梁书》本传。

钟嵘为临川王萧宏行参军。

见《梁书》本传。按《梁书·临川靖惠王宏传》:萧宏本年进号中军将军。由此看来,刘勰、钟嵘同在萧宏幕下,有相识的可能。

刘孺起家中军将军萧宏法曹行参军,时镇军将军沈约闻其名,引为主簿,常与游宴赋诗,大为沈约所嗟赏。

见《梁书》本传。按:刘孺,字孝稚,彭城安上里人也。祖勔,宋司空忠昭公。父悛,齐太常敬子。悛,乃刘绘兄也。

梁武帝在重云殿讲经,以枳园寺法彪为都讲。

详见宋释志磐《佛祖统纪》卷三十六《法运通塞志》。

释洪偃生。

释道宣《续高僧传》卷七《陈杨都宣武寺释洪偃传》:"释洪偃,俗姓谢氏,会稽山阴人。祖茂,恭和凝慎,不交世俗。父藏,博综经史,善属文藻。梁衡阳王闻而器之,引为僚友。偃风神颖秀,弱龄悟道,昼读经论,夜诵诗书。""又善草隶,见称时俗。纤过芝叶,媚极银钩。

故貌、义、诗、书,号为四绝。当时英杰皆推赏之。"其卒于陈天嘉五年,六十一岁,逆推生于本年。

钟山灵耀寺释僧盛依《四分律》撰《教戒比丘尼法》一卷。

见《出三藏记集》卷二。注:"右一部,凡一卷。梁天监三年,钟山灵耀寺沙门释僧盛依《四分律》撰。"该经梁时存。按:此经是僧祐《出三藏记集》卷二"新集撰出经律论录第一"的最后一种。这类经录"都合四百五十部,凡一千八百六十七卷"。

释慧球卒,时年七十四岁。

释慧皎《高僧传》卷八《梁荆州释慧球传》:"释慧球本姓马氏,扶风郡人,世为冠族。……天监三年卒,春秋七十有四。"

魏下诏兴建国学。郑道昭为国子祭酒,论兴学,修复汉魏石经及置国子学生诸事。朝廷多不报。

见《魏书·世宗纪》及《郑道昭传》。道昭表云"窃惟鼎迁中县,年将一纪"云云。"一纪"当为十二年,是年上距孝文迁洛凡十一年,故云"将",故当系是年。

宣武帝下诏考订雅乐。

《魏书·乐志》:"先是,(高)闾引给事中公孙崇共考音律,景明中,崇乃上言乐事。正始元年秋,诏曰:'太乐令公孙崇更调金石,燮理音准,其书二卷并表悉付尚书。夫礼乐之事,有国所重,可依其请,八座已下、四门博士以上此月下旬集太乐署,考论异同,博采古今,以成一代之典也。'尚书李崇上奏,请"依前所召之官并博闻通学之士更申一集,考其中否,研穷音律,辨括权衡"。《通鉴》卷一百四十五曰:"魏太和之十六年,高祖诏中书监高闾与给事中公孙崇考定雅乐,久之,未就。会高祖殂,高闾卒。景明中,崇为太乐令,上所调金石及书。至是,世宗始命八座以下议之。"

魏下诏令群臣议律令。

见《魏书·世宗纪》。《通鉴》卷一百四十五曰："魏诏殿中郎陈郡袁翻等议立律令,彭城王勰等监之。"据《魏书·袁翻传》云："正始初,诏尚书门下于金墉中书外省考论律令,翻与门下录事常景、孙绍,廷尉监张虎,律博士侯坚固,治书侍御史高绰,前军将军邢苗,奉车都尉程灵虬,羽林监王元龟,尚书郎祖莹、宋世景,员外郎李琰之,太乐令公孙崇等并在议限。又诏太师、彭城王勰,司州牧、高阳王雍,中书监、京兆王愉,前青州刺史刘芳,左卫将军元丽,兼将作大匠李韶,国子祭酒郑道昭,廷尉少卿王显等人预其事。"据此,则议律之事,本无关文学,然袁翻、常景、祖莹、郑道昭皆著名文人,刘芳为著名儒者,则学术与文艺之交流亦以此得有机会,北朝初年殊少此机会。

魏有献四足四翼鸡者,诏散骑侍郎赵邕问崔光,光上表论灾异。其文颇具气势。崔光时年五十四岁。

见《魏书·崔光传》。灾异虽属迷信,然崔光上表有"今或有自贱而贵,关预政事,殆亦前代君房之匹比者。南境死亡千计,白骨横野,存有酷恨之痛,殁为怨伤之魂。义阳屯师,盛夏未返;荆蛮狡猾,征人淹次。东州转输,往多无还;百姓困穷,绞缢以殒。北方霜降,蚕妇辍事。群生憔悴,莫甚于今。此亦贾谊哭叹,谷永切谏之时"云云。此时北魏之政已衰。

释僧范二十九岁,投邺城僧始而出家。

释道宣《续高僧传》卷八《齐邺东大觉寺释僧范传》:"年二十九栖迟下邑,闻讲《涅槃》,辄试一听,开悟神府,理思兼通,乃知佛经之秘极也。遂投邺城僧始而出家焉。初学《涅槃经》,顿尽其致。又栖心林虑,静其浮情,复向洛下,从献公听《法华》、《严宗》。"

江淹六十一岁。游肇五十三岁。刘芳五十二岁。陶弘景四十九岁。刘峻四十三岁。阳固四十二岁。萧衍四十一岁。王僧孺四十岁。柳恽四十岁。徐勉三十九岁。吴均三十六岁。徐摛三十四岁。

殷芸三十四岁。周捨三十四岁。张率三十岁。袁翻二十九岁。到洽二十八岁。萧子恪二十七岁。刘杳二十六岁。王籍二十五岁。刘孝绰二十四岁。王筠二十四岁。刘苞二十三岁。伏挺二十一岁。刘孝仪十九岁。庾肩吾十八岁。萧子显十八岁。杜弼十四岁。元顺十岁。温子昇十岁。邢劭九岁。李谐九岁。周弘正九岁。颜协七岁。苏绰七岁。张缵六岁。谢徵五岁。萧统四岁。萧纲二岁。

梁武帝天监四年·魏宣武帝正始二年(505)　乙酉

正月,梁置五经博士。诏曰:"今九流常选,年未三十,不通一经,不得解褐。若有才同甘、颜,勿限年次。"明山宾、沈峻、严植之、贺玚各主一馆。馆有数百生。其射策通明者,即除为吏。二月,初置胄子律博士。六月,立孔子庙。十月,大举伐魏。萧宏都督北伐诸军事,柳惔为副。

见《梁书·武帝纪中》、《儒林传序》、《贺玚传》、《司马褧传》等。

江淹卒,时年六十二岁。谥曰宪伯。子蔿嗣。凡所著述百余篇,自撰为前、后集,并《齐书》十志,并行于世。

《梁书》本传:"(天监)四年卒,年六十二。高祖为素服举哀,赗钱三万,布五十匹,谥曰宪伯。淹少以文章显,晚节才思微退,时人皆谓之才尽。"《南史》本传谓:"尝欲为《赤县经》以补《山海》之阙,竟不成。"《诗品》评曰:"文通诗体总杂,善于摹拟。筋力于王微,成就于谢朓。"《隋书·经籍志》著录别集九卷(梁二十卷)、《后集》十卷。

沈约六十五岁,正月,作《南郊恩诏》。又作《上疏论选举》、《应诏乐游苑饯吕僧珍》等。

按:《南郊恩诏》见《文苑英华》卷四二四。《上疏论选举》,见《通典》卷十六。文中谈到当时士人,"略以万计,常患官少才多,无地以处",而且又都"并聚京邑"。《应诏乐游苑饯吕僧珍》,见《文选》。李善注以为吕僧珍本年冬十月参与北伐。此诗为出征前作。

谢朓六十五岁,丁母忧,去职。

见《梁书·武帝纪》。按《南史》本传云:"朓素惮烦,及居台铉,兼掌内台,职事多不览,以此颇失众望。其年母忧,寻有诏摄职如故。"

陶弘景五十岁,移居积金东涧。

见《梁书》本传。

任昉四十六岁,作《奏弹范缜》。

《梁书》本传:"四年夏,高祖宴于华光殿,谓群臣曰:'朕日昃听政,思闻得失。卿等可谓多士,宜各尽献替。'"范缜对梁武帝礼遇谢朓表示异议,说:"司徒谢朓本有虚名,陛下擢之如此。前尚书令王亮颇有治实,陛下弃之如彼,是愚臣所不知。"梁武帝为之变色,而范缜仍固执无已。于是任昉作此奏表。又,《奏弹萧颖达》似亦作于本年前后。

丘迟四十二岁,为临川王萧宏记室,随军北伐。

见《梁书》本传。《答徐侍中为人赠妇诗》作于本年或稍后。

柳恽四十一岁,仍为吴兴太守。

《梁书·沈颙传》:"天监四年大举北伐,订民丁,吴兴太守柳恽以颙从役……"

徐勉四十岁,迁侍中,时北伐伊始,候驿填委,勉参掌军书,劬劳夙夜,动经数旬,乃一还宅。

见《梁书》本传。

刘勰三十九岁,迁车骑将军夏侯详之仓曹参军。

详见《汇考》。

张率三十一岁,三月,禊饮华光殿。其日,河南国献舞马,诏张率作赋,题《河南国献舞马赋应诏》。同赋者有到沆、到洽、周光嗣等人。

梁武帝以张率、周兴嗣赋为工。其年,父忧去职。

《梁书》本传:"四年三月,禊饮华光殿。其日,河南国献舞马,诏率赋之曰……时与到洽、周兴嗣同奉诏为赋,高祖以率及兴嗣为工。其年,父忧去职。"《梁书·周兴嗣传》:"拜安成王国侍郎,直华林省。其年,河南献舞马,诏兴嗣与到沆、张率为赋,高祖以兴嗣为工。"

到沆二十九岁,迁太子中舍人,又迁丹阳尹丞,以疾不能处职事,迁北中郎谘议参军。

《梁书》本传:"四年,迁太子中舍人。沆为人不自伐,不论人长短。乐安任昉、南乡范云皆与友善。其年,迁丹阳丞,以疾不能处职事,迁北中郎谘议参军。"

刘杳二十七岁,为太学博士、豫章王行参军。杳少好学,博综群书,沈约、任昉等当时硕学显宦每有遗忘,皆访问焉。

见《梁书》本传。按:萧综,萧衍第二子,上年封为豫章郡王。

王筠二十五岁,作《侍宴钱临川王北伐应诏诗》(四言)。

见《艺文类聚》卷二十九。

周弘正十岁,通《老子》、《周易》,为伯父周捨赏识。

《陈书》本传:"弘正幼孤,及弟弘让、弘直,俱为伯父侍中护军捨所养。年十岁,通《老子》、《周易》。捨每与谈论,辄异之。"

萧统五岁,遍读五经。

见《梁书》本传。按:萧统生长在儒学复兴的时代。其父萧衍非常注意用儒家思想教育、影响萧统。萧统幼读五经,本年立五经博士,萧衍又别诏五经博士之一的贺瑒为皇太子萧统定礼乐,明山宾等亦服侍萧统身边。这些都对萧统的思想产生重要影响。

萧几作《杨公则诔》,沈约以为此作不减希逸(谢庄)之作。

《梁书》本传:"湘州刺史杨公则,曲江之故吏也。每见几,谓人曰:'康公此子,可谓桓灵宝重出。'及公则卒,几为之诔,时年十五,沈约见而奇之,谓其舅蔡撙曰:'昨见贤甥杨平南谏文,不减希逸之作,始验康公积善之庆。'"按:萧几,曲江公萧遥欣之子。杨公则为萧遥欣故吏,本年卒。《梁书·杨公则传》:"四年,征中护军。……疾,卒于师,时年六十一。"

袁峻为都曹参军,随鄱阳王萧恢赴郢州。

见《梁书》本传。按《梁书·鄱阳忠烈王恢传》,萧恢本年为郢州刺史。

何思澄为太学博士。

见《梁书》本传。

编成《天监四年文德正御及术数书目录》。

见阮孝绪《七录序》。按:《四部目录》为任昉、刘孝标等人编。《术数书目录》为祖暅等人编。详章宗源《隋书经籍志考证》。殷钧又撰《秘阁四部书》,少于文德殿书,故不见载于《七录》。

释僧祐作《贤愚经记》。其时正"总集经藏,访告遐迩"。

见严可均《全上古三代秦汉三国六朝文》。

释宝唱还都为新安寺主。

释道宣《续高僧传》卷一《梁杨都庄严寺金陵沙门释宝唱传》:"释宝唱,姓岑氏,吴郡人,即有吴建国之旧壤也。……年十八,投僧祐律师而出家焉。""天监四年便还都下,乃敕为新安寺主。帝以时会云雷,远近清晏,风雨调畅,百谷年登……下敕令唱总撰集录,以拟时要。或建福禳灾,或礼忏除障,或飨接神鬼,或祭祀龙王,部类区分,近将百卷。"

四月,魏宣武帝下诏选才学与资望兼善之士。

《魏书·世宗纪》:四月乙丑,宣武帝下诏曰:"任贤明治,自昔通规,宣风赞务,实惟多士。而中正所铨,但存门第,吏部彝伦,仍不才举。遂使英德罕升,司务多滞。不精厥选,将何考陟?八座可审议往代贡士之方,擢贤之体,必令才学兼申,资望兼致。"此可见魏之重门第,其流弊已趋显著。宣武下诏,有才学与资望兼顾之义。

魏有芝生于太极殿之西序,崔光又上表以为"今西南二方,兵革未息,郊甸之内,大旱逾时,民劳物悴,莫此为甚"云云。

见《魏书·崔光传》,又《通鉴》卷一百四十六。《通鉴》谓"魏之好宴乐",盖宣武时,魏国已不振,为乱亡张本。

邢峦上表宣武帝,议取蜀,云:"彼土民望,严、蒲、何、杨,非唯一族,虽率居山谷,而豪右甚多,文学风流,亦为不少……"

见《魏书·邢峦传》及《通鉴》卷一百四十六。此可见北魏当时用人,已重"文学风流"。

崔光五十五岁。游肇五十四岁。刘芳五十三岁。刘峻四十四岁。阳固四十三岁。萧衍四十二岁。王僧孺四十一岁。吴均三十七岁。裴子野三十七岁。陆倕三十六岁。徐摛三十五岁。殷芸三十五岁。周捨三十五岁。袁翻三十岁。到洽二十九岁。萧子恪二十八岁。王籍二十六岁。刘孝绰二十五岁。刘苞二十四岁。伏挺二十二岁。刘孝仪二十岁。庾肩吾十九岁。萧子显十九岁。杜弼十五岁。元顺十二岁。温子昇十一岁。李谐十岁。邢劭十岁。颜协八岁。苏绰八岁。张缵七岁。谢徵六岁。萧纲三岁。

梁武帝天监五年·魏宣武帝正始三年(506) 丙戌

谢朓卒,时年六十六岁。

见《梁书·武帝纪》。按:铃木虎雄《沈约年谱》据《梁书·谢朓传》"其年(三年)遭母忧,后五年……冬薨于府"推断朓卒于天监八年,实误。"后五年"非指天监三年后又过五年,而是指天监五年。据《梁书·武帝纪》,谢朓卒于本年十二月。谢朓五言诗见称于当时,王俭以为"得父膏腴",与江淹并称。见《南齐书·谢瀹传》。惜其诗今不一存。又章宗源《隋书经籍志考证》著录其文集十五卷、《齐笔仪》

二十一卷,均佚。

到沆卒,时年三十岁,所著诗赋百余篇。

《梁书》本传:"五年卒官,年三十。……所著诗赋百余篇。"

沈约六十六岁,正月,为右光禄大夫、领太子詹事、扬州大中正、关尚书八条事。作《司徒谢朓墓志铭》、《齐禅林寺尼静秀行状》。

《梁书》本传:"服阕,迁侍中、右光禄大夫。领太子詹事、扬州大中正、关尚书八条事。"据《梁书·武帝纪》,沈约本年正月为右光禄大夫。领太子詹事,当在本年六月萧统出东宫之后。《司徒谢朓墓志铭》,见《艺文类聚》卷四十七。《齐禅林寺尼静秀行状》,见《广弘明集》卷二十二。

丘迟四十三岁,春,作《与陈伯之书》。又作《为柳仆射让光禄表》、《敬酬柳仆射征怨诗》等。

《梁书·陈伯之传》:"天监四年,诏太尉、临川王宏率众军北讨,宏命记室丘迟私与伯之书曰:'陈将军足下无恙?幸甚!……'伯之乃于寿阳拥众八千归。"《梁书·丘迟传》:"四年,中军将军临川王宏北代,迟为谘议参军,领记室。时陈伯之在北,与魏军来距,迟以书喻之,伯之遂降。"按:上年十月北伐,书作于本年春。《通鉴》系于本年,可从。《为柳仆射让光禄表》,见《艺文类聚》卷四十九。按:柳惔,柳世隆之子。上年为军副,佐临川王萧宏北伐。《梁书·柳惔传》云:"军还,复为仆射。以久疾,转金紫光禄大夫,加散骑常侍,给亲信二十人。未拜,出为使持节、安南将军、湘州刺史。"又,《敬酬柳仆射征怨诗》作于本年或稍后。

萧衍四十三岁,五月,置集雅馆,以招远学。又,搜访术能,本年在寿光殿、华林园、正观寺、占云馆、扶南馆等处,传译《大育王经》、《解脱道论》等佛经,至十七年始译完,凡十一部四十八卷。参与译经工作的有宝唱、惠超、僧智、法云等,相对疏出,华质有序,不坠译宗。

据载,"初翻经目于寿光殿,武帝躬临法座,笔受其文,然后乃付译人尽其经本"。

见《续高僧传·梁杨都正观寺沙门僧伽婆罗传》。

到洽三十岁,迁尚书殿中郎。洽兄弟群从,递居此职,时人荣之。

见《梁书》本传。

刘孝仪二十一岁,举秀才。作《为临川王奉诏班师表》。

见《梁书》本传。按:沈约《上疏论选举》云:"秀才自别是一种任官,非若汉代取人之例也。"《为临川王奉诏班师表》,见《艺文类聚》卷五十九。按:本年十一月,以王师出兵淹时,有诏班师。见《梁书·武帝纪》及《临川王宏传》。

庾肩吾二十岁,为晋安王萧纲常侍。

见《梁书》本传。

萧统六岁,始出居东宫。

《梁书》本传:"五年六月庚戌,始出东宫。"

萧纲四岁,被封为晋安郡王。

见《梁书·简文帝纪》。

释僧旻四十岁,回到京城。

释道宣《续高僧传》卷五《梁杨都庄严寺沙门僧旻传》:"天监五年游于都辇","敕僧正、慧超衔诏至房,欲屈与法宠、法云、汝南周捨等。时入华林园讲论道义,自兹以后优位日隆。"

释慧超三十二岁,从僧伽婆罗译经。

释道宣《续高僧传》卷六《梁杨都灵根寺释慧超传》:"武帝敕为寿光学士,又敕与观寺僧伽婆罗传译《阿育王经》,使超笔受,以为十卷。"

魏宣武帝下诏令群臣直言忠谏。治书侍御史阳固上表,并作《南北二都赋》。

《魏书·阳固传》:"时世宗广访得失,固上谠言曰:'臣闻为治不在多方,在于力行而已。当今之务,宜早正东储……省徭役,薄赋敛,修学官,遵旧章,贵农桑,贱工贾,绝谈虚穷微之论,简桑门无用之费,以存元元之民,以救饥寒之苦。"《魏书·阳固传》又云:"世宗委任群下,不甚亲览,好桑门之法。尚书令高肇以外戚权宠,专决朝事;又咸阳王禧等并有衅故,宗室大臣,相见疏薄;而王畿民庶,劳弊益甚。固乃作《南北二都赋》,称恒代田渔声乐侈靡之事,节以中京礼仪之式,因以讽谏。"按:此当效张衡《二京赋》,惜亡佚。

魏收生。

《北齐书·魏收传》:"武平三年薨。"时年六十七岁,上推生于本年,其年寿的推测,参见前496年"邢劭生"条。魏收字伯起,小字佛助。巨鹿下曲阳人,北齐作家。生平事迹参见缪钺《魏收年谱》。收录在《读史存稿》中。

甄琛上表请弛盐禁,彭城王勰及邢峦驳之,宣武帝卒从琛议。

见《魏书·甄琛传》、《通鉴》卷一百四十六。

初,褚緭劝陈伯之降魏,及陈伯之返梁,褚緭在魏,魏欲用之。魏元会,緭戏为诗曰:"帽上著笼冠,袴上著朱衣,不知是今是,不知非昔非。"魏人怒,出为始平太守。日日行猎,堕马死。

见《梁书·陈伯之传》。按:可见当时南人犹轻北朝。

宣武帝为京兆王愉、清河王怿、广平王怀、汝南王悦讲《孝经》于式乾殿。愉好文章,颇著诗赋。时引才人宋世景、李神俊、祖莹、邢晏、王遵业、张始均等共申宴喜,招四方儒学宾客严怀真等数十人,礼而馆之。所得谷帛,率多散施,又崇信佛道,用度常至不接。与弟广平王怀颇相夸尚,竞慕奢丽,贪纵不法。于是世宗摄愉禁中推案,杖愉五十,出为冀州刺史。帝以京兆王愉、广平王怀国臣多骄纵,公行属请,使崔亮穷治之,惟广平右常侍杨昱、文学崔楷以忠谏获免。

见《魏书·世宗纪》、《京兆王愉传》、《杨播附昱传》、《崔辩附楷传》。北方学术文化逐渐普及,于此可见一斑。

释法上十二岁,投禅师道药而出家。

见释道宣《续高僧传》卷八《齐大统合水寺释法上传》。

崔光五十六岁。游肇五十五岁。刘芳五十四岁。陶弘景五十一岁。任昉四十七岁。刘峻四十五岁。阳固四十四岁。王僧孺四十二岁。柳恽四十二岁。徐勉四十一岁。刘勰四十岁。吴均三十八岁。裴子野三十八岁。陆倕三十七岁。徐摛三十六岁。殷芸三十六岁。周捨三十六岁。张率三十二岁。袁翻三十一岁。萧子恪二十九岁。刘杳二十八岁。王籍二十七岁。刘孝绰二十六岁。王筠二十六岁。刘苞二十五岁。伏挺二十三岁。杜弼十六岁。元顺十三岁。温子昇十二岁。邢劭十一岁。李谐十一岁。周弘正十一岁。颜协九岁。苏绰九岁。张缵八岁。谢徵七岁。

梁武帝天监六年·魏宣武帝正始四年(507)　丁亥

徐陵生。

《陈书》本传:"徐陵字孝穆,东海郯人也。祖超之,齐郁林太守,梁员外散骑常侍。父摛,梁戎昭将军、太子左卫率,赠侍中、太子詹事,谥贞子。母臧氏,尝梦五色云化而为凤,集左肩上,已而诞陵焉。"徐陵卒于陈至德元年,时年七十七岁,上推生于本年。

沈约六十七岁,四月,为尚书左仆射。闰十月,迁尚书令,行太子少傅。作《使四方士民陈刑政诏》、《正会乘舆议》、《王茂加侍中诏》、《拜尚书令到都上表》、《光宅寺刹下铭》、《上言宜校勘谱籍》、《报王筠书》、《与刘杳书》等。

见《梁书》本传及《梁书·武帝纪》。《使四方士民陈刑政诏》,见《初学记》卷二十。《正会乘舆议》,见《隋书·礼仪志四》。《王茂加侍中诏》,见《文苑英华》卷三八〇。《拜尚书令到都上表》,见《艺文类聚》卷四十八。《光宅寺刹下铭》,见《广弘明集》卷十六。《上言宜校勘谱籍》,见《南史·王僧孺传》,称"尚书令沈约以为"云云,是作于本年前后之证。当时重门阀,为计仕宦之便,多伪造谱籍,沈约云:"凡粗有衣食者,莫不互相因依,竞行奸货,落除卑注,更书新籍,通官荣爵,随意高下。以新换故,不过用一万许钱。昨日卑微,今日仕伍。凡此奸巧,并出愚下。不辨年号,不识官阶。或注义熙在宁康之前,或以隆安在元兴之后,此时无此府,此年无此国。元兴唯有三年,而猥称四年。又诏书甲子,不与长历相应。如此诡谬,万绪千端。"(《通典》卷三)因此他建议校勘谱籍。后王僧孺受命改定《百家谱》。《报王筠书》,见王筠条。《与刘杳书》,见刘杳条。又,《郊居赋》约作于本年或稍后。见铃木虎雄考证。此赋在当时人心目中地位很高。《梁书·刘杳传》云:"因著《林庭赋》。王僧孺见之叹曰:'《郊居》以后,无复此作。'"按:此文比较讲求声韵的调配,王筠诵之抑扬,沈约引以为"知音"。但《文选》却未加收录。从这里可以看出某些端倪,即萧统对于过分考究声律藻饰的作品不甚以为然。说明萧统与永明作家虽有不少相近之处,但仍有不少分歧。本年,萧衍置光宅寺,内有萧衍、沈约、范云、周兴嗣以下数十人铜像。见《建康实录·梁武帝纪》。按:沈约《光宅寺刹下铭》亦明载光宅寺之置在本年闰十月。《梁书·周兴嗣传》云:"是时,高祖以三桥旧宅为光宅寺,敕兴嗣与陆倕各制寺碑,及成,俱奏,高祖用兴嗣所制者。"

任昉四十八岁,春,出为宁朔将军、新安太守。作《济浙江诗》、《赠桐庐出溪口见候余既未至郭仍进村维舟久之郭生方至诗》、《落日泛舟东溪诗》、《泛长溪诗》、《严陵濑诗》等。

《梁书》本传:"六年春,出为宁朔将军、新安太守。在郡不事边幅,率然曳杖,徒行邑郭,民通辞讼者,就路决焉。"按:新安郡治在今浙江淳安县西北。

刘峻四十六岁,本年前后注释《世说新语》。

考见余嘉锡《世说新语笺疏》第232页,中华书局1983年版。刘知几《史通·补注》对刘孝标注《世说新语》颇不以为然,以为"以峻之才识,足堪远大,而不能探赜彪、峤,网罗班、马,方复留情于委巷小说,锐思于流俗短书,可谓劳而无功,费而无当者矣"。这是刘知几的传统偏见。事实上,刘注《世说新语》与颜师古注《汉书》、裴松之注《三国志》、李善注《文选》已经成为不朽的学术名著。

柳恽四十三岁,为散骑常侍,迁左民尚书。

见《梁书》本传。

徐勉四十二岁,除给事中、五兵尚书。十月,为吏部尚书。既居选官,精力过人,虽文案填积,坐客充满,应对如流,手不停笔。又该综百氏,皆为避讳。又闲尺牍,兼善辞令。

见《梁书》本传。

刘勰四十一岁,六月前继任车骑仓曹参军。七月后则为太末令。

见《汇考》。

吴均三十九岁,为建安王扬州刺史萧伟引为记室,掌文翰。

见《梁书》本传。按《梁书·南平元襄王伟传》,萧伟本年迁使持节、都督扬南徐二州诸军事、右军将军、扬州刺史,未拜,进号中权将军。时在五月。参见《梁书·武帝纪》。

裴子野三十九岁,其《宋略》已流行于世,为萧琛、傅昭、周捨等推重。沈约见而叹曰:"吾弗逮也。"至是,吏部尚书荐之于梁武帝,为著作郎,掌国史及起居注。

见《梁书》本传。按:徐勉本年十月为吏部尚书,下年迁他职。《宋略》之作,章学诚《丙辰札记》以为在齐永明末。《梁书·裴子野传》说是在沈约《宋书》行世后增删而成。而《南史·裴子野传》则称:"及齐永明末,沈约所撰《宋书》称:'松之已后无闻焉。'子野更撰为《宋略》二十卷,其叙事评论多善,而云:'戮淮南太守沈璞,以其不从义师故也。'约惧,徒跣谢之,请两释焉。"

陆倕三十八岁,迁骠骑将军临川王萧宏东曹掾。作《新漏刻铭》。

见《梁书》本传。按:文载《文选》中。序云:"天监六年,太岁丁亥,十月丁亥朔,十六日壬寅,漏成进御。"李善注引刘璠《梁典》曰:"天监六年以旧漏乖舛,乃敕员外郎祖暅治之。漏刻成,太子中舍人陆倕为文。"《太平御览》卷五九〇"文部"同引此段文字,多数字:"其序曰:'乃诏臣为铭。'按《陆倕集》曰:铭一字,至尊所改也。"

周捨三十七岁,时为中书侍郎,与吏部尚书徐勉、五经博士伏暅总知五礼事。五月完成《嘉礼仪注》,凡十二帙,一百一十六卷,《宾礼仪注》,凡十七帙,一百三十三卷。

见《梁书》本传及徐勉《上修五礼表》。

刘杳二十九岁,为沈约郊居新宅赠赞二首,并以所撰文章呈沈约。沈约命工书人题其赞于壁,并作《报刘杳书》。

见《梁书·刘杳传》。

刘孝绰二十七岁,出为平南安成王萧秀记室,随府之江州。

见《梁书》本传。按:萧秀本年四月出为使持节、都督江州诸军事、平南将军、江州刺史。本年刘孝绰作《谢安成王赉祭孤石庙胙肉启》。后补太子洗马,掌东宫管记,旋出为上虞令。作《上虞乡亭观涛津诣学潘安仁河阳县诗》:"秋江冻雨绝,反景照移塘。""离家复临水,眷然思故乡。"知作于秋冬之际。

王筠二十七岁,除尚书殿中郎。王氏过江以来,未有居郎署者。或劝巡逡不就。筠曰:"陆平原东南之秀,王文度独步江东,吾得比踪昔人,何所多恨。"乃欣然就职。尚书令沈约,当世号为辞宗,每见筠文,咨嗟吟咏,以为不逮,并将王筠所作草木十咏书于壁。又对梁武帝说:"晚来名家,唯见王筠独步。"

见《梁书·王筠传》。

刘孝仪二十二岁,作《为安成王让江州表》。

见《艺文类聚》卷五十。按:安成王萧秀本年四月为江州刺史。

萧子显二十一岁,作《鸿序赋》,为尚书令沈约激赏,以为"得明道之高致,盖《幽通》之流也"。

《梁书》本传:"尝著《鸿序赋》,尚书令沈约见而称曰……"

顾协举秀才,尚书令沈约览其策而叹曰:"江左以来,未有此作。"

《梁书》本传:"举秀才,尚书令沈约览其策而叹曰:'江左以来,未有此作。'"

刘显为尚书令沈约所赏识,引为少傅五官掾。

《梁书》本传:"丁母忧,服阕。尚书令沈约命驾造焉,于坐策显经史十事,显对其九。……及约为太子少傅,乃引为五官掾。"

袁峻作《拟扬雄官箴》奏之,除员外散骑侍郎,直文德学士省,抄《史记》、《汉书》各为二十卷。

《梁书》本传:"六年,峻乃拟扬雄《官箴》奏之。"

何逊为建安王水曹行参军,兼记室。

见《梁书》本传。按:本传作"迁中卫建安王水曹行参军"。建安王萧伟本年进号中权将军。《梁书·武帝纪》本年五月己巳"置中卫、中权将军,改骁骑为云骑、游击为游骑"。同月,任萧伟为中权将军。七月,以王茂为中卫将军。据此,本传所谓"中卫"当作"中权"。

何思澄为平南安成王萧秀行参军,兼记室,随府江州,作《游庐山诗》,深为沈约激赏,使人书于郊居新宅阁斋。

见《梁书》本传。又云:"初,思澄与宗人逊及子朗俱擅文名,时人语曰:'东海三何,子朗最多。'思澄闻之曰:'此言误耳。如其不然,故当归逊。'意谓宜在己也。子朗字世明,早有才思,工清言。周捨每与共谈,服其精理。"

殷钧编《梁天监六年四部书目录》。

详见章宗源《隋书经籍志考证》。

释安廪生。

释道宣《续高僧传》卷七《陈钟山耆阇寺释安廪传》:"释安廪,姓秦氏,晋中书令靖之第七世也。寓居江陵之利成县焉。"其卒于陈至德元年,七十七岁,逆推生于本年。

释法朗生。

释道宣《续高僧传》卷七《陈杨都兴皇寺释法朗传》:"释法朗,俗姓周氏。沛郡沛人也。祖奉叔,齐给事黄门侍郎、青州刺史。父神归,梁员外散骑常侍、沛郡太守。"其卒于陈太建十三年,七十五岁,逆推生于本年。

释智顺卒,时年六十一岁。

释慧皎《高僧传》卷八《梁山阴云门山寺释智顺传》:"释智顺,本姓徐,琅邪临沂人。年十五出家,事钟山延贤寺智度为师。……以天监六年卒于山寺,春秋六十一。""弟子立碑颂德,陈郡袁昂制文,法华寺释慧举又为之墓志。顺所著《法事赞》及《受戒》、《弘法》等记,皆行于世。"

释僧旻四十一岁,注《般若经》。京城五大法师于五寺首讲,僧旻居其一,后为皇帝家僧。

释道宣《续高僧传》卷五《梁杨都庄严寺沙门释僧旻传》:"六年制注《般若经》以通大训,朝贵皆思弘厥典。又请京邑五大法师于五寺首讲,以旻道居其右。乃眷帝情,深见悦可。因请为家僧,四事供给。"

魏公孙崇上表请委卫军将军、尚书高肇监议乐之事,宣武帝知肇不学,诏太常卿刘芳佐之。是年,刘芳五十五岁。

见《通鉴》卷一百四十六。《魏书·乐志》载公孙崇上表:"乐府先正声有《王夏》、《肆夏》、《登歌》、《鹿鸣》之属六十余韵,又有《文始》、《五行》、《勺舞》。太祖初兴,置《皇始》之舞,复有吴夷、东夷、西戎之舞。乐府之内,有此七舞。太和初,郊庙但用《文始》、《五行》、《皇始》三舞而已。窃惟周之文武,颂声不同;汉之祖宗,庙乐又别。伏惟皇魏四祖、三宗,道迈隆周,功超鸿汉,颂声庙乐,宜有表章,或文或武,以旌功德。自非懿望茂亲、雅量渊远、博识洽闻者其孰能识其得失。卫军将军、尚书右仆射臣高肇器度淹雅,神赏入微,徽赞大猷,声光海内,宜委之监就,以成皇代典谟之美。"宣武帝知高肇不学,下诏使太常卿刘芳亦与主之。永平二年秋,高肇、清河王怿奏刘芳等所造八音之器,尺寸度数悉与《周礼》不同。刘芳上言:"调乐谐音,本非所晓,且国之大事,亦不可决于数。今请更集朝彦,众辨是非。"(《魏书·乐志》)至永平三年冬,始成鼓吹诸曲。

崔光五十七岁。游肇五十六岁。陶弘景五十二岁。阳固四十五岁。萧衍四十四岁。丘迟四十四岁。王僧孺四十三岁。徐摛三十七岁。殷芸三十七岁。张率三十三岁。袁翻三十二岁。到洽三十一岁。萧子恪三十岁。王籍二十八岁。刘苞二十六岁。伏挺二十四岁。杜弼十七岁。元顺十四岁。温子昇十三岁。邢劭十二岁。李谐十二岁。颜协十岁。苏绰十岁。张缵九岁。谢徵八岁。萧统七岁。萧纲五岁。魏收二岁。

梁武帝天监七年·魏宣武帝永平元年(508)　戊子

萧绎生。

《梁书·元帝纪》:"世祖孝元皇帝讳绎,小字七符,高祖第七子也。天监七年八月丁巳生。"

杜之伟生。

《陈书》本传:"杜之伟字子大,吴郡钱塘人也。家世儒学,以三礼专门。父规,梁奉朝请,与光禄大夫济阳江革、都官尚书会稽孔休源友善。"之伟卒于陈永定三年,时年五十二岁,上推生于本年。

庾持生。

《陈书》本传:"庾持字允德,颍川鄢陵人也。祖佩玉,宋长沙内史。父沙弥,梁长城令。"庾持卒于陈太建元年,时年六十二岁,上推生于本年。

任昉卒,时年四十九岁。

《梁书》本传称其出任新安太守,"视事期岁,卒于官舍。时年四十九"。《隋书·经籍志》著录别集三十四卷。又有《杂传》一百四十七卷、《地记》二百五十二卷。又有《文章缘起》。《玉海》卷五四"艺文"载:"《书目》,昉《文章缘起》一卷,凡八十五题。"又题《文章始》。"连珠体"下载:"《文章缘起》:连珠,扬雄作。"卷六〇又载:"《文章缘起》有汉惠帝《四皓碑》。"明高儒《百川书志》卷十八:"《文章缘起》一卷,梁太常任彦昇集汉魏以来圣君贤士沿革文章立名之始,凡八十五题,自为序。"按《山堂考索》列有具体品目。今人朱迎平《文章缘起考辨》(载《古典文学与文献论集》,上海财经大学出版社,1998)力主《文章缘起》系任昉所作。任昉疏于诗而长于笔。《诗品》称:"彦昇少年为诗不工,故世称沈诗任笔。昉深恨之。晚节爱好既笃,文亦遒变,善诠事理,拓体渊雅,得国士之风,故擢居中品。但昉既博物,动辄用事,所以诗不得奇。少年士子,效其如此,弊矣。"《南史》本传:"既以文才见知,时人云任笔沈诗。昉闻,甚以为病。晚节转好著诗,欲以倾沈。用事过多,属词不得流便,自尔都下士子慕之,转为穿凿,于是有才尽之谈矣。"萧绎《金楼子·立言》称:"任彦昇甲部阙如,才长笔翰,善辑流略,遂有龙门之名。"

丘迟卒,时年四十五岁。

《梁书》本传:"七年,卒官,时年四十五。所著诗赋行于世。"《隋书·经籍志》著录别集十卷。今存诗文多篇。《诗品》称:"丘诗点缀映媚,似落花依草,故当浅于江淹,而秀于任昉。"

沈约六十八岁,仍为太子少傅。作《上建阙表》、《太常卿任昉墓志铭》、《新定官品》。

见《南史·蔡撙传》。任昉死后,沈约与贺踪一起勘定任昉藏书,凡官所无者,就昉家取之。见《梁书·任昉传》。正月,作《上建阙表》,见《艺文类聚》卷六十二。按《梁书·武帝纪》本年正月"戊戌,作神龙、仁虎阙于端门大司马门外"。沈约表为此而作。《太常卿任昉墓志铭》,见《艺文类聚》卷四十九。《新定官品》二十卷,见《隋书·经籍志》著录。说详徐勉条。

陶弘景五十三岁,暂游南岳,遗世独往,是用忘归。

见萧纶《隐居贞白先生陶君碑》。

刘峻四十七岁,为安成王萧秀户曹参军,开始抄录事类,编撰《类苑》。作《广绝交论》。

见《梁书》本传:"安成王秀好峻学,及迁荆州,引为户曹参军,给其书籍,使抄录事类,名曰《类苑》。"按《梁书·武帝纪》,萧秀本年为荆州刺史,故知《类苑》始编于本年,约成于天监十五年。《南史》本传云:"及峻《类苑》成,凡一百二十卷,帝即命诸学士撰《华林遍略》以高之。"据《梁书·何思澄传》,天监十五年,敕徐勉入华林撰《遍略》,勉荐举何思澄、顾协、刘杳、王子云、钟屿等五人应选。其时,刘之遴《与刘孝标书》称《类苑》"括综百家,驰骋千载,弥纶天地,缠络万品。撮道略之英华,搜群言之隐赜,鈆摘既毕,杀青已就,义以类聚,事以群分,述征之妙,杨班俦也"。刘峻作《答刘之遴借〈类苑〉书》概述经过。并见《艺文类聚》卷五十八。本年冬,见任昉诸子流离不能自振,生平旧交莫有收恤,遂著《广绝交论》。先是描绘士人如何趋奉任昉,而后写道:"及瞑目东粤,归骸洛浦,緦帐犹悬,门罕渍洒之彦;坟未宿草,野绝动轮之宾。……呜呼!世路险巇,一至于此。"

据此而知,本文作于任昉卒后的一年之内。到溉见其论,抵几于地,终身恨之。见《南史·任昉传》。

王僧孺四十四岁,作《太常敬子任府君传》。

见《艺文类聚》卷四十九。任府君,任昉也,卒于本年。王僧孺作传当在本年之后,姑系此。

徐勉四十三岁,仍为吏部尚书,领太子右卫率。正月,受诏,定百官九品为十八班,以班多者为贵。

《南史》本传称:"自是贪冒苟进者以财货取通,守道沦退者以贫寒见没矣。"

刘勰四十二岁,继续在太末令任上。十一月至下年四月内,参与《众经要抄》之编撰。

详见《汇考》。

吴均四十岁,作《扬州建安王让加司徒表》。

见《艺文类聚》卷四十七。按:建安王萧伟本年为侍中、中抚军,知司徒事。

陆倕三十九岁,为太子中舍人,与到洽对掌东宫管记。作《石阙铭记》,被梁武帝称为"辞义典雅"的佳作。

文见《文选》收录。序称:"岁次天纪,月旅太簇,皇帝御天下之七载也,构兹盛则,兴此崇丽。"《梁书》本传:"又诏为《石阙铭记》,奏之,敕曰:'太子舍人陆倕所制《石阙铭》,辞义典雅,足为佳作。'"陆倕时为太子中舍人,故知作于本年。

殷芸三十八岁,迁通直散骑侍郎,兼中书通事舍人。作《与到溉书》悼念任昉。

见《梁书》本传及《任昉传》。

周捨三十八岁,作《金辂议》、《衮服议》、《安成始兴二王为慈母服议》。

见《通典》卷六十四、《隋书·礼仪志》。按《梁书·司马筠传》，天监七年安成王太妃陈氏卒，安成王秀、始兴王憺并以慈母丧解职，舍人周捨议。

张率三十四岁，除中权将军建安王记室参军。寻有敕直寿光省，治丙、丁部书抄。

见《梁书》本传。按：《隋书·经籍志》著录有刘杳撰《寿光书苑》二百卷。姚振宗《考证》据《张率传》推测是书分甲乙丙丁四部。刘汝霖以为此书必出众手而使杳专其名也。详见《隋书经籍志考证》及《东晋南北朝学术编年》。

刘孝绰二十八岁，为安西将军安成王萧秀记室，累迁安西骁骑谘议参军。作《登阳云楼》诗。

见《梁书》本传。按《梁书·武帝纪》：萧秀本年进号安西将军、荆州刺史。其秋，孝绰作《登阳云楼》诗。

王筠二十八岁，迁太子洗马、中舍人，并掌东宫管记。昭明太子爱文学士，常与筠及刘孝绰、陆倕、到洽、殷芸等游宴玄圃，太子独执筠袖，抚孝绰肩而言曰："所谓'左把浮丘袖，右拍洪岸肩'。"其见重如此。

见《梁书》本传。

范缜为国子博士，作《以国子博士让裴子野表》，评价《宋略》甚高，称其"弥纶首尾，勒成一代，属辞比事，有足观者。且章句洽悉，训故可传"。

《梁书·裴子野传》："时中书范缜与子野未遇，闻其行业而善焉。会迁国子博士，乃上表让之曰：'优见前冠军府录事参军、河东裴子野，年四十，字几原。……'"按：裴子野本年四十，故知范氏让表作于本年。

袁峻作《新阙铭》，与陆倕同制。

见《梁书》本传。

庾仲容为安成王萧秀主簿,与刘峻、刘孝绰等先后同僚。

见《梁书》本传。

释警韶生。

释道宣《续高僧传》卷七《陈杨都白马寺释警韶传》:"释警韶姓颜氏,会稽上虞人。学年入道,事叔僧广以为师范。"其卒于陈至德元年,七十六岁,逆推生于本年。

七月三日,释慧韶卒,时年五十四岁。

见释道宣《续高僧传》卷六《梁蜀郡龙渊寺释慧韶传》。

武帝敕庄严寺主释僧旻于定林上寺缵《众经要抄》八十八卷。又敕开善寺智藏缵众经理义,号曰《义林》八十卷。又敕建元寺僧朗注《大般涅槃经》七十二卷,并唱奉别敕,兼赞其功,纶综终始,辑成部帙。

见释道宣《续高僧传》卷一《梁杨都庄严寺金陵沙门释宝唱传》。按释道宣《续高僧传》卷五《梁杨都庄严寺沙门释僧旻传》:"又敕于慧轮殿讲《胜鬘经》,帝自临听。仍选才学道俗释僧智、僧晃、临川王记室东莞刘勰等三十人,同集上定林寺,抄《一切经论》,以类相从,凡八十卷。"

释法宠被敕为齐隆寺主。

释道宣《续高僧传》卷五《梁杨都宣武寺沙门释法宠传》:"天监七年,齐隆寺镜徂殒,僧正、慧超启宠镇之。"

释法云为萧衍制注《大品》作讲解。又为光宅寺主。作《与太傅沈约书》驳范缜《神灭论》。

释道宣《续高僧传》卷五《梁杨都光宅寺沙门释法云传》:"至七年制注《大品》,朝贵请云师讲之,辞疾不赴。帝云:弟子既当今日之位,法师是后来名德,流通无寄,不可不自力为讲也,因从之。寻又下诏礼为家僧,资给优厚。敕为光宅寺主。创立僧制,雅为后则。"据《建康实录》光宅寺乃本年所立。又载"中书郎顺阳范缜著《神灭论》,群僚未详其理,先以奏闻,有敕令云答之,以宣示臣下。云乃遍与朝士书论之,文采虽异而理义伦通。又与少傅沈约书曰:主上令答《神灭论》"云云。按:沈约时为太子少傅,作答书。

李骞生。

按《魏书》本传,李骞卒于魏文帝大统十五年(549),年四十二,上推生于本年。李骞字希义,赵郡平棘(今河北赵县)人。北朝作家。

高肇谮杀彭城王勰。

见《魏书·彭城王勰传》、《通鉴》卷一百四十七。彭城王元勰存《应制赋铜鞮山松》一首。

东荆州表□□太守桓叔兴前后招慰大阳蛮归附者一万七千户,请置郡十六,县五十,诏前镇东府长史郦道元检行置之。

见《魏书·蛮传》、《通鉴》卷一百四十七。据《魏书·酷吏·郦道元传》,道元为东荆州刺史,当在此时。《世宗纪》但言"汉东蛮民一万七千户相率内附"。

菩提流支来到洛阳,若干年后止永宁寺。

释道宣《续高僧传》卷一《魏南台石窟寺恒安沙门菩提流支传》:"菩提流支,魏言道希,北天竺人也。……以魏永平之初,来游东夏,宣武皇帝下敕引劳,供拟殷华,处之永宁大寺。"按:文后又称"其寺本孝明皇帝熙平元年,灵太后胡氏所立",极为壮丽。此段文字本于《洛阳伽蓝记》。熙平元年乃516年。本传又引李廓撰《众经录》称"三藏流支,自洛及邺,爰至天平二十余年,凡所出经三十九部,一百二十七卷"。

中天竺僧勒那摩提(宝意)至洛阳。

释道宣《续高僧传》卷一《魏南台石窟寺恒安沙门菩提流支传》:

"于时又有中天竺僧勒那摩提,魏云宝意,博瞻之富理事兼通,诵一亿偈,偈有三十二字。尤明禅法,意存游化,以正始五年初届洛邑,译《十地》、《宝积论》等大部二十四卷。"又释道宣《续高僧传》卷七《魏邺下沙门释道宠传》:"魏宣武帝崇尚佛法,天竺梵僧菩提流支初翻《十地》在紫阳殿,勒那摩提在太极殿,各有禁卫,不许通言。校其所译,恐有浮滥。始于永平元年,至四年方讫。及勘雠之,惟云:有不二不尽。那云:定不二不尽,一字为异,通共惊美,若奉圣心。"

崔光五十八岁。游肇五十七岁。刘芳五十六岁。阳固四十六岁。萧衍四十五岁。柳恽四十四岁。裴子野四十岁。徐摛三十八岁。周捨三十八岁。袁翻三十三岁。到洽三十二岁。萧子恪三十一岁。刘杳三十岁。王籍二十九岁。刘苞二十七岁。伏挺二十五岁。刘孝仪二十三岁。庾肩吾二十二岁。萧子显二十二岁。杜弼十八岁。周弘正十三岁。颜协十一岁。苏绰十一岁。张缵十岁。谢徵九岁。萧统八岁。萧纲六岁。魏收三岁。徐陵二岁。

梁武帝天监八年·魏宣武帝永平二年(509)　己丑

江德藻生。

《陈书》本传:"江德藻字德藻,济阳考城人也。祖柔之,齐尚书仓部郎中。父革,梁度支尚书、光禄大夫。"德藻卒于陈天嘉六年,时年五十七岁,上推生于本年。

沈约六十九岁,作《舍身愿疏》。

见《广弘明集》卷二十八。文中称:"以大梁天监之八年,年次玄枵……"是作于本年之证。

刘峻四十八岁,继续修撰《类苑》,未及成,复以疾去,因游东阳紫岩山,筑室居焉。作《东阳金华山栖志》,其文甚美。

见《梁书》本传。《东阳金华山栖志》今存。

萧衍四十六岁。上年命僧旻、智藏、僧朗等编修《众经要抄》八十

八卷、《众经理义》(又曰《义林》)八十卷,注《大般涅槃经》七十二卷。

见《续高僧传·释宝唱传》。

命释宝亮撰《涅槃义疏》十余万言,并为序言。

见《高僧传·释宝亮传》。

柳恽四十五岁,除持节、都督广交桂越四州诸军事、仁武将军、平越中郎将、广州刺史。

见《梁书》本传。

徐勉四十四岁,领太子中庶子,侍东宫。昭明太子尚幼,敕知宫事。与沈约、张充、王莹、张稷、柳憕、王暕等朝中硕学名流奉昭明太子讲《孝经》。作《释奠会升阶议》。

《梁书》本传:"尝于殿内讲《孝经》,临川靖惠王、尚书令沈约备二傅,勉与国子祭酒张充为执经,王莹、张稷、柳憕、王暕为侍讲。时选极亲贤,妙尽时誉,勉陈让数四。又与沈约书,求换侍讲,诏不许,然后就焉。"作《释奠会升阶议》。《隋书·礼仪志四》:"梁天监八年,皇太子释奠,周捨议,以为'释奠仍令,既惟大礼……'帝从之。又有司以为:礼云'凡为人学者……'吏部侍郎徐勉议:'郑玄云……'"此两文,严可均题为《释奠会升阶议》,分别辑列徐勉、周捨名下。

刘勰四十三岁。四月,撰《众经要抄》毕,继续为太末令。

详《汇考》。

徐摛三十九岁,遍览经史,属文好为新变,不拘旧体。时晋安王萧纲出戍石头,梁武帝让周捨推荐一人侍读。周捨曰:"臣外弟徐摛,形质陋小,若不胜衣,而堪此选。"以摛为侍读。

见《梁书》本传。按《梁书·简文帝纪》,萧纲本年为"云麾将军,领石头戍军事,量置佐吏"。

周捨三十九岁,时为中书通事舍人、尚书吏部郎。作《释奠会升阶议》等。

见《资治通鉴》卷一百四十七及《隋书·礼仪志》。

张率三十五岁,为晋安王萧纲云麾中记室。

见《梁书》本传。按:萧纲本年为云麾将军,领石头戍军事,量置佐史。

刘孝绰二十九岁,作《三日侍安成王曲水宴诗》、《春日从驾新亭应制诗》。

按:刘孝绰天监六年从安成王游,寻迁太子洗马。至七年五月又从安成王,本诗作于三月三日曲水宴上,至少本年以后作。诗云"芳洲亘千里,远近风光扇",与《春日从驾新亭应制诗》"前驱掩兰径,后乘历芳洲"所写相近,两诗约作于同时。

张缵十一岁。尚萧衍第四女富阳公主,拜驸马都尉,封利亭侯,召补国子生。

见《梁书》本传。按:张缵的从伯张弘籍为萧衍之舅。

萧统九岁。九月,讲《孝经》于寿安殿,尽通大义。讲毕,亲临释奠于国学。

见《梁书》本传。按:《隋书·经籍志》著录有《皇太子讲孝经义》三卷。

五月,释宝亮受命撰《涅槃义疏》,九月二十日成十余万言。梁武帝作序。十月四日,卒于灵味寺,时年六十六岁。陈郡周兴嗣、广陵高爽并为制文。弟子法云又立碑寺内。

见释慧皎《高僧传》卷八《梁京师灵味寺释宝亮传》。但传文又称"文宣图其形象于普弘寺焉"。似有误。这里所谓"文宣"当指萧子良,时早已死去。按:元释念常《佛祖通载》卷十作十一年,似误也。

五月,在小庄严寺铸丈八无量寿像,法悦、智靖、僧祐先后主其事,至九月成,移入光宅寺。

释慧皎《高僧传》卷十三《梁京师正觉寺释法悦传》:"释法悦者,

戒素沙门也。齐末敕为僧主,止京师正觉寺。……又昔宋明皇帝经造丈八金像,四铸不成,于是改为丈四。悦乃与白马寺沙门智靖率合同缘,欲改造丈八无量寿像,以申厥志。始鸠集金铜,属齐末,世道陵迟,复致推斥。至梁初,方以事启闻,降敕听许,并助造光趺。材官工巧,随用资给。以梁天监八年五月三日于小庄严寺营铸。匠本量佛身四万斤铜,融泻已竭,尚未至胸。百姓送铜不可称计,投诸炉冶随铸,而模内不满,犹自如先。又驰启闻,敕给功德铜三千斤,台内始就量送,而像处已见羊车传诏,载铜炉侧。……初像素既成,比丘道昭,常夜中礼忏,忽见素所,晃然洞明。祥见久之,乃知神光之异。铸后三日,未及开模。有禅师道度,高洁僧也。舍其七条袈沙,助费开顶,俄而遥见二僧,跪开像髻。逼就观之,倏然不见。时悦、靖二僧,相次迁化。敕以像事委定林僧祐。其年九月二十六日移像光宅寺。"

释僧若五十九岁,被敕为吴郡僧正。

见释道宣《续高僧传》卷五《梁吴郡虎丘山沙门释僧若传》。

阳休之生。

按《北齐书》本传,阳休之卒于隋开皇二年,年七十四岁,上推生于本年。阳休之字子烈,右北平无终(今天津蓟县)人。北齐作家。

梁遣王神念攻魏兖州,魏使长孙稚等拒之。魏中山王元英破梁三关,闻韦叡率梁军来救而退。

见《魏书·世宗纪》、《通鉴》卷一百四十七。

郑道昭为青州刺史,其所作之云峰山诸诗,当在此时。

《魏书·郑羲附道昭传》:"迁秘书监、荥阳邑中正。出为平东将军、光州刺史,转青州刺史,将军如故。复入为秘书监,加平南将军。熙平元年卒。"据此道昭当于此际出为光州,复至青州,入为秘书监而卒。因此其所作云峰山诸诗(见《先秦汉魏晋南北朝诗》),大约成于此时。

高肇弟显卒,肇托常景、邢峦、高聪、徐纥各作碑、铭,宣武帝令崔光简之,以常景文为最。

见《魏书·常景传》。《传》谓"景淹滞门下积岁,不至显官,以蜀司马相如、王褒、严君平、扬子云等四贤皆有高才而无重位,乃托意以赞之"。所作《蜀四贤赞》,据本传,在延昌初(512)以前,当作于此际。据本传,常景曾与"刘芳等撰朝令,未及班行。别典仪注,多所草创,未成,芳卒,景纂成其事"。据《刘芳传》,刘芳卒于延昌二年(513),则其撰朝令,当亦在此际。

十一月,宣武帝于式乾殿为诸僧、朝臣讲《维摩诘经》。

见《魏书·世宗纪》,可见魏帝颇重佛教。《通鉴》卷一百四十七云:"十一月,己丑,魏主于式乾殿为诸僧及朝臣讲《维摩诘经》。时魏主专尚释氏,不事经籍,中书侍郎河东裴延儁上疏以为'汉光武、魏武帝虽在戎马之间,未尝废书,先帝迁都行师,手不释卷,良以学问多益,不可暂辍故也。陛下升法座,亲讲大觉,凡在瞻听,尘蔽俱开。然五经治世之模楷,应务之所先,伏愿经书互览,孔、释兼存,则内外俱周,真俗斯畅矣'。时佛教盛于洛阳,沙门之外,自西域来者三千余人,魏主别为之立永明寺千余间以处之。处士南阳冯亮有巧思,魏主使与河南尹甄琛、沙门统僧暹择嵩山形胜之地立闲居寺,极岩壑土木之美。由是远近承风,无不事佛,比及延昌,州郡共有一万三千余寺。"按:裴延儁上表见《魏书·裴延儁传》。建寺事盖综合《洛阳伽蓝记·永明寺》及《魏书·释老志》为之。又按宋释志磐《佛祖统纪》卷三十八《法运通塞志》载:"帝御式乾殿,讲《维摩经》,时西域沙门至者三千人,南方歌荣国世不与东土通,有僧菩提跋陀来,诏建永明寺以居外国沙门。"

崔光五十九岁。游肇五十八岁。刘芳五十七岁。陶弘景五十四岁。阳固四十七岁。王僧孺四十五岁。吴均四十一岁。裴子野四十一岁。陆倕四十岁。殷芸三十九岁。袁翻三十四岁。到洽三十三岁。萧子恪三十二岁。刘杳三十一岁。王籍三十岁。王筠二十九岁。刘苞二十八岁。伏挺二十六岁。刘孝仪二十四岁。庾肩吾二十三岁。萧子显二十三岁。杜弼十九岁。元顺十六岁。温子昇十五岁。邢劭十四岁。李谐十四岁。周弘正十四岁。颜协十二岁。苏绰十二岁。谢徵十岁。萧纲七岁。魏收四岁。徐陵三岁。李骞二岁。萧绎二岁。杜之伟二岁。庾持二岁。

梁武帝天监九年·魏宣武帝永平三年(510) 庚寅

颜晃生。

《陈书》本传:"颜晃字元明,琅邪临沂人也。"卒于陈天嘉三年,时年五十三岁,上推生于本年。

沈约七十岁,正月,由尚书令、太子少傅转为左光禄大夫。作《致仕表》、《与徐勉书》。

《梁书》本传:"九年,转左禄大夫,侍中、少傅如故。给鼓吹一部。"《致仕表》,见《艺文类聚》卷十八。按《南齐书·武帝纪》载御史中丞沈渊在齐永明中上表云:"百官年登七十者,皆令致仕。"《与徐勉书》,见《梁书》本传:"初,约久处端揆,有志台司,论者咸谓为宜,而帝终不用,乃求外出,又不见许。与徐勉素善,遂以书陈情于勉曰……"其中写道:"今岁开元,礼年云至,悬车之请,事由恩夺。"按:古人年七十辞官归家,废车不用,故曰悬车。班固《白虎通·致仕》:"臣年七十悬车致仕者,臣以执事趋走为职,七十阳道极,耳目不聪明,跂踦之属,是以退老去避贤路者,所以长廉远耻也。"又《十七史商榷》卷六十三云:"台司,三公也。时约官至尚书令,已居宰辅,然未拜三公,故云。"

吴均四十二岁,补建安王萧伟侍郎,兼府城局。

见《梁书》本传。按:建安王萧伟时为江州刺史。

张率三十六岁,为晋安王萧纲宣毅谘议参军,并兼记室。

见《梁书》本传。按:萧纲本年迁使持节,都督南北兖青徐冀五州诸军事、宣毅将军、南兖州刺史。

到洽三十四岁,迁国子博士,奉敕撰《太学碑》。

见《梁书》本传。按:七年下诏立学,本年三月、十二月,梁武帝两次驾幸国子学,亲临讲肆,策试胄子,并下诏曰:"王子从学,著自礼经,贵游咸在,实惟前诰,所以式广义方,克隆教道。今成均大启,元良齿让,自斯以降,并宜肄业。皇太子及王侯之子,年在从师者,可令入学。"其立《太学碑》乃崇学之用。

刘孝仪二十五岁,起家镇右始兴王萧憺法曹行参军,随府镇益州,兼记室。

见《梁书》本传。按:萧憺本年春迁都督益宁梁南北秦沙六州诸军事、镇西将军、益州刺史。因此,《刘孝仪传》所云"起家镇右"当作"镇西"。萧憺为镇右将军是在天监十四年,其时却为荆州刺史。

周弘正十五岁,补国子生,为国子博士到洽所赏识,作《周弘正补太学博士议》。

《陈书》本传:"十五召补国子生,仍于国学讲《周易》,诸生传习其义。以季春入学,孟冬应举,学司以其日浅,弗之许焉。博士到洽议曰:'周郎年未弱冠,便自讲一经。虽曰诸生,实堪师表,无俟策试。'"按《大唐新语》卷三"公直第五"记载:"陆德明受学于周弘正,善言玄理。"陆氏为初唐大儒,其学传自周弘正,"善言玄理",即以"三玄"为宗。从《陈书·周弘正传》记载看,其少年时即熟习《周易》,在太学"自讲一经",且不到一年即结业,"实堪师表",这个评价殆不为过。又据《资治通鉴》载,本年三月己丑,"上幸国子学,亲临讲肆。乙未,诏皇太子以下及王侯之年可以师者皆入学。旧制:尚书五都令史皆用寒流。夏,四月丁巳,诏曰:'尚书五都,职参政要,非但总领众局,亦乃方轨二丞,可革用士流,秉此群目。'于是以都令史视奉朝请,用太学博士刘纳兼殿中都,司空法曹参军刘显兼吏部都,太学博士孔虔孙兼金部都……"可见时政对太学士人之重视。

萧琛出为宁远将军、平西长史、江夏太守。

见《梁书》本传。

何逊仍在建安王萧伟幕下,随府迁江州,犹掌书记,与吴均同僚。

见《梁书》本传。

周兴嗣除新安郡丞。

见《梁书》本传。

释宝唱始撰《名僧录》,至天监十三年编成,凡三十一卷。其后,释慧皎以此传颇多浮沉,又著《高僧传》十四卷,今存。裴子野亦有《高僧传》十卷,文极省约,已佚。

见《续高僧传·释宝唱传》、《释慧皎传》及元释觉岸《释氏稽古略》卷二。

《军礼仪注》完成,凡十八帙,一百八十九卷。

见徐勉《上修五礼表》。按:天监六年已上《嘉礼仪注》、《宾礼仪注》。

刘芳五十八岁,奏"所造乐器及教文、武二舞登歌鼓吹曲已成,乞如前敕集公卿群儒议定,与旧乐参呈。若臣等所造形制合古击拊会节,请于来年元会用之"。诏:"舞可用新,余且仍旧。"

见《魏书·乐志》、《通鉴》卷一百四十七。

崔光六十岁。游肇五十九岁。陶弘景五十五岁。刘峻四十九岁。阳固四十八岁。萧衍四十七岁。王僧孺四十六岁。柳恽四十六岁。徐勉四十五岁。刘勰四十四岁。裴子野四十二岁。陆倕四十一岁。徐摛四十岁。殷芸四十岁。周捨四十岁。萧子恪三十三岁。刘杳三十二岁。王籍三十一岁。刘孝绰三十岁。王筠三十岁。刘苞二十九岁。伏挺二十七岁。庾肩吾二十四岁。萧子显二十四岁。杜弼二十岁。元顺十七岁。温子昇十六岁。邢劭十五岁。李谐十五岁。颜协十三岁。苏绰十三岁。张缵十二岁。谢徵十一岁。萧统十岁。萧纲八岁。魏收五岁。徐陵四岁。李骞三岁。萧绎三岁。杜之伟三岁。庾持三岁。阳休之二岁。江德藻二岁。

梁武帝天监十年·魏宣武帝永平四年(511) 辛卯

陆云公生。

《梁书》本传:"陆云公字子龙,吴郡人也。祖闲,州别驾。父完,宁远长史。"陆云公卒于太清元年,时年三十七岁,上推生于本年。

刘苞卒,时年三十岁。

《梁书》本传云:"自高祖即位,引后进文学之士,苞及从兄孝绰,从弟孺,同郡到溉,溉弟洽,从弟沆,吴郡陆倕,张率以文藻见知,多预宴坐,虽仕进有前后,其赏赐不殊。天监十年卒,时年三十。"有集十卷,佚。今存诗二首。

陶弘景五十六岁,梁武帝"遣左右司徒惠明征还先生茅山,别给廨宇"。

见萧纶《隐居贞白先生陶君碑》。

王僧孺四十七岁,出为南康王萧绩长史,行府、州、国事,兰陵太守。后为典签汤道愍谤讼,逮诣南司,作《奉辞南康王府笺》。

见《梁书》本传。按:萧绩于天监八年被封为南康郡王,本年迁使持节、都督徐州诸军事、南徐州刺史,进号仁威将军。

刘勰四十五岁,除仁威南康王萧绩记室,兼东宫通事舍人。

详《汇考》。

陆倕四十二岁,时为太常。

按《陈书·虞荔传》载,虞荔九岁诣太常陆倕。虞荔卒于陈天嘉二年,时年五十九岁。其九岁在本年。

殷芸四十一岁,除通直散骑侍郎,兼尚书左丞。

见《梁书》本传。

中天竺释迦檀像至,帝率百僚迎入太极殿,建斋度人,大赦断杀,弓刀并作莲华塔形。初,郝骞、谢文华等八十人应诏西行求像至舍卫国,从王请像,王曰:此中天正像,不可适边,乃令三十二匠更刻紫檀人图一相,卯时运手,午时已就。顶放光明,降霏香雨。骞负像东还,及渡大海,尝闻甲胄之声在后,忽异僧礼像而言曰:毗舍罗神王获像,至彼广作佛事。言讫而隐。其后元帝于荆州城北造大明寺奉安其像。按:此释迦檀像影响极大。中大通六年,扶南国王遣使请释迦像及经论。

详见宋释志磐《佛祖统纪》卷三十七《法运通塞志》。元释觉岸《释氏稽古略》卷二注引《感通录》。

何点入钟山定林寺听内典,与其兄何胤分称大山、小山。

详见宋释志磐《佛祖统纪》卷三十七《法运通塞志》。

光宅寺云法师讲《法华经》感天花满空下如飞雪,帝以亢阳问志公。公曰:云能致雨。

详见宋释志磐《佛祖统纪》卷三十七《法运通塞志》。

梁武帝集诸沙门制文立誓永断酒食。复集僧尼一千四百四十八人于华林殿请云法师讲《涅槃经》中食肉断大慈悲种子之文,梁武帝亲席地与众同听。

详见宋释志磐《佛祖统纪》卷三十七《法运通塞志》。

魏汾州山胡刘龙驹反,使薛和讨平之。

见《魏书·世宗纪》、《通鉴》卷一百四十七。

袁聿修生。

按《北齐书·袁聿修传》,聿修卒于隋开皇二年(582),年七十二,当生于是年。袁聿修字叔德,陈郡阳夏人。北齐作家。

王晞生。

按《北齐书》本传,王晞卒于隋开皇元年(581),年七十一,上推生于本年。王晞字叔朗,北海剧人。北齐作家。

甄琛为河南尹。琛上表以为洛阳"寇盗公行",因"里正职轻任碎",求"少高里尉之品",于是洛城清静。

见《魏书·甄琛传》、《通鉴》卷一百四十七。然甄琛为人党附恩幸赵脩,殊为史官所讥。

沈约七十一岁。崔光六十一岁。游肇六十岁。刘芳五十九岁。刘峻五十岁。阳固四十九岁。萧衍四十八岁。柳恽四十七岁。徐勉四十六岁。吴均四十三岁。裴子野四十三岁。徐摛四十一岁。周捨四十一岁。张率三十七岁。袁翻三十六岁。到洽三十五岁。萧子恪三十四岁。刘杳三十三岁。王籍三十二岁。刘孝绰三十一岁。王筠三十一岁。伏挺二十八岁。刘孝仪二十六岁。庾肩吾二十五岁。萧子显二十五岁。杜弼二十一岁。元顺十八岁。温子昇十七岁。邢劭十六岁。李谐十六岁。周弘正十六岁。颜协十四岁。苏绰十四岁。张缵十三岁。谢徵十二岁。萧统十一岁。萧纲九岁。魏收六岁。徐陵五岁。萧绎四岁。杜之伟四岁。庾持四岁。李骞四岁。阳休之三岁。江德藻三岁。颜晃二岁。

梁武帝天监十一年·魏宣武帝延昌元年(512)　壬辰

沈约七十二岁。正月,加特进。迁中军将军、丹阳尹。

见《梁书·武帝纪》,见《南史》本传。按《续高僧传·慧约传》载:"天监元年沈为尚书仆射,启敕请入省住。十一年临丹阳尹,无何而叹,有忧生之嗟。报曰:'檀越福报已尽,贫道未得灾灭度。'词旨悽然,俄而沈殒。"由此而看,沈约为中军将军、丹阳尹是在本年下半年,很可能是年末,下年闰三月沈约卒。时间相距很近,故云"俄而"。钟嵘《诗品》卷下宋尚书令傅亮条下曰:"今沈特进撰诗,载其数首。"此选诗,或即沈约十卷《集钞》。又,本年作《赵瑟曲》、《秦筝曲》、《阳春曲》、《朝云曲》,通谓之《江南弄》。萧衍亦有《江南弄》七曲:《江南弄》、《龙笛曲》、《采莲曲》、《凤笛曲》、《采菱曲》、《游女曲》、《朝云曲》。并见《乐府诗集》卷五十。

刘孝仪二十七岁,作《为临川王解司空表》。

见《艺文类聚》卷四十七。按:临川王萧宏八年为司空、扬州刺史。本年十一月,"降太尉扬州刺史临川王宏为骠骑将军、开府同三司之仪"(《梁书·武帝纪》)。

钟嵘随衡阳王萧元简出守会稽,为宁朔记室,专掌文翰,作《瑞室颂》。

见《梁书》本传。按:萧元简何时出守会稽,史无明文。考《陈书·虞荔传》,上年虞荔九岁,与太常陆倕有所过从,"倕甚异之。又尝诣征士何胤,时太守衡阳王亦造焉,胤言之于王。王……还郡,即辟为主簿,荔又辞以年小不就,及长……"此是九年至十二年间事,因《梁书·衡阳王元简传》载,萧元简"十三年入为给事黄门侍郎,出为持节、都督广交越三州诸军事、平越中郎将、广州刺史"。钟嵘作《瑞室颂》,《梁书·何胤传》亦有记载:"胤初还,将筑室,忽见二人著玄冠,容貌甚伟,问胤曰:'君欲居此邪?'乃指一处云:'此中殊吉。'忽不复见。胤依其言而止焉。寻而山发洪水,树石皆倒拔,唯胤所居室岿然独存。元简乃命记室参军钟嵘作《瑞室颂》,刻石以旌之。"今暂系于十一年。钟嵘《诗品》已接近定稿。其中论及"滋味"说命题,似与西域传入的《舞论》有关。考见刘跃进《一桩未了的学术公案——对钟嵘〈诗品〉"滋味"说理论来源的一个推测》(载刘跃进著《古典文学文献学丛稿》,学苑出版社,1999)。

萧绎五岁,能诵《曲礼》。

见《太平御览》卷六百一十四引《三国典略》:"梁孝元字世诚,

初,年五岁,梁武问曰:'读何书?'对曰:'能读《曲礼》。'梁武曰:'汝试言之。'孝元即诵上篇,左右莫不惊叹。及长,精神爽隽。"

五礼全部修毕,合一百二十帙,一千一百七十六卷,八千一十九条。

见徐勉《上修五礼表》。按:《嘉礼仪注》天监六年完成,司马褧注,十二帙,一百一十六卷。《宾礼仪注》亦六年完成,贺瑒注,十七帙,一百三十三卷。《军礼仪注》天监九年完成,十八帙,一百八十九卷。《吉礼仪注》,明山宾注,二十六帙,二百二十四卷。《凶礼仪注》,严植之注,四十七帙,五百一十四卷,并本年完成。参见章宗源《隋书经籍志考证》。

冬,梁武帝改制西曲。

见《乐府诗集》卷五十引《古今乐录》:"梁天监十一年冬,武帝改西曲,制《江南上云乐》十四曲,《江南弄》七曲:一曰《江南弄》,二曰《龙笛曲》,三曰《采莲曲》,四曰《凤笛曲》,五曰《采菱曲》,六曰《游女曲》,七曰《朝云曲》。又沈约作四曲:一曰《赵瑟曲》,二曰《秦筝曲》,三曰《阳春曲》,四曰《朝云曲》,亦谓之《江南弄》云。"又制《上云乐》七曲,亦见《乐府诗集》卷五十一引《古今乐录》:"《上云乐》七曲,梁武帝制,以代西曲。一曰《凤台曲》,二曰《桐柏曲》,三曰《方丈曲》,四曰《方诸曲》,五曰《玉龟曲》,六曰《金丹曲》,七曰《金陵曲》。"按:《上云乐》又有老胡文康辞,周捨作,或云范云。《隋书·乐志》曰:"梁三朝第四十四,设寺子导、安息、孔雀、凤皇、文鹿、胡舞、登连、上云乐、歌舞伎。"《乐府诗集》又载有周捨《上云乐》云:"西方老胡,厥名文康。遨游六合,傲诞三皇……"显然与胡乐有关。从诗中所写,文康是在梁代来到建康。而且举行了盛大的歌舞活动:"歌管愔愔,铿鼓锵锵;响震钧天,声若鹓星。前却中规矩,进退得宫商。举技无不佳,胡舞最所长。老胡寄箧中,复有奇乐章。"由此还可以推想,天监十一年之改西曲歌,似与此有关。胡震亨以为"梁武制《上云乐》,设西方老胡文康,生自上古,青眼、高鼻、白发,导弄孔雀、凤凰、白鹿。慕梁朝来游,伏拜祝千岁寿。周捨为之词"。见王琦《李太白集》卷二《上云乐》注引。李贺亦有同题作。又命法云改《懊侬歌》为《相思曲》。见《乐府诗集》卷四十六引《古今乐录》:"《懊侬歌》者,晋石崇绿珠所作,唯'丝布涩难缝'一曲而已。后皆隆安初民间讹谣之曲。宋文帝更制新歌三十六曲。齐太祖常谓之《中朝曲》,梁天监十一年,武帝敕法云改为《相思曲》。"

九月二十一日,释法通卒于定林上寺,时年七十。萧子云、谢举为撰碑文。

释慧皎《高僧传》卷八《梁上定林寺释法通传》:"释法通,本姓褚氏,河南阳翟人,晋安东将军扬州都督謩之八世孙也。"本年二十一日卒。"弟子静深等立碑墓侧,陈郡谢举、兰陵萧子云并为制文,刻于两面。"

傅大士十六岁,娶刘氏。

见元释觉岸《释氏稽古略》卷二。

梁武帝与释法云论乐。

见《乐府诗集》卷四十八引《古今乐录》:"《三洲歌》者,商客数游巴陵三江口往还,因共作此歌。其旧辞云:'啼将别共来。'梁天监十一年,武帝于乐寿殿道义竟留十大德法师设乐,敕人人有问,引经奉答。次问法云:'闻法师善解音律,此歌何如?'法云奉答:'天乐绝妙,非肤浅所闻。愚谓古辞过质,未审可改以不?'敕云:'如法师语音。'法云曰:'应欢会而有别离,啼将别可改为欢将乐,故歌。'歌和云:'三洲断江口,水从窈窕河傍流。欢将乐,共来长相思。'旧舞十六人,梁八人。"

封轨作《务德》、《慎言》、《远佞》、《访奸》四戒。

《魏书·封懿附轨传》曰:"初,轨深为郭祚所知,祚常谓子景尚曰:'封轨、高绰二人,并干国之才,必应远至。吾平生不妄进举,而每荐此二公,非直为国进贤,亦为汝等将来之津梁也。'其见重如此。轨既以方直自业,高绰亦以风概立名。尚书令高肇拜司徒,绰送迎往来,轨竟不诣。绰顾不见轨,乃遽归,曰:'吾一生自谓无愆规矩,今日举措,不如封生远矣。'轨以务德慎言,修身之本,奸回谗佞,世之巨害,乃为《务德》、《慎言》、《远佞》、《防奸》四戒,文多不载。"按《魏书·世宗纪》,本年高肇为司徒,清河王元怿为司空。此可见北朝至宣武帝时,已有著述,惜未能传世。

魏宣武帝下诏令"国子学孟冬使成,太学、四门明年暮春令就"。又议明堂辟雍之礼。袁翻、封轨并参议。

见《魏书·世宗纪》。按《魏书·袁翻传》云:"是时修明堂辟雍,翻议曰……"翻以为当遵《周礼考工记》。《封懿附轨传》云:"司空、清河王怿表修明堂辟雍,诏百僚集议。轨议曰……"据《魏书·世宗纪》,清河王怿为司空,在此年。

崔光六十二岁。游肇六十一岁。刘芳六十岁。陶弘景五十七岁。刘峻五十一岁。阳固五十岁。萧衍四十九岁。王僧孺四十八岁。柳恽四十八岁。徐勉四十七岁。刘勰四十六岁。吴均四十四岁。裴子野四十四岁。陆倕四十三岁。徐摛四十二岁。殷芸四十二岁。周捨四十二岁。张率三十八岁。袁翻三十七岁。到洽三十六岁。萧子恪三十五岁。刘杳三十四岁。王籍三十三岁。刘孝绰三十二岁。王筠三十二岁。伏挺二十九岁。刘孝仪二十七岁。庾肩吾二十六岁。萧子显二十六岁。杜弼二十二岁。元顺十九岁。温子昇十八岁。邢劭十七岁。李谐十七岁。周弘正十七岁。颜协十五岁。苏绰十五岁。张缵十四岁。谢徵十三岁。萧统十二岁。萧纲十岁。魏收七岁。徐陵六岁。萧绎五岁。杜之伟五岁。李骞五岁。庾持五岁。江德藻四岁。阳休之四岁。颜晃三岁。陆云公二岁。王晞二岁。袁聿修二岁。

梁武帝天监十二年·魏宣武帝延昌二年(513)　癸巳

庾信生。

《北史》本传:"庾信字子山,南阳新野人。祖易,父肩吾。"庾信卒于隋开皇元年,史传未载其享年。据滕王逌《庾子山集序》:"自梁朝筮仕周世,驱驰至今,岁在屠维,龙居渊献,春秋六十有七。"知己亥岁,即北周宣帝大象元年,庾信六十七岁,上推生于本年。参见鲁同群《庾信传论》(天津人民出版社,1997)。

沈约卒,时年七十三岁。作《临终上表》。

见《梁书·武帝纪》及《沈约传》。《临终上表》,见《广弘明集》卷三十。按:沈约用事十余年,未尝有所荐达,政之得失,唯唯而已。但在文化事业上却功绩卓著。据《梁书》本传记载,著有《晋书》一百一十卷。刘知几对此书评价不高,以为"好诬先代","喜造奇说"(《史通·采撰篇》、《杂说篇》)。又著《宋书》一百卷,《齐纪》二十卷,《高祖纪》十四卷,《迩言》十卷(吴承仕《经典释文序录疏证》以为"言"字误,当作"雅"。沈约子沈旋有《集注尔雅》),《谥例》十卷(姚振宗《隋书经籍志考证》以为此书是在旧有《谥法》、《广谥》基础上总集而成,上采周秦,下至于宋,君臣谥号以旧有周代《谥法》为本),《宋文章志》三十卷,文集一百卷,《四声谱》一卷。又据《隋书·经籍志》等书记载,沈约还有《新定官品》二十卷,《俗说》三卷,《杂说》二卷,《袖中记》二卷,《珠丛》一卷,《集钞》十卷,《阮嗣宗咏怀诗注》,《竹书纪年沈约注》等。至于文学创作,特别是五言诗,尤为世人所推崇,被誉为一代词宗。钟嵘《诗品》称:"观休文众制,五言最优。详其文体,察其余论,固知宪章鲍明远也。所以不闲于经纶,而长于清怨。永明相王爱文、王元长等,皆宗附之。约于时谢朓未遒,江淹才尽,范云名级故微,故约称独步。虽文不至。其工丽亦一时之选也。见重闾里,诵咏成音。嵘谓约所著既多,今剪除淫杂,收其精要,允为中品之第矣。故当词密于范,意浅于江也。"《旧唐书·文苑传序》:"近世惟沈隐侯斟酌二南,剖陈三变,据云渊之抑郁,振潘陆之风徽,俾律吕和谐,宫商辑洽,不独子建总建安之霸,客儿擅江左之雄。"关于沈约的生平事迹、学术思想和文学创作情况,林家骊《沈约研究》(杭州大学出版社,1999)有比较深入细致的考察。值得注意的是,钟嵘著《诗品》是以沈约作为入评的最后一位作家。萧统编《文选》所录作品也基本上都出于天监十二年以前去世作家之手,即止于沈约的卒年。看来,在当时人的心目中,沈约之死,标志着文学史上一个历史段落的结束。这个历史段落,就是永明文学。有趣的是,作为梁代中后期最有成就的作家,庾信在这一年诞生了。这又预示着文学史上一个新的历史段落的开端。

张率三十九岁,随晋安王萧纲还都,为中书侍郎。

《梁书》本传:"王还都,率除中书侍郎。"按:萧纲本年入为宣惠将军、丹阳尹。

到洽三十七岁,出为临川内史。

见《梁书》本传。

刘孝仪二十八岁,作《晋安王让丹阳尹表》。

见《艺文类聚》卷五十。

庾肩吾二十七岁,迁宣惠将军晋安王萧纲行参军。

《梁书》本传:"仍迁王宣惠府行参军,自是每王徙镇,肩吾常随府。"

周弘正十八岁,为丹阳尹晋安王萧纲主簿。

《陈书》本传:"晋安王为丹阳尹,引为主簿。"

萧纲十一岁,为宣惠将军、丹阳尹。

见《梁书》本纪。

萧绎六岁,好为诗赋及著述。

《金楼子》卷六《杂记篇》:"余好为诗赋及著书。宣修容敕旨曰:夫政也者,生民之本也。尔其勖之。余每留心此处,恒举烛理事,夜分而寝。余六岁能为诗。其后著书之中,唯《玉韬》最善。"又同卷《自序篇》云:"余六岁解为诗,奉敕为诗曰:'池萍生已合,林花发稍稠。风入花枝动,日映水光浮。'因而稍学为文也。"

周兴嗣迁给事中,与刘杳佐周捨修撰国史。

《梁书》本传:"十二年,迁给事中,撰史如故。"

王规作《新殿赋》。

《梁书》本传:"天监十二年,改构太极殿,功毕,规献《新殿赋》,其辞甚工。"

刘芳卒,年六十一。

《魏书·刘芳传》:"芳撰郑玄所注《周官仪礼音》、干宝所注《周官音》、王肃所注《尚书音》、何休所注《公羊音》、范宁所注《穀梁音》、韦昭所注《国语音》、范晔《后汉书音》各一卷,《辨类》三卷,《徐州人地录》四十卷,《急就篇续注音义证》三卷,《毛诗笺音义证》十卷,《礼记义证》十卷,《周官》、《仪礼义证》各五卷。崔光表求以中书监让芳,世宗不许。延昌二年卒,年六十一。"据本传,刘芳父祖皆仕刘宋。"父邕,同刘义宣之事,身死彭城。芳随伯母房逃窜青州,会赦免。舅元庆,为刘子业青州刺史沈文秀建威府司马,为文秀所杀。芳母子入梁邹城。慕容白曜南讨青齐,梁邹降,芳北徙为平齐民,时年十六。"早年不得志,乃著《穷通论》以自慰。曾与王肃论礼,王肃服其博雅,呼之为"刘石经"。可见"平齐民"于北朝学术之发展,贡献甚大。

崔光六十三岁,为太子少傅,令太子诣拜之。

见《魏书·崔光传》、《通鉴》卷一百四十七,据本传,同坐者又有

"黄门甄琛、广阳王渊等"。

袁翻三十八岁，议荆扬徐豫梁益诸州人选，云："自比缘边州郡，官至便登；疆场统戍，阶当即成。或值秽德凡人，或遇贪家恶子，不识字民温恤之方，唯知重役残忍之法。"百姓"死于沟渎者常十七八焉"云云。

见《魏书·袁翻传》。据本传，此议在议明堂辟雍事后、"熙平初"以前，姑系于此。袁翻为魏文人，然深知当时政治得失，与南朝文人异矣。

游肇六十二岁。陶弘景五十八岁。刘峻五十二岁。阳固五十一岁。王僧孺四十九岁。柳恽四十九岁。徐勉四十八岁。刘勰四十七岁。吴均四十五岁。裴子野四十五岁。陆倕四十四岁。徐摛四十三岁。殷芸四十三岁。周捨四十三岁。萧子恪三十六岁。刘杳三十五岁。王籍三十四岁。刘孝绰三十三岁。王筠三十三岁。伏挺三十岁。萧子显二十七岁。杜弼二十三岁。元顺二十岁。温子昇十九岁。邢劭十八岁。李谐十八岁。颜协十六岁。苏绰十六岁。张缵十五岁。谢徵十四岁。萧统十三岁。魏收八岁。徐陵七岁。杜之伟六岁。李骞六岁。庾持六岁。阳休之五岁。江德藻五岁。颜晃四岁。袁聿修三岁。陆云公三岁。王晞三岁。

梁武帝天监十三年·魏宣武帝延昌三年（514） 甲午

陶弘景五十九岁，相传作《瘗鹤铭》。

据碑拓本。序称："鹤寿不知其纪也。壬辰岁得于华亭，甲午岁化于朱方。"据《增补校碑随笔》（清人方若原著，王壮宏增补，上海书画出版社1981年版）载："此石原在焦山西麓之崖石上，不知何时坠入江中。……康熙五十二年陈鹏年将五石捞出水面，移至焦山西南观音庵，存九十余字。后粘合为一。原石现存焦山宝墨轩。"卞孝萱先生《〈瘗鹤铭〉之谜》认为是伪托之作，文载于南京大学出版社1995

年版《古典文献研究》。

陆倕四十五岁,作《志法师墓志铭》。

见《艺文类聚》卷七十七。文称:"天监十三年即化于华林园之佛堂。……沉舟之痛,有切皇心,殡葬资须,事丰供厚,望方坟而陨涕,瞻白帐而拊心,爰诏有司,式刊景行。辞曰……"

张率四十岁,为晋安王萧纲宣惠谘议,领江陵令。

《梁书》本传:"十三年,(晋安)王为荆州,复以率为宣惠谘议,领江陵令。"按:萧纲本年为荆州刺史。

王籍三十五岁,随湘东王萧绎赴会稽,作《游若耶溪》诗。

《梁书》本传:"久之,除轻车湘东王谘议参军,附府会稽。郡境有云门、天柱山,籍尝游之,或累月不反。至若耶溪赋诗,其略云'蝉噪林逾静,鸟鸣山更幽',当时以为文外独绝。"此诗之具体写作年代现已难详考,但是可以肯定是在本年之后数年之间。

王筠三十四岁,为宁朔将军湘东王长史,行府、国、郡事。为释宝志撰写碑文。

见《梁书》本传。按:萧绎本年封为湘东王,初为宁远将军、会稽太守。又,本年王筠为释宝志撰碑文。见《南史·隐逸·释宝志传》:"天监十三年卒。……先是琅邪王筠至庄严寺,宝志遇之,与交言欢饮。至亡,敕命筠为碑,盖先觉也。"按:释慧皎《高僧传》卷十《梁京师释保志传》:"释保志,本姓朱,金城人。少出家,止京师道林寺,师事沙门僧俭为和上,修习禅业。……至天监十三年冬,(保志弟子陈御虏)于台后堂谓人曰:'菩萨将去。'未及旬日,无疾而终。""葬于钟山独龙之阜,仍于墓所立开善精舍。敕陆倕制铭辞于冢内,王筠勒碑文于寺门。"

萧纲十二岁,出为使持节、都督荆雍梁南北秦益宁七州诸军事、南蛮校尉、荆州刺史,将军如故。

见《梁书》本纪。

徐陵八岁，以能属文为人称道。

见《陈书》本传。

杜之伟七岁，学习《尚书》、《诗》、《礼》，略通其学。

见《梁书》本传。

萧绎七岁，七月为湘东郡王。

见《梁书》本纪。

何逊迁安成王参军事，兼尚书水部郎。

见《梁书》本传。按《梁书·安成王秀传》载：七年萧秀"进号安西将军"。但其时何逊正在建安王萧伟幕下。又"十三年复出为使持节、散骑常侍、都督郢司霍三州诸军事、安西将军、郢州刺史"。

释智藏居开善寺。

释道宣《续高僧传》卷五《梁钟山上定林寺沙门释智藏传》："圣僧宝志迁神，窆窆于钟阜，于墓前建塔，寺名开善。敕藏居之。初藏未受具戒，遇志于定林上寺，遂推令居前，垂示崇敬之迹。识知德望，有归告之先见矣。"

释宝唱撰《名僧传》三十一卷至本年完成。

释道宣《续高僧传》卷一《梁杨都庄严寺金陵沙门释宝唱传》："初，唱天监九年先疾复动，便发二愿，遍寻经论，使无遗失。搜括列代僧录，创区别之，撰为部帙，号曰《名僧传》三十一卷。至十三年始就条列。其序略云。"

萧衍命在许谧旧舍立为朱阳馆。

陶弘景《许长史旧馆坛碑》云："梁天监十三年敕贸此精舍，立为朱阳馆，将远符先征，定祥火历，于馆西更筑隐居住止。"

阳固五十二岁，失官，作《演赜赋》。

《魏书·阳尼附固传》："世宗末，中尉王显起宅既成，集僚属飨宴。酒酣问固曰：'此宅何如？'固对曰：'晏婴湫隘，流称于今；丰屋生灾，著于《周易》。此盖同传舍耳，唯有德能卒。愿公勉之。'显默然。他日，又谓固曰：'吾作太府卿，府库充实，卿以为何如？'固曰：'公收百官之禄四分之一，州郡赃赎，悉入京师，以此充府，未足为多。且有聚敛之臣，宁有盗臣，可不戒哉！'显大不悦，以此衔固。又有人间固于显，显因奏固剩请米麦，免固官。既无事役，遂闭门自守，著《演赜赋》。"《演赜赋》全文见《魏书》本传，盖仿汉张衡《思玄赋》，在魏代辞赋中此赋为述志抒情较早之作。固又作《刺谗疾嬖幸诗》二首，皆四言，全文见《魏书》本传。

张彝表上《历帝图》。又上表献所采诗。

《魏书·张彝传》："起元庖牺，终于晋末，凡十六代，百二十八帝，历三千二百七年，杂事五百八十九，合成五卷，名曰《历帝图》，亦谤木、谏鼓、虞人、盘盂之类。脱蒙置御坐之侧，时复披览，冀或起予左右，上补未萌……"此可见魏时人亦有文学著述，且此书显有讽谏之义。又上表献所采诗，自称其在孝文帝时："周历于齐鲁之间，遍驰于梁宋之域，询采诗颂，研检狱情，实庶片言之不遗，美刺之俱显。……凡有七卷，今写上呈，伏愿昭览，敕付有司，使魏代所采之诗，不堙于丘井，臣之愿也。"此可见魏亦有采诗之事。

江式上《求撰集古今文字表》。

见《资治通鉴》元嘉十六年胡三省注：魏延昌三年，"（江）强孙式上表曰……"

崔光六十四岁。游肇六十三岁。刘峻五十三岁。王僧孺五十岁。柳恽五十岁。徐勉四十九岁。刘勰四十八岁。吴均四十六岁。裴子野四十六岁。徐摛四十四岁。殷芸四十四岁。周捨四十四岁。袁翻三十九岁。到洽三十八岁。萧子恪三十七岁。刘杳三十六岁。刘孝绰三十四岁。伏挺三十一岁。刘孝仪二十九岁。庾肩吾二十八岁。萧子显二十八岁。杜弼二十四岁。元顺二十一岁。温子昇二十岁。邢劭十九岁。李谐十九岁。周弘正十九岁。颜协十七岁。苏绰十七岁。张缵十六岁。谢徵十五岁。萧统十四岁。魏收九岁。李骞七岁。庾持七岁。江德藻六岁。阳休之六岁。颜晃五岁。陆云公四岁。袁聿修四岁。王晞四岁。庾信二岁。

梁武帝天监十四年·魏宣武帝延昌四年（515） 乙未

　　萧衍为父母大造爱敬寺、大智度寺。寺成，作《孝思赋》、《净业赋》。又命僧绍、宝唱先后撰《华林佛殿经目》。

　　见《续高僧传·释宝唱传》。按：《续高僧传·释宝唱传》载："十四年敕安乐寺僧绍撰《华林佛殿经目》，虽复勒成，未惬帝旨，又敕唱重撰。乃因绍前录，注述合离，甚有科据，一帙四卷，雅惬时望，遂敕掌华林园宝云经藏。搜求遗逸，皆令具足，备造三本，以用供上。缘是又敕撰《经律异相》五十五卷，《饭圣僧法》五卷。帝又注《大品经》五十卷，于时佛教隆盛，无德称焉，道俗才笔，互陈文理。自武帝膺运，时年三十有七，在位四十九载，深以庭芥早倾，常怀哀感……"以下非常详细地叙述了建造爱敬寺、大智度寺的前后经过，文长不录。梁武帝早年信奉儒术，后来又信道，天监三年，舍道事佛，至此已经十余年，佞佛日深，以至"道俗才笔，互陈文理"。佛教于时之盛，由此可见一斑。又按：元释觉岸《释氏稽古录》卷二系此在天监九年，恐未确。《建康实录》、《六朝事迹编类》卷下"大爱敬寺"条记载此寺建于普通元年。

陶弘景六十岁，作《请雨词》。

　　文称："华阳隐居陶弘景、道士周子良词……天监十四年太岁乙未六月二十日词，诣句曲华阳洞天张理禁赵丞前。"按：陶弘景弟子周子良作《五仙诗》。《周氏冥通记》载："玄人周子良，字元䟽。茅山陶隐居之弟子也。天监十四年乙未六月十二日，有五人来，乃三更中。

上者嵩高真人冯先生,第二即萧闲仙卿张君,第三即中岳仙人洪先生,第四乃保命府丞乐士,第五则华阳之夫司农玉童。丞曰:今者既曲纡真降,愿各为其述一文。真人曰:卿是其明证,可前作答。曰:敢不闻旨。乃令子良襞纸染墨,口授诗毕,同辟别,徘徊户内而灭。"

王僧孺五十一岁,仍在建安王萧伟门下。

按:王僧孺《慧印三昧及济方等学二经序赞》载:"天监之十四年十月二十三日""有广州南海郡民何规"上山采药逢一老者,"手捉书一卷,遥投与规,规则奉持,望礼三拜。语规可以持此经与建安王"。后书传至建安王,"大王沐浴持奉……"

徐摛四十五岁,仍为萧纲云麾将军府记室参军。

《梁书》本传:"后王出镇江州,仍补云麾府记室参军。"

张率四十一岁,以谘议领记室,出监豫章、临川郡。

《梁书》本传:"府迁江州,以谘议领记室,出监豫章、临川郡。率在府十年,恩礼甚笃。"此云出豫章等地,实随萧纲而行。

到洽三十九岁,入为太子萧统家令;迁给事黄门侍郎,兼国子博士。

见《梁书》本传。

刘杳三十七岁,随萧纲府迁,为府参军。

《梁书》本传载曰:"出为临津令,有善迹,秩满,县人三百余诣阙请留,敕许焉。杳以疾陈解。还除云麾晋安王府参军。"

庾肩吾二十九岁,随萧纲府迁,为晋安王云麾将军参军,并兼记室。

《梁书》本传:"历王府中郎、云麾参军,并兼记室参军。"

张缵十七岁,起家秘书郎,苦读众书。

《梁书》本传称:"起家秘书郎,时年十七。……欲遍观阁内图籍。尝执四部书目曰:'若记此毕,乃可言优仕矣。'如此数载,方迁为太子舍人,转洗马、中舍人,并掌管记。"

萧统十五岁。正月,冠于太极殿,大赦天下。

《梁书》本传:"十四年正月朔旦,高祖临轩,冠太子于太极殿。旧制,太子著远游冠,金蝉翠纬缨;至是,诏加金博山。"又《南史》本传载:"太子美姿容,善举止,读书数行并下,过目皆忆。每游宴祖道,赋诗至十数韵,或作剧韵,皆属思便成,无所点易。"又,昭明太子十学士之从游应在本年前后。《南史·王锡传》:"十三为国子生,十四举清茂,除秘书郎,再迁太子洗马。时昭明尚幼,武帝敕锡与秘书郎张缵使入宫,不限日数,与太子游狎,情兼师友。又敕陆倕、张率、谢举、王规、王筠、刘孝绰、到洽、张缅为学士,十人尽一时之选。"从本年起至陆倕死之普通七年,是梁代诗风转变的重要十余年。参见刘跃进《昭明太子与梁代中期文学复古思潮》(载《中外学者文选学论集》,中华书局,1998)。

萧纲十三岁。五月,从荆州刺史调任江州刺史。

《梁书·简文帝纪》:"十四年徙为都督江州诸军事、云麾将军、江州刺史。"据《武帝纪》,时在本年五月。

陆云公五岁,诵《论语》、《毛诗》。

见《梁书》本传。

周兴嗣除临川郡丞。

见《梁书》本传。

释慧勇生。

释道宣《续高僧传》卷七《陈杨都不禅众寺释慧勇传》:"释慧勇,厥姓桓氏。其先谯国龙亢人也。祖法式,尚书外兵、钱唐令,因此遁迹于虎丘,后仍寓居吴郡吴县东乡桓里。父献,弱龄早世。"其卒于陈至德元年,六十九岁,逆推生于本年。

释慧旵生。

释道宣《续高僧传》卷九《隋江表徐方中寺释慧晅传》:"释慧晅,姓周氏,其先家本汝南,汉末分崩,避地江左,小震是宅,多历年世,今为义兴阳羡人也。祖韶,齐殿中将军。父覆,梁长水校尉。"其卒于隋开皇九年,七十五岁,逆推生于本年。

释慧集卒于乌程,时年六十。

释慧皎《高僧传》卷八《梁京师招提寺释慧集传》:"释慧集,本姓钱,吴兴於潜人。年十八,于会稽乐林山出家,仍随慧基法师受业。……海内学宾,无不必至,每一开讲,负帙千人,沙门僧旻、法云,并名高一代,亦执卷请益,今上深相赏接。以天监十四年还至乌程,遘疾而卒,春秋六十。著《毗昙大义疏》十余万言,盛行于世。"

释宝唱在本年前后撰《续法轮论》七十余卷、《法集》一百四十卷,本年,又在安乐寺僧绍旧著基础上重撰《华林佛殿经目》四卷。

释道宣《续高僧传》卷一《梁杨都庄严寺金陵沙门释宝唱传》:"帝以佛法冲奥,近识难通,自非才学,无由造极。又敕唱自大教东流,道门俗士,有叙佛理,著作弘义,并通鸠聚,号曰《续法轮论》合七十余卷,使夫迷悟之宾见便归信。深助道法,无以加焉。又撰《法集》一百四十卷,并唱独断专虑,缵结成部。既上亲览,流通内外。十四年,敕安乐寺僧绍撰《华林佛殿经目》,虽复勒成,未惬帝旨,又敕重撰,乃因绍前录,注述合离,甚有科据。一帙四卷。雅惬时望,遂敕掌华林园宝云经藏,搜求遗逸,皆令具足。"

正月,魏宣武帝卒。子孝明帝元诩立。

见《魏书·世宗纪》、《肃宗纪》及《通鉴》卷一百四十八。《世宗纪》云:宣武帝"雅爱经史,尤长释氏之义,每至讲论,连夜忘疲"。在位时魏政始衰,然其时汉化程度已甚深。

魏任城王澄表上《皇诰宗制》并《训诂》各一卷,意欲胡太后览之,思劝戒之益。

见《魏书·任城王澄传》，可见此时鲜卑贵族已有能以汉文著述者。

胡太后始临朝听政。太后聪悟，颇好读书属文，政事皆手笔自决。

见《魏书·皇后·胡太后传》、《通鉴》卷一百四十八。

崔光六十五岁。游肇六十四岁。刘峻五十四岁。阳固五十三岁。柳恽五十一岁。徐勉五十岁。刘勰四十九岁。吴均四十七岁。裴子野四十七岁。陆倕四十六岁。殷芸四十五岁。周捨四十五岁。袁翻四十岁。萧子恪三十八岁。王籍三十六岁。刘孝绰三十五岁。王筠三十五岁。伏挺三十二岁。刘孝仪三十岁。萧子显二十九岁。杜弼二十五岁。元顺二十二岁。温子昇二十一岁。邢劭二十岁。李谐二十岁。周弘正二十岁。颜协十八岁。苏绰十八岁。谢徵十六岁。魏收十岁。徐陵九岁。李骞八岁。萧绎八岁。杜之伟八岁。庾持八岁。江德藻七岁。阳休之七岁。颜晃六岁。袁聿修五岁。王晞五岁。庾信三岁。

梁武帝天监十五年·魏孝明帝元诩熙平元年(516)　丙申

徐伯阳生。

《陈书》本传："徐伯阳字隐忍，东海人也。祖度之，齐南徐州议曹从事史。父僧权，梁东宫通事舍人，领秘书，以善书知名。"徐伯阳卒于陈太建十三年，时年六十六岁，逆推生于本年。

刘峻五十五岁，《类苑》编成，作《答刘之遴借〈类苑〉书》。

按：刘峻天监七年为安成王萧秀户曹参军，应萧秀之命，抄录事类，始编《类苑》。至本年得以完成，前后用功九年。《南史》本传载："及峻《类苑》成，凡百二十卷，帝命诸学士撰《华林遍略》以高之，竟不见用。"这里提供了《类苑》编成的时间线索。按《梁书·文学传》："（钟嵘弟钟屿）字季望，永嘉郡丞。天监十五年，敕学士撰《遍略》，屿亦预焉。"《梁书·文学传·何思澄传》又载:"天监十五年,敕太子詹事徐勉举学士入华林撰《遍略》,勉举思澄等五人以应选。"《南史·何思澄传》记录了五人的名字:"天监十五年敕太子詹事徐勉举学士入华林撰《遍略》,勉举思澄、顾协、刘杳、王子云、钟屿等五人以应选。八年乃书成,合七百卷。"这几条材料都可证明,《类苑》成于天监十五年。刘之遴有《与刘孝标书》欲借观《类苑》(见《艺文类聚》卷五十八):"间闻足下作《类苑》,括综百家,驰骋千载,弥纶天地,缠络万品。撮道略之英华,搜群言之隐赜,铅摘既毕,杀青已就,义以类聚,事以群分,述征之妙,杨班俦也。擅此博物,何快如之。虽复子野调声,寄知音于后世;文信构览,悬百金于当时,居然无以相尚。自非沉郁淡雅之思,安能闭志经年,勤成若此。吾尝闻为之者劳,观之者逸。足下已劳于精务,宜令吾见异书。"为此,刘峻作答书,亦见载于《艺文类聚》卷五十八。又作《东阳金华山栖志》。按《梁书》本传:"(《类苑》)未及成,复以疾去,因游东阳岩山,筑室居焉,为《山栖志》,其文甚美。"见《全梁文》卷五十七收录。又,《辨命论》当亦作于本年前后。因梁武帝出面组织作《华林遍略》以相高,而抑制刘峻,为此而作《辨命论》。其文为《文选》收录。此文影响甚大。《梁书》本传载:为《辨命论》成,"中山刘沼致书以难之,凡再反。峻并为申析以答之。会沼卒,峻不见后报者。乃为书以序之,曰……"此文亦收录在《文选》中,题《重答刘秣陵沼书》。姚察《梁书·文学传论》:"刘氏之论,命之徒也。命也者,圣人罕言欤?就而必之,非经意也。"《中说·立命篇》:"五交三衅,刘峻亦知言哉。"《史通·覈才》:"孝标持论谈理,诚为绝纶。"《新唐书·萧瑀传》:"尝观刘孝标《辨命论》,恶其伤先王之教,迷性命之理,乃作《非辨命论》以释之。"

王僧孺五十二岁,作《中寺碑》、《为韦雍州致仕表》。

《中寺碑》见《艺文类聚》卷七十七:"中寺者,晋太元五年会稽司马道子之所立也。斜出旗亭,事非湫隘,傍超壁水,望异狭斜。天监十五年,上座僧慈等更棁日裥架,赫然霞立。"《为韦雍州致仕表》,见《艺文类聚》卷十八。按《梁书·韦叡传》:"十四年出为平北将军、宁蛮校尉、雍州刺史……十五年拜表致仕,优诏不许。"

徐勉五十一岁,荐举何思澄等五人入华林苑撰《华林遍略》。

见上条征引。

刘勰五十岁,作《梁建安王造剡山石城寺石像碑》。

详见《汇考》。

刘杳三十八岁,入华林苑撰《华林遍略》。

见上条征引。

刘孝仪三十一岁,作《为王仪同谢国姻启》。

见《艺文类聚》卷四十。王仪同即王莹。本年六月庚子迁为开府仪同三司,丹阳尹,九月卒。故知此文作于本年。又按《南史·王莹传》,其少子王实,"起家秘书郎,尚梁武帝女安吉公主,袭建城县公,为新安太守"。谢国姻即为王实娶安吉公主事。又,《为王仪同谢宅启》亦作于同时。

周子良作《彭先生歌》。

《周氏冥通记》:"丙申年二月七日,梦见定录云:临海烧山中有仙人,游在人间,自号彭先生……陆浑仙人也。其人亟乘一刀而歌曰……"

萧绎九岁,成婚。

《金楼子》卷六《志怪篇》:"余丙申岁婚。初婚之日,风景韶和,末乃觉异。妻至门而疾风大起。"

释宝唱等撰著《经律异相》五十五卷。

该书序言:"以天监七年敕释僧旻等备抄众典,显证深文……又以十五年敕宝唱钞经律要事,皆使以类相从,令览者易了。又敕新安寺释僧豪、兴皇寺释法生等相助检读。于是博综经籍,搜采秘要,上询宸虑,取则成规,已为五十卷,又目录五卷,分为五帙,名为《经律异相》。将来学者可不劳而博矣。"《影印宋碛版大藏经》所收《经律异相》卷一序下题:"梁天监十五年沙门宝唱等奉敕撰。"白化文《〈经律异相〉及其主编释宝唱》(载《国学研究》第二卷,北京大学出版社,1994)有详尽的考论。又按:释道宣《续高僧传》卷一《梁杨都庄严寺金陵沙门释宝唱传》:"敕掌华林园宝云经藏,搜求遗逸,皆令具足,备造三本,以用供上。缘是又敕撰《经律异相》五十五卷、《饭圣僧法》五卷。帝又注《大品经》五十卷。于是佛教隆盛,无德称焉。道俗才笔,互陈文理。"

剡县造石像成。

释慧皎《高僧传》卷十三《梁剡石城山释僧护传》:"释僧护,本会稽剡人也。少出家,便剋意常苦节,戒行严净。后居石城山隐岳寺。……至梁天监六年,有始丰令吴郡陆咸罢邑还国,夜宿剡溪,值风雨晦冥,咸危惧假寐,忽梦见三道人来告云:'君识信坚正,自然安隐。有建安殿下感患未瘳,若能治剡县僧护所造石像得成就者,必护平豫。冥理非虚,宜相开发也。'咸还都经年,稍忘前梦。后出门乃见一僧云,听讲寄宿,因言:'去岁剡溪所嘱建安王事,犹忆此不。'咸当时惧然,答云:'不忆。'道人笑曰:'宜更思之。'仍即辞去。咸悟其非凡,乃倒屣谘访,追及百步,忽然不见。咸豁尔意解,具忆前梦,乃剡溪所见第三僧也。咸即驰启建安王,王即以上闻,敕遣僧祐律师专任像事。王乃深信益加,喜踊充遍,抽舍金贝,誓取成毕。初僧祐未至一日,寺僧慧逞梦见黑衣大神,翼从甚壮,立于龛所,商略分数,至明旦而祐律师至,其神应若此。初僧护所创,凿龛过浅,乃铲入五丈,更施顶髻,及身相克成,莹磨将毕。……像以天监十二年春就功,至十五年春竟。坐躯高五丈,立形十丈,龛前驾三层台,又造门阁殿堂,并立众基业,以充供养。"又见元释觉岸《释氏稽古略》卷二引《石佛记》。

释僧祐撰著《出三藏记集》,仍未定稿。

卷八注《解大品经序》云:"此经东渐二百五十有八岁,始于魏甘露五年,至自于阗。"自甘露五年加二百五十八岁,为517年,即天监十六年。按本书卷十二所载,此书原为十卷,当撰于齐代,入梁之后,随着新材料的不断出现,僧祐陆续增补,渐次扩展成为十五卷。而天监十四年僧绍作《华林佛殿众经目录》四卷,已经采录《出三藏记集》的材料,见费长房《经录》,说明早已在世间流传。

李昶生。

按《周书》本传,李昶卒于周保定五年(565),年五十岁,上推生于本年。李昶,小名那。顿丘临黄人。北周作家。

温子昇二十二岁,补东平王元匡御史。

《魏书·文苑·温子昇传》:"温子昇字鹏举,自云太原人","世居江左","初受学于崔灵恩、刘兰,精勤,以夜继昼,昼夜不倦。长乃博览百家,文章清婉,为广阳王渊贱客,在马坊教诸奴子书。作《侯山祠堂碑文》,常景见而善之,故诣渊谢之。景曰:'顷见温生。'渊怪问之,景曰:'温生是大才士。'渊由是稍知之。熙平初,中尉、东平王匡博召辞人,以充御史,同时射策者八百余人,温子昇与卢仲宣、孙搴等二十四人为高第。于时预选者争相引决,匡使子昇当之,皆受屈而去。搴谓人曰:'朝来靡旗乱辙者,皆子昇逐北。'温遂补御史,时年二十二。台中文笔皆子昇为之。"温子昇在北魏为一大家,然"世居江左",而常景之先,亦出凉州,可见北朝文学实得力于江南及凉州不少。

郑道昭卒。

见《魏书·郑羲附郑道昭传》。道昭好为诗赋,又善书法。所作诗赋凡数十篇。存诗四首。

袁翻四十一岁,作《思归赋》。

见《魏书·袁翻传》:"熙平初,除冠军将军、廷尉少卿,寻加征虏将军,后出为平阳太守。翻为廷尉,颇有不平之论,及之郡,甚不自得,遂作《思归赋》。"按:熙平仅二年,"初"当为是年。

释昙延生。

释道宣《续高僧传》卷八《隋京师延兴寺释昙延传》:"释昙延,俗缘王氏。蒲州桑泉人也。世家豪族,官历齐周。""隋开皇八年八月十三日终于所位。春秋七十有三矣。"逆推生于本年。

胡太后立永宁寺,在宫前间阖门南御道之东,极为壮丽。

详见释道宣《续高僧传》卷一《魏南台石窟寺恒安沙门菩提流支传》的描写。又作石窟于伊阙口。李崇上表谏,太后优令答之,而不从其言。详见《通鉴》卷一百四十八。

中书舍人常景制永宁寺碑文。

释道宣《续高僧传》卷一《魏南台石窟寺恒安沙门菩提流支传》:"景河内人,敏学博通,知名海内。太和十九年,高祖擢为修律博士。有诏令刊定条格,永成通式。景乃商榷今古,条贯科猷,即魏律二十篇是也。"

南天竺波罗奈城婆罗门,姓瞿昙氏,名般若流支,魏言智希,从元年至兴和末,于邺城译《正法》、《念圣》、《善住》、《回诤》、《唯识》等经论,凡一十四部,八十五卷。沙门昙林、僧昉等笔受。

释道宣《续高僧传》卷一《魏南台石窟寺恒安沙门菩提流支传》:"又熙平元年,有南天竺波罗奈城婆罗门,姓瞿昙氏,名般若流支,魏言智希,从元年至兴和末,于邺城译《正法》、《念圣》、《善住》、《回诤》、《唯识》等经论,凡一十四部,八十五卷。沙门昙林、僧昉等笔受。"

崔光六十六岁。游肇六十五岁。陶弘景六十一岁。阳固五十四岁。柳恽五十二岁。吴均四十八岁。裴子野四十八岁。陆倕四十七岁。徐摛四十六岁。殷芸四十六岁。周捨四十六岁。张率四十二岁。到洽四十岁。萧子恪三十九岁。王籍三十七岁。刘孝绰三十六岁。王筠三十六岁。伏挺三十三岁。庾肩吾三十岁。萧子显三十岁。杜弼二十六岁。元顺二十三岁。邢劭二十一岁。李谐二十一岁。周弘正二十一岁。颜协十九岁。苏绰十九岁。张缵十八岁。谢徵十七岁。萧统十六岁。萧纲十四岁。魏收十一岁。徐陵十岁。李骞九岁。萧绎九岁。杜之伟九岁。庾持九岁。阳休之八岁。江德藻八岁。颜晃七岁。袁聿修六岁。王晞六岁。陆云公六岁。庾信四岁。

梁武帝天监十六年·魏孝明帝熙平二年(517)　丁酉

许亨生。

《陈书·文学传》:"许亨字亨道,高阳新城人。晋征士询之六世孙。曾祖珪,历给事中,委桂阳太守,高尚其志。居永兴之究山,即询之所隐也。祖勇慧,齐太子家令、冗从仆射。父懋,梁始平天门二郡守、太子中庶子、散骑常侍,以学艺闻。……太建二年(570)卒,时年五十四。"上推,当生于本年。

柳恽卒,时年五十三岁。

《梁书》本传:"恽立行贞甚,以贵公子早有令名,少工篇什。始为诗曰:'亭皋木叶下,陇首秋云飞。'琅邪王元长见而嗟赏,因书斋壁。至是预曲宴,必被诏赋诗。尝奉和高祖《登景阳楼》中篇云:'太液沧波起,长杨高树秋。翠华承汉远,雕辇逐风游。'深为高祖所美。当时咸共称传。""恽既善琴,尝以今声转弃古法,乃著《清调论》,具有条流……天监十六年卒,时年五十三。"有集十二卷,佚。今存诗十八首,文一篇。又有《棋品》三卷,佚。

到洽四十一岁,迁太子中庶子。

见《梁书》本传。

萧子显三十一岁,始预九日朝宴,赋诗受赏。

按《南史》本传载其《自序》云:"天监十六年始预九日朝宴,稠人广坐,独受旨云:'今云物甚美,卿将不斐然赋诗?'诗既成,又降旨曰:'可谓才子。'余退谓人曰:'一顾之恩,非望而至。遂方贾谊何如哉,未易当也。'"

何逊随庐陵王去江州,作《从镇江州与游故别诗》、《至大雷联句》(与刘孺、桓季圭联句)、《赠族人秣陵兄弟》(族人指何思澄)、《哭吴兴柳恽诗》等。

详见李伯齐《何逊行年考》,载《何逊集校注》,齐鲁书社1989年版。

崔光六十七岁,数上疏谏胡太后。

见《魏书·肃宗纪》。按:是时,胡太后数上佛寺,又游嵩山,崔光数上书谏。表文俱见《魏书·崔光传》。

魏高阳王元雍入居门下,参决尚书奏事。北魏朝政日衰。

见《魏书·肃宗纪》、《通鉴》卷一百四十八。据《魏书·高阳王雍传》,雍"岁禄万余,粟至四万,伎侍盈房,诸子珰冕,荣贵之盛,昆弟英及焉"。又云:"雍识怀短浅,又无学业,虽位居朝首,不为时情所推。"雍之奢侈,详见《洛阳伽蓝记》卷三,据同卷又谓李崇"亦富倾天下,僮仆数千人",崇在当时,号为"望臿朝野",其贪乃亦与元雍不殊,可见魏政之衰,实贪纵成风,一时潮流,已难挽回。

崔亮奏铸钱。

《魏书·食货志》:"铸钱方兴,用铜处广,既有冶利,并宜开铸。"诏从之,自后所行之钱,民多私铸,销就小薄,价用弥贱。

游肇六十六岁。陶弘景六十二岁。刘峻五十六岁。阳固五十五岁。王僧孺五十三岁。徐勉五十二岁。刘勰五十一岁。裴子野四十九岁。吴均四十九岁。陆倕四十八岁。徐摛四十七岁。周捨四十七岁。殷芸四十七岁。张率四十三岁。袁翻四十二岁。萧子恪四十岁。刘杳三十九岁。王籍三十八岁。刘孝绰三十七岁。王筠三十七岁。伏挺三十四岁。刘孝仪三十二岁。庾肩吾三十一岁。杜弼二十七岁。元顺二十四岁。温子昇二十三岁。邢劭二十二岁。李谐二十二岁。周弘正二十二岁。颜协二十岁。苏绰二十岁。张缵十九岁。谢徵十八岁。萧统十七岁。萧纲十五岁。魏收十二岁。徐陵十一岁。萧绎十岁。杜之伟十岁。庾持十岁。李骞十岁。江德藻九岁。阳休之九岁。颜晃八岁。陆云公七岁。袁聿修七岁。王晞七岁。庾信五岁。徐伯阳二岁。李昶二岁。

梁武帝天监十七年·魏孝明帝神龟元年(518) 戊戌

何逊卒于江州。

《梁书》本传:"服阕,除仁威庐陵王记室,复随府江州,未几卒。东海王僧孺集其文为八卷。"庐陵王萧绩十六年六月出为江州刺史。见《梁书·武帝纪》。何逊与刘孝绰并称于时。《梁书》本传:"初,逊文章与刘孝绰并见重于世,世谓之'何刘'。世祖著论论之云:'诗多而能者沈约,少而能者谢朓、何逊。'时有会稽虞骞,工为五言诗,名与逊相埒。官至王国侍郎。其后又有会稽孔翁归、济阳江避,并为南平王大司马府记室。翁归亦工为诗。避博学有思理,更注《论语》、《孝经》。二人并有文集。"

陶弘景六十三岁,作《许长史旧馆坛碑》。

见《艺文类聚》卷七十八。许长史,许谧。文称:"至晋太和元年,句容许长史在斯营宅,厥迹犹存。宋初,长沙景王就其地之东,起道士精舍。梁天监十三年,敕质此精舍,立为朱阳馆。将远符先征,定祥火历,于馆西更筑隐居住止。十四年,别创郁冈斋室。追玄洲之踪。十七年乃缮勒碑坛,仰述真轨。真人姓许,讳穆,世名谧,字恩玄……"

王僧孺五十四岁,为北中郎将南康王谘议参军,入直西省,知撰谱事。又作《为南平王让仪同表》。

见《梁书》本传。按《梁书·南康简王绩传》:"十七年出为使持节都督南北兖徐青冀五州诸军事、南兖州刺史。在州著称,寻有诏征还,民曹嘉乐等三百七十人诣阙上表,称绩尤异一十五条,乞留州任,优诏许之,进号北中郎将。"其撰谱事,《南史》本传有较详细的记载:"先是,尚书令沈约以为:'晋咸和初,苏峻作乱,文籍无遗……'武帝以是留意谱籍,州郡多离其罪,因诏王僧孺改定《百家谱》。始晋太元中,员外散骑侍郎平阳贾弼笃好簿状,乃广集众家,大搜群族,所撰十八州一百一十六郡,合七百一十二卷。凡诸大品,略无遗阙,藏在秘阁,副在左户。及弼子太宰参军匪之、匪之子长水校尉深世传其业。太保王弘、领军将军刘湛并好其书。弘日对千客,不犯一人之讳。湛为选曹,始撰百家以助铨序,而伤于寡略。齐卫将军王俭复加去取,得繁省之衷。僧孺之撰,通范阳张等九族以代雁门解等九姓。其东南诸族别为一部,不在百家之数焉。"又为安成王萧秀撰制碑文。按《梁书·安成王秀传》:"十七年春行至竟陵之石梵,薨。时年四十四。""故吏夏侯亶等表立墓碑,诏许焉。当世高才游王门者,东海王僧孺、吴郡陆倕、彭城刘孝绰、河东裴子野,各制其文,古未之有也。"《为南平王让仪同表》,见《艺文类聚》卷四十七。按:南平王萧伟本年十一月为开府仪同三司。见《梁书·武帝纪》。

裴子野五十岁,作《司空安成康王行状》。

见《艺文类聚》卷四十五。

陆倕四十九岁,为傅昭出为临海太守饯行。

《梁书·傅昭传》载:"十七年,出为智武将军、临海太守。""始昭之守临海,陆倕饯之。宾主俱欢,日昏不反。(傅)映以昭年高,不可连夜极乐,乃自往迎候,同乘而归,兄弟并已斑白,时人美而服焉。"

萧子恪四十一岁,为散骑常侍、辅国将军。

见《梁书》本传。

刘孝绰三十八岁,作《司空安成康王碑铭》。

见《艺文类聚》卷四十七。据清人陆增祥《八琼室金石补正》卷十一载,其碑尚流传于后世。《潜研堂金石文字目录》卷一载:"安成康王碑,文已磨灭,独其额存,正书。在上元县,碑阴正书。"《江宁金石志》亦有详载,见陆增祥引证。

庾肩吾三十二岁,为司马褧集录文集十卷。

《梁书·司马褧传》:"十七年迁明威将军、晋安王长史,未几卒。王命记室庾肩吾集其文为十卷。"

萧统十八岁,作《答玄圃园讲颂启令》。

见《广弘明集》卷二十九。

萧纲十六岁,作《玄圃园讲颂》、《上皇太子玄圃园讲颂启》。

并见《广弘明集》卷二十九。

徐陵十二岁,通《庄》、《老》义。

见《陈书》本传。其父徐摛四十八岁,出为秣陵令。据《梁书》本传:"王为丹阳尹,起摛为秣陵令。"按:萧纲本年为丹阳尹。详萧纲条。

钟嵘选为西中郎将晋安王记室,顷之,卒官。

见《梁书》本传。按:钟嵘最后官任在萧纲府中。段熙仲先生《钟嵘与〈诗品〉考年及其它》(载《文学评论丛刊》第五辑)认为钟嵘卒于本年三月后,逆推生于466年。参见曹旭《诗品研究》上编(上海古籍出版社,1998)。

周兴嗣复为给事中,直西省,协助周捨注梁武帝所制《历代赋》。

《梁书》本传:"十七年,复为给事中,直西省。左卫率周捨奉敕注高祖所制《历代赋》,启兴嗣助焉。"按《玉海》卷三十一"圣文"条:"天监十七年,周捨奉敕注武帝所制《历代赋》,启周兴嗣助焉。《隋志》:《历代赋》十卷,梁武帝撰。"

刘歊作《革终论》。又作《悲友赋》、《刘訏诔》。

文见《梁书》本传。按:刘歊系刘杳之弟。又作《悲友赋》、《刘訏诔》。按《南史》本传:"及长,博学有文才,不娶不仕,与族弟刘訏并隐居求志,遨游林泽,以山水书籍相娱而已。""初,訏之疾,歊尽心救疗,及卒哀伤,为之诔,又著《悲友赋》以序哀情。"检《南史·刘訏传》:"天监十七年,卒于歊舍。"

萧子范作《直坊赋》。

见《艺文类聚》卷六十二。撰著年代见文中记载。

萧子云作《玄圃园讲赋》。

见《广弘明集》卷二十九。撰著年代见文中记载。

萧子晖作《讲赋》。

见《梁书》本传。文已不传。

释僧祐卒于建初寺,时年七十四岁。刘勰撰碑文。

释慧皎《高僧传》卷十一《齐京师建初寺释僧祐传》:"以天监十七年五月二十六日卒于建初寺,春秋七十有四。"

释昙斐卒于法华台寺,时年七十六岁。

见释慧皎《高僧传》卷八《梁剡法华台释昙斐传》:"释昙斐,本姓王,会稽剡人。少出家,受业慧基法师。……以天监十七年卒于寺,春秋七十有六。其制作文辞,亦颇见于世。"

闰八月十五日,释慧弥卒于定林上寺,时年七十九岁。

释慧皎《高僧传》卷十二《梁上定林寺释慧弥传》:"释慧弥,姓杨氏,弘农华阴人,汉太尉震之后裔也。……闻江东有法之盛,乃观化京师,止于钟山定林寺,习业如先。……以梁天监十七年闰八月十五日终于山舍,春秋七十有九。"

僧伽婆罗天监五年开始在五处传译佛经,至本年完成十一部,四十八卷。

释道宣《续高僧传》卷一《梁杨都正观寺扶南沙门僧伽婆罗传》:"天监五年,被敕征召于杨都寿光殿、华林园、正观寺、占云馆、扶南馆等五处传译,讫十七年,都合一十一部,四十八卷。即《大育王经》、《解脱道论》等是也。初翻经日于寿光殿,武帝躬临法坐笔受其文,然后乃付译人尽其经本,敕沙门宝唱、慧超、僧智、法云及袁昙允等,相对疏出,华质有序,不坠译宗。天子礼接甚厚,引为家僧。"

释法云翻译扶南国所献佛经三部,详决梁梵之异。

见释道宣《续高僧传》卷五《梁杨都光宅寺沙门释法云传》。

魏孝明帝诏以杂役之户或冒入清流,所在职人皆五人相保,无人任保者夺官还役。

见《魏书·肃宗纪》,可见北魏至此亦专重流品,与南朝风气相近。

庄弼作《遗书张普惠》,骈散相间,显示北人书札已不逊南朝。

按《魏书·张普惠传》,是年,胡太后父胡国珍卒,赠相国、太上秦公,张普惠上疏,陈其不可。太后览表,亲至国珍宅,召集王公、八座、卿尹及五品已上,博议其事,遣使召普惠与相问答。崔光、袁翻等皆与之辩诘,张普惠诃翻曰:"雕虫小艺,微或相许,至于此处,岂卿所及。"张之斥袁,足见此时北人尚重经义,轻文章。又本传云:"时中山庄弼遗书普惠曰:'明侯渊儒硕学,身负大才,秉此公方,来居谏职,謇謇如也,谔谔如也。一昨承胡司徒第,当面折庭诤,虽问难锋至,而应对响出,宋城之带始萦,鲁门之柝裁警,终使群后逡巡,庶僚拱默,虽不见用于一时,固已传美于百代。闻风快然,敬裁此白。'"此书多偶句,用《墨子》典,足显示北人书札风采。

张普惠上疏论天下民调事,以为复征绵麻,恐其劳民不堪命;又谏孝明帝不亲视朝,过崇佛法,郊庙之事,多委有司。

见《魏书·张普惠传》。张普惠文虽乏文采,然多务实事,此北朝文之特色也。

崔光六十八岁,请修补汉石经。

见《魏书·崔光传》、《通鉴》卷一百四十八。《魏书》本传载光上表云:"寻石经之作,起自炎刘,继以曹氏《典论》,初乃三百余载,计末向二十纪矣。昔来虽屡经戎乱,犹未大崩侵。如闻往者刺史临州,多构图寺,道俗诸用,稍有发掘,基蹠泥灰,或出于此。皇都始迁,尚可补复,军国务殷,遂不存检。官私显隐,渐加剥撤。播麦纳菽,秋春相同,□生蒿杞,时致火燎,由是经石弥灭,文字增缺。职忝胄教,参掌经训,不能缮修颓坠,兴复生业,倍深惭耻。今求遣国子博士一人,堪任干事者,专主周视,驱禁田牧,制其践秽,料阅碑牒所失次第,量厥补缀。"诏曰:"此乃学者之根源,不朽之永格,垂范将来,宪章之本,便可一依公表。"光乃令国子博士李郁与助教韩神固、刘燮等勘校石经,其残缺者,计料石功,并字多少,欲补治之。于后,灵太后废,遂寝。《通鉴》以为"及魏,冯熙、常伯父相继为洛州刺史,毁取以建浮图精舍,遂大致颓落",又谓"会元义、刘腾作乱,事遂寝",较《魏书》益明白。然《通鉴》又谓"初,洛阳有汉三字石经",而三字石经据郦道元《水经注》为曹魏正始中所立,胡注已有注明。

胡太后遣使者宋云与比丘惠生如西域求佛经。

见《通鉴》卷一百四十八;《魏书·释老志》以惠生出使为熙平元年。《洛阳伽蓝记》卷五云"神龟元年十一月冬,太后遣崇立寺比丘惠生向西域取经",又谓"闻义里有敦煌人宋云宅,云与惠生俱使西域也"。宋云行程,详《洛阳伽蓝记》,《通鉴》系年,盖亦本此。

任城王澄奏请使佛寺悉徙于郭外。

见《魏书·释老志》、《通鉴》卷一百四十八。此议虽经奏可,而未能施行。

游肇六十七岁。刘峻五十七岁。阳固五十六岁。徐勉五十三岁。吴均五十岁。殷芸四十八岁。周捨四十八岁。张率四十四岁。袁翻四十三岁。到洽四十二岁。刘杳四十岁。王籍三十九岁。王筠三十八岁。伏挺三十五岁。刘孝仪三十三岁。萧子显三十二岁。杜弼二十八岁。元顺二十五岁。温子昇二十四岁。邢劭二十三岁。李谐二十三岁。周弘正二十三岁。颜协二十一岁。苏绰二十一岁。张缵二十岁。谢徵十九岁。魏收十三岁。李骞十一岁。杜之伟十一岁。萧绎十一岁。庾持十一岁。江德藻十岁。阳休之十岁。颜晃九岁。陆云公八岁。袁聿修八岁。王晞八岁。庾信六岁。徐伯阳三岁。李昶三岁。许亨二岁。

梁武帝天监十八年·魏孝明帝神龟二年(519)　己亥

江总生。

《陈书》本传:"江总字总持,济阳考城人也。晋散骑常侍统之十世孙。五世祖湛,宋左光禄大夫、开府仪同三司,忠简公。祖蒨,梁光禄大夫,有名当代。父紑,本州迎主簿,少居父忧,以毁卒。"江总卒于隋开皇十四年,年七十六岁,上推生于本年。

岑之敬生。

《陈书》本传:"岑之敬字思礼,南阳棘阳人也。父善纡,梁世以经学闻,官至吴宁令、司义郎。"岑之敬卒于陈太建十一年,年六十一,上推生于本年。

徐勉五十四岁,春正月由太子詹事转为尚书左仆射。

见《梁书》本传。

周捨四十九岁,时为太子右卫率。

见《梁书·康绚传》:"十八年,征为员外散骑常侍,领长水校尉,与护军韦叡、太子右卫率周捨直殿省。"

刘孝仪三十四岁,转为始兴王中抚军主簿。

《梁书》本传:"王入为中抚军,转主簿。"按《梁书·始兴忠武王传》:"十八年征为侍中、中抚军、开府仪同三司、领军将军。"

王僧孺五十五岁,作《詹事徐府君集序》。

见《艺文类聚》卷五十五。徐府君,即徐勉,本年前后为太子詹事。

陆云公九岁,读《汉书》,从祖陆倕、沛国刘显质问十事,所对无失。

见《梁书》本传。

何之元为袁昂所荐,得朝廷召见。

《陈书·文学传》:"何之元庐江灊人。祖僧达,齐南台治书侍御史。父法胜,以行业闻。""之元幼好学,有才思,居丧过礼,为梁司空袁昂所重。天监末,昂表荐之,因得召见。"

释慧皎《高僧传》十四卷约本年完成。

见费长房《历代三宝记·内典》。又见《高僧传》后附跋语:"始自汉明帝永平十年,终于梁天监十八年,凡四百五十三载,二百五十七人,又傍出附见者二百余人。"按:卷十三《齐上定林寺释法献传》记载有"牙以普通三年正月,忽有数人并执仗,初夜扣门,称临川殿下奴叛,有人告云在佛牙阁上"云云,当是后来所补。唐代智昇《开元释教录》:"《高僧传》十四卷,序录一卷,传十三卷。共十四卷。天监十八年撰。"

四月八日,萧衍发弘誓心受菩萨戒。

释道宣《续高僧传》卷六《梁国师草堂寺智者释慧约传》:"天监十一年始敕引见,事协心期,道存目击。自尔去来禁省,礼供优给。至十八年己亥四月八日,天子发弘誓,心受菩萨戒,乃幸等觉寺。"

释道琳卒于富阳齐坚寺,时年七十三岁。

释慧皎《高僧传》卷十二《梁富阳齐坚寺释道琳传》:"释道琳,本会稽山阴人。"

张始均被杀。

按《魏书·张彝传》,是年,魏羽林千余人禁征西将军张彝第,殴伤彝,烧杀其子始均,彝亦死。始均字子衡,端洁好学,有文才。司徒行参军,迁著作佐郎。改陈寿《魏志》为编年之体,广益异闻,为三十卷。又著《冠带录》及诸赋数十篇,今并亡失。

北魏宗室豪族竞为豪侈。歌舞声乐,盛行一时。

《通鉴》卷一百四十九:"魏宗室权幸之臣,竞为豪侈,高阳王雍,富贵冠一国,宫室园圃,侔于禁苑,僮仆六千,伎女五百,出则仪卫塞道路,归则歌吹连日夜,一食直钱数万。李崇富埒于雍而性俭啬,尝谓人曰:'高阳一食,敌我千日。'河间王琛,每欲与雍争富,骏马十余匹,皆以银为槽,窗户之上,玉凤衔铃,金龙吐旆。尝会诸王宴饮,酒器有水精锋、马脑碗、赤玉卮,制作精巧,皆中国所无。又陈女乐、名马及诸奇宝,复引诸王历观府库,金钱、缯布不可胜计,顾谓章武王融曰:'不恨我不见石崇,恨石崇不见我。'融素以富自负,归而惋叹三日。京兆王继闻而省之,谓曰:'卿之货财计不减于彼,何为愧羡乃尔?'融曰:'始谓富于我者独高阳耳,不意复有河间!'继曰:'卿似袁术在淮南,不知世间复有刘备耳。'融乃笑而起。"此文亦全取《洛阳伽蓝记》卷三及卷四。然《通鉴》例不取文艺史料,而《洛阳伽蓝记》原文,颇多记载,如卷三记高阳王雍有"美人徐月华,善弹箜篌,能为《明妃出塞》之歌,闻者莫不动容"。"王有二美姬,一名修容,一名艳姿,并蛾眉皓齿,洁貌倾城。修容亦能为《绿水歌》,艳姿善为《火凤舞》。"卷四记河间王琛曰:"有婢朝云,善吹篪,能为《团扇歌》《陇上声》。琛为秦州刺史,诸羌外叛,屡讨之不降。琛令朝云假为贫妪,吹篾而乞。诸羌闻之,悉皆流涕。迭相谓曰:'何为弃坟井,在山谷为寇也?'即相率归降。秦民语曰:'快马健儿,不如老姬吹篾。'"《洛阳伽蓝记》卷四又云:"当时四海晏清,八荒率职,缥囊纪庆,玉烛调辰。百姓殷阜,年登俗乐。鳏寡不闻犬豕之食,茕独不见牛马之衣。于是帝族王侯,外戚公主,擅山海之富,居川林之饶。争修园宅,互相夸竞。崇门丰室,洞户连房,飞馆生风,重楼起雾。高台芳榭,家家而筑;花林曲池,园园而有。莫不桃李夏绿,竹柏冬青,而河间王琛最为豪首。"按:杨衒之悲魏之乱亡而作此书,于"河阴"以前洛阳盛况,恐不无溢美,盖自宣武帝以来,饥馑相臻,民多饿死,何能"不闻犬豕之食","不见牛马之衣"?然洛阳贵族之豪奢,当是事实,至于留居北土之鲜卑族,不但如前引史料所载,备极困苦,且目睹洛阳状况,益以张彝之死,已见朝廷之无能,其能不揭竿而起者乎?

陈仲儒请依京房,立准以调八音。

按《魏书·乐志》载,有司问其状,陈仲儒上言其理,尚书萧宝夤以为"金石律吕,制度调均,中古已来勘或通晓。仲儒虽粗述书文,颇有所说,而学不师授,轻学制作,不敢依许"。

崔光六十九岁。游肇六十八岁。陶弘景六十四岁。刘峻五十八岁。阳固五十七岁。王僧孺五十五岁。刘勰五十三岁。吴均五十一岁。裴子野五十一岁。陆倕五十岁。徐摛四十九岁。张率四十五岁。到洽四十三岁。萧子恪四十二岁。刘杳四十一岁。刘孝绰三十九岁。王筠三十九岁。伏挺三十六岁。庾肩吾三十三岁。萧子显三十三岁。杜弼二十九岁。元顺二十六岁。温子昇二十五岁。邢劭二十四岁。李谐二十四岁。周弘正二十四岁。颜协二十二岁。苏绰二十二岁。张缵二十一岁。谢徵二十岁。萧统十九岁。萧纲十七岁。魏收十四岁。徐陵十三岁。李骞十二岁。萧绎十二岁。庾持十二岁。杜之伟十二岁。江德藻十一岁。阳休之十一岁。颜晃十岁。袁聿修九岁。王晞九岁。庾信七岁。徐伯阳四岁。许亨三岁。

梁武帝普通元年·魏孝明帝正光元年(520)　庚子

春正月改元普通。大赦天下。

吴均卒,时年五十二岁。

《梁书》本传:"先是,均表求撰《齐春秋》,书成奏之,高祖以其书不实,使中书舍人刘之遴诘问数条,竟支离无对。敕付省焚之。坐免职。寻有敕召见,使撰《通史》,起三皇,讫齐代,均草本纪、世家功已毕,唯列传未就。普通元年卒。时年五十二岁。均注范晔《后汉书》九十卷,著《齐春秋》三十卷,《庙记》十卷,《十二洲记》十六卷,《钱塘先贤传》五卷,《续文释》五卷,文集十二卷。"著名的《通史》及《齐春秋》均已佚失,《史通》对此二书有较多的评论可以参考。题名吴均所著《续齐谐记》一卷今存。

陶弘景六十五岁。是年,梁武帝命陶弘景造神剑十三口。

《太平御览》卷三百四十三:"梁武帝萧衍天监元年即位。至普通中,岁在庚子,命弘景造神剑十三口,用金银铜锡铁五色合为之,长短各依剑铜术法。"

王僧孺五十六岁,作《为临川王让太尉表》。

见《艺文类聚》卷四十六。按《梁书》及《南史》萧宏传,萧宏本年为太尉。

徐勉五十五岁,仍为尚书仆射、太子詹事,作《伏暅墓志铭》。又作《故侍中司空永阳昭王墓志铭》、《故永阳敬太妃墓志铭》。

见《梁书·良吏·伏暅传》。按:伏暅为伏挺之父,卒年五十九岁。《故侍中司空永阳昭王墓志铭》、《故永阳敬太妃墓志铭》,尚存拓片。又见《古刻丛钞》。永阳昭王萧敷,梁武帝萧衍之次兄,齐建武四年卒。其妃王氏普通元年卒,附葬其侧。故有碑文之作。参看《增补校碑随笔》,上海书画社1981年版。

萧子恪四十三岁，迁宗正卿，与萧琛同僚。

《梁书》本传："普通元年，迁宗正卿。"

刘杳四十二岁，复除建康正，迁尚书驾部郎，又徙署仪曹郎。尚书仆射徐勉以台阁文议专委刘杳。

《梁书》本传："普通元年，复除建康正，迁尚书驾部郎，数月，徙署仪曹郎。"

王筠四十岁，以母忧去职。

《梁书》本传："普通元年，以母忧去职。"

到洽四十四岁，以本官领博士，入为尚书吏部郎。

《梁书》本传："普通元年，以本官领博士。顷之，入为尚书吏部郎。"

萧统二十岁。

《梁书》本传："太子美姿貌，善举止。读书数行并下，过目皆忆。每游宴祖道，赋诗至十数韵。或命作剧韵赋之，皆属思便成，无所点易。高祖大弘佛教，亲自讲说；太子亦崇信三宝，遍览众经。乃于宫内立慧义殿，专为法集之所。招引名僧，谈论不绝。太子自立二谛、法身义，并有新意。普通元年四月，甘露降于慧义殿，咸以为至德所感焉。"

萧纲十八岁，十月由丹阳尹为平西将军、益州刺史。

见《梁书·武帝纪》。

萧绎十三岁，诵百家谱。

见《金楼子》卷六《自序篇》。

萧琛为宗正卿，迁左民尚书，领南徐州大中正。

《梁书》本传："普通元年，征为宗正卿，迁左民尚书，领南徐州大中正。"

何之元解褐梁太尉临川王扬州议曹从事郎，寻转主簿。

见《陈书》本传。临川王萧宏本年迁使持节、都督扬南徐州诸军事、太尉、扬州刺史。

傅大士二十四岁,感悟出家。

见元释觉岸《释氏稽古略》卷二。

沙门众养于扬都译《文殊般若经》等十一部,帝亲笔受,令宝唱继之。

详见宋释志磐《佛祖统纪》卷三十七《法运通塞志》。

游肇卒,时年六十九岁。

按《通鉴》卷一百四十九载,本年元叉杀清河王怿,幽胡太后,专擅朝政。叉又与腾表里擅权,叉为外御,腾为内防,常直禁省,共裁刑赏,政无巨细,决于二人,咸振内外,百僚重迹。朝野闻怿死,莫不丧气,胡夷为之劈面者数百人,游肇愤愤不已,正光元年八月卒,年六十九。《魏书》本传载,"肇外宽柔,内刚直,耽好经传,手不释书。治《周易》、《毛诗》,尤精三礼。为《易集解》,撰《冠婚仪》、《白珪论》,诗赋表启凡七十五篇,皆传于世"。

元熙被杀,临刑前有五言诗,乏文采。又有《与知故书》,颇典雅。

按《魏书·南安王桢附中山王熙传》及《通鉴》卷一百四十九记载,是年,相州刺史中山王元熙与弟给事黄门侍郎元略、司徒祭酒元纂等起兵于邺,上表欲诛元叉、刘腾。事败,熙、纂被杀,略辗转奔梁。《魏书》本传:"熙既蕃王之贵,加有文学,好奇爱异,交结伟俊,风气甚高,名美当世,先达后进,多造其门。始熙之镇邺也,知友才学之士袁翻、李琰、李神俊、王诵兄弟、裴敬宪等咸饯于河梁,赋诗告别。"《魏书·文苑·裴敬宪传》曰:"中山王将之部,朝贤送于河梁,赋诗言别,皆以敬宪为最。其文不能赡逸,而有清丽之美。"《魏书·南安王桢附熙传》载有熙临刑五言诗,四句,示其僚友;又四句与知友别。此二诗皆说理,不见文采。然其临死作《与知故书》,颇典雅,且富情感,实为骈体佳作。可见此时北朝人文胜于诗。

阿那瓌入朝于魏,常景议其位于藩王、仪同之间。从之。

见《洛阳伽蓝记》卷三。

孝明帝请释道两派上殿互陈利弊。

释道宣《续高僧传》卷二十三《魏洛都融觉寺释昙无最传》:"释昙无最,姓董氏,武安人也。……元魏正光元年,明帝加朝服大赦,请释李两宗上殿,斋讫,侍中刘滕宣敕,请诸法师等,与道士论义。时清道馆道士姜斌与最讨论。帝问佛与老同时不。姜斌曰:'老子西入化胡,佛时以为侍者,文出《老子开天经》。据此明是同时。'最问曰:'老子周何王生?何年西入?'斌曰:'当周定王三年,在楚国陈郡苦厉乡曲人里,九月十四日夜生。简王四年为守藏吏。敬王元年八十五。见周德陵迟,遂与散关令尹喜,西入化胡。约斯明矣。'最曰:'佛当周昭王二十四年四月八日生,穆王五十二年二月十五日灭度,计入涅槃经三百四十五年始到定王三年,老子方生。生已年八十五。至敬王元年凡经四百三十年,乃与尹喜西遁。此乃年载悬殊,无乃谬乎?'斌曰:'若如来言出何文纪?'最曰:'《周书异记》、《汉法本内传》,并有明文。'斌曰:'孔子制法圣人,当时于佛迥无文志何耶?'最曰:'孔氏三备卜经,佛之文言出在中备。仁者识同管窥。览不弘远,何能自达?'帝遣尚书令元乂宣敕:'道士姜斌论无宗旨,宜令下席。'又议:'《开天经》是谁所说?'中书侍郎魏收、尚书郎祖莹,就观取经。太尉萧综、太傅李寔、卫尉许伯桃、吏部尚书邢栾、散骑常侍温子昇等一百七十人,读讫奏云:'老子止著五千文,余无言说。臣等所议,姜斌罪当惑众。'帝时加斌极刑。西国三藏法师菩提流支苦谏,乃止配徙马邑。"而据缪钺《魏收年谱》考证,本年魏收年方十四岁。魏收为中书侍郎在武定元年(543),时已三十七岁也。因此,这里似有误。按北周武帝天和四年(569)也有一次三教之论争。宋释志磐《佛祖统纪》卷三十八《法运通塞志》系此在正光四年。则知北魏、北齐、北周均有三教之争也。又见元释念常《佛祖通载》卷十。

释昙衍十八岁,举秀才,贡上邺都。

释道宣《续高僧传》卷八《齐洛州沙门释昙衍传》:"七岁从学,聪敏绝伦。十五擢为州都公事,有隙便听释讲。十八举秀才,贡上邺都,过听光公法席,即禀归戒,弃舍俗务,专功佛理。学流三载,绩邻前达。"

北天竺僧佛陀扇多在洛阳译经多部。

释道宣《续高僧传》卷一《魏南台石窟寺恒安沙门菩提流支传》:北天竺僧佛陀扇多,"魏言觉定,从正光元年至元象二年于洛阳白马寺及邺都金华寺译出《金刚上味经》等经十部。当翻经日于洛阳内殿,流支传本,余僧参助,其后三德乃徇流言,各传师习,不相询访,帝以弘法之盛,略叙曲烦,敕三处各翻讫乃参校。其间隐没,互有不同,致有文旨时兼异缀。后人合之共成通部,见宝唱等《录》"。

崔光七十岁。陶弘景六十五岁。刘峻五十九岁。阳固五十八岁。王僧孺五十六岁。徐勉五十五岁。刘勰五十四岁。裴子野五十二岁。陆倕五十一岁。徐摛五十岁。周捨五十岁。张率四十六岁。王籍四十一岁。刘孝绰四十岁。刘孝仪三十五岁。庾肩吾三十四岁。萧子显三十四岁。杜弼三十岁。元顺二十七岁。温子昇二十六岁。邢劭二十五岁。李谐二十五岁。周弘正二十五岁。苏绰二十三岁。张缵二十二岁。谢徵二十一岁。魏收十五岁。徐陵十四岁。杜之伟十三岁。庾持十三岁。李骞十三岁。阳休之十二岁。江德藻十二岁。颜晃十一岁。袁聿修十岁。王晞十岁。庾信八岁。徐伯阳五岁。许亨四岁。岑之敬二岁。江总二岁。

梁武帝普通二年·魏孝明帝正光二年(521)　辛丑

刘峻卒,时年六十岁。

《梁书》本传云:"峻居东阳,吴会人士多从其学。普通二年卒,时年六十。门人谥曰玄靖先生。"《梁书》校记曰:"二年,《南史》作三年。按上文云:宋泰始初,青州陷魏,峻年八岁,为人所略至中山。则峻生于宋大明二年。自宋大明二年至梁普通二年,首尾六十四年,至普通三年则首尾六十五年。时年六十下当脱一'四'字或'五'字。"按:"泰始初青州陷"与"峻年八岁,为人所略至中山"未必发生在同一年。今从《梁书》本传。其晚年著《自序》,自比冯敬通,说有相同者三,有相异者四,文颇诙谐。

周兴嗣卒。

《梁书》本传:"普通二年卒。所撰《皇帝实录》、《皇德记》、《起居注》、《职仪》等百余卷。文集十卷。"按:周兴嗣最有名的作品是他的《千字文》,唐宋笔记多有记载。启功先生《说千字文》(载《文物》1988年第7期)有详细考证。

陶弘景六十六岁,深得萧纲钦慕。

《梁书·处士传》:"后太宗临南徐州,钦其风素,召至后堂,与谈论数日而去,太宗甚敬异之。"

张缵二十三岁,魏使刘善明深加嗟赏。

《梁书》本传:"缵与琅邪王锡齐名。普通初,魏遣彭城人刘善明诣京师请和,求识缵。缵时年二十三,善明见而嗟服。"

萧统二十一岁,作《示徐州弟诗》,四言。

见《文馆词林》卷一五二。

萧纲十九岁,正月被任命为南徐州刺史。

见《梁书·武帝纪》。

徐陵十五岁。其父徐摛五十一岁,随晋安王萧纲镇京口。

见《梁书·徐摛传》。

萧绎十四岁,患眼疾。

见《金楼子》卷六《自序篇》："自余年十四苦眼疾,沉痼比来转暗……"

萧子范作《为蔡令樽让吴郡表》。

见《艺文类聚》卷五十。按《梁书·蔡樽传》："普通二年出为宣毅将军、吴郡太守。"

释法贞与僧建共同渡江求法,法贞为追兵所杀,时年六十一岁。而僧建达于江阴,住何园寺。

见释道宣《续高僧传》卷六《魏洛下广德寺释法贞传》。

袁翻四十六岁,议处柔然阿那瓌。

《魏书·袁翻传》,高车败柔然,柔然余众请迎阿那瓌,凉州刺史袁翻以为可处阿那瓌于东,婆罗门于西,以分柔然之势而防高车,从之。袁翻为魏文人,然亦有政治见解。

九月十五日,洛阳菩萨寺佛大写《道行经》。

《出三藏记集》卷七《道行经后记》："光和二年十月八日,河南洛阳孟元士,口授天竺菩萨竺朔佛,时传言译者月支菩萨支谶,时侍者南阳张少安,南海子碧,劝助者孙和、周提立。正光二年九月十五日,洛阳城西菩萨寺中沙门佛大写之。"按:慧皎《高僧传》卷十四自序中已经提到《出三藏记集》,说明是在天监十八年前即已完成。而本年已是普通二年,似有误也。

崔光七十一岁。阳固五十九岁。王僧孺五十七岁。徐勉五十六岁。裴子野五十三岁。陆倕五十二岁。周捨五十一岁。张率四十七岁。到洽四十五岁。萧子恪四十四岁。刘杳四十三岁。王籍四十二岁。刘孝绰四十一岁。王筠四十一岁。伏挺三十八岁。刘孝仪三十六岁。萧子显三十五岁。庾肩吾三十五岁。杜弼三十一岁。元顺二十八岁。温子昇二十七岁。邢劭二十六岁。李谐二十六岁。周弘正二十六岁。颜协二十四岁。苏绰二十四岁。谢徵二十二岁。魏收十六岁。李骞十四岁。杜之伟十四岁。庾持十四岁。江德藻十三岁。阳休之十三岁。颜晃十二岁。袁聿修十一岁。王晞十一岁。陆云公十一岁。庾信九岁。徐伯阳六岁。李昶六岁。江总三岁。岑之敬三岁。

梁武帝普通三年·魏孝明帝正光三年(522)　壬寅

王僧孺卒,时年五十八岁。

《梁书》本传:"普通三年卒(《南史》本传作普通二年),时年五十八。僧孺好坟籍,聚书至万余卷,率多异本,与沈约、任昉家书相埒。少笃志精力,于书无所不睹。其文丽逸,多用新事,人所未见者,世重其富。僧孺集《十八州谱》七百一十卷,《百家谱集》十五卷,《东南谱集钞》十卷,文集三十卷,《两台弹事》不入集内为五卷,及《东宫新记》并行于世。"

陶弘景六十七岁,作《吴太极左仙公葛公碑》。

按:葛公指葛玄,葛洪三代从祖。序称:"天监七年,郡邑豪旧,遂相率舆出,制不由己,以此山在五县冲要,舍而留止,于兹十有五载。将欲移憩坛上,先有一空碑,久已摧倒……乃复建新碑于其所,愿勒名迹以永传,隐居不远千里,寓斯石而镌之。仙公姓葛,讳玄,字孝先。丹阳句容都向吉阳里人也。……"

徐勉五十七岁,为尚书右仆射,作《梁故侍中司徒骠骑将军始兴忠武王碑》、《上疏请禁速敛》。

见《梁书·昭明太子传》。按本传:"转太子詹事,领云骑将军,寻加散骑常侍,迁尚书右仆射,詹事如故。"《梁故侍中司徒骠骑将军始兴忠武王碑》,尚存有拓片,残缺特甚。详见《八琼室金石补正》卷十一。按《梁书·始兴忠武王憺传》,始兴王萧憺为萧衍之弟,本年十一月卒,时年四十五岁。《上疏请禁速敛》,见《梁书》本传。

萧子恪四十五岁,迁都官尚书。

见《梁书》本传。

刘孝绰四十二岁,作《昭明太子集序》。又作《东宫礼绝傍亲议》、《谢为东宫奉经启》。

序中称:"粤我大梁二十一载,盛德备乎东朝……"按《梁书》本传:"时昭明太子好士爱文,孝绰与陈郡殷芸、吴郡陆倕、琅邪王筠、彭城到洽等同见宾礼。太子起乐贤堂,乃使画工先图孝绰焉。太子文章繁富,群子咸欲撰录,太子独使孝绰集而序之。"唯此文的题目为后人所加,因为昭明为萧统死后的谥号。按:《艺文类聚》卷十六载有萧子范《求撰昭明太子集表》称"冒乞铨次遗藻,勒成卷轴"云云,乃昭明太子死后,萧纲又有撰集文集之事,子范或作补遗。《东宫礼绝傍亲议》、《谢为东宫奉经启》,见《梁书·昭明太子传》:"三年十一月,始兴王憺薨。旧事,以东宫礼绝傍亲,书翰并依常仪。太子意以为疑,命仆刘孝绰议其事。"

萧统二十二岁,作《议东宫礼绝傍亲令》。又作《答湘东王求文集及〈诗苑英华〉书》。

《梁书》本传:"三年十一月,始兴王憺薨。旧事,以东宫礼绝傍亲,书翰并依常仪。太子意以为疑,命仆刘孝绰议其事。孝绰议曰……仆射徐勉、左率周捨、家令陆襄并同孝绰议。太子令曰……"按:这段文字,严可均《全梁文》盖辑在昭明太子名下,不确。又作《答湘东王求文集及〈诗苑英华〉书》。见严可均编《全上古三代秦汉三国六朝文》。

萧纲二十岁,作《大爱敬寺刹下铭》。

文中曰:"以普通三年岁次壬寅二月癸朔八日庚午建七层灵塔。百旬既耸,千甍乃设。"见《文苑英华》卷七百八十五。

杜之伟十五岁,遍读群籍,深为徐勉所激赏,重其文有笔力。

《陈书》本传:"十五遍观文史及仪礼故事,时辈称其早成。"

萧绎十五岁,始著《金楼子》。

其自序称:"余于天下为不贱焉。窃念臧文仲既没,其言立于世;曹子桓云:立德著书,可以不朽;杜元凯言:德者非所企及,立言或可庶几。故户牖悬刀笔而有述作之志矣。常笑淮南之假手,每嗤不韦之托人。由是年在志学,躬自搜纂,以为一家之言。……今纂开辟以来至乎耳目所接,即以先生为号曰《金楼子》。盖士安之玄晏,稚川之抱朴者焉。"此云"年在志学",用《论语·为政》"吾十有五而志于学"典。

何之元为丹阳尹五官掾,总户曹事。

《陈书·文学传》:"及昂为丹阳尹,辟为丹阳五官掾,总户曹事。"按《梁书·袁昂传》:"普通三年为中书监、丹阳尹。其年进号中卫将军,复为尚书令,即本号开府仪同三司,给鼓吹,未拜,又领国子祭酒。"

萧正德作《咏竹火笼》。

《南史》本传:"普通三年,以黄门侍郎为轻车将军,置佐史。顷之奔魏。初去之始,为诗一绝,内火笼中。"此即《咏竹火笼》诗。萧正德之出奔,详见《资治通鉴》卷一百四十九:"初,太子统之未生也,上养临川王宏之子正德为子。正德少粗险,上即位,正德意望东宫。及太子统生,正德还本,赐爵西丰侯。正德怏怏不满意,常蓄异谋。是岁(指本年),正德自黄门侍郎为轻车将军,顷之,亡奔魏,自称废太子避祸而来。"

郭祖深作《与榇诣阙上封事》。

见《南史》本传。此文深刻地指斥了梁武帝大弘佛教而带来的严重后果,称"都下佛寺五百余所,穷极宏丽,僧尼十余万,资产丰沃。所在郡县,不可胜言。道人又有白徒,尼则皆蓄养女,皆不贯人籍。天下户口几亡其半。而僧尼多非法,养女皆服罗纨,其蠹俗伤法,抑由于此"。又指斥当朝权贵如徐勉、周捨等曰:"今之所任,腹背之毛耳。论外则有勉、捨,说内则有云、旻。云、旻所议,则伤俗盛法,勉、捨之志,唯愿安枕江东。主慈臣悾,息谋外甸,使中国士女,南望怀冤,若贾谊重生,岂不恸哭。"史传称:此封事上,"帝虽不能悉用,然嘉其正直,擢为豫章钟陵令、员外散骑常侍"。这说明此时的梁武帝还能够听得进逆耳之言。到大同十一年,贺琛作《条奏时务封事》远未有此文激烈,但是萧衍却完全接受不了,可惜一切都为贺琛所言中,不久就爆发了侯景之乱。这是后话。郭祖深文章的写作时间,史传未有明载,从文中约略可以推知:"庐陵年少,不宜镇襄阳;左仆射王暕在丧,被起为吴郡,曾无辞让。"按:庐陵王萧续在普通三年为雍州刺史。时年十九岁,故曰庐陵年少。王暕本年被吴郡征还,迁尚书仆射,明年卒。又文称"陛下皇基兆运二十余载",即从天监元年到本年正二十一年。又史传称"普通七年改南州津为南津校尉,以祖深为之"。由此可以推知,此文肯定作于七年前。

释明彻作《将卒上武帝表告辞》。

《续高僧传》卷六《梁杨都建初寺释明彻传》:"彻自惟将卒,奉启告辞,皇心载轸于万寿殿,时内外枢揆,一时恸绝……"其卒于本年十二月。

释智藏卒,时年六十五岁。新安太守萧机制文,湘东王绎制铭,太子中庶子陈郡殷钧为立墓志。

见释道宣《续高僧传》卷五《梁钟山上定林寺沙门释智藏传》。

刘孝仪作文,盛赞佛像。

释道宣《续高僧传》卷二十九《周鄜州大像寺释僧明传》:"梁普通三年,敕于建兴苑铸金铜花趺,高六尺,广一丈。上送承足,立碑赞之。刘孝仪为文。"

宋云与惠生自西域返抵洛阳,得佛经一百七十部。

见《洛阳伽蓝记》卷五、《通鉴》卷一百四十九。宋释志磐《佛祖统纪》卷三十八系在下年,疑未确。

孝明帝下诏颁行崔光表上张龙祥等所撰《正光历》。

见《魏书·肃宗纪》、《律历志》及《通鉴》卷一百四十九。

元顺二十九岁,作《蝇赋》。

《魏书·任城王附元顺传》:"初,城阳王徽慕顺才名,偏相结纳。而广阳王渊奸徽妻于氏,大为嫌隙。及渊自定州被征,入为吏部尚书,兼中领军。顺为诏书,辞颇优美。徽疑顺为渊左右,由是与徐纥间顺于灵太后,出顺为护军将军、太常卿。……顺疾徽等间之,遂为《蝇赋》曰'云云'。"据《广阳王深(渊)传》,渊奸徽妻,在沃野镇人破六韩拔陵反叛以前。破六韩拔陵反,据《肃宗纪》,为正光五年,而正光初,灵太后为元叉、刘腾所困,不得主事,则元顺为元徽、徐纥所间,当在正光三至四年间也。

释慧藏生。

释道宣《续高僧传》卷九《隋西京空观道场释慧藏传》:"释慧藏,姓郝氏,赵国平棘人。""以大业元年十一月二十九日遘疾,卒于空观寺,春秋八十有四。"据此逆推生于本年。

崔光七十二岁。阳固六十岁。裴子野五十四岁。陆倕五十三岁。周捨五十二岁。徐摛五十二岁。张率四十八岁。袁翻四十七岁。到洽四十六岁。萧子恪四十五岁。刘杳四十四岁。王籍四十三岁。王筠四十二岁。伏挺二十九岁。刘孝仪三十七岁。萧子云三十七岁。庾肩吾三十六岁。萧子显三十六岁。杜弼三十二岁。温子昇二十八岁。邢劭二十七岁。李谐二十七岁。周弘正二十七岁。颜协二十五岁。苏绰二十五岁。张缵二十四岁。谢徵二十三岁。魏收十七岁。徐陵十六岁。萧绎十五岁。庾持十五岁。李骞十五岁。阳休之十四岁。江德藻十四岁。颜晃十三岁。陆云公十二岁。袁聿修十二岁。王晞十二岁。庾信十岁。徐伯阳七岁。李昶七岁。许亨六岁。江总四岁。岑之敬四岁。

梁武帝普通四年·魏孝明帝正光四年(523)　癸卯

萧子恪四十六岁,转为吏部。

见《梁书》本传。

庾肩吾三十七岁,为晋安王萧纲常侍。

详见倪璠《庾子山年谱》。

萧纲二十一岁,徙为使持节、都督雍梁南北秦四州郢州之竟陵、司州之随郡诸军事、平西将军、宁蛮校尉、雍州刺史。作《临雍州原灭民间资教》、《临雍州革贪惰教》、《图雍州贤能刺史教》、《南郊颂》。

见《梁书》本纪。按《颂》云:"自拨乱反正,伐罪吊民,凭玉几,握金镜,君临万国,于今二十有二载也。"

徐陵十七岁,参晋安王萧纲宁蛮府军事。

《陈书》本传:"梁普通二年,晋安王为平西将军、宁蛮校尉,父摛为王谘议,王又引陵参宁蛮府军事。"按:"二"字误,当作"四"。其父徐摛五十三岁,本年为晋安王谘议参军。见《梁书》本传:"普通四年,王出镇襄阳,摛固求随府西上,迁晋安王谘议参军。"又见《梁书·简文帝纪》。又徐陵于陈天嘉四年作《五兵尚书表》称:"臣虽不敏,弱冠登朝,伊昔承华,豫游多士。"据《初学记》载:"太子之门曰承华。"

岑之敬五岁,读《孝经》,每晚烧香正坐,亲戚咸加叹异。

见《陈书》本传。

袁昂作《古今书评》。

文见《太平御览》卷七百四十八,为奉敕品评之作,凡二十五人,特推崇钟繇、王羲之、王献之。《历代书法论文选》收录有校订本,文末曰:"右二十五人,自古及今,皆善能书。奉敕,遣臣评古今书,臣既愚短,岂敢辄量江海。但圣主委臣斟酌是非,谨品字法如前。伏愿照览,谨启。普通四年二月五日,内侍中、尚书令袁昂启。"按:此文有可值得注意者在四个方面:第一,评价了许多还在世的许多书家,如阮研、庾肩吾、陶弘景、殷钧、萧子云等,时年陶弘景六十八岁、萧子云三十八岁、庾肩吾三十七岁。说明当时文评书品也可以评论在世作者。第二,此文以形象的语言评价了历代书法家的特点,反映了当时艺术界的审美情趣。第三,袁昂还有《评书》,隋僧智果书,见《淳化阁帖》,称:"从汉末至梁,有卅四人。"相传是梁武帝作,实际是在《古今书评》基础上附益而成,多大同小异。第四,梁武帝确实有书评存世,如《观钟繇书法十二意》、《草书状》、《与陶隐居论书》等三文就是明证。又陶弘景也有《与梁武帝论书启》、庾肩吾有《书品》等。这些都很值得重视。

阮孝绪始编《七录》,刘杳参与其事。

《七录序》:"有梁普通四年岁维单阏仲春十有七日于建康禁中里宅始述此书。通人平原刘杳从余游,因说其事。杳有志积久,未获操笔。闻余已先著鞭,欣然会意,凡所钞集,尽以相与,广其闻见,实有力焉。"(见《全梁文》卷六十六)又《佛祖通载》卷十:"孝绪普通四年著《七录》。前五录曰《内篇》,六曰《佛法录》,七曰《仙道录》,谓之《外篇》。刘歆《七略》则以道家为诸子,以神仙为方术。王俭《七志》则先道而后佛。孝绪《七录》则先佛而后道。盖所宗有不同。亦由其教有浅深也。《七录》内外图书总四万四千五百二十六卷。凡天下之遗书秘记尽于此矣。内佛法录经律论等五部凡五千四百卷,至隋文帝仁寿间则殿书凡三十七万卷。"

沈众为南平王法曹参军。

《陈书》本传:"沈众字仲师,吴兴武康人也。祖约,梁特进。父旋,梁给事黄门侍郎。众好学,颇有文词,起家梁镇卫南平王法曹参军、太子舍人。是时梁武帝制《千字诗》,众为之注解。与陈郡谢景同时召见于文德殿,帝令众为《竹赋》,赋成奏,帝善之。手敕答曰:卿文体翩翩,可谓无忝尔祖。"按:《梁书·南平元襄王传》:"五年进号镇卫大将军。"

萧正德自魏返国,萧衍复其封爵。此人后来纳侯景作乱。

详见《资治通鉴》卷一百四十九及《考异》。

常景拟刘琨《扶风歌》作诗十二首。

《魏书·常景传》曰:"阿那瑰之还国也。境上迁延,仍陈窘乏。遣尚书左丞元孚奉诏振恤,阿那瑰执孚过柔玄,奔于漠北。遣尚书令李崇、御史大夫元纂追讨,不及。乃令景出塞,经瓫山,临瀚海,宣敕勒众而返。景经涉山水,怅然怀古,乃拟刘琨《扶风歌》十二首。"按《魏书·肃宗纪》,阿那瑰奔漠北,事在本年。

魏兰根作《说李崇》,劝立边郡州县,庶无北顾之虑。

按《北齐书·魏兰根传》、《通鉴》卷一百四十九,是年,李崇长史魏兰根说崇曰:"缘边诸镇,控摄长远。昔时初置,地广人稀,或征发中原强宗子弟,或国之肺腑,寄以爪牙。中年以来,有司乖实,号为府户,役同厮养,官婚班齿,致失清流,而本来旧类,各各荣显,顾瞻彼此,理当愤怨。……宜改镇立州,分置郡县,凡是府户,悉免为民,入仕次叙,一准其旧,文武兼用,威恩并施。此计若行,国家庶无北顾之虑矣。"崇为之奏闻,事寝,不报。胡三省《通鉴注》曰:"为后改镇为州无及于事张本。"此事正可说明六镇起义及河阴之难的历史背景。

沃野镇民破六韩拔陵聚众反,杀镇将,改元真王,诸镇华、夷之民往往响应,拔陵引兵南侵,遣别帅卫可孤围武川镇,又攻怀朔镇。

见《通鉴》卷一百四十九。据《魏书·肃宗纪》,破六韩拔陵之起兵,在正光五年三月,中华书局标点本《校记》以为拔陵之起事当在四年,"盖《帝纪》因诏或讨拔陵而言之,非拔陵于时始反也"。此说本于《通鉴考异》。

崔光卒,时年七十三岁。

见《魏书·肃宗纪》、《崔光传》。据本传,崔光卒年七十三,当生于太平真君十二年(451)。光之文章,尝为孝文帝所称。本传又云:"初,光太和中,依宫商角徵羽本音而为五韵诗,又赠李彪,彪为十二次诗以报光。光又为百三郡国诗以答之,国别为卷,为百三卷焉。"其诗今均散佚。

阳固卒,时年六十一岁。

见《魏书·阳尼附固传》。固著《演赜赋》及《刺谗疾嬖幸》诗二章,皆见本传。又作《终制》一篇,本传不载。

释慧远生。

释道宣《续高僧传》卷八《隋京师净影寺释慧远传》:"释慧远,姓李氏,敦煌人也。后居上党之高都焉。""开皇十二年春,下敕令知翻译,刊定辞义,其年卒于净影寺,春秋七十矣。"据此逆推生于本年。

陶弘景六十八岁。徐勉五十八岁。裴子野五十五岁。陆倕五十四岁。周捨五十三岁。张率四十九岁。袁翻四十八岁。到洽四十七岁。刘杳四十五岁。王籍四十四岁。刘孝绰四十三岁。王筠四十三岁。伏挺四十岁。萧子显三十七岁。杜弼三十三岁。元顺三十岁。温子昇二十九岁。邢劭二十八岁。李谐二十八岁。周弘正二十八岁。颜协二十六岁。苏绰二十六岁。张缵二十五岁。谢徵二十四岁。萧统二十三岁。魏收十八岁。李骞十六岁。杜之伟十六岁。庾持十六岁。江德藻十五岁。阳休之十五岁。颜晃十四岁。袁聿修十三岁。王晞十三岁。陆云公十三岁。庾信十一岁。徐伯阳八岁。李昶八岁。许亨七岁。江总五岁。

梁武帝普通五年·魏孝明帝正光五年(524)　甲辰

徐勉五十九岁,作《答客喻》。

《梁书》本传:"勉第二子悱卒,痛悼甚至,不欲久废王务,乃为《答客喻》。其辞曰:'普通五年春二月丁丑,余第二息晋安内史悱丧之问至焉,举家伤悼,心情若陨……'"此文有三点值得注意:第一,文称:"今吾所悲,亦以悱始逾立岁。"知徐悱年过三十。第二,文称:"孝悌之至,自幼而长;文章之美,得之天然。好学不倦,居无尘杂,多所著述,盈帙满笥,淡然得失之际,不见喜愠之容。及翰飞东朝,参伍盛烈,其所游往,皆一时才俊;赋诗颂咏,终日忘疲。"知徐悱富于才学。第三,文称:"加以阖棺千里之外,未知归骨之期。"知徐悱死于外地。又《南史·刘孝绰传》:"共三妹,一适琅邪王叔英,一适吴郡张嵊,一适东海徐悱,并有才学。悱妻文尤清拔,所谓刘三妹也。悱为晋安郡卒,丧还建邺,妻为祭文,辞甚凄怆。悱父勉本欲为哀辞,及见此文,乃阁笔。"按:此文今存,收在《艺文类聚》卷三十八,题《祭夫文》,曰:"惟梁大同五年,新妇谨荐少牢于徐府君之灵曰……"按:大同当系普通之误。徐勉卒于大同元年,其见到刘氏祭文,不可能作于大同五年。

到洽四十八岁,复为太子中庶子等职。

《梁书》本传:"五年,复为太子中庶子,领步兵校尉,未拜,仍迁给事黄门侍郎,领尚书左丞。准绳不避贵戚,尚书省贿赂莫敢通。时銮舆欲亲戎,军国容礼,多自洽出。"

刘孝仪三十九岁,为晋安王萧纲安北功曹史。

《梁书》本传:"晋安王纲出镇襄阳,引为安北功曹史,以母忧去职。"按《梁书·简文帝纪》:"五年进号安北将军。"

谢几卿迁镇卫大将军南平王长史。

见《梁书》本传。按《梁书·南平元襄王伟传》:"五年进号镇卫大将军。"

僧伽婆罗卒于正观寺,时年六十五岁。

见释道宣《续高僧传》卷一《梁杨都正观寺扶南沙门僧伽婆罗传》。

释慧初卒,陆倕为碑文。

释道宣《续高僧传》卷十六《梁钟山延贤寺释慧胜传》附传:"时净名寺有慧初禅师者,魏天水人。……普通五年卒,春秋六十八。葬钟山之阴。"

贾思伯为侍讲,授孝明帝以《春秋》。

见《魏书·贾思伯传》。思伯授孝明帝以"杜氏春秋",当即《左传》杜预注。北朝于《左传》,颇多习服虔说者,然至北魏之末,屡经争议,而杜氏卒胜服氏,盖亦南风北渐也。

广阳王渊上言,论六镇起兵之由,在于官吏之虐使士兵,书奏不省。

见《魏书·广阳王建附深传》、《通鉴》卷一百五十。据此,六镇之乱,实出于官吏之虐使士兵。孝文帝之迁洛,其推行汉化,实有功绩,然北方诸地戍守之将士,由此备受歧视,鲜卑人迁居洛阳一带,其文化虽颇有提高,而骑射之术,转不如前,故六镇兵起,朝廷实无力平定。六镇起义如葛荣辈,当痛恨迁洛之人,即尔朱荣亦复如是,故有河阴之难。此可与前魏兰根之言参看。

甄琛卒。

见《魏书·甄琛传》。琛曾著《磔四声》,盖不满沈约"四声说"者。琛驳沈约事,及沈约答书事,并见《文镜秘府论》。邢臧作行状,见《魏书·文苑·邢臧传》。

释灵裕七岁,博览群籍。

释道宣《续高僧传》卷九《隋相州演空寺释灵裕传》:"年登六岁,

便知受戒,父母强之,誓心无毁。寻授章本及以千文,不盈晦朔,书诵俱了。至于《孝经》、《论语》,才读文词,兼明注解。由是二亲偏爱,望嗣门风。年七岁启父出家。父以慧解夙成,意宗继世,决誓不许。唯令俗学,专寻世务,碍之道法。裕叹曰:不得七岁出家,一生坏矣。遂通览群籍,资于父兄,并包括异同,深契幽赜,唯《老》、《庄》及《易》,未预承传。"

陶弘景六十九岁。徐摛五十四岁。周捨五十四岁。张率五十岁。袁翻四十九岁。萧子恪四十七岁。刘杳四十六岁。王籍四十五岁。刘孝绰四十四岁。王筠四十四岁。伏挺四十一岁。萧子显三十八岁。庾肩吾三十八岁。杜弼三十四岁。元顺三十一岁。温子昇三十岁。邢劭二十九岁。李谐二十九岁。周弘正二十九岁。颜协二十七岁。苏绰二十七岁。张缵二十六岁。谢徵二十五岁。魏收十九岁。徐陵十八岁。杜之伟十七岁。庾持十七岁。江德藻十六岁。阳休之十六岁。颜晃十五岁。陆云公十四岁。袁聿修十四岁。王晞十四岁。庾信十二岁。徐伯阳九岁。李昶九岁。许亨八岁。岑之敬六岁。江总六岁。

梁武帝普通六年·魏孝明帝孝昌元年(525)　乙巳

徐勉六十岁,作《上修五礼表》。加中书令,给亲信二十人。以疾自陈,求解内任,诏不许,乃令停下省,三日一朝。有事遣主书论决。又作《答伏挺书》。

见《梁书》本传。按《梁书·伏挺传》:"挺少有盛名,又善处当世,朝中势素,多与交游,故不能久事隐静。时仆射徐勉以疾假还宅,挺致书以观其意,曰……勉报曰……"伏挺好结识名流,但是文中却自称:"挺诚好属文,不会今世,不能促节局步,以应流俗。"此实违心之论。信中抱怨"时宗",似有所指,或针对萧统而发亦未可知。

到洽四十九岁,迁御史中丞,弹纠无所顾望,号为劲直,当时肃清。

《梁书》本传:"六年,迁御史中丞。"

萧子恪四十八岁,迁太子詹事。

《梁书》本传:"六年,迁太子詹事。"

王筠四十五岁,除尚书吏部郎。

《梁书》本传:"六年,除尚书吏部郎。"

伏挺四十二岁,作《与仆射徐勉书》。

见《梁书》本传。

江总七岁,其父卒,依于外氏。其舅氏为吴平光侯萧励,名重当时,特为钟爱。

《陈书》本传:"总七岁而孤,依于外氏。"

殷芸直东宫学士省。

见《梁书》本传。按:同侍东宫者有王规、王锡、张缅等人。见《南史·王规传》。

谢几卿为西昌侯萧渊藻军师长史,加威戎将军,随军北伐,退败,坐免官,居宅白杨石井,朝中交好者载酒从之,宾客满座。时左丞庾仲容亦免归,二人意志相得。

《梁书》本传:"普通六年,诏遣领军将军西昌侯萧渊藻督众军北伐,几卿启求行,擢为军师长史……"

萧衍于文德殿饯广州刺史元景隆,群臣赋诗,同用五十韵。王规援笔立成,其文又美,武帝嘉之。

见《南史·王规传》。

释法云为大僧正,于同泰寺设千僧会,广集诸寺知事。

见释道宣《续高僧传》卷五《梁杨都光宅寺沙门释法云传》。

释法超撰《出要律仪》十四卷成,受敕于平等殿讲解。

释道宣《续高僧传》卷二十一《梁杨都天竺寺释法超传》:"释法超,姓孟氏,晋陵无锡人也。……(梁)武帝又以律部繁广,临事难究,听览余隙,遍寻戒检,附世结文。撰为一十四卷。号曰《出要律仪》。以少许之词,网罗众部,通下梁境,并依详用。普通六年,遍集知事及于名解于平等殿,敕超讲律,帝亲临座,听受成规。"

魏徐州刺史元法僧据彭城反,杀行台高谅以降梁。

见《魏书·肃宗纪》。元法僧,《梁书》有传,其子景隆、景仲又与南朝文人颇有来往。

二月,魏以元叉为骠骑大将军、仪同三司,免领军职。

见《魏书·肃宗纪》、《京兆王元叉传》及《通鉴》卷一百五十。此为元叉失势之始。

四月,胡太后复临朝执政。

见《魏书·肃宗纪》、《通鉴》卷一百五十。

崔延伯与万俟丑奴、宿勤明达战于泾川,败没。其部下田僧超能为《壮士歌》、《项羽吟》,闻之者懦夫成勇,剑客思奋。

见《魏书·肃宗纪》、《通鉴》卷一百五十。崔延伯善战,曾屡破各族反魏之兵。《洛阳伽蓝记》卷四记其事云:"有田僧超者,善吹笳,能为《壮士歌》、《项羽吟》,征西将军崔延伯甚爱之。正光末,高平失据,虎吏充斥,贼帅万俟丑奴寇暴泾岐之间,朝廷为之旰食,延伯出师于洛阳城西张方桥,即汉之夕阳亭也。时公卿祖道,车骑成列,延伯危冠长剑耀武于前,僧超吹壮士笛曲于后,闻之者懦夫成勇,剑客思奋。延伯胆略不群,威名早著,为国展力,二十余年,攻无全城,战无横阵,是以朝廷倾心送之。延伯每临阵,常令僧超为壮士声,甲胄之士莫不踊跃。延伯单马入阵,旁若无人,勇冠三军,威镇戎竖。二年之间,献捷相继。丑奴募善射者射僧超亡,延伯悲惜哀恸,左右谓伯牙失钟子期不能过也。后延伯为流矢所中,卒于军中。于是五万之师,一时溃散。"

六月,魏军逼彭城,梁武帝子萧综出降。作《听钟歌》。

见《魏书·肃宗纪》、《萧综传》及《通鉴》卷一百五十。按：萧综为梁武帝第二子，封豫章王，母吴淑媛，本齐东昏侯妃，吴氏与综皆以为是东昏侯子。又据《魏书》本传，综奔魏，改名为"缵"。《洛阳伽蓝记》卷二记其事云："孝昌初，萧衍子豫章王综来降，闻此钟声，以为奇异，遂造《听钟歌》三首，行传于世。综字世谦，伪齐昏主宝卷遗腹子也。宝卷临政淫乱，吴人苦之。雍州刺史萧衍立南康王宝融为主，举兵向秣陵，事既克捷，遂杀宝融而自立。宝卷有美人吴景晖，时孕综经月，衍因幸景晖，及综生，认为己子，小名缘觉，封豫章王。综形貌举止甚似昏主，其母告之，令自方便。综遂归我圣阙，更改名曰缵字德文，始为宝卷追服三年丧。"又按：萧综《听钟歌》，《梁书》所载文字与《艺文类聚》不同，疑各有删节。

袁翻五十岁，为安南将军、中书令，领给事黄门侍郎。魏孝明帝欲亲征群蛮，翻上表谏止。

见《魏书·袁翻传》。

邢劭三十岁，为元叉作谢封尚书令表。

《北齐书·邢劭传》载，此表成，李神俊曰："邢劭此表足使袁公变色。"劭遂为袁翻等所忌。

常景作《汭颂》。

《魏书·常景传》："既而萧综降附，徐州清复，遣景兼尚书，持节驰与行台、都督观机部分。景经洛汭，乃作铭焉。"又按：《汭颂》，原文见《洛阳伽蓝记》卷三，云"神龟中，常景为《汭颂》"。观其原文有颂功德意，今当从《魏书》。

刘逖生。

按《北齐书·文苑·刘逖传》，刘逖以武平四年（573）被杀，年四十九，当生于是年。逖，刘芳孙也，字子长，彭城人。北齐作家。

陶弘景七十岁。裴子野五十七岁。陆倕五十六岁。徐摛五十五岁。张率五十一岁。刘杳四十七岁。王籍四十六岁。刘孝绰四十五岁。庾肩吾三十九岁。萧子显三十九岁。杜弼三十五岁。元顺三十二岁。温子昇三十一岁。李谐三十岁。周弘正三十岁。颜协二十八岁。苏绰二十八岁。张缵二十七岁。谢徵二十六岁。萧统二十五岁。萧纲二十三岁。魏收二十岁。徐陵十九岁。萧绎十八岁。杜之伟十八岁。庾持十八岁。李骞十八岁。阳休之十七岁。江德藻十七岁。颜晃十六岁。陆云公十五岁。袁聿修十五岁。王晞十五岁。庾信十三岁。徐伯阳十岁。李昶十岁。许亨九岁。岑之敬七岁。

梁武帝普通七年・魏孝明帝孝昌二年(526) 丙午

陆倕卒,时年五十七岁。

《梁书》本传:"普通七年,卒,年五十七。文集二十卷,行于世。"今存文二十四篇,诗四首。

周捨卒,时年五十六岁。

《梁书》本传:"普通五年,南津获武陵太守白涡书,许遗捨钱百万,津司以闻。虽书自外入,犹为有司所奏,捨坐免。迁右骁骑将军,知太子詹事,以其年卒,时年五十六岁。上临哭,哀恸左右。诏曰:'太子舍人詹事、豫州大中正捨,奄至殒丧,恻怆于怀。其学思坚明,态行开敏,劬劳机要,多历岁年,才用未穷,弥可嗟恸。……谥曰简子。'"按:周捨卒年,逯钦立编《先秦魏晋南北朝诗》作者小传谓周捨卒于普通五年,实误,因为周捨之获罪与其卒年并非在同一年。据《梁书·裴子野传》,普通七年周捨仍在世,且为太子詹事,如据周捨本传,其卒年在太子詹事任上,则其卒于本年。周捨著有《礼疑义》五十二卷、《书仪疏》一卷、《正览》六卷,集二十卷。均佚。今存诗六首,文八篇。

裴子野五十八岁,作《喻虏檄文》。

见《艺文类聚》卷五十八。《梁书》本传载曰:"子野与沛国刘显、南阳刘之遴、陈郡殷芸、陈留阮孝绪、吴郡顾协、京兆韦棱,皆博极群书,深相赏好,显尤推重之。时吴平侯萧劢、范阳张缵,每讨论坟籍,咸折中于子野焉。普通七年,王师北伐,敕子野为喻魏文,受诏立成,高祖以其事体大,召尚书仆射徐勉、太子詹事周捨、鸿胪卿刘之遴、中书侍郎朱异,集寿光殿以观之,时并叹服。高祖目子野而言曰:'其形虽弱,其文甚壮。'俄而又敕为书喻魏相元叉,其夜受旨,子野谓可待旦方奏,未之为也。及五鼓,敕催令开斋速上,子野徐起操笔,昧爽便就。既奏,高祖深嘉焉。自是凡诸符檄,皆令草创。子野为文典而速,不尚丽靡之词,其制作多法古,与今文体异,当时或有诋诃者,及其末皆翕然重之。或问其为文速者,子野答云:人皆成于手,我独成于心。虽有见否之异,其于刊改一也。"又,作《赠张贞成皋诗》:"匈奴时未灭,连年被甲兵。明君思将帅,方听鼓鼙声。吾生恣逸翮,抚剑起徂征。"诗写得颇有豪气,疑是送出征之作。见《艺文类聚》卷三十一。但是萧纲对于裴子野的诗歌创作颇不以为然,在《与湘东王书》中说:"裴氏乃是良史之才,了无篇什之美。"此书见《梁书·文学·庾肩吾传》。

到洽五十岁,与刘孝绰反目,作《奏劾刘孝绰》。

《梁书·刘孝绰传》:"初,孝绰与到洽友善,同游东宫。孝绰自以才优于洽,每于宴坐嗤鄙其文,洽衔之。及孝绰为廷尉卿,携妾入官府,其母犹停私宅。洽寻为御史中丞,遣令史案其事,遂劾奏之云:'携少妹于华省,弃老母于下宅。'高祖为隐其恶,改'妹'为'姝'。坐免官。孝绰诸弟,时随藩皆在荆雍。乃与书论共洽不平者十事,其辞皆鄙到氏。又写别本封呈东宫,昭明太子命工焚之,不开视也。"又《颜氏家训·风操篇》:"到洽为御史中丞,初欲弹劾刘孝绰,其兄溉先与刘善,苦谏不得,乃诣刘涕泣告别而去。"又按《梁书·刘孝绰传》:"时昭明太子好士爱文,孝绰与陈郡殷芸、吴郡陆倕、琅邪王筠、彭城到洽等,同见宾礼。"刘孝绰与到洽交恶时间,据曹道衡、沈玉成《有关〈文选〉编纂中几个问题的拟测》(载《昭明文选研究论文集》)考证,当在本年,因为《梁书·刘孝绰传》还记载有萧绎写信安慰他失官事:"时世祖出为荆州,至镇与孝绰曰……"萧绎出为荆州刺史在本年十月。故知刘孝绰之被免官在此前不久。

刘孝绰四十六岁,被免官,湘东王写信安慰,他作《答湘东王书》。后为西中郎将湘东王萧绎谘议,作《谢东宫启》、《谢西中郎谘议启》为自己鸣冤叫屈。

《梁书》本传:"时世祖出为荆州,至镇与孝绰曰……"《梁书》本传又载:"孝绰免职后,高祖数使仆射徐勉宣旨慰抚之,每朝宴常引与焉。及高祖为《藉田诗》,又使勉先示孝绰。时奉诏作者数十人,高祖以孝绰尤工,即日有敕,起为西中郎湘东王谘议。"

颜协二十九岁,为湘东王记室。

《梁书·文学传》:"协幼孤,养于舅氏。少以器局见称。博涉群书,工于草隶。释褐湘东王国常侍,又兼府记室。世祖出镇荆州,转正记室。时吴郡顾协亦在蕃邸,与协同名,才学相亚,府中称为'二协'。"

张缵二十八岁,作《丁贵妃哀册文》。

《梁书·丁贵妃传》:"高祖丁贵妃讳令光,谯国人也。……普通七年十一月庚辰薨,殡于东宫临云殿。年四十二。诏吏部张缵为哀册文曰……"按:丁贵妃为萧统之母。

萧统二十六岁,母丧哀恸欲绝。见《梁书》本传。

萧纲二十四岁,作《籍田诗》。同作有徐勉、刘孝绰等,乃应制之作。见本年刘孝绰条。

萧绎十九岁,冬十月由丹阳尹出为使持节、都督荆湘郢益宁南梁六州诸军事、西中郎将、荆州刺史。作《与刘孝绰书》安慰其失官免

职。又作《太常卿陆倕墓志铭》。

见《梁书·武帝纪》、《梁书·刘孝绰传》。又与谢几卿各为慧超作碑文。见《续高僧传·慧超传》。

臧严从湘东王萧绎赴荆州,为录事参军。

《梁书·文学传》:"严于学多所谙记,尤精《汉书》,讽诵略皆上口。王尝自执四部书目以试之,严自甲之丁卷中,各对一事,并作者姓名,遂无遗失。其博洽如此。王迁荆州,随府转西中郎安西录事参军。"

谢几卿作《报湘东王书》。

《梁书·文学传》:"湘东王在荆镇,与书慰之,几卿答曰……"

五月十六日,释慧超卒,湘东王萧绎、陈郡谢几卿各制碑文。

释道宣《续高僧传》卷六《梁大僧正南涧寺沙门释慧超传》:"释慧超,姓廉氏,赵郡阳平人。中原丧乱,避难于钟离之朝哥县焉。"

释慧超卒,时年五十二岁。

见释道宣《续高僧传》卷六《梁杨都灵根寺释慧超传》。按:目录作"慧超",而正文作"惠超"。

常景为幽州行台,七月,破杜洛周将曹纥真。九月,又破洛周。十一月,杜洛周陷幽州,执刺史王延年、行台常景。

见《魏书·肃宗纪》、《常景传》及《通鉴》卷一百五十一。

陶弘景七十一岁。徐勉六十一岁。徐摛五十六岁。张率五十二岁。袁翻五十一岁。刘杳四十八岁。萧子恪四十九岁。王籍四十七岁。王筠四十六。伏挺四十三岁。刘孝仪四十一岁。萧子显四十岁。庾肩吾四十岁。杜弼三十六岁。元顺三十三岁。温子昇三十二岁。邢劭三十一岁。李谐三十一岁。周弘正三十一岁。苏绰二十九岁。谢徵二十七岁。魏收二十一岁。徐陵二十岁。庾持十九岁。杜之伟十九岁。李骞十九岁。阳休之十八岁。江德藻十八岁。颜晃十七岁。陆云公十六岁。袁聿修十六岁。王晞十六岁。庾信十四岁。徐伯阳十一岁。李昶十一岁。许亨十岁。岑之敬八岁。江总八岁。刘逖二岁。

梁武帝大通元年·魏孝明帝孝昌三年(527)　丁未

三月辛未,梁武帝驾幸同泰寺舍身。甲戌,还宫,赦天下,改元大通。

见《梁书》本纪。又《南史》本纪载:"初,帝创同泰寺,至是开大通门以对寺之南门,取反语以协同泰。自是晨夕讲义,多由此门。"三月"改元大通,以符寺及门名"。《续高僧传·释宝唱传》:"又以大通元年于台城北开大通门,立同泰寺。楼阁台殿拟则宸宫,九级浮图,回张云表,山树园池,沃荡烦积。其年三月六日帝亲临幸。"

明山宾卒,时年八十五岁。

《梁书》本传:"大通元年卒,时年八十五,诏赠侍中、信威将军。谥曰质子。昭明太子为举哀,赙钱十万,布百匹,并使舍人王颛监护丧事。又与前司徒左长史殷芸令曰:'北兖信至,明常侍遂至殒逝,闻之伤悼。此贤儒术该通,志用稽古,温厚淳和,伦雅弘笃。授经以来,迄今二纪。若其上交不谄,造膝忠规,非显外迹,得之胸怀者,盖亦积矣。摄官连率,行当言归,不谓长往,眇成畴日。追忆谈绪,皆为悲端,往矣如何,昔经联事,理当酸怆也。'"本传又云:"所著《吉礼仪注》二百二十四卷,《礼仪》二十卷,《孝经丧礼服义》十五卷。"

张率卒,时年五十三岁。

《梁书》本传:"大通元年,服未阕,卒,时年五十三。昭明太子遣使赠赙,与晋安王纲令曰:'近张新安又致故。其人才笔弘雅,亦足嗟惜。随弟府朝,东西日久,尤当伤怀也。比人物零落,特可凄慨,属有今信,乃复及之。率嗜酒,事事宽恕。于家务尤忘怀。在新安,遣家僮载米三千石还吴宅,既还,遂耗太半。率问其故,答曰:'雀鼠耗也。'率笑而言曰:'壮哉雀鼠。'竟不研问。少好属文,而《七略》及《艺文志》所载诗赋,今亡其文者,并补作之。所著《文衡》十五卷,文集三十卷(按《南史》作四十卷),行于世。"

到洽卒,时年五十一岁。

《梁书》本传:"大通元年,卒于郡,时年五十一。赠侍中。谥曰理子。昭明太子与晋安王纲令曰:'明北兖、到长史遂相系凋落,伤怛悲惋,不能已已。去岁陆太常殂殁,今兹二贤长谢。陆生资忠履贞,冰清玉洁,文该四始,学遍九流,高情胜气,贞然直上。明公儒学稽古,淳厚笃诚,立身行道,始终如一。傥值夫子,必升孔堂。到子风神开爽,文义可观,当官莅事,介然无私。皆海内之俊乂,东序之秘宝。此之嗟惜,更复何论。但游处周旋,并淹岁序,造膝忠规,岂可胜说,幸免祇悔,实二三子之力也。谈对如昨,音言在耳,零落相仍,皆成异物,每一念至,何时可言。天下之宝,理当恻怆。近张新安又致故,其人文笔弘雅,亦足嗟惜,随弟府朝,东西日久,当伤怀也。比人物零落,特可伤惋,属有今信,乃复及之。'"其兄到溉自此舍居斋为寺,因断腥膻,终身蔬食,别营小室,朝夕从僧徒礼诵。梁武帝每月三置净馔,恩礼甚笃。蒋山有延贤寺者,溉家世创立,故生平公俸,咸以供焉,略无所取。性又不好交游,惟与朱异、刘之遴、张绾同志友密。及卧疾家园,门可罗雀,三君每岁时常鸣驺枉道,以相存问,置酒叙生平,极欢而去。临终托张、刘勒子孙以薄葬之礼,卒时年七十二。诏赠本官。有集二十卷行于世。时以溉、洽兄弟比之二陆。故世祖赠诗曰:"魏世重双丁,晋朝称二陆,何如今两到,复似凌寒竹。"见《梁书·到溉传》。

陶弘景七十二岁,献武帝二把宝刀,其一名善胜,其一名威胜。

见《梁书》本传。又,《云笈七签》卷五《梁茅山贞白陶先生》记载:"大通初,献宝刀二口。一名喜胜,二名成胜,为佳宝。梁元帝《金楼子》云:于隐士重陶贞白,于士大夫重周弘正。其于义理情转无穷,真一时名士也。"《艺文类聚》卷六十有萧纲《谢敕赉善胜威胜刀启》,《玉海》卷一百五十一:"宏景献二刀于武帝,一名善胜,一名威胜。"是刀名为善胜、威胜也。

徐勉六十二岁,正月由尚书左仆射进为尚书仆射、中卫将军。

见《梁书·武帝纪》。按《梁书》本传:"又除尚书仆射、中卫将军。勉以旧恩,越升重位,尽心奉上,知无不为。爰自小选,迄于此职。常参掌衡石,甚得士心。禁省中事,未尝漏泄。每有表奏,辄焚稿草。"梁武帝赐徐勉《吴声》、《西曲》女妓各一部。《南史》本传:"普通末,武帝自算择后宫《吴声》、《西曲》女妓各一部,并华少,赉勉,因此颇好声酒。禄奉之外,月别给钱十万,信遇之深,故无与匹。"

裴子野五十九岁,为鸿胪卿,寻领步兵校尉。

《梁书》本传:"大通元年,转鸿胪卿,寻领步兵校尉。子野在禁省十余年,静默自守,未尝有所请谒。外家及中表贫乏,所得俸悉分给之。无宅,借官地二亩,起茅屋数间,妻子恒苦饥寒,唯以教诲为本,子侄祗畏,若奉严君。末年深信释氏,持其教戒,终身饭麦食蔬。"

徐摛五十七岁,为宁蛮府长史。

《梁书》本传:"大通初,王总戎北伐,以摛为兼宁蛮府长史,参赞戎事,教命军书,多自摛出。"

刘杳四十九岁,迁步兵校尉,寻代裴子野知著作郎。

《梁书》本传:"大通元年,迁步兵校尉,兼舍人如故。昭明太子谓杳曰:'酒非卿所好,而为酒厨之职,政为不愧古人耳。'俄有敕代裴子野知著作郎。"

张缵二十九岁,出为宁远华容公长史,行琅邪、彭城二郡国事。

见《梁书》本传。

萧统二十七岁,作《与晋安王令》、《与殷芸令》痛悼到洽、明山

宾、张率、陆倕之死。

见《梁书·到洽传》、《梁书·明山宾传》。

庾信十五岁，为昭明太子东宫侍读。

滕王逌《庾信集序》："信年十五，侍梁东宫讲读。"

萧子云除黄门侍郎，俄迁轻车将军，兼司徒左长史。

《梁书》本传："大通元年，除黄门侍郎……"

九月，达摩东渡梁朝至广州。十月一日至京城，与梁武帝相见。十月十九日潜过江北。

《祖堂集》卷二"第二十八祖菩提达摩和尚"记载："尔时达摩和尚泛海东来，经于三载，梁普通八年丁未之岁九月二十一日至于广州上舶。刺史萧昂出迎，奏闻梁帝。十月一日而至上元，武帝亲驾车辇，迎请大师升殿供养。是时志公和尚监修高座寺，彼谓寺主僧灵观曰：'汝名灵观，实灵观不？'灵观曰：'唯愿和尚指示。'志公曰：'从西天有大乘菩萨而入此国。汝若不信，听吾谶曰……'达摩其年十月十九日，自知极不契，则潜过江北，入于魏邦。志公特至帝所问曰：'我闻西天僧至，今在何所？'梁帝曰：'昨日送过江向魏。'志公云：'陛下见之不见，逢之不逢。'梁武帝问曰：'此是何人？'志公对曰：'此是传佛心印观音大士。'武帝乃恨之曰：'见之不见，逢之不逢。'即发中使赵光文往彼取之。志公云：'非但赵光文一人，阖国取亦不回。'"由此来看，梁武帝的佛学修养并不高明。《祖堂集》又载："魏第八主孝明帝太和十九年入涅槃，寿龄一百五十。葬在熊耳吴坂也。武帝敕昭明太子而述祭文。按：太和（477~499）乃北魏孝文帝年号。此时，达摩尚未入中国。明帝死时在528年，南方是大通二年，北方则是武泰元年也。又载："灭度后三年，魏使时有宋云西岭为使，却回逢见达摩手携只履，语宋云曰：'汝国天子已崩。'宋云到魏，果王已崩。遂闻奏后魏第九主孝庄帝，乃开塔唯见一只履。却取归少林寺供养。"由此来看,达摩又死于孝明帝死前之三年。又按:法显西域求法,最后也是搭乘商船欲从广州入境,后因风暴而漂至青州长广郡牢山南岸。见释慧皎《高僧传》卷三《宋江陵辛寺法显传》。法勇法师西域求法还国亦在广州入境。见释慧皎《高僧传》卷三《宋黄龙释昙无竭传》。可见陆地走丝绸之路,而海陆在广州为必经之地。而释道宣《续高僧传》卷十六《梁钟山定林寺释僧副传》载:"有达摩禅师……齐建武年南游杨辇,止于钟山定林下寺。"据此则达摩在南齐建武中已入中国。又同卷《梁钟山延贤寺释慧胜传》:"释慧胜,交阯人。住仙洲山寺。……从外国禅师达摩提婆学诸观行,一入寂定,周晨乃起。彭城刘绘出守南海,闻风遣请携与同归,因住幽栖寺。……永明五年移憩钟山延贤精舍,自少及老,心贞正焉。以天监年中卒。"则其永明五年前已入中国。又同卷有《齐邺下天南竺僧菩提达摩传》称"菩提达摩,南天竺婆罗门种。……初达宋境南越,末又北度至魏",则又在刘宋时即已入中国。本传又称其"自言年一百五十余岁,游化为务,不测于终"。宋释志磐《佛祖统纪》卷三十七《法运通塞志》及元释念常《佛祖通载》卷十并谓此年入梁。元释觉岸《释氏稽古略》卷二作普通元年至梁,正光二年入北,大通二年十月十五日卒于嵩山,所据为《正宗记》。今据《祖堂集》记载,本年入中国,卒于大通二年,本昭明太子《祭达摩大师文》。

二月一日,释僧旻卒,时年六十一岁。

释道宣《续高僧传》卷五《梁杨都庄严寺沙门释僧旻传》:"普通之末,先疾连发……大通元年二月一日清旦卒于寺房,春秋六十一。""隐士陈留阮孝绪为著墓志,弟子智学、慧庆等,建立三碑,其二碑,皇太子、湘东王,并为制文,树于墓侧,征士何胤著文立于本寺。""所著《论疏杂集》、《四声指归》、《诗谱决疑》等,百有余卷流世。"

梁武帝舍身同泰寺,群臣以钱一亿万奉赎皇帝归宫。

见宋释志磐《佛祖统纪》卷三十七《法运通塞志》。

刘臻生。

按《隋书》本传,刘臻卒于隋开皇十八年(598),年七十二岁,上推生于本年。刘臻字宣挚,祖籍沛国人。

魏御史中尉郦道元素有严猛之称,为萧宝夤所杀。

按《魏书·酷吏·郦道元传》,司州牧、汝南王元悦嬖近左右丘念,常与卧起。及选州官,多由于念。念匿于悦第,时还其家。道元收念付狱。悦启胡太后请全之,敕赦之。道元遂尽其命,因以劾悦。是时雍州刺史萧宝夤反状稍露,悦等讽朝廷遣道元为关右大使,遂为宝夤所害,死于阴盘驿亭。道元,涿人,父郦范,献文帝时从慕容白曜平齐有功。道元早年为李彪所赏。为人好学,历览奇书,撰注《水经》四十卷、《本志》十三篇及《七聘》等。今仅存《水经注》。萧宝夤害郦道元事,亦见《魏书·萧宝夤传》。今人推测郦道元生年,有生于466年至472年二说,皆难确证。又按:十月,萧宝夤据雍州反,自号曰齐。见《魏书·肃宗纪》、《通鉴》卷一百五十一。

袁翻五十二岁。萧子恪五十岁。刘孝绰四十七岁。王筠四十七岁。伏挺四十四岁。刘孝仪四十二岁。萧子显四十一岁。庾肩吾四十一岁。杜弼三十七岁。元顺三十四岁。温子昇三十三岁。邢劭三十二岁。李谐三十二岁。周弘正三十二岁。颜协三十岁。苏绰三十岁。谢徵二十八岁。萧纲二十五岁。魏收二十二岁。李骞二十岁。萧绎二十岁。杜之伟二十岁。庾持二十岁。江德藻十九岁。阳休之十九岁。颜晃十八岁。陆云公十七岁。袁聿修十七岁。王晞十七岁。徐伯阳十二岁。李昶十二岁。许亨十一岁。岑之敬九岁。江总九岁。刘逖三岁。

梁武帝大通二年·魏孝庄帝元子攸永安元年(528)　戊申

萧子恪五十一岁,出为宁远将军、吴郡太守。

《梁书》本传:"大通二年,出为宁远将军……"

萧子云入为吏部。

《梁书》本传:"二年,入为吏部。"

张缵三十岁,仍迁华容公北中郎长史、南兰陵太守,加贞威将军,行府州事。

见《梁书》本传。

萧统二十八岁,作《祭达摩大师文》。《文选》约编成于本年前后。

达摩卒于本年。按:达摩本年自梁入魏,止嵩高山少林寺。详见宋释志磐《佛祖统纪》卷三十八《法运通塞志》。元释觉岸《释氏稽古略》卷二作普通元年至梁,正光二年入北,大通二年十月十五日卒于嵩山。《文选》约编成于本年前后。见曹道衡、沈玉成《有关〈文选〉编纂的几个问题的拟测》及清水凯夫《六朝文学论文集》、《清水凯夫〈诗品〉〈文选〉论文集》中有关《文选》的系列论文。

江德藻二十岁,起家东中郎武陵王行参军。

《陈书》本传:"起家梁南中郎武陵王行参军。"未记年月。《梁书·武陵王纪传》:"天监十三年封为武陵郡王……出为会稽太守,寻以其郡为东扬州,仍为刺史,加使持节、东中郎将。征为侍中,领石头戍军事。出为宣惠将军、江州刺史。"遍检史传,未见武陵王萧纪封南中郎将的记载,疑"南"字当系"东"字之误。封东中郎将的时间,史未有明载,但是可以肯定是在其任东扬州刺史和江州刺史之间。《武帝纪》载,普通五年三月分扬州、江州,置东扬州,六月任命武陵王为东扬州刺史。又云中大通元年二月又为江州刺史。由此来看,武陵王之任中郎将应在明年二月以前,故暂系之本年。

萧琛为金紫光禄大夫,加特进,给亲信三十人。

《梁书》本传:"大通二年,为金紫光禄大夫……"

释法朗二十一岁,从青州到杨都游学,就大明寺从宝志禅师受诸禅法,兼听此寺象律师讲律本文。又受业南涧寺仙师《成论》、竹涧寺靖公《毗昙》等。

见释道宣《续高僧传》卷七《陈杨都兴皇寺释法朗传》。

昙鸾渡江从陶弘景问方术之学。

见释道宣《续高僧传》卷六《魏西河石壁谷玄中寺释昙鸾传》:"承江南陶隐居者,方术所归,广博弘赡,海内宗重,遂往从之。既达梁朝,时大通中也,乃通名云:北国房僧昙鸾故来奉谒。时所司疑为细作,推勘无有异词,以事奏闻。帝曰:斯非觇国者,可引入重云殿,仍从千迷道。"

陶弘景作《答昙鸾书》。

见释道宣《续高僧传》卷六《魏西河石壁谷玄中寺释昙鸾传》:"帝降阶礼接,问所由来,鸾曰:欲学佛法,恨年命促灭,故来远造陶隐居求诸仙术。帝曰:此傲世遁隐者,比屡征不就,任往造之。鸾寻致书通问,陶乃答曰:'去月耳闻音声,兹辰眼受文字。'"又据下文,昙鸾回到江北后,适遇三藏菩提流支,昙鸾问:"佛法中颇有长生不死法胜此土仙经者乎?"流支唾地回答说:"是何言与?非相比也。此方何处有长生法,纵得长年少时不死,终更轮回三有耳。"可见佛、道之争依然激烈。而昙鸾则融合二道。《续高僧传》本传载其"大通中"抵江南,大通凡二年。昙鸾抵梁后,又经过一段时间方求见陶弘景,故知陶弘景《答昙鸾书》作于本年。

二月,魏孝明帝元诩卒,胡太后以皇女诈称皇子,立之。四月,尔朱荣入洛阳,杀胡太后及幼主。及孝庄帝立,改元建义,九月,平葛荣,又改年为永安。

见《魏书·肃宗纪》、《孝庄纪》、《尔朱荣传》。又据《魏书·胡太后传》云:"萧宗之崩,事出仓卒,时论咸言郑俨、徐纥之计。"《通鉴》

卷一百五十二则谓孝明帝为郑、徐所鸩。

元顺卒,时年三十五岁。

《魏书》本传:"尔朱荣之奉庄帝,召百官悉至河阴,素闻顺数谏诤,惜其亮直,谓朱瑞曰:'可语元仆射,但在省,不须来。'顺不达其旨……为陵户鲜于康奴所害。"

袁翻卒,时年五十三岁。

《魏书》本传:"建义初,遇害于河阴,年五十三。所著文章百余篇行于世。"《魏书·孝庄纪》曰:"夏四月丙申,帝与兄弟夜北渡河;丁酉,会荣于河阳。戊戌,南济河,即帝位。以兄彭城王劭为无上王,弟霸城公子正为始平王。以荣为使持节、侍中、都督中外诸军事、大将军、尚书令、领军将军、领左右,封太原王。己亥,百僚相率,有司奉玺绂,备法驾,奉迎于河梁。庚子,车驾巡河,西至陶渚。荣以兵权在己,遂有异志,乃害灵太后及幼主,次害无上王劭、始平王子正,又害丞相高阳王雍、司空公元钦、仪同三司元恒芝、仪同三司东平王略、广平王悌、常山王绍、北平王超、任城王彝、赵郡王毓、中山王叔仁、齐郡王温,公卿已下二千余人。"据《魏书·元顺传》、《袁翻传》,元顺、袁翻皆死于此难。

四月,尔朱荣入洛阳,杀胡太后及幼主。及孝庄帝立,改元建义。九月,尔朱荣平葛荣,又改年号为永安。常景得复返朝廷。

见《魏书·孝庄纪》及《常景传》。

十月,梁武帝以魏北海王元颢为魏主,入据南兖铚城。

见《魏书·孝庄纪》,此为元颢入洛张本。据《通鉴》卷一百五十二,是年,梁武帝命陈庆之率兵护送元颢北返。

陶弘景七十三岁。徐勉六十三岁。裴子野六十岁。徐摛五十八岁。刘杳五十岁。王籍四十九岁。刘孝绰四十八岁。王筠四十八岁。伏挺四十五岁。刘孝仪四十三岁。庾肩吾四十二岁。杜弼三十八岁。温子昇三十四岁。邢劭三十三岁。李谐三十三岁。周弘正三十三岁。颜协三十一岁。苏绰三十一岁。谢徵二十九岁。萧纲二十六岁。徐陵二十二岁。李骞二十一岁。萧绎二十一岁。杜之伟二十一岁。阳休之二十岁。颜晃十九岁。陆云公十八岁。袁聿修十八岁。王晞十八岁。李昶十三岁。徐伯阳十三岁。许亨十三岁。岑之敬十岁。江总十岁。刘逖四岁。刘臻二岁。

梁武帝大通三年·梁武帝中大通元年·魏孝庄帝永安二年(529) 己酉

九月,梁武帝驾幸同泰寺,设四部无遮大会,因舍身。公卿以下,以钱一亿万奉赎。十月还宫,大赦天下,改元中大通。

见《梁书》本纪。又《南史》本纪:"癸巳幸同泰寺,设四部无遮大会,上释御服披法衣,行清静大舍,以便省为房,素床瓦器,乘小车,私人执役。甲午,升讲堂法坐,为四部大众开《涅槃经》题。癸卯,群臣以钱一亿万奉赎皇帝菩萨大舍,僧众默许。乙巳,百辟诣寺东门奉表,请还临宸极,三请乃许。帝三答书,前后并称顿首。冬十月己酉,又设四部无遮大会,道俗五万余人。会毕,帝御金辂还宫,御太极殿,大赦改元。"

殷芸卒,时年五十九岁。

《梁书》本传:"大通三年,卒。时年五十九。"著有《小说》十卷。

萧子恪卒,时年五十二岁。

《梁书》本传:"三年,卒于郡舍。时年五十二岁。诏赠侍中、中书令,谥曰恭。子恪兄弟十六人,并仕梁。有文学者,子恪、子质、子显、子云、子晖五人。子恪尝谓所亲曰:'文史之事,诸弟备之矣。不烦吾复牵率。但退食自公,无过足矣。'子恪少亦涉学,颇属文,随弃其本,故不传文集。"

褚玠生。

《陈书》本传:"褚玠字温理,河南阳翟人也。曾祖炫,宋昇明初与谢朏、江斅、江侵入侍殿中,谓之四友。官至侍中、吏部尚书。谥贞子。祖湮,梁御史中丞。父蒙,太子舍人。"

张缵三十一岁,入为度支尚书,母忧去职。

《梁书》本传:"三年,入为度支尚书……"

谢徵三十岁,其父谢璟卒。

见《梁书·文学传·谢璟传》。按《谢徵传》:"中大通元年,以父丧去职。"

萧纲二十七岁,作《让鼓吹表》。又作《叙南康简王薨上东宫启》。

按:前文见《艺文类聚》卷六十八。《叙南康简王薨上东宫启》,见《艺文类聚》卷二十一。据《梁书·南康简王绩传》载其卒于本年。

萧绎二十二岁,作《答晋安王叙南康王薨书》。

见《艺文类聚》卷二十一。三月二十七日,释法云卒。萧绎又为释法云作碑文。王筠作墓志铭。见《续高僧传·释法云传》。

杜之伟二十二岁,补东宫学士,与刘陟等钞撰群书。

《陈书》本传:"中大通元年,梁武帝幸同泰寺舍身,敕(徐)勉撰定仪注,勉以台阁先无此礼,召之伟草具其仪。乃启补东宫学士,与学士刘陟等钞撰群书,各为题目。所撰《富教》、《政道》二篇,皆之伟为序。"

陆云公十九岁,为宣惠将军武陵王行参军。

见《梁书》本传。按《梁书·武帝纪》、《武陵王纪传》,武陵王本年为宣惠将军,出为江州刺史。

萧子云迁长兼侍中,转太府卿。

《梁书》本传:"三年,迁长兼侍中。中大通元年,转太府卿。"

萧琛为云麾将军、晋陵太守,秩中二千石,以疾自解。

《梁书》本传:"中大通元年,为云麾将军……"

祖莹为元颢致书孝庄帝。

原文见《洛阳伽蓝记》卷一。又按：祖莹与袁翻齐名。"河阴之难"，袁翻遇祸而祖莹得全者，使袁不与于会，未必被害也。"河阴之事"本六镇军人报复迁洛鲜卑贵族之举，未必欲杀汉族士人。故"河阴之难"后，北朝高门多未削弱而南朝遭"侯景之难"则王、谢诸族遂以陵夷矣。

杨元慎斥陈庆之，又戏庆之，其辞诙谐类俗赋。

见《洛阳伽蓝记》卷二。

李谐三十四岁，作《述身赋》。

《魏书·李平附李谐传》云："元颢入洛，以为给事黄门侍郎。颢败，除名。乃为《述身赋》……"按《魏书·孝庄帝纪》，本年四月，梁将陈庆之以兵送元颢北返主魏，克考城。五月，克梁国、荥阳，遂入洛。孝庄帝北逃，依尔朱荣。七月，尔朱荣将尔朱兆、贺拔胜等自硖石渡河，破元颢，孝庄帝复入洛阳。赋中未及孝庄帝诛尔朱荣事，疑作于孝庄入洛后，诛尔朱荣前。

陶弘景七十四岁。徐勉六十四岁。裴子野六十一岁。徐摛五十九岁。刘杳五十一岁。王籍五十岁。刘孝绰四十九岁。王筠四十九岁。伏挺四十六岁。刘孝仪四十四岁。萧子显四十三岁。庾肩吾四十三岁。杜弼三十九岁。温子昇三十五岁。邢劭三十四岁。周弘正三十四岁。颜协三十二岁。苏绰三十二岁。萧统二十九岁。魏收二十四岁。徐陵二十二岁。庾持二十二岁。李骞二十二岁。阳休之二十一岁。江德藻二十一岁。颜晃二十岁。袁聿修十九岁。王晞十九岁。庾信十七岁。徐伯阳十四岁。李昶十四岁。许亨十三岁。江总十一岁。岑之敬十一岁。刘逖五岁。刘臻三岁。

梁武帝中大通二年·魏孝庄帝永安三年(530)　庚戌

四月，梁武帝幸同泰寺，舍平等会。

见《南史》本纪。

裴子野卒,时年六十二岁。

《梁书》本传:"中大通二年卒官,年六十二。""子野少时,《集注丧服》、《续裴氏家传》各二卷,抄合《后汉事》四十卷,又敕撰《众僧传》二十卷,《百官九品》二卷,《附益谥法》一卷,《方国使图》一卷,文集二十卷,并行于世。又欲撰《齐梁春秋》,始草创,未就而卒。"按:《方国使图》的初撰,详见于《南史》本传:"时西北远边有白题及滑国遣使由岷山道入贡,此二国历代弗宾,莫知所出。子野曰:'汉颍阴侯斩胡白题将一人。服虔注云:白题,胡名也。又汉定远侯击虏,八滑从之。此其后乎?'时人服其博识。敕仍使撰《方国使图》,广述怀来之盛,自要服至于海表,凡二十四国。"又云:"及葬,湘东王为之墓志铭,陈于藏内。邵陵王又立墓志,埋于羡道。羡道列志,自此始也。"

王筠五十岁,迁司徒左长史。

见《梁书》本传。

萧子显四十四岁,迁长兼侍中。

《梁书》本传:"中大通二年,迁长兼侍中。高祖雅爱子显才,又嘉其容止吐纳,每御筵侍坐,偏顾访焉。尝从容谓子显曰:'我造《通史》,此书若成,众史可废。'子显对曰:'仲尼赞《易》,黜《八索》,述职方,除《九丘》,圣制符同,复在兹日。'时以为名对。"据此而知,《通史》至此时尚未完成。

萧统三十岁,作《请停吴兴等三郡丁役疏》。

《梁书》本传:"吴兴郡屡以水灾失收,有上言当漕大渎以洿浙江。中大通二年春,诏遣前交州刺史王弁假节,发吴郡、吴兴、义兴三郡民丁就役。太子上疏曰……高祖优诏以喻焉。"按:严可均《全梁文》注此文为中大通三年著,误。

萧纲二十八岁,正月,由雍州刺史转为骠骑大将军、扬州刺史。

作《让骠骑扬州刺史表》。

见《梁书·武帝纪》。《让骠骑扬州刺史表》,见《艺文类聚》卷四十八。

萧绎二十三岁,作《散骑常侍裴子野墓志铭》。

见《艺文类聚》卷四十八。又《金楼子》于此前即已动笔。该书卷三《立言篇》云:"裴几原问曰……子何不询之有识共著此书?曷为区区自勤如此?予答曰:荷旆被毛者,难于道纯绵之致密;羹藜含嗅者,不足论大牢之滋味。故服绪纷之凉者,不苦盛暑之郁烦;袭貂狐之暖者,不知至寒之凄怆。予之术业,岂宾客之能窥。斯盖以筵撞钟,以蠡测海也。予尝切齿淮南不韦之书,谓为宾游所制,每至著述之间,不令宾客窥之也。"按:该书非作于一年,其内容涉及萧绎生活之末年。如同卷"萧贲"条称:"萧贲忌日拜官,又经醉自道父名,有人讥此事。贲大笑曰:不乐而已,何妨拜官。温酒之谈,聊慕言在,了无怍色。贲颇读书而无行。在家径偷祖母袁氏物。及问其故,具道其母所偷。祖母乃鞭其母。出货之所得余钱,乞问乃沽酒供醉。本名涣,兄弟共以其险,因为呼贲。此人非不学,然复安能用此学乎?"我们从该书《著书篇》得知,在萧绎名下之《奇字》二十卷、《辩林》二十卷、《碑集》百卷均出自萧贲之手。但是后来他为萧绎所疏远,已是承圣年间的事。倘若以本年为著述《金楼子》之始,则该书写作前后竟花费了二十余年时间。

萧琛为侍中、特进、金紫光禄大夫。

见《梁书》本传。

杜之伟二十三岁,为湘阴侯江州刺史萧昂记室。

见《梁书》本传。按:萧昂本年出为江州刺史。

徐伯阳十五岁,以文笔著称,学《春秋左氏》,家有史书,所读者近三千余卷。

见《陈书》本传。

释警韶二十三岁,讲《大品经》。

见释道宣《续高僧传》卷七《陈杨都白马寺释警韶传》。

九月,孝庄帝畏逼,杀尔朱荣、元天穆。

见《魏书·孝庄帝纪》、《尔朱荣传》及《通鉴》卷一百五十四。亦见《洛阳伽蓝记》卷四。按:《魏书·孝庄帝纪》有诏书。《洛阳伽蓝记》载,孝庄帝诛尔朱荣,温子昇在侧,言"陛下色变",疑温子昇与其谋。诏书或亦出温子昇手。

孝庄帝被杀,临死前作五言诗。

按《魏书·孝庄帝纪》、《尔朱兆传》,十月,尔朱世隆、尔朱兆等反,奉长广王元晔为主,号建明。十二月,尔朱兆入洛,迁帝于永宁寺,又迁晋阳,遂杀之。尔朱兆杀孝庄帝事,《洛阳伽蓝记》记之甚详。孝庄帝被囚,作诗曰:"权去生道促,忧来死路长。怀恨出国门,念悲入鬼乡。隧门一时闭,幽庭岂复光。思鸟吟青松,哀风吹白杨。昔来闻死苦,何言身自当。"至太昌元年(532)葬帝时,遂以为挽歌词。

永安中,崔鸿子子元,上奏其父《十六国春秋》。

见《魏书·崔光附崔鸿传》。按:上奏之确切年代不详,姑系于此。今传《十六国春秋》系后人辑本。钱大昕《十驾斋养新录》卷十三以为今传两个版本系统均系赝本。"鸿书久不传于世,莫得而考焉,是宋人已无见此书者。明人好作伪书,自具眼者观之不直一哂耳。"

陶弘景七十五岁。徐勉六十五岁。徐摛六十岁。刘杳五十二岁。王籍五十一岁。刘孝绰五十岁。伏挺四十七岁。刘孝仪四十五岁。庾肩吾四十四岁。杜弼四十岁。温子昇三十六岁。邢劭三十五岁。李谐三十五岁。周弘正三十五岁。苏绰三十三岁。颜协三十三岁。张缵三十二岁。谢徵三十一岁。魏收二十五岁。徐陵二十四岁。萧绎二十三岁。庾持二十三岁。李骞二十三岁。阳休之二十二岁。江德藻二十二岁。颜晃二十一岁。陆云公二十岁。袁聿修二十岁。王晞二十岁。庾信十八岁。李昶十五岁。许亨十四岁。岑之敬十二岁。江总十二岁。刘逖六岁。刘臻四岁。褚玠二岁。

梁武帝中大通三年·魏节闵帝元恭普泰元年(531)　辛亥

梁武帝十月幸同泰寺,升法座,为四部众说《大般若涅槃经》义。十一月复行入同泰寺,为四部众说《摩诃般若波罗蜜经》。

见《梁书》本纪。

二月,萧琛卒。

见《梁书·武帝纪》。本传称其时年五十二岁,实大误。详见曹道衡、沈玉成《中古文学丛考》。

四月,萧统卒,时年三十一岁。

《梁书》本传:"三年三月,寝疾。四月乙巳薨,时年三十一。高祖幸东宫,临哭尽哀。诏敛以衮冕。谥曰昭明。五月庚寅,葬安宁陵。诏司徒左长史王筠为哀册。文曰……太子仁德素著,及薨,朝野惋愕。京师男女,奔走宫门,号泣满路。四方氓庶,及疆徼之民,闻丧皆恸哭。所著文集二十卷。又撰古今典诰文言,为《正序》十卷,五言诗之善者为《文章英华》(《南史》作《英华集》)二十卷,《文选》三十卷。"此记载颇多溢美之词。据《南史》,萧统实溺水得病而亡。年初,萧统作《与张缅弟缵书》悼念张缅。见《梁书·张缅传》。又有《古今诗苑英华》,《隋志》作十九卷,梁昭明太子撰。《玉海》卷五十九《艺文》:"唐二十卷,僧惠净续集二十卷。刘孝孙《古今类聚诗苑》三十卷。"又卷五十四:"唐《续古今诗苑英华》,书目十卷,唐僧惠净集梁大同至唐永徽合一百五十四人,诗五百四十八首以续刘孝孙《古今类聚诗苑》。"

阮卓生。

《陈书》本传:"阮卓,陈留尉氏人。祖诠,梁散骑侍郎。父问道,梁宁远岳阳王府记室参军。"阮卓卒于陈祯明三年,五十九岁,上推生于本年。

徐勉六十六岁,六月加特进,右光禄大夫。

见《梁书·武帝纪》。又《梁书》本传:"中大通三年,又以疾自陈,移授特进,右光禄大夫、侍中、中卫将军,置佐史。"又《梁书·何敬容传》:"三年迁尚书右仆射,参掌选事。侍中如故。时仆射徐勉参掌机密,以疾陈解,因举敬容自代,故有此授焉。"何敬容开始接替徐勉为梁朝宰相。参见祝总斌《两汉魏晋南北朝宰相制度研究》第七章《南北朝的三公尚书》考证。

刘杳五十三岁,为新太子萧纲幕僚,除中书侍郎。

《梁书》本传:"昭明太子薨,新宫建,旧人例无停者,敕特留杳焉。仍注太子《徂归赋》,称为博悉。仆射何敬容奏转杳王府谘议,高祖曰:刘杳须先经中书,仍除中书侍郎。"

王筠五十一岁,作《昭明太子哀册文》。

见《梁书·昭明太子传》。又本传:"三年,昭明太子薨,敕为哀册文,复见嗟赏。寻出为贞威将军、临海太守。在郡被讼,不调累年。"此后,王筠颇不得意。

刘孝仪四十六岁,服阕,补洗马,迁中书舍人。

《梁书》本传:"以母忧去职,王立为皇太子,孝仪服阕,仍补洗马,迁中书舍人。"

萧子显四十五岁,以本官领国子博士,迁国子祭酒,又加侍中。

《梁书》本传:"三年,以本官领国子博士。高祖所制经义,未列学官,子显在职,表置助教一人,生十人。又启撰高祖集,并《普通北伐记》。其年迁国子祭酒,又加侍中。于学递述高祖《五经义》。"萧子显从此更受重视,与王筠的境遇恰好相反。

庾肩吾四十五岁，兼东宫通事舍人。

《梁书》本传："中大通三年，王为皇太子，兼东宫通事舍人。"

周弘正三十六岁，作《奏记晋安王》。

见《陈书》本传。

谢徵三十二岁，甚被重用，除尚书左丞。

《梁书》本传："服阕，除尚书左丞。昭明太子薨，高祖立晋安王纲为皇太子，将出诏，唯诏尚书左仆射何敬容、宣惠将军孔休源及徵三人与议。徵时年位尚轻，而任遇已重。"

萧纲二十九岁，七月被立为皇太子，九月，入居东宫。

见《梁书·武帝纪》。按：萧统四月卒，谁继为太子，萧衍似迟迟不能定夺。起初欲立萧统长子华容公萧欢为太子，但是，由于萧统为母发丧求道士埋鹅镇灾事，而改立萧纲为太子。此事朝野多以为不善。《资治通鉴》有详细记载："初昭明太子葬其母丁贵嫔，遣人求墓地之吉者。或赂宦者俞三副求卖地，云若得钱三百万，以百万与之。三副密启上，言'太子所得地不如今地于上为吉'。上年老多忌，即命市之。葬毕，有道士云：'此地不利长子，若厌之，或可申延。'乃为蜡鹅及诸物埋于墓侧长子位。宫监鲍邈之、魏雅初皆有宠于太子。邈之晚见疏于雅，乃密启上云：'雅为太子厌祷。'上遣检掘，果得鹅物，大惊，将穷其事，徐勉因谏而止，但诛道士。由是太子终身惭愤，不能自明。及卒，上征其长子南徐州刺史华容公欢至建康，欲立以为嗣，衔其前事，犹豫久之，卒不立。庚寅，遣还镇。丙申，立太子母弟晋安王纲为皇太子。朝野多以为不顺，司议郎周弘正尝为晋安王主簿，乃奏记曰：'谦让道废，多历年所……'"此文又见《陈书》本传。后来，武帝立华容公萧欢为豫章王，枝江公萧誉为河东王，曲阿公萧詧为岳阳王。因为人言不息，故封萧统的三个儿子为大郡，用慰其心。《资治通鉴》又载："久之，鲍邈之坐诱掠人，罪不至死，太子纲追思昭明之冤,挥泪诛之。"由此可见,鲍邈之密奏,萧纲入宫后已经知晓。那么,周弘正之《奏记晋安王》,他一定业已知道。我们注意到,后来周弘正就没有在萧纲东宫府中任要职,而依附在萧绎门下,这里颇能说明问题。本年,萧纲作《为南平王拜大司马章》,见《艺文类聚》卷四十七。据《梁书·南平元襄王伟传》,其中大通四年迁中书令大司马。又作《谢为皇太子表》、《拜皇太子临轩竟谢表》、《上昭明太子集别传等表》、《为子大心让当阳公表》、《为长子大器让宣城王表》。按:萧大心本年封为当阳公,萧大器封为宣城公。又作《征君何先生墓志》。按:何胤卒于本年。见《梁书·处士·何胤传》:"中大通三年卒。年八十六。"

徐陵二十五岁,随萧纲入东宫,充东宫学士,颇受信任。

见《陈书》本传。又《梁书·庾肩吾传》载:"初,太宗在藩,雅好文章士,时肩吾与东海徐摛、吴郡陆杲、彭城刘遵、刘孝仪、仪弟孝威,同被赏接。及居东宫,又开文德省,置学士,肩吾子信、摛子陵、吴郡张长公、北地傅弘、东海鲍至等充其选。"《南史》本传:"梁简文在东宫,撰《长春殿义记》,使陵为序。又令于少傅府述已所制《庄子义》。"这是史书记载应萧纲之命作于梁代的作品。据《南史·许懋传》:"中大通三年,皇太子召与诸儒录《长春义记》。"又《南史·沈文阿传》:"梁简文引为东宫学士。及撰《长春义记》,多使文阿撮异闻以广之。"本年,其父徐摛六十一岁,先为太子家令,复为新安太守。"宫体"之名,始于此时。《梁书》本传:"王入为皇太子,转家令,兼掌管记,寻带领直。文体既别,春坊尽学之,'宫体'之号,自斯而起。高祖闻之怒,召摛加让。及见,应对明敏,辞义可观,高祖意释。因问五经大义,次问历代史及百家杂说,末论释教。摛商较纵横,应答如响,高祖甚加叹异,更被亲狎,宠遇日隆。领军朱异不说,谓所亲曰:'徐叟出入两宫,渐来逼我,须早为之所。'遂承间白高祖曰:'摛年老,又爱泉石,意在一郡,以自怡养。'高祖谓摛欲之,乃诏摛曰:'新安大好山水,任昉等并经之,卿为我卧治此郡。'中大通三年,遂出为新安太守。至郡,为治清静,教民礼义,劝课农桑,期月之中,风俗便改。"

萧绎二十四岁,作《特进萧琛墓志铭》。

见《艺文类聚》卷四十七。

庾信十九岁,与徐陵并为抄撰学士。

见倪璠《庾子山年谱》考证。

江从简年约十七岁,作《采荷调》讽刺宰相何敬容。

《太平御览》卷九百九十九引《三国典略》云:"梁江从简,光禄大夫革之子也,颇有才学,年十七,为《采荷调》以刺何敬容。其文曰:'欲持荷作柱,荷弱不胜梁;欲持荷作镜,荷暗本无光。'敬容弗觉,唯唯嗟其工。"《乐府广题》称江诗作于"何敬容为宰相"时。何敬容为宰相在本年七月,任尚书右仆射,乃徐勉荐举。考见祝总斌《两汉魏晋南北朝宰相制度研究》第七章。

萧子云出为贞威将军、临川内史。

见《梁书》本传。与王筠一样外任,官职也相当。

何思澄出为黟县令。

《梁书》本传:"昭明太子薨,出为黟县令。"也被外任,且地处偏僻。

萧子范作《求撰昭明太子集表》。

见《艺文类聚》卷十六。文末称:"臣蝉翼轻身,未从尘露,而班输严驾,永辍骓骖。恋主怀兹,伏深涕慕。冒乞铨次遗藻,勒成卷轴。"按:普通三年刘孝绰已编有昭明太子集,何以又有此表?或当时未曾编就?但是从昭明太子《答湘东王求文集及〈诗苑英华〉书》推断,当时文集确曾编就。此或是辑其遗文佚藻。从文中可以看出,萧子范心仪昭明太子,"恋主怀兹,伏深涕慕",追随其后。也许,他在昭明太子文人集团中算不得重要人物,但是这篇文章却有其独特的价值。我们注意到,《玉台新咏》辑录了许多兰陵萧氏的诗歌,却没有收录萧子范的诗,以至唐朝李康成编《玉台后集》,就始于萧子范。这说明了什么问题呢?很明显,它是以此作于断限,分为两个时代。前者《文选》的时代,而后者则是《玉台新咏》的时代。

昭明太子卒后,元释念常《佛祖通载》卷十谓刘勰本年出家。而宋释志磐《佛祖统纪》卷三十七《法运通塞志》谓刘勰表求出家在四年:"通事舍人刘勰,雅为太子所重,凡寺塔碑碣,皆其所述。是年表求出家,赐名慧地。"元释觉岸《释氏稽古略》卷二谓刘勰出家在大同二年:"梁通事舍人表求出家,帝嘉之,赐僧法名曰慧地。"

按:有关刘勰生卒年的讨论,详见刘跃进著《中古文学文献学》下编有关章节。

释慧命生。

释道宣《续高僧传》卷十七《周涠阳仙城山善光寺释慧命传》:"释慧命,姓郭,太原晋阳人。晋征士郭琦之后也。以梁中大通五年辛亥之岁生于湘州长沙郡。"

释安廪二十五岁,启敕出家,乃游方寻道。

见释道宣《续高僧传》卷七《陈钟山耆阇寺释安廪传》。

颜之推生。

按:《北齐书·文苑·颜之推传》不载之推生卒年。惟《颜氏家训·终制》云:"吾已六十余。"又同书同篇云"吾年十九,值梁家丧乱",似指太清末(549)侯景之乱。曹道衡曾疑"十九"为"二十九"之误。因《周书·颜之仪传》谓之推弟之仪开皇十一年(591),年六十九,之推之年岁当长于之仪。然蒙刘文忠先生指出,《颜氏家训·序致》云"年始九岁,便丁荼蓼",即指父颜协之死,据《梁书·颜协传》,协卒于梁大同五年(539),与《序致》正合。且"十九"岁,正侯景陷台城之年。文忠先生又谓《周书》颜之仪卒年六十九为五十九之误,当是。生平事迹考订参见缪钺撰《颜之推年谱》,收在《读史存稿》中。

李德林生。

按《隋书·李德林传》,李德林得罪于开皇十年,年余卒,则卒年为开皇十一年(591),年六十一,上推生于本年。李德林字公辅,博陵安平(今河北深州)人。隋代作家。

二月,尔朱世隆立陵王元羽子恭为帝,改元普泰。初,尔朱世隆起兵反,立元晔,改元建明,及兵至邙南,以晔疏远,废之,立节闵帝。十月,高欢拥立渤海太守元朗为帝,改元中兴。

见《魏书·废出三帝纪》及《通鉴》卷一百五十五。

邢劭三十六岁,作赦文叙庄帝枉杀太原王之状。

《洛阳伽蓝记》卷二:"黄门侍郎邢子才(劭)为赦文,叙述庄帝枉杀太原王(尔朱荣)之状,广陵王(节闵帝)曰:'永安手翦强臣,非为失德;直以天未厌乱,故逢成济之祸。'谓左右:'将笔来,朕自作之。'直言门下:'朕以寡德,运属乐推,思与亿兆同兹大庆,肆眚之科,一依恒式。'"此事可见当时元氏宗族已有较高文化修养。

温子昇三十七岁,以预杀尔朱荣事,当尔朱兆入洛时,惧祸逃匿。

见《魏书·文苑·温子昇传》。

魏收二十六岁,为北主客郎中,节闵帝立,妙简近侍,诏试收为《封禅书》。收下笔便就,不立稿草,文将千言,所改无几。时黄门郎贾思同侍立,深奇之。白帝曰:"虽七步之才,无以过此。"迁散骑侍郎,寻敕典起居注,并修国史兼中书侍郎。

见《北齐书·魏收传》。

常景为车骑将军、右光禄大夫、秘书监。

见《魏书·常景传》。

释昙延十六岁,出家为僧。

见释道宣《续高僧传》卷八《隋京师延兴寺释昙延传》:"年十六因游寺,听妙法师讲《涅槃》,探悟其旨,遂舍俗服。"

陶弘景七十六岁。王籍五十二岁。刘孝绰五十一岁。伏挺四十八岁。杜弼四十一岁。李谐三十六岁。颜协三十四岁。苏绰三十四岁。张缵三十三岁。杜之伟二十四岁。庾持二十四岁。李骞二十四岁。阳休之二十三岁。江德藻二十三岁。颜晃二十二岁。陆云公二十一岁。袁聿修二十一岁。王晞二十一岁。徐伯阳十六岁。李昶十六岁。许亨十五岁。江总十三岁。岑之敬十三岁。刘逖七岁。刘臻五岁。褚玠三岁。

卷 四　南北文学的分庭抗礼
（532年~556年）

梁武帝中大通四年·魏孝武帝元脩永熙元年(532)　壬子

何思澄为宣惠将军武陵王萧纪中录事参军,不久卒于官舍。时年五十四岁。

见《梁书》本传。按《梁书·武帝纪》及《武陵王纪传》,萧纪于中大通元年出为使持节、宣惠将军、江州刺史,但彼时何思澄为东宫通事舍人。中大通四年二月,萧纪为扬州刺史。按:去年昭明太子卒后,何思澄出为黟县令,或本年又出为宣惠将军武陵王中录事参军。其卒年,本传未有详载,但称其卒于官,大约不会出于这几年间。本传又云:"文集十五卷。初,思澄与宗人逊及子朗俱擅文名,时人语曰:'东海三何,子朗最多。'思澄闻之,曰:'此言误耳。如其不然,故当归逊。'思澄意谓宜在己也。子朗字世明,早有才思,工清言,周捨每与共谈,服其精理。尝为《败冢赋》拟庄周马棰,其文甚工。世人语曰:'人中爽爽何子朗。'……卒时年二十四,文集行于世。"

刘杳五十四岁,为湘东王谘议参军。

《梁书·文学传》："寻为平西湘东王谘议参军、兼舍人,知著作如故。"

萧子显四十六岁,其时为侍中、国子博士。三月上表置制旨《孝经》助教一人,生十人,专通高祖萧衍所释《孝经义》。

见《梁书·武帝纪》。

谢徵三十三岁,累迁中书郎、鸿胪卿、舍人如故。

见《梁书》本传。

萧纲三十岁,作《为孔休源举哀令》等。

孔休源卒于本年。见《梁书》本传。又作《为南康王会理让湘州表》。按《梁书·南康简王绩传》,其子萧会理"年十一而孤",十五岁拜轻车将军、湘州刺史。其父大通三年卒,时年二十五岁。其子萧会理十一岁(萧绩十四岁生子),其十五岁正在本年。又作《大法颂》,见《艺文类聚》卷一十六。文称:"自凭玉几,握天镜……于今三十有二载也。"又作《吴郡石像铭》,见《艺文类聚》卷七十七。文称"中大通四年岁在壬子临汝灵侯奉敕更造铜光二枚"。

徐陵二十六岁,是年前后出为上虞令,坐免。

《陈书》本传:"东宫置学士,陵充其选。稍迁尚书度支郎。出为上虞令。御史中丞刘孝仪与陵先有隙,风闻劾陵在县赃污,因坐免。"按:本传未明言年月,周建渝《徐陵年谱》(载《中国文哲研究集刊》第十期,1997)考证后系于本年,可从。又,本年作《为羊兖州答饷镜》。《梁书·羊侃传》:"中大通四年,诏为使持节、都督瑕丘诸军事、安北将军、兖州刺史。……五年,封高昌县侯。"由是知羊侃本年出为兖州刺史,次年又封县侯。

江德藻二十四岁,为南平王萧伟东阁祭酒。

《陈书》本传:"大司马南平王伟闻其才,召为东阁祭酒。"按《梁书·南平元襄王伟传》,其中大通四年迁中书令、大司马。

萧绎二十五岁,其时为西中郎将、荆州刺史。九月为平西将军。

见《梁书·武帝纪》。按《元帝纪》:"中大通四年进号平西将军。"

陆云公二十二岁,为湘东王行参军。

《梁书》本传:"累迁……平西湘东王行参军。"

释智颛生。

释道宣《续高僧传》卷十七《隋国师智者天台山国清寺释智颛传》:"释智颛,字德安,姓陈氏,颍川人也。有晋迁都,寓居荆州之华容焉,即梁散骑孟阳公起祖之第二子也。"其卒于隋开皇十七年,六十六岁,逆推生于本年。

释慧暅十八岁,出家为僧。

释道宣《续高僧传》卷九《隋江表徐方中寺释慧暅传》:"年十八乃喟然叹曰:'服膺周孔,以仁义为先;归心黄老,以虚无为贵,而往来生死,出入尘劳,乃域中之累业,非出世之要道也。'……于是将游京邑,途次朱方,遇竹林寺诩法师,雅相嗟赏,乃依止出家为十戒和上,寻出都住甘露鼓寺。"

四月,高欢废节闵帝元恭。元恭作诗曰:"朱门久可患,紫极非情玩。颠覆立可待,一年三易换。时运正如此,唯有修真观。"寻为欢所杀。

见《魏书·废出三帝纪》。

温子昇三十八岁,《韩陵山寺碑》当作于是年左右。又作《大觉寺碑》。

韩陵乃高欢破尔朱氏之地,当在邺附近。《北齐书·神武帝纪》:"神武令封隆之守邺,自出顿紫陌。时马不满二千,步兵不至三万,众寡不敌。乃于韩陵为圆阵。"既胜,废节闵帝而立孝武,遂还邺。又载高欢自洛北还,已有迁邺之计,为孝武所拒,至与孝武有隙,复谋此事。据此则高欢早怀都邺之计,则其勒石纪功之作,当作于战胜之初。今观碑文,未及孝武西迁事,当在得势之初。又按《洛阳伽蓝记》卷四,孝武帝元脩即位,造砖浮图一所,诏温子昇为碑文,佚文见《艺文类聚》卷七十七。

魏收二十七岁,作《平等寺碑》文。

见《洛阳伽蓝记》卷二。

裴伯茂为中书侍郎。不久,孝武帝兄子广平王赞盛选宾僚,以伯茂为文学,后加中军大将军。

见《魏书·文苑·裴伯茂传》。

邢昕除中书侍郎,加平东将军、光禄大夫。时言冒窃官级,为中尉所劾,免官,乃为《述躬赋》。未几,受诏与秘书监常景典仪注事。

见《魏书·文苑·邢昕传》。

祖鸿勋《与阳休之书》可能作于此年前后。

按《北齐书·文苑·祖鸿勋传》,鸿勋于永安初曾为城阳王元徽所举,后为廷尉正,方去官归田,盖在庄帝被杀、尔朱兆入洛之后。是年,阳休之年二十四。祖鸿勋,据《北齐书》本传:"弱冠与同郡卢文符并为州主簿。仆射临淮王或荐鸿勋有文学,宜试以一官,敕除奉朝请。"魏临淮王为仆射,据《魏书》本传,宣武时为中尉,尝为于忠所谮。于忠卒于孝明帝神龟元年(518),而临淮王累迁方至仆射。计鸿勋之年,当长于阳休之,至少与魏收相仿佛。

陶弘景七十七岁。徐勉六十七岁。徐摛六十二岁。王籍五十三岁。刘孝绰五十二岁。王筠五十二岁。伏挺四十九岁。刘孝仪四十七岁。庾肩吾四十六岁。杜弼四十二岁。邢劭三十七岁。周弘正三十七岁。颜协三十五岁。苏绰三十五岁。张缵三十四岁。徐陵二十六岁。杜之伟二十五岁。庾持二十五岁。李骞二十五岁。阳休之二十四岁。颜晃二十三岁。袁聿修二十二岁。王晞二十二岁。庾信二十岁。徐伯阳十七岁。李昶十七岁。许亨十六岁。江总十四岁。岑之敬十四岁。刘逖八岁。刘臻六岁。褚玠四岁。阮卓二岁。李德林二岁。颜之推二岁。

梁武帝中大通五年·魏孝武帝永熙二年(533)　癸丑

刘孝绰五十三岁,以母忧去职。

《梁书》本传:"后为太子仆,母忧去职。"按:其大同元年出为安西将军湘东王谘议参军,知其本年丁母忧。

萧子显四十七岁。十月,为吏部尚书。作《御讲金字摩诃般若波罗蜜经序》。

见《梁书·武帝纪》。又《梁书》本传:"五年,选吏部尚书,侍中如故。子显性凝简,颇负其才气。及掌选,见九流宾客,不与交言,但举扇一挥而已。衣冠窃恨之。然太宗素重其为人,在东宫时,每引与促宴。子显尝起更衣,太宗谓坐客曰:'尝闻异人间出,今日始知是萧尚书。'其见重如此。"《御讲金字摩诃般若波罗蜜经序》,见《广弘明集》卷十九。文曰:"以中大通七年太岁癸丑二月己未朔二十六日甲申舆驾出大通门,幸同泰寺发讲,设道俗无遮大会……"按:"七"字误,应作"五"。检《梁书·武帝纪》:"二月癸未,行幸同泰寺,设四部大会,高祖升法座,发《金字摩诃波若经》题,讫于己丑。"

褚翔为二十韵诗,深得萧衍欣赏。

《南史》本传:"中大通五年,梁武帝宴群臣乐游苑,别诏翔与王训为二十韵诗,限三刻成。翔于座立奏,帝异焉,即日补宣城王文学,俄迁友。时宣城友、文学加正王二等,翔超为之,时论美焉。"

释善惠作《与朝士书》。

详见元释念常《佛祖通载》卷十。

裴伯茂为《豁情赋》。

《魏书·文苑·裴伯茂传》谓作于"永熙中"。

魏收二十八岁,作《庭竹赋》。又作《南狩赋》。

《北齐书·魏收传》谓收作此赋"时孝武猜忌神武",则当在本年。本传又谓收作此赋时"与济阴温子昇、河间邢子才齐誉,世号'三才'"。按:魏孝武帝大发士卒,狩于嵩少之南旬有六日。魏收作《南狩赋》以讽。帝手诏褒美。

陶弘景七十八岁。徐勉六十八岁。徐摛六十三岁。刘杳五十五岁。王籍五十四岁。王筠五十三岁。伏挺五十岁。刘孝仪四十八岁。庾肩吾四十七岁。杜弼四十三岁。温子昇三十九岁。邢劭三十八岁。李谐三十八岁。周弘正三十八岁。苏绰三十六岁。颜协三十六岁。张缵三十五岁。谢徵三十四岁。萧纲三十一岁。徐陵二十七岁。庾持二十六岁。萧绎二十六岁。杜之伟二十六岁。江德藻二十五岁。颜晃二十四岁。李骞二十六岁。阳休之二十五岁。陆云公二十三岁。袁聿修二十三岁。王晞二十三岁。庾信二十一岁。徐伯阳十八岁。李昶十八岁。江总十五岁。岑之敬十五岁。刘逖九岁。刘臻七岁。褚玠五岁。阮卓三岁。李德林三岁。颜之推三岁。

梁武帝中大通六年·魏孝武帝永熙三年·东魏孝静帝元善见天平元年(534) 甲寅

王锡卒,时年三十六岁。有《大言应令诗》、《细言应令诗》。《梁书》本传:"中大通六年正月卒,时年三十六。"

谢徵三十五岁,出为北中郎将豫章王长史、南兰陵太守。

《梁书》本传:"六年,出为北中郎将豫章王长史。"按:此豫章王当为萧统子萧欢。据《南史·梁武帝诸子传》,萧统薨后,封统长子华容公欢为豫章郡王。

萧绎二十七岁,作《法宝联璧序》。

《南史·陆罩传》:"初,简文在雍州,撰《法宝联璧》,罩与群贤并抄掇区分者数岁。中大通六年而成,命湘东王为序。其作者有侍中、国子祭酒、兰陵萧子显等三十人，以比王象、刘邵之《皇览》焉。"按：其序见于《广弘明集》卷二十。序有"谨抄纂爵位"及年龄，今录之如下：

使持节、平西将军、荆州刺史湘东王绎，年二十七，字世诚；侍中、国子祭酒、南兰陵萧子显，年四十八，字景畅；散骑常侍、御史中丞、彭城到溉，年五十八，字茂灌；散骑常侍、步兵校尉、东宫侍、南琅邪王修，年四十二，字彦远；吴郡太守、前中庶子、南琅邪王规，年四十三，字威明；都官尚书、领右军将军、彭城刘孺，年五十五，字孝穉；太府卿、步兵校尉、河南褚球，年六十三，字仲宝；中军长史、前中庶子、陈郡谢侨，年四十五，字国美；中庶子、彭城刘遵，年四十七岁，字孝陵；中庶子、南兰陵王穉，年四十五，字孺通；宣城王友、前仆、东海徐喈，年四十二，字彦邕；前御史中丞、河南褚澐，年六十，字士洋；北中郎长史、南兰陵太守、陈郡袁君正，年四十六，字世忠；中散大夫、金华宫家令、吴郡陆襄，年五十四，字师卿；中散大夫、琅邪王籍，年五十五，字文海；新安太守、前家令、东海徐摛，年六十四，字士绩；前尚书左丞、沛国刘显，年五十三，字嗣芳；中书侍郎、南兰陵萧几，年四十四，字德玄；云麾长史、寻阳太守、前仆、京兆韦稜，年五十五，字威真；前国子博士、范阳张绾，年四十三，字孝卿；轻车长史、南兰陵萧子范，年四十九，字景则；庶子、吴郡陆罩，年十八，字洞元；庶子、南兰陵萧填，年四十，字文容；秘书丞、前中舍人、南兰陵王许，年二十五，字幼仁；宣城王文学、南琅邪王训，年二十五，字怀范；洗马、权兼太府卿、彭城刘孝仪，年四十九，字子仪；洗马、陈郡谢禧，年二十六，字休度；中军录、前洗马、彭城刘蕴，年三十三，字怀芬；前洗马、吴郡张孝摁，年四十二，字孝摁；南徐州治中、南兰陵萧子开，年四十四,字景发;平西中录参军、典书、通事舍人、南郡庾肩吾,年四十八,字子慎;北中记室参军、颍川庾仲容,年五十七,字仲容;宣惠记室参军、南兰陵萧滂,年三十二,字希传;舍人、南兰陵萧清,年二十七,字元专;宣惠主簿、前舍人、陈郡谢嘏,年二十五,字茂范;尚书都官郎、陈郡殷劝,年三十,字弘善;安北外兵参军、彭城刘孝威,年三十九,字孝威;前尚书殿中郎、南兰陵萧恺,年二十九,字元才。

按:释宝唱亦协助萧纲修撰《法宝联璧》。《续高僧传》本传:"及简文之在春坊,尤耽内教,撰《法宝联璧》二百余卷,别令宝唱缀比,区别其类。"此云萧纲居春坊时,即始撰《法宝联璧》。据《资治通鉴》胡三省注:"东宫谓之春宫,宫坊谓之春坊。"说明此书之撰,在萧纲入东宫后仍在进行,与《南史·陆罩传》记载相吻合。

岑之敬十六岁,除童子奉车郎。

《陈书》本传:"年十六,策《春秋左氏》、《制旨孝经义》,擢为高第。御史奏曰:'皇朝多士,例止明经,若颜、闵之流,乃应高第。'梁武省其策曰:'何妨我复有颜、闵邪?'因召入面试。令之敬升讲座,敕中书舍人朱异执《孝经》,唱《士孝章》,武帝亲自论难,之敬剖释纵横,应对如响,左右莫不嗟服。乃除童子奉车郎,赏赐优厚。"

严臧为镇南将军萧绎谘议参军,寻卒官。有文集十卷。

《梁书》本传:"王迁江州,为镇南谘议参军,卒官。文集十卷。"按《梁书·元帝纪》:"六年,出为使持节、都督江州诸军事、镇南将军、江州刺史。"

二月,永宁寺浮图为火所焚,火三月不绝。

见《洛阳伽蓝记》卷一及《通鉴》卷一百五十六。

国子祭酒邢劭三十九岁,为《景明寺碑》文,当在此前。

《洛阳伽蓝记》卷三:"至永熙年间始诏国子祭酒邢劭为碑文。"则当在此前,不能详考,姑系于此。

七月,孝武帝图高欢,率十余万众次河桥,遂西奔长安依宇文泰。帝使温子昇草敕以示高欢。

见《魏书·出帝纪》、《北齐书·神武纪》及《通鉴》卷一百五十六。全文见《北齐书·神武纪》。

十月,高欢立元善见为帝,是为东魏孝静帝。迁都于邺。

见《魏书·孝静帝纪》、《北齐书·神武纪》及《通鉴》卷一百五十六。

闰十二月,孝武帝为宇文泰所鸩。宇文泰立元宝炬,是为西魏文帝,都长安。

见《魏书·出帝纪》、《通鉴》卷一百五十六。

裴伯茂为《迁都赋》。

见《魏书·文苑·裴伯茂传》。

永熙末,(邢)昕入为侍读,与温子昇、魏收参掌文诰。迁邺,乃归河间。天平初,与侍中从叔子才(邢劭)、魏季景、魏收同征赴都。寻还乡里。既而复征。时梁武帝使兼散骑常侍刘孝仪来东魏,诏昕兼正员郎迎于境上。

见《魏书·文苑·邢昕传》。

自孝昌之后,天下多务,世人竞以吏工取达,文学大衰。

见《魏书·文苑·邢昕传》。

贺拔胜奔梁,阳休之随之南奔。

见《北齐书·阳休之传》。

魏收二十九岁,赋《出塞》、《公主远嫁诗》。

《魏书·蠕蠕传》载,是年,东魏以常山王妹乐安公主嫁柔然,改为兰陵公主。高欢送之出塞,魏收赋《出塞》及《公主远嫁诗》二首;

祖珽皆和之。魏收、祖珽作诗见《北齐书·祖珽传》。

释法上四十岁，游化怀卫，为魏大将军高澄奏入在邺。

见释道宣《续高僧传》卷八《齐大统合水寺释法上传》。

魏译佛经师十九人，出经律论四百十九部，凡一千九百余卷。僧至二百万。国家大寺四十七所。三公等寺八百四十所。百姓所造寺院三万一千所。

见元释觉岸《释氏稽古略》卷二。

陶弘景七十九岁。徐勉六十九岁。徐摛六十四岁。刘杳五十六岁。王籍五十五岁。刘孝绰五十四岁。王筠五十四岁。伏挺五十一岁。刘孝仪四十九岁。萧子显四十八岁。庾肩吾四十八岁。杜弼四十四岁。温子昇四十岁。李谐三十九岁。周弘正三十九岁。颜协三十七岁。苏绰三十七岁。张缵三十六岁。萧纲三十二岁。徐陵二十八岁。庾持二十七岁。杜之伟二十七岁。李骞二十七岁。阳休之二十六岁。江德藻二十六岁。颜晃二十五岁。陆云公二十四岁。袁聿修二十四岁。王晞二十四岁。庾信二十二岁。徐伯阳十九岁。李昶十九岁。许亨十八岁。江总十六岁。刘逖十岁。刘臻八岁。褚玠六岁。李德林四岁。阮卓四岁。颜之推四岁。

梁武帝大同元年·东魏孝静帝天平二年·西魏文帝元宝炬大统元年(535) 乙卯

春正月改元大同。本年置头陀寺，在蒋山第一峰。

见《建康实录》卷十七。张敦颐《六朝事迹编类》卷十一"普济寺"条:"梁头陀寺也。《建康实录》:梁武帝大同元年置。《头陀寺记》:舍人石兴造，寺在蒋山顶第一峰，后移置山下。本朝治平中改赐今额。殿后有应潮井，其水与江潮相应，又有梁昭明太子读书台，在其西，即普通元年所置大爱敬寺基也。"

徐勉卒。时年七十岁。

见《梁书》本传及《武帝纪》。本传云："大同元年卒,时年七十。高祖闻而流涕,即日车驾临殡,乃诏赠特进、右光禄大夫、开府仪同三司,余并如故。给东园秘器、朝服一具,衣一袭。赠钱二十万,布百匹。皇太子亦举哀朝堂。谥曰简肃公。勉善属文,勤著述,虽当机务,下笔不休。尝以起居注烦杂,乃加删撰为《流别起居注》六百卷;撰《左丞弹事》五卷;在选曹,撰《选品》五卷;齐时撰《太庙祝文》二卷;以孔释二教殊途同归,撰《会林》五十卷。凡所著前后二集四十五卷。又为《妇人集》十卷,皆行于世。大同三年,故佐史尚书左丞刘览等诣阙陈勉行状,请刊石纪德,即降诏许立碑于墓侧。"

刘遵卒,时年四十七岁。

见《梁书》本传。著《梁东宫四部目录》四卷,佚。诗存九首,风格轻绮。

刘孝绰五十五岁,出为安西将军湘东王萧绎谘议参军。

见《梁书》本传:"服阕,除安西湘东王谘议参军。"按《梁书·元帝纪》:"大同元年,进号安西将军。"

王筠五十五岁,起为云麾将军豫章王萧欢长史。

《梁书》本传:"大同初,起为云麾豫章王长史。"按《梁书·武帝纪》,大通三年立昭明太子之子萧欢为豫章郡王。其何时为云麾将军,《梁书》未有明载,但《武帝纪》载大同六年二月"云麾将军、豫章王欢为江州刺史"。又作《释慧约法师碑文》。《续高僧传·慧约传》:"乃以大同元年八月使人伐门外树枝曰:'舆驾当来,勿令妨路,人未之测。至九月六日现疾,北首又胁而卧……至十六日敕遣舍人徐俨参疾,答曰:'今夜当去。'至五更二唱,异香满室,左右肃然,乃曰:'夫生有死,自然恒数,勤修念慧,勿起乱想。'言毕合掌,便入涅槃。春秋八十有四……下敕竖碑墓左,诏王筠为文。"

伏挺五十二岁,还俗,随邵陵王赴江州。

见《梁书》本传。其普通元年前后,因获罪而出家为道人。"久之藏匿,后遇赦,乃出天心寺。会邵陵王为江州,携挺之镇,王好文义,深被恩礼,挺因此还俗。"按:邵陵王纶两次出为江州刺史,第一次在普通元年秋七月,其时伏挺已获罪。且"久之藏匿",至本年已有十年之久。本年正月,邵陵王又为江州刺史,伏挺还俗随从赴江州当在此年。

刘孝仪五十岁,时为阳羡令,作《从弟丧上东宫启》。

见《艺文类聚》卷二十一。从弟指刘遵,本年卒。见《梁书·刘遵传》。

庾肩吾四十九岁,为安西湘东王录事参军。

见《梁书》本传。按:湘东王萧绎本年进号安西将军。

萧纲三十三岁,作《仪同徐勉墓志铭》。又作《与刘孝仪令悼刘遵》。

《梁书·刘遵传》:"大同元年卒官。皇太子深悼惜之,与遵从兄阳羡令孝仪令曰……"按:刘遵卒于本年冬天,详见萧纲下年所作《与湘东王令悼王规》。

萧绎二十八岁,时仍为平西将军、荆州刺史。十二月进号安西将军。

见《梁书·武帝纪》。

杜之伟二十八岁,送萧昂丧柩还京。

《陈书》本传:"昂卒,庐陵王续代之,又手教招引,之伟固辞不应命,乃送昂丧柩还京。"按《梁书·萧景传》附萧昂传载,昂"大同元年卒,时年五十三"。

江德藻二十七岁,迁安西湘东王府外兵参军,寻除尚书比部郎,以父忧去职。

见《陈书》本传。按《梁书·江革传》:"大同元年二月卒。谥曰强子。有集二十卷行于世。"按:江德藻为江革之子。

释安廪二十九岁,北诣魏国,于司州光融寺容公所采习经论,在魏十二年。

见释道宣《续高僧传》卷七《陈钟山耆阇寺释安廪传》。按:其太清元年始返回江南,故知本年出游北方。

李谐四十岁,遭母忧,还乡里。征为魏尹,将军如故,以禫制未终,表辞。

见《魏书·李平附李谐传》。

苏绰三十八岁,为行台郎中。

按:《周书·苏绰传》谓绰因苏让荐,召为行台郎中,不言年月。然本传谓"在官岁余,太祖未深知之"。后因与周惠达议政,遂为泰所赏,此事在大统三年高欢大举攻关中前,则宇文泰之识苏绰当在大统二年,而为行台郎中,又在其前"岁余"。《通鉴》卷一百五十七以为绰为行台郎中在此年,疑是。据《周书·文帝纪》,本年西魏以宇文泰为督中外诸军事,录尚书事、大行台,封安定郡公。

李骞二十八岁,作《释情赋》。

《释情赋》见《魏书·李顺附李骞传》,赋中首称单阏之年,当为卯年,而是年为乙卯。赋中言及魏孝明、孝庄帝谥号。又言及"始蒙尘以播荡,卒流彘而居郑",乃以孝武帝入关比之周厉王;"酌徙镐之故典,究迁亳之遗令",则喻孝静帝迁邺也。据此当作于本年。

祖莹疑卒于是年前后。

《魏书·祖莹传》云:"将迁邺,齐献武王因召莹议之。以功迁仪同三司,进爵为伯。薨,赠尚书左仆射、司徒公、冀州刺史。"据此莹当卒于本年。因迁邺在去年九月,迁邺后未言即卒,似以今年为近之。又温子昇为《祖莹墓志》当亦在此际。

宇文泰以戎役屡兴,民吏劳弊,乃命所司斟酌今古,参考变通,可

以益国利民便时适治者,为二十二条新制,奏魏帝行之。

见《周书·文帝纪》。

卢思道生。

按《隋书·卢思道传》,思道卒于开皇中,时年五十二岁。又据张说所作碑文,卢思道卒于开皇六年(586),较可信,据此则当生于本年。卢思道字子行,范阳人。隋代作家。

裴伯茂因内宴失礼被劾。

见《魏书·文苑·裴伯茂传》。

释慧远十三岁,往泽州东山古贤谷寺,时有华阴沙门僧思禅师见而称之,有出家相。

见释道宣《续高僧传》卷八《隋京师净影寺释慧远传》。

陶弘景八十岁。徐摛六十五岁。刘杳五十七岁。王籍五十六岁。萧子显四十九岁。庾肩吾四十九岁。杜弼四十五岁。温子昇四十一岁。邢邵四十岁。周弘正四十岁。颜协三十八岁。张缵三十七岁。谢徵三十六岁。魏收三十岁。徐陵二十九岁。庾持二十八岁。李骞二十八岁。阳休之二十七岁。颜晃二十六岁。陆云公二十五岁。袁聿修二十五岁。王晞二十五岁。庾信二十三岁。徐伯阳二十岁。李昶二十岁。许亨十九岁。岑之敬十七岁。江总十七岁。刘逖十一岁。刘臻九岁。褚玠七岁。阮卓五岁。李德林五岁。

梁武帝大同二年·东魏孝静帝天平三年·西魏文帝大统二年(536) 丙辰

陶弘景卒,时年八十一岁。

《梁书》本传:"大同二年卒,时年八十五,颜色不变,屈申如恒,诏赠中散大夫,谥曰贞白先生。仍遣舍人监护丧事。"唐李渤《梁茅山贞白陶先生传》亦谓八十五岁。而《南史》本传以为其卒年八十一岁。是。因萧纲《华阳陶先生墓志铭》、邵陵王萧纶《隐居贞白先生陶君碑》并称其八十一岁。又本传称其生于宋孝建三年,至本年亦八十一岁。余嘉锡《疑年录稽疑》引证极详,可以据核。《南史》本传又载:"弘景妙解术数,逆知梁祚覆没,预制诗云:'夷甫任散诞,平叔坐论空。岂悟昭阳殿,遂作单于宫。'诗秘在箧里,化后,门人方稍出之。大同末,人士竞谈玄理,不习武事,后侯景篡,果在昭阳殿。……所著《学苑》百卷、《孝经》、《论语集注》、《帝代年历》、《本草集注》、《效验方》、《肘后百一方》、《古今州郡记》、《图象集要》及《玉匮记》、《七曜新旧术疏》、《占候》、《合丹法式》,共秘密不传,及撰而未讫又十余部。唯弟子得之。"萧纶《陶君碑》称其"大造佛像,爰及写经,起塔招僧,备诸供养,自誓道场,受菩萨法"。由此来看,陶弘景不仅是个著名的道教领袖,其对于佛教也有深湛的研究。

刘杳卒,时年五十八岁。

《梁书》本传:"大同二年卒官,时年五十。"按:本传误,应作五十八岁。《南史·隐逸·阮孝绪传》:"大同二年正月,孝绪自筮卦:'吾寿与刘著作同年。'及刘杳卒,孝绪曰:'刘侯逝矣,吾其几何?'其年十月卒,年五十八。"知孝绪卒时,年五十八岁。《南史》校记:"按刘杳传,杳以大同二年卒,年五十。此'吾寿与刘著作同年',谓与刘杳同年死。"此说误。其真实含义应是"吾与刘著作同年寿"也。《梁书》、《南史》本传并称刘杳"十三丁父忧"。考《南齐书·刘怀慰传》(怀慰本名闻慰。齐武帝即位,以与舅氏名同,敕改之),怀慰卒于永明九年,年四十五岁。其时刘杳十三岁,上推生于齐高帝建元元年(479),卒年五十八岁。本传又载:"杳自少至长,多所著述。撰《要雅》五卷,《楚辞草木疏》一卷,《高士传》二卷,《东宫新旧记》三十卷,《古今四部书目》五卷,并行于世。"

阮孝绪卒,时年五十八岁。

《南史》本传:"大同二年正月,孝绪自筮卦:'吾寿与刘著作同年。'及刘杳卒,孝绪曰:'刘侯逝矣,吾其几何?'其年十月卒,年五十八。梁简文在东宫,隆恩厚赠,子恕等述先志不受。顾协以为恩异常均,议令恭受。门徒追论德行,谥曰文贞处士。所著《七录》、《削繁》等一百八十一卷,并行于世。初,孝绪所撰《高隐传》中篇所载一百三十七人,刘歊、刘訏览其书曰:'昔嵇康所赞,缺一自拟,今四十之数,将待吾等成耶?'对曰:'所谓荀君虽少,后世当付钟君。若素车白马之日,辄获麟于二子。'歊、訏果卒,乃益二传。及孝绪亡,訏兄絜录其所遗行次篇末,成绝笔之意云。"

王规卒,时年四十五岁。

《梁书》本传:"大同二年卒,时年四十五。……皇太子出临哭。与湘东王令曰……"

谢徵卒,时年三十七岁。友人王籍集其遗文为二十卷。

《梁书》本传云:"大同二年卒官,时年三十七。"

张缵三十八岁,由吴兴太守任还京,为吏部尚书,作《让吏部尚书表》。

见《艺文类聚》卷四十八。按《梁书》本传:"大同二年征为吏部尚书。缵居选,其后门寒素,有一介皆见引拔,不为贵要屈意,人士翕然称之。"《武帝纪》:十二月"丁酉,以吴兴太守、驸马都尉、利亭侯张缵为吏部尚书"。

萧纲三十四岁,作《庶子王规墓志铭》及《与湘东王令悼王规》。

其《与湘东王令悼王规》曰:"去岁冬中,已伤刘子;今兹寒孟,复悼王生。""刘子",指刘遵。见《梁书·王规传》。按:此文《全梁文》收在昭明太子名下,显误。又按:王规乃王褒之父,又与袁昂为儿女亲家。

江总十八岁,解褐宣惠将军武陵王府法曹参军。

《陈书》本传:"及长,笃学有辞采,家传赐书数千卷,总昼夜寻读,未尝辍手。年十八,解褐宣惠武陵王府法曹参军。"按《梁书·武陵王纪传》,大同三年五月,"以前扬州刺史武陵王纪复为扬州刺史"。本年萧纪正为扬州刺史。

岑之敬十八岁,除太学限内博士,寻为寿光殿学士、司义郎。

《陈书》本传:"十八,预重云殿法会,时武帝亲行香,熟视之敬曰:'未几见兮,突而弁兮。'即日除太学限内博士。寻为寿光学士、司义郎。"

萧子云迁员外散骑常侍、国子祭酒,领南徐州大中正。顷之,复为侍中,启改沈约郊庙乐辞。

《梁书》本传:"大同二年,迁员外散骑常侍、国子祭酒,领南徐州大中正。顷之,复为侍中,祭酒、中正如故。梁初,郊庙未革牺牲,乐辞皆沈约撰。至是承明,子云始建言宜改。启曰……"

任孝恭作《为何敬容移报东魏文》等。

见《文苑英华》卷六百五十。又作《答魏初和移文》,见《艺文类聚》卷五十八。按《梁书·武帝纪》:大同二年冬大举北伐,十一月班师。十二月,与东魏通和。此两文内容大同小异,疑是一文,当作于班师前。

裴让之举秀才,对策高第。省中语曰:"能赋诗,裴让之。"

见《北齐书·裴让之传》。但本传不言年月,但称"天平中"。本传"让之第二弟诹之奔关右",当在天平四年独孤信入洛阳及战败之后,故知让之举秀才必在天平三年前,故系此年。

阳休之二十八岁,是年北返,抵邺。

《北齐书·阳休之传》:"以天平三年达邺。"

徐摛六十六岁。刘孝绰五十六岁。王筠五十六岁。伏挺五十三岁。刘孝仪五十一岁。萧子显五十岁。庾肩吾五十岁。杜弼四十六岁。温子昇四十二岁。邢劭四十一岁。李谐四十一岁。周弘正四十一岁。颜协三十九岁。苏绰三十九岁。魏收三十一岁。徐陵三十岁。庾持二十九岁。杜之伟二十九岁。李骞二十九岁。萧绎二十九岁。江德藻二十八岁。颜晃二十七岁。陆云公二十六岁。袁聿修二十六岁。王晞二十六岁。庾信二十四岁。徐伯阳二十一岁。李昶二十一岁。许亨二十岁。刘逖十二岁。刘臻十岁。褚玠八岁。李德林六岁。阮卓六岁。颜之推六岁。卢思道二岁。

梁武帝大同三年·东魏孝静帝天平四年·西魏文帝大统三年(537)丁巳

萧子显卒,时年五十一岁。

《梁书》本传:"大同三年,出为仁威将军、吴兴太守,至郡未几卒,时年四十九。诏曰:'仁威将军、吴兴太守子显,神韵峻举,宗中佳器。分竹未久,奄到丧殒,恻怆于怀。可赠侍中、中书令。今便举哀。'及葬请谥,手诏:'恃才傲物,宜谥曰骄。'子显尝为《自序》,其略云:'余为邵陵王友,忝还京师,远思前比,即楚之唐、宋,梁之严、邹。追寻平生,颇好辞藻,虽在名无成,求心已足。若乃登高目极,临水送归,风动春朝,月明秋夜,早雁初莺,开花落叶,有来斯应,每不能已也。前世贾、傅、崔、马、邯郸、缪、路之徒,并以文章显,所以屡上歌颂,自比古人。天监十六年,始预九日朝宴,稠人广坐,独受旨云:"今云物甚美,卿得不斐然赋诗?"诗既成,又降帝旨曰:"可谓才子。"余退谓人曰:"一顾之恩,非望而至。遂方贾谊何如哉?未易当也。"每有制作,特寡思功,须其自来,不以力构。少来所为诗赋,则《鸿序》一作,体兼众制,文备多方,颇为好事所传,故虚声易远。'子显所著《后汉书》一百卷,《齐书》六十卷,《普通北伐记》五卷,《贵俭传》三十卷,文集二十卷。"按:史传称其时年四十九岁,未确,据作于中大通六年的《法宝联璧序》,其时萧子显四十八岁,则本年当为五十一岁。

陆琼生。

《陈书》本传:"陆琼字伯玉,吴郡吴人也。祖完,梁琅邪、彭城二郡丞。父云公,梁给事黄门侍郎,掌著作。"又云以"至德四年卒,时年五十",上推生于本年。

刘孝仪五十二岁,迁中书郎,以公事迁安西谘议参军,兼散骑常侍。

《梁书》本传:"大同三年,迁中书郎。……"

张缵三十九岁,作《中书令萧子显墓志》。

见《艺文类聚》卷四十八。

徐陵三十一岁,迁镇西湘东王中记室参军。

见《陈书》本传。按《梁书·元帝纪》,萧绎本年"进号镇西将军"。

萧绎三十岁,九月,进号镇西将军。

见《梁书·武帝纪》。

江德藻二十九岁,服阕,被征为武陵王萧纪记室,不就。

《陈书》本传:"服阕之后,容貌毁瘠,如居丧时。除安西武陵王记室,不就。"《梁书·武帝纪》载,本年九月,武陵王萧纪为安西将军、益州刺史。

陆云公二十七岁,为张缵所赏识,言之高祖,诏兼尚书仪曹郎,又以本官知著作郎。

《梁书》本传:"云公先制《太伯庙碑》,吴兴太守张缵罢郡经途,读其文叹曰:'今之蔡伯喈也。'缵至都掌选,言之于高祖,诏兼尚书仪曹郎,顷之即真,入直寿光省,以本官知著作郎事。俄除著作郎。"按:张缵上年十二月征还为吏部尚书。陆云公为其赏识,当在本年。

江总十九岁,时为何敬容府主簿。

《陈书》本传:"中权将军、丹阳尹何敬容开府,置佐史,并以贵胄充之,仍除敬容府主簿。"按《梁书·何敬容传》:"大同三年正月,朱雀门灾,高祖谓群臣曰:'此门制卑狭,我始欲构。遂遭天火。'并相顾未有答。敬容独曰:'此所谓陛下先天而天不违。'时以为名对。俄迁中权将军、丹阳尹,侍中、参掌、佐史如故。"《武帝纪》:二月"以尚书左仆射何敬容为中权将军"。江总之随何敬容当在本年。

岑之敬十九岁,除武陵王萧纪安西府刑狱参军事。

见《陈书》本传。按:萧纪本年为安西将军、益州刺史。

褚玠九岁,乃父褚蒙卒,其为叔父褚随所养。

《陈书》本传:"玠九岁而孤,为叔父骠骑从事中郎随所养。"

何之元为萧纪安西府刑狱参军,不攀附宗人何敬容。

《陈书·文学传》:"之元宗人何敬容者,势位隆重,频相顾访,之元终不造焉。或问其故,之元曰……识者以是称之。会安西武陵王为益州刺史,以之元为安西刑狱参军。"

谢举为《虎丘山赋》。不存。

《南史》本传:"大同三年出为吴郡太守。先是,何敬容居郡有美绩,世称为'何吴郡'。及举为政,声迹略相比。曾要何征君讲《中论》,何难以巾褐入南门,乃从东园进。致诗往复,为《虎丘山赋》题于寺。"

释慧弼生。

释道宣《续高僧传》卷九《隋常州安国寺释慧弼传》:"释慧弼,姓蒋氏,常州义兴人也。祖玄略以忠孝登朝,父元贶以才华待诏,咸佩印绶,并奏弦歌。"其卒于开皇十九年,六十三岁,逆推生于本年。

七月,梁与东魏言和,东魏遣李谐、卢元明使于梁。

见《梁书·武帝纪》、《魏书·孝静帝纪》。此事《通鉴》卷一百五十七所记,亦以是年七月魏使为李谐、卢元明。然《梁书》言魏遣使来聘在七月甲辰,而《魏书》言使梁在七月癸卯,不应遣使之后,次日已由邺至建康也。姑录以待考。

杜弼四十七岁,为高欢大丞相府法曹行参军,署记室事,转大行台郎中,加镇南将军,典掌机密。

按《北齐书·杜弼传》,弼以文武在位,罕有廉洁,言之于高祖(高欢)。高祖曰:"弼来,我语尔。天下浊乱,习俗已久。今督将家属多在关西,黑獭常相招诱,人情去留未定。江东复有一吴儿老翁萧衍者,专事衣冠礼乐,中原士大夫望之以为正朔所在。我若急作法网,不相饶借,恐督将尽投黑獭,士子悉奔萧衍,则人物流散,何以为国?尔宜少待,吾不忘之。"《通鉴》卷一百五十七系于是年。

王延入道,依贞懿先生,时年十八岁。

《云笈七签》卷八十五"王延"条:"王延字子玄,扶风始平人也。九岁从师。西魏大统三年丁巳入道,依贞懿先生,陈君宝炽,时年十八,居于楼观,与真人李顺兴特相友善。又师华山真人焦旷,共止石室中,餐松饮泉绝粒幽处。"

徐摛六十七岁。刘孝绰五十七岁。王筠五十七岁。伏挺五十四岁。庾肩吾五十一岁。王籍五十八岁。温子昇四十三岁。邢劭四十二岁。李谐四十二岁。周弘正四十二岁。颜协四十岁。苏绰四十岁。萧纲三十五岁。魏收三十二岁。李骞三十岁。庾持三十岁。阳休之二十九岁。颜晃二十八岁。袁聿修二十七岁。王晞二十七岁。庾信二十五岁。徐伯阳二十二岁。李昶二十二岁。许亨二十一岁。刘逖十三岁。刘臻十一岁。阮卓七岁。李德林七岁。颜之推七岁。卢思道三岁。

梁武帝大同四年·东魏孝静帝元象元年·西魏文帝大统四年(538) 戊午

刘孝仪五十三岁,七月,聘于东魏。作《北使还与永丰侯萧㧑书》。

见《南史·梁武帝纪》。使魏还,复除中书郎,顷之,权兼司徒右长史,又兼宁远长史,行彭城、琅邪二郡事。见《梁书》本传。《北使还与永丰侯萧抚书》,见《艺文类聚》卷五十三。

王褒、顾野王并为宣城王萧大器宾客。

《陈书·顾野王传》:"梁大同四年,除太学博士,迁中领军临贺王府记室参军。宣城王为扬州刺史,野王及琅邪王褒并为宾客,王甚爱其才。野王又好丹青,善图写。王于东府起斋,乃令野王画古贤,命王褒书赞,时人称为二绝。"按《梁书·哀太子大器传》:"大同四年授使持节、都督扬徐二州诸军事、中军大将军、扬州刺史。"

皇侃时为国子助教,十二月,表上所撰《礼记义疏》五十卷。

见《梁书·武帝纪》。又见《建康实录·梁高祖武皇帝》。

东魏以高欢子高澄摄吏部尚书,于才名之士,咸见荐擢,假有未居显位者,皆致之门下,以为宾客,每山园游燕,必见招携,执觞赋诗,各尽其长,以为娱适。

见《北齐书·文襄纪》、《通鉴》卷一百五十八。

阳休之三十岁,封新泰县开国伯,除平东将军、太中大夫、尚书左民郎中。

见《北齐书·阳休之传》。

释慧远十六岁,往邺学经。

释道宣《续高僧传》卷八《隋京师净影寺释慧远传》:"年十六,师乃令随阇梨湛律师往邺,大小经论,普皆博涉。"

徐摛六十八岁。王籍五十九岁。刘孝绰五十八岁。王筠五十八岁。伏挺五十五岁。庾肩吾五十二岁。杜弼四十八岁。温子昇四十四岁。邢劭四十三岁。周弘正四十三岁。颜协四十一岁。苏绰四十一岁。萧纲三十六岁。魏收三十三岁。徐陵三十二岁。杜之伟三十一岁。庾持三十一岁。李骞三十一岁。江德藻三十岁。颜晃二十九岁。陆云公二十八岁。袁聿修二十八岁。王晞二十八岁。庾信二十六岁。徐伯阳二十三岁。李昶二十三岁。许亨二十二岁。江总二十岁。岑之敬二十岁。刘逖十四岁。刘臻十二岁。褚玠十岁。颜之推八岁。阮卓八岁。李德林八岁。卢思道四岁。陆琼二岁。

梁武帝大同五年·东魏孝静帝兴和元年·西魏文帝大统五年（539）己未

刘孝绰卒,时年五十九岁。

《梁书》本传:"大同五年卒官,时年五十九。孝绰少有盛名,而仗气负才,多所凌忽,有不合意,极言诋訾。领军臧盾、太府卿沈僧昊等,并被时遇。孝绰尤轻之。每于朝集会同处,公卿间无所与语,反呼驺卒访道途间事,由此多忤于物。孝绰辞藻为后进所宗,世重其文,每作一篇,朝成暮遍,好事者咸讽诵传写,流闻绝域。文集数十万言,行于世。"又有《诗苑》一书。《颜氏家训·文章》:"何逊诗实为清巧,多形似之言,杨都论者,恨其每病苦辛,饶贫寒气,不及刘孝绰之雍容也。虽然,刘甚忌之,平生诵何诗,常云'蘧车响北阙',懵懵不道车。又撰《诗苑》,止取何两篇,时人讥其不广。刘孝绰当时既有重名,无所与让,唯服谢朓,常以谢诗置几案间,动静辄讽味。"

颜协卒,时年四十二岁。

《梁书》本传:"大同五年卒,时年四十二。世祖甚叹惜之,为《怀旧诗》以伤之。其一章曰:'弘都多雅度,信乃含宾实,鸿渐殊未升,上才淹下秩。'协所撰《晋仙传》五篇、《日月灾异图》两卷,遇火湮灭。有二子之仪、之推,并早知名。之推,承圣中仕至正员郎、中书舍人。"

王筠五十九岁,除太府卿。

《梁书》本传云:"(大同)五年,除太府卿。"

庾肩吾五十三岁,时为太子舍人。

见《陈书·孝行·殷不害传》:"大同五年,迁镇西府记室参军,寻以本官兼东宫通事舍人。是时朝廷政事多委东宫,不害与舍人庾肩吾直日奏事。梁武帝尝谓肩吾曰：'卿是文学之士，吏事非卿所长，何不使殷不害来邪？'"

张缵四十一岁，迁尚书仆射，作《让尚书仆射表》。与何敬容不和。

《梁书》本传："五年，高祖手诏曰：'缵外氏英华，朝中领袖，司空以后，名冠范阳，可尚书仆射。'初，缵与参掌何敬容意趣不协，敬容居权轴，宾客辐凑，有过诣缵者，辄距不前，曰：'吾不能对何敬容残客。'及是迁，为表曰：'自出守股肱……不喜俗人，与之共事。'此言以指敬容也。"

萧绎三十二岁，七月，为护军将军、安右将军。作《怀旧诗》、《黄门侍郎刘孝绰墓志铭》。

见《梁书·武帝纪》。《怀旧诗》，见《梁书·颜协传》。《黄门侍郎刘孝绰墓志铭》，见《艺文类聚》卷四十八。

江总二十一岁，在何敬容府，迁尚书殿中郎。

见《陈书》本传。按《梁书·武帝纪》，大同五年正月，"中权将军、丹阳尹何敬容以本号为尚书令"。

沈众为萧大心限内记室参军。

见《陈书》本传。按《梁书·寻阳王大民传》，萧大心于大同元年出为使持节、都督郢南北司定新五州诸军事、轻车将军、郢州刺史，七年征为侍中，兼石头戍军事。沈众为萧大心限内记室参军，当在这几年间。又据本传下文"寻除镇南湘东王记室参军"。按：萧绎下年为镇南将军。故知沈众任萧大心限内记室参军职在下年前。

臧严除湘东王安右录事。

《梁书》本传："王入为石头戍军事，除安右录事。"按：萧绎本年进封安右将军，领石头戍军事。

邢劭四十四岁，作《新宫赋》。

按:《新宫赋》见《艺文类聚》卷六十二。据《魏书·孝静帝纪》、《北齐书·神武纪》,邺城新宫成于本年十一月,则邢劭作赋当在本年。

魏收三十四岁,聘梁,作《聘游赋》。

按《北齐书》本传,本年八月,魏收与东魏散骑常侍王昕一起聘于梁。《北齐书》本传又载,"昕风流文辩,收辞藻富逸,梁主及群臣咸加敬异"。魏收在梁,其部下有买婢者,收亦唤取,遍行奸秽。人称其才而鄙其行。在途作《聘游赋》,辞甚美盛。

徐摛六十九岁。王籍六十岁。伏挺五十六岁。刘孝仪五十四岁。庾肩吾五十三岁。杜弼四十九岁。温子昇四十五岁。周弘正四十四岁。苏绰四十二岁。萧纲三十七岁。徐陵三十三岁。杜之伟三十二岁。庾持三十二岁。李骞三十二岁。阳休之三十一岁。江德藻三十一岁。颜晃三十岁。陆云公二十九岁。袁聿修二十九岁。王晞二十九岁。庾信二十七岁。徐伯阳二十四岁。李昶二十四岁。许亨二十三岁。岑之敬二十一岁。刘逖十五岁。刘臻十三岁。褚玠十一岁。颜之推九岁。阮卓九岁。李德林九岁。卢思道五岁。陆琼三岁。

梁武帝大同六年·东魏孝静帝兴和二年·西魏文帝大统六年(540) 庚申

陆琰生。

《陈书》本传:"陆琰字温玉,吏部尚书琼之从父弟也。父令公,梁中军宣城王记室参军。""(太建)五年卒,时年三十四。"上推生于本年。

王筠六十岁,迁度支尚书,激赏谢贞《春日闲居》诗。

《梁书》本传云:"五年……明年,迁度支尚书。"《陈书·孝行·谢贞传》:"八岁尝为《春日闲居》五言诗,从舅尚书王筠奇其有佳致,谓所亲曰:此儿方可大成。至如'风定花犹落',乃追步惠连矣。由是名辈知之。"本传未言谢贞卒年之确切年月,但载其"遗疏告族子凯曰:'吾少罹酷罚,十四倾外荫,十六钟太清之祸,流离绝国,二十余载'"云云,是侯景之乱时,其为十六岁,本年当为八岁。

伏挺五十七岁,随邵陵王赴郢州。

《梁书》本传:"复随王迁镇郢州,征入为京兆尹,挺留夏首,久之还京师。"按《梁书·邵陵王纶传》:"七年出为使持节、都督郢定霍司四州诸军事、平西将军、郢州刺史。迁为安前将军、丹阳尹。"

萧纲三十八岁,作《疑礼启》。

《隋书·礼仪志三》:大同六年,皇太子启"谨案下殇之小功"云云,《全梁文》作《疑礼启》。

萧绎三十三岁,十二月由荆州刺史调任江州刺史,号镇南将军。作《别荆州吏民诗》。

见《梁书·武帝纪》及《元帝纪》。按:萧绎集中有三首同题《别荆州吏民诗》。萧绎两度出使荆州。第一次本年十二月还,然其中一首云:"玉节居分陕,金貂总上流。麾军时举扇,作赋且登楼。年光遍原隰,春光满汀洲。"俨然春景。似非本年所作。第二次是太清元年正月,萧绎赴任时作有《后临荆州诗》。然第二年秋八月,侯景举兵反,全国动乱,萧绎断然不会有如此恬淡的心境。故这首诗又不可能作于第二次离荆州之时。既然如此,此诗的作者问题就颇值得怀疑。我甚至怀疑此诗为萧纲所作。萧纲天监十三年正月为荆州刺史,次年五月任江州刺史。此诗写的春景,与萧纲的离任时间相吻合。萧绎名下的另二首《别荆州吏民诗》则定为萧绎所作,其二首云:"莫云江汉远,烟霞隔数千。何必黄丞相,重应临颍川。"意喻重返荆州之意。故此,当其第二次临荆州时又有《重临荆州诗》。

邵陵王萧纶作《奉和饯衡州刺史元庆和诗》,为郢州刺史。

《南史》本传:"后预钱衡州刺史元庆和,于座赋诗十二韵,末云'方同广川国,寂寞久无声'。大为武帝赏,曰:'汝人才如此,何虑无声。'旬日间拜郢州刺史。"按《梁书·武帝纪》:大同六年二月"以江州刺史邵陵王纶为平西将军、郢州刺史"。

袁昂作《临终敕诸子》。

《梁书》本传:"大同六年薨,时八十。……初,昂临终遗疏,不受赠谥,敕诸子不得言上行状及立志铭,凡有所须,悉皆停省。复曰:'吾释褐从仕,不期富贵……'"按:袁昂有《古今书评》、《评书》等文,评价历代书法名家,颇有参考价值。

沈众为镇南将军湘东王记室参军。

《陈书》本传:"寻除镇南湘东王记室参军。"湘东王萧绎本年十二月为镇南将军。沈众为记室参军应在十二月后。

宗士标作《孝敬寺刹下铭》。

见《古刻丛钞》。年月日见文中叙及。

杜弼五十岁,与邢劭、魏收等讲说佛理。

《北齐书》本传载,是年四月八日,魏孝静帝集名僧于显阳殿讲说佛理,弼与吏部尚书杨愔、中书令邢劭、秘书监魏收等并侍法筵。敕弼升师子座,当众敷演。

五月,东魏遣散骑常侍李象及通常直侍邢昕聘梁。

见《魏书·孝静帝纪》。《文苑·邢昕传》曰:"兴和中,以本官副李象使于萧衍。昕好忭扬,人谓之牛。是行也,谈者谓之牛象斗于江南。"

阳休之三十二岁,本年十二月,东魏遣散骑常侍副清河崔长谦使于梁。

见《魏书·孝静帝纪》。《北齐书·阳休之传》曰:"兴和二年,兼通直散骑常侍,副清河崔长谦使于梁。"又按:《陶渊明集》本梁昭明太子所编,后有阳休之本,未知休之此本为中大通末至大同初在江南所得,抑是年所得。

薛道衡生。

按《隋书·薛道衡传》,道衡以大业五年(609)卒,年七十,当生于是年。薛道衡字玄卿,河东汾阳(今山西万荣西南)人。隋代作家。

高僧云启往西域求法,至龟兹遇天竺三藏法师那连耶舍欲来东土传法。同随入高齐。住石窟寺。

详见元释念常《佛祖通载》卷十。此即大同译经者,但是时间似不确。

徐摛七十岁。王籍六十一岁。刘孝仪五十五岁。庾肩吾五十四岁。温子昇四十六岁。邢劭四十五岁。李谐四十五岁。周弘正四十五岁。苏绰四十三岁。张缵四十二岁。萧纲三十八岁。魏收三十五岁。徐陵三十四岁。杜之伟三十三岁。李骞三十三岁。庾持三十三岁。阳休之三十二岁。江德藻三十二岁。颜晃三十一岁。陆云公三十岁。袁聿修三十岁。王晞三十岁。庾信二十八岁。李昶二十五岁。徐伯阳二十五岁。许亨二十四岁。江总二十二岁。岑之敬二十二岁。刘逖十六岁。刘臻十四岁。褚玠十二岁。颜之推十岁。李德林十岁。阮卓十岁。卢思道六岁。陆琼四岁。

梁武帝大同七年·东魏孝静帝兴和三年·西魏文帝大统七年(541) 辛酉

刘孺卒,时年六十二岁。

《梁书》本传:"七年入为侍中,领右军。其年复为吏部尚书,以母忧去职,居丧未期以毁卒。时年五十九。"检《梁书·武帝纪》:"冬十月丙午,以侍中刘孺为吏部尚书。"其以母忧去职当在此后不久。"未期以毁卒",或在本年末,下年初。据《法宝联璧序》,刘孺本年六十二岁。

刘孝仪五十六岁,作《为鄱阳嗣王初让雍州表》。

见《艺文类聚》卷五十。按:作者署名曰萧宏,似误,应为萧范。鄱阳嗣王萧范,乃萧恢之子,普通七年嗣鄱阳王,大同七年二月为镇北将军、雍州刺史。此文,《全梁文》据《初学记》又收在刘孝绰名下,显误,因孝绰已在大同五年卒也。

庾肩吾五十五岁,作《侍宴饯东阳太守萧子云诗》。

诗云:"新枝渐接树,故冻欲含流。早花少余雪,春寒极晚秋。"是初春景色。萧子云本年出为东阳太守。庾诗作于是年后。

周弘正四十六岁,为国子博士,于士林馆讲授。于此作《请梁武帝释乾坤二系义表》。

《陈书》本传:"累迁国子博士,时于城西立士林馆,弘正居以讲授,听者倾朝野焉。弘正启梁武帝《周易》疑义五十条,又请释《乾》、《坤》、《二系》。"按《梁书·武帝纪》:大同七年十二月"于城西立士林馆,延集学者"。

张缵四十三岁,作《侍宴饯东阳太守萧子云应令诗》。

诗称:"仲春发初阳,轻寒带春序。绿池解余冻,丹霞霁新雨。"是初春景色。萧子云本年出为东阳太守。张诗作于是年后。

萧子云出为仁威将军、东阳太守。

《梁书》本传:"(大同)七年,出为仁威将军、东阳太守。"

萧绎三十四岁,作《职贡图序》。

文见《金楼子》卷五《著述篇》。序称:"皇帝君临天下之四十载,垂衣裳而赖兆民。"

杜之伟三十四岁,撰乐府孔子、颜子登歌词。

《陈书》本传:"大同七年梁皇子释奠于国学,时乐府无孔子、颜子登歌词,尚书参议令之伟制其文,伶人传习,以为故事。"

陆云公三十一岁,作《御讲般若经序》。

《广弘明集》卷十九:"上以天监十一年注释大品,自兹已来,躬事讲说……以大同七年三月十二日讲《金字般若波罗蜜三慧经》于华林园之重云殿。华林园者,盖江左已来,后庭游宴之所也。自晋迄齐,年将二百,世属威夷,主多奢替,舞堂钟肆,等阿房之旧基;酒池肉林,同朝歌之故所。自至人御宇,屏弃声色,归倾宫之美女,共灵囿于庶人,重以华园毁折……凡诸听众,自皇太子王侯,宗室外戚,及尚书令何敬容百辟卿士。房使主崔长谦、使副阳休之及外域杂使一千三百六十人,皆路逾九驿,途遥万里,仰皇化以载驰,闻天华而跃踊,头面伸其尽礼,赞叹从其下陈。又别请义学僧一千人于同泰寺夜覆制义,并名擅龙像,智晓江河。"这次讲座规模之大由此可见一斑。

纪少喻始为东宫学士。

《南史·文学传》:"大同七年,始引为东宫学士。"

虞荔为士林学士。

《南史》本传:"梁武帝于城西置士林馆,荔乃制碑奏上,帝命勒之于馆,仍用荔为士林学士。"

释智脱生。

释道宣《续高僧传》卷九《隋东都内慧日道场释智脱传》:"释智脱,俗姓蔡氏,其先济阳考城人也。后因流宦,故复为江都郡人焉。祖平,齐新昌太守。父远珍,梁北兖州司马。""(大业)三年正月九日……端坐正念无常,时年六十有七。"卒于隋大业三年,六十七岁,逆推生于本年。

释智文于光业寺首开律藏,殷钧为檀越。

释道宣《续高僧传》卷二十一《陈杨都奉诚寺大律都释智文传》:"释智文,姓陶,丹阳人。母齐中书完韬女也。……以梁大同七年,灵味凡官诸寺启敕请文于光业寺首开律藏,陈郡殷钧为之檀越,故使相趋常听二百许人。"

魏收三十六岁,代孙搴为中外府主簿。

《北齐书·魏收传》:"及孙搴死,司马子如荐收,召赴晋阳,以为中外府主簿。"此在出使梁以后,据本传出使后曾被禁止,出使在兴和元年,则被任用,当稍后。又据《北齐书·孙搴传》,与魏收同时被举者有陈元康。元康被任,在武定元年高慎叛降西魏及芒山之战前(见《北齐书·陈元康传》),则魏收之被任用,当在此年或明年,姑系此待考。

李骞三十四岁,八月使于梁。

《魏书·孝静帝纪》云:本年八月"遣兼散骑常侍李骞使于萧衍"。据唐段成式《酉阳杂俎》载,李骞在南有"飒飒风帘举"之句,为明少遐所称赏。

十月,东魏孝静帝命高澄与群臣于麟趾阁议定新制,邢劭、温子昇参与其事。

见《魏书·孝静帝纪》。又"麟趾阁"之议,有文人参加。《洛阳伽蓝记》卷三云:"暨皇居徙邺,民讼殷繁,前革后沿,自相与夺,法吏疑狱,薄领成山,乃敕(邢)才子与散骑常侍温子昇撰《麟趾新制》十五篇。"则邢劭、温子昇皆与其事。

徐摛七十一岁。王筠六十一岁。伏挺五十八岁。杜弼五十一岁。温子昇四十七岁。邢劭四十六岁。李谐四十六岁。苏绰四十四岁。萧纲三十九岁。徐陵三十五岁。萧绎三十四岁。庾持三十四岁。李骞三十四岁。阳休之三十三岁。江德藻三十三岁。颜晃三十二岁。陆云公三十一岁。袁聿修三十一岁。王晞三十一岁。庾信二十九岁。徐伯阳二十六岁。李昶二十六岁。许亨二十五岁。岑之敬二十三岁。江总二十三岁。刘逖十七岁。刘臻十五岁。褚玠十三岁。阮卓十一岁。李德林十一岁。颜之推十一岁。卢思道七岁。陆琼五岁。陆琰二岁。薛道衡二岁。

梁武帝大同八年·东魏孝静帝兴和四年·西魏文帝大统八年（542） 壬戌

萧衍撰《孔子正言章句》、《撰孔子正言章句竟述怀诗》。

《陈书·袁宪传》："大同八年，武帝撰《孔子正言章句》，诏下国学，宣制旨义。宪时年十四，被召为国子《正言》生，谒祭酒到溉，溉目而送之，爱其神彩。在学一年，国子博士周弘正谓宪父君正曰：'贤于今兹欲策试不？'"

萧纲四十岁，作《大同八年秋九月诗》。

见《艺文类聚》卷二十八。

庾信三十岁，为郢州别驾，使与湘东王论中流水战事。

见倪璠《庾子山年谱》。

江总二十四岁，和萧衍《述怀诗》，深为萧衍激赏，仍转为侍郎，与张缵、王筠、刘之遴等交游。

《陈书》本传："梁武帝撰《正言》始毕，制《述怀诗》，总预同此作，帝览总诗，深降嗟赏，仍转侍郎。尚书仆射范阳张缵、度支尚书琅邪王筠、都官尚书南阳刘之遴，并高才硕学，总时年少有名，缵等雅相推重，为忘年友会。之遴尝酬总诗，其略曰：'上位居崇礼，寺署邻栖息。忌闻晓驺唱，每畏晨光赩。高谈意未穷，晤对赏无极。探急共邀游，休沐忘退食。曷用销鄙吝，枉趾觐颜色。下上数千载，扬搉吐胸臆。'其为通人所钦挹如此。"

陆琼六岁，为五言诗，颇有词采。

《陈书》本传："琼幼聪惠有思理，六岁为五言诗，颇有词采。"

四月，东魏遣散骑常侍李绘聘于梁。

《魏书·孝静帝纪》载，兴和四年，"夏四月丙寅，遣兼散骑常侍李绘使于萧衍"。《通鉴》卷一百五十八同。李绘在魏迁邺前，即以学术知名。《北齐书》本传谓绘尝从常景"缉撰五礼，绘与太原王义同掌军礼","魏孝静帝于显阳殿讲《孝经》、《礼记》,绘与从弟骞、裴伯茂、魏收、卢元明等俱为录议。素长笔札,尤能传受,缉缀词议,简举可观。"可见亦有学之士。然《北齐书》本传谓使梁在武定初,恐误,盖《魏书·孝静帝纪》不当有误,司马光作《通鉴》又经考证,而《北齐书》或有误也。

裴伯茂卒。友人常景、李骞等为之设祭。

《魏书·文苑·裴伯茂传》:"释褐奉朝请。大将军、京兆王继西讨,引为铠曹参军。"又谓裴伯茂"卒年三十九"。检《魏书·肃宗纪》:正光五年(524),十二月,使京兆王继为大将军西讨莫折念生。至是年凡十九年,使伯茂释褐时年二十,是年已年三十九,则伯茂之卒至迟在此年也。《魏书》本传又云:"卒后,殡于家园,友人常景、李浑、王元景、卢元明、魏季景、李骞等十许人于墓傍置酒设祭,哀哭涕泣,一饮一酹曰:'裴中书魂而有灵,知吾曹也。'乃各赋诗一篇。李骞以魏收亦与之友,寄以示收。收时在晋阳,乃同其作,论叙伯茂,其十字云:'临风想玄度,对酒思公荣。'时人以伯茂性侮傲,谓收诗颇得事实。"《魏书》本传又谓"伯茂曾撰《晋书》,竟未能成"。

柳䛒生。

《隋书·柳䛒传》谓䛒从幸扬州,卒年六十九。检《隋书·炀帝纪》,初幸扬州在大业六年,再幸在十二年。时天下尚未乱,当是六年(610)事,上推六十九年,当生于是年。柳䛒字顾言,祖籍河东(今山西南部),西晋末徙居襄阳。隋代作家。

兴和四年,时魏境有寺三万所,僧尼二百万人。

详见宋释志磐《佛祖统纪》卷三十八《法运通塞志》。

释昙迁生。

释道宣《续高僧传》卷十八《隋西京禅定道场释昙迁传》:"释昙迁,俗姓王氏,博陵饶阳人。近祖太原,历宦而后居焉。"其卒于隋大业三年,时年六十六岁,逆推生于本年。

释昙鸾卒,时年六十七岁。

见释道宣《续高僧传》卷六《魏西河石壁谷玄中寺释昙鸾传》。

徐摛七十二岁。王籍六十三岁。王筠六十二岁。伏挺五十九岁。刘孝仪五十七岁。庾肩吾五十六岁。温子昇四十八岁。邢劭四十七岁。李谐四十七岁。周弘正四十七岁。苏绰四十五岁。张缵四十四岁。魏收三十七岁。徐陵三十六岁。庾持三十五岁。杜之伟三十五岁。李骞三十五岁。阳休之三十四岁。江德藻三十四岁。颜晃三十三岁。陆云公三十二岁。袁聿修三十二岁。王晞三十二岁。李昶二十七岁。徐伯阳二十七岁。许亨二十六岁。岑之敬二十四岁。刘逖十八岁。刘臻十六岁。褚玠十四岁。颜之推十二岁。阮卓十二岁。李德林十二岁。卢思道八岁。薛道衡三岁。陆琰三岁。

梁武帝大同九年·东魏孝静帝武定元年·西魏文帝大统九年(543) 癸亥

蔡凝生。

《陈书》本传:"蔡凝字子居,济阳考城人也。祖撙,梁吏部尚书、金紫光禄大夫。父彦高,梁给事黄门侍郎。……陈亡入隋,于道病卒,时年四十七。"祯明三年(589)陈亡,上推生于本年。

张缵四十五岁,四月为湘州刺史,述职经途作《南征赋》。此赋极长,在南朝诸赋中当称翘楚。

《梁书》本传:"(大同)九年,迁宣惠将军、丹阳尹,未拜。改为使持节、都督湘桂东宁三州诸军事、湘州刺史。述职经途,乃作《南征赋》。"此外,他尚有《离别赋》、《怀音赋》、《妒妇赋》、《爪赋》、《拟若有人兮赋》等,颇有清致。

刘之遴作《乞皇太子为刘显志铭启》、《应皇太子令为刘显墓志铭》。

《梁书·刘显传》:"显与河东裴子野、南阳刘之遴、吴郡顾协,连职禁中,递相师友,时人莫不羡之。……大同九年,(邵陵)王迁镇郢州,除平西谘议参军,加戎昭将军。其年卒。时年六十三。友人刘之遴启皇太子曰……乃蒙令为志铭曰……"按:此墓志铭,《全梁文》分列在刘之遴与萧纲名下,重。应为刘之遴所作。

阮孝绪三月表上《玉篇》三十卷,时为太学博士。

见宋本《玉篇》卷首。按:《玉海》卷四十五《艺文》:"《隋志》:陈左将军顾野王《玉篇》三十卷。""今本三十卷。梁大同九年三月二十八日黄门侍郎顾野王撰序曰:五典三坟,竞开异议,六书八体,今古殊形。或字各训同,或文均释异,总会众篇,校雠群籍,成一家之制。始于一终于亥,凡五百四十二部。"(梁简文以《玉篇》详略未当,使萧恺与学士删改)

杜弼五十三岁,从高欢与宇文泰战于邙山,为作露布。后又加通直散骑常侍、中军将军。

《北齐书·杜弼传》:"奉使诣阙(东魏朝廷),魏帝见之于九龙殿,曰:'朕始读《庄子》,便值奏名,定是体道得真,玄同齐物。闻卿精学,聊有所问。经中佛性、法性为一为异?'弼对曰:'佛性、法性,止是一理。'诏又问曰:'佛性既非法性,何得为一?'对曰:'性无不在,故不说二。'诏又问曰:'说者皆言法性宽,佛性狭,宽狭既别,非二如何?'弼又对曰:'在宽成宽,在狭成狭,若论性体,非宽非狭。'诏问曰:'既言成宽成狭,何得非宽非狭?若定是狭,亦不能成宽。'对曰:'以非宽狭,故能成宽狭,宽狭所成虽异,解成恒一。'"以此见北朝后期,上层人物亦能玄谈。

温子昇四十九岁,作《芒山寺碑》文。

《北齐书·祖珽传》云:"神武谓陈元康、温子昇曰:'昔作《芒山寺碑》文,时称妙绝。'"按:《芒山寺碑》文,温子昇作,今见《艺文类聚》卷七十七。

《华林遍略》已传入北朝。

《北齐书·祖珽传》:"州客至,请卖《华林遍略》。文襄多集书人,一日一夜写毕,退其本曰:'不须也。'珽以《遍略》数帙质钱樗蒲,文襄杖之四十。"此事在作并州定国寺碑前,当在武定初。

邢昕卒。

《魏书·文苑·邢昕传》:"齐文襄王摄选,拟昕为司徒右长史,未奏,遇疾卒,士友悲之。"此事在"兴和中"以后,未能确考年月,始系于此。

徐摛七十三岁。王籍六十四岁。王筠六十三岁。伏挺六十岁。刘孝仪五十八岁。庾肩吾五十七岁。邢劭四十八岁。李谐四十八岁。周弘正四十八岁。苏绰四十六岁。萧纲四十一岁。魏收三十八岁。徐陵三十七岁。萧绎三十六岁。庾持三十六岁。杜之伟三十六岁。李骞三十六岁。阳休之三十五岁。江德藻三十五岁。颜晃三十四岁。陆云公三十三岁。袁聿修三十三岁。王晞三十三岁。庾信三十一岁。徐伯阳二十八岁。李昶二十八岁。许亨二十七岁。江总二十五岁。岑之敬二十五岁。刘逖十九岁。刘臻十七岁。褚玠十五岁。颜之推十三岁。阮卓十三岁。李德林十三岁。卢思道九岁。陆琼七岁。陆琰四岁。薛道衡四岁。柳䛒二岁。

梁武帝大同十年·东魏孝静帝武定二年·西魏文帝大统十年(544)　甲子

萧衍于三月舆驾幸南兰陵,谒建陵、修陵。作《还乡诗》。又至京口,登北固楼,改北固楼为北顾楼。作《登北顾楼诗》。

见《梁书》、《南史》本纪。又《南史·萧正义传》:"初,京城之西有别岭入江,高数十丈,三面临水,号曰北固。蔡谟起楼其上以置军实。是后崩坏,顶犹有小亭,登降甚狭。及上升之,下辇步进,正义乃广其路,傍施栏楯。翌日上幸,遂通小舆。上悦,登望久之,敕曰:'此岭不足须固守,然京口实乃壮观。'乃改曰北顾。"

刘孝仪五十九岁,为伏波将军、临海太守。

见《梁书》本传。

萧纲四十二岁,作《奉和登北顾楼诗》、《大同十年二月戊寅诗》。又作《饯临海太守刘孝仪蜀郡太守刘孝胜诗》。

按《梁书·刘孝仪传》:刘孝仪本年出为临海太守。又《梁书·刘孝胜传》载:"聘魏还,为安西武陵王纪长史、蜀郡太守。"武陵王大同三年九月出为益州刺史,其时孝胜似未从行。因萧纲诗云:"碣石临东海,峨嵋距西候。两杜昔夹河,二龙今出守。"两人似为同时出守,故当定在本年。

陆云公三十四岁,受诏校定《棋品》。

《陈书·陆琼传》:"大同末,云公受梁武帝诏校定《棋品》,到溉、朱异以下并集。琼时年八岁,于客前覆局,由是京师号曰神童。异言之武帝,有敕召见,琼风神警亮,进退详审,帝甚异之。"

到荩亦有《奉和登北顾楼诗》,已不存。到荩为到溉之孙。

《南史》本传:"尝从武帝幸京口,登北顾楼赋诗,荩受诏便就,上以示溉曰:'荩定是才子,翻恐卿从来文章假手于荩。'因赐绢二十匹。后溉每和御诗,上辄手诏戏溉曰:'得无贻厥之力乎?'又赐溉《连珠》曰:'砚磨墨以腾文,笔飞毫以书信。如飞蛾之赴火,岂焚身之可吝。必耄年其已及,可假之于少荩。'其见知赏如此。"

五月,东魏遣魏季景使于梁。

见《魏书·孝静帝纪》。按《北史》本传,魏季景尝作《择居赋》,"所著文笔二百余篇",惜生卒年不详。

苏绰四十七岁,为西魏大行台度支尚书,领著作,兼司农卿。作《六条诏书》及《大诰》。

《周书·苏绰传》:"(文统)十年,授大行台度支尚书,领著作,兼司农卿。"时宇文泰"欲革易时政",命苏绰"为《六条诏书》,奏施行之"。全文见《周书》本传。是年,又为《大诰》,《周书》本传云:"自有晋之季,文章竞为浮华,遂成风俗。太祖(宇文泰)欲革其弊,因魏帝祭庙,群臣毕至,乃命绰为大诰,奏行之。"全文见《周书》本传,文章模《尚书》。本传云:"自是之后,文笔皆依此体。"令狐德棻论之曰:"然绰建言务存质朴,遂糠秕魏晋,宪章虞夏。虽属词有师古之美,矫枉非适时之用,故莫能常行焉。"(《周书·王褒庾信传论》)

魏收三十九岁,除正常侍,领兼中书侍郎,仍修史。

见《北齐书·魏收传》。本传又云:"魏帝宴百僚,问何故名人日,皆莫能知。收对曰:'晋议郎董勋《答问礼俗》云:"正月一日为鸡,二日为狗,三日为猪,四日为羊,五日为牛,六日为马,七日为人。"'时邢劭亦在侧,甚恶焉。自魏梁和好,书下纸每云:'想彼境内宁静,此率土安和。'"其后,梁人使东魏,其书乃去"彼"字,自称犹著"此","欲示无外之意。收定报书云:'想境内清晏,今万国安和。'梁人复书,依以为体"。此又见《魏书·自序》,乃魏收自夸,以见己之胜邢劭,然据此亦可知邢劭是年在邺。

阳休之三十六岁,为东魏中书侍郎。

见《北齐书·阳休之传》。

李谐卒,时年四十九岁。

《魏书·李平附李谐传》云:"武定二年卒,年四十九。"又云"所著文集,别有集录行于世"。据本传,谐于529年元颢失败、孝庄帝还洛后,被免官,作《述身赋》,全文见本传。此赋述魏末战乱中之经历。北朝赋存者不多,此其佼佼者也。

刘焯生。

按《隋书》本传,刘焯卒于隋炀帝大业六年,年六十七岁,上推生于本年。刘焯字士元,信都昌亭人。隋代学者、作家。

徐摛七十四岁。王籍六十五岁。王筠六十四岁。伏挺六十一岁。刘孝仪五十九岁。庾肩吾五十八岁。杜弼五十四岁。温子昇五十岁。邢劭四十九岁。周弘正四十九岁。张缵四十六岁。徐陵三十八岁。萧绎三十七岁。杜之伟三十七岁。庾持三十七岁。李骞三十七岁。阳休之三十六岁。江德藻三十六岁。颜晃三十五岁。陆云公三十四岁。袁聿修三十四岁。王晞三十四岁。庾信三十二岁。徐伯阳二十九岁。李昶二十九岁。许亨二十八岁。江总二十六岁。岑之敬二十六岁。刘逖二十岁。刘臻十八岁。阮卓十四岁。李德林十四岁。颜之推十四岁。卢思道十岁。薛道衡五岁。陆琰五岁。柳䇇三岁。蔡凝二岁。

梁武帝大同十一年・东魏孝静帝武定三年・西魏文帝大统十一年(545)　乙丑

萧纲四十三岁,作《谢上降为开讲启》。

见《广弘明集》卷十九。

庾肩吾五十九岁,作《为武陵王谢拜仪同章》。

见《艺文类聚》卷四十七。按《梁书・武陵王纪传》:"大同十一年授散骑常侍、征西大将军、开府仪同三司。"

阮卓十五岁,奔父丧。

《陈书・文学传》:"卓幼而聪敏,笃志经籍,善谈论,尤工五言诗。性至孝,其父随岳阳王出镇江州,遇疾而卒,卓时年十五,自都奔丧,水浆不入口者累日。"

贺琛作《条奏时务封事》。

《梁书》本传:"是时,高祖任职者,皆缘饰奸谄,深害时政,琛遂启陈事条封奏曰:'臣荷拔擢之恩,曾不能效一职,居献纳之任,又不能荐一言。窃闻慈父不爱无益小子,明君不蓄无益之臣。臣所以当食废飧,中宵而叹息也。辄言时事,列之于后。……'"按:文列四事。第一,"天下户口减落,诚当今之急务"。第二,"今天下宰守所以皆尚贪残,罕有廉白者,良由风俗侈靡,使之然也。……诚宜严为禁制,道之以节俭,贬黜雕饰,纠奏浮华"。第三,"诚愿责其公平之效,黜其谄愚之心"。第四,"自普通以来,二十余年,刑役荐起,民力彫流。今魏氏和亲,疆场无警,若不及于此时大息四民,使之生聚,减省国费,令府库蓄积,一旦异境有虞,关河可扫,则国弊民疲,安能振其远略?事至方图,知不及矣"。事实证明,后来发展,全都不幸而被言中。几年之后,侯景之乱骤起,梁朝顿时土崩瓦解。如果此时亡羊补牢,或未为晚。只可惜梁武帝年老昏庸,已远未有普通三年郭祖深《舆榇诣阙上封事》时的心胸和气魄。史载:"事奏,高祖大怒,召主书于前,口授敕责琛曰:'謇謇有闻,殊称所期。但朕有天下四十余年……'琛奉敕,但谢过而已,不敢复有指斥。"此事,《资治通鉴》系在本年。司马光议曰:"梁高祖之不终也宜哉!夫人君听纳之失,在于丛脞;人臣献替之病,在于烦碎。是以明主守要道以御万机之本,忠臣陈大体以格君心之非,故身不劳而收功远,言至约而为益大也。观夫贺琛之谏未至于切直,而高祖已赫然震怒,护其所短,矜其所长,诘贪暴之主名,问劳费之条目,困以难对之状,责以必穷之辞。自以蔬食之俭为盛德,日昃之勤为至治,君道已备,无复可加,群臣箴规,举不足听。如此则自余切直之言过于琛者,谁敢进哉!由是奸佞居前而不见,大谋颠错而不知,名辱身危,覆邦绝祀,为千古所闵笑,岂不哀哉!"

庾信三十三岁,时为通直散骑常侍,为员外郎。聘于东魏。作《将命至邺》、《将命至邺酬祖正员》、《入彭城馆》、《西门豹庙》诸诗。

按:庾信使东魏事,《周书·庾信传》、《北史·庾信传》、周宇文逌《庾信集序》皆有记述,而不言年月。清倪璠作《庾子山年谱》系于本年。倪说盖据《魏书·岛夷·萧衍传》,言武定三年,梁使徐君房、庾信于魏。又按:《将命至邺》、《将命至邺酬祖正员》、《入彭城馆》、《西门豹庙》诸诗,皆北使途中作。又"祖正员"者,祖珽弟孝隐。《北齐书·祖珽传》云:"珽弟孝隐,亦有文学,早知名。……魏末为散骑常侍,迎梁使。时徐君房、庾信来聘,名誉甚高,魏朝闻而重之,接对者多取一时之秀。……孝隐少处其中,物议称美。"

牛弘生。

《隋书·牛弘传》:"(大业)六年(610),从幸江都,其年十一月,卒于江都郡,时年六十六。"上推当生于是年。牛弘字里仁,本姓寮氏,父允,魏侍中,赐姓牛氏。隋代学者、作家。

徐摛七十五岁。王籍六十六岁。王筠六十五岁。伏挺六十二岁。刘孝仪六十岁。杜弼五十五岁。温子昇五十一岁。邢劭五十岁。周弘正五十岁。苏绰四十八岁。张缵四十七岁。魏收四十岁。徐陵三十九岁。李骞三十八岁。萧绎三十八岁。杜之伟三十八岁。庾持三十八岁。阳休之三十七岁。江德藻三十七岁。颜协三十六岁。袁聿修三十五岁。王晞三十五岁。陆云公三十五岁。李昶三十岁。徐伯阳三十岁。许亨二十九岁。江总二十七岁。岑之敬二十七岁。刘逖二十一岁。刘臻十九岁。褚玠十七岁。李德林十五岁。颜之推十五岁。卢思道十一岁。陆琼九岁。陆琰六岁。薛道衡六岁。柳誉四岁。蔡凝三岁。刘焯二岁。

梁武帝中大同元年·东魏孝静帝武定四年·西魏文帝大统十二年(546)　丙寅

萧衍三月出驾同泰寺大会,讲《金字三慧经》,仍舍身,皇太子以下奉赎。四月,仍于同泰寺解讲,设法会,大赦,改元中大同。当夜同泰寺被焚毁。更起十二层浮图。

见《梁书》及《南史》本纪。又见宋释志磐《佛祖统纪》卷三十七《法运通塞志》。

王筠六十六岁,出为明威将军、永嘉太守,固辞,徙为光禄大夫,俄迁云骑将军、司徒左长史。

《梁书》本传:"中大同元年,出为明威将军、永嘉太守,以疾固辞。……"

刘孝仪六十一岁,入守都官尚书。

《梁书》本传:"中大同元年,入守都官尚书。"

周弘正五十一岁,预言时局将发生巨大动荡。

《陈书》本传:"弘正博物知玄象,善占候。大同末尝谓弘让曰:'国家厄运,数年将有兵起,吾与汝不知何所逃之。'及梁武帝纳侯景,弘正谓弘让曰:'乱阶此矣。'"

庾持三十九岁,迁镇东邵陵王府限外记室兼建康令。

见《陈书》本传。按:邵陵王萧纶本年出为镇东将军、南徐州刺史。

庾信三十四岁,仍为东宫学士,领建康令。作《奉和同泰寺浮图》。

见《庾子山年谱》。

萧子云拜宗正卿。

《梁书》本传云:"中大同元年,还拜宗正卿。"

谢郁作《致书戒何敬容》。

见《南史》及《梁书·何敬容传》。《南史》云:"中大同元年三月,武帝幸同泰寺讲《金字三慧经》,敬容启预听,敕许之。又起为金紫光禄大夫,未拜,又加侍中。敬容旧时宾客门生喧哗如昔,冀其复用。会稽谢郁致书戒之曰……"

释警韶三十九岁,为建元寺讲主。

见释道宣《续高僧传》卷七《陈杨都白马寺释警韶传》。又载其与真谛交往:"会外国三藏真谛法师,解该大小,行摄自他。一遇欣然,与共谈论,谛叹曰:'吾游国多矣,罕值斯人。'仍停豫都,为翻《新金光明》并《唯识论》及《涅槃》、《中百》、《句长》、《解脱》、《十四音》等,朝授晚传,夜闻晨说。"

八月十五日,真谛自西天竺来到南海。两年后的太清二年始至京师。

释道宣《续高僧传》卷一《陈南海郡西天竺沙门拘那罗陀传》:"拘那罗陀,陈言亲依,或云波罗末陀,译云真谛,并梵文之名字也。本西天竺优禅尼国人焉。……梁武皇帝德加四域,盛唱三宝。大同中敕直后张汜等送扶南献使返国,仍请名德三藏大乘诸论杂华经等。真谛远闻化行,仪轨圣贤,搜选名匠,慧益民品,彼国乃屈真谛并赍经论,恭膺帝旨,既素蓄在心,焕然闻命,以大同十二年八月十五日达于南海,沿路所经,乃停两载。以太清二年闰八月始届京邑。"而宋释志磐《佛祖统纪》卷三十七《法运通塞志》以为太清元年至京师,请于宝云殿讲《金光明经》等十部。

杜弼五十六岁,注老子《道德经》二卷,表上之东魏孝静帝,又上一本于高欢,一本于高澄。

见《北齐书·杜弼传》。据本传,弼注《老子》,在武定元年高欢破宇文泰于邙山后,武定五年梁贞阳侯渊明攻东魏彭城前。据此则当在武定三年至四年间。今系本年。

祖珽因陈元康荐,作并州《定国寺碑》文。

《北齐书·祖珽传》云:"又与令史李双、仓督成祖等作晋州启,请粟三千石,代功曹参军赵彦深宣神武教,给城局参军。事过典签高景略,疑其定不实,密以问彦深,彦深答都无此事,遂被推检,珽即引伏。神武大怒,决鞭二百,配甲坊,加钳,其谷倍征。未及科,会并州定国寺新成,神武谓陈元康、温子昇曰:'昔作《芒山寺碑》文,时称妙绝,今《定国寺碑》当使谁作词也?'元康因荐珽才学,并解鲜卑语。

乃给笔札就禁所具草。二日内成,其文甚丽。神武以其工而且速,特恕不问,然犹免官,散参相府。"按:《芒山寺碑》至迟作于中大同元年芒山战后,至此不过三年,故称为昔,若在二年,恐太早。然高欢明年正月死,至迟亦当在此年也。

八月,东魏移洛阳汉石经于邺。

见《魏书·孝静帝纪》。

西魏苏绰卒,年四十九。

见《周书·苏绰传》:"(大统)十二年,卒于位,时年四十九。"

魏收四十一岁,兼著作郎。

按《北齐书·魏收传》载,八月,高欢于西门豹祠宴集,谓司马子如曰:"魏收为史官,书吾等善恶,闻北伐时,诸贵常饷史官饮食,司马仆射曾饷否?"因共大笑。仍谓收曰:"我后世身名在卿手,勿谓我不知。"寻加兼著作郎。据《魏书·孝静帝纪》,高欢"自邺率众西讨"在八月,则八月时欢在邺也。

《敕勒歌》传唱于是时。

按《北齐书·神武纪》,十一月,高欢疾,班师。"时西魏言神武中弩,神武闻之,乃勉坐见诸贵,使斛律金《敕勒歌》,神武自和之,哀感流涕。"《敕勒歌》即"敕勒川,阴山下"之歌。

徐摛七十六岁。王籍六十七岁。伏挺六十三岁。庾肩吾六十岁。温子昇五十二岁。邢劭五十一岁。张缵四十八岁。萧纲四十四岁。徐陵四十岁。萧绎三十九岁。李骞三十九岁。杜之伟三十九岁。阳休之三十八岁。江德藻三十八岁。颜晃三十七岁。陆云公三十六岁。袁聿修三十六岁。王晞三十六岁。李昶三十一岁。徐伯阳三十一岁。许亨三十岁。江总二十八岁。岑之敬二十八岁。刘逖二十二岁。刘臻二十岁。褚玠十八岁。阮卓十六岁。李德林十六岁。颜之推十六岁。卢思道十二岁。陆琼十岁。陆琰七岁。薛道衡七岁。柳䜭五岁。蔡凝四岁。刘焯三岁。牛弘二岁。

梁武帝中大同二年·梁武帝太清元年·东魏孝静帝武定五年·西魏文帝大统十三年(547)　丁卯

王籍卒,时年六十八岁。

《梁书》本传:"久之,除轻车湘东王谘议参军,随府会稽。郡境有云门、天柱山,籍尝游之,或累日不返。至若邪溪赋诗,其略云:'蝉噪林逾静,鸟鸣山更幽。'当时以为文外独绝。还为大司马从事中郎,迁中散大夫,尤不得志,遂徒行市道,不择交游。湘东王为荆州,引为安西府谘议参军,带作塘令,不理县事,日饮酒,人有讼者,鞭而遣之,少时卒。"按:萧绎出为荆州刺史有两次:第一次为普通七年,但这次没有加号安西将军,故王籍非此次从游,萧绎大同元年加封安西将军,本年出为荆州刺史。而王籍乃本年从湘东王府谘议参军,"少时卒",当卒于本年或稍后。庾肩吾《书品》允为下之中品,是收录最晚的书法家。

陆云公卒,时年三十七岁。张缵作《与陆襄、陆晏子书》以致悼念之情。

《梁书》本传:"太清元年卒,时年三十七。高祖悼惜之,手诏曰:'给事黄门侍郎、掌著作陆云公,风尚优敏,后进之秀,奄然殂谢,良以恻然。可剋日举哀,赙钱五万,布四十匹。'张缵时为湘州,与云公叔襄、兄晏子书曰……"有集十卷,佚。今存诗一首。

刘孝仪六十二岁,出为明威将军、豫章内史。

《梁书》本传云:"太清元年,出为明威将军、豫章内史。"

萧衍三月又幸同泰寺,设无遮大会,舍身。公卿等以钱一亿万奉赎。四月,大赦天下,改元太清。侯景先降西魏,后又请降梁,梁武帝召群臣廷议,尚书仆射谢举及百辟等议,皆云纳侯景非宜。

见《梁书》本纪。

萧纲四十五岁,作《宝马颂》。

《南史·武帝纪》:"是月,神马出,皇太子献《宝马颂》。"《建康实录》亦载此事。颂已不存。

萧绎四十岁,正月,为镇西将军、荆州刺史。作《后临荆州诗》。

见《梁书》本纪。

岑之敬二十九岁,表请试吏,除南沙吏。

《陈书》本传:"太清元年,表请试吏,除南沙吏。"

陆琼十一岁,丁父忧,毁瘠有至性,从祖陆襄叹曰:"此儿必荷门基,所谓一不为少。"

见《陈书》本传。按:陆琼乃陆云公之子。

萧子云复为侍中、国子祭酒,领南徐州大中正。

《梁书》本传:"太清元年,复为侍中……"

张正见射策高第,除邵陵王国左常侍。

《陈书》本传:"太清初,除邵陵王国左常侍。"按:张正见字见赜,清河东武城人也。祖盖之,魏散骑常侍、渤海长乐二郡太守。父修礼,魏散骑侍郎,归梁,仍拜本职。迁怀方太守。"

谢介作《谏纳侯景表》。梁武帝见表叹息,终不采纳。

《梁书》本传:"太清中,侯景于涡阳败走,入寿阳,高祖敕防主韦黯纳之。介闻而上表谏曰……高祖省表叹息,卒不能用。"

释安廪四十一岁,回到江南,住天安寺,讲《华严经》。

见释道宣《续高僧传》卷七《陈钟山耆阇寺释安廪传》。

正月,东魏高欢卒(欢即北齐神武帝),子高澄嗣(即北齐文襄帝)。

见《魏书·孝静帝纪》、《北齐书·神武纪》及《通鉴》卷一百六十。

侯景据河南叛东魏。高澄有《与侯景书》,景亦有答书。

见《北齐书·文襄纪》。原文亦载《梁书·侯景传》，与《北齐书》互有删节，全文见《文苑英华》卷六百八十五。高澄、侯景皆无文才，当出文人代笔，侯景书据《北齐书·文襄纪》为王伟作，高澄书不详作者。

杨衒之因事重到洛阳，见其颓坏之状，因此作《洛阳伽蓝记》。

《洛阳伽蓝记序》云："至武定五年，岁在丁卯，余因行役，重览洛阳。城郭崩坏，宫室倾覆，寺观灰烬，庙塔丘墟。墙被蒿艾，巷罗荆棘，野兽穴于荒阶，山鸟巢于庭树。游儿牧竖，踯躅于九逵；农夫耕老，艺黍于双阙。始知《麦秀》之感，非独殷墟；《黍离》之悲，信哉周室。"此当为杨氏著书动机，然《洛阳伽蓝记》成书年代及作者生卒年均不可考。

杜弼五十七岁，为《檄梁文》，凡二篇。

见《魏书·岛夷·萧衍传》，又见《文苑英华》卷六百四十五；又一篇亦见《文苑英华》卷六百四十五，《通鉴》卷一百六十亦有，但略有删节。《艺文类聚》卷五十八以为魏收作，清李兆洛《骈体文钞》从之。严可均《全北齐文》卷五云："岂此檄魏收润色之，曾编入魏集邪？疑误也。"钱锺书先生《管锥编》第四册第1509页以为："窃意后篇乃杜弼原文，前篇载在魏收所著《魏书》，当经其'润色'，面目几乎全非；《类聚》题魏收，主名虽误，事出有因。两篇相较，以前为胜。"然据《魏书·岛夷传》，钱先生所谓"前篇"盖作于本年冬慕容绍宗大破萧渊明所率梁军以前。故檄文有"固扬声赴助，计在图袭，吞渊明之众"，足见作檄时渊明尚未败也。所谓后篇，据《通鉴》所载，萧渊明败在本年十一月，为东魏所俘，而杜弼檄文作于十二月朔，故檄文已言渊明之众"亡戟弃戈，土崩瓦解"，又谓其"挟子垂翅，俱在樊笼"，明是萧渊明被俘后事。当非一时之作，钱先生说疑非。

温子昇卒，时年五十三岁。

按《魏书·文苑·温子昇传》，高澄疑温子昇知荀济等谋，方使之作高欢碑文，既成，乃饿诸晋阳狱，食弊襦而死。宋游道为集其文为三十五卷，子昇又撰《永安记》三卷。《魏书》本传又云："萧衍使张皋写子昇文笔，传于江外。衍称之曰：'曹植、陆机复生于北土。恨我辞人，数穷百六。'阳夏太守傅标使于吐谷浑，见其国主床头有书数卷，乃是子昇文也。济阴王(元)晖业尝云：'江左文人，宋有颜延之、谢灵运，梁有沈约、任昉，我子昇足以陵颜轹谢，含任吐沈。'"据此，则温子昇生前，诗文已传及江南与少数民族地区。

魏收四十二岁，为檄梁文五十余纸。

《北齐书》本传："侯景叛入梁，寇南境，文襄时在晋阳，令收为檄五十余纸，不日而就。又檄梁朝，令送侯景，初夜执笔，三更便成，文过七纸。"又，《魏书·自序》、《北齐书·魏收传》载，东魏孝静帝曾秋季大射，普令赋诗，魏收诗末句云："尺书征建邺，折简召长安。"高澄壮之，顾诸人曰："在朝今有魏收，便是国之光采，雅俗文墨，通达纵横。我亦使子才、子昇时有所作，至于词气，并不及之。吾或意有所怀，忘而不语，语而不尽，意有未及，收呈草皆以周悉，此亦难有。"按：高澄入朝，据《魏书·孝静帝纪》在是年八月。明年，未有入朝事，至武定七年，高澄死于七月，则秋猎事必在是年。

徐摛七十七岁。王筠六十七岁。庾肩吾六十一岁。杜弼五十七岁。邢劭五十二岁。庾持四十岁。李骞四十岁。江德藻三十九岁。阳休之三十九岁。颜晃三十八岁。袁聿修三十七岁。王晞三十七岁。庾信三十五岁。李昶三十二岁。徐伯阳三十二岁。许亨三十一岁。刘逖二十三岁。刘臻二十一岁。褚玠十九岁。阮卓十七岁。李德林十七岁。陆琰八岁。薛道衡八岁。柳䛒六岁。蔡凝五岁。刘焯四岁。牛弘三岁。

梁武帝太清二年·东魏孝静帝武定六年·西魏文帝大统十四年(548)　戊辰

庾仲容卒,时年七十四岁。

《梁书·文学传》:"及太清乱,客游会稽,遇疾卒,时年七十四。仲容钞诸子书三十卷,众家地理书二十卷,《列女传》三卷,文集二十卷,并行于世。"今仅存诗一首。

刘之遴卒,时年七十二岁。

《梁书》本传云:"太清二年,侯景乱,之遴避难还乡,未至,卒于夏口,时年七十二。"《南史》本传谓被萧绎所鸩。有文集五十卷,佚。仅存诗一首,文八篇。又有《神录》五卷,当为小说类,亦佚。

到溉卒,时年七十二岁。有文集二十卷,佚。

《南史》本传云:"以太清二年卒,时年七十二。"

谢举卒。

《梁书》本传云:"太清二年,迁尚书令,侍中,将军如故。是岁,侯景寇京师,举卒于围内。"有集二十卷,佚。今有诗、文各一篇。

褚翔卒,时年四十四岁。

《梁书》本传云:"太清二年……其年冬,侯景围京城,翔于围内丁母忧;以毁卒,时年四十四。"今存诗一首。

任孝恭卒。

《梁书·文学传》:"太清二年,侯景寇逼,孝恭启募兵,隶萧正德(萧宏之子),屯南岸。及贼至,正德举众入贼,孝恭还赴台,台门已闭,因奔入东府,寻为贼所攻,城陷见害。文集行于世。"按:《梁书·侯景传》载其本年十一月"攻东城府,设百尺楼车,钩城堞尽落,城遂陷,景使其仪同卢晖略率数千人持长刀夹城门,悉驱城内文武百官裸身而出,贼交兵杀之,死者两千余人"。有集十卷,佚。今存文十二篇。

王筠六十八岁,侯景之乱时在城外。

《梁书》本传:"太清二年,侯景寇逼,筠时不入城。"

刘孝仪六十三岁,时为豫章内史,率郡兵三千人,随前衡州刺史韦粲入援京师。

《梁书》本传:"二年,侯景寇京邑,孝仪遣子励帅郡兵三千人,随前衡州刺史韦粲入援。"

张缵五十岁,征为领军、平北将军、宁蛮校尉,作《诒湘东王书》。

《梁书》本传:"太清二年,征为领军,俄改授使持节、都督雍梁北秦东益郢州之竟陵、司州之随郡诸军事、平北将军、宁蛮校尉。缵初闻邵陵王纶当代己为湘州,其后定用河东王誉。缵素轻少王,州府候迎及资待甚薄,誉深衔之。及至州,遂托疾不见缵。仍检括州府庶事,留缵不遣。会闻侯景寇京师,誉饰装当下援,时荆州刺史湘东王赴援,军次郢州武城。缵驰信报曰:'河东已竖桾上水,将袭荆州。'王信之,便回军镇,荆湘因构嫌隙。寻弃其部伍,单舸赴江陵,王即遣使责让誉,索缵部下。"

萧纲四十六岁,为《围城赋》。又作《愍乱诗》。

《梁书·朱异传》:"初,景谋反,合州刺史鄱阳王范、司州刺史羊鸦仁并累有启闻,异以景孤立寄命,必不应尔,乃谓使者:'鄱阳王遂不许国家有一客。'并抑而不奏,故朝廷不为之备。及寇至,城内文武咸尤之。皇太子又制《围城赋》,其末章云:'彼高冠及厚履,并鼎食而乘肥,升紫霄之丹地,排玉殿之金扉。陈谋谟之启沃,宣政刑之福威。四郊以之多垒,万邦以之未绥。问豺狼其何者?访虺蜴之为谁?'盖以指异。"《愍乱诗》,见《南史·朱异传》:"异之方幸,在朝莫不侧目,虽皇太子亦不能平。(及侯景乱围城)至是城内咸尤异。简文为四言《愍乱诗》……"

徐陵四十二岁,时为通直郎,六月,出使东魏。魏人授馆晏会。

是日甚热,其主客魏收嘲陵曰:"今日之热,当由徐常侍来。"陵即答曰:"昔王肃至此,为魏始制礼义;今我来聘,使卿复知寒暑。"收大惭。

《陈书》本传:"太清二年,兼通直散骑常侍,使魏。……"与其同行者为谢挺,见《梁书·朱异传》。八月,侯景以诛讨朱异为名,举兵反叛。

杜之伟四十一岁,为邵陵王田曹参军,又转为刑狱参军。侯景反叛后,杜之伟逃往山中。

见《陈书》本传。

颜晃三十九岁,侯景乱起,西奔荆州萧绎。

见《陈书》本传。

庾信三十六岁,时为建康令。

《梁书·侯景传》:"既而景至朱雀航,萧正德先屯丹阳郡。至是,率所部与景合。建康令庾信率兵千余人屯航北,见景至航,命彻航,始除一舸,遂弃军去南塘。游军复闭航渡景。皇太子以所乘马授王质,配精兵三千使援庾信。质至领军府,与贼遇,未阵便奔走,景乘胜至阙下。"又见《通鉴》卷一百六十一。

徐伯阳三十三岁,侯景之乱,浮海南至广州,依于萧勃。

见《陈书》本传。

许亨三十二岁,侯景之乱,避地郢州。

见《陈书》本传。

江总三十岁,及魏国通好,敕与徐陵使魏,以疾辞。

见《陈书》本传:"及魏国通好,敕以总及徐陵摄官报聘,总以疾不行。"

陆琼十二岁,携母避地县之西乡,昼夜苦读,遂博学。

见《陈书》本传。

萧子云逃往民间。

《梁书》本传云："侯景乱，子云逃往民间。"

沈众在战乱中授命为太子右卫率。

《陈书》本传："侯景之乱，众表于梁武，称家代所隶故义部曲，并在吴兴，求还召募以讨贼。梁武许之。及景围台城，众率宗族及义附五千余人入援京邑，顿于小航，对贼东府置阵。军容甚整，景深惮之。梁武于城中遥授众为太子右卫率。"

是时，梁军既败，东魏复与梁通好。梁武帝遣使于东魏，吊高欢之死。时侯景在寿阳，遂借以为叛梁借口。

见《梁书·侯景传》、《魏书·孝静帝纪》、《魏书·萧衍传》及《通鉴》卷一百六十一。

杜弼五十八岁，与邢劭、魏收等讲说佛理。

《北齐书·杜弼传》载，本年四月，东魏孝静帝集名僧于显阳殿，讲说佛理，杜弼、杨愔、邢劭、魏收等并侍法筵。杜弼当众敷演，众僧论难，皆莫能屈。

裴让之作《公馆宴酬南使徐陵诗》。

见《艺文类聚》卷五十三。按：徐陵两次出使北方。本年使魏。第二次使齐。第二次时在绍泰二年，即北齐天保七年。而裴让之已卒，故知作于本年。

杜弼五十八岁。邢劭五十三岁。魏收四十三岁。李骞四十一岁。庾持四十一岁。萧绎四十一岁。江德藻四十岁。阳休之四十岁。袁聿修三十八岁。王晞三十八岁。李昶三十三岁。岑之敬三十岁。刘逖二十四岁。刘臻二十二岁。褚玠二十岁。阮卓十八岁。李德林十八岁。颜之推十八岁。卢思道十四岁。薛道衡九岁。柳䛒七岁。蔡凝六岁。刘焯五岁。牛弘四岁。

梁武帝太清三年·东魏孝静帝武定七年·西魏文帝大统十五年(549) 己巳

萧衍五月饿死台城,时年八十六岁。

见《梁书》本纪。又称:"造《制旨孝经义》、《周易讲疏》及六十四卦、二《系》、《文言》、《序卦》等义,《乐社义》、《毛诗答问》、《春秋答问》、《尚书大义》、《中庸讲疏》、《孔子正言》、《老子讲疏》,凡二百余卷,并正先儒之迷,开古圣之旨。王侯朝臣皆奉表质疑,高祖皆为解释。修饰国学,增广生员,立五馆,置五经博士。天监初,则何佟之、贺瑒、严植之、明山宾等覆述制旨,并撰吉凶军宾嘉五礼,凡一千余卷。高祖称制断疑。于是穆穆恂恂,家知礼节。大同中,于台西立士林馆,领军朱异、太府卿贺琛、舍人孔子祛等递相讲述。皇太子、宣城王亦于东宫宣猷堂及扬州廨开讲。于是四方郡国,趋学向风,云集于京师矣。兼笃信正法,尤长释典,制《涅槃》、《大品》、《净名》、《三慧》诸经义记复数百卷。听览余闲,即于重云殿及同泰寺讲说,名僧硕学,四部听众,常万余人。又造《通史》,躬制赞序,凡六百卷。天情睿敏,下笔成章,千赋百诗,直疏便就,皆文质彬彬,超迈今古。诏铭赞诔,箴颂笺奏,爰初在田,洎登宝历,凡诸文集,又百二十卷。六艺备闲,棋登逸品,阴阳纬候,卜筮占决,并悉称善。又撰《金策》二十卷。草隶尺牍,骑射弓马,莫不奇妙。勤于政务,孜孜无怠。"

伏挺卒,时年六十六岁。

《梁书》本传谓挺"侯景乱中卒"。《南史》本传谓,梁武师至建康,挺年十八,下抵至本年,则年六十六岁。有文集二十卷,佚。今存诗一首。又著《迩说》十卷,见《隋书·经籍志》小说类著录。佚。

萧子云卒,时年六十四岁。

《梁书》本传:"(太清)三年三月,宫城失守,东奔晋陵,馁卒于显灵寺僧房,年六十三。所著《晋书》一百一十卷,《东宫新记》二十卷。"按:本传称其年寿六十三岁,疑未确。因传中又称其齐建武四年时年方十二岁,则本年当为六十四岁。《隋书·经籍志》著录其文集十九卷,佚。今存诗十七首,文五篇。

张缵卒,时年五十一岁。

《梁书》本传:"其年,詧举兵袭江陵,常载缵随后。及军退败,行至漴水南,防守缵者虑追兵至,遂害之,弃尸而去,时年五十一。"按:"其年"指太清三年。张缵著有《鸿宝》一百卷,文集二十卷。佚。今存赋六篇,皆有文采。又存诗三首,文十六篇。

刘孝仪六十四岁,为庄铁所逼,失郡。

《梁书》本传云:"(太清)三年,京城失守,孝仪为历阳太守庄铁所逼,失郡。"

庾肩吾六十三岁,为度支尚书。

《梁书》本传:"太清中,侯景寇陷京都,及太宗即位,以肩吾为度支尚书。"其冬作《被执作诗》。见《太平御览》卷六百所引《三国典略》曰:"宋子仙破会稽,购得肩吾,谓之曰:'吾昔闻汝能作诗,今可作。若能,当贳汝命。'肩吾便操笔立成,子仙乃释之。"按《梁书·侯景传》:"十二月,宋子仙、赵伯超、刘神茂进攻会稽,东扬州刺史临城公大连弃城走,遣刘神茂追擒之。"是年底庾肩吾在会稽。

周弘正五十四岁,其弟周弘直为衡阳内史。萧绎在江陵作《与周弘直书》盛称周弘正"确乎不拔"。又与其弟周弘让共迎王僧辩。

《陈书》本传:"王僧辩之讨侯景也,弘正与弘让自拔迎军,僧辩得之甚喜,即日启元帝,元帝手书与弘正曰……仍遣使迎之。谓朝士曰:'晋氏平吴,喜获二陆,今我破贼,亦得两周,今古一时,足为连类。'及弘正至,礼数甚优,朝臣无与比者。……元帝尝著《金楼子》,曰:'余于诸僧重招提琰法师,隐士重华阳陶贞白,士大夫重汝南周弘正,其于义理,清转无穷,亦一时之名士也。'"按《梁书·元帝纪》:是年九月,"鲍泉攻湘州不克,又遣左卫将军王僧辩代将",是周弘正之赴江陵应在此后。

萧纲四十七岁,五月,即皇帝位,实为侯景囚徒也。

见《梁书·简文帝纪》、《侯景传》等。

徐陵四十三岁。其父徐摛时年七十九岁,为太子中庶子。

《梁书》本传:"太清三年,侯景攻陷台城,时太宗居永福省,贼众奔入,举兵上殿,侍卫奔散,莫有存者。摛独然侍立不动。徐谓景曰:'侯公当以礼见,何得如此?'凶威遂折。侯景乃拜,由是常惮摛。太宗嗣位,进授左卫将军,固辞不拜。"

萧绎四十二岁,其《金楼子》之《兴亡》、《立言》、《说藩》诸篇作本年之后。

其《兴亡篇》云:"梁高祖武皇帝台城内起至敬殿。"《说藩篇》云:"萧子良好文学,我高祖、王元长、谢玄晖、张思光、何宪、任昉、孔广、江淹、虞炎、何炯、周颙之俦,皆当时之杰,号士林也。"《立言篇》云:"窃慕考妣之盛,则立尊像。"并称梁武帝萧衍庙号。

江总三十一岁,权兼太常卿。作《摄官梁小庙诗》。

《陈书》本传云:"侯景寇京都,诏以总权兼太常卿,守小庙。"

岑之敬三十一岁,归乡里。

《陈书》本传:"侯景之乱,之敬率领所部,赴援京师。至郡境,闻台城陷,乃与众辞诀,归乡里。"

萧子范为光禄大夫,加金章紫绶,作《简皇后哀策文》。

《梁书》本传:"太宗即位,诏为光禄大夫,加金章紫绶,以逼贼不拜。其年葬简皇后,使与张缵俱制哀策文。太宗览读之曰:'今葬礼虽阙,此文犹不减于旧。'"

何之元为南梁州刺史、北巴西太守。

《陈书·文学传》:"侯景之乱,武陵王以太尉承制,授南梁州刺史、北巴西太守。"按《梁书·武陵王传》:"及太清中,侯景乱,纪不赴援。"

西魏初,诏诸代人于太和中改华姓者,并令复旧。

见《北史·魏本纪五》。此可见西魏、北周实对孝文帝华化有不满。《魏书》不记文帝时事,《周书·文帝纪》亦不载。《北史》此条,颇有价值。

颜之推十九岁,初仕于梁,为湘东王右常侍。从徐文盛率水师屯武昌以拒侯景,既而梁军败,之推被俘,例当见杀,赖侯景行台郎中王则救护,得以获免,因还建康。

见《北齐书·文苑·颜之推传》及所载颜氏《观我生赋》。

梁鄱阳王萧范据合州(合肥),求救于东魏,东魏取合州而不救萧范,范遂西行至湓城。时高澄尝命魏收作书致范,魏收据以为己功。

事见《梁书·太祖五王·萧范传》。作书事见《魏书·自序》、《北齐书·魏收传》。

东魏高澄(齐文襄帝)为降人兰京所杀。

见《北齐书·文襄纪》、《北史·齐本纪》。《北齐书·文襄纪》云:"数日前,崔季舒无故于北宫门外诸贵之前诵鲍明远诗曰:'将军既下世,部曲亦罕存。'声甚凄断,泪不能已,见者莫不怪之。"此言虽涉迷信,足见鲍诗已流传北朝。又《北史·魏本纪》云:"(孝武)帝之在洛也,从妹不嫁者三:一曰平原公主明月,南阳王同产也;二曰安德公主,清河王怿女也;三曰蒺藜,亦封公主。帝内宴,令诣妇人咏诗,或咏鲍照乐府曰:'朱门九重门九闺,愿逐明月入君怀。'帝既以明月入关,蒺藜自缢。"亦可见鲍诗盛行于北方。

李骞卒,时年四十二岁。

按《魏书·李顺附李骞传》,仅谓骞死于晋阳,不著年月。然又谓"赠本将军、太常、殷州刺史。齐受禅,重赠使持节、侍中",则其卒当在齐代魏以前。《魏书》本传谓"所著诗赋碑谏,别有集录"。然《隋书·经籍志》已不见著录。今存本传所载《释情赋》及《赠卢元明魏收诗》。

杜弼五十九岁,为高洋兼长史,加卫将军,转中书令,仍长史。进爵定阳县侯。

见《北齐书》本传。

魏收四十四岁,在高澄死后,高洋令其与崔季舒等掌机密,又撰禅代诏册文。

《北齐书》本传曰:"文襄崩,文宣(高洋)如晋阳,令与黄门郎崔季舒、高德正,吏部郎中尉瑾于北第掌机密。转秘书监,兼著作郎,又除定州大中正。时齐将受禅,杨愔奏收置之别馆,令撰禅代诏册诸文,遣徐之才守门不听出。"

阳休之四十一岁,除太子中庶子,迁给事黄门侍郎,进号中军将军、幽州大中正。

见《北齐书·阳休之传》。

祖珽盗陈元康家书数千卷,又盗官《遍略》一部。

见《北齐书·祖珽传》。

王筠卒,时年六十九岁。

《梁书》本传:"太宗即位,为太子詹事。筠旧宅先为贼所焚,乃寓居国子祭酒萧子云宅,夜忽有盗攻之,惊惧坠井卒,时年六十九。家人中余人同遇害。筠状貌寝小,长不满六尺。性弘厚,不以艺能高人,而少擅才名,与刘孝绰见重当世。其自序曰:'余少好书,老而弥笃,虽偶见瞥观,皆即疏记,后重省览,欢兴弥深,习与性成,不觉笔倦。自年十三四,齐建武二年乙亥至梁大同六年,四十六载矣。幼年读五经,皆七八十遍。爱《左氏春秋》,吟讽常为口实,广略去取,凡三过五抄。余经及《周官》、《仪礼》、《国语》、《尔雅》、《山海经》、《本草》并再抄。子史诸集皆一遍。未尝倩人假手,并躬自抄录,大小百余卷。不足传之好事,盖以备遗忘而已。'又与诸儿论家世集云:'史传称安平崔氏及汝南应氏,并累世有文才,所以范蔚宗云崔氏世擅雕龙,然不过父子两三世耳;非有七叶之中,名德重光,爵位相继,人人有集,如吾门世者也。沈少傅约语人云:吾少好百家之言,身为四代之史,自开辟已来,未有爵位蝉联,文才相继,如王氏之盛者也。汝等仰观堂构,思各努力。'筠自撰其文章,以一官为一集,自洗马、中书、中庶子、吏部、左佐、临海、太府各十卷,《尚书》三十卷,凡一百卷,行于世。"

王筠六十九岁。邢劭五十四岁。萧绎四十二岁。庾持四十二岁。杜之伟四十二岁。江德藻四十一岁。颜晃四十岁。袁聿修三十九岁。王晞三十九岁。李昶三十四岁。徐伯阳三十四岁。许亨三十三岁。刘逖二十五岁。刘臻二十三岁。褚玠二十一岁。阮卓十九岁。李德林十九岁。颜之推十九岁。卢思道十五岁。薛道衡十岁。陆琰十岁。柳䛒八岁。蔡凝七岁。刘焯六岁。牛弘五岁。

梁简文帝萧纲大宝元年·北齐文宣帝高洋天保元年·西魏文帝大统十六年(550)　庚午

正月改元大宝。

刘孝仪卒,时年六十五岁。

《梁书·刘潜传》:"大宝元年病卒,时六十七。"据《法宝联璧序》下推,孝仪卒年当为六十五岁。有集二十卷,佚。明张溥辑《刘孝仪刘孝威集》一卷。

萧子范卒,时年六十四岁。

《梁书》本传:"寻遇疾卒,时年六十四。"按:其上年末作《简皇后哀策文》,"寻遇疾卒",故系于此。有集三十卷,佚。今存诗十首,文十篇。

庾肩吾六十四岁，赴江陵说降当阳公萧大心。后逃到建昌界。作《乱后经夏禹庙》、《乱后行经吴邮亭诗》。

《梁书》本传："时上流诸藩，并据州拒景。景矫诏遣肩吾使江州，喻当阳公大心，大心寻举州降贼。肩吾因逃入建昌界。"按《梁书·简文帝纪》：大宝元年秋七月"贼行台任约寇江州，刺史寻阳王大心以州降约"。此后庾肩吾逃到建昌界藏匿良久。作《乱后经夏禹庙》、《乱后行经吴邮亭诗》。后者云："休明鼎尚重，秉礼国犹存。""泣血悲东走，横戈念北奔。"据诗意，似萧纲未卒之时。

萧纲四十八岁，围困在京城，作《改元大宝大赦诏》、《解严诏》及《秀林山铭并序》。

序中称"梁大宝元年岁次庚午春三月十五日题写"。

江总三十二岁，避难至会稽，作《修心赋》。

《陈书》本传："台城陷，总避难崎岖，累年至会稽，憩于龙华寺，乃制《修心赋》，略序时事，其辞云：'太清四年秋七月，避地于会稽龙华寺。此伽蓝者，余六世祖宋尚书右仆射州陵侯元嘉二十四年之所构也……'"

许亨三十四岁，为梁邵陵王萧纶谘议参军。

《陈书》本传："侯景之乱，避地郢州，会梁邵陵王自东道至，引为谘议参军。"按《梁书·邵陵王传》，大宝元年萧纶至郢州，刺史南平王恪让州于纶，纶不受，乃上纶为假黄钺、都督中外诸军事。

邵陵王萧纶作《与湘东王书》。

《南史》本传："大宝元年，纶至郢州……于时元帝围河东王誉于长沙既久，誉请救于纶，纶欲往救之，为军粮不继遂止。乃与元帝书曰……元帝复书，陈誉有罪不可解围之状。纶省书流涕曰：'天下之事，一至于斯。'左右闻之，莫不掩泣。"

五月，北齐文宣帝高洋代东魏，改元天保，以东魏孝静帝元善见

为中山王。次年,杀之。

　　见《魏书·孝静帝纪》、《北齐书·文宣帝纪》及《通鉴》卷一百六十三。又按《魏书·孝静帝纪》云:"帝好文学……及将禅位于文宣……帝乃下御座,步就东廊,口咏范蔚宗《后汉书赞》云:'献生不辰,身播国屯。终我四百,永作虞宾。'所司奏请发,帝曰:'古人念遗簪敝履,欲与六宫别,可乎?'高隆之曰:'今天下犹陛下之天下,况在后宫。'乃与夫人妃嫔已下诀,莫不欷歔掩涕。嫔赵国李氏诵陈思王(曹植)诗云:'王其爱玉体,俱享黄发期。'皇后已下皆哭。"据此知当时北魏帝王及后宫皆熟知文学典籍。

　　八月,北齐文宣帝"诏郡国修主簧序,广延髦俊,敦述儒风。其国子学生亦仰依旧铨补,服膺师说,研习《礼经》。往者文襄皇帝所运洛阳蔡邕石经五十二枚,即移置学馆,依次修立"。

　　见《北齐书·文宣帝纪》。

　　北齐诏群臣议定《麟趾格》。

　　《北齐书·文宣帝纪》载诏云:"魏世议定《麟趾格》,遂为通制,官司施用,犹未尽善。可令群官更加论究。"按《北史·李浑传》曰:"齐天保初,除太子少保。时太常邢劭为少师,吏部尚书杨愔为少傅,论者荣之。……文宣以魏《麟趾格》未精,诏浑与邢劭、崔凌、魏收、王昕、李伯伦等修撰。尝谓魏收曰:'雕虫小技,我不如卿;国典朝章,卿不如我。'"《北齐书》及《北史》记邢劭事甚略,此可补其缺,且《麟趾格》之修订,文人参与者不少。

　　邢劭五十五岁,为《甘露颂》作序。

　　《北齐书·邢劭传》曰:"文宣帝幸晋阳,路中颇有甘露之瑞,朝臣皆作《甘露颂》,尚书符令劭为之序。"按:同书《文宣帝纪》,高洋幸晋阳在本年九月。

　　魏收四十五岁,除中书令,仍兼著作郎,封富平县子。

见《北齐书·魏收传》。

祖鸿勋卒。

《北齐书·文苑·祖鸿勋传》谓鸿勋天保初卒官,姑系于此。鸿勋有《与阳休之书》,见《北齐书》本传,为北朝骈文名篇。又有《晋祠记》,佚。

李广为文宣帝掌书记。

《北齐书·文苑·李广传》云:"显祖(文宣帝)初嗣霸业,命掌书记。天保初,欲以为中书郎,遇其病笃而止。"本传又言:"(李)广曾欲早朝,未明假寐",得一奇梦,"惚恍不乐,数日便遇疾,积年不起",遂卒。据此,其卒年当在明年左右。李广卒后,毕义云集其文笔十卷,托魏收为之序。

樊逊被本州(司州)复召举为秀才。

《北齐书·文苑·樊逊传》云:"天保元年,本州复召举秀才。"

刘逖二十六岁,行定陶县令,坐奸事免。

《北齐书·文苑·刘逖传》谓刘逖"天保初,行定陶县令,坐奸事免,十余年不得调。乾明年,兼员外散骑常侍,使于梁主萧庄"。"乾明"即皇建元年(560),知十年前当即本年也。

徐陵四十四岁,在北齐,作《在齐与仆射杨遵彦书》。

按:原文云:"吾今年四十有四。"以徐陵生于天监六年(507)推之,此书当作于是年。原文又云:"日者鄱阳嗣王治兵汇派。""汇派"在今江西九江附近,当即湓城,鄱阳王萧范是年治兵湓城,病疽而卒。原文又云:"又近者邵陵王通和此国,郢中上客,云聚魏都。"而邵陵王萧纶是年正在有郢州,并曾通使东魏、北齐。可见此文作于是年。徐陵又有《在北齐与宗室书》,当亦作于此时。

李昶三十五岁,为西魏宇文泰御史中尉。

按《周书·李昶传》,宇文泰奏昶为御史中尉,"岁余,加使持节、车骑大将军、仪同三司,赐姓宇文氏"皆在"六官建"以前。"六官建"在恭帝三年(556);而李昶卒于保定五年(565),年五十,以此推之当生于北魏熙平元年(516),至此年已三十五岁,则为御史中尉不为早矣。

柳虬迁中书侍郎,修起居注,作《文质论》。

《周书·柳虬传》云:"时人论文体者,有古今之异。虬以为时有今古,非文有今古,乃为《文质论》。"

诏高僧法常入内讲《涅槃经》,拜为国师。

见宋释志磐《佛祖统纪》卷三十八《法运通塞志》。

杜弼六十岁。庾持四十三岁。杜之伟四十三岁。江德藻四十二岁。阳休之四十二岁。颜晃四十一岁。袁聿修四十岁。王晞四十岁。徐伯阳三十五岁。岑之敬三十二岁。刘逖二十六岁。刘臻二十四岁。褚玠二十二岁。阮卓二十岁。李德林二十岁。颜之推二十岁。卢思道十六岁。陆琰十一岁。薛道衡十一岁。柳誉九岁。蔡凝八岁。刘焯七岁。牛弘六岁。

梁简文帝大宝二年·北齐文宣帝天保二年·西魏文帝大统十七年(551) 辛未

萧纲十月被杀,时年四十九岁。作《被幽述志诗》、《连珠》等。

《梁书》本纪:"初,太宗见幽禁,题自序云:'有梁正士兰陵萧世缵,立身行道,始终如一,风雨如晦,鸡鸣不已。弗欺暗室,岂况三光,数至于此,命也如何。'又为《连珠》二首,文甚凄怆。"《太平御览》卷五百九十"文部"引《三国典略》曰:"梁简文为侯景所幽,作《连珠》曰:吾闻言可覆也,人能育物,是以欲轻其礼,有德必昌,兵贱于义,无思不服。"《梁书》本纪又云:"及居监抚,多所弘宥,文案簿领,纤毫不可欺。引纳文学之士,赏接无倦,恒讨论篇籍,继以文章。高祖所制《五经讲疏》,尝于玄圃奉述,听者倾朝野。雅好题诗。其序云:'余七岁有诗癖,长而不倦。'然伤于轻艳,当时号曰'宫体'。所著《昭明太子传》五卷,《诸王传》三十卷,《礼大义》二十卷,《老子义》二十卷,《庄子义》二十卷,《长春义记》一百卷,《法宝连璧》三百卷,并行于世焉。"

庾肩吾卒,时年六十五岁。

详见《庾子山年谱》。

徐摛卒,时年八十一岁。

《梁书·徐摛传》:"太宗后被幽闭,摛不获朝谒,因感气疾而卒。年七十八。"按:依《法宝联璧序》本年当为八十一岁。其子徐陵,本年四十五岁。梁通使于齐,而徐陵仍被拘留不遣。

庾信三十九岁,初在郢州,后奔江陵。

见《梁书》本传。

徐伯阳三十六岁,往依广州刺史萧勃。

《陈书》本传:"侯景之乱,伯阳浮海南至广州依于萧勃。"

江总三十三岁,赴广州依萧勃。

《陈书》本传:"总第九舅萧勃先据广州,总又自会稽往依焉。"《梁书·元帝纪》:大宝元年十二月"以定州刺史萧勃为镇南将军、广州刺史"。江总之依萧勃,当在本年。

王褒赴江陵,为忠武将军、南平内史、吏部尚书、侍中。

见《梁书·王规附王褒传》及《周书·王褒传》。

何之元为萧纪囚于舰中。

《陈书·文学传》:"武陵王自成都举兵东下,之元与蜀中民庶抗表请无行,王以为沮众,囚之元于舰中。"按《梁书·武陵王传》:"太清五年夏四月,纪帅军东下至巴郡……"

三月,西魏文帝元宝炬卒,废帝元钦立。

见《周书·文帝纪》、《北史·魏本纪》及《通鉴》卷一百六十四。

杜弼六十一岁，与邢劭从齐文宣帝游东山，共论名理，邢劭主神灭之说，杜弼驳之。

见《北齐书·杜弼传》。"东山"者，盖邺城附近人工所为之山池名。《周书·武帝纪》载，周武帝平齐后下诏云："其东山、南园及三台可并毁撤。"《北齐书·魏收传》云："帝（文宣帝）曾游东山，敕收作诏，宣扬威德，譬喻关西，俄顷而讫。"文宣帝恐常游此地，故具体年月不可考。然杜弼卒于天保十年，又曾为家奴告其谋反，下狱甚久。后因子杜台卿事，徙临海镇，以御东方白额之乱，行海州事，在州亦颇久，又徙胶州刺史。据此则与邢劭论神灭事，据本传，在文宣帝"践祚之后"，当在天保初，姑系于此。

魏收四十六岁，奉北齐文宣帝诏，撰魏史。

《北齐书·魏收传》云："（天保）二年，诏撰魏史……勒成一代大典，凡十二纪，九十二列传，合一百一十卷。五年三月奏上之。"

郑述祖迁太子少师、仪同三司、兖州刺史。述祖，魏郑道昭子。往寻郑道昭刻石及遗迹。述祖能鼓琴，自造《龙吟十弄》。

见《北齐书·郑述祖传》。

祖珽以善文章、音律，通四夷语及阴阳占候、医药之术，为文宣帝所爱，令直中书省，掌诏诰。

见《北齐书·祖珽传》。

邢劭五十六岁。周弘正五十六岁。萧绎四十四岁。杜之伟四十四岁。庾持四十四岁。阳休之四十三岁。江德藻四十三岁。颜晃四十二岁。袁聿修四十一岁。王晞四十一岁。李昶三十六岁。许亨三十五岁。岑之敬三十三岁。刘逊二十七岁。刘臻二十五岁。褚玠二十三岁。李德林二十一岁。颜之推二十一岁。阮卓二十一岁。卢思道十七岁。陆琼十五岁。薛道衡十二岁。陆琰十二岁。柳誉十岁。蔡凝九岁。刘焯八岁。牛弘七岁。

梁元帝萧绎承圣元年·北齐文宣帝天保三年·西魏废帝元钦元年(552)　壬申

二月,梁湘东王萧绎大发兵讨侯景。三月,大将王僧辩、陈霸先等破建康,侯景东走,寻为部下所杀。十一月,湘东王萧绎称帝于江陵,改元承圣。

周弘正五十七岁,校勘图籍。

《陈书》本传:"及侯景平,僧辩启送秘书图籍,敕弘正雠校。"

徐陵四十六岁,仍被拘于北齐。六月,作《在北齐与梁太尉王僧辩书》。八月,作《劝进梁元帝表》。

文称"太清六年六月五日孤子徐陵顿首"云云。作《劝进梁元帝表》。按《梁书·元帝纪》载,是年八月,"兼通直散骑常侍、聘魏使徐陵于邺奉表"云云。

萧绎四十五岁,冬十一月,即皇帝位于江陵,改元承圣。

《梁书·元帝纪》:"承圣元年十一月丙子,世祖即皇帝位于江陵。"

颜晃四十三岁,除中书侍郎。

《陈书》本传:"承圣初,除中书侍郎。时杜龛为吴兴太守,专好勇力,其所部多轻险少年。元帝患之,及使晃管其书翰,仍敕龛曰:'卿年时尚少,习读未晚,颜晃文学之士,使相毗佐,造次之间,必宜谘禀。'"

庾信四十岁,为元帝右卫将军,封武康县侯,加散骑侍郎。

见《庾子山年谱》。

许亨三十六岁,与沈炯为王僧辩对掌书记,为仪同从事中郎。

《陈书》本传:"王僧辩之袭郢州也,素闻其名,召为仪同从事中郎。迁太尉从事中郎,与吴郡沈炯对掌书记,府朝政务,一以委焉。"

江总三十四岁,为明威将军、始兴内史。

《陈书》本传:"梁元帝平侯景,征总为明威将军、始兴内史。"

沈众为太子中庶子。

《陈书》本传:"景平,西上荆州,元帝以为太子中庶子、本州大中正。"

张正见为通直散骑侍郎,迁彭泽令。

《陈书》本传:"梁元帝立,拜通直散骑侍郎,迁彭泽令。"

王伟作《于狱中赠元帝下要人诗》。

《南史·贼臣》:"及吕季略、周石珍、严亶俱送江陵,伟尚望见全。于狱中为诗赠元帝下要人曰……又上五百字诗于帝,帝爱其才将舍之,朝士多忌,乃请曰:'前日伟作檄文,有异辞句。'元帝求而观之,檄云:'项羽重瞳,尚有乌江之败;湘东一目,宁为赤县所归。'帝大怒,使以钉钉其舌于柱,剜其肠。"按:王伟乃侯景之谋臣。

真谛止金陵正观寺,与愿禅师等二十余翻译《金光明经》。

释道宣《续高僧传》卷一《陈南海郡西天竺沙门拘那罗陀传》:"属道销梁季,寇羯凭陵,法为时崩,不果宣述。乃步入东土,又往富春,令陆元哲创奉问津,将事传译,招延英秀,沙门宝琼等二十余人,翻《十七地论》,适得五卷,而国难未静,侧附通传。至大宝三年为侯景请还,在台供养。于斯时也,兵饥相接,法几颓焉。会元帝启祚,承圣清夷,乃止于金陵正观寺,与愿禅师等二十余人翻《金光明经》。"

释亡名从梁元帝游。

释道宣《续高僧传》卷七《周渭滨沙门释亡名传》:"释亡名,俗姓宗氏。南郡人。本名阙殆。世袭衣冠,称为望族。……事梁元帝,深见礼待。有制新文,帝多称述。"又同书卷二十五《益州野安寺卫元嵩传》:"释卫元嵩,益州成都人,少出家,为亡名法师弟子。……亡名入关移住野安,自制琴声,为《天女怨》、《心风弄》,亦有传其声者。尝谓兄曰:'蜀土狭小,不足展怀,欲游上京与国士抗对。兄意如何?'兄曰:'当今王褒、庾信,名振四海,汝何所知,自取折辱?'答曰:'彼多读书，自为文件。至于天才大略非其分也。'"由此来看，亡名还善于度曲，其弟子卫元嵩更是不把王褒、庾信放在眼里。

梁元帝平侯景后，遂将梁室藏书移至江陵，使颜之推、王褒、庾信等校之。

按:《北齐书·文苑·颜之推传》载之推《观我生赋》自注云:"王司徒(王僧辩)表送秘阁旧事八万卷，乃诏比校，部分为正御、副御、重杂三本。左民尚书周弘正、黄门郎彭僧朗、直省学士王珪、戴陵校经部，左仆射王褒、吏部尚书宗怀正、员外郎颜之推、直学士刘仁英校史部，廷尉卿殷不害、御史中丞王孝纪、中书郎邓荩、金部郎中徐报校子部，右卫将军庾信、中书郎王固、晋安王文学宗善业、直省学士周确校集部也。"颜氏又云"时参柏梁之唱"，则萧绎及王褒、庾信之《燕歌行》当作于此时期中。

西魏薛寘幼览篇籍，好属文，是年领著作佐郎，修国史。

见《周书·薛寘传》。

刘璠在西魏，作《雪赋》。

按《周书·文帝纪》、《刘璠传》载，西魏达奚武围南郑，梁梁州刺史萧循降，武执之还长安。宇文泰许之归。时刘璠随循降魏。及萧循返，求与刘璠同行，宇文泰不许，刘璠在西魏，作《雪赋》。《雪赋》原文见《周书》本传。

杜弼六十二岁。邢劭五十七岁。魏收四十七岁。庾持四十五岁。阳休之四十四岁。江德藻四十四岁。袁聿修四十二岁。王晞四十二岁。李昶三十七岁。徐伯阳三十七岁。岑之敬三十四岁。刘逖二十八岁。刘臻二十六岁。褚玠二十四岁。李德林二十二岁。颜之推二十二岁。阮卓二十二岁。卢思道十八岁。薛道衡十三岁。柳誓十一岁。蔡凝十岁。刘焯九岁。牛弘八岁。

梁元帝承圣二年·北齐文宣帝天保四年·西魏废帝二年(553)

癸酉

周弘正五十八岁,授学吴明彻。

《陈书·吴明彻传》:"及高祖镇京口,深相要结,明彻乃诣高祖,高祖为之降阶,执手即席,与论当世之务。明彻亦微涉书史经传,就汝南周弘正学天文、孤虚、遁甲,略通其妙。"按《陈书·高祖纪》:"湘州平,高祖旋镇京口。"《南史·陈武帝纪》系之本年。

徐陵四十七岁,仍拘留北齐。

见《陈书》本传。

萧绎四十六岁,作《与武陵王书》及诗。

《南史·萧纪传》:"元帝书遗纪,遣光州刺史郑安中往喻意于纪,许其还蜀,专制岷方。纪不从命,报书如家人礼。既而侯叡为任约、谢答仁所破,又陆纳平,诸军并西赴,元帝乃与纪书曰:'甚苦大智……'大智,纪别字也。帝又为诗曰……圆正在狱中连句曰……帝看诗而泣。"圆正,字明允,萧纪第二子。萧绎著《金楼子·聚书篇》,文称:"吾今年四十六岁,自聚书来四十年,得书八万卷,河间之俦汉室,颇谓过之矣。"

庾信四十一岁,转右卫将军,封武康县侯。

按:庾信转右卫将军、封武康县侯时间难定,宇文逌《庾信集序》、《周书·庾信传》皆言此事而不及年月,以本传观之,在元帝即位之后、信出使西魏以前。庾信此际在江陵,据颜之推《观我生赋》自注,谓"右卫将军庾信",曾校王僧辩自建康送江陵之书,所校为集部。又今庾集中《燕歌行》一首,王褒、萧绎皆有同题之作,当亦作于此时。

岑之敬三十五岁,除晋安王宣惠府中记室参军。

《陈书》本传:"承圣二年,除晋安王宣惠府中记室参军。是时萧勃据岭表,敕之敬宣旨慰喻。"按:晋安王即萧方智,上年封为晋安王,本年出为平南将军、江州刺史。见《梁书·敬帝纪》及《元帝纪》,但均未言及其封为宣惠将军。

王褒正月为尚书右仆射,参掌选事。至十一月复为尚书左仆射。

《梁书·元帝纪》:"承圣二年,迁尚书右仆射,仍参掌选事,又加侍中。其年迁左仆射。"本年王褒等请徙都建康,帝不从。

杜弼六十三岁。邢劭五十八岁。魏收四十八岁。杜之伟四十六岁。庾持四十六岁。阳休之四十五岁。江德藻四十五岁。颜晃四十四岁。袁聿修四十三岁。王晞四十三岁。李昶三十八岁。徐伯阳三十八岁。许亨三十七岁。江总三十五岁。刘逖二十九岁。刘臻二十七岁。阮卓二十三岁。李德林二十三岁。颜之推二十三岁。卢思道十九岁。陆琼十七岁。陆琰十四岁。薛道衡十四岁。柳誉十二岁。蔡凝十一岁。刘焯十岁。牛弘九岁。

梁元帝承圣三年·北齐文宣帝天保五年·西魏废帝三年·恭帝拓跋廓元年(554) 甲戌

十月,西魏大举发兵攻梁。十一月,攻陷江陵。梁元帝降,旋被杀。十二月,西魏以荆州之地予梁王萧詧,大掠江陵,虏数万口为奴婢,屠老弱。王僧辩、陈霸先等共奉晋安王萧方智为太宰,承制,又遣长史谢哲奉笺劝进。还建康。

萧绎九月在龙光殿述《老子义》。十一月,魏军过江,攻下江陵,萧绎被杀,时年四十七岁。作《幽逼诗》四首。

见《梁书》本纪。《幽逼诗》四首,见《南史》本纪:"元帝避建邺而都江陵,外迫强敌,内失人和,魏师至,方征兵四方,未至而城见剋,在幽逼求酒,饮之,制诗四绝。"临降前烧毁图书十余万卷:"及魏人烧栅,(朱)买臣、谢答仁劝帝乘暗溃围出就任约。帝素不便骑马,曰:'事必无成,徒增辱耳。'答仁又求自扶。帝以问仆射王褒,褒曰:'答仁,侯景之党,岂是可信?成彼之勋,不如降也。'乃聚图书十余万卷,尽烧之。答仁又请守子城,收兵可得五千人。帝然之,即授城内大都督,以帝鼓吹给之。配以公主。既而又召王褒谋之,答仁请入不得,呕血而去。遂使皇太子、王褒出质请降。"由此可见,王褒实主降一派。被虏入北,宜哉。《梁书》本纪又载:"与裴子野、刘显、萧子云、张缵及当时才秀为布衣之交,著述辞章,多行于世……所著《孝德传》三十卷,《忠臣传》三十卷,《丹阳尹传》十卷,《注汉书》一百一十五卷,《周易讲疏》十卷,《内典博要》一百卷,《连山》三十卷,《洞林》三卷(《南史》作《词林》),《玉韬》十卷,《补阙子》十卷,《老子讲疏》四卷,《全德志》、《怀旧志》、《荆南志》、《江州记》、《贡职图》、《古今同姓名录》一卷,《筮经》十二卷,《式赞》三卷,文集五十卷。"《南史》又有《金楼子》十卷等。参见刘跃进撰《关于〈金楼子〉研究的几个问题》,载《古典文学文献学丛稿》,学苑出版社1999年版。

周弘正五十九岁,"及江陵陷,弘正遁围而出,归于京师"。

见《陈书》本传。

徐陵时年四十八岁,仍被留在北齐。

见《陈书》本传。按《史通·覈才》载:"孝穆在齐,有志梁史,及还江左,书竟不成。"知江陵落陷后,徐陵有志编纂梁代历史。此书《陈书》、《南史》本传未载。

庾信四十二岁,聘于西魏。

《太平御览》卷三〇六引《三国典略》云:"周遣常山郡公于谨率中山公宇文护、大将军杨忠等步骑五万南伐。太祖饯于青泥谷。时庾信来,未返。太祖问之曰:'我遣此兵马,缚取湘东、关西作博士,卿以为得不?'信曰:'必得之,后王勿以为不忠。'太祖笑而颔之。"江陵陷后,庾信被留于长安。仕于西魏,拜使持节、抚军将军、右金紫光禄大夫、大都督,寻进车骑大将军、仪同三司。

见《庾子山年谱》及鲁同群《庾信入北仕历及其主要作品的写作年代》，载《文史》第十九辑。

江总三十六岁，流寓岭南。

《陈书》本传云："梁元帝平侯景，征总为明威将军、始兴内史……会江陵陷，遂不行，总自此流寓岭南积岁。"

王褒三月作《祭梁王僧辩母贞敬魏太夫人文》。九月为萧绎执经。十一月为都督西城南诸军事。江陵陷，入于北周。同入者有沛国刘毂、南阳宗懔等。

见《梁书·王僧辩传》。《梁书》本传云："三年，江陵陷，入于周。"

张正见避乱于匡俗山。

《陈书》本传："属梁季丧乱，避地于匡俗山，时焦僧度拥众自保，遣使请交，正见惧之，逊辞延纳，然以礼法自持，僧度亦雅相敬惮。"

岑之敬三十六岁，江陵陷，仍滞留广州。

见《陈书》本传。

二月，释慧皎卒于湓城，时年五十八岁。

见《高僧传》卷末附记："此传是会稽嘉祥寺慧皎法师所撰。法师学通内外，善讲经律。著《涅槃疏》十卷，《梵网戒》等义疏，并为世轨。又著此《高僧传》十三卷。梁末承圣二年太岁癸酉避侯景难，来至湓城，少时讲说。甲戌年二月舍化，时年五十有八。江州僧正慧恭经始葬庐山禅阁寺墓。龙光寺僧果同避难在山，遇见时事，聊记之云尔。"

二月，释真谛离开京城，还返豫章，又往新兴、始兴，后又随萧太保度岭至于南康。

见释道宣《续高僧传》卷一《陈南海郡西天竺沙门拘那罗陀传》。又据智恺《大乘起信论序》，本年九月十日，真谛出译："遂嘱值京邑英贤慧显、智韶、智恺、昙振、慧旻与假黄钺大将军太保萧公勃,以大梁承圣三年,岁次癸酉,九月十日于衡州始兴郡建兴寺,敬请法师敷演大乘,阐扬秘典,示导迷徒。遂翻译斯论一卷,以明论旨。《玄文》二十卷,《大品玄文》四卷,《十二因缘经》两卷,《九识义章》两卷。传语人天竺国月支首那等,执笔人智恺等。首尾二年方讫。"按:此说与释道宣《续高僧传》有所不同。又按释道宣《续高僧传》卷一《陈南海郡西天竺沙门拘那罗陀传》所附传:"智恺,俗姓曹氏。住杨都寺,初与法泰等前后异发,同往岭表奉祈真谛。"

魏收四十九岁,作《魏书》成,所引史官多非史才。见者多言收著史不平。时杨愔、高德政抑塞诉辞,终齐文宣帝世不重论。

《北齐书·魏收传》:"五年三月奏上之。秋,除梁州刺史。收以志未成,奏请终业,许之。十一月,复奏十志:《天象》四卷,《地形》三卷,《律历》二卷,《礼乐》四卷,《食货》一卷,《刑罚》一卷,《灵征》二卷,《官氏》二卷,《释老》一卷,凡二十卷,续于纪传,合一百三十卷,分为十二帙。其史三十五例,二十五序,九十四论,前后二表一启焉。"

北齐樊逊举梁州秀才。

《北齐书·文苑·樊逊传》云:"梁州重表举逊秀才。五年正月……占尚书擢第,以逊为当时第一。"

颜之推二十四岁,在江陵为西魏所俘,入关。后又奔北齐。

见《北齐书·文苑·颜之推传》及所载《观我生赋》。

后梁萧詧将严德毅劝萧詧袭西魏军以收民心,然后招降王僧辩,东下建康称帝。詧不从。后詧失襄阳之地,而西魏又虏江陵民入关,遂悔之,作《愍时赋》。

见《周书·萧詧传》,《愍时赋》附见本传。

西魏柳虬卒。

见《周书·柳虬传》。按:虬有文章数十篇行于世。

释昙迁十三岁,随舅父权会学习。

释道宣《续高僧传》卷十八《隋西京禅定道场释昙迁传》:"年十三,父母嘉其远悟,令舅氏传授,即齐中散大夫国子祭酒博士权会也。会备练六经,偏究《易》道,剖卦析爻,妙穷象系,奇迁精彩,乃先授以《周易》,初受八卦相生,随言即晓。"

杜弼六十四岁。邢劭五十九岁。杜之伟四十七岁。庾持四十七岁。江德藻四十六岁。阳休之四十六岁。颜晃四十五岁。袁聿修四十四岁。王晞四十四岁。庾信四十二岁。李昶三十九岁。徐伯阳三十九岁。许亨三十八岁。岑之敬三十六岁。刘逖三十岁。刘臻二十八岁。褚玠二十六岁。阮卓二十四岁。李德林二十四岁。卢思道二十岁。陆琼十八岁。陆琰十五岁。薛道衡十五岁。柳䛒十三岁。蔡凝十二岁。刘焯十一岁。牛弘十岁。

梁敬帝萧方智绍泰元年·北齐文宣帝天保六年·西魏恭帝二年(555)　乙亥

正月,梁王萧詧称帝于江陵,改元大定,称藩于西魏,史称后梁,是为中宗宣皇帝。

见《周书·萧詧传》。北齐立梁贞阳侯萧渊明为梁主。三月遣其上党王高涣送萧渊明过江主梁嗣,至东关遇到吴兴太守裴之横阻击,之横战死。五月,王僧辩纳贞阳侯萧渊明,自采石济江,入于京师,改承圣四年为天成元年,以萧方智为皇太子。九月,陈霸先起兵袭杀王僧辩,黜萧渊明,立萧方智为帝,是为敬帝。十月,改元绍泰。

周弘正六十岁,初,为大司马王僧辩长史。

《陈书》本传:"及江陵陷,弘正遁围而出,归于京师,敬帝以为大司马王僧辩长史。"

徐陵四十九岁，年初，作《为梁贞阳侯与太尉王僧辩书》、《为梁贞阳侯答王僧辩书》、《为梁贞阳侯答王太尉书》、《为梁贞阳侯重答王太尉书》、《又为梁贞阳侯答王太尉书》、《为梁贞阳侯与陈司空书》、《为梁贞阳侯重与裴之横书》、《为梁贞阳侯与荀昂兄弟书》等。返回江南，为尚书吏部郎，掌诏诰。寻以为贞威将军、尚书左丞。

按《梁书·王僧辩传》："贞阳承齐遣送，将届寿阳。贞阳前后频与僧辩书，论还国继统之意，僧辩不纳。及贞阳、高涣至于东关，散骑常侍裴之横率众拒战，败绩，僧辩因遂谋纳贞阳，仍定君臣之礼。"其往返书答并见《梁书·王僧辩传》等。又《陈书》本传："及江陵陷，齐送贞阳侯萧渊明为梁嗣，乃遣陵随还。太尉王僧辩初拒境不纳，渊明往复致书，皆陵词也。"五月，始随贞阳侯还建康。见颜之推《观我生赋》自注，并云"凡厥梁臣，皆以礼遣"，则南返者不止谢挺、徐陵也。又作《裴使君墓志》。裴使君，裴之横也，本年三月战死。见《梁书·裴之横传》。此文当是徐陵随萧渊明返回江南后应命而作。此前又作《与王吴郡僧智书》。文称"孤子徐陵"云云，知在王僧辩被杀之前所作。按：王僧智乃王僧辩之弟，此时似在吴郡任职。《陈书·裴忌传》："及高祖诛王僧辩，僧辩弟僧智举兵据吴郡。"《陈书》本传："及渊明之入，僧辩得陵大喜，接待馈遗，其礼甚优。以陵为尚书吏部郎，掌诏诰。其年高祖率兵诛僧辩，仍进讨韦载。时任约、徐嗣徽乘虚袭石头，陵感僧辩旧恩，乃往赴约。及约等平，高祖释陵不问。寻以为贞威将军、尚书左丞。"

江德藻四十七岁，为陈霸先府谘议。

《陈书》本传："及高祖为司空、征北将军，引德藻为府谘议。"按《陈书·高祖纪》，本年十月壬子"诏授高祖侍中，大都督中外诸军事、车骑将军，扬南徐二州刺史、持节、司空……"

许亨三十九岁，晋安王（敬帝）承制，授给事黄门侍郎。

见《陈书》本传。

释圆光二十五岁，渡江到达金陵。

释道宣《续高僧传》卷十三《唐新罗国皇隆寺释圆光传》："俗姓朴，本住三韩，卞韩马韩辰韩，光即辰韩新罗人也。家世海东，祖习绵远。……年二十五乘舶造于金陵，有陈之世，号称'文国'，故得谘考先疑，询猷了义。"按：圆光卒于唐贞观四年，一百岁，则本年二十五岁。

年初，沈炯在西魏，作《经通天台奏汉武帝表》。三月，与王克返梁。

见《陈书·沈炯传》。按：史言"少日，便与王克等并获东归"。《通鉴》卷一百六十六谓宇文泰放沈炯、王克南归在本年三月，则作此文当在本年初也。三月，西魏宇文泰遣沈炯、王克返梁。见《陈书·沈炯传》、《通鉴》卷一百六十六。沈炯南归后，作《归魂赋》，此赋据陈寅恪先生言，对庾信《哀江南赋》有影响。见《金明馆丛稿初编》中《读〈哀江南赋〉》一文，上海古籍出版社，1982。

徐陵南返渡江，将魏收文集沉于江中。魏收时年五十岁。

唐刘悚《隋唐嘉话》下云："梁常侍徐陵聘于齐，时魏收文学北朝之秀，收录其文集以遗陵，令传之江左。陵还，济江而沉之，从者以问，陵曰：'吾为魏公藏拙。'"其事当在此际。陵日后亦曾使齐，然不如此时在北方日久也。

六月，北齐文宣帝诏曰："梁国遘祸，主丧臣离，遏彼类方，尽生荆棘。兴亡继绝，义在于我，纳以长君，拯其危弊，比送梁王，已入金陵。藩礼既修，分义方笃。越鸟之思，岂忘南枝。凡是梁民，宜听反国，以礼发遣。"

见《北齐书·文宣帝纪》。此为颜之推奔齐之原因。

卢斐、李庶、王松年等斥魏收所撰《魏书》不实，而文宣帝重魏收，

不欲加罪,益以杨愔、高德正辈皆助收,故斐、庶等俱获罪,贬配甲坊。

见《北齐书·魏收传》。

卢思道二十一岁,先诵尚未问世之《魏史》,由是大被笞辱。

见《隋书·卢思道传》。又《北齐书·魏收传》记卢斐、李庶获罪事亦云:"卢思道亦抵罪。"

江陵之陷,西魏得庾季才,雅相钦重。庾季才与西魏文人多所交往。

见《北史·艺术·庾季才传》:"周文帝一见,深加优礼,令参掌太史,曰:'卿宜尽诚事孤,当以富贵相答。'初,荆土覆亡,衣冠人士,多没为贱。季才散所赐物,购求亲故。周文问:'何能若此?'季才曰:'鄢都覆败,君信有罪,搢绅何咎,皆为贱隶?诚窃哀之,故赎购耳。'周文乃悟曰:'微君,遂失天下之望。'因出令,免梁俘为奴婢者数千口。"《通鉴》卷一百六十六系于是年。此可见江陵陷落,士人多沦为奴。又庾季才与文人颇有往来。《北史》本传又曰:"季才局量宽弘,术业优博,笃于信义,志好宾游。常吉日良辰,与琅邪王褒、彭城刘毅、河东裴政及宗人信等为文酒之会。次有刘臻、明克让、柳䛒之徒,虽后进,亦申游矣。撰《灵台秘苑》一百二十卷,《垂象志》一百四十二卷,《地形志》八十七卷,并行于世。"其子质同撰《垂象》、《地形》二志,可见亦能文者。

北齐裴让之为清河太守,卒。

按《北齐书·裴让之传》,清河有二豪吏田转贵、孙舍兴久吏奸猾,多有侵蚀,因事遂胁人取财。计赃依律不至死。让之以其乱法,杀之。时清河王岳为司州牧,遣部从事案之。侍中高德政与让之不协,案奏言:"当陛下受禅之时,让之眷恋魏朝,呜咽流涕,比为内官,情非所愿。"既而杨愔请救之,云:"罪不合死。"文宣大怒,谓愔曰:"欲得与裴让之同冢耶!"于是无敢言者。事奏,竟赐死于家。让之能诗，早得声誉，已见前。又按《北齐书·清河王岳传》，岳于天保初为司州牧，卒于天保六年十一月，则让之之死当在六年十一月前，年月难确考，姑系于此。

九月，下诏二教角试。沙门道士十人亲自对校。

见宋释志磐《佛祖统记》卷三十八《法运通塞志》。又见元释念常《佛祖通载》卷十，文长不录。可疑的是文称陆修静为中心人物，而陆氏早在刘宋时代即已亡故。此或是另一同名道士？故宋释志磐《佛祖统纪》引此文后"述曰：修静生于晋末，与远公游。尸解于宋之泰始。则说简寂自泰始至梁天监已四十，不应今日复有修静，若曰因梁弃道，自梁奔魏，当云陆修静之门徒，斯为可信也"。释道宣《续高僧传》卷二十三《齐逸沙门释昙显传》亦详载此事。姑志此待考。

杜弼六十五岁。邢劭六十岁。庾持四十八岁。阳休之四十七岁。颜晃四十六岁。袁聿修四十五岁。王晞四十五岁。李昶四十岁。徐伯阳四十岁。岑之敬三十七岁。刘逖三十一岁。刘臻二十九岁。褚玠二十七岁。阮卓二十五岁。李德林二十五岁。颜之推二十五岁。卢思道二十一岁。薛道衡十六岁。陆琰十六岁。柳䛒十四岁。蔡凝十三岁。刘焯十二岁。牛弘十一岁。

梁敬帝太平元年·北齐文宣帝天保七年·西魏恭帝三年(556)
丙子

周弘正六十一岁，授侍中，领国子祭酒，迁太常卿，都官尚书。

见《陈书》本传。

徐陵五十岁，又使于齐。

见《陈书》本传。时在本年四月之后。按《梁书·敬帝纪》：本年四月"齐遣使请和"。四月作《为武皇帝作相时与岭南酋豪书》。文称"去月十六日德州刺史陈法武等愿愤回戈，仍枭凶竖，一夫挺剑，传首上京"。此指本年三月剿杀萧勃事。又作《为武皇帝作相时与北齐广陵城主书》。文称"去岁柳达摩等石头天井"云云,事见《陈书·高祖纪》绍泰元年十一月详载。

杜之伟四十九岁,为陈霸先记室参军,迁中书侍郎,领大著作。

见《陈书》本传。

庾持四十九岁,出监临海郡。

《陈书》本传:"天监初,世祖与持有旧,及世祖为吴兴太守,以持为郡丞,兼掌书翰,自是常依文帝。文帝剋张彪,镇会稽,又,令持监临海郡。以贪纵失民和,为山盗所劫,幽执十旬,世祖遣刘澄讨平之,持乃获免。"按:此"天监"误,当作"太清"。

江德藻四十八岁,为中书侍郎,迁云麾临海王长史。陈台建,拜尚书吏部侍郎。

见《陈书》本传。

颜晃四十七岁,为后来的陈世祖陈蒨书记。

《陈书》本传:"及龛诛,晃归世祖,世祖委以书记,亲遇甚笃。"按《梁书·敬帝纪》:太平元年正月癸未,"镇东将军、震州刺史杜龛降,诏赐死"。

何之元为王琳司空府谘议参军,领记室。

见《陈书》本传。

王褒作《和庾司水治渭桥》诗。

见《庾子山年谱》。

沈炯还至江南,除司农卿,迁御史中丞。作《长安还至方山怆然自伤诗》。

《陈书》本传:"荆州陷,为西魏所虏。……少日便与王克等并获东归。"

梁译经师四十二人。出经论七百八十卷。寺二千八百四十六

所。僧尼八万三千人。

见元释觉岸《释氏稽古略》卷二。

颜之推二十六岁,正月,卜东奔北齐,得吉占,遂东奔。

《北齐书·文苑·颜之推传》载《观我生赋》自注云:"之推闻梁人返国,故有奔齐之心。以丙子岁旦筮东行吉不,遇《泰》之《坎》……"遂东奔。途中作《从周入齐夜度砥柱》诗。

北齐文宣帝诏令校定群书,供皇太子。与其事者凡十一人,有樊逊,逊遂上书论校书事,议取邢劭、魏收、辛术、穆子容、司马子瑞、李业兴家藏书参校。

见《北齐书·文苑·樊逊传》。

北齐刁柔卒于是年夏,时年五十六。

见《北齐书·儒林·刁柔传》。本传又云:"天保初,除国子博士、中书舍人。魏收撰魏史,启柔等与同其事。柔性颇专固,自是所闻,收常所嫌惮。"又云:"又参议律令。""柔在史馆未久,逢勒成之际,志存偏党。《魏书》与其内外通亲者并虚美过实,深为时论所讥焉。"

年末,宇文觉代西魏。

《周书·孝闵帝纪》:"十月乙亥,太祖(宇文泰)崩。丙子,嗣位太师、大冢宰。十二月丁亥,魏帝诏以岐阳之地封帝为周公。庚子,禅位于帝。"《周书·晋荡公护传》:"太祖山陵毕,护以天命有归,遣人讽魏帝,遂行禅代之事。"盖宇文护实为之,欲以专关中一国之政耳。

那连提黎耶舍来至邺都,止天平寺。

见释道宣《续高僧传》卷二《隋西京大兴善寺北天竺沙门那连耶舍传》:"那连提黎耶舍,隋言尊称。北天竺乌场国人。正音应云邬荼,其王与佛同氏,亦姓释迦,刹帝利种,隋云土田主也。由劫初之时先为分地主,因即号焉。……天保七年届于京邺。文宣皇帝极见殊礼,偏异恒伦。耶舍时年四十。"宋释志磐《佛祖统纪》卷三十八《法运通塞志》作"七年,帝以内藏梵经七夹命三藏那连邪舍于天平寺翻译。敕大统法上、沙门都法顺监译。帝躬礼梵文,谓群臣曰:此三宝之鸿基,礼宜偏敬(注:偏犹专也)"。但是下文又另起曰:"沙门尊称居士、万天懿、优婆塞智希并于邺城译经。"而据释道宣《续高僧传》,那连提黎耶舍,隋言尊称。这里却作二人。

杜弼六十六岁。邢劭六十一岁。魏收五十一岁。阳休之四十八岁。袁聿修四十六岁。王晞四十六岁。李昶四十一岁。徐伯阳四十一岁。许亨四十岁。岑之敬三十八岁。江总三十八岁。刘逖三十二岁。刘臻三十岁。褚玠二十八岁。阮卓二十六岁。李德林二十六岁。卢思道二十二岁。陆琼二十岁。陆琰十七岁。薛道衡十七岁。柳䛒十五岁。蔡凝十四岁。刘焯十三岁。牛弘十二岁。

卷 五　南衰北盛格局的形成
（557 年～589 年）

陈武帝陈霸先永定元年・北齐文宣帝天保八年・北周孝闵帝宇文觉元年・北周明帝宇文毓元年(557)　丁丑

十月，陈霸先登基为帝，改元永定。追谥陈克为孝怀太子。

周弘正六十二岁，其时仍为侍中、都官尚书，衔使长安。

见徐陵《为陈武帝与周宰相书》："今遣侍中、都官尚书周弘正衔使长安。"

徐陵五十一岁。正月作《进武帝为长城公诏》（据《徐孝穆集》。《全齐文》作《进封陈司空为长城公诏》）。十月，作《册陈公九锡文》、《封陈公诏》。又作《陈武帝即位诏》、《梁禅位诏》、《为陈武帝即位告天文》、《梁禅陈策文》、《陈武帝下州郡诏》、《梁禅陈玺书》等。

按：此云"进武帝为长城公"疑未确。大宝元年萧绎封陈霸先长城县侯。其时徐陵尚在北方，无从奉命作诏。本年陈霸先被封为义兴郡公。其兄陈道谈（又作谭）被追封为长城郡公。见《陈书・武帝纪》。本年十月，作《册陈公九锡文》、《封陈公诏》。按：本年十月，陈霸先被封为陈王，以二十郡为陈国。又作《陈武帝即位诏》、《梁禅位诏》、《为陈武帝即位告天文》、《梁禅陈策文》、《陈武帝下州郡诏》、《梁禅陈玺书》等。按《陈书》本传:"自有陈创业,文檄军书及禅授诏策,皆陵所制,而《九锡》尤美。"陈武帝登基后加徐陵散骑常侍、左丞如故。见《陈书》本传。十一月作《为陈武帝与周宰相书》。文称:"偎以庸薄,遂膺天宠,去月乙亥升礼大坛。"按:上年十二月西魏恭帝禅位于宇文觉。本年正月西魏周公宇文觉称天王,是为孝闵帝,以西魏恭帝为宋公,旋杀之。西魏亡。《徐孝穆集》中尚有《为陈主与周冢宰宇文法获论边境事书》、《为陈主答周主论和亲书》当亦作于此时。

庾持五十岁,陈武帝登基,授安东临川王府谘议参军。

见《陈书》本传。按:《陈书·世祖纪》:"高祖受禅,立为临川郡王,邑二千户,拜侍中、安东将军。"

江德藻四十九岁,任秘书监,兼尚书左丞。寻以本官兼中书舍人。

《陈书·文学传》:"高祖受禅,授秘书监,兼尚书左丞。寻以本官兼中书舍人。"作《沈孝轨诸弟除服议》。见《南史·沈洙传》。

许亨四十一岁,陈武帝登基后授中散大夫,领羽林监。

见《陈书》本传。

沈众为中书令。

《陈书》本传:"高祖受命,迁中书令,中正如故。高祖以众州里知名,甚敬重之,赏赐优渥,超于时辈。"

何之元为王琳司空府谘议参军,领记室。

《陈书》本传:"梁敬帝册琳为司空,之元除司空府谘议参军,领记室。"按《梁书·敬帝纪》:太平二年正月以王琳为司空、骠骑大将军。

张正见还都。

《陈书》本传:"高祖受禅,诏正见还都。"

释安廪五十一岁,本年春入内殿手传香火,接足尽虔,长承戒范。有敕住耆阇寺。

见释道宣《续高僧传》卷七《陈钟山耆阇寺释安廪传》。

庾信四十五岁,作《奉报穷秋寄隐士》诗(此处原文为《丞在司水看治渭桥诗》),王褒作《和庾司水治渭桥诗》。

《周书·庾信传》:"孝闵帝践阼,封临清县子,邑五百户,除司水下大夫。出为弘农郡守,迁骠骑大将军、开府仪同三司、司宪中大夫,进爵义城县侯。"按:孝闵帝践阼,即代魏。事在去年十二月,即使庾信于孝闵帝即位之初,即受任司水下大夫,则治渭桥事亦当在今年正月。因岁末未必动工也。清倪璠《庾子山年谱》系于去年,疑误。王褒诗乃和作,当同时所作。倪璠又以庾信《五张寺碑》、《温汤碑》及王褒《温汤碑》亦同时作,恐出推测,疑稍后,然无确证,姑系于此。

九月,宇文护逼孝闵帝逊位,月余杀之。立宇文泰庶长子宇文毓,是为周明帝,初号"天王",不建年号。

见《周书·孝闵帝纪》、《明帝纪》及《通鉴》卷一百六十七。

魏收五十二岁,是年夏,为北齐太子少傅,监国史,复参议律令。

见《北齐书·魏收传》。又按:邢劭有《冬夜酬魏少傅直史馆诗》,当作于此际。

樊逊对策问为当时第一,左仆射杨愔辟为府佐。

《北齐书·文苑·樊逊传》云:"(天保)八年,诏开东西二省官选,所司策问,逊为当时第一。左仆射杨愔辟逊为其府佐。逊辞曰:'门族寒陋,访第必不成,乞补员外司马督。'愔曰:'才高不依常例。'特奏用之。"

卢思道二十三岁,为杨愔所荐于朝。

《隋书·卢思道传》曰:"齐天保中,《魏史》未出,思道先已诵之,由是大被笞辱。前后屡犯,因而不调。其后左仆射杨遵彦荐之于朝,解褐司空行参军,长兼员外散骑侍郎,直中书省。"检《北齐书·文宣帝纪》,天保八年四月,"尚书右仆射杨愔为尚书左仆射",九年五月"以前尚书左仆射杨愔为尚书令"。《杨愔传》:"九年,徙尚书令。"则其荐卢思道时间当在是年四月至明年五月间也。

薛道衡十八岁,为杨愔所赏,授奉朝请。

《隋书·薛道衡传》称杨愔为"尚书左仆射",则举薛为奉朝请,当亦在是年四月至明年五月间也。

周明帝作《贻韦处士诗》,贻韦敻。

《周书·韦敻传》:"明帝即位,礼敬逾厚。乃为诗以贻之曰……"原诗见敻传,敻有答诗,本传未载。

释彦琮生。

释道宣《续高僧传》卷二《隋东都上林园翻经馆沙门释彦琮传》:"释彦琮,俗缘李氏。赵郡柏人人也。世号衣冠,门称甲族。"

杜弼六十七岁。邢劭六十二岁。杜之伟五十岁。阳休之四十九岁。颜晃四十八岁。袁聿修四十七岁。王晞四十七岁。李昶四十二岁。徐伯阳四十二岁。江总三十九岁。岑之敬三十九岁。刘逖三十三岁。刘臻三十一岁。褚玠二十九岁。阮卓二十七岁。李德林二十七岁。颜之推二十七岁。陆琼二十一岁。薛道衡十八岁。陆琰十八岁。柳䛒十六岁。蔡凝十五岁。刘焯十四岁。牛弘十三岁。

陈武帝永定二年·北齐文宣帝天保九年·北周明帝二年(558)
戊寅

沈众兼起部尚书,监起太极殿。约是年卒,时年五十六岁。

《陈书》本传:"永定二年兼起部尚书,监起太极殿。恒服布袍芒履,以麻绳为带,又携干鱼蔬菜饭独啖之。朝士共诮其所为。众性狷急,于是忿恨,遂历诋公卿,非毁朝廷。高祖大怒,以众有令望,不欲显诛之,后因其休假还武康,遂于吴中赐死,时年五十六岁。"按:《陈书·高祖纪》,本年七月修起太极殿,原为侯景所焚。十月太极殿成。十二月高祖于太极殿东堂宴群臣,设金石乐,以路寝告成。沈众之被杀,或在本年末下年初。

杜之伟五十一岁,除鸿胪卿,作《启求解著作》。

《陈书》本传:"高祖受禅,除鸿胪卿,余并如故。之伟启求解著作,曰……优敕不许。"据此似在上年,但启文载"臣以绍泰元年忝中书侍郎,掌国史,于今四载"云云,则当在本年。

颜晃四十九岁,五月,献《甘露颂》。

《陈书》本传:"永定二年,高祖幸大庄严寺。其夜甘露降,晃献《甘露颂》,词义该典,高祖甚奇之。"按《陈书·高祖纪》,本年五月辛酉陈霸先舍身大庄严寺,壬戌,群臣表请还宫。

何之元为中书侍郎。

《陈书》本传:"王琳之立萧庄也,署为中书侍郎。"按《陈书·高祖纪》,三月,王琳在郢州立梁永嘉王萧庄为帝。六月,司空侯镇、领军将军徐度率舟师以前军征讨王琳。

五月,陈武帝舍身大庄严寺,群臣表请还宫。十一月复幸庄严寺,发《金光明经》题。十二月复舍身。群臣表求还宫。

见宋释志磐《佛祖统纪》卷三十六《法运通塞志》。

七月,释真谛从南康返回豫章,又止临川、晋安诸郡。

见释道宣《续高僧传》卷一《陈南海郡西天竺沙门拘那罗陀传》。

释法朗五十二岁,二月奉敕入京住兴皇寺镇讲相续。

见释道宣《续高僧传》卷七《陈杨都兴皇寺释法朗传》。

释慧弼二十二岁,出家惠殿寺,为领法师弟子。

见释道宣《续高僧传》本传。

九月,周明帝"幸同州,过(岐州)故宅,赋诗曰:'玉烛调秋气'"

云云,即《先秦汉魏晋南北朝诗》中《过故宅诗》。又作《和王褒咏摘花诗》。

按:事及诗见《周书·明帝纪》,明帝即位前,曾为岐州刺史,故云"故宅"。和王褒诗见《艺文类聚》卷八十八。

许善心生。

按《隋书》本传,许善心卒于隋大业十四年(618),时年六十一岁,上推生于本年。许善心字务本,祖籍高阳新城,文学家。

魏收五十三岁,作《皇居新殿台赋》。

按《北齐书·魏收传》,是年,北齐邺下之三台成,齐文宣帝曰:"台成须有赋。"杨愔先以告魏收,收上《皇居新殿台赋》,其文甚壮丽。时所作者,自邢劭已下,咸不逮焉。魏收上赋前数日乃告邢劭。劭后告人曰:"收甚恶人,不早言之。"邢劭、魏收争胜,并以此交恶,或由来已久。盖温子昇在日,称"温、邢";温卒后始有"邢、魏"之说。文人相轻,自古而然。然由《冬夜酬魏少傅直史馆》诗观之,初期当不明显,交恶或由此始。

庾信四十六岁,作《陪驾终南山和宇文内史诗》。又作《思旧铭》。

见倪璠《庾子山年谱》。按:此文乃哀悼梁观宁侯萧永而作。原文谓"岁在摄提",是年正寅年,倪说是。

王褒作《九日从驾诗》、《和殷廷尉岁暮诗》、《送观宁侯葬诗》等。

按:《九日从驾诗》见《文苑英华》卷一百七十三。本诗云"律改三秋节,气应九钟霜",与明帝幸同州及过故宅时间相符。《和殷廷尉岁暮诗》见《艺文类聚》卷三。殷廷尉,即殷不害,廷尉是在梁元帝时官名,当作于入周不久之时,故诗中有"他乡念索居"之句。《送观宁侯葬诗》,见《文苑英华》卷三百五,当亦作于此时。

李昶四十三岁,作《陪驾幸终南山诗》。

见《初学记》卷五。李昶曾被赐姓宇文,故一称"宇文内史"。

樊逊为员外将军。

《北齐书·文苑·樊逊传》云:"(天保)九年,有诏超除员外将军。"

颜之推二十八岁,从文宣帝至天池,将为中书舍人,因事而寝。

按:事见《北齐书·文苑·颜之推传》。本传谓"天保末"事,明年而文宣帝卒,事当在本年或明年。

杜弼六十八岁。邢劭六十三岁。周弘正六十三岁。徐陵五十二岁。庾持五十一岁。江德藻五十岁。阳休之五十岁。袁聿修四十八岁。王晞四十八岁。徐伯阳四十三岁。许亨四十二岁。岑之敬四十岁。江总四十岁。刘逖三十四岁。刘臻三十二岁。褚玠三十岁。阮卓二十八岁。李德林二十八岁。卢思道二十四岁。陆琼二十二岁。薛道衡十九岁。陆琰十九岁。柳䛒十七岁。蔡凝十六岁。刘焯十五岁。牛弘十四岁。

陈武帝永定三年·北齐文宣帝天保十年·北周明帝武成元年(559) 己卯

六月,陈霸先卒。临川王陈蒨即皇帝位,是为文帝。九月,立皇太子陈伯宗。

杜之伟卒,时年五十二岁。

《陈书》本传:"永定三年卒,时年五十二。……之伟为文不尚浮华,而温雅博赡,所制多遗失。存者十七卷。"

徐陵五十三岁,时为左丞,作《大行侠御服议》等。又作《重答朝臣书》、《司空徐州刺史侯安都德政碑》、《广州刺史欧阳頠德政碑》、《陈文帝登祚尊皇太后诏》、《封始兴王诏》等。

按:同议者尚有沈文阿、刘师知等。见《陈书·刘师知传》。《重答朝臣书》,见《南史·刘师知传》。《司空徐州刺史侯安都德政碑》

称:"乃复进公司空南徐州刺史,于是镇之以清静,安之以惠和……于是州民散骑常侍王锡等拜表宫阙。"按《陈书·世祖纪》,本年七月世祖即位,封侯安都为司空。《广州刺史欧阳頠德政碑》称:"进公位征南将军广州刺史,又都督东衡州二十州诸军事。"按《陈书·世祖纪》,本年七月封欧阳頠为征南将军,都督十九州诸军事,与德政碑所记都督二十州诸军事略有不同。又,《陈文帝登祚尊皇太后诏》、《封始兴王诏》,见《南史》本传。世祖即位后封陈伯茂为始兴王。

何之元赴北齐吊文宣帝。

《陈书》本传:"会齐文宣帝薨,令之元赴吊。"按《北齐书·文宣纪》,天保十年"冬十月甲午帝暴崩于晋阳宫德阳堂,时年三十一岁"。

释慧暅四十五岁,应侯安都之命,从南徐州至京师,住白马寺,讲《涅槃经》及《成实论》。

见释道宣《续高僧传》卷九《隋江表徐方中寺释慧暅传》。

夏,释宝琼开讲于京师重云殿。

释道宣《续高僧传》卷七《陈杨都大彭城寺释宝琼传》:"释宝琼,姓徐氏。本惟东莞,避难辞莒,后居毗陵曲阿县焉。祖邕,齐右军。父僧达,梁临川王谘议。"其卒于陈至德二年,八十一岁,则本年五十六岁。

夏,杜弼被杀,时年六十九岁。

按《北齐书·杜弼传》云,齐文宣帝因饮酒,积杜弼之失,遂遣使就胶州斩杜弼,"时年六十九。既而悔之,驿追不及"。又云:"弼儒雅宽恕,尤晓吏职,所在清洁,为吏民所怀。耽好玄理,老而愈笃。又注《庄子·惠施篇》、《易·上下系》,名《新注义苑》,并行于世。弼性质直,前在霸朝,多所匡正。及显祖(即文宣帝)作相,致位僚首,初闻揖让之议,犹有谏言。显祖尝问弼云:'治国当用何人?'对曰:'鲜卑车马客，会须用中国人。'显祖以为此言讥我。"本传又记弼与高德政不协，高数言其短，文宣帝内衔之，故有此祸。

王昕卒。

《北齐书·王昕传》曰："显祖（文宣帝）以昕疏诞，非济世所须，骂之曰：'好门户，恶人身。'又有谮之者曰：'王元景每嗟水运不应遂绝。'帝愈怒，乃下诏徙幽州。后征还，除银青光禄大夫，判祠部尚书事。帝怒临漳令嵇晔及舍人李文师，以晔赐薛丰洛，文师赐崔士顺为奴。郑子默私谓昕曰：'自古无朝士作奴。'昕曰：'箕子为之奴，何言无也？'子默遂以昕言启显祖，仍曰：'王元景比陛下于殷纣。'杨愔微为解之。帝谓愔曰：'王元景是尔博士，尔语皆元景所教。'帝后与朝臣酣饮，昕称病不至。帝遣骑执之，见方摇膝吟咏，遂斩于御前，投尸漳水，天保十年也。有文集二十卷。"

十月，齐文宣帝暴死于晋阳，年三十一。子废帝高殷立。

见《北齐书·文宣帝纪》。

邢劭六十四岁，作《齐文宣帝哀策》。

按《北齐书·邢劭传》，齐文宣帝死，凶礼多讯访于邢劭，敕撰哀策。邢劭所为《齐文宣帝哀策》一文，见《艺文类聚》卷十四。议谥事，本传谓出魏收，而今存文字，乃出邢劭。《艺文类聚》卷十四有邢劭《文宣帝谥议》一文。

魏收五十四岁，作《怀离赋》。除仪同三司。文宣帝在宴席，口敕以为中书监，后因事寝。北齐文宣帝十年十月卒，驿召魏收及中山太守阳休之参议吉凶之礼，并掌诏诰。仍除侍中，迁太常卿。文宣帝谥及庙号、陵名，皆收议也。

见《北齐书·魏收传》。《北齐书·魏收传》："收娶其舅女，崔昂之妹，产一女，无子。魏太常刘芳孙女，中书郎崔肇师女，夫家坐事，帝并赐收为妻，时人比之贾充置左右夫人，然无子。后病甚，恐身后嫡媵不平,乃放二姬,及疾瘳追忆,作《怀离赋》以申意。"此事至迟在文宣帝死前。

卢思道二十五岁,为《齐文宣帝挽歌》十首,见用八首,时号"八米卢郎"。

见《隋书·卢思道传》。

卢询祖作《筑长城赋》。

《北齐书·卢文伟附卢询祖传》云:"天保末,以职出为筑长城子使。……既至役所,作《筑长城赋》。"作年当在此前后。

阇那崛多抵达长安。

释道宣《续高僧传》卷二《隋西京大兴善寺北贤豆沙门阇那崛多传》:"阇那崛多,隋言德志北贤豆。……便志鄯州。于时即西魏大统元年也。……以周明帝武成年初届长安。止草堂寺。""至开皇二十年便从物故,春秋七十有八。自从西服来至东华,循历翻译合三十七部,一百七十六卷。"

周弘正六十四岁。庾持五十二岁。江德藻五十一岁。阳休之五十一岁。颜晃五十岁。袁聿修四十九岁。李昶四十四岁。徐伯阳四十四岁。许亨四十三岁。江总四十一岁。岑之敬四十一岁。刘逖三十五岁。刘臻三十三岁。褚玠三十一岁。阮卓二十九岁。李德林二十九岁。颜之推二十九岁。陆琼二十三岁。陆琰二十岁。薛道衡二十岁。柳䛒十八岁。蔡凝十七岁。刘焯十六岁。牛弘十五岁。许善心二岁。

陈文帝陈蒨天嘉元年·北齐废帝高殷乾明元年·北齐孝昭帝高演皇建元年·北周明帝武成二年(560)　庚辰

周弘正六十五岁,授侍中、国子祭酒,往长安迎高宗(陈宣帝陈顼)。

见《陈书》本传。

徐陵五十四岁,除太府卿。

《陈书》本传云:"天嘉初,除太府卿。"

颜晃五十一岁,迁员外散骑常侍,兼中书舍人,掌诏诰。

见《陈书》本传。

庾持五十三岁,迁尚书左丞,以预长城之功,封崇德县子,邑三百户。拜封之日,请令史为客,受其饷遗,世祖怒之,因坐免。

《陈书》本传:"天嘉初,迁尚书左丞。……"

阮卓三十岁,除为鄱阳王府外兵参军。

《陈书》本传:"世祖即位,除轻车鄱阳王府外兵参军。"但是检《世祖纪》、《鄱阳王伯山传》均未见其封轻车将军之记载。

陆琼二十四岁,为宁远始兴王府法曹行参军。

《陈书》本传:"天嘉元年,为宁远始兴王府法曹行参军。"按《陈书·始兴王伯茂传》,世祖即位,尚书八座奏请"宜加宁远将军,置佐史"。诏可。

顾野王补撰史学士,寻加招远将军。

《陈书》本传:"天嘉元年,敕补撰史学士,寻加招远将军。"

敕释宝琼为京邑大僧统。

见宋释志磐《佛祖统纪》卷三十七《法运通塞志》。

释洪偃五十七岁,至京师住宣武寺,引笔赋诗。

释道宣《续高僧传》卷七《陈杨都宣武寺释洪偃传》:"逮陈武廓定,革命惟新,京辅旧僧,累相延请。乃顾山众曰:吾勤苦积学五十余年,事故流离,未遑敷说。今时来不遂。何谓为法亡身乎?以天嘉之初出都,讲于宣武寺,学徒又聚,莫不肃焉。虽乐说不疲,而幽心恒结。每因讲隙游钟山之开善定林,息心宴坐。时又引笔赋诗曰:杖策步前岭……"

四月,周明帝因食遇毒,卒。遗命立弟鲁国公宇文邕为帝,即周武帝。

见《周书·明帝纪》、《通鉴》卷一百六十八。本纪云:"帝宽明仁厚,敦睦九族,有君人之量。幼而好学,博览群书,善属文,词采温丽。及即位,集公卿已下有文学者八十余人于麟趾殿,刊校经史。又捃采众书,自羲、农以来,讫于魏末,叙为《世谱》,凡五百卷云。所著文章十卷。"

邢邵六十五岁,因杨愔之死流涕曰:"杨令君虽其人,死日恨不得一佳伴。"

见《北齐书·杨愔传》。邢邵自北齐文宣帝死后,本传叙其事迹颇略。同书《魏收传》云"邵既被疏出",未知年代,或与杨愔之死有关。不然,何其悲杨之深也。邢邵又有《冬日伤志篇》,作于何时,史无记载。诗中有"时事方去矣,抚己独伤怀"之句,疑作于此后不久,"时事方去",当指杨愔死。

魏收五十五岁,除兼侍中、右光禄大夫,仍仪同、监史。

《北齐书·魏收传》曰:"皇建元年,除兼侍中、右光禄大夫,仍仪同、监史。收先副王昕使梁,不相协睦。时昕弟晞(与孝昭帝)亲密。而孝昭别令阳休之兼中书,在晋阳典诏诰,收留在邺,盖晞所为。收大不平,谓太子舍人卢询祖曰:'若使卿作文诰,我亦不言。'又除祖珽为著作郎,欲以代收。司空主簿李荛,文词士也。闻而告人曰:'诏诰悉归阳子烈,著作复遣祖孝徵,文史顿失,恐魏公发背。'"

阳休之五十二岁,其时被征至晋阳,拜大鸿胪卿,领中书侍郎。

《北齐书·阳休之传》云:"显祖崩,征休之至晋阳,经纪丧礼。乾明元年,兼侍中,巡省京邑。仍拜大鸿胪卿,领中书侍郎。皇建初,以本官兼度支尚书,加骠骑大将军,领幽州大中正。肃宗(孝昭帝)留心政道,每访休之治术。休之答以明赏罚,慎官方,禁淫侈,恤民患为政治之先。帝深纳之。"然休之于杨愔之死,亦颇惋惜。《北齐书·杨愔传》载:"鸿胪少卿阳休之私谓人曰:'将涉千里,杀骐骥而策蹇驴,可悲之甚。'"盖"憎所著诗赋表奏书论甚多,诛后散失"(《北齐书》本传)。此亦文士相惜也。

庾信四十八岁,有《预麟趾殿校书和刘仪同》、《鹤赞》等。

按:和刘仪同诗见本集。麟趾殿校书事见《周书·明帝纪》。刘仪同,倪璠《庾子山年谱》以为是刘臻。按:刘臻为仪同三司,在隋文帝受禅之后(见《隋书·文学·刘臻传》)。此诗当作于周明帝命学士校书时,刘仪同疑为刘璠。据《周书·刘璠传》,璠于宇文泰在日,已迁黄门侍郎、仪同三司。若为刘臻,则为仪同时宇文逌已被害,逌何得以"仪同"称之?倪说非。庾信《鹤赞》原文见本集。文中称"武成二年"云云,知作于是年。倪璠《庾子山年谱》并系于是年。

李昶四十五岁,作《入重阳阁诗》,庾信作《和宇文内史入重阳阁诗》。

按:"宇文内史"即李昶也。《周书·李昶传》载,昶于宇文泰时,"赐姓宇文氏,六官建,为内史下大夫"。据徐陵《与李那书》(李那即李昶):"常在公筵,敬析名作。获殷公所借《陪驾终南》、《入重阳阁诗》及《荆州大乘寺》、《宜阳石像》碑四首。"知是昶作。昶诗今佚。庾诗今见本集。(《入重阳阁诗》,悲明帝也)又《庾信集》有《和宇文内史春日游山》,疑亦作于是年左右。

刘逖三十六岁,为员外散骑常侍,使于江州。及归,除太子洗马。

按《北齐书·文苑·刘逖传》,是时,北齐立梁宗室萧庄于江州,以奉梁祀。本年,齐以刘逖为员外散骑常侍,使于江州。及归,齐孝昭帝立,除太子洗马。萧庄事,见《北齐书·王琳传》。

李德林三十岁,作《春思赋》一篇,号为典丽。

按:《隋书·李德林传》云"皇建初"。

薛道衡二十一岁,为长广王高湛记室。

见《隋书·薛道衡传》。

祖珽"除为章武太守,会杨愔等诛,不之官,除著作郎。数上密启,为孝昭帝所忿,敕中书门下二省断珽奏事"。

见《北齐书·祖珽传》。

江德藻五十二岁。袁聿修五十岁。王晞五十岁。徐伯阳四十五岁。许亨四十四岁。岑之敬四十二岁。江总四十二岁。刘臻三十四岁。褚玠三十二岁。颜之推三十岁。卢思道二十六岁。陆琼二十四岁。陆琰二十一岁。柳䛒十九岁。蔡凝十八岁。刘焯十七岁。牛弘十六岁。许善心三岁。

陈文帝天嘉二年·北齐武成帝高湛太宁元年·北周武帝宇文邕保定元年(561)　辛巳

沈炯卒,时年五十九岁。

《陈书》本传:"会王琳入寇大雷,留异拥据东境……(沈炯)以疾卒于吴中,时年五十九。"按王琳、留异于本年末反,详见本年虞寄条。沈炯有集二十卷,佚。今存文十七篇,诗十九首。著名作品有《经汉武帝通天台奏表》、《归魂赋》。陈寅恪先生以为《归魂赋》对庾信《哀江南赋》有影响。本年,周遣殷不害使陈,陈亦遣使于周。沈赋传入关中地区,似在此时。

徐陵五十五岁,作《与李那书》、《为王仪同致仕表》。

见《徐孝穆集》。李那即李昶,书中言及"殷仪同至此,王人授馆","殷仪同"即殷不害也。书中又道及李昶《陪驾终南》、《入重阳阁诗》等诗文四篇,李昶有答书,见《文苑英华》卷六百七十九。按:《周书·武帝纪》,本年十一月,"陈遣使来聘"。疑徐陵书即由殷不害带入关中,而李昶答书或作于十一月,由陈使带往江南也。又作《为王仪同致仕表》。按:王仪同指王冲。生平见《陈书》本传。卒于光大元年,七十六岁。本年七十岁。《陈书》云:"文帝即位,益加尊重,尝从文帝幸司空徐度宅,宴筵之上,赐北人几,其见重如此。"

庾持五十四岁,为宣惠将军始兴王陈伯茂府谘议参军。

见《陈书》本传。按《陈书·始兴王伯茂传》:"天嘉二年进号宣惠将军、扬州刺史。"

徐伯阳四十六岁,为晋安王侍读,寻除司空侯安都记室参军。

《陈书》本传:"天嘉二年诏侍晋安王读,寻除司空侯安都府记室参军事。安都素闻其名,见之,降席为礼。甘露降乐游苑,诏赐安都,令伯阳为谢表,世祖览而奇之。"按《陈书·侯安都传》,侯安都于永定三年秋七月为司空。

陆琰二十二岁,解褐为宣惠将军始兴王行参军。

见《陈书》本传。

虞寄作《谏陈宝应书》。

《陈书》本传:"及留异称兵,宝应资其部曲,寄乃因书极谏曰……"按《陈书·陈宝应传》:"宝应娶留异女为妻,侯安都之讨异也,宝应遣兵助之。"复检《陈书·世祖纪》:天嘉二年十二月"先是,缙州刺史留异应于王琳等反,景戌,诏司空侯安都率众讨之"。

释慧标作《赠陈宝应诗》。

《陈书·虞寄传》:"初,沙门慧标涉猎有才思,及宝应起兵,作五言诗以送之曰……宝应得之甚悦。慧标赍以示寄,寄一览便止,正色无言。慧标退,寄谓所亲曰:'标公既以此始,必以此终。'后竟坐是诛。"

释慧晅四十七岁,应学士宝持等二百余人之请,于湘宫寺讲经。

见释道宣《续高僧传》卷九《隋江表徐方中寺释慧晅传》。

邢劭六十六岁,为兖州刺史。

《北齐书·袁聿修传》:"尚书邢劭与聿修旧款,每于省中语戏,常呼聿修为清郎。大宁初,聿修以太常卿出使巡省,仍命考校官人得失。经历兖州,时邢劭为兖州刺史,别后,遣送白䌷为信。聿修退䌷不受,与邢书云:'今日仰过,有异常行,瓜田李下,古人所慎,多言可畏,譬之防川,愿得此心,不贻厚责。'邢亦忻然领解,报书云:'一日之赠,率尔不思,老夫忽忽意不及此,敬承来旨,吾无间然。弟昔为清郎,今日复作清卿矣。'"《北齐书·邢劭传》未记劭为兖州刺史,此条亦可补《邢劭传》之缺。

魏收五十六岁,改定《魏书》,抄写副本流传世间。本年加开府。

按《北齐书》本传载,北齐孝昭帝以《魏史》未行,诏(魏)收更加研审。收奉诏,颇有改正。及诏行《魏史》,收以为直置秘阁,外人无由得见。于是命送一本付并省,一本付邺下,任人写之。

阳休之五十三岁,为北齐都官尚书,转七兵、祠部。

见《北齐书·阳休之传》。

王晞五十一岁,自齐孝昭帝卒,"武成帝忿其儒缓……历东徐州刺史、秘书监。"

见《北齐书·王昕附王晞传》。

庾信四十九岁,作《为晋阳公进玉律秤尺升斗表》。

按:原文见本集。倪璠《庾子山年谱》系于是年,与《周书·武帝纪》合,当是。检《隋书·律历志》:"后周武帝保定元年辛巳五月,晋国造仓,获古玉斗。暨五年乙酉冬十月,诏改制铜律度,遂致中和,累黍积龠,同兹玉量,与衡量无差。准为铜升,用颁天下,内经七寸一分,深二寸八分,重七斤八两。天和二年丁亥,正月癸酉朔,十五日戊子校定,移地官府为式。此铜井之铭也。"又有玉升铭。据此则倪璠说当是。

刘逖三十七岁,从齐武成帝赴晋阳,以此除散骑侍郎,兼仪曹郎中。

见《北齐书·文苑·刘逖传》。

北齐祖珽"善为胡桃油以涂画,乃进之长广王高湛,因言:'殿下

有非常骨法,孝徵梦殿下乘龙上天。'王谓曰:'若然,当使兄大富贵。'"及即位,乃擢祖珽为中书侍郎。珽为和士开所忌,出为安德太守,擢齐郡太守。

见《北齐书·祖珽传》。

樊逊为主书,迁员外散骑侍郎。

见《北齐书·文苑·樊逊传》。

周弘正六十六岁。江德藻五十三岁。颜晃五十二岁。袁聿修五十一岁。李昶四十六岁。许亨四十五岁。江总四十三岁。岑之敬四十三岁。刘逖三十七岁。刘臻三十五岁。褚玠三十三岁。阮卓三十一岁。李德林三十一岁。颜之推三十一岁。卢思道二十七岁。陆琼二十五岁。薛道衡二十二岁。陆琰二十二岁。柳䛒二十岁。蔡凝十九岁。刘焯十八岁。牛弘十七岁。许善心四岁。

陈文帝天嘉三年·北齐武成帝河清元年·北周武帝保定二年(562)　壬午

颜晃卒,时年五十三岁。

《陈书》本传:"三年卒,时年五十三。诏赠司农卿,谥曰贞子,并赐墓地。晃家世单门,傍无戚援,而介然修立,为当世所知。其表奏诏诰,下笔立成,便得事理,而雅有气质。有集二十卷。"

周弘正六十七岁,领国子祭酒,往长安迎高宗(陈顼)。自周还,授金紫光禄大夫,加金章紫授,领慈训太补。作《答王褒书》。

见《陈书》本传:"三年自周还……"此指随陈顼由周还。按《建康实录·高宗孝宣皇帝顼》,陈顼为陈文帝之弟,江陵陷,例随长安,"高祖即位,永定初,遥袭封为始兴郡王。文帝嗣位,遥改安成王。天嘉三年,自周还,累至侍中"。

徐陵五十六岁,作《司空徐州刺史侯安都德政碑》。

《陈书·侯安都传》载:"天嘉三年……吏民诣阙表请立碑,颂美安都功绩,诏许之。"

九月,释真谛泛海西行,本拟回国,因遇大风,仍漂回广州。广州刺史欧阳頠请他为菩萨戒师,迎住制旨寺。

元释念常《佛祖通载》卷十系此在承圣元年,误也。

庾信五十岁,作《别周尚书弘正诗》,又庾集有《送周尚书弘正二首》、《重别周尚书二首》,倪璠以为俱作于是时。七月,作《终南山义谷铭》。十月,作《从驾观讲武诗》。十一月,作《上益州上柱国赵王二首》、《奉报赵王出师在道赐诗》、《和赵王送峡中军》、《和赵王途中五韵》等。

据《周书》、《陈书》所载弘正入关时间,周弘正在关中约二年,据此则《送周尚书弘正二首》为弘正将归时作;《别》与《重别》则送行之诗。《终南山义谷铭》有"周保定二年,岁次壬午,七月"云云。倪璠《庾子山年谱》系此年,是。《从驾观讲武诗》,《庾子山年谱》系本年。检《周书·武帝纪》:"(十月)戊午,讲武于少陵原。"倪说是。《上益州上柱国赵王二首》、《奉报赵王出师在道赐诗》、《和赵王送峡中军》、《和赵王途中五韵》等,倪璠《庾子山年谱》以诸诗皆系是年,盖取宇文招为益州总管在是年,有《周书·武帝纪》及宇文招本传为证。然庾信诸诗,或宇文招到益州后所作,未必定在是年,姑系于此。又"赵王",或宇文遹为《庾信集》时追改,当时宇文招为赵国公。《庾信集》又有《赵国公集序》,即宇文招作品。《周书·文闵明武宣诸子·赵王招传》谓宇文招"幼聪颖,博涉群书,好属文,学庾信体,词多轻艳"。《赵国公集》(《隋书·经籍志》云八卷)当编成于建德三年(574)进号为王前、自益州返都以后。本传谓"建德元年,授大司空,转大司马",当已返长安。宇文招为周武帝弟,周武帝卒年三十六,建德元年时年二十九,宇文招恐不过二十六七。帝王子孙,类多仗势,未必真有成就。今《乐府诗集》存宇文招诗一首,未必足观。

王褒作《与周弘让书》、《赠周处士诗》。

按:周弘让为弘正之弟,庾信与周弘正相识,王褒与弘正当亦熟识,弘正南返,王褒托致书弘让,情理中事也。其作当在是年。周弘让作《答王褒书》。《周书·武帝纪》,是年正月,周弘正迎陈顼南归。九月,"陈遣使来聘",盖弘让得书后,托陈使致书王褒。《赠周处士诗》见《艺文类聚》卷三十六。据《周书·武帝纪》、《陈书·周弘正传》,正月,周武帝以陈文帝弟陈顼为柱国,送还江南。陈尚书周弘正自周还陈。王褒《赠周处士诗》当作于此前后。

刘昼作《六合赋》,见讥于魏收。

《北齐书·刘昼传》:"河清初,还冀州,举秀才入京,考策不第。乃恨不学属文,方复缉缀辞藻,言甚古拙。制一首赋,以'六合'为名,吟讽不辍。……曾以此赋呈魏收,收谓人曰:'赋名六合,其愚已甚,及见其赋,又愚于名。'"

释昙迁二十一岁,出家师事昙静。

见释道宣《续高僧传》卷十八《隋西京禅定道场释昙迁传》:"初投饶阳曲李寺沙门慧荣,荣颇解占相,知有济器。告迁曰:有心慕道,理应相度,观子骨法,当类弥天,自揣澄公,有惭德义,可访高世者以副雅怀。迁虽属伸勤请,而固遮弗许。又从定州贾和寺昙静律师而出家焉。时年二十有一。"

邢劭六十七岁。魏收五十七岁。徐陵五十六岁。庾持五十五岁。江德藻五十四岁。阳休之五十四岁。袁聿修五十二岁。王晞五十二岁。李昶四十七岁。徐伯阳四十七岁。许亨四十六岁。岑之敬四十四岁。江总四十四岁。刘逖三十八岁。刘臻三十六岁。褚玠三十四岁。阮卓三十二岁。李德林三十二岁。颜之推三十二岁。卢思道二十八岁。陆琼二十六岁。陆琰二十三岁。薛道衡二十三岁。柳䛒二十一岁。蔡凝二十岁。刘焯十九岁。牛弘十八岁。许善心五岁。

陈文帝天嘉四年·北齐武成帝河清二年·北周武帝保定三年（563）　癸未

徐陵五十七岁，迁五兵尚书，领大著作。作《让五兵尚书表》、《孝义寺碑》。

《陈书》本传："四年，迁五兵尚书，领大著作。"《让五兵尚书表》见《艺文类聚》卷四十八。《孝义寺碑》文中有"天嘉四年正月二十一日诏旨"，是作于本年之证。

江德藻五十五岁，兼散骑常侍，与刘师知使齐，著《北征道里记》。

《陈书》本传："天嘉四年，兼散骑常侍。"

江总四十五岁，以中书侍郎征还朝，直侍中省。

见《陈书》本传。

蔡凝二十一岁，释褐受秘书郎，转庐陵王文学。

《陈书》本传："凝幼聪晤，美容止。既长，博涉经传，有文辞，尤工草隶。天嘉四年，释褐授秘书郎，转庐陵王文学。"

释真谛为扬州建元寺沙门僧宗、法准、僧忍等著《摄大乘》等论。

释道宣《续高僧传》卷一《陈南海郡西天竺沙门拘那罗陀传》："真谛虽传经论，道缺情离，本意不申，更观机壤，遂欲泛舶往楞伽修国，道俗虔请，结誓留之。不免物议，遂停南越，便与前梁旧齿，重复所翻。其有文旨乖竞者，皆熔冶成范，始末伦通。至文帝天嘉四年，杨都建元寺僧宗、法准、僧忍律师等，并建业标领，钦闻新教，故使远浮江表，亲承劳问。谛欣其来意，乃为翻《摄大乘》等论，首尾两载。"

释警韶五十六岁，受二百余人之请，长住白马寺，广弘传化，十有余年。

见释道宣《续高僧传》卷七《陈杨都白马寺释警韶传》。

魏收五十八岁，正月，兼尚书右仆射，历四日，以阿纵除名。

见《北齐书·武成帝纪》。同书《魏收传》惟载武成帝"酣饮终日",委任高元海,"收畏避不能匡救"云云。下文记除名事,疑有脱误,殊费解。赖《武成帝纪》略知其事。

庾信五十一岁,有《同州还》诗。

按:周武帝至同州,事见《周书·武帝纪》。庾信《同州还》一诗,倪璠《庾开府集注》据《周书·宣帝纪》以为周宣帝大象二年三月事。然大象二年即庾信死前一年,年已六十七,恐难随行。以诗而论,似途中景色,信曾亲历。今按:本年九月,武帝幸同州,信亦不难同行。诗中有"范雎新入相,穰侯始出蕃"句。检《周书·武帝纪》,是年正月,"太保、梁国公侯莫陈崇赐死"。四月"以柱国、郑国公达奚武为太保,大将军韩果为柱国"。诗句恐即指此。诗疑作于此年。

薛道衡二十四岁,为北齐太尉府主簿。岁余又兼散骑常侍,接对周、陈二国使者。

《隋书·薛道衡传》载,齐武成帝作相时,即召薛道衡为记室。至是而升迁。

北齐诏慧藏法师于太极殿讲《华严经》。又孙敬德先造观音像,后有罪当死,梦沙门教诵经可免,既觉诵千遍,临刑刀三折。主者以闻,诏赦之。还家见像项上有三刀痕,此经遂行。目为《高王观世音经》。

见宋释志磐《佛祖统纪》卷三十八《法运通塞志》。

七月,释僧实卒,年八十八岁。大中兴寺释道安及义城公庾信作碑文。

释道宣《续高僧传》卷十六《周京师大追远寺释僧实传》:"释僧实,俗姓程氏,咸阳灵武人也。"

邢劭六十八岁。周弘正六十八岁。魏收五十八岁。庾持五十六岁。阳休之五十五岁。袁聿修五十三岁。王晞五十三岁。徐伯阳四十八岁。李昶四十八岁。许亨四十七岁。岑之敬四十五岁。江总四十五岁。刘逖三十九岁。刘臻三十七岁。褚玠三十五岁。李德林三十三岁。颜之推三十三岁。卢思道二十九岁。陆琼二十七岁。薛道衡二十四岁。陆琰二十四岁。柳䛒二十二岁。蔡凝二十一岁。刘焯二十岁。牛弘十九岁。许善心六岁。

陈文帝天嘉五年·北齐武成帝河清三年·北周武帝保定四年（564） 甲申

江德藻五十六岁，为太子中庶子，领步兵校尉。顷之迁御史中丞。

《陈书》本传："还拜太子中庶子，领步兵校尉。"按：江德藻上年与刘师知使齐。

九月，释洪偃卒于京师宣武寺，时年六十一岁。

见释道宣《续高僧传》卷七《陈杨都宣武寺释洪偃传》。存诗三首。

释慧勇五十岁，受敕出讲于太极殿，声名籍甚。住大禅众寺，凡十有八载。

见释道宣《续高僧传》卷七《陈杨都大禅众寺释慧勇传》。

释真谛又欲返回印度，为广州刺史欧阳頠父子所挽留，并应慧恺和等忍之请，译出《俱舍论》二十卷等。

见《续高僧传》卷一本传。

魏收五十九岁，为北齐清都尹。

《北齐书·魏收传》云："三年，起除清都尹。寻遣黄门郎元文遥敕收曰：'卿旧人，事我家最久，前者之罪，情在可恕。比今卿为尹，非谓美授，但初起卿，斟酌如此。朕岂可用卿之才而忘卿身，待至十月，当还卿开府。'"

阳休之五十六岁，出为北齐西兖州刺史，诸朝士俱有诗相赠。奏

熊安生为齐国子博士，至迟亦在本年。

见《北齐书·阳休之传》。为西兖州刺史时，马子结与兄弟子廉、子尚等及诸朝士俱有诗相赠，阳休之总为一篇酬答，即诗云"三马俱白眉"者也。见《北齐书·儒林·马子结传》。按：《周书·儒林传》谓熊安生"初从陈达受三传，又从房虬受《周礼》，并通大义。后事徐遵明，服膺历年。东魏天平中，受《礼》于李宝鼎，遂博通五经。然专以三礼教授。弟子自远方至者千余人。乃讨论图纬，捃摭异闻，先儒所未悟者，皆发明之。齐河清中，阳休之特奏为国子博士"。据《北齐书·阳休之传》，休之自为西兖州，至天统中始初征为光禄卿。自本年后，终河清之朝，不在邺城也。

祖珽拜秘书监，加仪同三司。

见《北齐书·祖珽传》。是时，祖珽奉齐武成帝旨，上书请尊太祖献武皇帝（高欢）为"神武"，改高祖文宣为威宗景烈皇帝。又以皇后爱少子东平王俨，欲以为嗣，乃与和士开谋，令后主早践大位，遂上魏献文帝禅子故事。由是拜秘书监，加仪同三司，大被亲宠。

庾信五十二岁，作《侍从徐国公殿下军行诗》。

《周书·若干惠传》："保定四年，追录佐命之功，封凤徐国公，增邑并前五千户。"然不及出兵事。据同书《武帝纪》上，本年晋国公宇文护率军伐齐。尉迟迥率师围洛阳，凤或从军，庾诗当作于此时。

刘逖四十岁，为北齐中书侍郎，入典机密，又聘于陈、周。

《北齐书·文苑·刘逖传》曰："肃宗（孝昭帝）崩……久之，兼中书侍郎。和士开宠要，逖附之，正授中书侍郎，入典机密。兼散骑常侍，聘陈使主，还，除通直散骑常侍。寻迁给事黄门侍郎，修国史，加散骑常侍。又除假仪同三司，聘周使副。二国始通，礼仪未定，逖与周朝议论往复，斟酌古今，事多合体，兼文辞可观，甚得名誉。使还，拜仪同三司。"据《北齐书·武成纪》：河清三年十一月"诏兼散骑常侍刘逖使于陈"。使周当稍后，亦在河清四年前。

卢思道三十岁，为齐丞相西阁祭酒。时王晞不为齐武成帝所重，在并州，虽戎马填间，未尝以世务为累。良辰美景，啸咏遨游，登临山水，以谈宴为事，人士谓之物外司马。常诣晋祠，赋诗曰："日暮应归去，鱼鸟见留连。"忽有相王使至，召晞不时至。明日丞相西阁祭酒卢思道谓晞曰："昨被召已朱颜，得不以鱼鸟致怪？"晞缓笑曰："昨晚陶然，颇以酒浆被责，卿辈亦是留连之一物，岂直鱼鸟而已。"

按：卢思道为丞相西阁祭酒，见《隋书·卢思道传》，本传谓在齐文宣帝死后，当即孝昭、武成时。"丞相"，当即左丞相斛律金。而王晞在孝昭时，未尝失意，此在失意后，当在武成立后。王晞事，见《北齐书·王昕附王晞传》。本传所谓"戎马填间"，疑指河清三年，周将杨忠与突厥连兵伐齐，与齐军战于晋阳城西之事。据此则王晞作诗及卢思道戏谑之事，皆当在武成帝在位之末。《北齐书·王昕附王晞传》及《隋书·卢思道传》叙事皆甚略，年月不明，今据北齐设丞相时间及晋阳之战时间推之，当在此时。《王晞传》所谓"相王"者，斛律金也。金为丞相，且封咸阳郡王。

释灵裕四十七岁，应范阳卢氏之请，至止讲寺。

释道宣《续高僧传》卷九《隋相州演空寺释灵裕传》："年四十有七，将邻知命，便即澄一心想禅虑岩阿，未盈炎溽。范阳卢氏闻风远请，裕乘时弘济，不滞行理，便往赴焉，至止讲寺。"

邢劭六十九岁。周弘正六十九岁。徐陵五十八岁。庾持五十七岁。袁聿修五十四岁。王晞五十四岁。李昶四十九岁。徐伯阳四十九岁。许亨四十八岁。岑之敬四十六岁。江总四十六岁。刘逖四十岁。刘臻三十八岁。褚玠三十六岁。阮卓三十四岁。李德林三十四岁。颜之推三十四岁。陆琼二十八岁。陆琰二十五岁。薛道衡二十五岁。柳䛒二十三岁。蔡凝二十二岁。刘焯二十一岁。牛弘二十岁。许善心七岁。

陈文帝天嘉六年·北齐武成帝河清四年·北齐后主高纬天统元年·北周武帝保定五年(565)　乙酉

江德藻卒,时年五十七岁。

《陈书》本传:"六年卒于官舍,时年五十七岁。……所著文笔十五卷。"又著《北征道里记》,佚。

徐陵五十九岁,除散骑常侍、御史中丞,作《报尹义尚书》。

《陈书》本传:"六年除散骑常侍、御史中丞。时安成王顼为司空,以帝弟之尊,势倾朝野。直兵鲍僧叡假王威权,抑塞辞讼,大臣莫敢言者。陵闻之,乃为奏弹,导从南台官属,引奏案而入。世祖见陵服章天肃,若不可犯,为敛容正坐。陵进读奏版时,安成王殿上侍立,仰视世祖,流汗失色。陵遣殿中御史引王下殿,遂劾免侍中、中书监。自此朝廷肃然。"作《报尹义尚书》,文称:"别离二国,云雨十年。"徐陵回到江南已经十载。尹义尚有《与徐仆射书》,载《文苑英华》卷六百八十五。

求那跋陀(德贤)在江州兴业寺译《胜天王般若》,智昕笔受,江州刺史黄法𣰰为檀越,僧正、释慧恭等监掌。

释道宣《续高僧传》卷一《陈南海郡西天竺沙门拘那罗陀传》:"至太清二年忽遇于阗僧求那跋陀,陈言德贤,赍《胜天王般若》梵本。那因祈请乞愿弘通。嘉其雅操,豁然授与。那得保持,用为希属。侯景作乱,未暇翻传,携负东西,讽持供养。至陈天嘉乙酉之岁,始于江州兴业寺译之。沙门智昕笔受陈文,凡六十日。复疏陶练,勘阅俱了。江州刺史黄法𣰰为檀越,僧正、释慧恭等监掌。具经后序。那后不知所终。"宋释志磐《佛祖统纪》卷三十七《法运通塞志》作"六年,西天竺王子月婆首那来游庐山,译《胜天王般若经》"。

四月,北齐武成帝禅位于太子高纬,自称"太上皇帝"。高纬即北

齐后主,立,改元天统。

见《北齐书·武成帝纪》、《周书·武帝纪》及《通鉴》卷一百六十九。

六月,周武帝下诏:"江陵人(指平梁元帝时在江陵所俘人)年六十五以上为官奴婢者,已令放免。其公私奴婢有年七十以外者,所在官司,宜赎为庶人。"

见《周书·武帝纪》。

周武帝命宣纳上土,柳裘至后梁,征沈重至长安,讨论五经及校定钟律。

《周书·儒林·沈重传》云:"沈重字德厚,吴兴武康人也。""博览群书,尤明《诗》、《礼》及《左氏春秋》。"曾在江陵合欢殿为后梁宣帝萧詧讲《周礼》。

魏收六十岁,为北齐左光禄大夫。

见《北齐书·魏收传》。

阳休之五十七岁,为光禄卿,监国史。

见《北齐书·阳休之传》。本传又云:"休之在中山及治西兖,俱有惠政,为吏民所怀。去官之后,百姓树碑颂德。"

庾信五十三岁,作《周柱国楚国公岐州刺史慕容公神道碑》、《周冠军公夫人乌石兰氏墓志铭》。

按:《周柱国楚国公岐州刺史慕容公神道碑》,原文见《庾信集》。三月,周柱国、楚国公豆卢宁卒,十月葬,倪璠《庾子山年谱》系于是年,是。《周冠军公夫人乌石兰氏墓志铭》,原文见《庾信集》。倪璠《庾子山年谱》系于是年,是。

张景仁为北齐通直散骑常侍。

见《北齐书·儒林·张景仁传》。本传云:"后主登阼,除通直散骑常侍。及奏,御笔点除'通'字,遂正常侍。"

北齐文人樊逊卒。

《北齐书·文苑·樊逊传》："天统初,病卒。"今存笔秀才对策五篇,见《北齐书》本传。

王褒为北周内史中大夫。

见《周书·王褒传》,未言年月,但言"保定中",又谓"建德以后,颇参朝议"。姑系于此。

北周文人李昶卒,时年五十岁。

《周书·李昶传》："(保定)五年,出为昌州刺史。在州遇疾,启求入朝,诏许之。还未至京,卒于路。时年五十。"按:宇文泰时,诏册文笔皆出于李昶手。今存诗二首,见《初学记》及《文苑英华》。

宗懔卒,时年六十四岁。

按:宗懔本梁臣,江陵平,入关。《周书·宗懔传》："保定中卒,年六十四,有集二十卷行于世。"以不知年月,姑系于保定末。《隋书·经籍志》著录文集十二卷。又有《荆楚岁时记》一书,杂记荆楚节令风俗。《隋志》未著录。今本当后人所辑。又有诗四首,见《艺文类聚》、《初学记》。

萧大圜封始宁县公,加车骑大将军、仪同三司。周开麟趾殿,招集学士,大圜预焉。大圜手写《梁武帝集》四十卷,《简文集》九十卷。又作《文言志》,即《全隋文》卷十三《闲放之言》。

见《周书·萧大圜传》。《闲放之言》见《周书》本传。

邢劭七十岁。周弘正七十岁。庾持五十八岁。袁聿修五十五岁。王晞五十五岁。徐伯阳五十岁。许亨四十九岁。岑之敬四十七岁。江总四十七岁。刘逖四十一岁。刘臻三十九岁。褚玠三十七岁。阮卓三十五岁。李德林三十五岁。颜之推三十五岁。卢思道三十一岁。陆琼二十九岁。陆琰二十六岁。薛道衡二十六岁。柳䛒二十四岁。蔡凝二十三岁。刘焯二十二岁。牛弘二十一岁。许善心八岁。

陈文帝天康元年·北齐后主天统二年·北周武帝天和元年（566） 丙戌

二月，改元天康元年。四月，陈文帝崩。陈伯宗即皇帝位，是为废帝。

周弘正七十一岁，领都官尚书，总知五礼事。见《陈书》本传。

徐陵六十岁。四月作《陈文帝哀策文》。五月，废帝即位后为吏部尚书。复领大著作。作《答诸求官人书》。又作《与顾记室书》、《安成王让录尚书表后启》、《答陆琼书》。

见《陈书·废帝纪》。按《陈书》本传："天康元年，迁吏部尚书，领大著作。陵以梁末以来，选授多失其所，于是提举纲维，综覈名实。时有冒进求官、諠竞不已者，陵乃为书宣之曰……自是众咸服焉，时论比之毛玠。"《与顾记室书》中有"行年六十"之语，虽非确指，要亦距本年相去不远。代作《安成王让录尚书表后启》。《陈书·废帝纪》云："（五月）庚寅，以骠骑将军、司空、扬州刺史、新除尚书令，安成王顼为骠骑大将军，进位司徒，录尚书，都督中外诸军事。"《答陆琼书》见《陈书·陆琼传》云："及高宗为司徒，妙简僚佐，吏部尚书徐陵荐琼于高宗……"而据《陈书·宣帝纪》："废帝即位，拜司徒。"

阮卓三十六岁，转云麾将军新安王府记室参军。

《陈书》本传："天康元年，转云麾……"

陆琼三十岁，为徐陵所荐，为司徒左西掾，寻兼通直散骑常侍，聘齐。

《陈书》本传："及高宗为司徒，妙简僚佐，吏部尚书徐陵荐琼于高宗曰：'新安王文学陆琼……'乃除司徒左西掾，寻兼通直散骑常侍，聘齐。"按：安成王陈顼上年为司徒，徐陵本年为吏部尚书。

陆琰二十七岁，本年前后亦偕王厚使齐。

《陈书》本传："俄兼通直散骑常侍,副琅邪王厚聘齐。及至邺下而厚病卒,琰自为使主。时年二十余,风神韶亮,占对闲敏,齐士大夫甚倾心焉。"此未言具体年月,但下文称"还为云麾新安王主簿"。据《陈书·新安王伯固传》:"废帝嗣立,为使持节、都督南琅邪、彭城、东海三郡诸军事、云麾将军,彭城、琅邪二郡太守。寻入为丹阳尹。"又据《陈书·废帝纪》:光大元年闰六月癸巳"以云麾将军新安王伯固为丹阳尹"。陈废帝本年四月即位,下年正月改元光大元年。陈伯固之被封为云麾将军,当在此年间。

姚察为徐陵史佐。

《陈书》本传:"吏部尚书徐陵时领著作,复引为史佐。"

魏收六十一岁,为北齐"(天统)二年,行齐州刺史,寻为真。收以子侄少年,申以戒厉,著《枕中篇》。"

见《北齐书·魏收传》。《枕中篇》载《北齐书》本传。

阳休之五十八岁,为北齐吏部尚书,食阳武县干,除仪同三司,又加开府。休之多识故事,谙悉氏族,凡所选用,莫不才地俱允。加金紫光禄大夫。

见《北齐书·阳休之传》。

刘璠五十七岁,为同和郡守。

《周书·刘璠传》云:"世宗初,授内史中大夫,掌纶诰。寻封平阳县子,邑九百户。在职清白简亮,不合于时,左迁同和郡守。璠善于抚御,莅职未期,生羌降附者五百余家。前后郡守多经营以致赀产,唯璠秋毫无所取,妻子并随羌俗,食麦衣皮,始终不改。洮阳、洪和二郡羌民,常越境诣璠讼理焉。其德化为他界所归仰如此。蔡公广时镇陇右,嘉璠善政。及迁镇陕州,欲取璠自随,羌人乐从者七百人。闻者莫不叹异。陈公纯作镇陇右,引为总管府司录,甚礼敬之。"检《周书·邵惠公颢附宇文广传》:"(保定)二年,除秦州总管","天和三年,除陕州总管",则本年刘璠在同和郡,其为总管府司录当在天和三年,即其卒年也。

庾信五十四岁,作《就蒲州使君乞酒》、《蒲州刺史中山公许乞酒一车未送》、《和王内史从驾狩》三诗。

按:"蒲州刺史中山公"即宇文护子宇文训。据《周书·武帝纪》,天和元年,"二月戊申,以开府、中山公训为蒲州总管"。又《晋荡公护传》载,建德元年,诛宇文护,"其夜,遣柱国、越国公盛乘传往蒲州,征训赴京师,至同州赐死"。知宇文训为蒲州总管,在天和间,庾诗作年不可确知,姑据宇文训为蒲州事系于此。《和王内史从驾狩》诗见本集,有"冬狩出离宫,还过猎武功"句。据《周书·武帝纪》,是年十一月,"行幸武功等新城",知作于本年。又据诗题,王褒亦有诗,惜今佚。庾又有《冬狩行四韵连句应诏》,疑亦作于是年。同年,庾信又有《周陇右总管长史赠太子少保豆卢公神道碑》,据碑文,亦作于本年。

卢思道三十二岁,七月,作《卢记室诔》。

按:全文见《文苑英华》卷八百四十二,有年月。"卢记室",即卢询祖,亦文士,《北齐书》本传谓询祖有文集十卷。其《赵郡王妃郑氏挽歌》一首及《筑长城赋》佚文,见《北齐书》本传。

王褒作《上庸公陆腾勒功碑》。

碑文见《艺文类聚》卷五十二。《周书·武帝纪》云:"(天和元年)九月乙亥,信州蛮冉令贤、向五子王反,诏开府陆腾讨平之。"知作于本年。

彦琮十岁,出家为僧,法名道江。

见释道宣《续高僧传》卷二《隋东都上林园翻经馆沙门释彦琮传》:"至于十岁,方许出家,改名道江,以慧声洋溢如江河之望也。"

邢劭七十一岁。庾持五十九岁。袁聿修五十六岁。王晞五十六岁。徐伯阳五十一岁。许亨五十岁。岑之敬四十八岁。江总四十八岁。刘逖四十二岁。刘臻四十岁。褚玠三十八岁。李德林三十六岁。颜之推三十六岁。薛道衡二十七岁。柳䛒二十五岁。蔡凝二十四岁。刘焯二十三岁。牛弘二十二岁。许善心九岁。

陈废帝陈伯宗光大元年·北齐后主天统三年·北周武帝天和二年(567)　丁亥

正月,陈改元光大元年。七月立皇子至泽为皇太子。

见《陈书·废帝纪》。

徐陵六十一岁,作《为陈主与周冢宰宇文护论边境事书》。

按:陈、周湘郡巴州之战,据《陈书·废帝纪》《华皎传》等记载,事在本年。《废帝纪》云:"(九月)周将长胡拓跋定率步骑二万入郢州,与华皎水陆俱进。都督淳于量、吴明彻等与战,大破之。皎单舸奔江陵,擒拓跋定。"又《陈书·华皎传》:"皎乃与戴僧朔单舸走,过巴陵,不敢登城,径奔江陵。拓跋定等无复船渡,步趋巴陵,巴陵城邑为官军所据,乃向湘州,至水口,不得济,食且尽,诣军请降。……皎党曹庆、钱明、潘智虔、鲁闲、席慧略等四十余人并诛。"徐陵文称"江南小寇,既尔虔刘"云云,当指此事。

庾持六十岁,迁秘书监,知国史事。

《陈书》本传:"光大元年,迁秘书监,知国史事。"

张正见除镇东鄱阳王府墨曹行参军,兼衡阳王府长史。作《和阳(一作杨)侯送袁金紫葬诗》。

《陈书》本传:"除镇东鄱阳王府墨曹行参军,兼衡阳王府长史。"按《陈书·鄱阳王伯山传》:"光大元年徙为镇东将军、东扬州刺史。"诗云袁金紫,疑即袁泌,其卒于光大元年,赠金紫光禄大夫。

顾野王除镇东鄱阳王谘议参军。

《陈书》本传:"光大元年,除镇东鄱阳王谘议参军。"

闰六月,北齐左丞相斛律金卒。

见《北齐书·后主纪》、《斛律金传》。斛律金曾为高欢唱《敕勒歌》,一说即金所作。

北齐刘昼卒,时年五十二岁。

《北齐书·儒林·刘昼传》云:"天统中,卒于家,年五十二。"天统凡四年,言"中",当在去年或今年。世谓《刘子》乃刘昼作,清姚振宗已辨其非。详见曹道衡《关于〈刘子〉的作者问题》(《中国社会科学院研究生院学报》1990年第2期)。

樊深为周县伯中大夫,加开府仪同三司。

见《周书·儒林·樊深传》。

萧㧑为周文学博士。

见《周书·萧㧑传》。是年,㧑入朝于周,周武帝方置露门学,以㧑为文学博士。"㧑以母老,表请归养私门,不许,寻以母忧去职。"

魏收六十二岁,为齐开府、中书监。

见《北齐书·魏收传》。魏收以去年为齐州刺史,作《枕中篇》,本传云"寻除开府、中书监"则当经时不久,而下云"武成崩"。据《武成帝纪》,武成帝卒于明年,故此授官,当在本年。

庾信五十五岁,为北周作《郊庙歌辞》。又作《送卫王南征诗》。

按:据《周书·武帝纪》,是年三月,北周初立郊丘坛壝制度。可知庾信所作郊庙乐章多出此时。又按:卫王即周武帝弟宇文直。据《周书·武帝纪》,陈湘州刺史华皎率众附周,周遣卫国公直率陆通诸将援之。清倪璠据此系庾诗于本年,是。

卢思道三十三岁,作《赠别司马幼之南聘诗》。

按:司马幼之聘陈,见《北齐书·后主纪》。卢诗见《艺文类聚》卷五十三。司马幼之亦文士。《隋书·李谔传》:"开皇四年,普诏天下,公私文翰,并宜实录。其年九月,泗州刺史司马幼之文表华艳,付所司治罪。"当即此人。

北齐儒者刘轨思为国子博士。

《北齐书·儒林·刘轨思传》谓刘"说《诗》甚精","天统中任国子博士"。

五月,宇文护作《遗释亡名书》。

见释道宣《续高僧传》卷七《周渭滨沙门释亡名传》。又著《金人箴息心铭》。见元释觉岸《释氏稽古略》卷二,谓出释道宣《续高僧传》。

邢劭七十二岁。周弘正七十二岁。徐陵六十一岁。庾持六十岁。阳休之五十九岁。袁聿修五十七岁。王晞五十七岁。徐伯阳五十二岁。许亨五十一岁。岑之敬四十九岁。江总四十九岁。刘逖四十三岁。刘臻四十一岁。褚玠三十九岁。阮卓三十七岁。李德林三十七岁。颜之推三十七岁。陆琼三十一岁。陆琰二十八岁。薛道衡二十八岁。柳䛒二十六岁。蔡凝二十五岁。刘焯二十四岁。牛弘二十三岁。许善心十岁。

陈废帝光大二年·北齐后主天统四年·北周武帝天和三年（568） 戊子

十一月,陈废帝出居别第,为临海王,陈顼入篡。

见《陈书·废帝纪》及《宣帝纪》。

释智恺五十一岁,作《临终诗》,卒。

见《广弘明集》卷三十。其生平见释道宣《续高僧传》卷一《陈南海郡西天竺沙门拘那罗陀传》附:"以八月二十遘疾,自省不救,索纸题诗曰:'千秋本难满……'与诸名德握手语别,端坐俨思,奄然而卒,春秋五十有一,即光大二年也。"

周弘正七十三岁,作《测狱刻数议》。

《陈书·沈洙传》:"梁代旧律,测囚之法,日一上,起自晡鼓,尽于二更。及比部郎范泉删定律令,以旧法测立时久,非人所堪,分其刻数,日再上。廷尉以为新制过轻,请集八座丞郎并祭酒孔奂、行事沈洙五舍人会尚书省详议。时高宗录尚书,集众议之。都官尚书周弘正议曰……"时议者尚有沈洙、盛权、宗元饶等。

徐陵六十二岁,年末封为建昌县侯。

《陈书》本传:"废帝即位,高宗入辅,谋黜异志者,引陵预其议。高宗篡历,封建昌县侯,邑五百户。"

许亨五十二岁,拜卫尉卿。

《陈书》本传:"光大初,高宗入辅,以亨贞正有古人之风,甚相钦重,常以师礼事之。及到仲举之谋出高宗也,毛喜知其诈,高宗问亨,亨劝勿奉诏。高宗即位,拜卫尉卿。"

蔡凝二十六岁。除太子洗马、司徒主簿。

见《陈书·文学传》本传。

释智匠著《古今乐录》十三卷。

见《玉海》卷一百五"音乐"引《中兴书目》:"《古今乐录》十三卷,陈废帝光大二年,僧智匠撰,起汉迄陈。"其书久佚。《乐府诗集》、《太平御览》多所征引。该书对研究汉魏六朝乐府诗有重要参考价值。刘跃进有《〈古今乐录〉辑存》(收在著者《玉台新咏研究》中),可以参看。

释真谛厌倦世浮,欲入北山,道俗请还止王园寺。时论欲请入建康,为建康沙门所阻。

释道宣《续高僧传》卷一《陈南海郡西天竺沙门拘那罗陀传》:"至光大二年六月,谛厌世浮杂,情弊形骸,未若佩理资神,早生胜壤,遂入南海北山,将捐身命。时智恺正讲俱舍,闻告驰往,道俗奔赴,相继山川。刺史又遣使人伺卫防遏。躬自稽额致留三日,方纡本情。因尔迎还止于王园寺。时宗、恺诸僧,欲延还建业,会杨辇硕望,恐夺时荣,乃奏曰:岭表所译众部,多《明无尘》、《唯识》,言乖治术,有蔽国风,不隶诸华,可流荒服。帝然之,故南海新文有藏陈世。"

六月,释慧思率四十余僧经趋南岳。

释道宣《续高僧传》卷十七《陈南岳衡山释慧思传》:"释慧思,俗姓李氏,武津人也。……又将四十余僧,经趣南岳,即陈光大二年六月二十二日也,既至告曰:吾寄此山正当十载。"其卒于陈太建九年六月二十二日,"取验十年,宛同符矣,春秋六十有四。自江东佛法,弘重义门,至于禅法,盖蔑如也"。

七月,周柱国杨忠卒,子杨坚袭爵为随国公,即后来称帝的隋文帝。

见《周书·武帝纪》、《杨忠传》及《通鉴》卷一百七十。

十二月,齐武成帝卒。

见《北齐书·武成帝纪》、《后主纪》、《周书·武帝纪》及《通鉴》卷一百七十。

魏收六十三岁,议齐武成帝之葬所颁赦令,遂掌诏诰,明年,为尚书仆射,总议监五礼事。本年作《征南将军和安碑》并序。

《北齐书·魏收传》曰:"武成崩,未发丧。在内诸公以后主即位有年,疑于赦令。诸公引收访焉,收固执宜有恩泽,乃从之。掌诏诰,除尚书右仆射,总议监五礼事,位特进。收奏请赵彦深、和士开、徐之才共监。先以告士开,士开惊辞以不学。收曰:'天下事皆由王,五礼非王不决。'士开谢而许之。多引文士令执笔,儒者马敬德、熊安生、权会实主之。"《征南将军和安碑》见《文馆词林》卷四百五十二,称天保六年薨,天统四年改卜于此。

庾信五十六岁,三月,作《周太傅郑国公夫人郑氏墓志铭》。又作《对宴齐使》诗。

原文见《庾信集》,倪璠《庾子山年谱》系于本年,是。《对宴齐使》,倪璠系于天和四年夏,然是诗所写是秋景。据《周书·武帝纪》,本年八月齐遣使至周。疑本年秋作诗。

王褒作《太傅燕文公于谨碑铭》。

按:于谨卒于本年三月,见《周书·武帝纪》及《于谨传》,王褒碑文见《艺文类聚》卷四十六。

周文人刘璠卒,时年五十九岁。

见《周书·刘璠传》。著《梁典》三十卷,有集二十卷行于世。

刘逖四十四岁,除假仪同三司,聘周使副。……使还,拜仪同三司。世祖崩,出为江州刺史。

见《北齐书·文苑·刘逖传》。

卢思道三十四岁,作《赠刘仪同西聘》诗。

按:"刘仪同"即刘逖,见上条。卢诗见《文苑英华》卷二百四十八。

祖珽为海州刺史。寻遗书陆令萱弟悉达,短赵彦深。陆令萱为言之后主,遂入为银青光禄大夫、秘书监,加开府仪同三司。

见《北齐书·祖珽传》。

释彦琮十二岁,诵《法华经》,至邺下寻究。

释道宣《续高僧传》卷二《隋东都上林园翻经馆沙门释彦琮传》:"十二罐嶷山诵《法华经》,不久寻究,便游邺下,因循讲席,乃返乡寺,讲《无量寿经》。时太原王邵任赵郡佐,寓居寺宇,听而仰之。友敬弥至。"

邢劭七十三岁。庾持六十一岁。阳休之六十岁。袁聿修五十八岁。王晞五十八岁。徐伯阳五十三岁。许亨五十二岁。岑之敬五十岁。江总五十岁。刘臻四十二岁。褚玠四十岁。阮卓三十八岁。李德林三十八岁。颜之推三十八岁。陆琼三十二岁。薛道衡二十九岁。陆琰二十九岁。柳䛒二十七岁。刘焯二十五岁。牛弘二十四

岁。许善心十一岁。

陈宣帝陈顼太建元年·北齐后主天统五年·北周武帝天和四年(569) 己丑

正月,陈顼即皇帝位,改元太建。立世子陈叔宝为皇太子。

庾持卒,时年六十二岁。

《陈书》本传:"太建元年卒,时年六十二。诏赠光禄大夫。持善字书,每属辞,好为奇字。文士亦以此讥之,有集十卷。"

周弘正七十四岁,正月,进号为特进,重领国子祭酒,豫州大中正。

见《陈书》本传及《宣帝纪》。

徐陵六十三岁。五月,为尚书右仆射。作《让右仆射初表》、《与章司空昭达书》、《晋陵太守王励德政碑》、《与智顗书》、《释慧云碑》等。

见《陈书》本传及《宣帝纪》。《让右仆射初表》,见《艺文类聚》卷四十八。十月作《与章司空昭达书》,称"圣朝受命,天下廓清,所余残凶,惟有欧阳纥"云云。按:欧阳纥以本年十月在广州举兵反。遣车骑将军、开府仪同三司章昭达率众讨之。见《陈书·宣帝纪》。《晋陵太守王励德政碑》称:"出为仁威将军、晋陵太守。"按《陈书·宣帝纪》王励本年正月为尚书右仆射。又按《王励传》:"太建元年迁尚书右仆射。时东境大水,百姓饥馑,以励为仁威将军、晋陵太守。在郡甚有威惠,郡人表请立碑,颂励政绩,诏许之。"作《与智顗书》。按:释智顗本年三十八岁,太建年间与法喜等三十余僧从北方入陈,与徐陵、毛喜等时贵交游颇多。见释道宣《续高僧传》卷十七《隋国师智者天台山国清寺释智顗传》:"与法喜等三十余人在瓦官寺创弘禅法。仆射徐陵、尚书毛喜等,明时贵望,学统儒释,并禀禅慧,俱传香法。欣重顶戴,时所荣仰。长干寺大德智辩,延入宋熙,天宫寺僧晃,请居佛窟,斯由道弘行感,故为时彦齐迎。"又《佛祖统纪》卷二十三《历代传教表》云:"太建元年,四祖颙禅师于金陵瓦官寺为仪同沈君理、仆射徐陵等开《法华经》题一夏开释大义白马敬韶等,咸北面受业,自此后常讲《大智度论》、说《次第禅门》及为尚书毛喜说《六妙门》。"作《释慧云碑》,见释道宣《续高僧传》卷二十五《隋东川沙门释慧云传》:"释慧云,范阳人。"卒于太建元年,传后注:"陈仆射徐陵为碑铭。"

徐伯阳五十四岁,与当时文士多有交往。

《陈书》本传:"太建初,中记室李爽、记室张正见、左民郎贺彻、学士阮卓、黄门郎萧诠、三公郎王由礼、处士马枢、记室祖孙登、比部贺循、长史刘删等为文会之友,后有蔡凝、刘助、陈暄、孔范亦预焉,皆一时之士也。游宴赋诗,勒成卷轴,伯阳为其集序,盛传于世。"

岑之敬五十一岁,"(太建初)还朝,授东宫义省学士,太子(陈叔宝)素闻其名,尤降赏接"。

见《陈书》本传。

陆琼三十三岁,以本官掌东宫管记。

《陈书》本传:"太建元年,重以本官掌东宫管记。"

陆琰三十岁,为武陵王功曹史,兼东宫管记。

《陈书》本传:"太建初,为武陵王明威府功曹史,兼东宫管记。"按《陈书·武陵王伯礼传》:"太建初为云旗将军,持节,都督吴兴诸军事、吴兴太守。"未言及封明威将军事。唯永阳王伯智"太建中立为永阳王。寻为侍中,加明威将军,置佐史"。但这里似还有小误。陈伯礼之被立为永阳王实在光大二年,而非"太建中"。其为明威将军,当在太建初。如果说陆琰之从武陵王,则应为"云旗府";如果称"明威府",则非武陵王,而是永阳王。

陆瑜与兄陆琰同为东宫学士。

《陈书》本传:"转军师晋安王外兵参军,东宫学士。兄琰时为管记,并以才学娱侍左右,时人比之二应。"此云"军师晋安王"未详何人。晋安王陈伯恭于太建十一年始"进号军师将军,尚书右仆射"。

蔡凝二十七岁,迁太子舍人,以名公子选尚信义公主,拜驸马都尉、中书侍郎。

《陈书》本传:"太建元年,迁太子中舍人。"

正月十一日,释真谛卒于正园寺,时年七十一岁。

释道宣《续高僧传》卷一《陈南海郡西天竺沙门拘那罗陀传》:"太建元年遘疾,少时遗诀,严正勖示因果,书传累纸,其文付弟子智休,至正月十一日午时迁化,时年七十有一。""今总历二代,共通数之,故始梁武之末,至陈宣即位,凡二十三载,所出经论记传,六十四部,合二百七十八卷。微附华饰,盛显隋唐。见曹毗别历及唐贞观内典。余有未译梵本书并多罗树叶,凡有二百四十夹。若依陈纸翻之,则列二万余卷。今见译讫,止是数夹之文,并在广州制旨王园两寺。"

庾信五十七岁,作《奉和阐弘二教应诏》诗。又作《象戏赋》、《进象经赋表》等。

按:《周书·武帝纪》载,是年二月,帝"御大德殿,集百僚、道士沙门等讨论释老义"。倪璠《庾子山年谱》系庾诗于本年,是。《象戏赋》、《进象经赋表》写作年代,参见王褒条。是年庾信又作《周大都督杨林伯长孙瑕夫人罗氏墓志铭》、《后魏骠骑将军荆州刺史贺拔夫人元氏墓志铭》、《移齐河阳执事文》、《周柱国大将军长孙俭神道碑》。诸文皆有年月,文见本集。又有《聘齐秋晚馆中饮酒》诗,倪璠注以为本年作。按:倪云:"天和四年夏,齐遣使来聘。遣子山报聘,当在秋矣。"然《庾子山年谱》于是年不见奉使聘齐事,良以《周书·武帝纪》、《北齐书·后主纪》皆不见周使聘齐事也。倪以《对宴齐使》为本年作,恐非,前已驳之。然去年秋周使,史有其名,非庾信今读《聘齐秋晚馆中饮酒》，有"欣兹河朔饮"句，"河朔饮"，倪注以为用《后汉书》袁绍、公孙瓒典。然《初学记》卷三引魏文帝《典论》，"河朔饮"乃三国刘松与袁绍子弟消暑之举。诗中又有"残秋欲屏扇"句，"欲屏扇"者，尚未捐弃也。去岁齐使聘周在八月，据《北齐书》云九月，周使报聘至迟在九月，节令不合。倪说谓今年秋庾信使齐，别出推测，似亦有理，姑用此说。待详考。

萧圆肃迁陵州刺史，寻诏令随卫直镇襄阳，遂不之部。

见《周书·萧圆肃传》。

沈重复于紫极殿讲三教义，为诸儒所推。

见《周书·儒林·沈重传》。此言紫极殿，与二月大德殿非一事，史不记其年月，然言"复于"，当在大德殿之后，详本传，此又在天和六年之前，则应在今年或明年也。

王褒作《太保吴武公尉迟纲碑铭》。又为周武帝《象经》作注。又有《象戏经序》。

《周书·武帝纪》："（天和四年五月），柱国、吴国公尉迟纲薨。"又，《尉迟纲传》同，云"时年五十三"。王褒碑文见《艺文类聚》卷四十六。王褒为周武帝《象经》作注，见《周书·武帝纪》："（天和四年）五月己丑，帝制《象经》成，集百僚讲说。"同书《王褒传》："高祖（武帝）作《象经》，令褒注之。"《象戏经序》，见《艺文类聚》卷七十四。

隋炀帝杨广生。

按《隋书·炀帝纪》，开皇元年，杨广年十三，则当生于本年。杨广，一名英，小字阿㦬。祖籍弘农华阴（今属陕西），隋文帝第二子。善属文。

邢劭约卒于本年，时年七十四岁。

《北齐书·魏收传》云："收少子才十岁"，收卒于武平三年（572），年六十七。以此推之，本年邢劭已年七十四，或已卒。然具体卒年无史料可考。《北齐书·邢劭传》记劭晚年事甚略,然言及其子邢恕卒于邢劭在兖州时,据《北齐书·袁聿修传》,邢劭为兖州刺史当太宁初,太宁仅二年,则邢劭或卒于河清、天统之间。因今存《邢劭集》,有《萧仁祖集序》,萧仁祖即萧悫,卒于隋代,其年龄当少于魏收等人,编集时间当稍后,故河清时邢劭当尚在也。《北齐书·魏收传》记邢魏争名事,颜之推以问祖珽,珽云:"见邢、魏之臧否,即是任、沈之优劣。"珽以天统二年出为海州刺史,则此时邢劭或尚在也。姑系于此。《北齐书》本传邢劭有集三十卷,《隋书·经籍志》作三十一卷。

周武帝意欲废佛。

释道宣《续高僧传》卷二十三《周京师大中兴寺释道安传》:"释道安,俗姓姚,冯翊胡城人也。……至天和四年岁在己丑,三月十五日,敕召有德众僧、名儒、道士、文武百官二千余人于正殿,帝升御座,亲量三教优劣废立,众议纷纭,各随情见,较其大抵,无与相抗者。至其月二十日,又依前集,众论乖咎,是非滋生,并莫简帝心,索然而退。至四月初,敕又广召道俗,令极言陈理。又敕司隶大夫甄鸾详佛道二教,定其先后浅深同异。鸾乃上《笑道论》三卷,合三十六条,用笑三洞之名,及经称三十六部。文极详据,事多扬激。至五月十日,帝又大集群臣,详鸾上论,以为伤蠹道士,即于殿庭焚之。道安慨时俗之混并,悼史籍之沈网,乃作《二教论》,取拟武帝,详三教之极,文成一卷,篇分十二。……帝为张宾构谮,意遣释宗。初览安论,通问僚宰,文据卓然,莫敢排斥。当时废立遂寝,诚有所推。"释道宣《续高僧传》卷二十三《释智炫传》:"周武帝废佛法欲存道教,乃下诏集诸僧道士,试取优长者留,庸浅者废。于是诏华野高僧、方岳道士、千里外有妖术者,大集京师,于太极殿陈设高座,帝自躬临,敕道士先登。时有道士张宾,最为首长,登高唱言曰……"又见宋释志磐《佛祖统纪》

卷三十八《法运通塞志》以及元释念常《佛祖通载》卷十一。但是宋释志磐《佛祖统纪》卷三十八《法运通塞志》在建德二年下又载："二年二月,集百僚僧道论三教先后,以儒为先,道次之,释居后。诏群臣沙门道士于内殿博议三教。法猛法师立论理胜。司隶大夫甄鸾上《笑道论》,凡三十六篇,用突道家三十六部,以释教有十二部,今三倍胜之。"今据《续高僧传》系于本年。

沙门藏称于长安译经,沙门至德译《法华经》、《普门重颂偈》。

见宋释志磐《佛祖统纪》卷三十八《法运通塞志》。

魏收六十四岁。阳休之六十一岁。袁聿修五十九岁。王晞五十九岁。许亨五十三岁。江总五十一岁。岑之敬五十一岁。刘逖四十五岁。刘臻四十三岁。褚玠四十一岁。阮卓三十九岁。李德林三十九岁。颜之推三十九岁。卢思道三十五岁。陆琼三十三岁。薛道衡三十岁。柳䛒二十八岁。刘焯二十六岁。牛弘二十五岁。许善心十二岁。

陈宣帝太建二年·北齐后主武平元年·北周武帝天和五年(570) 庚寅

许亨卒,时年五十四岁。

《陈书》本传："太建二年卒,时年五十四。初撰《齐书》并《志》五十卷,遇乱失亡。后撰《梁史》,成者五十八卷。梁太清之后所制文笔六卷。"

江总五十二岁,作《庚寅年二月十二日游虎丘山精舍诗》。

见《广弘明集》卷三十。

顾野王迁国子博士,兼东宫管记。

《陈书》本传："太建二年,迁国子博士,后主在东宫,野王兼东宫管记,本官如故。"

陆瑜迁尚书祠部郎中。

《陈书》本传："太建二年太子释奠于太学,宫臣并赋诗,命瑜为序,文甚赡丽。迁尚书祠部郎中,丁母忧去职。"《陆琰传》亦载其"丁母忧去职"。未详何年。

释慧乘十六岁,从徐州来到扬州。

释道宣《续高僧传》卷二十四《唐京师胜光寺释慧乘传》："十六启(智)强曰:离家千里,犹名在家沙门也。诸广游都郡,疏诸耳目,强从之。便下扬都,听庄严寺智𣊬法师《成实》,爰始具戒。即预陈武帝仁王斋席。对御论义,词辩绝伦。数千人中独回天睠。至四月八日,陈主于庄严寺总令义集乘。当时竖佛果出二谛外义,有一法师英侠自居,擅名江左,旧住开泰,后入祇洹。乃问曰:为佛果出二谛外,二谛出佛果外?……陈桂阳王尚书毛喜、仆射江总等,并申久敬,咸慕德音。"

张思伯为齐国子博士。思伯善说《左氏传》,为《刊例》十卷,亦治《毛诗》章句。

见《北齐书·儒林·张思伯传》。

魏收六十五岁,与诸儒修定五礼。时同修五礼者又有薛道衡、阳休之、熊安生、魏澹等。

按:薛道衡修五礼,见《隋书·薛道衡传》。检《北齐书·魏收传》,修五礼始于天统四年,时魏收为尚书左仆射,阳休之为吏部尚书,官位与《北齐书·魏收传》、《阳休之传》合。《隋书·魏澹传》记澹亦与其事。疑收等修五礼至本年未成,又令薛道衡与其事。

周儒者乐逊以年老乞致仕,不许,授湖州刺史,封安邑县子。

见《周书·儒林·乐逊传》。

阳休之六十二岁,为齐中书监,寻以本官兼尚书右仆射。与魏收论《齐书》起元事。敕集百司会议。魏收与李德林书,德林有复书。

见《北齐书·阳休之传》。按:魏收、李德林来往书函,略见《隋书·李德林传》，唯德林重答之书，是全文。《北齐书·阳休之传》："魏收监史之日，立《高祖（神武）本纪》，取平四胡之岁为齐元。……武平中，收还朝，敕集朝贤议其事。休之立议从天保为断限。"今据《隋书·李德林传》，事在"武平初"，而魏收卒于武平三年，与事理合，当在今年或明年。李德林亦主齐元为韩陵之战，故魏收与之书也。

庾信五十八岁，作《周骠骑大将军开府侯莫陈道生墓志铭》、《周大将军义兴公萧公墓志铭》。

按：二文皆有年月，倪璠《庾子山年谱》系于本年。

薛道衡三十一岁，与陈使傅縡赋诗酬唱，时人美之。

《隋书·薛道衡传》载，"武平初"，陈使傅縡聘齐，齐以薛兼主客郎接对之。傅縡赠诗五十韵，薛道衡和之，南北称美。魏收曰："傅縡所谓以蚓投鱼耳。"

齐杜台卿上《世祖武成皇帝颂》，后主以为未尽善，令和士开颁示李德林，宣旨云："台卿此文，未当朕意。以卿有大才，须叙盛德，即宣速作，急进本也。"德林乃上颂十六章并序。后主览颂善之，赐名马一匹。

按：《隋书·李德林传》作"武成览颂善之"，武成帝已死，当为后主。今改。又事在"武平"年间，而和士开死于明年，此必本年事也。

释彦琮十四岁，西入晋阳，且讲且听。

释道宣《续高僧传》卷二《隋东都上林园翻经馆沙门释彦琮传》："齐武平之初，年十有四，西入晋阳，且讲且听。当尔道张汾朔，名布道儒。尚书敬长瑜及朝秀卢思道、元行恭、邢恕等，并高齐荣望，钦挹风猷，同为建斋讲《大智论》。"

周弘正七十五岁。徐陵六十四岁。袁聿修六十岁。王晞六十岁。徐伯阳五十五岁。岑之敬五十二岁。刘逖四十六岁。刘臻四十四岁。褚玠四十二岁。阮卓四十岁。李德林四十岁。颜之推四十岁。卢思道三十六岁。陆琼三十四岁。陆琰三十一岁。柳䜣二十九岁。蔡凝二十八岁。刘焯二十七岁。牛弘二十六岁。许善心十三岁。杨广二岁。

陈宣帝太建三年·北齐后主武平二年·北周武帝天和六年（571） 辛卯

徐陵六十五岁，正月为尚书仆射。作《司空章昭达墓志》。

见《陈书》、《南史》之《宣帝纪》。唯《陈书·徐陵传》载本年为尚书左仆射，作《让左仆射初表》，见《艺文类聚》卷四十八。固辞，抗表荐举周弘正、王劢、张种等。《陈书》本传："三年，迁尚书左仆射，陵抗表推周弘正、王劢等。高宗召陵入内殿，曰：'卿何为固辞此职而举人乎？'陵曰：'周弘正从陛下西还，旧藩长史，王劢太平相府长史，张种帝乡贤戚，若选贤与旧，臣宜居后。'固辞累日，高宗苦属之，陵乃奉诏。"又作《司空章昭达墓志》。按《陈书·宣帝纪》及《章昭达传》，章氏卒于本年十二月。

阮卓四十一岁，随新安王转翊右长史，带撰史著士。

见《陈书》本传。按《陈书·新安王伯固传》："寻入为丹阳尹，将军如故。太建元年进号智武将军，尹如故。秩满，进号翊右将军。"此云"秩满"，当指任职丹阳尹之职。伯固于光大元年闰六月为丹阳尹，至本年已五年，当"秩满"。（参见《陈书·晋熙王叔文传》：至德二年为湘州刺史，至"祯明二年秩满"，凡五年）

释法泰携真谛所译诸经返回建康。

见释道宣《续高僧传》卷一《陈南海郡西天竺沙门拘那罗陀传》附传："释法泰，不知何人，学达释宗，跨轹淮海，住杨都大寺，与慧恺、僧宗、法忍等知名梁代。……陈太建三年，泰还建业，并赍新翻经论，创开义旨,惊异当时。"

  释真谛弟子曹毗本年请建兴寺僧正、明勇法师续讲《摄论》。

  见释道宣《续高僧传》卷一《陈南海郡西天竺沙门拘那罗陀传》。按:真谛出《摄论》,智恺续讲。恺卒,真谛又续讲。真谛卒后,曹毗请人续讲。

  阳休之六十三岁,为齐左光禄大夫,兼中书监。

  见《北齐书·阳休之传》。

  庾信五十九岁。作《周大将军赵公墓志铭》、《周大将军襄城公郑伟墓志铭》、《周安昌公夫人郑氏墓志铭》、《周大将军闻喜公柳遐墓志铭》、《同卢记室从军诗》。

  按:前三文皆有年月。"柳遐",《周书》本传作"柳霞"。此文但言"天和某年",检《周书》本传,"天和中卒,时年七十一",又云:"梁西昌侯渊藻镇雍州,霞时年十二,以民礼修谒。"据《梁书·萧渊藻传》,萧以天监十一年(512)为雍州刺史,明年即他调。以此推之,本年柳遐年七十一。《同卢记室从军》,考《隋书·卢恺传》:"周齐王宪引为记室……从宪伐齐。"诗中有"飞梯聊度绛,合弩暂凌汾",盖指齐王宪御北齐斛律光,并拔其五城时。盖亦作于本年。

  刘逖四十七岁,徙为北齐仁州刺史。

  见《北齐书·文苑·刘逖传》。据《祖珽传》,珽被任遇在此时,确切年月不详。

  卢思道三十七岁,为齐京畿主簿。

  据《隋书·卢思道传》,为京畿主簿在设文林馆前,应在是年。

  北齐祖珽说陆令萱出赵彦深,以珽为侍中。珽在晋阳,通密启请诛琅邪王高俨。其计既行,渐被任遇。

  见《北齐书·祖珽传》。

  萧㧑为周少保。

按：见《周书·萧㧑传》。

周弘正七十六岁。魏收六十六岁。袁聿修六十一岁。王晞六十一岁。徐伯阳五十六岁。岑之敬五十三岁。江总五十三岁。刘臻四十五岁。褚玠四十三岁。李德林四十一岁。颜之推四十一岁。陆琼三十五岁。薛道衡三十二岁。陆琰三十二岁。柳䛒三十岁。蔡凝二十九岁。刘焯二十八岁。牛弘二十七岁。许善心十四岁。杨广三岁。

陈宣帝太建四年·北齐后主武平三年·北周武帝建德元年（572） 壬辰

徐陵六十六岁，正月为尚书左仆射，作《让尚书左仆射表》等。

见《陈书·宣帝纪》。作《让尚书左仆射表》，见《艺文类聚》卷四十八。受诏撰婺州傅大士碑。见元释觉岸《释氏稽古略》卷二，称其卒于太建元年四月，时年七十三岁。徐陵碑文称："以太建元年，朱门始献，奄然右卧，将归大空。"陈帝诏为傅大士建碑在本年九月。又作《为陈主答周主论和亲书》。据《周书·杜杲传》、《景定建康志》，本年八月，杜杲至江南。则陵撰书应在杜杲返回北方之前。

江总五十四岁，征为太子陈叔宝詹事。

《陈书》本传："始兴王叔陵之在湘州……后主时在东宫，欲以江总为太子詹事，令管记陆瑜言之于兖。兖谓瑜曰：'江有藩、陆之华，而无园、绮之实，辅弼储宫，窃有所难。'瑜具以白后主，后主深以为恨，乃自言于高宗。高宗将许之，兖乃奏曰：'江总文华之人，今皇太子文华不少，岂藉于总？如臣愚见，愿选敦重之才，以居辅导。'帝曰：'即如卿言，谁当居此？'兖曰：'都官尚书王廓，世有懿德，识性敦敏，可以居之。'后主时亦在侧，乃曰：'廓，王泰之子，不可居太子詹事。'兖又奏曰：'宋朝范晔即范泰之子，亦为太子詹事，前代不疑。'后主固争之，帝卒以总为詹事。"

陆琼三十六岁，为长沙王长史，行江州府国事，带寻阳太守，固辞不行。

《陈书》本传："长沙王为江州刺史，不循法度，高宗以王年少，授琼长史，行江州府国事，带寻阳太守。琼以母老，不欲远出，太子亦固请留之，遂不行。"《陈书·长沙王叔坚传》，太建四年"为宣毅将军、江州刺史"。

释慧晅五十八岁，被敕主讲东安寺。

见释道宣《续高僧传》卷九《隋江表徐方中寺释慧晅传》。

七月，北齐杀左丞相、咸阳王斛律光及其弟丰乐。北齐益衰。

见《北齐书·后主纪》。光之死，由于周人用反间之计。周韦孝宽使参军曲岩作童谣云："百升飞上天，明月照长安。"又云："高山不摧自崩，槲树不扶自竖。"事见《周书·韦孝宽传》。光死而齐益哀矣。光之死，祖珽亦促成之，见《北齐书·祖珽传》。

八月，北齐编《圣寿堂御览》成，敕付史阁，即《修文殿御览》。

见《北齐书·后主纪》，是年二月，敕撰《玄洲苑御览》，后改名《圣寿堂御览》。八月，《圣寿堂御览》成，敕付史阁，后改为《修文殿御览》。颜之推《观我生赋》自注："齐武平中，署文林馆待诏者仆射阳休之、祖孝徵以下三十余人，之推专掌，其撰《修文殿御览》、《续文章流别》等皆诣进贤门奏之。"

魏收卒，时年六十七岁，赠司空、尚书左仆射，谥文贞。有集七十卷。

见《北齐书·魏收传》："武平三年薨，赠司空、尚书左仆射，谥文贞。"

阳休之六十四岁，时为中书监，本年加特进。

见《北齐书·阳休之传》。

庾信六十岁，作《奉和法筵应诏诗》及《周赵国公夫人纥豆陵氏

墓志铭》等文。其名作《哀江南赋》至迟当作于本年。

按《周书·武帝纪》:建德元年正月,"帝幸玄都观亲御法座讲说,公卿道俗论难,事毕还宫。"庾信诗见本集,倪璠《庾子山年谱》系于本年。《周赵国公夫人纥豆陵氏墓志铭》有年月,作"天和七年",盖在三月改元之前作也。倪璠《庾子山年谱》系于本年。《哀江南赋》有"幕府大将军之爱客,丞相平津侯之待士",当指宇文护,故知此赋作于本年三月护死之前。据《周书·武帝纪》、《晋荡公护传》、《北齐书·后主纪》及《通鉴》卷一百七十一,周武帝在本年三月诛宇文护。本年,庾信还有《周大将军司马裔神道碑》、《周大将军琅邪定公司马裔墓志铭》。又作《周谯国夫人步陆孤氏墓志铭》等。诸文皆有年月,倪璠系于本年。

王褒为周太子少保,作《为百僚请立皇太子表》。

按:皇太子以是年四月立,则作表当在四月前。褒又作《皇太子箴》,则当作于皇太子既立之后。二文俱见《艺文类聚》卷十六。

李德林四十二岁,为中书侍郎,与修国史。作《秦州都督陆杳碑铭》并序。

按《隋书·李德林传》载,祖珽入为齐左仆射、侍中,赵彦深出为兖州刺史。朝士有间李德林于祖珽者,以为德林是赵彦深党与,不可仍掌机密。珽曰:"德林久滞绛衣,我常恨彦深待贤未足。内省文翰,方以委之。寻当有佳处分,不宜妄说。"寻除中书侍郎,仍诏修国史。见《文馆词林》卷四百五十九。称其卒于本年。

薛道衡三十三岁,作《后周大将军杨绍碑》。

见《文馆词林》卷四百五十二,称杨绍建德元年死,时年七十五。

萧㧑为周少傅。

见《周书·萧㧑传》。

释彦琮十六岁,丁父忧,潜心篇章。

释道宣《续高僧传》卷二《隋东都上林园翻经馆沙门释彦琮传》："十六遭父忧,厌辞名闻,游历篇章,爰逮子史,颇存通阅。右仆射阳休之与文林馆诸贤交共欸狎。"

周诏禅师僧玮入京。敕后妃公卿咸受十善。敕住京城天宝寺。及东归敕为安州三藏。此时周帝仍奉佛法。

见元释觉岸《释氏稽古略》卷二。

周弘正七十七岁。袁聿修六十二岁。王晞六十二岁。徐伯阳五十七岁。岑之敬五十四岁。刘逖四十八岁。刘臻四十六岁。褚玠四十四岁。阮卓四十二岁。颜之推四十二岁。卢思道三十八岁。陆琰三十三岁。柳䛒三十一岁。蔡凝三十岁。刘焯二十九岁。牛弘二十八岁。许善心十五岁。杨广四岁。

陈宣帝太建五年·北齐后主武平四年·北周武帝建德二年（573） 癸巳

陆琰卒,时年三十四岁。

《陈书》本传："五年卒,时年三十四。……所制文笔多不存本,后主求其遗文,撰成二卷。有弟瑜。"

周弘正七十八岁,十月为尚书右仆射,敕赴东宫讲《论语》、《孝经》,太子以周弘正为朝廷旧臣,德望素重,于是降情屈礼,横经请益,有师资之敬。

《陈书》本传："太建五年,授尚书右仆射,祭酒、侍中如故。"

徐陵六十七岁,力主吴明彻率兵北伐。十月克寿阳。高宗以荐举之功,加徐陵为侍中。作《为护军长史王质移文》、《移齐文》、《谢敕赍烛盘赏齐国移文启》、《河东康简王墓志》等。

《陈书》本传："及朝议北伐,高宗曰：'朕意已决,卿可举元帅。'众议咸以中权将军淳于量位重,共署推之。陵独曰：'不然。吴明彻家在淮左,悉彼风俗,将略人才,当今亦无过者。'于是争论累日不能决。都官尚书裴忌曰：'臣同陵仆射。'陵应声曰：'非但明彻良将，裴忌即是良副也。'是日诏明彻为大都督，令忌监军事，遂克淮南数十州之地。高宗因置酒，举杯属陵曰：'赏卿知人。'陵避席对曰：'定策出自圣衷，非臣之力也。'其年加侍中，余并如故。"按《陈书·宣帝纪》及《吴明彻传》，本年春正月以征北大将军、开府仪同三司、南徐州刺史淳于量为中权将军。三月分命众军北伐，以镇军将军、开府仪同三司吴明彻都督征讨诸军事，"统众十万发自白下"。十月，攻克寿阳城，斩王琳，传首京师。作《为护军长史王质移文》、《移齐文》、《谢敕赍烛盘赏齐国移文启》等。又作《河东康简王墓志》。按《南史·陈叔献传》，叔献卒于本年。其为宣帝第九子。

江总五十五岁，尝作《登宫城五百字》诗，徐陵和之，江总编辑文集时，与姚察和诗一并收入。

《陈书·姚察传》："总为詹事时，尝制《登宫城五百字》诗，当时副君及徐陵以下诸名贤并同此作。徐公后谓江曰：'我所和弟五十韵，寄弟集内。'及江编次文章，无复察所和本，述徐此意，谓察曰：'高才硕学，庶光拙文，今须公所和五百字，用偶徐侯章也。'察谦逊未付，江曰：'若不得公此制，仆诗亦须弃本，复乖徐公所寄，岂得见令两失？'察不获已，乃写本付之。"

阮卓四十三岁，为始兴王叔陵扬州刺史记室。

《南史·孝义·谢贞传》：梁末江陵为魏兵所陷，谢贞入长安，后为周赵王招侍读。赵王招同情谢贞，"面奏请放贞还。帝奇招仁爱，遣随聘使杜子晖归国。是岁陈太建五年也。始自周还时，始兴王叔陵为扬州刺史，引祠部侍郎阮卓为记室，辟贞为主簿"。

何之元还寿春而王琳败，齐主使为扬州别驾。后返回江南，投奔湘州刺史陈叔陵门下。

《陈书·文学传》：永定三年赴北齐吊丧，后留在北方，"还至寿春,而王琳败,齐主以为扬州别驾,所治即寿春也。及众军北伐,得淮南地,湘州刺史始兴王叔陵遣功曹吏柳咸赍书召之元。之元始与朝廷有隙,及书至,大惶恐,读书至'孔璋无罪,左车见用',之元仰而叹曰:'辞旨若此,岂欺我哉?'遂随咸至湘州"。

朱瑒作《致书陈尚书仆射徐陵求王琳首》。

《南史·王琳传》:"吴明彻恐其为变,杀之城东北二十里。时年四十八。哭者声如雷。有一叟以脯来至,号酹尽哀,收其血怀之而去。传首建康,悬之于市。琳故吏梁骠骑府仓曹参军朱瑒致书陈尚书仆射徐陵求琳首曰……陵嘉其志节,又明彻亦数梦琳求首,并为启陈主而许之。仍与开府主簿刘韶慧等持其首还于淮南,权瘗八公山侧,义故会葬者数千人。"

北齐置文林馆。

按:置文林馆事,见《北齐书·后主纪》、《通鉴》卷一百七十一。《北齐书·文苑传》云:"(武平)三年,祖珽奏立文林馆,于是更召引文学士,谓之待诏文林馆焉。珽又奏撰《御览》(即《玄洲苑御览》,后改名《圣寿堂御览》,最后改为《修文殿御览》),诏珽及特进魏收、太子太师徐之才、中书令崔劼、散骑常侍张雕、中书监阳休之监撰。"与其事者有韦道逊、陆乂、王劭、李孝基、魏澹、刘仲威、袁奭、朱才、眭道闲、崔子枢、薛道衡、卢思道、崔德、诸葛汉、郑公超、郑信等。又敕令萧放、萧悫、颜之推等"同入撰例"。后复令封孝琰、郑元礼、杜台卿、王训、羊肃、马元熙、刘珉、李师上、温君悠入馆,复命崔季舒、刘逖、李孝贞、李德林"续入待诏"。旋又令诸人举李鶱、魏骞、萧溉、陆仁惠、江旰、辛德源、陆开明、封孝骞、张德冲、高行恭、古道子、刘颙、崔德儒、李元楷、阳师孝、刘儒行、阳辟疆、卢公顺、周子深、王友伯、崔君洽、魏师謇、段孝言等入馆,一时称盛。

刘逖被杀,时年四十九岁。

按《北齐书》本传:"未几,与崔季舒等同时被戮,时年四十九。"据《北齐书·后主纪》,本年十月同时被杀的文人还有张雕虎、封孝琰、裴泽、郭遵等。

庾信六十一岁,是年作《周柱国大将军大都督同州刺史尔绵永神道碑》、《周车骑大将军赠小司空宇文显墓志铭》等文及《和王少保遥伤周处士》、《寄王琳》等诗。

按:诸文见本集,皆有年月,倪璠《庾子山年谱》系于是年。其诗作见本集。据《周书·武帝纪》,是年闰月,陈遣使聘周,九月,又遣使聘周。"周处士"即周弘让;"王少保"即王褒。王褒与周弘让友善,有书信传世。周弘让卒年,《陈书》无记载,然据同书《周弘正传》,弘正卒于陈宣帝太建六年(574),年七十九;弘正弟弘直卒于太建七年(575),年七十六。弘让乃弘正弟,弘直兄,年至少七十五矣。诗题称王褒为"少保",据《周书·王褒传》:"东宫既建,授太子少保。"《周书·武帝纪》:"(建德元年)四月……立鲁国公赟为皇太子。"知此诗作于本年。盖王褒闻周弘让卒,作诗悼之,庾信见王诗而和之。王诗今佚,庾诗存本集。又按:《陈书·宣帝纪》,本年十月,陈将吴明彻克寿阳,斩王琳。则《寄王琳》诗当作此前。《庾信集》又有《赵国公集序》至迟亦作于本年。因据《周书·武帝纪》,赵王宇文招明年进爵为王。又有《为阎大将军乞致仕表》、《和宇文京兆游田诗》当亦作于本年。据《周书·阎庆传》:"建德二年,抗表致仕。"宇文京兆,即宇文神举,据《周书·宇文神举传》:"建德元年,迁京兆尹,三年出为熊州刺史。"庾诗所述为春景,当作于此期,而本年可能性最大。

五月,北齐后主"诏史官更撰《魏书》"。

见《北齐书·后主纪》,此可见北人对魏收多有不满。

阳休之六十五岁,议《魏书》断限。后又领中书监。

《北齐书·阳休之传》:"魏收监史之日,立《高祖本纪》。取平四胡之岁为齐元。收在齐州,恐史官改夺其意,上表论之。武平中,收还朝,敕朝贤议其事。休之立议从天保为限断。魏收存日,犹两议未决。收死后,便讽动内外,发诏从其议。后领中书监,便谓人云:'我已三为中书监,用此何为?'"

颜之推四十三岁,除黄门侍郎。

见《北齐书·文苑·颜之推传》。崔季舒等谏后主赴晋阳时,适颜之推有事还宅,故不连署。及召集谏人,之推亦被唤,勘无其名,方得免祸。寻除黄门侍郎。

卢思道三十九岁,历主客郎、给事黄门侍郎、待诏文林馆。

见《隋书·卢思道传》。文林馆建于是年,则黄门侍郎诸官犹在其前。

十月,周修六代乐成,(周武)帝登崇信殿,集百官以观之。十二月,周武帝"集群臣及沙门道士等,帝升高座,辨释三教先后,儒教为先,道教为次,佛教为后"。

见《周书·武帝纪》。

是时,沈重于露门馆为周皇太子赟讲论。

按:见《周书·儒林·沈重传》。

袁聿修六十三岁。王晞六十三岁。徐伯阳五十八岁。岑之敬五十五岁。刘臻四十七岁。褚玠四十五岁。阮卓四十三岁。李德林四十三岁。颜之推四十三岁。陆琼三十七岁。薛道衡三十四岁。柳䛒三十二岁。蔡凝三十一岁。刘焯三十岁。牛弘二十九岁。许善心十六岁。杨广五岁。

陈宣帝太建六年·北齐后主武平五年·北周武帝建德三年(574)　甲午

周弘正卒,时年七十九岁。

《陈书》本传:"六年卒于官,时年七十九。谥曰简子。所著《周易讲疏》十六卷,《论语疏》十一卷,《庄子疏》八卷,《老子疏》五卷,《孝经疏》两卷,集二十卷,行于世。"《陈书·宣帝纪》载其卒于六月,而《建康实录》谓其卒于八月,时年六十。

顾野王除为太子率更令,寻领大著作,掌国史,知梁史事,兼东宫通事舍人。

《陈书》本传:"六年,除太子率更令,寻领大著作,掌国史,知梁史事,兼东宫通事舍人。时宫僚有济阳江总、吴国陆琼、北地傅縡、吴兴姚察,并以才学显著,论者推重焉。"

阳休之六十六岁,领北齐中书监,封燕郡王。卢思道四十岁,作《仰赠特进阳休之》诗。

按:阳休之之事见《北齐书·阳休之传》。卢思道诗见《文馆词林》卷一百五十八。

庾信六十二岁,作《献文宣皇太后歌辞》、《齐王进苍乌表》、《答王司空饷酒》、《奉和赵王隐士》、《奉和赵王游仙》诸诗。

按:周武帝母叱奴氏卒于本年三月,见《周书·武帝纪》。《周书·武帝纪》又云:"(十月),雍州献苍乌。"倪璠《庾子山年谱》系此表于本年。歌辞及表并见本集。"王司空"即王褒,以建德初为太子少保,"迁小司空"。王褒之卒,不当迟于明年(有考证,见明年),则至迟在今年也。《答王司空饷酒》当本年作。《奉和赵王隐士》,王褒亦有同题诗,当亦本年作,因赵王本年始封也。《奉和赵王游仙》,当作于本年后。

王褒由太子少保迁小司空,仍掌纶诰。

见《周书》本传及前条考证。

萧圆肃为周太子少傅,增邑九百户。圆肃作《少傅箴》。

按:萧圆肃事及《少傅箴》本文均见《周书·萧圆肃传》。

北齐杀南阳王高绰,儒者孙灵晖为南阳王师,绰诛,停废。绰死

后,灵晖恒为绰请僧设斋,转经行道。

按:见《北齐书·后主纪》;孙灵晖失职,见《儒林·孙灵晖传》。

李德林四十四岁,与黄门侍郎李孝贞、中书侍郎李若别掌宣传。寻除通直散骑常侍,兼中书侍郎。

见《隋书·李德林传》。

北齐祖珽卒。

按:《北齐书·祖珽传》谓祖珽为北徐州刺史,遇陈人伐齐,祖珽却之,卒于州。据此,祖珽守北徐州,当即今年陈人攻齐淮北之时。明年而周大举伐齐,本传及《北齐书》各篇皆不记珽事,时珽当已卒,姑系于此。本传载其善琵琶,能诗。其诗今存三首,见《艺文类聚》、《初学记》及《文苑英华》诸书。文存四篇。

五月,武帝普灭佛道二宗,为日后灭佛奠定基础。六月,下诏复道教。

释道宣《续高僧传》卷二十三《周京师大中兴寺释道安传》:"至建德三年岁在甲午,乃普灭佛道二宗,别置通道观,简释李有名者,并著衣冠为学士焉。"宋释志磐《佛祖统纪》卷三十七《法运通塞志》载:"(陈太建)六年周武帝罢佛道二教。沙门靖嵩、灵侃三百人皆相率归南朝。"卷三十八:"三年五月,帝偏废释教,令道士张宾饰诡辞以挫释子。法师知玄抗酬精壮。……六月,诏释道有名德者,别立通道观,置学士百二十员,著衣冠……以彦琮等为学士,沙门道安有宿望,欲官之,安以死拒,号恸不食而终。"元释觉岸《释氏稽古略》卷二:"甲午年五月十七日下诏废佛教。俄有旨兼废道教。"又见《周书·武帝纪》等。

释僧玮卒于上年九月,时年六十一岁。本年二月下葬于安陆之山,庾信作碑文。

释道宣《续高僧传》卷十六《周京师天宝寺释僧玮传》:"释僧玮,姓潘,汝南平舆人也。"

徐陵六十八岁。袁宪修六十四岁。王晞六十四岁。徐伯阳五十九岁。岑之敬五十六岁。江总五十六岁。刘臻四十八岁。褚玠四十六岁。阮卓四十四岁。颜之推四十四岁。陆琼三十八岁。薛道衡三十五岁。柳䛒三十三岁。蔡凝三十二岁。刘焯三十一岁。牛弘三十岁。许善心十七岁。杨广六岁。

陈宣帝太建七年·北齐后主武平六年·北周武帝建德四年（575） 乙未

徐陵六十九岁，领国子祭酒、南徐州大中正，以公事免侍中、仆射，寻加侍中，给扶，又除领军将军。

见《陈书》本传："七年，领国子祭酒……"

徐伯阳六十岁，为新安王陈伯固镇北府记室参军，兼南徐州别驾，带东海郡丞。又奉使造访鄱阳王陈伯山，作剧韵诗二十，为时贤称颂。

《陈书》本传："及新安王为南徐州刺史，除镇北新安王府中记室参军，兼南徐州别驾，带东海郡丞。……鄱阳王为江州刺史，伯阳尝奉使造焉。王率府僚与伯阳登匡岭，置宴，酒酣，命笔赋剧韵二十，伯阳与祖孙登前成，王赐以奴婢杂物。"按《陈书·新安王固传》："七年出为使持节、散骑常侍、都督南徐州南豫南北兖四州诸军事、镇北将军、南徐州刺史。"又按《陈书·宣帝纪》，七年冬十月，"以征北将军、南徐州刺史鄱阳王伯山为征南将军、江州刺史；安前将军、中领军新安王伯固为南徐州刺史，进号镇北将军"。

陆瑜为桂阳王明威将军功曹名，兼东宫管记。

见《陈书》本传。按《陈书·桂阳王伯谋传》："七年为明威将军，置佐史。"

王褒作《太子太保中都公陆逞碑铭》，出为周宣州刺史，寻卒。时年六十四岁。

按：碑文见《艺文类聚》卷四十六，无年月。据庾信《周太子太保步陆逞神道碑》，陆逞以本年葬，则庾、王二文皆本年作。又，王褒生卒年史无明文。《周书》本传唯云："出为宜州刺史，卒于位，时年六十四。"疑王褒以本年左右卒，因为《庾信集》有《贺平邺都表》，而王褒无同题之文，或其卒在平齐之前也。此虽臆测，然或可成立。吴先宁《王褒卒年及庾信〈哀王司徒褒〉作年考》（见《北朝文化特质与文学进程》，东方出版社，1997）钩稽自保定元年（561）至建德二年（573）及宣政元年（578）至大象二年（580）周宜州刺史人名，以为唯建德四年至宣政元年间，王褒为宜州刺史之可能性最大。今检世所传王褒诗文，多作于保定、天和间，入建德后所作，唯陆逞一碑，至迟在二年。褒与周弘让为友，弘让卒年虽不可确考，然据《陈书·周弘正传》，弘让兄弘正卒于太建六年（574），年七十九，当生于南齐明帝建武三年（496）；弘让弟弘直，卒于太建七年（575），年七十六，当生于南齐东昏侯永元二年（500），以此推之，弘让生年当在建武四年至永元元年（497~499）间。王褒生于梁天监十一年（512）左右，则少于十余岁也。今检王褒《与周弘让书》，自称曰弟；而弘让答书，乃称"昔我壮日，乃弟富年"。"壮日"，当指年三十左右，即中大通元年左右（529年左右）。设斯时王褒年十七八，称"富年"亦近理。至如今人多谓王褒卒年为建德六年以后，以是年计，则弘让三十岁时，褒年十五。若至宣政元年，则仅十四耳。《礼记·曲礼》曰："年长以倍，则父事之；十年以长，则兄事之。"古人守礼，定交之年，即定其相对待之礼，设周年三十，王年十四五，则未必以兄弟相呼也。既以兄礼事周，则褒之年，当时则应稍长于十六七岁。故以此推之，褒卒年不当迟于建德四年也。今人谓褒卒于建德六年之后，多据《周书·庾信传》："时陈氏与朝廷通好，南北流寓之士，各许还其旧国。陈氏乃请王褒及信等十数人。高祖唯放王克、殷不害等，信及褒并留而不遣。"

以此谓王褒卒于殷不害返陈(太建七年,即本年)之后。不知《庾信传》本综述数年间事也。检《陈书·沈炯传》,沈炯返南在陈武帝受禅前,王克与沈炯同时南归。王克与殷不害之南返,相距凡十五年以上,未可混为一事也。况《周书·杜杲传》载陈宣帝欲以元定易王褒、庾信,在"建德初","建德"凡六年,未可以四年为"初"也。检《周书·武帝纪》,建德元年与二年,陈皆有使聘周,周当有使报聘。《杜杲传》谓"建德初,为司城中大夫,使于陈",陈宣帝言及庾信、王褒,褒之卒,或在此后不久。

庾信六十三岁,作《周太子太保步陆逞神道碑》、《周大将军崔说神道碑》、《周车骑大将军贺娄公神道碑》、《答赵王启》、《周骠骑大将军开府仪同三司冠军伯柴烈李夫人墓志铭》。又作《伤王司徒褒诗》、《周柱国大将军纥干弘神道碑》。寻出为洛州刺史。

按:各碑志皆有年月。《答赵王启》有"张幕全韩,连营上地"语。检《周书·武帝纪》,赵王时为后三军总管(《赵王盛传》作"后一军总管"),伐齐。倪璠《庾子山年谱》系于是年。庾信为洛州刺史年月,史失载。倪璠《庾子山年谱》系于本年。据《庾信集》有《奉报洛州》诗,知周武平齐之时,庾信正为洛州刺史。平齐为建德六年正月,距本年才一年余。且平齐后至庾信卒,凡四年,距滕王逌作《庾信集序》尚有二年。据《庾信集序》,庾卒前尚历司宗中大夫一职。据此则到洛州时间,倪璠定在本年,颇近理,然亦属推测。

沙门宝暹十人往西天求经,还得梵本三百六十部。

见宋释志磐《佛祖统纪》卷三十八《法运通塞志》。

袁聿修六十五岁。王晞六十五岁。江总五十七岁。岑之敬五十七岁。刘臻四十九岁。褚玠四十七岁。阮卓四十五岁。李德林四十五岁。颜之推四十五岁。卢思道四十一岁。陆琼三十九岁。薛道衡三十六岁。柳䛒三十四岁。蔡凝三十三岁。刘焯三十二岁。牛弘三十一岁。许善心十八岁。杨广七岁。

陈宣帝太建八年·北齐后主隆化元年·北周武帝建德五年（576） 丙申

陆玠卒，时年三十七岁。

《陈书·文学传》："八年，卒。年三十七。有令举哀，并加赗赠。至德二年追赠少府卿。有集十卷。"《隋书·经籍志》亦著录别集十卷，佚。今存《赋得杂言咏栗诗》。见《初学记》卷二十八及《文苑英华》卷三二六。

徐陵七十，加翊右将军，为太子詹事，置佐史。十二月复为右光禄大夫。作《答族人梁东海太守长孺书》。

见《陈书》本传及《宣帝纪》。《答族人梁东海太守长孺书》中称"昔报近岁奉使来归，辱彼河清年中告行，并惠以明镜……吾七十之岁，崦嵫已迫"。按：徐报乃徐陵长子，其何时出使北方，史无明载。庾信集中有《徐报使来止得一见》，倪璠注以为徐陵，实误，应是徐报。文中有"河清"云云，此乃北齐武成帝年号（562～565）。此云七十之岁，当在本年前后。族人徐长孺未详何人。吴兆宜以为或是徐之才，随豫章王萧综入魏，武平四年（573）自散骑常侍转秘书监。

何之元除中尉府功曹参军事，寻迁谘议参军。

见《陈书》本传。

姚察为徐陵作《致仕表》。

《陈书》本传："及陵让官致仕等表，并请察制焉，陵见叹曰：'吾弗逮也。'"

释慧因与仆射徐陵、尚书毛喜等多所交往。

见释道宣《续高僧传》卷十三《唐京师大庄严寺释慧因传》。按：慧因俗姓于，吴郡海盐人。

释昙迁三十六岁，逃难至金陵。

释道宣《续高僧传》卷十八《隋西京禅定道场释昙迁传》："逮周武平齐,佛法颓毁,将欲保道存戒,逃迹金陵。……进达寿阳曲水寺。……初达扬都,栖道场寺。扫衣分卫,摄念无为。时与同侣谈唯识义,彼有沙门慧晓、智瓘等,并陈朝道轴,江表僧望。晓学兼孔释,妙善定门。瓘禅慧两深,帝王师表。又有高丽沙门智晃,善萨婆多部,名扇当途,为法城堑,并一见而结友于。"

颜之推四十六岁,劝募吴士千余人共取青、徐路投奔陈国。

按《北齐书·文苑·颜之推传》,是时,周师克晋阳,后主轻骑还邺,窘急计无所以,颜之推因宦者侍中邓长颙进奔陈之策,仍劝募吴士千余人以为左右,取青、徐路共投陈国。后主甚纳之,以告高阿那肱等。高阿那肱不愿入陈,乃云吴士难信,不须募之,劝后主送珍宝累重向青州,且守三齐之地,若不可保,徐浮海南渡。虽不从之推计策,然犹以为平原太守,令守河津。

自晋阳之战,齐师败。后主遣人送太后及太子至北朔州。至是,又迎太后返邺,召群臣问御周之方,群臣各异议,帝莫知所从。又引高元海、宋士素、卢思道、李德林等,欲议禅位皇太子。

见《北齐书·后主纪》。

释法上八十二岁,作《和高丽国丞相王高德问法教始末叙略》。

释道宣《续高僧传》卷八《齐大统合水寺释法上传》:"……佛以姬周昭王二十四年甲寅岁生,十九出家,三十成道,当穆王二十四年癸未之岁。穆王闻西方有化人出,便即西入而竟不还。以此为验,四十九年在世。灭度已来至今齐代武平七年丙申,凡经一千四百六十五年。后汉明帝永平十年,经法初来,魏晋相传,至今流布。"

阳休之六十八岁。袁聿修六十六岁。王晞六十六岁。徐伯阳六十一岁。江总五十八岁。岑之敬五十八岁。刘臻五十岁。褚玠四十八岁。李德林四十六岁。阮卓四十六岁。卢思道四十二岁。陆琼四十岁。薛道衡三十七岁。柳䛒三十五岁。蔡凝三十四岁。刘焯三十三岁。牛弘三十二岁。许善心十九岁。杨广八岁。

陈宣帝太建九年·北齐幼主高恒承光元年·北周武帝建德六年(577)　丁酉

十二月,陈东宫成,皇太子移居新宫。

见《陈书·宣帝纪》。

徐陵七十一岁,作《檄周文》。

按《南史·吴明彻传》:太建九年诏明彻北征,十月出征,军至吕梁,周徐州总管梁士彦率众拒战。

正月,北齐幼主即位,改元承光。于是黄门侍郎颜之推、中书侍郎薛道衡、侍中陈德信等,劝后主往河外募兵,更为经略,若不济,南投陈国,从之。是月,幼主东奔,周武帝平邺,周将尉迟勤擒齐后主及幼主于青州,齐亡。

见《周书·武帝纪》、《北齐书·后主纪》、《北齐书·幼主纪》及《通鉴》卷一百七十二。

北齐文士荀士逊卒。

《北齐书·文苑·荀士逊传》云:"与李若等撰《典言》行于世。齐灭年卒。"

阳休之六十九岁,北齐亡,与众文士、大臣赴长安,被任命为周开府仪同。

见《北齐书·阳休之传》:"周武平齐,(阳休之)与吏部尚书袁聿修、卫尉卿李祖钦、度支尚书元脩伯、大理卿司马幼之、司农卿崔达拏、秘书监源文宗、散骑常侍兼中书侍郎李若、散骑常侍给事黄门侍郎李孝贞、给事黄门侍郎卢思道、给事黄门侍郎颜之推、通直散骑常侍兼中书侍郎李德林、通直散骑常侍兼中书舍人陆乂、中书侍郎薛道衡、中书舍人高行恭、辛德源、王劭、陆开明十八人同征,令随驾后赴长安。……寻除开府仪同,历纳言中大夫、太子少保。"

庾信六十五岁,作《奉和平邺应诏诗》、《贺平邺都表》、《奉报洛州诗》、《移虏留使文》,是年被征为司宗中大夫。

按:诸诗文,倪璠《年谱》系于本年。为司空中大夫,见《周书》本传,无年月,倪璠以为是本年,今从之。

颜之推四十七岁,作《和阳纳言听鸣蝉篇》。

诗见《初学记》卷三十。据《隋书·卢思道传》,阳休之作《听鸣蝉篇》,卢及颜之推和之。检《北齐书·阳休之传》,休之以本年被征至长安,"寻除开府仪同,历纳言中大夫,太子少保",知作于本年。

李德林四十七岁,至长安,除内史上士。

按《隋书·李德林传》,周武帝入邺,敕小司马唐道和就宅慰喻李德林,曰:"平齐之利,唯在于尔。朕本畏尔逐齐王东走,今闻犹在,大以慰怀,宜即入相见。"道和引德林入内,遣内史宇文昂访问齐朝风俗政教、人物善恶,即留内省,三宿乃归。仍遣从驾至长安,授内史上士。自此以后,诏诰格式,及用山东人物,一以委之。武帝尝于云阳宫作鲜卑语谓群臣云:"我常日唯闻李德林名,及见其与齐朝作诏书移檄,我正谓其是天上人。岂言今日得其驱使,复为我作文书,极为大异。"

卢思道四十三岁,为周仪同三司,作《听蝉鸣篇》、《赠李若诗》等。

《隋书·卢思道传》曰:"周武帝平齐,授仪同三司,追赴长安,与同辈阳休之等数人作《听蝉鸣篇》。思道所为,词意清切,为时人所重。新野庾信遍览诸同作者而深叹美之。"诗见《艺文类聚》卷九十七。又,卢思道的《赠李若诗》亦作于本年。《北齐书·阳休之传》谓李若与卢思道同年被征。今观诗云:"初发清漳浦,春草正萋萋。今留素浐曲,夏木已成蹊。"知诗作于本年初春。

薛道衡三十八岁,为周御史二命士,后归乡里。

见《隋书·薛道衡传》。

杜台卿归于乡里,以《礼记》、《春秋》讲授子弟。

见《隋书·杜台卿传》。

辛德源仕周为宣纳上士。

见《隋书·辛德源传》。

瀛州刺史宇文亢引刘炫为户曹从事。

见《隋书·儒林·刘炫传》。

诸葛颖杜门不出者十余年。

见《隋书·文学·诸葛颖传》。

熊安生至长安,在大乘佛寺参议五礼。

《周书·儒林》本传:"及高祖(周武帝)入邺,安生遽令扫门。……俄而高祖幸其第……亲执其手,引与同坐。……又诏所司给安车驷马,随驾入朝……至京,敕令于大乘佛寺参议五礼。"

彦琮二十一岁,预通道观学士,与宇文恺等周代朝贤以大《易》、《老》、《庄》陪侍讲论。

释道宣《续高僧传》卷二《隋东都上林园翻经馆沙门释彦琮传》:"周武平齐,寻蒙延入,共谈玄籍,深会帝心。敕预通道观学士。时年二十有一。与宇文恺等周代朝贤以大《易》、《老》、《庄》陪侍讲论。江(时名道江)便外假俗衣,内持法服,更名彦琮。武帝自缵道书,号《无上秘要》,于时预沾纶综,特蒙收采。"

北齐译经师六人,出经论五十二卷。僧二百万余人,建寺院四万余所。

见元释觉岸《释氏稽古略》卷二。

袁聿修六十七岁。王晞六十七岁。徐伯阳六十二岁。岑之敬五十九岁。江总五十九岁。刘臻五十一岁。褚玠四十九岁。阮卓四十七岁。李德林四十七岁。陆琼四十一岁。柳䛒三十六岁。蔡凝三十五岁。刘焯三十四岁。牛弘三十三岁。许善心二十岁。杨广九岁。

陈宣帝太建十年·北周武帝宣政元年(578)　戊戌

徐陵七十二岁,重为领军将军,寻迁安右将军、丹阳尹。

见《陈书》本传及《宣帝纪》。

徐伯阳六十三岁,除临海嗣王府限外谘议参军。

《陈书》本传:"及新安王还京,除临海嗣王府限外谘议参军。"按《陈书·新安王伯固传》:"十年,入朝,又为侍中、镇右将军,寻除护军将军。其年,为国子祭酒,领左骁骑将军,侍中、镇右并如故。"按《陈书·宣帝纪》:十年四月,"以新除镇军将军新安王伯固为护军将军"。

江总六十岁,作《明庆寺诗》。

诗言:"十五诗书日,六十轩冕年。名山极历览,胜地殊留连。……"可以为证。

褚玠五十岁,除电威将军、仁威淮南王长史,顷之以本官掌东宫管记。

《陈书》本传:"十年,除电威将军、仁威淮南王长史。"按《陈书·淮南王叔彪传》,陈叔彪太建八年被立为淮南王,寻位侍中、仁威将军、置佐史。

徐陵以智顗法师创寺,请于朝,赐号修禅。

见宋释志磐《佛祖统纪》卷三十七《法运通塞志》。

释慧弼四十二岁,受敕于长城报德寺讲《涅槃》、《法华》。

见释道宣《续高僧传》卷九《隋常州安国寺释慧弼传》。

释智琳归返故里,南徐州刺史萧摩诃爰请敷说。

见释道宣《续高僧传》卷十《隋丹阳仁孝道场释智琳传》。

六月,周宣帝杀齐王宇文宪。

见《周书·齐炀王宪传》及《通鉴》卷一百七十三。

王晞六十八岁,为仪同大将军、太子谏议大夫。

见《北齐书·王昕附王晞传》。

庾信六十六岁,作《周上柱国齐王宪神道碑》。

按:碑文谓宇文宪卒于宣政元年六月二十八日,未言葬时年月,又讳言其被杀,然云"季友之亡,鲁可知矣;齐丧子雅,姜其危哉",盖亦有感而发。

卢思道四十四岁,入周,未几,以母疾还乡,遇同郡祖英伯及从兄昌期、宋护等举兵作乱,思道预焉。周遣柱国宇文神举讨平之,罪当法,已在死中。神举素闻其名,引出之,令作露布。思道援笔立成,文无加点,神举嘉而宥之。后除掌教上士。

见《隋书·卢思道传》。

李孝贞为周吏部下大夫。

见《隋书·李孝贞传》。

薛道衡三十九岁,自州主簿入为司禄上士。

见《隋书·薛道衡传》。

乐逊进位上仪同大将军。

见《周书·儒林·乐逊传》。

齐灭,卢叔武归范阳,遭乱城陷,叔武与族弟士遂皆以寒馁致毙。周将宇文神举以其有名德,收而葬之。叔武于北齐孝昭时,曾撰《平西策》一卷。

见《北齐书·卢叔武传》。

牛弘三十四岁,为周内史下大夫,进位使持节大将军、仪同三司。

见《隋书·牛弘传》。

春,周武帝灭齐,便欲废佛,释慧远据理力争。

释道宣《续高僧传》卷八《隋京师净影寺释慧远传》:"及承光二

年春,周氏剋齐,便行废教。敕前修大德并赴殿集。武帝自升高座,序废立义。""于时沙门大统法上等五百余人,咸以帝为王力,决谏难从,咸各默然。下敕频催答诏,而相看失色,都无答者。远顾以佛法之寄四众是依,岂以杜言情谓理伏,乃出众答曰……"其后潜遁汲郡西山,劝道无倦。又据释道宣《续高僧传》卷二十三《周新州愿果寺释僧勔传》:"周武季世,将丧释门,崇上老氏,受其符箓,凡有大醮,帝必具其巾褐同其拜伏,而道经诞妄,言无本据,国虽奉事,未详雠校,遂不远乡关,躬闻帝阙,面陈至理,以邪正相参,浇情趋竞,未辨真伪,更递毁誉,乃著论十有八条,难道本宗。又以三科释其前执,贤圣既序,凡位皎然。其词略云。"同书卷二十五《释慧真传》:"会周建德六年,国灭三宝。"又《云笈七签》卷八十五"王延"条:"周武帝钦其高道,遣使访之。……周武以沙门邪滥,大革其讹。玄教之中,亦令澄汰。而素重于延,仰其道德,又召至京师,探其道要。乃诏掌云台观,精选道士八人与延共弘玄旨。又敕置通道观,令延校《三洞经图》,缄藏于观内。延作《珠囊》七卷,凡经传疏论八千三十卷,奏贮于通道观藏。由是玄教光兴。朝廷以大象纪号。"

阳休之七十岁。袁聿修六十八岁。岑之敬六十岁。刘臻五十二岁。阮卓四十八岁。李德林四十八岁。颜之推四十八岁。陆琼四十二岁。薛道衡三十九岁。柳䛒三十七岁。蔡凝三十六岁。刘焯三十五岁。许善心二十一岁。杨广十岁。

陈宣帝太建十一年·北周静帝宇文衍大象元年(579)　己亥

岑之敬卒,时年六十一岁。

《陈书》本传:"十一年卒,时年六十一。太子嗟惜,赗赠甚厚。有集十卷行于世。"《隋书·经籍志》已不见著录。今存诗四首,皆见《乐府诗集》。

徐陵七十三岁,作《皇太子临辟雍颂》。

文中有"粤以十一年三月"云云,是作于本年之证。

徐伯阳六十四岁,为《辟雍颂》,除镇右新安王府谘议参军事。

《陈书》本传:"十一年春,皇太子幸太学,诏新安王于辟雍发《论语》题,仍命伯阳为《辟雍颂》,甚见佳赏。除镇右新安王府谘议参军事。"

释智琳为曲阿僧正。

见释道宣《续高僧传》卷十《隋丹阳仁孝道场释智琳传》。

释智颛迁居光宅寺。

见元释觉岸《释氏稽古略》卷二。

正月,周宣帝改元大成,立太子衍(后改名阐),二月,传位于衍,改元大象。

见《周书·宣帝纪》、《静帝纪》。

庾信六十七岁,作《贺传位皇太子表》、《谢滕王集序启》。是年以疾去职。

按:二文见本集。倪璠《年谱》系于本年。《周书》本传谓庾信"大象初,以疾去职"。又按:周滕王宇文逌编《庾信集》成,并作序。序称:"岁在屠维,龙居渊献,春秋六十有七。"本年为己亥年,故倪璠《年谱》系于本年。

乐逊进爵崇业郡公,增邑通前二千户,又为露门博士。

见《周书·儒林·乐逊传》。

卢思道四十五岁,除掌教上士。

按《隋书·卢思道传》,思道为掌教上士在卢思期反后,杨坚为丞相前,当为本年。

沙门释道林力争崇佛,宣帝下诏恢复佛教。

见宋释志磐《佛祖统纪》卷三十八《法运通塞志》。

阳休之七十一岁。袁聿修六十九岁。王晞六十九岁。江总六十一岁。刘臻五十三岁。褚玠五十一岁。阮卓四十九岁。李德林四十九岁。颜之推四十九岁。陆琼四十三岁。薛道衡四十岁。柳䛒三十八岁。蔡凝三十七岁。刘焯三十六岁。牛弘三十五岁。许善心二十二岁。杨广十一岁。

陈宣帝太建十二年·北周静帝大象二年(580)　庚子

褚玠卒,时年五十二岁。

《陈书》本传:"十二年,迁御史中丞,卒于官,时年五十二。……所著章奏杂文二百余篇,皆切事理,由是见重于时。"按:褚玠与当时诸名士多有交往。《陈书·侯安都传》载:"自王琳平后,安都勋庸转大,又自以功安社稷,渐用骄矜,数招聚文武之士,或射驭驰骋,或命以诗赋。第其高下,以差次赏赐之。文士则褚玠、马枢、阴铿、张正见、徐伯阳、刘删、祖孙登。"《陈书·姚察传》载:太建中使于周,"使还,补东宫学士。于时济阳江总、吴国顾野王、陆琼、从弟陆瑜、河南褚玠、北地傅縡等,皆以才学之美,晨夕娱侍。"

二月,跋摩利三藏弟子慧驾从北土渡江。

释道宣《续高僧传》卷一《陈杨都金陵沙门释法泰传》:"太建十二年二月,有跋摩利三藏弟子慧驾者,本住中原,值周武灭法,避地归陈,晚随使刘璋至南海获《涅槃论》。"

庾信六十八岁,作《周大将军怀德公吴明彻墓志铭》、《周大将军上开府广饶公宇文公神道碑》、《周大将军广饶公郑常墓志铭》。又有《同颜大夫初晴诗》。

按:庾信前两文中标识有作年。吴明彻本陈将,为周所俘,留关中。郑常被赐姓宇文氏,故又称宇文公。第三篇,根据倪璠《年谱》并系于本年。《同颜大夫初晴诗》作年详颜之仪条。又有《喜晴应诏》、《和赵王喜雨》、《和李司录喜雨》诸诗,倪璠亦系于本年,恐无据。尤其《和赵王喜雨》一首,非本年作,因赵王招以大象元年(579)至国,不在长安,见《周书·宣帝纪》。次年,即本年五月,宣帝病笃,急追入朝,而宣帝崩,其年七月即以谋执政被诛,无暇作诗也。

宇文逌卒。

按:宇文逌即《庾信集》编者,以本年十二月为杨坚所杀。《周书·静帝纪》:"代王达、滕王逌并以谋执政被诛。"《周书》本传谓"逌所著文章颇行于世"。《隋书·经籍志》著录有集八卷,佚。今存《至渭源诗》一首及《庾信集序》一篇。

颜之推五十岁,作《观我生赋》。

按:赋见《北齐书·文苑传》本传,赋中自注言及北齐自高洋代魏至周武灭齐凡二十八年;赋又谓"予一生而三化,备荼苦而蓼辛",自注:"在扬都值侯景杀简文而篡位,于江陵逢孝元覆灭,至此而三为亡国之人。"当作于周灭齐后、隋代周前。年代无可确考,姑系于此。

颜之仪作《初晴》诗。

按:庾信有《同颜大夫初晴诗》,检《周书·颜之仪传》:"宣帝即位,迁上仪同大将军、御正中大夫。"倪璠《庾子山年谱》,系庾诗于本年,虽无确证,可备一说,姑从之。颜诗当与庾诗同年作。

李德林五十岁,杨坚辟为丞相府从事内郎。

《隋书·李德林传》:"宣帝大渐,属高祖初受顾命,邘国公杨惠谓德林曰:'朝廷赐令总文武事,经国任重,非群才辅佐,无以克成大业,今欲与公共事,必不得辞。'德林闻之甚喜,乃答云:'德林虽庸愞,微诚亦有所在。若曲相提奖,必望以死奉公。'高祖大悦,即召与语。"杨坚做大丞相,假黄钺,都督内外诸军事,皆出德林之谋。"进授丞相府从事内郎。"

卢思道四十六岁,为武阳太守,作《孤鸿赋》。

《隋书·卢思道传》:"高祖(隋文帝)为丞相,迁武阳太守,非其好也,为《孤鸿赋》以寄其情。"据《周书·静帝纪》及《隋书·文帝纪》，杨坚为丞相，在本年。《孤鸿赋》见《隋书》本传。

李孝贞从韦孝宽击尉迟迥于相州，以功授上仪同三司。

按：尉迟迥起兵相州在本年六月，其平在八月，事见《周书·静帝纪》。李孝贞授上仪同三司，事见《隋书》本传。

薛道衡四十一岁，从元帅梁睿击王谦，摄陵州刺史。

见《隋书·薛道衡传》。

辛德源为尉迟迥所辟，逃亡。

《隋书·辛德源传》："及齐灭，仕周为宣纳上士，因取急诣相州，会尉迥作乱，以为中郎，德源辞不获免，遂亡去。"

杨素为汴州刺史，行至洛阳，会尉迟迥起兵，隋文帝以杨素为大将军，发河内兵击宇文胄，迁徐州总管，进位柱国。

见《隋书·杨素传》。

释彦琮为朝贤讲释《般若》，时年二十四岁。

释道宣《续高僧传》卷二《隋东都上林园翻经馆沙门释彦琮传》："隋文作相，佛法稍兴。"又见释道宣《续高僧传》卷八《隋京师净影寺释慧远传》："大象二年，天元微开，佛化东西，两京各立陟岵大寺，置菩萨僧，颁告前德，诏令安置，遂尔长讲少林。"

七月十八日，释法上卒，时年八十六岁。

见释道宣《续高僧传》卷八《齐大统合水寺释法上传》。

释慧海来仪涛浦，创居安乐寺。

见释道宣《续高僧传》卷十二《隋江都安乐寺释慧海传》。按：慧海，姓张，清河武城人。

释僧猛受敕住大兴善寺，讲扬《十地》。

见释道宣《续高僧传》卷二十四《隋京师云花寺释僧猛传》。

徐陵七十四岁。袁聿修七十岁。王晞七十岁。徐伯阳六十五岁。江总六十二岁。刘臻五十四岁。阮卓五十岁。陆琼四十四岁。

柳誉三十九岁。蔡凝三十八岁。刘焯三十七岁。牛弘三十六岁。许善心二十三岁。杨广十二岁。

陈宣帝太建十三年·北周静帝大定元年·隋文帝杨坚开皇元年(581)　辛丑

徐伯阳卒，时年六十六岁。

见《陈书》本传："十三年，闻姊丧，发疾而卒，时年六十六。"今存诗二首，一首见《艺文类聚》及《乐府诗集》，一首见《文苑英华》。

顾野王卒，时年六十三岁。

《陈书》本传："十三年卒，时年六十三。……其所撰著《玉篇》三十卷，《舆地志》三十卷，《符瑞图》十卷，《顾氏谱传》十卷，《分野枢要》一卷，《续洞冥记》一卷，《玄象表》一卷，并行于世。又撰《通史要略》一百卷，《国史纪传》二百卷，未就而卒。有文集二十卷。"按余嘉锡《疑年录稽疑》顾野王条引《建康实录》称："'太建十二年庚子六月，黄门侍郎顾野王卒，年六十二。'与史传不同。"又《法书要录》卷五唐窦臮《述书赋》称其"接武随波，雷同野王，如异磽肥之挺质，俱竹柏之凌霜"。顾野王又善画。《历代名画记》卷八"叙历代能画人名"陈代条下"顾野王字希冯，吴郡人。七岁通五经，善属词，能书画，长为鸿儒，天象、地理，无不毕习。在梁为中领军。时宣城王为扬州，野王善画，王褒善书，俱为宾友。时号二绝。入陈，官至黄门侍郎。年六十三。赠右卫将军"。

徐陵七十五岁，正月为中书监，领太子詹事，给鼓吹一部。

《陈书》本传："十三年，为中书监，领太子詹事，给鼓吹一部。侍中、将军、右光禄、中正如故。陵以年老，累表求致仕，高宗亦优礼之，乃诏将作为造大斋，令陵就第摄事。"

江总六十三岁，作《在陈旦解醒共哭顾舍人诗》。

《艺文类聚》卷三十四作《伤顾野王诗》。两人同岁，故诗云："年发两如此,伤心岂几时?""岂",亦作"独",疑近是。

释法朗卒,时年七十五岁。陈叔宝作铭颂,太子詹事江总作墓志文。

见释道宣《续高僧传》卷七《陈杨都兴皇寺释法朗传》。

二月,隋文帝杨坚代周,奉周静帝为介国公,周亡。五月,介国公宇文阐为隋文帝所杀。

按:见《周书·静帝纪》、《隋书·高祖纪》。

庾信作《周上柱国宿国公河州都督普屯威神道碑》。是年卒,时年六十九岁。

按:全文见本集,有年月。倪璠《庾子山年谱》系于本年。此文当为庾信绝笔。按:《周书·庾信传》不载卒年。《北史·文苑·庾信传》云:"隋开皇元年卒。"以宇文逌《庾信集序》推之,卒年六十九。倪璠《庾子山年谱》据《普屯威碑》,以为"子山之殁,当在秋冬矣"。其说是。

萧大圜卒。

按《周书·萧大圜传》,大圜,梁简文帝子也。江陵平,入关。本传又云:"开皇初,拜内史侍郎,出为西河郡守,寻卒。"则当卒于今年或明年。姑系于此。大圜撰《梁旧事》三十卷,《寓记》三卷,《士丧仪注》五卷,《要诀》两卷,文集二十卷。

王晞卒于洛阳,时年七十一。

见《北齐书·王昕附王晞传》。《诣晋祠赋诗》仅存二句:"日落应归去,鱼鸟见留连。"

李德林五十一岁,因谏隋文帝尽杀宇文氏。杨坚怒,由此见疏,品位不加。与太尉任国公于翼、高颎等同修律令。

见《隋书·李德林传》。

卢思道四十七岁,从高颎伐陈,作《隋檄陈文》、《为高仆射与司

马消难书》、《祭溹湖文》，又作《春夕经行留侯墓诗》。

按:檄文与书皆见《文苑英华》;《祭溹湖文》见《初学记》卷七。云"开皇元年十二月"，当即伐陈时作。"高仆射"，即高颎。史不言卢思道尝从高颎南征，数文可补史传之缺。此行祭溹湖在十二月，则至今鲁苏皖界处，或已入正月，疑诗亦此行作也。诗见《文苑英华》卷三百零六。

杨素为上柱国。

见《隋书·杨素传》。

释慧远五十九岁，被诏至京师。

见释道宣《续高僧传》卷八《隋京师净影寺释慧远传》。

释彦琮二十五岁，与陆彦师、薛道衡、刘善经、孙万寿等一代文宗撰《内典文会集》。

释道宣《续高僧传》卷二《隋东都上林园翻经馆沙门释彦琮传》："大定元年正月，沙门昙延等，同举奏度方蒙落发，时年二十有五。至其年二月二十三日，高祖受禅，改号开皇。即位讲筵，四时相续。长安道俗，咸拜其尘。因即通会佛理，邪正沾濡，沐道者万计。又与陆彦师、薛道衡、刘善经、孙万寿等一代文宗，著《内典文会集》。又为诸沙门撰《唱导法》，皆改正旧体，繁简相半。即现传习祖而行之。"

释昙迁四十岁，从建业渡江至彭城，止慕圣寺。

见释道宣《续高僧传》卷十七《隋国师智者天台山国清寺释智颐传》。

昙延谒见，劝兴佛法。

详见宋释志磐《佛祖统纪》卷三十九《法运通塞志》。

敕僧猛法师住大兴善寺为隋国大统。

详见宋释志磐《佛祖统纪》卷三十九《法运通塞志》。

南朝陈国沙门智周等自西天竺还，赍梵经二百六十部，诣阙

上进。

详见宋释志磐《佛祖统纪》卷三十九《法运通塞志》。

王延为朝廷钦重。道教大兴于时。

《云笈七签》卷八十五"王延"条:"至隋文禅位,至玄都观,以延为观主。又以开皇为号。"

阳休之七十三岁。袁聿修七十一岁。刘臻五十五岁。李德林五十一岁。颜之推五十一岁。阮卓五十一岁。陆琼四十五岁。薛道衡四十二岁。柳䛒四十岁。蔡凝三十九岁。刘焯三十八岁。牛弘三十七岁。许善心二十四岁。杨广十三岁。

陈宣帝太建十四年·隋文帝开皇二年(582)　壬寅

正月,陈宣帝陈顼死,太子陈叔宝即皇帝位,即陈后主。《通鉴》称之"长城公"。

傅縡被陈后主所杀,时年五十五岁。死前作《狱中上后主书》。

《建康实录》本年正月下云:"是月,右卫将军、秘书监傅縡下狱死。……縡素刚,因狱中上书曰:'夫人君者,恭事上帝,子爱下民……'后主益怒,命宦者李善度穷治其罪,遂赐死狱中,年五十五。有文集十卷行世。"

徐陵七十六岁,为左光禄大夫,领太子少傅。

《陈书》本传云:"后主即位,迁左光禄大夫、太子少傅。"亦见《后主纪》。

江总六十四岁,除祠部尚书,又领左骁骑将军,参掌选事。

见《陈书》本传。

陆琼四十六岁,直中书省,掌诏诰。俄授散骑常侍,兼度支尚书,领扬州大中正。

见《陈书》本传。

蔡凝四十岁,后主嗣位,授晋安王谘议参军。

见《陈书》本传。

何之元潜心撰著《梁典》。

《陈书》本传:"及叔陵诛,之元乃屏绝人事,锐精著述。以为梁氏肇自武皇,终于敬帝,其兴亡之运,盛衰之迹,足以垂鉴戒,定褒贬。究其始终,起齐永元元年,迄于王琳遇获,七十五年行事,草创为三十卷,号曰《梁典》。"按《陈书·后主纪》:"十四年正月甲寅,高宗崩。乙卯,始兴王叔陵作逆,伏诛。"

阳休之七十四岁,罢和州刺史任,终于洛阳,年七十四。所著文集三十卷,又撰《幽州人物志》,并行于世。

见《北齐书·阳休之传》。

袁聿修七十二岁,出为熊州刺史,寻卒。

见《北齐书·袁聿修传》。依本传观之,或卒于明年。

刘臻五十六岁,进位仪同三司,随左仆射高颎伐陈,典文翰,进爵为伯。皇太子勇引为学士。

见《隋书·文学·刘臻传》。

卢思道四十八岁,以母老,表请解职,优诏许之。

见《隋书·卢思道传》。今据《祭潨湖文》、《春夕经行留侯墓诗》诗,知当在是年,以本传谓解职在"开皇初",而元年十二月,思道尚未解职也。

薛道衡四十三岁,因事免官。

《隋书·薛道衡传》曰:"大定中,授仪同,摄邛州刺史。高祖受禅,坐事除名。"

明克让为太子内舍人,转率更令,进爵为侯。

见《隋书·明克让传》,据本传,为太子内舍人当是隋文受禅之年,转率更令,当在本年。

魏澹出为行台礼部侍郎,寻为散骑常侍,聘陈主使,还除太子

舍人。

见《隋书·魏澹传》。

陆爽以太子内直监迁太子洗马。

《隋书·陆爽传》云:"高祖受禅,转太子内直监,寻迁太子洗马。"

杜台卿上《玉烛宝典》。

《隋书·杜台卿传》云:"开皇初,被征入朝。台卿尝采《月令》,触类而广之,为书名《玉烛宝典》十二卷,至是奏之,赐绢二百匹。"

辛德源隐林虑山,作《幽居赋》。

《隋书·辛德源传》云:"及齐灭,仕周为宣纳上士,因取急诣相州,会尉迥作乱,以为中郎,德源辞不获免,遂亡去。高祖受禅,不得调者久之,隐于林虑山,郁郁不得志,著《幽居赋》以自寄,文多不载。德源素与武阳太守卢思道友善,时相往来。魏州刺史崔彦武奏德源潜为交结,恐其有奸计。由是谪令从军讨南宁,岁余而还。"

何妥为国子博士、通直散骑常侍。

《隋书·儒林传》本传云:"高祖受禅,除国子博士,加通直散骑常侍,进爵为公。"

萧该拜国子博士。后撰《汉书》及《文选音义》。

《隋书·儒林传》本传云:"开皇初,赐爵山阴县公,拜国子博士,奉诏与(何)妥正定经史,然各执所见,递相是非,久而不能就,上谴而罢之。该后撰《汉书》及《文选音义》,咸为当时所贵。"按:该,梁鄱阳王恢之孙也。

那连提黎耶舍移居京师长安大兴善寺,主持翻译。

释道宣《续高僧传》卷二《隋西京大兴善寺北天竺沙门那连耶舍传》:"凡前后所译经论一十五部,八十余卷。……并沙门僧深、明芬、给事李道宝等度语笔受。昭玄统沙门昙延、昭玄都沙门灵藏等二十余僧监护始末。至五年冬勘练俱了。并沙门彦琮制序。具见齐周隋二经录。"

李德林五十二岁。颜之推五十二岁。阮卓五十二岁。柳䛒四十一岁。刘焯三十九岁。牛弘三十八岁。许善心二十五岁。杨广十四岁。

陈后主陈叔宝至德元年·隋文帝开皇三年(583) 癸卯

正月改元至德。

徐陵作《别毛永嘉》诗。十月卒,时年七十七岁。

《陈书·毛喜传》:"毛喜字伯武……至德元年,授信威将军、永嘉内史。"诗曰:"愿子历风规,归来振羽仪。嗟余今老病,此别恐长离。白马君来哭,黄泉我讵知。徒劳脱宝剑,空挂陇头枝。"伤老叹别之情溢于言表。又《陈书》本传:"至德元年卒。时年七十七。……少而崇信释教,经论多所精解。后主在东宫,令陵讲《大品经》,义学名僧,自远云集,每讲筵商较,四座莫能与抗。目有青睛,时人以为聪慧之相也。自有陈创业,文檄军书及禅授诏策,皆陵所制,而《九锡》尤美。为一代文宗,亦不以此矜物。未尝诋诃作者。其于后进之徒,接引无倦。世祖、高宗之世,国家有大手笔,皆陵草之。其文颇变旧体,缉裁巧密,多有新意,每一文出手,好事者已传写成诵,遂被之华夷,家藏其本。后逢丧乱多散失,存者三十卷。"又《南史》本传:"初后主为文示陵,云他人所作。陵嗤之曰:'都不成辞句。'后主衔之,至是谥曰章伪侯。"又有《文府》七卷。见《玉海》卷五十四艺文:"《志》杂家徐陵《文府》七卷。"有《六代诗集钞》四卷。见《玉海》卷五十九艺文:"唐《志》许凌徐陵各四卷。"又有《玉台新咏》十卷。详见刘跃进著《玉台新咏研究》(中华书局出版)。徐陵还是书法家,唐代犹流传其字迹。见《法书要录》卷五唐窦臮《述书赋》所载。赋称:"孝穆鄙重,刚毅任拙,犹偏裨武夫,胆勇智怯。"按:毛喜亦是书法家,见《述书赋》。

江总六十五岁，五月转为散骑常侍，为吏部尚书。

见《陈书》本传。

阮卓五十三岁，入为德教殿学士，寻兼通直散骑常侍，副使王话聘隋。

《陈书》本传："叔陵之诛也，后主谓朝臣曰：'阮卓素不同逆，宜加旌异。'至德元年入为德教殿学士，寻兼通直散骑常侍，副使王话聘隋。隋主夙闻卓名，乃遣河东薛道衡、琅邪颜之推等，与卓谈宴赋诗，赐遗加礼。还除招远将军、南海王府谘议参军。以目疾不之官，退居里舍，改构亭宇，修山池卉木，招致宾友，以文酒自娱。"

陆琼四十七岁，除度支尚书，参掌诏诰，续撰其父《嘉瑞记》。

《陈书》本传："至德元年除度支尚书，参掌诏诰，并判廷尉、建康二狱事。初，琼父云公奉梁武帝敕撰《嘉瑞记》，琼述其旨而续焉。自永定讫于至德，勒成一家之言。"

蔡凝四十一岁，转为给事黄门侍郎。

《陈书》本传："转给事黄门侍郎。后主尝置酒会，群臣欢甚，将移宴于弘范宫，众人咸从，唯凝与袁宪不行。后主曰：'卿何为者？'凝对曰：'长乐尊严，非酒后所过，臣不敢奉诏。'众人失色。后主曰：'卿醉矣。'即令引出。他日后主谓吏部尚书蔡徵曰：'蔡凝负地矜才，无所用也。'"

陆德明作《经典释文》三十卷。

见《序》："粤以癸卯之岁，承乏上庠，循省旧音，苦其太简，况微言久绝，大义愈乖，攻乎异端，竞生穿凿。……合为三帙三十卷，号曰《经典释文》，古今并录，括其枢要。"吴承仕《经典释文序录疏证》认为"'承乏上庠'之岁为至德纪元之年"。而孙玉文《〈经典释文〉成书年代新考》（《中国语文》1998年第4期）认为《经典释文》非成书于入隋之前。黄华珍《庄子音义研究》（中华书局，1999）也持此说。关于陆德明的生平、著述及《经典释文》的书名、成书年代,王利器《〈经典释文〉考》有详细论述,文载《晓传书斋集》,华东师范大学出版社 1997 年 12 月出版。

五月二十八日,释慧勇卒,时年六十九岁。侍中尚书令江总作碑文。

见释道宣《续高僧传》卷七《陈杨都不禅众寺释慧勇传》。

释慧旽六十八岁,受敕为京邑大僧都。

见释道宣《续高僧传》卷九《隋江表徐方中寺释慧旽传》。

释灌顶从智𫖮法师出居光宅寺。

见释道宣《续高僧传》卷十九《唐天台山国清寺释灌顶传》。

三月,隋文帝下诏购求遗书于天下。

见《隋书·高祖纪》。又《隋书·牛弘传》云:"开皇初,迁授散骑常侍、秘书监。弘以典籍遗逸,上表请开献书之路。"牛弘表见《隋书》本传,文帝下诏求书,当从牛弘之奏。时牛弘年三十九岁。

卢思道四十九岁,作《劳生论》。后被征还朝,奉诏郊劳陈使。

《隋书·卢思道传》:"思道自恃才地,多所陵轹,由是官涂沦滞。既而又著《劳生论》,指切当时。"本传载此事在返乡之后,郊劳陈使之前。由《祭漅湖文》可知开皇元年末,思道尚随高颎伐陈,则其返乡必在二年春,至郊劳陈使凡"岁余",则知开皇二年春至三年秋冬,思道无官职。《劳生论》自谓:"晨荷蓑笠,白屋黄冠之伍;夕谈谷稼,沾体涂足之伦。浊酒盈樽,高歌满席,恍兮惚兮,天地一指,此野人之乐也。"当本年在乡所作。按:卢思道解职后岁余,"被征,奉诏郊劳陈使",见《隋书》本传。检《隋书·高帝纪》,陈使周坟、袁彦聘隋,在本年十一月,当即此时。

薛道衡四十四岁,为河间王弘幕僚。

按《隋书·高祖纪》,六月,以河间王弘为宁州总管。又《隋书·薛道衡传》:"河间王弘北征突厥,召典军书。"当是此时。

刘焯四十岁,与著作郎王劭同修国史,兼参议律历,仍直门下省,以待顾问。

见《隋书·儒林·刘焯传》。

刘炫"伪造书百余卷,题为《连山易》、《鲁春秋》等,录上送官,取赏而去,后有人讼之,经赦免死,坐除名,归于家"。

见《隋书·儒林传》本传。

辛德源自南宁从军还,与修国史。德源每于务隙撰《集注春秋三传》三十卷,注扬子《法言》二十三卷。

见《隋书·辛德源传》。

辛彦之拜礼部尚书,与秘书监牛弘撰《新礼》。隋文帝令与沈重议论,沈重不能抗。

见《隋书·儒林·辛彦之传》。

释灵裕六十六岁,相州刺史樊叔略创弘讲会,延请诸僧。有敕立僧馆,略举灵裕为都统,灵裕不从,潜游燕赵。

见释道宣《续高僧传》卷九《隋相州演空寺释灵裕传》。

释彦琮二十七岁,作《辩教论》。

释道宣《续高僧传》卷二《隋东都上林园翻经馆沙门释彦琮传》:"开皇三年,隋高祖幸道坛,见画老子化胡象,大生怪异,敕集诸沙门道士共论其本。又敕朝秀苏威、杨素、何妥、张宾等有参玄理者,详计奏闻。时琮预在此筵,当掌言务,试举大纲,未及指核,道士自伏,陈其矫诈,因作《辩教论》,明道教妖妄者有二十五条。"

释明赡受敕住大兴善寺翻译佛经。

见释道宣《续高僧传》卷二十四《唐终南山智炬寺释明赡传》。

刘臻五十七岁。李德林五十三岁。颜之推五十三岁。柳䛒四十二岁。牛弘三十九岁。许善心二十六岁。杨广十五岁。

陈后主至德二年·隋文帝开皇四年(584)　甲辰

江总六十六岁。五月,由事部尚书迁为尚书仆射,与蔡徵知撰五礼事。

见《陈书》本传及《后主纪》。按《陈书·蔡徵传》:"至德二年迁廷尉卿。寻为吏部郎。迁太子中庶子、中书舍人,掌诏诰。寻授左民尚书,与仆射江总知掌五礼事。"江总本年作《至德二年十一月十二日升德施山斋三宿决定罪福忏悔诗》。见《广弘明集》卷三十。

蔡凝四十二岁,迁晋熙王叔文长史,作《小室赋》。

《陈书》本传:"寻迁信威晋熙王府长史,郁郁不得志,乃喟然叹曰:'天道有废兴,夫子云乐天知命,斯理庶几可通。'因制《小室赋》以见志,甚有辞理。"按《陈书·晋熙王叔文传》,陈叔文至德二年迁信威将军、湘州刺史。据《陈书·后主纪》,任命时在夏五月。

释慧暅六十九岁,转为京邑大僧正。

见释道宣《续高僧传》卷九《隋江表徐方中寺释慧暅传》。

释智琳补为南徐州僧都讲。

见释道宣《续高僧传》卷十《隋丹阳仁孝道场释智琳传》。

王通生。

按杜淹《文中子世家》云:"开皇四年,文中子始生。"王通字仲淹,门人私谥文中子。绛州龙门(今山西河津)人。隋代思想家、学者。

杨素为御史大夫,寻坐事免。

见《隋书·杨素传》。

卢思道五十岁,遭母忧,未几,起为散骑侍郎。

按:卢思道"被征,奉诏郊劳陈使"当在开皇三年,则"顷之,遭母忧"应在去年或本年,其起复则当是本年事。

卢思道、薛道衡、颜之推、魏澹、刘臻、李若、萧该、辛德源等八人

会于陆爽家，议音韵，后陆爽子法言据以作《切韵》。

见陆法言《切韵序》，今考诸人生平，惟本年皆可在长安相会。此会盖在卢思道起复之后，薛道衡使陈之前，从河间王弘军之后及辛德源自南宁归后。详见曹道衡所作《从〈切韵序〉推论隋代文人的几个问题》一文（见《中古文学史论文集续编》，文津出版社）。关于《切韵》的研究论著很多。黄典诚《切韵综合研究》为后出转精之著。厦门大学出版社1994年出版。

是年，普诏天下，公私文翰，并宜实录。其年九月，泗州刺史司马幼之文表华艳，付所司治罪。

见《隋书·李谔传》所载李谔上表。

魏澹自去年使陈还，除太子舍人。废太子杨勇深礼遇之，屡加优锡，令注《庾信集》，复撰《笑苑》、《词林集》，世称其博物。

见《隋书·魏澹传》。据本传，魏澹使陈在去年闰十二月，则返朝后任太子舍人及著书当在本年。

薛道衡四十五岁，时为散骑常侍，使陈。又，《老氏碑》约作于本年前后。

见《隋书》本传及《高祖纪》。《老氏碑》全文见《文苑英华》卷八百四十八。文中称元胄为亳州刺史。据《隋书·元胄传》，胄以隋文帝受禅后数年，为豫州刺史，转亳浙二州，又以突厥为边患，为灵州总管。检《高祖纪》，开皇二、三年破突厥，至五年而沙钵略降隋，边患稍息，据此则在本年左右，胄为亳州刺史，可推知本文作年在本年左右。系此待详考。

崔儦以本年征授给事郎，寻兼内史舍人。

见《隋书·文学·崔儦传》。

萧圆肃以开皇初因母老请归养，隋文帝许之。本年卒，年四十六。

按《周书·萧圆肃传》，萧氏有文集十卷，又撰时人诗笔为《文海》四十卷，《广堪》十卷，《淮海乱离志》四卷，行于世。

改延众寺为延兴寺。

释道宣《续高僧传》卷八《隋京师延兴寺释昙延传》："延以寺宇未广，教法方隆，奏请度僧以应千二百五十比丘五百童子之数，敕遂总度一千余人，以副延请。此皇隋释化之开业也。尔后遂多。凡前后别请度者，应有四千余僧。周废伽兰，并请兴复。三宝再弘，功兼初运者，又延之力矣。移都龙首，有敕于广恩坊给地，立延法师众。开皇四年下敕改延众可为延兴寺，面对通衢，京城之东西二门，亦可取延名，以为延兴、延平也。然其名为世重，道为帝师。"

释志念著《迦延杂心论》、《广钞》各九卷，盛行于世。

释道宣《续高僧传》卷十一《隋渤海沙门释志念传》："释志念，俗缘陈氏。冀州信都人也。……世号毗昙孔子。""开皇四年谓弟沙门志湛曰……撰《迦延》、《杂心论》疏及《广钞》各九卷，盛行于世。受学者数百人，如汲郡洪该、赵郡法懿、漳滨怀正、襄国道深、魏郡慧休、河间圆粲、浚仪善住、汝南慧凝、高城道照、洛寿明儒、海岱圆常、上谷慧藏，并兰菊齐芳，踵武传业，关河济洽，二十余年。"

刘臻五十八岁。李德林五十四岁。颜之推五十四岁。阮卓五十四岁。陆琼四十八岁。柳䛒四十三岁。刘焯四十一岁。牛弘四十岁。许善心二十七岁。杨广十六岁。

陈后主至德三年·隋文帝开皇五年(585)　乙巳

江总六十七岁，作《入摄山栖霞寺诗》。

其序称："壬寅年(582)十月十八日，入摄山栖霞寺，登岸极峭，颇畅怀抱。至德元年癸卯(583)十月二十六日，又再游此寺。布法司施菩萨戒。甲辰年(584)十月二十五日，奉送金还山，限以时务，不得恣情淹留。乙巳年(585)十月十六日，更获拜礼，仍停山中宿，永夜留连,栖神悚听,但交臂不停,薪指俄谢,率制此篇,以记即目。俾后来赏者,知余山志。"见《广弘明集》卷三十。

正月,隋文帝诏行新礼。

见《隋书·高祖纪》。又按:《隋书·礼仪志》:"高祖(文帝)命牛弘、辛彦之等采梁及北齐《仪注》,以为五礼云。"

李德林五十五岁,受令撰录作相时文翰,勒成五卷,谓之《霸朝杂集》。

按《隋书·李德林传》,德林序其事,隋文帝读之称赏,赠其父定州刺史,安平县公,以德林袭焉。德林既少有才名,重以贵显,凡制文章,动行于世。德林又以梁士彦及元谐之徒频有逆意,大江之南,抗衡中原,乃著《天命论》上之。又上平陈之计。《霸朝杂集序》及《天命论》皆载本传。

薛道衡四十六岁。是年初,在陈,作《人日思归》。自陈归,建言平陈。

按:薛道衡以去年十一月奉命使陈,则今年人日当尚在南方也。《隋书》本传云:"江东雅好篇什,陈主尤爱雕虫,道衡每有所作,南人无不吟诵焉。"据此则薛在江南所作,当不止此篇。又上言平陈。

杨素上平陈之计,遂为文帝所赏,故拜信州总管。

见《隋书·杨素传》。据此知杨、薛政见多有同处,故后多唱和之作。

魏澹奉隋文帝命,别作《魏书》而成。未几卒,时年六十五岁。

《隋书·魏澹传》云:"高祖以魏收所撰书,褒贬失实,平绘为《中兴书》,事不伦序,诏澹别成《魏史》。"又云:"澹所著《魏书》,甚简要,大矫收、绘之失。上览而善之,未几,卒,时年六十五。有文集十卷行于世。"据本传,澹乃魏季景子,季景乃魏收叔,收颇轻之,年当相若或稍长。今检《北史·魏季景传》,季景于元象(538)使梁,归历二官而卒,其卒年当在兴和末、武定初。据《隋书·魏澹传》,此时澹年十五。设为武定元年(543),至此年四十余年,则年六十五左右,此虽猜测,魏澹卒年距此当亦不远也。

刘焯四十二岁,复入京,与杨素、牛弘、苏威、元善、萧该、何妥、房晖远、崔崇德、崔赜等于国子共论古今滞义。

见《隋书·儒林·刘焯传》,本传记其事在开皇六年运洛阳石经以前,当在此年。然原文所记杨素、牛弘官职,皆与史实不合。据《隋书·牛弘传》《高祖纪》,牛弘为吏部尚书在开皇十九年。又据《杨素传》,素代高颎为尚书左仆射在"仁寿初",而《刘焯传》乃云"左仆射杨素,吏部尚书牛弘"。然言"国子祭酒苏威",则与《苏威传》"兼领国子祭酒"合。姑系于此,待考。

李谔上表请正文体。

按:《隋书·李谔传》载李谔上表而不言年月。李谔在北齐已为中书舍人,接对陈使。大抵至此已老。上书言及开皇四年,则上表当在今年或明年,姑系于此。

王颓为著作佐郎,寻令于国子讲授,超迁国子博士,后坐事解职,配防岭表。

见《隋书·文学·王颓传》。

释慧远六十三岁,应泽州刺史千金公请,返回故乡。

见释道宣《续高僧传》卷八《隋京师净影寺释慧远传》。

刘臻五十九岁。阮卓五十五岁。颜之推五十五岁。卢思道五十一岁。陆琼四十九岁。柳䛒四十四岁。蔡凝四十三岁。牛弘四十一岁。许善心二十八岁。杨广十七岁。王通二岁。

陈后主至德四年·隋文帝开皇六年(586) 丙午

陆琼卒,时年五十岁。

《陈书》本传:"以至德四年卒,时年五十。诏赠领军将军、官给丧事,有集二十卷行于世。"

江总六十八岁,十月,加宣惠将军,量置佐史。寻授尚书令,给鼓吹一部。

《陈书》本传:"至德四年,加宣惠将军,量置佐史。寻授尚书令,给鼓吹一部。"

卢思道五十二岁,上奏议置六卿,除大理事,又谏殿庭杖罚,隋文帝嘉纳之。是年卒于京师。

见《隋书·卢思道传》。思道卒年,史传不载,见唐张说《齐黄门侍郎卢思道碑》。以《隋书·卢昌衡传》考之,昌衡为思道兄,大业初卒,年七十二。设昌衡卒于大业元年(605),当生于魏孝静帝天平元年(534),至本年五十三岁,而思道卒年五十二岁,与张说所记正合,可证张说碑文可信。今人或以为思道卒于开皇二年左右,恐非。

刘焯四十三岁,与刘炫考定石经文字。

《隋书·儒林·刘焯传》曰:"(开皇)六年,运洛阳石经至京师,文字磨灭,莫能知者,奉敕与刘炫等考定。"

王延被朝廷迎至大兴殿。

《云笈七签》卷八十五"王延"条:"六年丙午诏以宝车迎延于大兴殿。帝洁斋请益,受智慧大戒。于时丹凤来仪,飞止坛殿。诏以延为道门威仪之制,自延始也。苏威、杨素皆北面执弟子之礼。"

刘臻六十岁。李德林五十六岁。颜之推五十六岁。阮卓五十六岁。薛道衡四十七岁。柳䛒四十五岁。蔡凝四十四岁。牛弘四十二岁。许善心二十九岁。杨广十八岁。王通三岁。

陈后主祯明元年·隋文帝开皇七年(587)　丁未

正月改至德五年为祯明元年。

江总六十九岁,为《孙玚墓志铭》、《游栖霞寺诗》。

见《新书·孙玚传》:"及卒,尚书令江总为其墓志。"按:孙玚"祯明元年卒官,时年七十二"。又作《游栖霞寺诗》,序称:"祯明元年太岁丁未四月十九日癸亥,入摄山展慧布法师,忆《谢灵运集·还故山入石壁山中寻昙隆道人有诗》一首十一韵。今此拙作,仍学康乐之体。"见《广弘明集》卷三十。

章华作《上后主书》。

《南史》本传:"祯明初,上书极谏,其大略曰:'陛下即位于今五年,不思先帝之艰难,不知天命之可畏……'书奏,后主大怒,即日斩之。"此文痛斥陈后主之荒淫误国,犀利痛快。

刘焯四十四岁,因释奠,与刘炫二人论义,深挫诸儒,咸怀妒恨,遂为飞章所谤,除名为民。于是优游乡里,专以教授著述为务,孜孜不倦。

《隋书·儒林·刘焯传》:"贾、马、王、郑所传章句,多所是非。《九章算术》、《周髀》、《七曜历书》十余部,推步日月之经,量度山海之术,莫不覈其根本,穷其秘奥。著《稽极》十卷,《历书》十卷,《五经述议》,并行于世。刘炫聪明博学,名亚于焯,故时人称二刘焉。"不载年月,事在六年之后,姑系于此,待考。

辛德源为蜀王杨秀掾。

见《隋书·辛德源传》。史传不载年月,当在四年宿陆爽家后、十二年蜀王秀为内史令前,姑系于此。

崔儦使陈。还,杨素为子玄纵娶其女。

按《隋书·高祖纪》,时在本年四月。《隋书·文学·崔儦传》云:"还,授员外散骑侍郎。越国公杨素时方贵幸,重儦门第,为子玄纵娶其女为妻,聘礼甚厚。亲迎之始,公卿满座,素令骑迎儦,儦故敝其衣冠,骑驴而至。素推令上座,儦有轻素之色,礼甚倨,言又不逊。素忿然拂衣而起,竟罢座。后数日,方来谢,素待之如初。"

孙万寿在滕王瓒幕为文学。

《隋书·文学·孙万寿传》:"高祖受禅,滕穆王引为文学,坐衣冠不整,配防江南。"滕王卒于开皇十一年,而孙万寿得罪,"配防江南"在平陈后。其得罪时间不可考,据本传,此时当已为滕王文学。

释慧藏六十六岁,文帝征请入京,谒帝承明,讲《金刚般若论》等。

见释道宣《续高僧传》卷九《隋西京空观道场释慧藏传》。

释慧远六十五岁,春往定州,途经上党,留连夏讲,遂阙东传,因有诏书,便回到京城。

见释道宣《续高僧传》卷八《隋京师净影寺释慧远传》。

释昙迁四十六岁,与名僧大德谒文帝于大兴殿。

释道宣《续高僧传》卷十八《隋西京禅定道场释昙迁传》:"属开皇七年秋,下诏曰:皇帝敬问徐州昙迁法师,承修叙妙因,勤精道教,护持正法,利益无边,诚释教之栋梁,即人伦之龙象也。深愿巡历所在,承风餐德,限以朝务,实怀虚想。当即来仪,以沃劳望。弟子之内,闲解法相,能转梵音者十人,并将入京。当与师崇建正法,刊定经典。且道法初兴,触途草创,弘奖建立,终藉通人。京邑之间,远近所凑,宣扬法事,为惠殊广。想振锡拂衣,勿辞劳也。寻望见师,不复多及。时洛阳慧远、魏郡慧藏、清河僧休、济阴宝镇、汲郡洪遵,各奉明诏,同集帝辇。迁乃率其门人,行途所资,皆出天府。与五大德谒帝于大兴殿,特蒙礼接,劳以优言。又敕所司,并于大兴善寺安置供给。"宋释志磐《佛祖统纪》卷三十九《法运通塞志》载本年"诏昙迁法师为昭玄大沙门统"。

释灵干受敕住兴善寺,为译经证义沙门。

见释道宣《续高僧传》卷十二《隋西京大禅定寺道场释灵干传》。

释辩相随慧远回京,创建净影寺。

释道宣《续高僧传》卷十二《唐京师胜光寺辩相传》:"开皇七年,随远入辅,创住净影,对讲弘通。"

释宝袭受诏入京住兴善寺。

见释道宣《续高僧传》卷十二《唐京师大总持寺释宝袭传》。

释洪遵入京,与五大德同时奉见文帝。

释道宣《续高僧传》卷二十一《隋西京大兴善寺释洪遵传》:"释洪遵,姓时氏,相州人也。……开皇七年,下敕追诣京阙,与五大德同时奉见。特蒙劳引,令住兴善,并十弟子四事供养。"

刘臻六十一岁。阮卓五十七岁。李德林五十七岁。颜之推五十七岁。薛道衡四十八岁。柳䛒四十六岁。蔡凝四十五岁。牛弘四十三岁。许善心三十岁。杨广十九岁。王通四岁。

陈后主祯明二年·隋文帝开皇八年(588)　戊申

江总七十岁,六月进号中权将军。作《营涅槃忏还途作诗》。

《陈书》本传:"祯明二年,进号中权将军。"《营涅槃忏还途作诗》,见《广弘明集》卷三十。其序称:"祯明二年仲冬,摄山栖霞寺布法师,只尔待终。余以此月十七日宿昔入山,仰为师民营涅槃忏,还途有此作。"

李德林五十八岁,被授为柱国,封郡公。

按《隋书·李德林传》载,去年,隋文帝幸同州,李德林以疾不从,"敕书追之,书后御笔注云:'伐陈事宜,宜自随也。'时高颎以使入京,上语颎曰:'德林若患未堪行,宜自至宅取其方略。'高祖以之付晋王广。"是知平陈之策,多出李德林。

薛道衡四十九岁,任淮南道行台尚书吏部,兼掌文翰。

见《隋书·薛道衡传》。隋师临江,高颎问薛道衡以此举可克江东否,答以必克。

许善心三十一岁,奉陈命聘隋,礼成而不获反命,累表请辞,不许,留系宾馆。

见《隋书·许善心传》。

八月十三日,释昙延卒,时年七十三岁。

见释道宣《续高僧传》卷八《隋京师延兴寺释昙延传》。薛道衡作悼文。详见宋释志磐《佛祖统纪》卷三十九《法运通塞志》。

刘臻六十二岁。颜之推五十八岁。阮卓五十八岁。薛道衡四十九岁。柳䛒四十七岁。蔡凝四十六岁。刘焯四十五岁。牛弘四十四岁。杨广二十岁。王通五岁。

陈后主祯明三年·隋文帝开皇九年(589)　己酉

正月陈后主为隋军所擒。三月与王公百僚发自建邺，入于长安。

见《陈书·后主纪》。

阮卓卒，时年五十九岁。

《陈书》本传："祯明三年入于隋，行至江州，追感其父所终，因构疾而卒，时年五十九岁。"史称其"笃志经籍，尤工五言"。今存诗六首，多见《艺文类聚》及《文苑英华》。

蔡凝卒，时年四十七岁。

《陈书》本传："陈亡入隋，道病卒。时年四十七。"今存《赋得处处春云生》诗一首，见《初学记》卷一。

江总七十一岁，入隋，作《鲁广达墓志铭》并题诗赞之。

见《陈书》本传。按《鲁广达传》："祯明三年依例入隋。广达怆本朝沦覆，遘疾不治，寻以愤慨卒。时年五十九。尚书令江总抚柩恸哭，乃命笔题其棺头，为诗曰……总又制广达墓铭，其略曰……"

姚察入长安，为秘书丞，受诏撰梁、陈二代史书。

《陈书》本传："陈更入隋，开皇九年，诏授秘书丞，别敕成梁、陈二代史。"

虞世基入长安，为通直郎，直内史省。

《隋书》本传云："陈灭归国，为通直郎，直内史省。"

虞世南入长安。

《旧唐书》本传云："陈灭，与世基同入长安。"

杨广为太尉。

见《隋书·高祖纪》,又《炀帝纪》:"陈平……进位太尉。"

杨素为荆州总管,又为纳言。

《隋书·高祖纪》:"(开皇九年)四月……以信州总管杨素为荆州总管。""六月,以荆州总管杨素为纳言。"同书《杨素传》载,是年被封郢国公,寻改越国公。

李德林五十九岁,取高阿那肱卫国县市店事为隋文帝所嫌。

《隋书·李德林传》云:"初,大象末,高祖以逆人王谦宅赐之,文书已出,至地官府,忽复改赐崔谦。上语德林曰:'夫人欲得,将与其舅。于公无形迹,不须争之,可自选一好宅。若不称意,当为营造,并觅庄店作替。'德林乃奏取逆人高阿那肱卫国县市店八十坈为王谦宅替。九年,东驾幸晋阳,店人上表诉称:'地是民物,高氏强夺,于内造舍。'上命有司料还价直。遇追苏威自长安至,奏云:'高阿那肱是乱世宰相,以谄媚得幸,枉取民地,造店赁之,德林诬罔,妄奏自入。'李圆通、冯世基等又进云:'此店收利如食千户,请计日追赃。'上因责德林,德林请勘逆人文簿及本换宅之意,上不听,乃悉追店给所住者。自是益嫌之。"

薛道衡五十岁,自伐陈还,除吏部侍郎。

见《隋书·薛道衡传》。

牛弘四十五岁,受诏改定雅乐,自作乐府歌词,撰定圆丘五帝凯乐,并议乐事,牛弘上奏,又论六十律不可行。

见《隋书·牛弘传》。据本传,定新乐者有何妥,不见《高祖纪》。《音乐志》记定新乐者又有刘臻。《高祖纪》有许善心、姚察、虞世基等。《隋书·音乐志》又载,开皇九年平陈,获宋、齐旧乐,诏于太常置清商署,以管之。求陈太乐令蔡子元、于普明等复居其职。

许善心三十二岁,在长安,闻陈亡,衰服号哭于西阶之下三日。

隋文帝授通直散骑常侍，赐衣一袭。善心哭尽哀，垂涕再拜受诏。

见《隋书·许善心传》。

孙万寿以衣冠不整，配防江南。作《远戍江南赠京邑知友》诗。

《隋书·文学·孙万寿传》云："行军总管宇文述召典军书。"检《隋书·宇文述传》，述以平陈之役为行军总管，率众三万，自六合而济，平陈不久，即为安州总管，知孙万寿到江南及作诗，并在本年。

晋王杨广引虞绰、王胄、庾自直为学士。

见《隋书·文学·虞绰传》、《王胄传》及《庾自直传》。

潘徽为吴州博士。

见《隋书·文学·潘徽传》。

三韩释圆光渡江至京师，初会摄论肇兴。

见释道宣《续高僧传》卷十三《唐新罗国皇隆寺释圆光传》。

刘臻六十三岁。颜之推五十九岁。柳䛒四十八岁。刘焯四十六岁。杨广二十一岁。王通六岁。

后编

南北融合时期的隋代文学编年

（590年～618年）

隋文帝开皇十年(590)　庚戌

颜之推六十岁。其名著《颜氏家训》疑作于是年左右。不久,颜之推卒。

《颜氏家训·终制》云"今虽混一",则此书作于开皇九年以后。又云:"吾已六十余。"以中大通三年生来推,则本年六十岁。按《北齐书》本传:"隋开皇中,太子召为学士,甚见礼重。寻以疾终。"根据陆法言《切韵序》,称颜之推的官职为"外史"。此序所记为"开皇初"事,曹道衡曾考证其具体时间约为开皇四年(见《从〈切韵序〉推论隋代文人的几个问题》,文津出版社版《中古文学史论文集续编》第 368 至 378 页)。那么废太子杨勇召颜之推为学士最早当为开皇五年(585),由此下推到隋平陈凡四年,从《北齐书》和《北史》本传说"寻以疾终"来看,大约不会很晚,可能是开皇九年至十一年(589~592)。

李德林六十岁,获罪,出为湖州刺史,转怀州刺史。

见《隋书·李德林传》。

隋文帝以杨素久劳于外,诏令驰传入朝,加其子杨玄感为上开府,赐彩物三千段,杨素以江南未全平,又请自行。至会稽,江南大定。又拜素子杨玄奖为仪同。素颇推高颎,敬牛弘,厚接薛道衡,视苏威蔑如也。

见《隋书·杨素传》。

杨坚作《宴秦孝王于并州作诗》。

《隋书·五行志》:"开皇十年,高祖幸并州,宴秦孝王及王子相。帝为四言诗曰……"

潘徽为秦王杨俊学士。稍后作《述思赋》、《万字文》及《韵纂》。

按:高智慧乱前,据《隋书·文四子·秦素王俊传》,杨俊镇江陵,后移并州,而据《炀帝纪》,炀帝镇并州,移镇扬州。据此潘徽为秦王学士,在本年十一月前,至于奉命有所撰述,则未必定在扬州也。

晋王总管扬州,设千僧斋,授菩萨戒师名。

见《佛祖统纪》卷二十三《历代传教表》。

十月,达摩笈多抵达长安。

释道宣《续高僧传》卷二《隋东雒宾上林翻经馆南贤豆沙门达摩笈多传》:"达摩笈多,隋言法密,本南贤豆罗罗国人也。……寻蒙帝旨,延入京城,处之名寺,供给丰沃。即开皇十年冬十月也。至止未淹,华言略悉。又奉别敕令就翻经,移住兴善,执本对译。"

释昙迁四十九岁,本年春随文帝巡幸晋阳,劝谏文帝请僧尼私度者,并听出家。

释道宣《续高僧传》卷十八《隋西京禅定道场释昙迁传》:"故率土蒙度数十万人。迁之力也。寻下敕为第四皇子蜀王秀于京城置胜光寺,即以王为檀越,敕请迁之徒众六十余人,住此寺中受王供养。"又著《亡是非论》与魏那道士仇岳调和释道纷争。

释灵裕七十四岁,在洛州灵通寺。

见释道宣《续高僧传》卷九《隋相州演空寺释灵裕传》。

释僧粲六十二岁,被敕迎入帝里,住兴善寺。

见释道宣《续高僧传》卷九《隋京师大兴善道场释僧粲传》。

江总七十二岁。刘臻六十四岁。薛道衡五十一岁。柳䛒四十九岁。刘焯四十七岁。牛弘四十六岁。陈叔宝三十八岁。许善心三十三岁。杨广二十二岁。王通七岁。

隋文帝开皇十一年(591)　辛亥

李德林卒,时年六十一。

见《隋书·李德林传》,谓开皇十年出为怀州刺史,岁余卒。《隋书·经籍志》著录有集十卷。

陆爽卒,时年五十三。

见《隋书·陆爽传》。爽,陆法言父,与太子左庶子宇文恺等撰《东宫典记》七十卷。

辛彦之卒。

见《隋书·儒林·辛彦之传》。彦之撰《坟典》一部,《六官》一部,《祝文》一部,《礼要》一部,《新礼》一部,《五经异义》一部,并行于世。

释智顗六十岁,作《将赴晋王昭求四愿》。

见释道宣《续高僧传》卷十七《隋国师智者天台山国清寺释智顗传》。又见宋释志磐《佛祖统纪》卷三十九《法运通塞志》:"十一月,晋王广总管扬州,迎顗禅师至镇,设千僧会,受菩萨戒,上师号曰智者。"

释灌顶从智顗居扬州禅众寺。

见释道宣《续高僧传》卷十九《唐天台山国清寺释灌顶传》。

释洪遵与天竺僧共译梵文。

见释道宣《续高僧传》卷二十一《隋西京大兴善寺释洪遵传》。

释真观作《愁赋》。

释道宣《续高僧传》卷三十《隋杭州灵隐山天竺寺释真观传》:"释真观,字圣达。吴郡钱塘人。俗姓范氏。……开皇十一年,江南叛反,王师临吊,乃拒官军。羽檄竞驰,兵声逾盛。时元帅杨素整阵南驱,寻便瓦散。俘虏诛剪三十余万。以观名声昌盛,光扬江表,谓其造檄,不问将诛。既被严系,无由申雪。金陵才士鲍亨、谢瑀之徒,并被拥略,将欲斩决。来过素前,责曰:'道人当坐禅读经,何因妄忤军甲,乃作檄书。罪当死不?'观曰:'道人所学诚如公言,然观不作檄书。无辜受死。'素大怒,将檄文以示:'是尔作不?'观读曰:'斯文浅陋,未能动人。观实不作。若作过此。'乃指摘五三处曰:'如此语言何得上纸?'素既解文,信其言也。……素曰:'多时被系,叵解愁不?'索纸与之,令作《愁赋》。观览笔如流,须臾纸尽。命且将来,更与一纸。素随执读,惊异其文,口唱师来。不觉起接,即命对坐,乃尽其词。故赋略云。"

江总七十三岁。刘臻六十五岁。薛道衡五十二岁。柳䛒五十岁。刘焯四十八岁。牛弘四十七岁。陈叔宝三十九岁。许善心三十四岁。杨广二十三岁。王通八岁。

隋文帝开皇十二年(592) 壬子

江总七十四岁,作《秋日游昆明湖诗》。

诗见《文苑英华》卷一百六十四,江总卒于开皇十四年,死前已南归,则至迟当在今年或明年,又薛道衡,今年已被贬,是不得为明年作也。

薛道衡五十三岁,坐抽擢人物,有言其党苏威,任人有意故者,除名,配防岭表。晋王杨广时在扬州,阴令人讽道衡,从扬州路,将奏留之。道衡不乐王府,因汉王杨谅之计,遂出江陵道而去。寻有诏征还,直内史省。作《秋日游昆明湖诗》。

见《隋书·薛道衡传》。据《隋书·炀帝纪》,炀帝因江南高智慧等相聚作乱,徙为扬州总管,镇江都。可见薛之南贬,正当苏威被黜时。然文帝未几即令苏威通籍复爵,故薛亦召还。《隋书·薛道衡传》又云:"晋王由是衔之,然爱其才,犹颇见礼。"此为炀帝杀薛道衡张本。《秋日游昆明湖诗》见《文苑英华》卷一百六十四。参江总条。

元行恭作《秋日游昆明湖诗》。又作《过故宅诗》。

按:前诗见《文苑英华》卷一百六十四。后诗见《文苑英华》卷三百零七。后诗"唯余一废井,尚夹两株桐"句,对江总《南还寻草市宅诗》"见桐犹识井,看柳尚知门"句有启发。元、江在长安为友。江总当是明年南归,归前当已见元诗。

何妥与苏威议事不合,相诋诃。

《隋书·儒林·何妥传》曰：苏威考定文学，与何妥更相诃诋。苏威勃然曰："无何妥，不虑无博士！"妥应声曰："无苏威，亦何忧无执事！"由是与威有隙。"其后，隋文帝令何妥考定钟律，妥上表论乐，帝令太常取妥节度。于是作清、平、瑟三调声，又作八佾、《鞞》、《铎》、《巾》、《拂》四舞。何妥又奏用黄钟，从之。"

十二月，上柱国、内史令杨素为尚书右仆射。

见《隋书·高祖纪》。

孙万寿自江南归乡里。

《隋书·文学·孙万寿传》："后归乡里，十余年不得调。仁寿初……"自本年至仁寿二年为十年，则必在本年前也。

六月二十四日，释慧远卒，时年七十岁。薛道衡制碑文，虞世基书写，于氏镌刻，时号三绝。

见释道宣《续高僧传》卷八《隋京师净影寺释慧远传》。

释童真受敕于大兴寺对翻梵本。

见释道宣《续高僧传》卷十二《隋西京大禅定道场释童真传》。

文帝下诏，令搜简三学业长者，海内通化，崇于禅府，选得二十五人。其中行解高者，释法应为其长。

见释道宣《续高僧传》卷十九《唐京师清禅寺释法应传》。

释道往随大将军周罗睺远届庐山，至东林精舍。

见释道宣《续高僧传》卷二十《江州东林寺释道往传》。

刘臻六十六岁。柳䛒五十一岁。刘焯四十九岁。陈叔宝四十一岁。许善心三十五岁。杨广二十四岁。王通九岁。

隋文帝开皇十三年（593）　癸丑

二月，隋文帝下制禁私家隐藏纬候、图谶。五月，隋文帝下诏人间有撰集国史、臧否人物者，皆令禁绝。

见《隋书·高祖纪》。

江总七十五岁,本年春得许南还。作《卞山楚庙诗》、《于长安归还扬州九月九日行薇山亭赋韵诗》。

按《陈书·江总传》,总卒于开皇十四年。今观其《于长安归还扬州九月九日行薇山亭赋韵诗》,乃秋日作;《南还寻草市宅诗》有"乘春行故里,徐步采芳荪"句,乃春景。则总南归后历秋经春而卒,故至迟当是今年得南返也。按:《卞山楚庙诗》,当是归途所作,见《艺文类聚》卷三十八。《九月九日薇山亭》诗,当是到扬州后作,见《初学记》卷四。《艺文类聚》卷三十一有《遇长安使寄裴尚书诗》,疑亦作于本年。

释昙迁五十二岁,隋文帝至岐州,劝谏收集佛像。

见释道宣《续高僧传》卷十《隋西京禅定道场释昙迁传》。

刘臻六十七岁。薛道衡五十四岁。柳䛒五十二岁。刘焯五十岁。牛弘四十九岁。陈叔宝四十一岁。许善心三十六岁。杨广二十五岁。王通十岁。

隋文帝开皇十四年(594)　甲寅

四月,隋文帝下诏谓:"正乐雅声,详考已讫,宜即施用。"又谓:"人间音乐,流僻日久。""宜加禁约。"

见《隋书·高祖纪》。

江总卒于江都,时年七十六。本年作《南还寻草市宅诗》。

按:江总卒年见《陈书·江总传》。《南还寻草市宅诗》见《艺文类聚》卷六十四,当作于本年卒前。有集三十卷,佚。

何妥作《乐部曹观乐诗》。

按:此诗当是新乐初成时作。妥又有《奉敕于太常寺修正古乐诗》当作于此前,年代不可考,当在九年后、本年前。

许善心三十七岁,作《于太常寺听陈国蔡子元所校正声乐诗》。

诗见《初学记》卷十五。是诗当即新乐初成时作。蔡子元正乐,事见《隋书·音乐志》下,事在九月平陈后,当于此时修成。又按:薛道衡作《和许给事善心戏场转韵诗》,见《初学记》卷十五。诗言"京洛重新年",或是明年初,姑系于许诗后。

著作郎杜台卿上表请致仕,敕以本官还第。

见《隋书·杜台卿传》。

明克让以疾去官,加通直散骑常侍。不久,卒。时年七十。

《隋书·明克让传》:"开皇十四年,以疾去官,加通直散骑常侍。卒,年七十。"著《孝经义疏》,《古今帝代记》一卷,《文类》四卷,《续名僧记》一卷,集二十卷。

十月,陈叔宝随文帝登洛阳邙山,侍饮赋诗曰:"日月光天德,山河壮帝居。太平无以报,愿上东封书。"并表请封禅。

见《通鉴》卷一百七十八。

释昙迁五十三岁,劝谏朝廷供奉寺庙。

释道宣《续高僧传》卷十八《隋西京禅定道场释昙迁传》:"十四年,柴燎岱宗,迁又上诸废山寺并无贯逃僧,请并安堵。帝又许焉。寻敕率土之内,但有山寺,一僧已上皆听给额,私度附贯。迁又其功焉。又敕河南王为泰岳神通道场檀越,即旧朗公寺也。齐王为神宝檀越,旧静默寺也。华阳王为宝山檀越,旧灵岩寺也。"又诏建禅定寺,昙迁集海内名德百二十人住之。详见宋释志磐《佛祖统纪》卷三十九《法运通塞志》。

阇提斯那自中天竺摩竭提国动身至长安。九年后之仁寿二年方至东土。

释道宣《续高僧传》卷二十六《隋中天竺国沙门阇提斯那传》:"阇提斯那,住中天竺国摩竭提国,学兼群藏,艺术异能,通练于世。以本国忽然大地震裂,所开之处,极深无底,于其圻侧获一石碑,文云:东方震旦,国名大隋。城名大兴,王名坚意,建立三宝,起舍利塔。

彼国君臣，欣感嘉瑞，相庆希有。乃募道俗五十余人，寻斯灵相。初发祖送，并出王府。路远贼掠，所遗荡尽。惟余数人，逃窜达此。以仁寿二年至仁寿宫，计初地裂获碑之时，即此土开皇十四年也，行途九载方达东夏。"

柳䛒五十三岁。刘焯五十一岁。牛弘五十岁。陈叔宝四十二岁。杨广二十六岁。王通十一岁。

隋文帝开皇十五年(595)　乙卯

柳䛒五十四岁，与诸葛颖诸人当时已为晋王杨广学士。

《隋书·柳䛒传》云："及梁国废，拜开府，通直散骑常侍，寻迁内史侍郎。以无吏干去职，转晋王谘议参军。王好文雅，招引才学之士，诸葛颖、虞世南、王胄、朱瑒等百余人以充学士。而䛒为之冠，王以师友处之，每有文什，必令其润色，然后示人。尝朝京师还，作《归藩赋》，命䛒为序，词甚典丽，初，王属文，为庾信体，及见䛒后，文体遂变。"《隋书·文学传序》谓"炀帝初习艺文，有非轻侧之论，暨乎即位，一变其风"。其"非轻侧之论"，当受柳䛒影响。又《隋书·诸葛颖传》："周武平齐，不得调，杜门不出十余年"，"晋王广素闻其名，引为参军事，转记室"。自周武平齐，至此十八九年，其入幕亦当在本年前。

许善心三十八岁，从隋文帝幸太山，还，授虞部侍郎。

见《隋书·许善心传》。

杨广二十七岁，为扬州总管，文帝之祠太山，领武侯大将军。

见《隋书·炀帝纪》。

释彦琮撰《众经法式》。

释道宣《续高僧传》卷二《隋东都雒宾上林翻经馆南贤豆沙门达摩笈多传》："至开皇十五年，文皇下敕令翻经诸僧撰《众经法式》，时有沙门彦琮等准的前录，结而成之。一部十卷。"

释真观法师在杭州虎林建天竺寺。

详见宋释志磐《佛祖统纪》卷三十九《法运通塞志》。

二月,晋王杨广遣使迎智者至扬州禅众寺,上所著《净名义疏》。九月辞归天台。

详见宋释志磐《佛祖统纪》卷三十九《法运通塞志》。

北天竺暗那崛多于大兴善寺译《佛本行经》等三十三部。翻经学士费长房等笔受。

详见宋释志磐《佛祖统纪》卷三十九《法运通塞志》。

刘臻六十九岁。薛道衡五十六岁。刘焯五十二岁。牛弘五十一岁。陈叔宝四十三岁。王通十二岁。

隋文帝开皇十六年(596)　丙辰

许善心三十九岁,作《神雀颂》。

按:《神雀颂》本文,见《隋书·许善心传》。本传曰:"(开皇)十六年,有神雀降于含章闼,高祖召百官赐宴,告以此瑞。善心于座请纸笔,制《神雀颂》,其词曰……颂成奏之,高祖甚悦曰:'我见神雀,共皇后观之。今旦召公等入,适述此事,善心于座始知,即能成颂。文不加点,笔不停毫,常闻此言,今见其事。'因赐物二百段。"

何妥卒。

按《隋书·儒林·何妥传》,记妥作清、平、瑟三调声,又作八佾、《鞞》、《铎》、《巾》、《拂》四舞事。据《高祖纪》所载,定乐之诏,在开皇十四年。而本传谓妥"除伊州刺史,不行,寻为国子祭酒,卒官"至早当在今年,然亦不能太迟。妥撰《周易讲疏》十三卷,《孝经义疏》三卷,《庄子义疏》四卷及与沈重等撰《三十六科鬼神感应等大义》九卷,《封禅书》一卷,《乐要》一卷,文集十卷,并行于世。

释童真受诏为涅槃众主。

见释道宣《续高僧传》卷十二《隋西京大禅定道场释童真传》。

释宝袭受敕补为大论众主于通法寺，四时讲化，方远总集。

见释道宣《续高僧传》卷十二《唐京师大总持寺释宝袭传》。

刘臻七十岁。薛道衡五十七岁。柳䛒五十五岁。刘焯五十三岁。牛弘五十二岁。陈叔宝四十四岁。杨广二十八岁。王通十三岁。

隋文帝开皇十七年（597）　丁巳

薛道衡五十八岁，隋文帝善其称职，谓杨素、牛弘曰："道衡老矣，驱使勤劳，宜使其朱门陈戟。"于是进位上开府，赐物百段。道衡辞以无功，文帝曰："尔久劳阶陛，国家大事，皆尔宣行，岂非尔功也？"道衡久当枢要，才名益显，太子诸王争相与交，高颎、杨素雅相推重，声名藉甚，无竞一时。

见《隋书·薛道衡传》。此事在仁寿前，本传谓"太子诸王争相与交"，然秦王已得罪，太子亦寻废，故疑在此时或以前。又杨素明年出征突厥，当以今年以前为近。

许善心四十岁，除秘书丞，于时秘藏图籍尚多淆乱，善心仿阮孝绪《七录》更制《七林》，各为总叙，冠于篇首。又于部录之下，区分其类例焉。又奏追李文博、陆从典等学者十许人，正定经史错谬。

见《隋书·许善心传》。

潘徽入晋王广幕为学士。

《隋书·文学·潘徽传》云："复令为《万字文》，并撰集字书，名为《韵纂》。""未几，俊薨，晋王广复引为扬州学士。"然秦王俊本年已得罪，恐未卒时徽已入杨广幕。徽又与诸儒作《江都集礼》。此书篇幅甚大，秦王以开皇二十年卒，而是年晋王杨广已为太子。潘徽序称晋王犹云"太尉、扬州总管、晋王"，故知此书之作，当始于本年也。

正月，宝贵揣开皇以来新所译经奏上。帝亲制序。翻经学士费长房进《开皇三宝录》十五卷。长房先为沙门，周武沙汰反俗。隋兴入预译经。

详见宋释志磐《佛祖统纪》卷三十九《法运通塞志》。又见元释觉岸《释氏稽古略》卷二详引,谓其本年十二月二十三日奏书。

十一月二十二日,释智𫖮卒,时年六十七岁。

见释道宣《续高僧传》卷十七《隋国师智者天台山国清寺释智𫖮传》。

释僧粲六十七岁,受敕为二十五众第一摩诃衍匠,故著《十种大乘论》:一通、二平、三逆、四顺、五接、六挫、七迷、八梦、九相即、十中道。又著《十地论》两卷。

见释道宣《续高僧传》卷九《隋京师大兴善道场释僧粲传》。

文帝敕立五众,慧迁为十地众主,处宝光寺。

见释道宣《续高僧传》卷十二《唐京师大总持释慧迁传》。

刘臻七十一岁。柳䛒五十六岁。刘焯五十四岁。陈叔宝四十五岁。杨广二十九岁。王通十四岁。

隋文帝开皇十八年(598)　戊午

杨素伐突厥归,作《出塞》二首,薛道衡、虞世基俱有和作。

杨诗见《文苑英华》卷一百九十七;薛诗、虞诗同。

刘臻卒,时年七十二。

《隋书·文学·刘臻传》:"开皇十八年卒,年七十二。"存《河边枯树诗》一首。

薛道衡五十九岁。柳䛒五十七岁。刘焯五十五岁。牛弘五十四岁。陈叔宝四十六岁。许善心四十一岁。杨广三十岁。王通十五岁。

隋文帝开皇十九年(599)　己未

晋王杨广三十一岁。正月,入朝长安。

见《隋书·高祖纪》。

杨素《山斋独坐赠薛内史》诗(二首)当作于是时。薛道衡有《敬酬杨仆射山斋独坐》诗。

按：薛道衡时为内史侍郎。据《隋书·高祖纪》、《杨素传》，杨素去年及明年皆率军出征，则杨、薛唱和当在本年。杨诗见《文苑英华》卷二百四十八，薛诗见《文苑英华》三百十七。

释智炬住止京都日严寺，著《中论疏》等。

见释道宣《续高僧传》卷十一《隋西京日严寺道场释智炬传》。

薛道衡六十岁。柳䛒五十八岁。刘焯五十六岁。牛弘五十五岁。陈叔宝四十七岁。许善心四十二岁。王通十六岁。

隋文帝开皇二十年(600)　庚申

刘焯五十七岁，与刘炫为废太子杨勇所召，及至，隋文帝命事蜀王杨秀，刘焯、刘炫迁延不往，蜀王大怒，遣人枷送于蜀，配之军防。其后典校书籍。"王以罪废，焯与诸儒修定礼律，除云骑尉。""炫因拟屈原《卜居》，为《筮涂》以自寄。及蜀王废，与诸儒修定五礼，授旅骑尉。"

见《隋书·儒林·刘焯传》、《刘炫传》。史不载年月，以二人皆被召而诏令事蜀王，疑因至都时太子杨勇已被废故也。《隋书·刘焯传》云："后因国子释奠，与(刘)炫二人论义，深挫诸儒，咸怀妒恨，遂为飞章所谤，除名为民。……废太子勇闻而召之，未及进谒，诏令事蜀王，非其好也，久之不至。王闻而大怒，遣人枷送于蜀，配之军防。其后典校书籍。王以罪废，焯与诸儒修定礼律，除云骑尉。"又《刘炫传》载其伪造古书上献，被人告发事："经赦免死，坐除名，归于家，以教授为务。太子勇闻而召之，既至京师，敕令事蜀王秀，迁延不往，蜀王大怒，枷送益州。既而配为帐内，每使执杖为门尉。俄而释之典校书史。炫因拟屈原《卜居》，为《筮涂》以自寄。及蜀王废，与诸儒修定五礼，授旅骑尉。"这两段记载写的虽然是两人的遭遇，而事情十分相像,颇疑是在同一时期里发生的事。因为废太子杨勇征召学士,隋文帝叫他们事蜀王杨秀,两人都拖着不去,触怒杨秀。蜀王被废后,两人又都回到京城议礼,事情完全一样。两人被枷送蜀的时间,《隋书·儒林传》的记载比较含糊,但是可以肯定是在开皇六年至二十年之间。根据《隋书·庶人秀传》,杨秀第二次入蜀时在开皇十二年以后,而二刘之被枷送到蜀应在开皇二十年至仁寿元年(600~601)间。因为二刘都是应太子勇的征召而来,却又未谒见杨勇,就奉命去事蜀王杨秀。为什么隋文帝要他们去蜀王杨秀那里去呢?很可能是因为二刘应命来到长安时,杨勇已经被废,所以隋文帝改令他们去事蜀王杨秀。他们接到命令后,拖延时间没有立刻去蜀,在这期间,刘炫还曾和牛弘议论过二品官为傍亲服丧之事,还劝谏过隋文帝废国子四门学及州县学的事。此事,《隋书》及《资治通鉴》就系在仁寿元年六月。这说明,刘焯及刘炫在开皇二十年尚在长安,后来拖得时间长了,引起杨秀大怒,才有枷送之事。其枷送时间应在开皇二十年末到仁寿元年。

牛弘受命与杨素、苏威、薛道衡、许善心、虞世基、崔子发等并召诸儒,论新礼降杀轻重。弘所立议,众咸推服之。

见《隋书·牛弘传》。据《高祖纪》,牛弘为吏部尚书在去年九月,此事在牛弘为吏部尚书后,当在本年前后。

十一月,隋文帝立晋王杨广为皇太子。时年杨广三十二岁。

见《隋书·高祖纪》。

杨素作《赠薛内史》诗,薛道衡作《重酬杨仆射山序》诗。

按:杨诗见《文苑英华》卷二百四十八;薛诗见《文苑英华》卷三百十七。薛诗题为"重酬",当在《敬酬杨仆射山斋独坐》之后。又薛诗云"寂寂无与晤,朝端去从戎",诗中又多从军出塞景象,疑是杨素与炀帝本年出灵朔、军还而作。

陆法言被除名。

见《隋书·陆爽传》。初,法言父陆爽为太子洗马,尝奏隋文帝云:"'皇太子诸子未有嘉名,请依《春秋》之义更立名字。'上从之。及太子废,帝追怒爽云:'我孙制名,宁不自解,陆爽乃尔多事。扇惑于勇,亦由此人。其身虽故,子孙并宜屏黜,终身不齿。'法言竟坐除名。"按:法言即《切韵序》作者,陆爽与薛道衡等交,皆附于废太子杨勇及诸王者也,故法言以此获咎。

杜正玄举秀才,尚书试方略,正玄应对如响,下笔成章。

按《隋书·文学·杜正玄传》,"开皇末",仆射杨素负才傲物,正玄抗辞酬对,无所屈挠,素甚不悦。久之,会林邑献白鹦鹉,素促召正玄,使者相望。及至,即令作赋。正玄仓卒之际,援笔立成。素见文不加点,始异之。因令更拟诸杂文笔十余条,又皆立成,而辞理华赡,素乃叹曰:"此真秀才,吾不及也。"授晋王行参军,转豫章王记室。

薛道衡六十一岁。柳䛒五十九岁。牛弘五十六岁。陈叔宝四十八岁。许善心四十三岁。王通十七岁。

隋文帝仁寿元年(601) 辛酉

柳䛒六十岁,为东宫学士,加通直散骑常侍,检校洗马。

按《隋书·柳䛒传》:"仁寿初,引䛒为东宫学士。……甚见亲待,每召入卧内,与之宴谑。䛒尤俊辩,多在侍从,有所顾问,应答如响。性又嗜酒,言杂诽谐,由是弥为太子之所亲狎。以其好内典,令撰《法华玄宗》,为二十卷,奏之。太子览而大悦,赏赐优给,侪辈莫与为比。"

许善心四十四岁,摄黄门侍郎。

见《隋书·许善心传》。

正月,以杨素为尚收左仆射。又为行军元帅,出云州击突厥。

见《隋书·高祖纪》及《杨素传》。

诸葛颖为药藏监。

见《隋书·文学·诸葛颖传》。

孙万寿为豫章王长史。

见《隋书·文学·孙万寿传》。

文帝下诏普建灵塔，前后诸州凡一百一十一所。

见释道宣《续高僧传》卷十二《隋西京大禅定道场释童真传》："仁寿元年，下敕率土之内普建灵塔，前后诸州一百一十一所，皆送舍利，打刹劝课，缮构精妙。真以德王当时，下敕令住雍州，创置灵塔，遂送舍利于终南山仙游寺，即古传云秦穆公女名弄玉，习仙升云之所也。"又见释道宣《续高僧传》卷十八《隋西京禅定道场释昙迁传》、卷二十六《隋京师大兴善寺释道密传》。

左仆射虞庆则造仁觉寺，请释智正主持。

见释道宣《续高僧传》卷十四《唐终南山至相寺释智正传》。

南天竺三藏达磨笈多（此云法密）、北天竺暗崛多于大兴善寺重译《法华》为八卷，名曰《添品》。

详见宋释志磐《佛祖统纪》卷三十九《法运通塞志》。

薛道衡六十二岁。刘焯五十八岁。牛弘五十七岁。陈叔宝四十九岁。杨广三十三岁。王通十八岁。

隋文帝仁寿二年（602）　壬戌

柳䛒六十一岁，好内典，太子杨广令撰《法华玄宗》二十卷，奏之。

见《隋书·柳䛒传》。䛒为太子文学在"仁寿初"，则作此书当在今年。

刘焯五十九岁，与刘炫回都修定五礼及律。

见《隋书·儒林传》。按《隋书·高祖纪》，本年闰十月，隋文帝下诏令杨素、苏威、牛弘、薛道衡、许善心、虞世基、王劭等修定五礼。

许善心四十五岁，加摄太常少卿，与牛弘等议定礼乐。

见《隋书·许善心传》。

刘炫上言学校不宜省员,又作《抚夷论》,以为辽东不可伐。

见《隋书·儒林·刘炫传》。

文帝令释彦琮等撰《众经目录》。

释道宣《续高僧传》卷二《隋东都上林园翻经馆沙门释彦琮传》:"仁寿二年,下敕更令撰《众经目录》,乃分为五例,谓单译、重翻、别生疑伪、随卷有位、帝世盛行。寻又下敕令撰《西域传》。"元释觉岸《释氏稽古略》卷二:"西竺闍那崛多三藏是年出《获国》等经三十九部,合一百九十二卷,敕请兴善寺翻经学士沙门撰《众经目录》五经,总为五录,随类区辨也。"

汉王杨谅远迎志念法师。

见释道宣《续高僧传》卷十一《隋渤海沙门释志念传》及《隋西京日严寺道场释辩义传》。

褚亮作《左屯卫大将军周孝范碑铭》并序。

见《文馆词林》卷四百五十三。称其仁寿元年战死,二年三月下葬。

薛道衡六十三岁。牛弘五十八岁。陈叔宝五十岁。杨广三十四岁。王通十九岁。

隋文帝仁寿三年(603) 癸亥

崔儦卒,时年七十二岁。

《隋书·文学·崔儦传》云:"仁寿中,卒于京师。"仁寿仅四年,当为去年或本年也。按:崔儦字岐叔,清河武城人。与卢思道、辛德源友善。每以读书为负,署其户曰:"不读五千卷书者,无得入此室。"事迹虽入《文学传》,然已无作品流传也。

薛道衡六十四岁,为襄州总管。

《隋书·薛道衡传》曰:"仁寿中,杨素专掌朝政,道衡既与素善,上不欲道衡久知机密,因出检校襄州总管。道衡久蒙驱策,一旦违离,不胜悲恋,言之哽咽。高祖怆然改容曰:'尔光阴晚暮,侍奉诚劳,朕将令尔将摄,兼抚萌俗。今尔之去,朕如断一臂。'于是赍物三百段,九环金带,并时服一袭,马十匹,慰勉遣之。"据《隋书·许善心传》,仁寿元年,薛尚参与议礼,又据《刘焯传》,蜀王杨秀得罪后,刘焯返长安,参与议礼律,则议礼至二年尚未毕。薛之出任襄州总管,当在三年,因四年初,隋文帝已至仁寿宫,四月遂卒于仁寿宫,未归长安也。

王頍时为汉王杨谅谘议参军。

按:杨谅见房陵(废太子勇)及秦、蜀二王相次废黜,潜有异志。王頍遂阴劝谅修治兵甲。见《隋书·文学·王頍传》。

尹式为汉王杨谅记室。

《隋书·文学·尹式传》云:"仁寿中,官至汉王记室,王甚重之。"常得志过秦王杨俊故宫,为五言诗,辞理悲壮,为时人所重。复为《兄弟论》,义理可称。按《隋书·文学·常得志传》,常得志官至秦王记室。

王通二十岁,西游长安,陈济世之道。献太平十二策。为朝臣所阻,作《东征之歌》而归。隋唐之际的著名文人学者,多从其游。

详见《文中子世家》:隋仁寿三年,文中子冠矣,西游长安,见文帝,奏太平十有二策,帝下其议于公卿,公卿不悦。文中子知谋之不用,赋《东征之歌》而归。诗乃骚体。见宋释志磐《佛祖统纪》卷三十九《法运通塞志》及元释念常《佛祖通载》卷十一。文长不录。又元释觉岸《释氏稽古略》卷二有详细传记。

柳䛒六十二岁。刘焯六十岁。牛弘五十九岁。陈叔宝五十一岁。许善心四十六岁。杨广三十五岁。

隋文帝仁寿四年(604) 甲子

正月,隋文帝至仁寿宫。是月,诏赏罚支度,事无巨细,并付皇太子(杨广)。七月,隋文帝卒于仁寿宫,时年六十四。七月,隋炀帝杨广即位于仁寿宫,时年三十六岁。诛废太子杨勇。

见《隋书·高祖纪》、《隋书·文四子·废太子勇传》、《通鉴》卷一百八十。

陈后主陈叔宝卒于洛阳,时年五十二。

见《陈书·后主纪》。后主曾作《入隋侍宴应诏诗》,见《南史·陈本纪》。此诗作年不详,但言从隋文帝"东巡,登芒山",又言议行封禅礼,隋文帝不许,则未必是开皇十五年事,姑系于叔宝卒年。按《隋书·经籍志》著录文集三十九卷,佚。今存诗九十余首,文三十多篇。

杨素以平汉王谅功,炀帝遣素弟约赍手诏劳之,素上表陈谢。素从帝至洛阳,帝以素领营东京大监,拜其子万石、仁行,侄挺皆仪同三司,赏物五万段,绮罗千匹。汉王谅之妓妾二十人。又作《赠薛番州》诗。

见《隋书·杨素传》。按:汉王杨谅本年八月举兵反,隋炀帝遣尚书左仆射杨素讨之。《赠薛番州》,参见薛道衡条。

薛道衡六十五岁,转番州刺史。作《入郴江诗》。

见《初学记》卷六。杨素《赠薛番州》诗原见《文苑英华》卷二百四十八。逯钦立《先秦汉魏晋南北朝诗》引《北史》:"素尝以五言诗七百韵赠播州刺史薛道衡,词气颖拔,风韵秀上,为一时盛作,未几而卒。道衡曰:'人之将死,其言也善,若是乎?'"按:播州误,当作番州,薛道衡当时为番州刺史,其地在今广州市。这在薛氏的作品中也可以找到旁证。《初学记》卷六有他的《入郴江诗》,郴江在今湖南东南部的郴州,是北方去广东的必经之路。由此可证,《入郴江诗》作于去番州的途中。如果结合《隋书·地理志》说的番州置于隋文帝仁寿元年,废于隋炀帝大业初的话和《隋书·薛道衡传》说的"炀帝嗣位,转番州刺史"的话看来,《入郴江诗》应作于仁寿四年(604)或大业元年(605)。杨素的《赠薛番州》则作于此后不久。因为番州在大业初就被废,而杨素本人也于大业二年(606)死去。

柳䛒六十三岁,拜秘书监,封汉南县公。

见《隋书·柳䛒传》。

刘焯六十一岁,迁太学博士,俄以疾去职。

见《隋书·儒林·刘焯传》。

牛弘六十岁,引刘炫修律令。时立格以为州县佐史,三年而代之;九品以上官之妻不得再醮。刘炫著论驳之,牛弘从炫。后除太学博士,以位卑去职。

见《隋书·儒林·刘炫传》。

许善心四十七岁,出为岩州刺史,因汉王谅反,不之官。

见《隋书·许善心传》。

王頍在汉王杨谅败后,将奔突厥,至山中,径路断绝,自杀。年五十四。著有《五经大义》三十卷,文集十卷。

见《隋书·文学·王頍传》。

诸葛颖迁著作郎,甚见亲幸。

按《隋书·文学·诸葛颖传》,诸葛颖出入卧内,炀帝每赐之曲宴,辄与皇后嫔御连席共榻。颖因间隙,多所谮毁,是以时人谓之"冶葛"。

王贞为齐王杨暕宾客。

按《隋书·文学·王贞传》,齐王杨暕镇江都,以书召王贞,贞至,以客礼待之,又求文集,贞作启谢。齐王善其集。贞复上《江都赋》。未几,以疾还乡里,终于家。

王胄从刘方击林邑,以功授帅都督。

见《隋书·文学·王胄传》。胄,王筠孙。

潘徽奉诏与著作佐郎陆从典、太常博士褚亮、欧阳询等助越公杨素撰《魏书》,后以素卒而止。

见《隋书·文学·潘徽传》。

尹式自杀。

见《隋书·文学·尹式传》。按:因汉王杨谅败而自杀。其诗作今存二首。

释真慧与僧名并受敕住栖岩寺。

见释道宣《续高僧传》卷十八《隋河东栖岩道场释真慧传》。

隋文帝时期写佛经四十六藏,凡十三万卷。修治故经四百部。造金铜檀像六十余万躯,修治故像一百五十万九千余躯。宫内造刺绣并织成像,及画像不可称计。崇缉寺宇五千余所。译经道俗二十四人。所出经论垂五百余卷。

见元释觉岸《释氏稽古略》卷二。

王延卒于本年九月。

《云笈七签》卷八十五"王延"条:"仁寿四年告门人曰:吾欲归止西岳,但恐帝未悉尔。是年九月委化于玄都观。炀帝初即宝位,闻之尤加叹异。赐物百段,钱二十万,设三千人斋送还西岳。"

隋炀帝杨广大业元年(605)　乙丑

二月,杨素为尚书令,赐甲第一区,物二千段。七月,杨素为太子太师。

见《隋书·炀帝纪》、《杨素传》及《通鉴》卷一百八十。

薛道衡六十六岁。年末上表求致仕。

按:薛道衡转番州刺史,在炀帝嗣位(仁寿四年八月),至此凡岁余。见《隋书·薛道衡传》。

隋炀帝作诗赐牛弘，其同被赐者，至于文词赞扬，无如弘美。时年牛弘六十一岁。

诗见《隋书·牛弘传》。

许善心四十八岁，转礼部侍郎，奏荐儒者徐文远为国子博士，包恺、陆德明、褚徽、鲁世达之辈并加品秩，授为学官。其年，许善心议宇文述借本部兵数十人供私役之罪，为宇文述所忌。

见《隋书·许善心传》。

虞绰为秘书学士，奉诏与秘书郎虞世南、著作佐郎庾自直等撰《长洲玉镜》等书十余部。后迁著作佐郎，与虞世南、庾自直、蔡允恭等四人常居禁中，以文翰待诏，恩盼隆给。

见《隋书·文学·虞绰传》。

王胄为著作佐郎。

《隋书·文学传》本传云："大业初，为著作佐郎，以文词为炀帝所重。"

庾自直为著作佐郎。

《隋书·文学传》本传云："大业初，授著作佐郎。自直解属文，于五言诗尤善。性恭慎，不妄交游，特为帝所爱。帝有篇章，必先示自直，令其诋诃。自直所难，帝辄改之，或至于再三，俟其称善，然后方出。其见亲礼如此。"

正月二十二日，释灵裕卒，时年八十八岁。

释道宣《续高僧传》卷九《隋相州演空寺释灵裕传》云"自年三十，即存著述，初造《十地疏》四卷"等数十种。

建立大禅定寺，敕童真为道场主。

见释道宣《续高僧传》卷十二《隋西京师大禅定道场释童真传》。此依《续高僧传》，将大禅定寺修建，系于本年。按：同卷《释灵干传》云："大业三年置大禅定，有敕擢为道场上座。"而卷十三《唐京师大庄严寺释慧因传》称:"仁寿三年,起禅定寺,搜扬宇内,远招名德。"

柳䛒六十四岁。刘焯六十二岁。杨广三十七岁。王通二十二岁。

隋炀帝大业二年(606) 丙寅

二月,杨素奉炀帝命,与牛弘、宇文恺、虞世基、许善心等制定舆服。六月为司徒,七月卒。

见《隋书·炀帝纪》。《隋书·杨素传》曰:"素虽有建立之策,及平杨谅之功,然特为帝所猜忌,外示殊礼,内情甚薄。太史言隋分野有大丧,因改封于楚。楚与隋同分,欲以此厌当之。素寝疾之日,帝每令名医诊候,赐以上药。然密问医人,恒恐不死。素又自知名位已极,不肯服药,又不将慎,每语弟约曰:'我岂须更活耶?'"《隋书》本传:"大业元年,迁尚书令。……明年拜司徒,改封楚公,真食二千五百户。其年卒官。"谓素有集十卷。

姚察卒于东都洛阳,时年七十四岁。

见《南史·姚察传》、《陈书》本传:"年七十四,大业二年,终于东都。"察所撰《梁书》、《陈书》未成,入唐后,子思廉续成之。其诗作今存二首。

薛道衡六十七岁,是年至长安,上《高祖文皇帝颂》。炀帝览之不悦,顾谓苏威曰:"道衡致美先朝,此《鱼藻》之义也。"拜司隶大夫,将置之罪。

见《隋书·薛道衡传》。

许善心四十九岁,为宇文述所谮,左迁给事郎,降品二等。

按《隋书·许善心传》,大业元年,御史大夫梁毗劾宇文述私役本部兵数十人,百官议免罪,善心以为不可赦。后宇文述谮善心,谓作祭陈叔宝文称"陛下",善心引古例释之,事得释。"又太史奏帝即位之年与尧时符合。善心议以国哀甫尔,不宜称贺。述讽御史劾之,左迁给事郎,降品二等。"

孙万寿为齐王文学。因诸王多被夷灭,因谢病免。

见《隋书·文学·孙万寿传》。孙万寿卒年不可确考,因其为齐王文学,附见于此。本传但云:"久之,授大理司直,卒年五十二。"万寿又有《答杨世子诗》,乃答杨玄感者。当作于杨素死前,后玄感起兵反隋,万寿当已卒,故未株连。《答杨世子诗》,见《文苑英华》卷二百四十。

三月,释慧觉从江都入京,卒于泗州之宿预县,五十三岁。虞世南为碑文,虞世基为铭文。

见释道宣《续高僧传》卷十二《隋江都慧日道场释慧觉传》。按:慧觉与朝臣毛喜、孙炀、傅縡等人交往颇多。

释彦琮为东都作颂。

释道宣《续高僧传》卷二《隋东都上林园翻经馆沙门释彦琮传》:"大业二年,东都新治,与诸沙门诣阙朝贺,特被召入内禁,叙故累宵,谈述治体,呈示文颂,其为时主见知如此。因即下敕,于洛阳上林园立翻经馆以处之。供给事降,倍逾关辅。新平林邑,所获佛经合五百六十四夹,一千三百五十余部,并昆仑书多梨树叶。有敕送馆,付琮披览,并使编叙目录,以次渐翻。乃撰为五卷,分为七例,所谓经律赞论方字杂书七也。必用隋言以译之,则成二千二百余卷。敕又令裴矩共琮修缵《天竺记》,文义详洽,条贯有仪。凡前后译经,合二十三部一百许卷,制序述事,备于经首。"

释无碍受诏入洛阳,于四方馆刊定佛法。

释道宣《续高僧传》卷二十五《秦州永宁寺释无碍传》:"释无碍,姓陈氏,有晋永嘉,中原丧乱,南移建业。父旷,梁元帝征蕃学士。以承圣元年,碍生成都。"

柳䛒六十五岁。刘焯六十三岁。牛弘六十二岁。杨广三十八岁。王通二十三岁。

隋炀帝大业三年(607) 丁卯

三月,隋炀帝自洛阳还长安,"赐天下大酺,因为五言诗,诏王胄等和之。"八月,巡幸榆林,作《云中受突厥主朝宴席赋诗》。

按:回洛阳,见《隋书·炀帝纪》。作诗,见《隋书·文学·王胄传》。同和者除王胄外,还有虞世基、庚自直等。故《王胄传》又载曰:"帝览(王胄诗)而善之,因谓侍臣曰:'气致高远,归之于胄;词体清润,其在(虞)世基;意密理新,推庚自直。过此者,未可以言诗也。'"又云:"帝所有篇什,多令继和。(王胄)与虞绰齐名,同志友善,于时后进之士,咸以二人为准的。"《云中受突厥主朝宴席赋诗》,见《隋书·突厥传》。

正月诏天下州郡七日行道,总度千僧,制发愿文。

详见宋释志磐《佛祖统纪》卷三十九《法运通塞志》及元释觉岸《释氏稽古略》卷二。

正月九日,释智脱卒,时年六十七岁。虞世南作碑文。

见释道宣《续高僧传》卷九《隋常州安国寺释慧弼传》。

十二月六日,释昙迁卒,时年六十六岁。沙门明则为《行状》。

见释道宣《续高僧传》卷十八《隋西京禅定道场释昙迁传》。

薛道衡六十八岁。柳䛒六十六岁。刘焯六十四岁。牛弘六十三岁。许善心五十岁。杨广三十九岁。王通二十四岁。

隋炀帝大业四年(608) 戊辰

许善心五十一岁,作《方物志》,上之。

见《隋书·许善心传》。

释净业被诏入鸿胪馆,教授蕃僧。

见释道宣《续高僧传》卷十二《隋终南山悟真寺释净业传》。

薛道衡六十九岁。柳䛒六十七岁。刘焯六十五岁。牛弘六十四岁。杨广四十岁。王通二十五岁。

隋炀帝大业五年(609)　己巳

薛道衡被隋炀帝所杀,时年七十岁。

《隋书·薛道衡传》云:炀帝"将置之罪。道衡不悟。司隶刺史房彦谦素相善,知必及祸,劝之杜绝宾客,卑辞下气,而道衡不能用。会议新令,久不能决,道衡谓朝士曰:'向使高颎不死,令决当久行。'有人奏之,帝怒曰:'汝忆高颎邪?'讨执法者勘之。道衡自以非大过,促宪司早断。暨于奏日,冀帝赦之,敕家人具馔,以备宾客来候者。及奏,帝令自尽。道衡殊不意,未能引诀。宪司重奏,缢而杀之,妻子徙且末。时年七十。天下冤之。有集七十卷行于世。"(《隋书·经籍志》云三十卷)不记被诛年月,《通鉴》卷一百八十一系于本年。炀帝杀薛道衡,盖以其与汉王杨谅等善,不附己,蓄怒已久。唐刘𫗧《隋唐嘉话》谓"炀帝善属文,而不欲人出其右。司隶薛道衡由是得罪,后因事诉之,曰:更能作'空梁落燕泥'否",当出于附会。又谓杀王胄因其"庭草无人随意绿"句,当亦不足信。

诸葛颖从隋炀帝征吐谷浑,加正议大夫。

见《隋书·文学·诸葛颖传》。

释智聚卒,时年七十二岁。虞世南作碑文。

见释道宣《续高僧传》卷十《隋襄阳沙门释智聚传》。

释慧海卒,秘书学士王𦤀作碑文。

见释道宣《续高僧传》卷十二《隋江都安乐寺释慧海传》。

柳䛒六十八岁。刘焯六十六岁。牛弘六十五岁。许善心五十二岁。杨广四十一岁。王通二十六岁。

隋炀帝大业六年(610)　庚午

虞世基作《奉和幸江都应诏诗》。

按:隋炀帝至江都在本年四月,虞世基应诏作诗当在此时。诗见

《艺文类聚》卷三十九。

虞世南作《奉和幸江都应诏诗》。

按:当与世基之作同时,诗见《艺文类聚》卷三十九。世南,世基弟,入唐,然在隋之诗,亦被收入《先秦汉魏晋南北朝诗》。虞世南又有《江都夏》一首,当亦本年作。

柳䛒卒,时年六十九岁。

见《隋书·柳䛒传》。䛒有集十卷,又有《晋王北伐记》十五卷。并佚。

刘焯卒,时年六十七岁。

见《隋书·儒林传》本传。《隋书》本传载其著述要目:"《九章算术》、《周髀》、《七曜历书》十余部,推步日月之经,量度山海之术,莫不覈其根本,穷其秘奥。著《稽极》十卷,《历书》十卷,《五经述义》,并行于世。"

十一月,牛弘卒,时年六十六岁。

见《隋书·炀帝纪》:"左光禄大夫牛弘卒。"亦见同书《牛弘传》。据《隋书·经籍志》,牛弘有集十二卷。按:刘斌有《和许给事伤牛尚书(弘)诗》,当作于本年。

刘炫射策高第,除太学博士。

见《隋书·儒林传》本传。据本传,炫为纳言杨达所举。为太学博士,去职,奉敕追回。又据《刘焯传》,焯卒,炫曾为请谥,不许。炫后回河间。

七月二十四日,释彦琮卒,时年五十四岁。

见释道宣《续高僧传》卷二《隋东都上林园翻经馆沙门释彦琮传》。

释普明受诏入大禅定道场,止十八夏,名预上班。

释道宣《续高僧传》卷二十《蒲州仁寿寺释普明传》:"释普明,姓卫氏,蒲州安邑人。"

释慧乘受诏入东都,于四方馆作大讲主。

释道宣《续高僧传》卷二十五《唐京师胜光寺释慧乘传》:"大业六年,有敕郡别简三大德入东都,于四方馆仁王行道,别敕乘为大讲主,三日三夜兴诸道论,皆为折畅,靡不冷然。"

许善心五十三岁。杨广四十二岁。王通二十七岁。

隋炀帝大业七年(611) 辛未

十二月,于时辽东战士及馈运者填咽于道,昼夜不绝,苦役者始揭竿而起。《杂曲歌辞》中《长白山歌》当作于此时。

见《隋书·炀帝纪》。《长白山歌》见《隋书·来护儿传》。

诸葛颖卒。《隋书》本传称其时年七十七岁,疑未确。

《隋书·文学·诸葛颖传》云:"从征吐谷浑,加正议大夫。后从驾北巡,卒于道,年七十七。"据本传,诸葛颖曾为梁邵陵王萧纶参军,转记室。事在侯景乱前。侯景之乱下距本年六十四年,则年七十七之说恐误,因诸葛颖不当十三四岁出仕也。然颖既从征吐谷浑,又从北征,卒年当在今年无疑。诸葛颖,南人,其文学见解与颜之推相近。《颜氏家训·文章》言其喜萧悫诗。《隋书·经籍志》有著作郎《诸葛颖集》十四卷。今存诗六首,见逯钦立《先秦汉魏晋南北朝诗》。

许善心五十四岁,从隋炀帝至涿郡,炀帝方自御戎以东讨,善心上封事忤旨,免官。其年,复征为守给事郎。

见《隋书·许善心传》。

隋炀帝大业八年(612) 壬申

隋炀帝四十四岁,作《泛龙舟》、《纪辽东》(二首)及《白马篇》诸诗。又作《伐辽东诏书》。

按:皆幸江都及伐辽东时作。《泛龙舟》见《乐府诗集》卷四十七。《纪辽东》见《文苑英华》卷二百零一。《白马篇》见《文苑英华》

二百零九。《乐府诗集》卷六十三以为孔稚珪作，冯惟讷《诗纪》已辨其非。《伐辽东诏书》见《隋书·炀帝纪》。

于仲文卒，时年六十八岁。

见《隋书》本传。大业八年辽东之败，诸将皆委罪仲文。帝怒，系之，因发病卒。存《侍宴东宫应令诗》、《答醮王诗》。按：《于仲文传》还载有乙支文德《遗于仲文诗》，亦作于本年。

虞绰从征辽东，炀帝舍临海顿，见大鸟，诏绰为铭。

见《隋书·文学·虞绰传》。又《炀帝纪》亦记其事，不著绰名。虞绰所为铭，见《隋书·文学》本传。

王胄作《纪辽东》诗，当在此时。

诗见《文苑英华》卷二百零一、《乐府诗集》卷七十八。

释道岳受诏住大禅定寺。

释道宣《续高僧传》卷十三《唐京师普光寺释道岳传》："大业八年被召住禅定道场，今所谓大总持寺是也，时年三十有四。"时有同德沙门法常、智首、僧辩、慧明等。

隋炀帝大业九年（613）　癸酉

正月，隋炀帝征天下兵，募民为骁果，集于涿郡。杜彦冰、王润等起兵，陷平原郡。平原李德逸聚众数万，称"阿舅贼"，攻伐山东。灵武白榆安，称"奴贼"，北连突厥以反隋。此后，四方反隋者连年不绝。

见《隋书·炀帝纪》及《通鉴》卷一百八十三。

李密作《淮阳感秋》诗。

按：李密从杨玄感反隋，玄感败，"密间行入关，与玄感从叔询相随。匿于冯翊询妻之舍，寻为邻人所告，遂捕获，囚于京兆狱，是时（隋）炀帝在高阳，与其党俱送帝所。……行次邯郸，夜宿村中，密等七人皆穿墙而遁……密诣淮阳……经数月……为五言诗……"诗见《隋书》本传。

虞绰与杨玄感厚，有告绰以禁内兵书借杨玄感者，遂被徙且末，至长安，绰逃亡，潜渡江，游东阳，后为人所执，斩于江都。本年作《于婺州被囚诗》。时年五十四岁。

见《隋书·文学·虞绰传》。按《隋书·经籍志》著录《长洲玉镜》二百三十八卷，系类书，佚。本传谓有辞赋行于世，今并佚。存《大鸟铭》一篇，见《隋书》本传。《于婺州被囚诗》见《初学记》卷二十。

王胄坐与杨玄感交，徙边。胄亡匿，潜还江南，为吏所捕，诛死，年五十六。

见《隋书·文学·王胄传》。《经籍志》有集十卷。本传谓"所著辞赋，多行于世"。今存诗近二十首。

许善心五十六岁，摄左翊卫长史，从渡辽，授建节尉。炀帝尝言及高祖受命之符，因问鬼神之事，敕善心与崔祖璿撰《灵异记》十卷。善心又欲续成父志，作梁史。

见《隋书·许善心传》，其所作《梁史序传》，见《隋书》本传。

释静藏受诏入鸿胪馆教授东蕃。

见释道宣《续高僧传》卷十三《唐终南山玉泉寺释静藏传》。

隋炀帝大业十年(614)　甲戌

许善心五十七岁，从炀帝至怀远镇，加授朝散大夫。

见《隋书·炀帝纪》。

隋代民歌《炀帝幸江南时闻民歌》，出现于本年。

据《海山记》，时民变蜂起，《大业长白山谣》等，皆可能出现于此时。

刘炫卒，时年六十八岁。

按：《隋书·儒林传》记刘炫以品卑去任后，归于河间。"于时群盗蜂起"，教授不行，炫郁郁不得志，乃自为赞。炫在郡城，粮饷断绝，其弟子有从反隋者,求炫郡官出之,未几,反隋者为隋军所败。炫无所依,归县城,城中不纳,冻馁而死,年六十八。河间在隋末,本窦建德所据,至此后恐无官军败"贼"事,本年隋军尚可支持,故当以此时为近。《隋书》本传云:刘炫"著《论语述义》十卷,《春秋攻昧》十卷,《五经正名》十二卷,《孝经述议》五卷,《春秋述议》四十卷,《尚书述议》二十卷,《毛诗述议》四十卷,《注诗序》一卷,《算术》一卷,并行于世"。

隋炀帝大业十一年(615)　乙亥

正月,隋炀帝增秘书省官百二十员,并以学士补之。本年十月,隋炀帝巡视东都,作五言诗令美人咏。时年四十七岁。

按:炀帝好读书著述,自为扬州总管,置王府学士至百人,常令修撰,以至为帝,前后近二十载,修撰未尝暂停;自经术、文章、兵、农、地理、医、卜、释、道乃至蒲博、鹰狗,皆为新书,无不精洽,共成三十一部,万七千余卷。初,西京嘉则殿有书三十七万卷,炀帝命秘书监柳顾言(䛒)等诠次,除其复重猥杂,得正御本三万七千余卷,纳于东都修文殿,又写五十副本,简为三品,分置西京、东都宫省、官府。见《通鉴》卷一百八十二。《隋书·经籍志》谓隋代书籍分为三品,"于东都观文殿东西厢构屋以贮之,东屋藏甲、乙(经、史二部),西屋藏丙、丁(子、集二部)"。唐之平王世充,收洛阳图籍,命司农少卿宋遵贵以船载长安,"行经底柱,多被漂没,其所存者,十不一二"(《隋书·经籍志》语)。又按《隋书·五行志》,本年十一月,炀帝自京师如东都,至长乐宫,饮酒大醉,因赋五言诗。其卒章曰:"徒有归飞心,无复因风力。"令美人再三吟咏,帝泣下沾襟。

褚亮作《隋车骑将军庄元始碑铭》并序。

见《文馆词林》卷四百五十三。称其十一年下葬。

隋炀帝大业十二年(616)　丙子

李密投翟让,助其反隋。

按:《通鉴》卷一百八十三记李密逃亡,依郝孝德,孝德不礼之,又投王薄,薄亦不之奇也。遂至淮阳,抵其妹夫丘君明,君明不敢留,遂至王秀才家。梁郡通守杨汪追捕急。时翟让为东都法曹,坐事当死,亡命于瓦岗寨。徐世勣、王当仁、王伯当、周文举、李公逸等皆拥兵反隋,密遂投之。密说让攻荥阳诸县,下之。密为让设计,败隋将张须陁。让乃命密建牙,自统所部。事亦见《隋书·李密传》,而《通鉴》记年月较详。

许善心五十九岁。去年,摄左亲卫武贲郎将,领江南兵宿卫殿省。及今年驾幸江都,追叙前勋,授通议大夫,诏还本品,行给事郎。

见《隋书·许善心传》。

隋炀帝大业十三年(617)　丁丑

杨广四十九岁,作《幸江都作诗》,奉和者有虞世南、虞世基兄弟。

《隋书·五行志》:"帝因幸江都,复作五言诗曰……"

景县丞会稽孔德绍为窦建德中书令,专典书檄。

见《隋书·文学·孔德绍传》。

信都郡司功书佐南阳刘斌为窦建德中书舍人。

见《隋书·文学·刘斌传》。

王通卒,年三十四。

唐杜淹《文中子世家》:"(大业)十三年,江都难作。子有疾,召薛收谓曰:吾梦颜回称孔子之命曰……寝疾,七日而终。"其代表作为《中说》。

释无碍入京住庄严寺。

释道宣《续高僧传》卷二十《秦州永宁寺释无碍传》:"十三年州破,入京住庄严寺。"

隋炀帝大业十四年(618)　戊寅

三月,宇文化及等以骁果作乱,杀隋炀帝于江都,时年五十岁。五月,隋恭帝禅位于唐高祖李渊,隋亡。

见《隋书·恭帝纪》及《通鉴》卷一百八十五。按《隋书》本纪及《经籍志》著录有集五十五卷,久佚。今存诗四十余首。文稍多,皆应用文字。

许善心六十一岁,与虞世基为宇文化及所杀。

见《隋书·许善心传》、《虞世基传》。许善心曾仿阮孝绪《七录》编为《七林》。又与李文博、陆从典等正定经史错谬。又与虞世基增衍崔赜《区宇图志》二百五十卷为六百卷。《隋书·经籍志》不著录其文集,当久已散佚。许善心存诗四首。又按:虞世基集不见《隋书》本传及《经籍志》著录,疑为入唐以后编定。新、旧《唐书》并著录五卷,今佚,仅存诗十九首,文四篇。

庾自直为宇文化及所挟北上,自直愤激而卒。

见《隋书·文学·庾自直传》。有集十卷,佚。今存《初发东都应诏诗》一首。又有《类文》三百七十七卷,亦佚。

十月,李密为王世充所败,降唐。祖君彦为王世充所杀。

见《隋书·李密传》、《旧唐书·高祖纪》、《隋书·文学·祖君彦传》等。李密存五言诗一首,题《淮阳感秋》,其中"玉露凋晚林"句,为杜甫《秋兴八首》之一"玉树凋伤枫树林"所本。

参考书目

《三国志》、《晋书》、《宋书》、《南齐书》、《梁书》、《陈书》、《魏书》、《北齐书》、《周书》、《南史》、《北史》、《隋书》、《旧唐书》、《新唐书》，以上参考书目均为中华书局校点本。
司马光,《资治通鉴》,中华书局,1956
郭茂倩,《乐府诗集》,中华书局,1979
许嵩,《建康实录》,中华书局,1986
杜佑,《通典》,中华书局,1984
郑樵,《通志》,中华书局,1987
马端临,《文献通考》,中华书局,1986
徐坚,《初学记》,中华书局,1962
《太平御览》,中华书局,1960
《文苑英华》,中华书局,1966
《艺文类聚》,上海古籍出版社,1982
王应麟,《玉海》,江苏古籍出版社,1988
《文馆词林》,日本古典研究会影弘仁本,1969
萧绎,《金楼子》,龙溪精舍刊本
王利器,《颜氏家训集解》,上海古籍出版社,1980

范祥雍,《洛阳伽蓝记校注》,上海古籍出版社,1978
《水经注》(永乐大典本),江苏广陵古籍刻印社,1998
《观世音应验记》,中华书局,1994
余嘉锡,《世说新语笺疏》,中华书局,1983
浦起龙,《史通通释》,上海古籍出版社,1982
《三国典略辑校》,东大图书公司,1998
《章学诚遗书》,文物出版社,1985
《祖堂集》,上海古籍出版社,1994
《六朝事迹编类》,上海古籍出版社,1995
姚振宗,《隋书经籍志考证》(二十五史补编),中华书局,1955
章宗源,《隋书经籍志考证》(二十五史补编),中华书局,1955
王鸣盛,《十七史商榷》,中国书店,1987
王树民,《廿二史札记校证》,中华书局,1984
《八琼室金石补正》,文物出版社,1985
方若原著,王壮宏增补,《增补校碑随笔》,上海书画出版社,1981
刘汝霖,《东晋南北朝学术编年史》,中华书局,1987
吴文治,《中国文学史大事年表》,黄山书社,1987
牟世金,《刘勰年谱汇考》,巴蜀书社,1988
铃木虎雄,《沈约年谱》,商务印书馆,1935
《启功丛稿》,中华书局,1999
吴承仕,《经典释文序录疏证》,中华书局,1984
王利器,《晓传书斋集》,华东师范大学出版社,1997
祝总斌,《魏晋南北朝宰相制度研究》,中国社会科学出版社,1990
曹道衡、沈玉成,《南北朝文学史》,人民文学出版社,1991
曹道衡、沈玉成,《中国文学家大辞典》(先秦汉魏晋南北朝卷),中华书局,1996

曹道衡,《中古文学史论文集》,中华书局,1986
曹道衡,《中古文学史论文集续编》,文津出版社,1994
曹道衡,《南朝文学与北朝文学研究》,江苏古籍出版社,1998
曹道衡,《魏晋南北朝文学史论文集》,广西师范大学出版社,1999
刘跃进,《门阀士族与永明文学》,三联书店,1996
刘跃进,《中古文学文献学》,江苏古籍出版社,1997
刘跃进,《古典文学文献学丛稿》,学苑出版社,1999
刘跃进、范子烨,《六朝作家年谱辑要》,黑龙江教育出版社,1999
吴先宁,《北朝文化特质与文学进程》,东方出版社,1997
黄典诚,《切韵综合研究》,厦门大学出版社,1994
黄华珍,《庄子音义研究》,中华书局,1999
《中外学者文选学论集》,中华书局,1998
陈庆元,《中古文学论稿》,天津人民出版社,1992
朱迎平,《古典文学与文献论集》,上海财经大学出版社,1998
汤用彤,《高僧传校注》,中华书局,1992
《续高僧传》(历代高僧传),上海书店,1989
《弘明集》、《广弘明集》,上海古籍出版社,1991
《出三藏记集》,中华书局,1995
周绍良,《百喻经译注》,中华书局,1995
宋释志磐,《佛祖统纪》,江苏广陵古籍刻印社,1992
元释念常,《佛祖通载》,江苏广陵古籍刻印社,1993
《释氏六帖》,浙江古籍出版社,1990
元释觉岸,《释氏稽古略》,江苏广陵古籍刻印社,1992
章巽,《法显传校注》,上海古籍出版社,1985
《真诰》(道藏要籍选刊),上海古籍出版社,1989
《云笈七签》(道藏要籍选刊),上海古籍出版社,1989

《先秦汉魏晋南北朝诗》,中华书局,1983
《全上古三代秦汉三国六朝文》,中华书局,1958
缪钺,《读史存稿》,三联书店,1963
曹旭,《诗品研究》,上海古籍出版社,1998
范文澜,《文心雕龙注》,人民文学出版社,1958
龚斌,《陶渊明集校笺》,上海古籍出版社,1996
张可礼,《东晋文艺系年》,山东教育出版社,1988
吴兆宜,《玉台新咏笺注》,中华书局,1985
牟润孙,《注史斋丛稿》,中华书局,1987
《刘师培全集》,中共中央党校出版社,1997
《嘉定钱大昕全集》,江苏古籍出版社,1999
宋文民,《后汉书考释》,上海古籍出版社,1995
周勋初,《魏晋南北朝文学论丛》,江苏古籍出版社,1999
林家骊,《沈约研究》,杭州大学出版社,1999

附 录

中古文学领域的开拓者
——试述曹道衡先生的学术历程及其成就

刘跃进

中古文学,约定俗成,一般是指魏晋南北朝文学。也有不少研究者上挂下联,东汉以迄隋代,亦复多有论列者。在中国文学史上,这段文学的际遇遭逢是颇为不同的。建安文学、正始文学以及陶渊明等作家备受后人推崇,评价甚高;而像永明文学、宫体诗等却颇遭非议和指摘。有不少作家作品似乎从未进入研究者的视野,似乎有意无意地忽视他们的存在;而有些作品如《文选》、《文心雕龙》等又是古今两大学术热点,成为显学。这种种复杂的历史现象,本应给予相应的阐释,但是由于资料的匮乏、零乱,难以取得较大的进展。长期以来,中古文学研究相对处于沉寂荒漠的状态。唯其如此,本世纪的中古文学研究,从刘师培、鲁迅,到余冠英、王瑶,凡是在这一领域作出成就的学者,几乎无一例外,首先都是从最基本的史料的钩沉索隐开始起步的。

继上述前辈学者之后,曹道衡先生数十年如一日,潜心于中古文学研究,在史料考释与整体建构等方面,取得了有目共睹的成就。

一

从1954年发表第一篇学术论文《从明末清初科举制度看〈儒林外史〉》到1964年的十年间，曹道衡先生主要参与了何其芳先生主持的《红楼梦》研究和余冠英先生主编的《中国文学史》魏晋南北朝文学段落的编写工作。为配合这两项研究工作，他前后发表有关中国古典文学的论文、书评凡三十余篇，参与了当时几乎所有的古典文学的讨论。为此，涉及的研究范围上自《左传》、《战国策》，下至《红楼梦》、《儒林外史》，泛览群籍，贯通古今。这是曹道衡先生学术生涯的第一个收获的季节。《关于黄宗羲、顾炎武、王夫之等人的思想及其与〈红楼梦〉的关系》是这个时期比较有代表性的论文，引起时人的重视。在这十年间，曹道衡先生在中古文学研究方面已经初步显示出广博的知识储备和独到的学术见解。《关于陶渊明思想的几个问题》、《再论陶渊明的思想及其创作》、《江淹及其作品》、《刘勰的世界观和文学观初探》、《对刘勰世界观问题的商榷》、《关于〈文心雕龙·风骨篇〉的"骨"字》等论文，时至今日，依然有不可忽视的价值。吴云先生《陶学一百年》[①]对曹道衡先生五六十年代的陶渊明研究作了很高的评价。周振甫先生主编的《文心雕龙辞典》[②]也对曹道衡在《文心雕龙》研究方面的重要论点作了介绍。但是，曹先生对自己的旧作筛选甚严，20世纪80年代中期，编辑第一部论文集时，十年间的论文只选录三篇，不及这个时期全部论文的十分之一，由此可见，作者对于自己的学术追求有着非常严格的标定。

---

① 吴云《陶学一百年》，载《九江师专学报》1998年第7期。
② 周振甫主编《文心雕龙辞典》，中华书局1996年版。

然而，在以后的十余年间，正是他精力最充沛的年华，却像绝大多数学者一样，被无情地剥夺了研究的权力，留下一段令人叹惋的研究空白。1978年，他已年过五十，迎来了他学术生涯的第二个丰收的季节。"老牛自知夕阳短，不用扬鞭自奋蹄。"在这以后的二十多年的岁月里，曹先生淡漠于竞途，潜心于书斋，努力在学术研究上拓展新的境界。他深感20世纪60年代撰写魏晋南北朝文学史时对北朝文学研究的不足，发愤重读中古文学史料，撰写了一系列有关北朝文学的重要论文，如《试论北朝文学》、《十六国文学家考略》、《关于北朝乐府民歌》、《从〈切韵序〉推论隋代文人的几个问题》等等，将过去被视为"文学作品几乎绝迹"的十六国及其以后的北方文学分为不同的发展阶段，进行纵横比较，提出一系列富有启发意义的创见，厘定了北朝文学研究的基本框架，代表着20世纪80年代中古文学研究的最高成就。这些成果已经结集在1986年中华书局出版的《中古文学史论文集》和1991年人民文学出版社出版的《南北朝文学史》（与沈玉成先生合著）等论著中，得到学术界的高度重视和评价。后者还获得中国社会科学院优秀著作一等奖。此外，就是对汉魏六朝辞赋和散文的探讨，其成果除十余篇重要的研究论文外，还有一部《汉魏六朝辞赋》①专著，时常为学术界所论及。

进入20世纪90年代以来，曹道衡先生又以极大的研究热忱进一步扩大自己的研究领域，这主要表现在三个方面：第一，在南朝文学方面，集中对《昭明文选》的研究，已经发表了十余万字的相关论文；第二，除对传统的诗文进行精深的研究之外，对于这个时期的小说作了系统的研究；第三，对于南北朝文学渊源和文化背景作了探讨。特别值得注意的是，曹先生试图从更广阔的文化背景，深刻地总

---

① 曹道衡《汉魏六朝辞赋》，上海古籍出版社1989年版。

结中古文学研究的经验教训。他强调指出，探讨南北朝文学的特点及其区别，"其根本的原因还应该从当时的社会存在，即人们的生产和生活的方式中去探求"。譬如探讨北朝文学早期衰败的原因，《隋书·经籍志》、刘师培《南北文学不同论》等，无不以为缘于地理的因素。也有人认为，北朝文学不发达是由于中原士人在"永嘉之乱"中都已南渡，甚至以为北朝士人"致力于经学"是其文学式微的根本原因。对此，曹道衡先生尖锐地指出，这些"都不过是任意的猜想，并无任何根据。事实证明，北方的崔、卢、李、郑等高门士族，在'永嘉之乱'中仍留居家乡；北方也有许多风景胜地，不然就不会有后来王维的许多山水诗名篇；'燕赵多佳人，美者颜如玉'，可见北方亦绝非没有美女，其所以没有产生'宫体诗'，更不是由于地理条件；至于北朝的经学著作，据《隋书·经籍志》所载，也极稀少，当然绝不可能把文学的衰落归罪于经学的发达"。这种实事求是的研究风范，得到了学术界的充分肯定。其影响所及，就使得中古文学研究始终保持一种较高的学术品格。凡是读过曹道衡先生《中古文学史论文集续编》①、《南朝文学与北朝文学研究》②和《汉魏六朝文学论文集》③中所收论文的读者，无不具有同感。此外，1992年江苏古籍出版社出版的《汉魏六朝文精选》对于中古文学中的散文优秀作品作了系统的整理，也体现了这种无征不信的治学原则。

---

① 曹道衡《中古文学史论文集续编》，文津出版社1994年版。
② 曹道衡《南朝文学与北朝文学研究》，江苏古籍出版社1998年版。
③ 曹道衡《汉魏六朝文学论文集》，广西师范大学出版社1999年版。

二

傅璇琮先生在为《中古文学史论文集续编》撰写的序言中写道："我们的古典文学研究进展到现在,各种论点、说法已有不少,需要有人作一种科学归纳的工作,把能成立的、符合于文学史实际的,就作为定论肯定下来。这是我们古典文学研究所必需做的学术积累的工作。这也像自然科学那样,应该在前人成果的基础上往前开拓,能作为定论的点越多,就标志这一学术发展水平越高。我们相信,如果有人对中古文学研究来做这方面的工作,则道衡先生论著中可以作为科学结论而列入学术成果积累的,当居首列。"事实正是如此。1993年完成的拙稿《中古文学文献学》,其中引用曹先生的论文多达三十五篇。这些成果,曹道衡先生总是谦逊地称之为初步的推论,但是从目前的学术水准和资料占有情况看,很多是可以视之为相对稳定的结论的,至少在今后相当长的一段时间里,是可以站得住脚的。作为人文社会科学的研究,这确实是一个令人向往的境界。

曹先生的学术研究工作,从表面上看,多属于微观的研究。他的论文题目大多着眼于一个个具体的材料问题,即使是总体评价,也多从具体材料入手。但是读过若干篇论文之后,读者很快就可以发现,这些论文对于中古文学研究的意义,显然并非仅仅限于具体的结论上,更重要的是,这些研究,无论是广度,还是深度,都极大地拓展了中古文学研究的空间。

过去对于中古文学的研究,从刘师培的《中国中古文学史讲义》,到王瑶先生《中古文学史论》,主要集中在南朝文学,而且主要是对诗文的研究。近五十年,在这个领域也有很多学者从事着精深的研究,但是大多局限于某一个作家(如陶渊明、刘勰),或某一文学流派(如山水诗、宫体诗),或某种文体(如乐府诗、辞赋、骈文),缺少一种通观全局的研究气魄。近二十年,虽有雄心勃勃的学人试图创制这种通观全局的论著,但是缺少精深的专题研究作基础,便难免显得力不从心,甚至捉襟见肘。处理好广博与专精的关系,是决定一个学者研究水准的极为重要的因素。1995年,曹道衡先生在为拙著《古典文学文献学丛稿》作序时这样写道:"大凡在学术上能做出某些贡献的人,都是能具有多方面的知识,因此对所研究的问题进行多层次、多角度的考察,才能发别人所未发,提出自己独到的见解。但是,这样的见解也不是随便可以得出的,他必须对某些方面有所专精,才能深入地理解这个问题的底蕴,得出合乎事实的结论。因此,前人曾经说,为学要像金字塔,这就是既要有广博的知识作为基础,又要有深入细致的专门研究。"这是曹先生一生读书治学的经验之谈。他对于中古文学领域既有全面的勘察,又有精深的开掘。魏晋文学,南朝的鲍照、江淹、谢朓,北方的十六国文学、北魏文学,隋代文学以及南北朝乐府民歌、汉魏六朝小说等研究领域,都留下了曹先生辛勤探索的汗水,为后来者划定了研究范围,也奠定了研究的基础。当这些精深的专题研究连成一片之际,便呈现出别开生面的全新境界。《南北朝文学史》就是这样一部以若干专题作基础,全面系统地评价这个时期重要作家和作品以及文学流派的重要成果。就其横断面而言,这是目前最为详尽的一部学术专著。学术界盛称这种"在平实中创新"[①]的精深研究是曹先生对中古文学研究的重要贡献。

研究古代文学的问题,其任务并不仅限于评价某些作品的优劣,而在于从当时的历史条件下,探索出为什么这个时期出现了这一流派和作品,那一时期又出现了那一流派的作品,甚至在同一时期里会

---

① 《在平实中创新——〈南北朝文学史〉座谈会纪要》,《文学遗产》1992年第5期。

出现几种不同题材、不同风格的作家和作品。众所周知，魏晋南北朝时代是一个民族大迁徙、大融合的时代，在文学上也是一个文风发生变化、并为唐代文学的高度繁荣奠定基础的时代。这种重大变化的文化机缘在哪里？历史背景又是什么？近十年来，曹道衡先生一直思考着如何回答这些重要问题。新近出版的《南朝文学与北朝文学研究》为我们提供了这种思考的初步结果。全书十章，纵论南北朝文风形成的历史背景，探讨了汉魏学术思想的变迁，分别论述了南方与北方文化的传统及其形成的社会原因，涉及秦汉以来的经学、史学、哲学等学科。作者游刃有余地统御着中古文学研究的两大关键：其一是通观汉魏文风的转变；其二是比较南北文风的异同。就其前者而言，作者指出："在追溯到两汉和魏晋之间学风的变化时，笔者比较强调的是魏晋的学风和文学对两汉的继承关系，认为魏晋玄风的兴起是两汉以来学术思想发展演变的结果，崇尚老庄的风气，其起源几乎与今文经学的衰微及古文经学的兴起是同步的。"这样的结论，可以说是现今为止对于魏晋南北朝文学渊源最为通达确切的见解。全书视野之开阔，论述之清晰，材料之繁富，见解之新颖，确实极大地丰富了我们对于魏晋南北朝文学的总体认识。这是曹道衡先生对于中古文学研究的又一重要贡献。

纵观二十世纪中古文学的研究历程，凡是在这一领域作出较大成就的，无不兼具文学、史学、经学的传统根柢，不仅具有一种疏理材料的硬功夫，读书有间，心细如发，而且能够在更高的层面上将一个个具体的问题放在更为广阔的历史文化背景下作整体的观照。诚如前引傅璇琮先生序言所说：前辈学者中"如刘师培、鲁迅、陈寅恪、唐长孺等，无不如此。在当今，我认为曹道衡先生即是继这些前辈学者，在中古文学研究中创获最多、最有代表性的一位"。

三

曹道衡先生所以能够取得这样的成就,与他早年所受到的良好教育有直接关系。他是清末礼学大师曹元弼的从曾孙,幼年在其舅潘景郑的指导下,从传统的小学入手,研习《说文》《尔雅》。其后考入无锡国专历史系,师从著名学者童书业教授。1950年考入北京大学中文系,作为插班生,曹先生直接进入二年级学习,得到一代名师游国恩等教授的教诲,更是为他的学术研究奠定了坚实的基础。进入中国社会科学院文学研究所之后,在何其芳、余冠英等著名学者的直接指导下,由传统的小学、经学到现代史学,再到中国文学史,博涉旁通,脱略铅华,最后集中到中古文学研究领域。这样一个比较独特的学术背景,就使得曹先生的研究具有这样几个鲜明的特点:

第一,选题方面具有一种弘通的眼光。

用我们的行话来说就是小题而大作,探微而知著。这样,许多问题才能说深说透,才不至于隔靴搔痒。其实,这种研究方法并非今人独得胸襟,20世纪二三十年代许多学者运用这种研究方法已经取得了划时代的成绩。再说乾嘉学派中第一流的学者,又何尝不是如此。我们只不过在走了许多弯路以后又重新认识到它的价值罢了。譬如陈寅恪先生《金明馆丛稿初编》、《二编》中的多数文章,就是成功地运用这种研究方法的典范。如《书〈世说新语·文学〉类钟会撰〈四本论〉始毕条后》,乍看起来仅仅是篇读书札记,仅仅论述了魏晋清谈时期的一个哲学命题,但是陈先生却能在所谓"才性同,才性异,才性合,才性离"这个抽象的哲学命题中极精辟地洞察了魏晋时代两大政治阵营的对立与转化。如果再联系到中国七十年代末期那场实践是检验真理的唯一标准的大讨论,起初似乎也不过是一个抽象的哲学命题,最终却转化为政治变革的理论先声。经历了这场变革,使我们更深刻地认识到陈寅恪先生这种以小见大,一针见血的研究所蕴含的理论意义。曹道衡先生《从〈雪赋〉、〈月赋〉看南朝文风之流变》、《从两首〈折杨柳行〉看两晋间文人心态的变化》就明显地受到了陈寅恪先生的影响。谢惠连的《雪赋》与谢庄的《月赋》是南朝小赋的名篇。历来的文学史家多有论及。而曹先生不仅辨析了这两篇赋从"体物"向"缘情"转变过程中的重要艺术价值,而且还进一步分析了这种转变的历史缘由,包括作者的社会地位的变化、文坛风尚的转变等,具体而微,令人信服。乐府旧题《折杨柳行》,历代文人多有拟作,这里反映了哪些问题,以往的研究多语焉不详,曹先生却能从陆机和谢灵运的两首诗中辨析出两晋文人心态的变化。两人都出身于高门贵族,但是生活背景和在诗中反映的思想情绪却全然不同。陆、谢两人的这种思想差别,其实不仅仅是他们两人特有的情况,而是代表着太康诗人和元嘉诗人的不同。太康诗人志在用世,而元嘉诗人则更多地关心个人的荣辱。这种心态的不同,其根本原因就在于魏晋以后"门阀制度"的形成与衰微、儒释道对士人的不同影响所致。这篇文章由两首《折杨柳行》入手,就像剥笋一样,层层剖析魏晋到南朝士人心态的变化,还纵论了南北文化的不同,视野颇为开阔。《略论晋宋之际的江州文人集团》从文风与为人考察晋宋之际江州文人集团的形成与历史,他们与长江下游及浙江地区的高门大族文人有明显的不同,站在这样的背景下再来考察陶渊明在其中所扮演的角色,就会使读者对这样一个传统课题的认识进入一个新的境界。再联系《南朝文学与北朝文学研究》第五章《南朝文风向各地的传播》,在作者心目中实际有其通盘的把握,这里他比较了江州、荆州、雍州和益州四大文化中心的文人构成情况,上溯秦汉,下至初唐,又不仅限于江州一隅。论题虽小,却展现了一个全景式的文化空间。

《读贾岱宗〈大狗赋〉兼论伪〈古文尚书〉流行北朝时间》更是一篇重要的论文。曹先生根据赋中"越彼西旅,大犬是获"二句出于伪《古文尚书》的事实,从而判断作者贾岱宗并非如《初学记》所定为三国魏人,而应是北朝魏人;又由此考订出伪《古文尚书》在北魏时由山东一带的"平齐民"带入北方,从而纠正了《北齐书》、《北史》以及《隋书》等史书关于伪《古文尚书》要到北齐以后才流传到北朝的错误说法。其他如《关于裴子野诗文的几个问题》、《从〈切韵序〉推论隋代文人的几个问题》等无不具有异曲同工之妙。

第二,材料取舍追求一种平实的境界。

不以新材料取胜,而是在读人所常见书中得到新的见解,他戏称这是锻炼自己的"内功"。《论王琰和他的〈冥祥记〉》在考订作者生卒年的基础上,对于《冥祥记》的内容、史料价值和这部书产生的历史背景作了考察,所得的结论和推测在日本发现的三种观世音应验故事中已经得到验证①。在寻常材料中推出不同寻常的结论,这是曹道衡先生研治中古文学的过人之处。曹先生近十年研究《文选》,尽管《文选》版本新近发现了好几种,限于客观条件,借阅并不容易。曹先生不以为憾,更不刻意追新猎奇。他只是利用通常的版本作文章,探求《文选》编纂时间、分类标准、篇目次第、赋与乐府诗的收录、《文选》的注本与唐代诗学的关系等,见解平实,有许多见解与新发现的版本相合。曹先生在不同的场合说过类似的话:对于材料的取舍,"不敢随便去采用别人已有的成果,总想在自己已经阅读了较多的第一手材料之后,才敢作出判断"。平心而论,中古文学研究是一个相当寂寞的行当,投入与产出很不合比例。在这里,几乎很少有可以

---

① 参见孙昌武先生《关于王琰〈冥祥记〉的补充意见》,载《文学遗产》1992年第5期。

改变学科面貌的新资料的发现,也不像后代那样需要用全力去搜求大量的不经见的材料。在有限的史料面前,"外功"几乎派不上用场。它只是需要长时间的内在功夫,沉浸其中,统摄熔铸,而没有其他捷径可供选择。在这里,急功近利没有任何意义。因此,曹先生的这条治学经验对于年轻的学人具有特别重要的现实意义。

第三,超越自我的创新意识。

最近,我曾就魏晋南北朝文学研究的几个问题采访了曹道衡、罗宗强和徐公持先生[1],其中一个问题是,读书治学,是超越别人难,还是超越自己难。窃以为,在具体问题上超越别人似乎不难,因为我们的选题和研究毕竟是在前人基础上继续拓展,容易"后来居上"。但是,超越自己很难。我们时常看到这样一种情形,有些学者,甚至是很知名的学者,在一个领域里长时间作研究,知识结构没有任何变化,研究观念日益老化,结果是越做越差。也有这样的学者,不断地变更自己的研究对象,从先秦到明清一路下来,移步换形,以为打一枪换一个地方就是超越自己。其结果只是蜻蜓点水,解决不了多少实质问题。原因很简单,这只是在一个框架内、在一个水平上重复自己。这样的超越,实际上也没有任何意义。还有些略有名气的学者,本来在自己的研究领域有所成就,可惜不知藏拙,无限膨胀,以为自己处处都是行家里手,在许多领域随意发表意见,似乎涉及的领域很宽广,但是,这与前两种情形没有什么区别。

曹道衡先生令人敬佩的地方,其中一点就是守住自己的领域,几十年始终如一,紧紧围绕着中古文学这样一个领域从事研究,而且是越做越好,所以有的学者称之曰"老而弥坚"。这是很恰当的。

---

[1] 《分期、评价及其相关问题——魏晋南北朝文学三人谈》,《文学遗产》1999年第2期。

不论是对中古文学史料的阐释，还是总体的评价，不论是横向的探讨，还是纵向的溯源，曹先生总是试图提出新的问题，而且又总是能邃密扎实地提供解决这些疑难问题的新途径。其所以如此，我想至少有两个重要因素。就其显而易见的一点说，自然是根植于他的深厚的学养，厚积薄发，研几抉微。这道理，不言而喻。还有一个原因，往往容易为人忽略，即随时更新研究观念，绝不抱残守阙。早年努力运用马列主义基本原理研究中国古代文学。近二十年，对于研究领域的拓展，源于对文学评判观念的更新，而对于区域、文人集团的研究，更含有某种现代意识。平日，我们向他请教过程中，他总是不失时机地向我们垂问最新研究动态。1997 年我刚从美国访学归来，谈到国外对于永明声病理论研究的最新进展，他非常敏锐地指出这个问题的重要性，尽管他自己没有办法从事这方面的研究，却积极地鼓励我们及时跟踪最新动态，我最近撰写的《别求新声于异邦——介绍近年永明声病理论研究的重要进展》[①]就是在曹先生的鼓励下完成的。这表现了一个年过七旬的老人对于学术研究的高度敏锐性和孜孜不倦的探索精神。

陈寅恪先生在《冯友兰〈中国哲学史〉上册审查报告》中有这样一段话时常为近世学者所推崇："对于古人之学说，应具了解之同情，方可下笔。"所谓"具了解之同情"，我的理解，就是在解决一个个具体问题的背后，要让读者从中体会出一种别一样的意趣，并作进一步的思考。我读曹先生的论文，就时常感受到这种意趣和启迪。他总是谦逊地称自己不懂理论，但是，在近五十年的研究生涯中，他已经形成了一套自己研究学问的路数。这路数，也就是研究学问的规范、

[①] 《别求新声于异邦——介绍近年永明声病理论研究的重要进展》，《文学遗产》1999 年第 4 期。

研究学问的方法,具有一种内在的生机和活力。这种规范和方法不是哪一种生硬的理论所能规避,也不必视之为名山事业而让所有的人都去效法。但是我深信,正是这种看似最朴素、最平实的探索,与那种纯粹的材料排比勘对区别开来,更与平庸和空洞俨然划清疆界,显示出一种大家风范。

原载《文学评论》1999 年第 3 期

曹道衡先生文学史研究的成就与启示

傅刚 蔡丹君

曹道衡先生从事文学史研究50余年,撰著了多部文学史:《中国文学史》的魏晋南北朝部分(中国社会科学院主编,1960年出版)、《南北朝文学史》(1978~1988年间完成,1991年出版,与沈玉成先生合著)、《南朝文学与北朝文学研究》(1995年完成,1998年出版)、《南北朝文学编年史》(2000年出版,与刘跃进先生合著)。这四部文学史,都是以史料整理为起点,以大量具有填补空白意义的专题研究为根基,并在体例上有所创新,代表了曹道衡先生在不同时期对文学史研究的思考、创新和实践。曹道衡先生的文学史研究,具有独到的研究方法和学术成就,在促成文学史学科走向成熟的这条道路上,具有里程碑的意义。本文略谈其概,并希望从中获得一些有益于文学史研究的启示。

一 将史料整理作为文学史研究的起点

什么是文学史?文学史撰著的起点是什么?曹道衡先生解释说:"文学史研究的任务在于正确地叙述文学的发展过程并探索其规

律。"①中古文学史的研究,资料并不算丰富,且"这一阶段的文学史料问题很多,不经细致的考辨,很难据以立论"②。常常存在"前一朝的史籍和后一朝的史籍的互相矛盾"等问题,因此必须在进行文学史研究之前,去做大量的辨伪和考证工作,夯实史料的根基。曹道衡先生是带着害怕"游根浮谈"会"贻误读者"③的敬畏心,来做这项工作的。他认为"真正有价值的研究,必须既有作者的独到之见,又能掌握丰富而确切的论据,能为多数研究者和读者们所接受"④。

恰在1984年初冬,曹道衡、沈玉成二位先生接受了撰写《中国文学家大辞典·先秦汉魏晋南北朝卷》的任务。他们将这项繁重的工作视作整理史料的重要契机,对从先秦至隋共1500名文学家的基本情况进行了精心的梳理。他们在注意吸收学术界的已有成果的同时,坚持"每一条都自己动手而不再假手于人……要求自己尽可能对原始材料搜集得齐备一些,以便让条目中的说明叙述建立在相对牢固的基础上,而不是直抄史传"⑤。这过程异常艰辛,前后历时八年,耗费了大量精力。因此,与此同期完成的《南北朝文学史》,是"第一手的材料整理"所带来的"第一手的文学史著作",建立在可靠的知识结构基础之上。为准备撰写文学史而做规模如此庞大的基础性资料整理工作,这在新中国成立以来的文学史编写工作中并不多见,其

---

① 《尝试和探索——略谈我的南朝文学与北朝文学研究》,发表于《古典文学知识》,1999年第3期,第10页。
② 《真诚的合作,难忘的岁月》,见《沈玉成文存》,中华书局,2006年版,第531页。
③ 《材料、考证与古典文学研究》,见《中古文学史论文集》,中华书局,1986年版,第493页。
④ 《昭明〈文选〉研究·序》,中国社会科学出版社,2000年版,第1页。
⑤ 《中古文学史论文集·沈玉成序》,中华书局,1986年版,第6页。

中心血,可以想见。

由于"大辞典"文字考证内容,较之最后出版的字数多出两倍以上,曹、沈二位先生遂将其余部分置于《中古文学史料论丛》和《中古文学史料丛考》两部著作中。这个过程中,"他对不少作家以及某些文学事件的考证,可以作为科学的结论而为人们所引用。时代较早的,如关于《两都赋》、《二京赋》的写作年代和注释,然后,从东汉末及建安,依次而下,如桓谭、曹丕、曹植、陆机、陆云、干宝、郭璞、鲍照、江淹、裴子野、王琰、何逊、王褒、邢劭、任昉等等,有关他们的生平、行迹、交游、著作,都有精细的考证"①。所涉范围极广。这两部著作如今成为从事中古文学研究者的工具书。

曹道衡先生处理史料的方法是以"通读"获得"通识"。他强调全面地占有史料,反复通读,从史料中发现问题,又依靠史料解决问题。在开始准备撰写《南北朝文学史》的1978年,曹道衡先生已是年过半百,学养深厚,却仍要求自己反复"通读"包括《晋书》、"南北八书"等第一手材料。他说:"当我通读完这些史籍之后,总觉得读过一遍,尽管得益不少,但毕竟印象还浅,所以又反复阅读,大抵把这几部史书都通读了三遍,才觉得对这个阶段的历史有所认识。接着我又通读了《华阳国志》、《建康实录》、《高僧传》等有关的典籍。"②诚如沈玉成先生所说,这段文学史中并没有什么"珍秘材料",所能见到的都是常见之书,材料在面前摆着,"需要的第一是勤奋的积累,即旧时所说的学力;第二是思维能力,即旧时所谓'识力'"③,因此,这是需

---

① 《中古文学史论文集续编·傅璇琮序》,文津出版社,1994年版,第3页。
② 《尝试和探索——略谈我的南朝文学与北朝文学研究》,发表于《古典文学知识》,1999年第3期,第12页。
③ 《中古文学史论文集·沈玉成序》,中华书局,1986年版,第6页。

要长期和史料打交道才能获得的能力。

进入20世纪90年代之后,曹道衡先生对文学史料学的认识在不断加深,他与刘跃进先生先后合作编写了《南北朝文学编年史》和《先秦两汉文学史料学》。这两部著作,与他之前的史料学著作一起构成了中古文学史料学的基本框架。他深刻揭示了这些常人眼中的"琐屑米盐"与文学史研究之间的关系:"作为科学的史学,必须建立在切实的史料基础上,而史料的目的正在于使史学著作更为翔实可信。二者的关系密不可分,对史料学的任何轻视,都会使史学的科学性受到损失甚至根本丧失。"①在曹道衡先生的眼中,文学史的性质是史学,而史学的根本是它的"科学性",即所有的论点必须有丰富的论据。

《南北朝文学编年史》被誉为具有"首创意义"②,这不惟是因为当时学界缺少有分量的、全面系统的南北朝文学编年史成果,而且也因为它不是简单地按年代顺序排列资料而已。它将南北朝文学划分为"十六国文学时期"、"晋宋文学的转变"、"从元嘉体到永明体"、"南朝文学的分化、北朝文学的复苏"、"南北朝文学的分庭抗礼"、"南衰北盛格局的形成"、"南北融合时期"等多个阶段,清晰呈现了南北朝文学发展的历史潮流。同时,这部著作涉及的史料整理已经扩大到佛经和道教著作等,对当时的僧道文学作出了客观的定位。例如在"十六国文学"这章列出一些名僧在长安的活动,让读者能够从中体会虽然时逢丧乱、国家分裂,但佛事不绝,影响了当时的士人、文化与文学。《南北朝文学编年史》通过这样精心的史料编排,让史料"说话",直接清晰呈现出文学史发展特征,进一步深化了文学史研

---

① 《中古文学史论文集·沈玉成序》,中华书局,1986年版,第6页。
② 《南北朝文学编年史·附陈铁民推荐书》,人民文学出版社,2000年版,第669页。

究和文学史料学之间相互依存的关系。"编撰这样一部综合性的文学编年史,必须有深入的专题研究作基础。同时,还必须对于学术界的研究状况有比较充分的了解。"①

曹道衡先生长期从事中古文学史料学工作,以此获得了文学史研究的基本依据和宽阔的史家视野。他客观对待每个细小材料,关注它们对文学史命运转关、发展规律的作用。他说:"一部文学史,即使是十分相近的文学史著作,所能论述的亦仅限于一些在历史上有过重大影响并为历来人们所传颂的名作;史料学研究的范围似乎比这要广泛得多。正如我们要认识高峰有时不能不涉及群山,认识长江、黄河,有时不能不涉及其他支流一样。研究一个大作家或杰出作品,也必须对其同时的创作有所了解。尽管有些作品并不一定写进文学史著作。……甚至某些并无文字的出土文物,对文学史的研究亦不可谓无所裨益。"②故而,后来在《先秦两汉文学史料学》中,曹道衡、刘跃进二位先生专设"秦汉石刻简帛文献"和"文字、训诂之学与文学史研究"这两个章节,并指出:"例如当我们研究《诗经》中的'雅'、'颂'部分时,如果能结合两周的某些铜器铭文、秦代的《石鼓文》和《仪礼·士冠礼》中的'祝辞'和'醮辞',显然是有益的。"曹道衡先生对此有过实践,在他的《东晋南北朝时期的凉州文化》一文中,提到了亲眼所见的武威县博物馆所藏的前凉碑志和在甘肃省博物馆所见的北凉碑志,比较之后发现前者书法风格似西晋,而后者的已经近似于北魏,以此推论凉州地区的文化在当时是不断向前发展、变化的。曹道衡先生对于任何有益于研究的知识,总是都抱着极大的热忱。这种吸纳知识、善于学习的胸怀,是他拥有更高层次学术境界的

---

① 《南北朝文学编年史·附陈铁民推荐书》,人民文学出版社,2000年版,第669页。
② 《先秦两汉文学史料学》,中华书局,2005年版,第7页。

根由。

曹道衡先生毕生秉持"一切从材料中来"、"言之有据"的研究理念,所付出的艰辛劳动也是常人无法想象的,"为了查找一个资料、一个出处,常常废寝忘食,孜孜以求"①。故而经过他整理的史料和考证,往往十分精良。同时他也强调,"我们不应该把这项工作估计过高,认为考证就是一切",而是强调学习清代桐城派,做到"义理、辞章和考据三者并重不可偏废",即统一材料与观点之间的关系。② 尊重文学史学科的史学特性,以科学的态度和方法对待文学史料学与文学史研究,使得他拥有了经得起历史考验的研究成果。

二 以专题研究带动文学史研究

将什么内容写入文学史?是所谓地从宏观出发,泛论知名作家和作品,还是简单地对一个时代的文学研究成果进行归纳总结?这些方式,曹道衡先生从未采用。他在文学史著作中写入的,是亲手完成的专题研究成果。

曹道衡先生几乎对中古文学史上所有著名的作家、作品和关键的文学现象,对辞赋、骈文、乐府、六朝小说和史传文学等各类文体,都做过专题研究。这些研究主要存在于他的单篇论文中,所涉甚广。邓绍基先生评论说:"他的研究成果,如果单独地看,是在论述各类具体问题,汇总起来,却又给人以开阔拓展领域的感觉。"③曹先生的文

---

① 《中古文学史论文集·许觉民序》,中华书局,1986 年版,第 1 页。
② 《材料、考证与古典文学研究》,见《中古文学史论文集》,中华书局,1986 年版,第 493 页。
③ 《中古文学史论文集续编·邓绍基序》,文津出版社,1994 年版,第 9 页。

学史著作中存在一个"点—线—面"的结构:点,就是具体的问题;线,就是专题研究的成果;面,指的是最后成书的文学史。

曹道衡先生以专题的形式,研究了中古文学史上的主要作家。傅璇琮先生说:"从东汉末及建安,依次而下,如桓谭、曹丕、曹植、陆机、陆云、干宝、郭璞、鲍照、江淹、裴子野、王琰、何逊、王褒、邢劭、任昉等等,有关他们的生平、行迹、交游、著作,都有精细的考证"①。从一个作家到一群作家,再到他们身后的社会现象,是曹先生作家专题研究的路线。例如他多次论及陶渊明,从其本人的思想、文风开始,继而考察到陶渊明身后有一晋宋之际的江州文人集团的存在,并发现他们与长江下游及浙江地区的高门大族文人有明显的不同,等等。对于一些相对而言不太受关注的作家,他也不会放弃考察其文学史意义。例如为了讨论陈代诗风变化,他专门写过《论江总及其作品》。对于入隋之后的诗人,他从《切韵序》中透露的八位参与者入手,探讨其中卢思道、薛道衡等作家的文学成就,专门写了《从〈切韵序〉推论隋代文人的几个问题》。

曹道衡先生对中古文学作品的专题研究也很丰富。例如《略论〈两都赋〉和〈二京赋〉》一文,从两赋所引古文经学之不同,来推论从班固写《两都赋》到张衡写《二京赋》之间的20多年中东汉学术发生的变化,反映的不同写作态度和艺术特征。再如《从〈雪赋〉、〈月赋〉看南朝文风之流变》,既"能与作者身世遭遇及政治变故联系起来,分析二者风格差异",又能够呈现南朝文风在这段短暂的时间中所发生的文风变化。他还比较不同类型、不同时代的作品,发现它们之间的联系。例如《〈风俗通义〉和魏晋六朝小说》,是从应劭关于东汉末年社会风习记录的作品中,看到了时人狂狷的作风以及事鬼神之事,都

---

① 《中古文学史论文集续编·傅璇琮序》,文津出版社,1994年版,第3页。

是后来魏晋六朝文学中得到充分发展的特征,由此详细论证了前人关于"魏晋一切风气自东汉开之"的观点。他甚至能够做到从一篇作品中看到一段文学史的特征。他在《关于魏晋南北朝的骈文和散文》中提到:"崔浩的文章多属散体,只有一篇册封北凉沮渠蒙逊为凉王的文章,用骈体来写。这是因为甘肃一带从十六国以来,由于前凉张氏统治比较安定,在那里聚集了一些文人,文化较高。……北凉的文化,高于北魏统治区。所以崔浩写这篇文章,不得不用辞藻华美的文字。"①从一篇册文中发现北魏与北凉之间文化地位的高低有别,可谓是见微知著。《从两首〈折扬柳行〉看两晋间文人心态的变化》也采用了同样研究方法。邓绍基先生说:"道衡先生治中古文学,还不限于具体问题的考证,而还在达识。他往往把某一作家或作品与社会历史、学术文化贯通联系,从而使人们对此问题的认识进入一个新的境界。"②

曹道衡先生还对辞赋、乐府等文体有过长期、深入的研究。1986年他出版了《魏晋南北朝赋选》,这一选本,取精用宏,展现了他对赋体的认识。后来,又撰写了《试论汉赋和魏晋南北朝的抒情小赋》、《庾信〈哀江南赋〉四解》、《再论北朝诗赋》等专文,对赋体的流变和艺术特征进行深入探讨。乐府是一个情况复杂、较难研究的课题,曹道衡先生经过细致的材料梳理和细密的考察、论证,取得了突出的成就,在当代乐府研究中,成为重要一家。例如《相和歌与清商三调》一文,通过大量的材料调查,论证了相和歌与清商三调并非一事的观点。论证材料的丰富和他对材料得心应手的使用,使得他的观点坚固而可信。他讨论问题的能力如此之强,令人叹为观止。这是一篇

---

① 《中古文学史论文集》,中华书局,1986年版,第49页。
② 《中古文学史论文集续编·邓绍基序》,文津出版社,1994年版,第9到10页。

乐府研究的范文，给人的启发非常多。再如《南朝政局与吴声歌、西曲歌的兴盛》一文，揭示了南朝政治与乐府发展之间存在的微妙关系。同时还在《论北朝乐府民歌》、《试论铙歌的演变》等文章中专论北朝乐府的特色，并论证北朝乐府民歌中凉州音乐所处的地位，以及《梁鼓角横吹曲》对南朝乐府的影响，这是前人没有论及的。而这些内容，后来都在《南北朝文学史》、《南朝文学与北朝文学研究》中有广泛的体现。

在以专题研究带动文学史研究的道路上，曹道衡先生的另一个重大突破在于他专门研究了南北朝文学的两部总集：《玉台新咏》和《文选》，涉及这两部总集的产生时代、历史评价、目录设置、所收作品的内容风格等诸多问题。特别是对于《文选》，曹先生的研究很深入，与沈玉成先生合作点校了高步瀛的《文选李注义疏》，并撰写了十万余字的相关论文，如《昭明太子与梁武帝的建储问题》、《从文选看中古作家的地域分布》、《从乐府诗的选录看文选》等。基于这些专题研究，《南北朝文学史》第一次专门为这两部重要的总集设立章节，介绍了它们的基本情况，尤其是加入了一般的文学史略去的版本文献方面的问题。而这两个章节又是相互呼应的，书中将《文选》与《玉台新咏》的目录进行对比，来讨论梁代前后文学思想的变化。此举正是以文献来证文学的典范。

这种踏实耕耘的方式，使得曹道衡先生的文学史著作从来都不是对前人成果的简单综合或空洞的高谈阔论。他用精博的知识、科学的论证，全面掌握了南北朝文学的整体概貌与细枝末节，以专题研究来带动文学史研究，保证了文学史著作的原创性，从而真正促进了文学史学科的进步。诚如刘跃进先生评价："《南北朝文学史》就是这样一部以若干专题作基础，全面系统地评价这个时期重要作家和作品以及文学流派的重要成果。就其横断面而言，这是目前最为详尽的一部学术专著。学术界盛称这种'在平实中创新'的精深研究是曹先生对中古文学研究的重要贡献。"①

三 对文学史体例的创新与探索

体例虽然仅是文学史的外在形式,却能影响到文学史内容的表述。它在文学史撰著工作中具有举足轻重的地位。较为常见的文学史体例是"时代概论+著名作家生平+著名作品介绍"这种模式,造成文学史的写作受限,既不能在以往文学史的研究上加入新鲜的材料,也无法真正清晰流畅地呈现"史"的整体脉络。文学史应该具有多样化的体例、不同的写法。曹道衡先生在这方面做了自觉的思考和有益的尝试。

曹道衡先生与沈玉成先生的文学史著作开创了两种体例:一种是正文与以第一手考证内容为主的注释相结合的体例。经统计,在全部的299条注释中,直接引用的不过58条,其余的241条皆是他们亲自考证的内容,这些考证性内容,与正文一起构成文学史著作的有机整体。另一种体例是抛开"时代概论+著名作家生平+著名作品介绍"的写作模式,选择从"史"的角度来呈现文学史发展的环节、脉络和关键节点,以文学史各阶段的总体情况为讨论对象。这是《南朝文学与北朝文学研究》所做的尝试和探索。以下详细分析之。

注释是一种常见的形式,一般用来标注文献的出处。但是,《南北朝文学史》扩大了注释体例的功能:它并不是为注明文献的卷数、页码而存在,而是包含了丰富的文献考证内容,甚至本身就是文学史

---

① 刘跃进《中古文学领域的开拓者——试述曹道衡先生的学术历程及其成就》,《文学评论》,1999年第3期,第150页。

的小片断,学术价值不低于正文。

《南北朝文学史》中的注释,内容特别丰富,种类也很多。有纠正史书上的某一个字的,有讨论作家的生卒或生平的(如在僧肇生卒年下作注,称关于他的死,严可均根据《传灯录》谓系姚兴所杀,其说不足据,同时引用汤用彤《汉魏两晋南北朝佛教史》第 329 页对此说进行驳正的内容①)。或提及一个历史细节(如南朝人为何畏马如虎,注释引证说是因为马在当时有政治野心的寓意②),或以现实经验来推敲文本(如鲍照的诗中提到在广陵故城遇到老虎,注释云:南北朝时在江苏一带有虎,本不足怪。但当时的广陵是个重要城市,而且地处平原,即便兵燹残破,也不至于出现老虎③),等等。再如,胡太后这个人物,一般的文学史都不会提到她。但是《南北朝文学史》在《洛阳伽蓝记》一节,讲到胡太后所造的永宁寺中九十丈高的木塔时,在注释中介绍了她:"胡太后,宣武帝皇后,孝明帝母,是类似于汉代吕后、武则天式的人物。曾临朝听政,自称曰朕,群臣尊称为陛下。魏献文帝天安元年(466)在平城造永宁寺,洛阳的永宁寺则建于孝明帝熙平中(公元 516 年左右),均见《魏书·释老志》。至于九十丈,当然是夸大之辞。"④这个颇有趣味的"胡太后小传",能够让读者真切感受到当时的社会现实,也能更容易了解杨衒之对洛阳寺观之奢侈抱批评态度的缘由。这些都是十分细碎的知识点,但对这些知识点的捋清,是有利于加深对南北朝文学发展的认识的。

《南北朝文学史》还利用注释详细交待某个论点的学术研究史。

---

① 《南北朝文学史》,人民文学出版社,1991 年版,第 344 页。
② 《南北朝文学史》,人民文学出版社,1991 年版,第 385 页。
③ 《南北朝文学史》,人民文学出版社,1991 年版,第 96 页。
④ 《南北朝文学史》,人民文学出版社,1991 年版,第 412 页。

例如,对于南北朝文学史上关于《木兰诗》产生时代和地域的争议,以及其中所涉及的鲜卑兵制等问题,该书在注释中做了千余字的长篇总结,对四种不同的说法作了充分的考证,最后证明得出它是北朝作品。因此,对于年轻的读者来说,在注释体例中呈现考证的过程,能够帮助他们学到治学的门径和前辈们踏实严谨的学风。

此外,在《南北朝文学史》中,很多注释的内容与正文是相互依存的,构成有机整体。例如关于北朝小说《异苑》,正文中谈到的是它的艺术特征和对后世的影响,而在注释中,作者却用八百字的篇幅,详细考证了这本书的成书时间以及之后的传播情况。两部分内容相结合,便是关于《异苑》的完整介绍。① 这部文学史所具有的史料学根基和专题研究的源头活水,在注释中可略见其概貌。

曹道衡先生在写完《南北朝文学史》之后,一直感到它在体例上仍然存在局限:虽然它在史料和专题两个方面都有诸多可以称道之处,但是在"史"的脉络上,其实并不流畅,也不利于完整地呈现文学史的发展进程。因此,1995年脱稿的《南朝文学与北朝文学研究》建立在这反思的基础上,寄意于更清晰地展现文学史的各因素及其相互关联。

越到后来,曹道衡先生"史"的观念也就越强烈。他说:"长期以来,我们的文学史研究工作,常常着眼于作家和作品的分析和评述。这当然是很有必要,而且这一学科开始兴起的时候,也不免要有一定的探索过程。……在笔者看来,文学的发展正像其他意识形态一样,并不是直线上升的,总有许多曲折、停滞甚至倒退。但从整个历史的发展过程来看,这样的过程,却只是前进中的一个环节,有时在某些看来是停滞或倒退的现象后面,却酝酿着后来繁荣的枢机。研究者

---

① 《南北朝文学史》,人民文学出版社,1991年版,第454页。

的目光不能局限在某些传诵之作,或名气极大的作家身上,还应注意到某些产生作家和作品较少的年代,研究和探索其衰落的原因,及这个时代在整个历史发展中的作用。"①

因此,在这部著作中,曹道衡先生以历史过程为讨论对象,以探究社会存在对社会意识的决定性影响为目的,分析影响文学史发展的多个因素——尤其是社会经济生活、地域和学术思潮之变迁,与文学发展之间的关系,最终完整地呈现了南北文化传统的形成、变迁、对比以及相互融合的过程。这本书设置了十个章节,包括"绪论"、"历史的回顾"、"汉魏学术思想的变迁和南北文风"、"南方的文化传统"、"南方文学发展的社会原因"、"南方文学的几个主要题材"、"河朔的文化传统"、"北方的生活情况及文化的衰落"、"孝文帝的迁洛与北魏文学的兴起"、"北朝文学的特点和得失"。虽然它并非以"文学史"命名,但从其体例和内容实质上看,都是真正意义的"文学之史"。它以历史本身为容器,在里面装入那种"作家+作品"模式的文学史无法尽情讨论的重要话题,比如时代的思想史发展脉络、文学现象产生原因的最早追溯、社会经济生活的变化等等,真正找到影响文学史发展的各种"伏流",并实现了一种"通观"。正如曹先生自己说:"如果我们站在'史'的角度来考察南北朝文学,便不能把眼光局限于盛衰的现象,而更要着眼于盛衰的原因。"②

使用这种体例的研究者,必须要有极为深厚的学术积累,方能做到调动各方面的知识,进行游刃有余的论述。曹先生本人都是酝酿了十余年之后方才下笔:"早在《南北朝文学史》脱稿之初,我就颇觉意有未尽,应该把自己的那些浅见提出来向大家请教。但限于自己

---

① 《南朝文学与北朝文学研究·后记》,江苏古籍出版社,1998年版,第264页。
② 《南朝文学与北朝文学研究·绪论》,江苏古籍出版社,1998年版,第27页。

的水平,又觉得'兹事体大',要涉及文学、史学、经学、哲学以至宗教的广泛领域,同时还要上溯先秦汉魏,下及唐代。对这些知识领域来说,我的学力就显得很不够了。因此多年以来,迟迟不敢下笔。"①其中涉及的很多问题,也来源于曹道衡先生多年的思考和酝酿。如关于其中探讨的汉人《易》学与道教的关系:"当我在阅读道教典籍《太平经》时,深感其中思想和汉代的《易》学颇有关系。后来读了宋人朱震的《汉上易传》和近人尚秉和的《焦氏易诂》,更加深了这种印象。"再如"坞堡"与文学关系的解读,是曹先生发前人所未发的一个论题。曹先生自称来自于多年前看陈寅恪先生《〈桃花源记〉旁证》的启发,之后通过阅读《宋书·王懿传》、《魏书·王播传》才加深了解决这个问题的信心。② 这些讨论,都是需要靠长期的知识积累和学术锻炼才能实现,绝非得自于一朝一夕。正由于建立在如此深厚的积累之上,《南朝文学与北朝文学研究》在体例上的尝试和探索是十分成功的,是一部将汉魏文风的转变、南北文风的异同展现得十分清晰的文学史。

四 曹道衡先生文学史研究的主要成就

曹道衡先生在中古文学史研究领域精心耕耘,拥有十分丰富的成就,本文拟就曹先生在填补北朝文学研究空白、河朔文化与南方文化发展阶段的研究以及文学与地域关系之研究这三个主要的方面,作简要的概括。

---

① 《南朝文学与北朝文学研究·后记》,江苏古籍出版社,1998年版,第286页。
② 《中国文学家大辞典·先秦汉魏晋南北朝卷·后记》,中华书局,1996年版,第288页。

1982年秋,曹道衡先生访问日本,在京都大学和日本朋友座谈时,有人向他提问:"南北朝时代,南北方文人间有没有交流?北方文学对南方文学有没有影响?"①这一问,对曹道衡先生触动很大。因为在那之前,国内关于北朝文学的研究尚是一片空白。早在1960年编写三卷本文学史的魏晋南北朝部分时,北朝文学是没有多少篇幅的。关于北朝文学的研究,当时是一片荒芜。

曹道衡先生回忆道:"'十六国'时代有没有文学家、有些什么人,我原先的确一无所知,过去的研究者也绝少谈到,因此我只能把他们的事迹一个个地从史籍中辑录出来。又如北朝的作家除了郦道元、杨衒之和温子昇、邢劭、魏收以外,过去的文学史著作均未提到,而且像郑道昭、常景和甄深等人在史籍中又都是单独立传,没有归入《文苑传》中,所以过去对他们几乎没有什么印象,只有通读《魏书》、《洛阳伽蓝记》和《文镜秘府论》等书,才能对他们的文学活动有所了解。"②

之后曹道衡先生钩稽史料、多方考证,进行一系列北朝文学的专题研究:《关于魏晋南北朝的骈文和散文》、《略论南北朝文学的评价问题》、《试论北朝文学》、《东晋南北朝时代北方文化对南方文学的影响》、《关于北朝乐府民歌》、《十六国文学家考略》等多篇论文,构建出了北朝文学的研究框架,清晰地呈现了北方地区的文学概况。《十六国文学家考略》收录了这段史料残缺时期的文学家共六十九位,钩沉索隐,十分详尽,沈玉成先生说它可看作《补十六国文苑传》,填补了北朝文学研究的空白。③ 傅璇琮先生评价曹先生此举的意义

---

① 《中古文学史论文集·后记》,中华书局,1986年版,第497页。
② 《南朝文学与北朝文学研究·后记》,江苏古籍出版社,1998年版,第286页。
③ 《中古文学史论文集·沈玉成序》,中华书局,1986年版,第4页。

时说:"他对整个北朝(包括十六国)文学的研究,从搜集零散的材料到整理成系统的脉络,使我们对北朝的辞赋、诗歌,以及整个学术文化,有一个清晰的合乎历史发展实际的认识。这是很不容易做到的,而只有做到这一点,才能对当时整个南北朝文学有整体的把握。"①

1991年曹道衡先生指导博士生吴先宁完成了《北朝文化特质与文学进程》。这本书虽然出版于1997年,但从成书时间来看,实际上是我国第一部专门以北朝文学为研究对象的理论专著。它论述了自鲜卑拓跋氏纵兵中原、统一北方以后,中经东魏、西魏分裂,北周和北齐对峙,至589年隋灭后梁和陈而统一全国这一历史时期的文学发展过程及其特征,论据丰富、观点鲜明。吴先宁先生以"门第士族"为"中间环节","把这一时期的政治、经济、思想意识和社会习俗、心态与文学联系起来,从而提纲挈领,找出纷纭复杂的现象中带根本性的东西"②。他论证了北朝的世家大族,长期处于与汉族文化异质的、以代北贵族为代表的西北少数民族文化的对立、冲突和融合关系中。同时还犀利地指出北朝长期以来的汉族士人和代北贵族政治、文化上的冲突,是在西魏时期接近尾声。而胡汉矛盾让位于南北文化冲突和融合,意味着文学史上一个新阶段的到来。其中,吴先宁先生讨论北朝人聚族而居的生活方式、北朝儒学的传统、南风北渐和北人的接受和选择等问题时,都深受曹道衡先生的影响。曹先生通过学术知识的传承,使得原来荒芜的北朝文学研究,渐渐后继有人,其育人之功,推进了整个领域的研究进程。

南北朝文学的研究一般集中在北方的北齐和南朝的齐梁时期,因为这两个时期作品比较丰富。但是,曹道衡先生关心文学史发展

---

① 《中古文学史论文集续编·傅璇琮序》,中华书局,1986年版,第4页。
② 《北朝文化特质与文学进程》,东方出版社,1996年版,第3页。

脉络的始末和源流,对南北朝后期文学发展的状况,有了诸多新颖的发问:"关于南朝宋齐梁陈四代的文学风貌发生了好几次变化,这种变化与作家的家庭出身及出生和活动地区,有无关系?又是什么样的关系?这些都有待于进一步的探索。例如南朝作家的出身问题,我曾经进行过初步的考察,发现琅邪王氏的兴起虽早于陈郡谢氏,而在东晋至宋齐间,大作家的人数却不如谢氏多。到了梁代,刘、萧二氏的作家人数已大大超过王、谢二氏,但是到了陈代,不论王、谢还是刘、萧,在文坛上都不再占什么重要地位。"①同时,关于北朝文学后期的发展状况,他也作了很多专题研究,如《论北魏诗歌的发展》、《论北齐诗歌的历史地位》、《从〈切韵序〉推论隋代文人的几个问题》等,摸索北朝文学发展的规律性和阶段性。

积年之后,他形成了一个观点:"北朝文学在逐步兴起,而南朝文学却又趋向衰落"②,"南北朝后期的文学是北方赶上并且超过了南方"③。这个见解是十分独到的,对了解南北朝后期的文学发展概况,仿佛廓清了历史遗留在人们认识中的"迷雾"。大家向来笼统地看待南北文学之间的高下,认为南朝在任何时候都是繁荣的、高于北方的,从未细心关注过这种暗中发生的变迁。曹道衡先生则检括史料,指出:"到了南北朝后期,情况又有所不同。北朝温子昇的作品传到南方,得到了梁武帝的赞赏,比之曹植、陆机,邢劭的文学才能也颇为南方人所知。……至于南方人到北方的,如王褒、庾信、颜之推、诸葛颖、萧悫等人,都无不有作品传世,像庾信最有名的作品,大抵都产生于入北以后,并且他的文集还是以北周藩王宇文逌所编的本子为基础。这种

---

① 《困学纪程》,辽宁教育出版社,2001年版,第180页。
② 《南朝文学与北朝文学研究》,江苏古籍出版社,1998年版,第90页。
③ 《南朝文学与北朝文学研究》,江苏古籍出版社,1998年版,第120页。

情况说明了北方的创作环境不但不同于南北分裂之初,也比魏孝文帝迁洛前后有重大的改善。"① 而且,北方文学在后期对南方所引起的反响越来越大,曹道衡先生论证道:"南北朝后期的文学是北方赶上并超过南方。看来此说不误。因为,庾信晚年确曾称赞过北方文人。据《北史》载,卢思道、阳休之和颜之推都作了《听鸣蝉篇》,而庾信看后认为卢作最善。"这是一个很有意义的新发现。但他也不忘强调:"自然,从主要倾向来看,当时南方文学还是比北方繁盛,南方对北方的影响,也多于北方对南方的影响,这也无可否认。"②

曹先生认为,发生这种变化,从文学发展内部的原因来讲,是因为北朝文人采取了南朝诗的形式和技巧,而在内容方面却跟梁中叶以后的南朝诗人不太一样。北方人吸收了南方的长处,但是没有失去自我,仍然保留着北方文学特有的"质"。而从文学外部的因素来说,侯景之乱对南方的冲击很大,这是南方文化受到摧毁的重要原因。他说:"王、谢、刘、萧的衰落,又与'侯景之乱'有密切关系。我又把'侯景之乱'后南方的高门士族的情况和尔朱荣的'河阴之难'后北方高门士族的情况作了比较,就知道'河阴之乱'对北方士族的打击远比'侯景之乱'要轻,这和北方士族多乡居而南方士族多城居自然有很大关系。另外,尔朱荣发动的'河阴之难',矛头似乎主要是指向那些移居洛阳而汉化了的鲜卑贵族,而对汉族士大夫的打击则很小。至于'侯景之乱',则对长江下游的破坏要大得多,因此其影响所及亦非'河阴之难'所可比拟。"③ 这些成果和识见,对南北朝文学研究产生了深刻的影响。

---

① 《南朝文学与北朝文学研究》,江苏古籍出版社,1998 年版,第 120 页。
② 《南朝文学与北朝文学研究》,江苏古籍出版社,1998 年版,第 120 页。
③ 《困学纪程》,辽宁教育出版社,2001 年版,第 181 页。

曹道衡先生一直关注文学的地域问题,到了晚年更是渐臻圆融境界。他不但对南北学术文化地域格局的总体演变作了研究,也对一些关键的文化地带如吴越、"河表七州"、关陇、凉州、黄淮流域、黄河以南等地区的文化现象及其历史变迁做了重点研究。① 曹先生的地域文化研究,绝非简单地交待地理因素和文学之间的关联,而是十分精细地阐述了各种文化是如何在这个地域产生、发展和嬗变的,是十分宏大的文学史命题。举例而言,凉州文化的研究就颇见其精雕细琢之力。《东晋南北朝时代的凉州文化》一文即讲述凉州境内的河西五郡(张掖、敦煌、金城、武威和酒泉)等地区的变迁,从凉州张轨政权开始,到北朝末年西魏在凉州的文化遗留,论述得极为详细。在《南朝文学与北朝文学研究》中,曹先生论道:"北魏初黄河中下游文化不但不如南方,也不如西北的凉州。北魏初年好多文化部门,都受凉州的影响。《魏志·乐志》载,北魏音乐'兼奏燕、赵、秦、吴之音,五方殊俗之曲',又说拓跋焘'平凉州,得其伶人、器服,并择而存之'。《隋书·音乐志下》更说得到北魏乐曲后,一直沿用,到魏周之际,称之曰'国伎',又如北魏的历法,也来自凉州。据《魏书·律历志上》说:'世祖平凉土,得赵㢲修《玄始历》,后谓为密,以代景初(三国魏时所定历法)。'所以,从十六国时代到北魏初年,北方的文化中心其实在凉州,而不在黄河中下游地区。"②这样,凉州文化的地位在自陈寅恪先生在《隋唐制度渊源略考》中提出之后③,第一次得到了如此详尽的论述和客观的评价。

---

① 此类论文包括《试论北朝河朔地区的学术与文艺》、《"河表七州"与北朝文化》、《北朝黄河以南地区的学术与文化》、《西魏北周时代的关陇学术与文化》等。
② 《南朝文学与北朝文学研究》,江苏古籍出版社,1998年版,第86页。
③ 《中古文学史论文集续编·傅璇琮序》,中华书局,1986年版,第4页。

总之,在中古文学研究领域,曹道衡先生筚路蓝缕,填补了北朝文学的空白,也以敏锐的目光捕捉到南北朝文学史发展的规律,对地域角度的南北朝文学研究卓有贡献,对后学影响深远。

五 曹道衡先生的经史学养和学术品格对文学史研究者的启示

一部文学史,应该让什么样的研究者来撰写?或者说,我们应该成为什么样的文学史撰写者?文学史是一门特殊的学科,具有教材和研究论著的双重性质。如果撰写工作所选非其人,那么不但要贻误读者,也会浪费研究资源。学养和品格,是考验文学史撰写者是否合格的重要标准。而曹道衡先生的经史学养和学术品格,能够给后学很多启示。

"一切从材料中来"是曹道衡先生的学术信仰。他一生秉持实事求是、谦虚谨慎的态度和勤勉不辍的精神,默默在文学史研究的领域耕耘了五十多年。在这漫长的学术生涯中,曹先生好比是学界永不枯涸的一汪泉水,一直在源源不断地贡献着新鲜的、高水平的研究成果。这与他以经史学养为主的知识结构,以及充满责任感、焦虑感的学术良知,紧密相关。

曹道衡先生出身于中医世家,早年家庭条件比较优越,童年时代接受的是传统的私塾教育。他受姨丈顾起潜、舅父潘景郑二位藏书家的影响,幼年时期就从《说文》、《尔雅》入手,习读经部群籍。后来顾先生创办上海图书馆,他能够读到一些珍藏的文献版本。所以自幼就耳濡目染,颇受熏陶。家里人希望他成为中医,多背汤药方子,传承祖业,他却私下背诵了很多经史方面的经典,最后考取无锡国专历史系,立志要当史学家。从无锡国专毕业后,他考入了北京大学中文系,转入对古典文学的研究。在"文革"之前,曹道衡先生主要从事的研究是明清文学,1954年,他发表的第一篇文章是《从明末清初科举制度看〈儒林外史〉》。之后的十年间,他参与了何其芳先生主持的《红楼梦》研究。《关于黄宗羲、顾炎武、王夫之等人的思想及其与〈红楼梦〉的关系》是这个时期比较有代表性的论文。"文革"结束后,由于工作的需要,他方才开始专注于当时非常寂寥的中古文学研究领域,成为一名拓荒者。

虽然从事的是文学研究,但他看待文学史的问题,往往能够拥有史家的眼光,能够从琐碎中发现宏大,从平淡中看到神奇。这种史学家的风格,终其一生,都不曾改变过。而早年的经史知识结构,仿佛是一把万能钥匙,让从明清文学研究中走出来的曹先生,同样能够凭借它开启了中古文学领域陌生的大门。①

拥有史家之心的曹先生,具备的是以历史、文献研究为基础的"大文学史"观念。他往往围绕"史之脉络"展开文学史研究,以一种科学的、客观的态度,寻找文学史中每一个曾经被遗漏的环节。他说,"研究者的目光不能局限在某些传诵之作,或者名气极大的作家身上,还应注意到某些产生作家和作品较少的时代,研究和探索其衰落的原因,及这个时代在整个历史发展中的作用"②。这是他能够在一项研究结束之后,进入更深领域的原因所在。曹道衡先生一生从来没有重复过自己的研究,他的论文永远充满新的信息、新的观点和"新"的史料。比如,曹先生发现北朝碑志作品发达,南朝则情况相反,是因为一项不起眼的制度导致的。他在李善《文选注》中发现:"《晋令》曰:诸葬者不得作祠堂碑石兽。""又引《陈留志》曰:阮略字

---

① 内容根据《困学纪程》整理。
② 《南朝文学与北朝文学研究·后记》,江苏古籍出版社,1998年版,第264页。

德规,为齐国内史,为政表贤黜恶,化风大行,卒于郡。齐人思略不已,遂共冒禁树碑,然后诣阙待罪。朝廷闻之,尤叹其惠。"①原来,自晋以来,朝廷都是规定不可私自树碑的。这条规定直接造成了南北朝之间很大的一个文学差别。如果没有心细如发的研究能力,这种材料就很容易被忽略。

曹道衡先生自小就先读经史之书,故对经史极为精熟,这在他这一代的文学史研究者中也不多见。他写过很多关于经学的论著、论文,如《关于〈诗经〉研究的几个问题》、《读战国楚竹书〈孔子诗论〉》、《〈盐铁论〉与西汉诗经学》、《五经的排列次第及其形成过程》、《北朝社会环境对学术与文艺的影响》、《略论南北朝学风的异同及其原因》等,还专门写过成一系列的《孔门弟子》。他在《南朝文学与北朝文学研究》中谈及了汉魏以来南北地区学术的交流情况,从包咸关于《论语》的著作曾被中原的何晏所引用,到从王充的例子推论当时吴越之地的儒生到中原求学的已不在少数等细节,都加以了充分的论述。对于长期被忽视的三国时期吴国的经学、文学及其与汉代文化传统的关系,也作了开辟式的研究。不但列出了吴国文人典籍的要目,也指出了这个南方学术群体兼蓄今、古文经的特点,等等。《读贾岱宗〈大狗赋〉兼论伪〈古文尚书〉流行北朝时间》是曹先生经学根柢发挥得很充分的一篇文章,傅璇琮先生评价说:"著者对经学素有根柢,正因为此,书中对《大狗赋》作者贾岱宗的时代,才能纠前代典籍之失,并进一步讨论伪《古文尚书》流行北朝的时间,由此还解决了南北学术交流的一个大问题。"②曹道衡先生曾说:"我想,研究文学史的人,注意思想史和文学的关系是很有必要的。但既然

---

① 《南朝文学与北朝文学研究》,江苏古籍出版社,1998年版,第22页。
② 《中古文学史论文集续编·傅璇琮序》,中华书局,1986年版,第3页。

要探讨这些问题,就真得对思想史下一番功夫,如果只是浮光掠影地从别人写的几本思想史概论中搬一些内容来,那是解决不了问题的。"①所以,他在研究南北朝文学时,是真真正正去探讨了包括佛教、道教等思想史方面的问题。

纵观二十世纪中古文学的研究历程,凡是在这一领域作出较大成就的,无不兼具文学、史学、经学的传统根柢,能够将一个个具体的问题,升华到在更为广阔的历史文化背景下作整体的观照,"如刘师培、鲁迅、陈寅恪、唐长孺等,无不如此。在当今,我认为曹道衡先生即是继这些前辈学者,在中古文学研究中创获最多、最有代表性的一位"②,傅璇琮先生如是说。我们今天学习曹道衡先生,要学习他热爱知识的性情和"十年磨一剑"的精神,不断健全知识结构,培养驾驭经、史问题的能力。

曹道衡先生是一个有责任感的研究者,时刻对自身的学术品格保持自省的习惯。他曾说:"学问之道没有底止,任何诚实的劳动都是为学术殿堂的修建添砖加瓦。"③每当一个阶段的学术研究结束,他就会对自己的研究方法、研究内容和特点进行反思和总结,从不讳言过去存在的问题。自省的习惯,源于曹道衡先生焦虑的治学心情。在《南朝文学与北朝文学研究·后记》中,他说完成这本"小书"时,心情沉重而非轻松,因为对过去的研究不满意,尚待解决的问题又很多,在年岁的紧迫感之下,觉得自己是"白首无成";在《中古文学史

---

① 曹道衡、罗宗强、徐公持《分期、评价及其相关问题——魏晋南北朝文学三人谈》,《文学遗产》,1999 年第 2 期,第 13 页。
② 《中古文学史论文集续编·傅璇琮序》,中华书局,1986 年版,第 4 页。
③ 《中国文学家大辞典·先秦汉魏晋南北朝卷·后记》,中华书局,1996 年版,第 286 页。

论文集·后记》中他甚至说自己"惶惑"、"惭愧":"在茫茫学海中,自己年虽老大,而在学问上却仍然是这样幼稚,所知甚少。今年提出的看法,说不定明年又觉需要修正。这虽然是合乎认识发展规律的现象,但这种情况很多,却也说明自己的幼稚和不成熟。惭愧的是自己从事古典文学研究工作以来,已经三十多年,而成绩却是这样微不足道。"①这些话,有人将之定义为曹先生的朴实、谦逊,其实,其中反映的是曹先生毕生对文史研究的责任与担当。他的全部焦虑,都起因于他的学术良心,即研究者应贡献有价值的学术研究。也正是这种学术良心,在引导着他不断超越自己,让他在《南北朝文学史》后,在又一个十年里,凭借《南朝文学与北朝文学研究》登上另一个学术高峰。在曹道衡先生留给我们的文学史撰著思想遗产中,这种反思习惯和来源于学术良心的焦虑感,是最为珍贵的。

曹道衡先生追求实事求是,敢于"存疑",做到"知之为知之,不知为不知"。例如,对于小诗"寒鸦千万点,流水绕孤村。斜阳欲落处,一望黯销魂",一般被认为是隋炀帝的作品,但是曹道衡先生认为,"炀帝此诗,意境词语均不似唐以前作品,也有可能是宋人据秦观词改作。故存疑"②。傅璇琮先生发现:"道衡先生的考证,既精细,又通达。他的有些推论,应当说是有充分根据的,如本书《论王琰和他的〈冥祥记〉》,援引《隋书·经籍志》等书,推论王曼颖为王琰之子,又从证实王琰生活的年代,甚富新见,且极有论据,但他还是作为推论看待,仍不作为结论。"③文学史的研究无论发展到哪个时代,研究者有多么先进的工具和方法,都不能脱离这种实事求是的作风。

---

① 《中古文学史论文集·后记》,中华书局,1986 年,第 499 页。
② 《南北朝文学史》,人民文学出版社,1991 年版,第 484 页。
③ 《中古文学史论文集续编·傅璇琮序》,文津出版社,1994 年版,第 4 页。

曹道衡先生的著作基本上是论文集,可见他更重视单篇论文的写作,而不是去建构文学史的"空中楼阁",因而能在解决具体问题的基础上去揭示文学史现象,这是一种真诚的学术态度。

结　语

以上本文简述曹道衡先生的文学史研究成就以及它给后学的启示,我们从中获得的认识是:①文学史的撰著,必须以史料整理为起点,全面地占有材料,才能揭示文学史的真相,正确、科学地叙述这一门历史。②文学史的写作,必须由作者本人的专题研究来带动,而不是空泛地综合他人论述、陈陈相因。只有专题研究才能为文学史研究注入活力、带来进步。③需要对文学史的体例不断进行探索和创新,寻找最能反映时代需求的撰著体例。④文学史研究者应该具有创新意识,不回避一些艰难、生僻的领域,以踏实耕耘的态度,促进文学史研究的进步。⑤文学史研究者应该具有全面完整的知识结构和高尚的学术品格,而不是困守于文学一角,或者沦为经不起历史淘汰的功利的研究者。而曹道衡先生为文学史提供的贡献和启迪,对于文学史学科而言是具有里程碑意义的。

曹道衡论著目录

刘跃进　张剑

曹道衡,字文诠。江苏苏州人。1928年8月4日生。1952年8月毕业于北京大学中文系。生前曾任中国社会科学院文学研究所研究员,文学研究所学术委员会委员,《文学评论》副主编,《文学遗产》编委,中国社会科学院研究生院博士生导师,中国《文选》学研究会会长、名誉会长等。主要著作有:《中古文学史论文集》、《中古文学史论文集续编》、《汉魏六朝文学论文集》、《中古文史丛稿》、《南朝文学与北朝文学研究》、《兰陵萧氏与南朝文学》、《汉魏六朝辞赋》、《乐府诗选》以及与沈玉成合著《中国文学家大辞典・先秦汉魏晋南北朝卷》、《中古文学史料丛考》、《南北朝文学史》,与刘跃进合著《先秦两汉文学史料学》、《南北朝文学编年史》,与傅刚合著《萧统评传》等。曹道衡先生的最后一部著作是香港三联书店出版的"中国文史经典讲堂"中的《先秦散文》,最后一篇论文是即将发表在《文学遗产》2006年第5期上的《东晋文学地理研究》,最后一篇口述文字是收录在《沈玉成文存》中的《真诚的合作,难忘的岁月》。从上述研究论著看,曹道衡先生的研究领域主要集中在汉魏六朝文史方面,特别在北朝文学研究方面取得了举世瞩目的成就。进入20世纪90年代以后,他又进一步扩大自己的研究领域,这主要表现在四个方面:第一,在南朝文学方面,集中对《昭明文选》的研究,已经发表了十余万字的相关论文。第二,除对传统的诗文进行精深的研究之外,对于这个时期的小说作了系统的研究。第三,对于南北朝文学渊源和文化背景作了探讨。第四,对于汉魏六朝的文学编年和文学地理情况作更深入的探讨,试图从更广阔的文化背景,探索中古文学的来龙去脉。

　　需要说明的是,第一,曹先生早年发表文章时使用了若干笔名,可能还有我们所不知道的。第二,曹先生的文章很多收录在当时刊行的论文集中,查找不全。第三,一些刊物,特别是以书代刊的杂志,创办时间很短就停刊了,查找不易。第四,曹先生写了很多序言,散见各书,未能逐一披览。譬如有几篇论文见于曹先生的论文集,我们试图查找最早出处而未果,就标注"仅见"某某论文集。第五,曹先生还为各类辞典、文选之类的书籍撰写了很多条目,未能逐一披览。第六,《人民日报》(海外版)上也曾刊登过若干文章,未曾逐一翻检。由此来看,本目录疏漏一定很多,还望学界同行多所赐示,以期完备。

目 录

1954 年

从明末清初科举制度看《儒林外史》	《光明日报》1954年12月19日"文学遗产"34期

1956 年

评《中国诗歌的优良传统》一文(潘辰)	《光明日报》1956年2月5日
评《关于屈原作品的真伪问题》	《光明日报》1956年4月1日(收入《楚辞研究论文集》)
试论《战国策》的作者问题(潘辰)	《光明日报》1956年12月16日

1957 年

《战国策》简论(潘辰)	《光明日报》1957年3月10日"文学遗产"147期
谈《诗经选译》(管汀)	《光明日报》1957年4月14日"文学遗产"152期。又收入《诗经研究论文集》,人民文学出版社编辑部编,人民文学出版社1959年版
论黄宗羲的《原君》	《语文学习》1957年10期
关于黄宗羲、顾炎武、王夫之等人的思想及其与《红楼梦》的关系	《文学研究集刊》5册。又见《古典文学研究中的错误倾向》人民文学出版社1958年版
关于陶渊明思想的几个问题	《文学遗产增刊》5辑,作家出版社1957年版

1958 年

评《中国短篇白话小说的发展与艺术上的特点》	《光明日报》1958年5月11日
对《宋代诗人短论十篇》的意见	《文学研究》1958年4期

谈谈《封神演义》	《文学知识》1958 年 12 期
读《庾信诗赋选》(潘辰)	《光明日报》1958 年 9 月 28 日"文学遗产"228 期

1959 年

再论陶渊明的思想及其创作	《光明日报》1959 年 5 月 10 日"文学遗产"259 期
试论谢灵运及其山水诗	《光明日报》1959 年 9 月 20 日"文学遗产"279 期

1960 年

试论中国文学史的分期问题	《文学评论》1960 年 1 期
关于古代文学的现实主义(潘辰)	《光明日报》1960 年 8 月 14 日

1961 年

也谈山水诗的形成与发展	《文学评论》1961 年 2 期
江淹及其作品	《光明日报》1961 年 3 月 19 日"文学遗产"355 期
刘勰的世界观和文学观初探	《光明日报》1961 年 4 月 16 日"文学遗产"359 期

1962 年

谈文学史的章节安排(宗健)	《光明日报》1962 年 2 月 4 日"文学遗产"400 期
关于散文的范畴(潘辰)	《光明日报》1962 年 3 月 4 日"文学遗产"404 期
漫谈《洛阳伽蓝记》(潘辰)	《光明日报》1962 年 9 月 16 日"文学遗产"432 期

对刘勰世界观问题的商榷	《文学遗产增刊》11辑,中华书局1962年版
关于《文心雕龙·风骨篇》的"骨"字(潘辰)	《文学遗产增刊》11辑,中华书局1962年版

1963年

论《左传》的人物评述和描写	《光明日报》1963年5月19日"文学遗产"462期
如何估价儒家思想在古典文学中的影响(潘辰)	《新建设》1963年9期

1964年

"批判继承"还是"兼收并蓄"——和胡念贻同志商榷	《新建设》1964年10、11期
试论王船山思想的几个问题	《历史研究》1964年4期
桐城派值得肯定吗?(管汀)	《光明日报》1964年7月19日"文学遗产"470期

1977年

"四人帮"鼓吹法家是为了建立法西斯政权(与乔象锺、陈毓罴合著)	《文史哲》1977年4期

1979年

关于古典文学研究工作的几个问题	《文学评论》1979年5期
略论西晋的讽刺散文	《语言文学》1979年5期
试论汉赋和魏晋南北朝的抒情小赋	《文学评论丛刊》3辑(1979年)
关于鲍照的家世和籍贯	《文史》7辑,中华书局1979年版

1980年

略论南北朝文学的评价问题	《文学遗产》1980年2期
关于魏晋南北朝的骈文和散文	《文学评论丛刊》7辑（古典文学专号，1980年），中国社会科学出版社1980年版
庾信《哀江南赋》四解	《中华文史论丛》15辑，上海古籍出版社1980年版
魏晋南北朝文学史札记	《中华文史论丛》(130、190、216) 16辑，1980年4辑，上海古籍出版社
魏晋南北朝文学史札记	《中华文史论丛》1980年4辑，1982年3辑，上海古籍出版社

1981年

关于鲍照诗歌的几个问题	《社会科学战线》1981年2期
《相和歌》与《清商三调》	《文学评论丛刊》9辑（1981年）
曹丕和刘勰论作家的个性特点与风格	《社会科学研究》1981年5期
魏晋南北朝文学史札记	《中华文史论丛》17辑，1981年1辑，上海古籍出版社
魏晋南北朝文学史札记	《中华文史论丛》20辑，1981年4辑，上海古籍出版社

1982年

试论北朝文学	《文学评论》1982年2期
谈谈魏晋南北朝文学	《文学知识》1982年7期
再论南北朝文学的几个问题	《光明日报》1982年11月30日

关于北朝乐府民歌	《学习与思考》1982年1期。又载《中国社会科学院研究生院学报》1982年1期
读书札记二则	《古典文学论丛》3辑(社会科学战线编,1982年)
十六国文学家考略(上)	《文史》13辑,中华书局1982年版
十六国文学家考略(下)	《文史》14辑,中华书局1982年版
鲍照几篇诗文的写作时间	《文史》16辑,中华书局1982年版
论江淹诗歌的几个问题	《文学遗产增刊》14辑(1982年)
魏晋南北朝文学史札记	《中华文史论丛》(190、224、266)23辑,1982年3辑,上海古籍出版社
魏晋南北朝文学史札记	《中华文史论丛》24辑,1982年4辑,上海古籍出版社
关于王褒的生卒问题	《文学遗产》1982年1期
陆凯《赠范晔诗》志疑(管汀)	《文史》14辑,中华书局1982年版

1983年

晋代作家六考	《文史》20辑,中华书局1983年版
《典论·论文》"齐气"试释	《文学评论》1983年5期
郭璞和《游仙诗》	《社会科学战线》1983年1期
《晋书·郭璞传》志疑	《苏州大学学报》1983年2期
何逊三题	《中华文史论丛》1983年4辑

关于《玉台新咏》的版本及编者问题	《中国古典文学论丛》2辑
材料、考证和古典文学研究(管汀)	《文学遗产》1983年1期
干宝和志怪小说(管汀)	《光明日报》1983年4月5日"文学遗产"581期
郭璞评传	《中国历代著名文学家评传》,山东教育出版社1983年版
江淹评传	《中国历代著名文学家评传》,山东教育出版社1983年版
鲍照评传	《中国历代著名文学家评传》,山东教育出版社1983年版
北朝文学浅说	《文史知识》1983年1期
关于所谓"赵高复辟"问题的旧案	《学林漫录》8集,中华书局1983年版

1984年

"状难写之景,含不尽之意"——论刘峻的骈文	《光明日报》1984年6月24日
关于裴子野诗文的几个问题	《文学遗产》1984年2期
从魏国政权看曹丕曹植之争	《辽宁大学学报》1984年3期
《先秦汉魏晋南北朝诗》评介	《文学评论》1984年4期
论南北朝诗中的边塞题材(管汀)	《光明日报》1984年8月28日
《世说新语笺疏》的特色	《读书》1984年12期

江淹的拟古诗及其它	《中国古典文学论丛》(1),人民文学出版社1984年
文学研究与"经学"	《文史知识》1984年8期

1985年
著 作

文选李注义疏　高步瀛著,曹道衡、沈玉成点校	中华书局1985年版

论 文

东晋南北朝时代的凉州文化	《敦煌语言文学通讯》9卷,1985年1月
从《雪赋》、《月赋》看南朝文风之流变	《文学遗产》1985年2期
江淹作品写作年代考	《艺文志》3辑,山西人民出版社1985年版
再论北朝诗赋	《社会科学战线》1985年1期
陆机籍贯问题(管汀)	《艺文志》3辑
释"三五"(管汀)	同上
汉代的"经今古文学"	《文史知识》1985年4期
何逊生卒年问题试探	《文史》24辑,中华书局1985年版
关于古典文学研究工作的几个问题	《古代文学研究集》,中国文联出版社1985年版

1986年
著 作

中古文学史论文集	中华书局1986年版。《中古文学史论文集》(新1版),中华书局2002年版

论 文

古典文学研究和历史知识	《古典文学知识》1986年1期
评《先秦汉魏晋南北朝诗》	《古典文学知识》1986年
江淹、沈约和南齐诗风	《河北师院学报》1986年2期
释"北乐府"(管汀)	《文学遗产》1986年2期
读《中古文学系年》	《文学遗产》1986年3期
谈南朝乐府民歌	《文史知识》1986年4期
《陆机集》志疑	《文史》26辑，中华书局1986年版
一部反映海外楚辞研究成果的好书：评《楚辞资料海外编》	《文学遗产》1986年1期
论颜延之的思想和创作	《古典文学论丛》4辑，齐鲁书社1986年版
孔门弟子(一)	《文史知识》1986年6期
孔门弟子(二)	《文史知识》1986年7期
孔门弟子(三)	《文史知识》1986年8期
孔门弟子(四)	《文史知识》1986年9期
孔门弟子(五)	《文史知识》1986年11期
可否也谈谈形式问题	仅见《中古文学史论文集》
邢劭生平事迹试考	仅见《中古文学史论文集》

六朝文学与李白	仅见《中古文学史论文集》
东晋南北朝时代的北方文化对南方文学的影响	仅见《中古文学史论文集》

1987 年

山林隐逸与山水诗的兴起	《中国古典文学论丛》5辑,人民文学出版社1987年版

1988 年

"苏李诗"和五言文人诗的起源	《文史知识》1988年2期
读书随笔(五则)	《学林漫录》12集,中华书局1988年版
魏晋南北朝文学家五考	《文史》28辑,中华书局1988年版
南朝政局与"吴声歌"、"西曲歌"的兴盛	《社会科学战线》1988年2期
《风俗通义》和魏晋六朝小说	《文学遗产》1988年3期
有关《义选》编纂中几个问题的拟测(与沈玉成合作)	《昭明文选研究论文集》,吉林文史出版社1988年版
从《文苑英华》看古代诗文主名的误乱问题(管汀)	《文史》28辑,中华书局1988年版

1989 年
著 作

汉魏六朝辞赋	上海古籍出版社1989年版,台北群玉堂出版事业公司1992年版

论 文

试论陆机陆云的《为顾彦先赠妇》	《河北师院学报》1989年1期

吴均评传	《中国历代著名文学家评传续编》,山东教育出版社1989年版

1990年

桓谭生卒年问题质疑	《辽宁大学学报》1990年3期
关于《刘子》的作者问题	《中国社会科学院研究生院学报》1990年2期
南朝文学三题(与沈玉成合著)	《文学评论》1990年1期
论崔浩的历史地位及其死因	《阴山学刊》1990年1期
刘勰卒年问题的再探讨(与沈玉成合著)	《古籍研究与整理》5辑,中华书局1990年版
论北魏诗歌的发展	《文史知识》1990年3期
《屈骚艺术新研》序	毛庆著《屈骚艺术新研》,湖北人民出版社1990年版

1991年
著 作

南北朝文学史(与沈玉成合著)	人民文学出版社1991年版

论 文

略论北朝辞赋及其与南朝辞赋的异同	《文史哲》1991年6期
梁陈作家识小录(与沈玉成合著)	《学林漫录》13集,中华书局1991年版
鲍照和江淹	《齐鲁学刊》1991年6期

1992年
著 作

汉魏六朝文精选	江苏古籍出版社1992年版

汉魏六朝辞赋	台北群玉堂出版事业公司 1992 年版

论 文

论北齐诗歌的历史地位	《社会科学战线》1992 年 3 期
从《切韵》推论隋代文人的几个问题	《文史》35 辑,中华书局 1992 年版
王琰和他的《冥祥记》	《文学遗产》1992 年 1 期
刘勰卒年问题的再探讨	《古籍整理与研究》5 辑,中华书局 1992 年版
略论晋宋之际的江州文人集团	《中国文学研究》1992 年 2 期
论袁宏的创作及其《后汉纪》	《辽宁大学学报》1992 年 2 期
赋体文学风貌的再现——读《中国历代赋选》(与刘跃进合撰)	《文史知识》1992 年 1 期
陶渊明诗浅谈	《古典文学知识》1992 年 2 期
略论《两都赋》和《二京赋》	《文学评论》1992 年 3 期
《中古文学论稿》序	陈庆元著《中古文学论稿》,天津人民出版社 1992 年版
读《文选》札记(与沈玉成合作)	《文选学论集》,时代文艺出版社 1992 年版

1993 年

文献学与文学研究——序刘跃进著《中古文学文献学》	《辽宁大学学报》1993 年 4 期
从文学角度看《文选》所收齐梁应用文	《文学遗产》1993 年 3 期
论任昉在文学史上的地位	《齐鲁学刊》1993 年 4 期

1994 年
著 作

先秦六子散文选(曹道衡等选释)	山西高校出版社 1994 年版
中古文学史论文集续编	文津出版社 1994 年版

论 文

昭明太子和梁武帝的建储问题	《郑州大学学报》1994 年 1 期
试论《毛诗序》	《文学遗产》1994 年 2 期
关于乐府诗的几个问题	《齐鲁学刊》1994 年 3 期
试论"铙歌"的演变	《中国社会科学院研究生院学报》1994 年 3 期
《盐铁论》和西汉《诗经》学	《河北师范学院》1994 年 3 期《诗经国际学术研讨会论文集》,河北大学出版社 1994 年版
从乐府诗的选录看《文选》	《文学遗产》1994 年 4 期
关于乐府民歌的产生和写定	《文史知识》1994 年 9 期
《淮南子》和"五经"	仅见《中古文学史论文集续编》
论江总及其作品	仅见《中古文学史论文集续编》

1995 年
著 作

汉魏六朝辞赋与骈文精品(曹道衡主编,王继涛等编注)	时代文艺出版社 1995 年版
魏晋南北朝辞赋与骈文	时代文艺出版社 1995 年版

论 文

乐府诗二题	《齐鲁学刊》1995年1期
略论《文选》与"选学"	《古典文学知识》1995年1期
从两首《折扬柳行》看两晋间文人心态的变化	《文学遗产》1995年3期
南朝文风和《文选》	《文学遗产》1995年5期
关于萧统和《文选》的几个问题	《社会科学战线》1995年5期
梁武帝和"竟陵八友"	《齐鲁学刊》1995年5期
关于南北朝文学研究问题之我见	《文学遗产》1995年6期
论《文选》中乐府诗的几个问题	《国学研究》第三卷(1995年)

1996年

著 作

中国文学家大辞典(先秦汉魏晋南北朝卷,与沈玉成合编)	中华书局1996年版

论 文

陆机的思想及其诗歌	《中国社会科学院研究生院学报》1996年1期
关于《文选》中六篇作品的写作年代	《文学遗产》1996年2期
论《文选》的李善注和五臣注	《江海学刊》1996年4期
关于《文选》的篇目次第及六体分类	《齐鲁学刊》1996年3期
陶渊明《述酒》诗臆解	《古籍研究》1996年4期

永明文学研究断想	《文学遗产》1996年6期

1997年

试论东晋文学的几个问题	《社会科学战线》1997年2期
论隋代诗歌	《齐鲁学刊》1997年2期
《北山移文》新证	《古籍研究》1997年2期
文学史研究之我见	《江海学刊》1997年4期
再论丘迟《侍宴乐游苑送张徐州应诏诗》	《文学遗产》1997年6期
"五凉文化"及其历史地位	《文史知识》1997年6期
《文选学新论》序	《文选学新论》,中州古籍出版社1997年版

1998年

著 作

南朝文学与北朝文学研究	江苏古籍出版社1998年版

论 文

略评王煦的《文选李善注拾遗》及其笺识	《江海学刊》1998年1期
步履维艰的北朝文学	《文史知识》1998年2期
陶渊明研究的最新创获——袁行霈教授《陶渊明研究》读后(与傅刚合著)	《北京大学学报》1998年3期
取精用弘 脉络分明——读《中国历代赋选》	《东北师范大学学报》1998年4期
择精语详 脉络分明	《书品》1998年6期

体大思精 谨严笃实——评周振甫主编的《文心雕龙辞典》	《中国图书评论》1998年7期
古代文论与文学创作的现实基础——《中古文学理论范畴》	《中国图书评论》1998年10期
南朝文学的衰落	《文史知识》1998年12期
北朝文学六考	《文史》46辑，中华书局1998年版
《文选》和辞赋	《〈文学遗产〉纪念文集》，文化艺术出版社1998年版
从《文选》和《玉台新咏》看萧统和萧纲的文学思想	《燕京学报》新四期，北京大学出版社1998年版
我是怎样培养研究生的	中国社会科学院通讯1998年9月7日

1999年
著作

汉魏六朝文学论文集	广西师范大学出版社1999年版

论文

南北文风之融合和唐代文选学之兴盛	《文学遗产》1999年1期
分期、评价及其相关问题——魏晋南北朝文学研究三人谈（曹道衡、罗宗强、徐公持）	《文学遗产》1999年2期
读贾岱宗《大狗赋》兼论伪《古文尚书》流行北朝时间	《文史》1999年4期，中华书局1999年版
尝试和探索：略谈我的《南朝文学与北朝文学研究》	《古典文学知识》，1999年3期

读《资暇集》兼论《文选》李善注与五臣注异同	仅见《汉魏六朝文学论文集》
乐府·古诗和民歌	仅见《汉魏六朝文学论文集》

2000年

著 作

古典文学要籍简介(多人合著)	江苏古籍出版社2000年版
乐府诗选	人民文学出版社2000年版
南北朝文学编年史(与刘跃进合著)	人民文学出版社2000年版

论 文

《文选》对魏晋以来文学传统的继承和发展	《文学遗产》2000年1期
南朝文学史上的王谢二族	《文史知识》2000年1期
出土文献与文学艺术研究:文物与文献小议	《文艺研究》2000年3期
读《文选》札记	《长春师范学院学报》2000年3期
游泽承先生二三事	《文教资料》2000年3期
《昭明文选研究》序	傅刚著《昭明文选研究》,中国社会科学出版社2000年版
《文选版本研究》序	傅刚著《文选版本研究》,北京大学出版社2000年版

2001年
著作

困学纪程	辽宁教育出版社2001年版
魏晋文学	安徽教育出版社2001年版
萧统评传(与傅刚合著)	南京大学出版社2001年版

论文

论梁武帝与梁代的兴亡	《齐鲁学刊》2001年1期
源流分明,精义迭出——读《中国文学史》	《文学遗产》2001年1期
关于杨衒之《洛阳伽蓝记》的几个问题	《文学遗产》2001年3期
关于应瑒事迹的臆测	《文史》54辑,中华书局2001年版
《昭明文选与中国传统文化》序	《昭明文选与中国传统文化》,吉林文史出版社2001版
望今制奇,参古定法——读《文选》中的几篇骈文	《昭明文选与中国传统文化》,吉林文史出版社2001版
《从经学到文学》序	刘毓庆著《从经学到文学》,商务印书馆2001年版
我与人民文学出版社	《人民文学出版社成立50周年纪念文集》,人民文学出版社,2001年3月版

2002年
著作

汉魏六朝文精选	江苏古籍出版社2002年版

新编古文观止：先秦诸子及历史散文（曹道衡、李炳海主编，盛广智译评）	吉林文史出版社2002年版
新编古文观止：汉魏六朝美文（曹道衡、李炳海主编，韩维志等译评）	吉林文史出版社2002年版
新编古文观止：唐宋经典古文（曹道衡、李炳海主编，吕树坤等译评）	吉林文史出版社2002年版
新编古文观止：明清精致小品（曹道衡、李炳海主编，徐潜、卫绍生等译评）	吉林文史出版社2002年版
古文观止：译注白话赏析（曹道衡、李炳海主编）	吉林文史出版社2002年版

论 文

读战国楚竹书《孔子诗论》	《北京大学学报》2002年3期
魏太武帝和鲜卑拓跋氏的汉化	《齐鲁学刊》2002年1期
关中地区与汉代文学	《文学遗产》2002年1期
西魏北周时代的关陇学术与文化	《文学遗产》2002年3期
北朝黄河以南地区的学术与文化	《福州大学学报》2002年2期
略论南朝学术文艺的地域差别	《南京师范大学文学院学报》2002年3期
试论北朝河朔地区的学术和文艺	《燕京学报》新十三期，北京大学出版社2002年版
衷心的感谢	《光明日报》2002年3月29日。又载《我与中华书局》，中华书局2002年版
舍短取长　以通万方——读《从经学到文学》	《中华读书报》2002年10月23日

潘岳陆机的高下分别	《文史知识》2002年2期
"五经"的排列次第及其形成过程	《文史知识》2002年8期
陆机事迹杂考	《文史》59辑,中华书局2002年版
《春秋》与"三传"说略	《经史说略·十三经说略》,北京燕山出版社2002年版

2003年
著作

中古文学史料丛考(与沈玉成合著)	中华书局2003年版
中古文史丛稿	河北大学出版社2003年版

论文

"河表七州"和北朝文化	《齐鲁学刊》2003年1期
试论《文选》对作家顺序的编排	《文学遗产》2003年2期
论东晋南朝政权与士族的关系及其对文学的影响	《文学遗产》2003年5期
试论梁代学术文艺与《文选》	《南京师范大学文学院学报》2003年3期
关于《诗经》研究的几个问题	《中国诗歌研究》2003年版
读《增订文心雕龙校注》	《燕京学报》新十五期,北京大学出版社2003年版
回忆文学所的几位老专家	《文史知识》2003年7期
试论《春秋》三传异同及其地域原因	《文史》64辑,中华书局2003年版

从《文选》看齐梁文学思潮和演变	《文选与文选学》,学苑出版社2003年版
《文选》孙子荆《征西官属送于陟阳侯作诗》臆考	仅见《中古文史丛稿》
秦汉统一与各地学术文化的发展	仅见《中古文史丛稿》

2004年
著 作

兰陵萧氏与南朝文学	中华书局2004年版
文选名篇：南朝文学双璧之一——《文选》精华（曹道衡等主编）	江苏人民出版社2004年版
魏晋南北朝诗选评(与俞绍初合著)	三秦出版社2004年版

论 文

黄淮流域和中古学术文化	《文史哲》2004年3期
萧统的文学观和《文选》	《文学遗产》2004年4期
略论南北朝学风的异同及其原因	《河南大学学报》2004年4期
从《文选》看中古作家的地域分布	《齐鲁学刊》2004年6期

2005年
著 作

先秦两汉文学史料学(与刘跃进合著)	中华书局2005年版
两汉诗选	中华书局2005年版
中国文史经典讲堂·先秦散文	香港三联书店版

论 文

对云冈石窟的新探索	《中华读书报》2005年3月23日11版"社科广角"
北朝环境对学术和文艺的影响	《周口师范学院学报》2005年1期
关于《文选》研究的几个问题	《文史》72辑(2005年3期),中华书局2005年版
《建安文学接受史》序	王玫著《建安文学接受史》,上海古籍出版社2005年版
《〈文选〉成书研究》序	王立群著《〈文选〉成书研究》,商务印书馆2005年版

2006年

东汉文化中心的东移及东晋南北朝学术文艺的差别	《文学遗产》2005年5期
真诚的合作,难忘的岁月	《沈玉成文存》,中华书局2006年版
北朝时期河朔的《公羊》之学	《学林漫录》15集,中华书局2006年版

编后记

曹道衡(1928~2005)，名文铨，字道衡，以字行。江苏苏州人，著名学者。曾任中国社会科学院文学研究所研究员，文学研究所学术委员会委员，《文学评论》副主编，《文学遗产》编委，中国社会科学院研究生院博士生导师，中国文选学研究会会长、名誉会长等职务。

从20世纪50年代初开始，曹先生从事古典文学研究50余年，他功底扎实、治学严谨、厚积薄发、勇于开拓，在中国古代文学，特别是中古文学研究领域开拓了一片崭新的天地，是20世纪中国古典文学研究领域最重要的学者之一。《曹道衡文集》将曹先生的学术成果首次系统整理出版，供学术界参考。

文集分十卷。一至三卷为论文集。卷一为《中古文学史论文集》（合并原《中古文学史论文集续编》中不重出篇目），卷二为《中古文史丛稿》，卷三为《汉魏六朝文学论文集》。这些文章钩沉索隐，考证严密，具有重要的学术价值，也是曹先生最为看重的著作。是为第一部分。

四至七卷为文学史专著。卷四为《汉魏六朝辞赋》与《魏晋文学》，卷五为《兰陵萧氏与南朝文学》与《南朝文学与北朝文学研究》，卷六为《南北朝文学史》（与沈玉成合著），卷七为《萧统评传》（与傅刚合著)。这些著作集中体现了作者对南北朝文学的总体把握以及对中古文学史构建所作出的突出贡献。是为第二部分。

八至十卷为资料考据性著作。卷八为《先秦两汉文学史料学》(与刘跃进合著),卷九为《中古文学史料丛考》(与沈玉成合著),卷十为《南北朝文学编年史》(与刘跃进合著)。《中古文学史料丛考》梳理作家生平史料,考证作品写作年代,资料翔实,文思细密;《南北朝文学编年史》具有史料和史识双重价值,特别是有关佛教、道教文学编年以及北朝文学系年,过去的文学史较少涉及,具有填补空白的意义。是为第三部分。

文集最后一卷,附有刘跃进撰写的《中古文学领域的开拓者——试述曹道衡先生的学术历程及其成就》及傅刚与蔡丹君撰写的《曹道衡先生文学史研究的成就与启示》,对曹道衡先生的学术成就给予客观深入的分析与评价。另附刘跃进、张剑所编《曹道衡论著目录》,以便读者更好地了解曹先生的学术成果。

为完整真实地再现先生的学术历程,我们尽量保持所收著述写作时的原貌,只对明显错讹之处进行了修改,在编排体例上做了必要的调整。

在《曹道衡文集》编辑出版过程中,我们得到了中国社会科学院文学研究所所长、研究员刘跃进先生,北京大学中文系教授傅刚先生,现代教育出版社编审韩雪先生,民革中央宣传部原部长吴先宁先生,中国人民大学文学院教授徐正英先生的大力支持。曹先生的夫人王泰美女士、女儿曹晶女士对文集的出版亦提供了许多帮助。同时,文集的出版得到了国家出版基金的支持。对此,我们一并表示感谢。

更要特别致谢的是两位德高望重的学界前辈。中央文史馆馆长、北京大学中文系教授袁行霈先生为本书题签。中央文史馆馆员、中华书局编审程毅中先生为本书撰写了序言。两位先生一直关注文集的出版,他们的高情厚谊让我们感动。

我社多位同志参与了文集的编辑工作,卷一责任编辑王建新,卷二责任编辑张雯,卷三责任编辑高林如,卷四责任编辑石丹,卷五责任编辑高林如、赵建新,卷六责任编辑卢欣欣、赵建新,卷七责任编辑石丹,卷八责任编辑梁瑞霞,卷九责任编辑贾保倩,卷十责任编辑卢欣欣、马达。编辑曹道衡先生四百余万言的丰富著述,是一项浩大的工程。尽管我们在编校过程中如履如临,但由于学术水平和编辑经验所限,难免有不足之处,恳请学界同仁和读者批评指正。

中州古籍出版社

2017 年 12 月